BASTEI
LÜBBE
TASCHENBUCH

Weitere Titel der Autorin:

15990 Die Pestärztin

Der vorliegende Titel ist auch als Hörbuch bei Lübbe Audio lieferbar

Über die Autorin:

Ricarda Jordan ist das Pseudonym einer erfolgreichen deutschen Schriftstellerin. Sie wurde 1958 in Bochum geboren, studierte Geschichte und Literaturwissenschaft und promovierte. Sie lebt als freie Autorin in Spanien.
Unter dem Autorennamen Sarah Lark schreibt sie mitreißende Neuseelandschmöker (Im Land der weißen Wolke, Das Lied der Maori, Der Ruf des Kiwis), die Dauerbrenner auf der Taschenbuch-Bestsellerliste sind.

Ricarda Jordan

DER EID DER KREUZRITTERIN

Historischer Roman

BASTEI LÜBBE TASCHENBUCH
Band 16480

1. Auflage: Juli 2010

Bastei Lübbe Taschenbuch in der Bastei Lübbe GmbH & Co. KG

Originalausgabe

Dieses Werk wurde vermittelt durch
die Literarische Agentur Thomas Schlück GmbH, 30827 Garbsen.

Lektorat: Melanie Blank-Schröder
Titelillustration: akg-images/camera photo/Erich Lessing
Umschlaggestaltung: Atelier Versen, Bad Aibling
Satz: Buch-Werkstatt GmbH, Bad Aibling
Druck und Verarbeitung: GGP Media GmbH, Pößneck
Printed in Germany
ISBN 978-3-404-16480-6

Sie finden uns im Internet unter
www.luebbe.de
Bitte beachten Sie auch: www.lesejury.de

Der Preis dieses Bandes versteht sich einschließlich
der gesetzlichen Mehrwertsteuer.

Der Eid der Kreuzritterin

Rupertsberg bei Bingen

Sommer 1206

Konstanze besaß einen Kupferpfennig. Es war das erste Geld, das sie je in Händen gehabt hatte, und es sollte wohl auch das letzte sein. Aber die kleine Münze bot ihr doch fast so etwas wie Trost und Hoffnung. Gut, am Abend dieses Tages würde sie der Welt entsagen, aber jetzt hatte sie ihren Kupferpfennig, und in Bingen war Jahrmarkt. Schon von Weitem hörte man Musik und Gelächter, das Feilschen der Händler und das Wiehern der Pferde. Konstanze warf ihrem Vater einen bittenden Blick zu.

»Können wir nicht hingehen? Nur eine Stunde ... wir haben doch noch so viel Zeit!«

Philipp von Katzberg zögerte. »Zur Stunde der Non erwarten sie dich«, sagte er. »Spätestens ...«

Konstanze nickte resigniert. »Aber es ist doch noch nicht einmal Mittag«, wandte sie dennoch ein. »Und ich ...«

Über das Gesicht ihres Vaters flog ein Lächeln. »Du möchtest deinen Kupferpfennig ausgeben, ja? So gedacht war das eigentlich nicht. Du solltest ihn der Kirche spenden. Die Mutter Oberin würde es zu würdigen wissen.«

Philipp sah seine jüngste Tochter ernst an, aber es fiel ihm sichtlich schwer, an diesem Tag streng mit ihr zu sein.

»Die Mutter Oberin kriegt schon meine ganze Mitgift!«, begehrte Konstanze auf. »Den Pfennig hat der Herr Gottfried mir gegeben. Er hat nicht gesagt, dass ich ihn spenden muss. Bitte, Vater!«

Philipp nickte widerstrebend. Gottfried von Aubach, der Graf, auf dessen Burg seine Familie lebte und in dessen Diensten er stand, hatte keine Bedingungen daran geknüpft,

als er Konstanze huldvoll zum Abschied beschenkte. Aber natürlich wusste er von ihrer besonderen Gabe, und er hatte sich für ihre Aufnahme auf dem Rupertsberg eingesetzt, obwohl die Katzbergs nur Lehnsleute des Grafen waren.

»Du weißt doch, dass du nichts behalten darfst«, erinnerte er seine Tochter. »Also kauf keinen Tand, du hättest nur ein paar Stunden, um dich daran zu erfreuen.«

Ein paar Stunden wären besser als nichts, dachte Konstanze, aber sie hatte ohnehin nicht geplant, ihr Geld für Kleider oder Schmuck auszugeben. Eher dachte sie an kandierte Früchte, gebrannte Mandeln oder andere Süßigkeiten, die sie bislang nie gekostet hatte. Dies war schließlich ihre letzte Gelegenheit dazu, und sie war ein Schleckermaul. Sie hatten den Jahrmarkt fast erreicht, und das Wasser lief dem Mädchen schon im Munde zusammen.

Von Wasser und Brot zu leben würde Konstanze nicht leichtfallen – aber vielleicht musste sie das ja gar nicht. Womöglich hatte die Äbtissin nur Spaß gemacht, als sie auf das asketische Leben der jungen Hildegard von Bingen verwies, der Konstanze in Zukunft nacheifern sollte.

Philipp von Katzberg sah seiner Tochter bedauernd nach, als sie kurze Zeit später von einem Marktstand zum anderen tänzelte, ganz erfüllt von dem Wunsch, aus ihrem kleinen Schatz das Beste zu machen. Konstanze war erst zehn Jahre alt, aber sie würde einmal schön werden, mit ihrem fast ebenholzfarbenen glatten Haar, ihrem herzförmigen Gesicht mit den klaren tiefblauen Augen, über die sich wohlgeformte, kräftige dunkle Brauen wölbten. Man hätte sie ebenso gut verheiraten können. Wenn sie bloß nicht so anders wäre … oder wenn seine Frau zumindest darauf verzichtet hätte, das stolz in alle Welt hinauszuposaunen!

Philipp erstand in einer Garküche ein paar Bratwürste und rief Konstanze dann zu sich, die sich eifrig darüber hermachte. Dabei schwärmte sie von den hübschen Stoffen aus Flandern, die sie an einem der Stände hatte betasten können,

und den seltsamen Öllampen, die ein orientalisch wirkender Händler feilbot.

»Ob ich nicht doch so eine mitnehmen kann?«, fragte sie ohne große Hoffnung. »Es ist doch sicher dunkel in so einer ... Klause ...«

»Der Herr wird dich erleuchten«, antwortete Philipp mechanisch. »Du wirst nichts brauchen.«

Konstanze seufzte, schlang rasch ihr letztes Stück Würstchen herunter und wandte sich wieder dem bunten Treiben des Marktes zu. Eine Zeit lang lauschte sie einem Bader, der mit vielen schönen Worten eine Wundermedizin anpries, und schlenderte dann zu einer Art Bühne weiter, die Gaukler auf ihrem Wagen errichtet hatten. Fasziniert sah sie zu, wie die farbenfroh gewandeten Akrobaten jonglierten und auf Stelzen liefen.

Konstanze war so vertieft in das Spiel, dass sie erschrak, als sie plötzlich eine Stimme neben sich hörte.

»Na, kleines Fräulein ...möchtest du nicht einen Blick in deine Zukunft tun?«

Das Mädchen sah sich verwirrt um. Blassblaue, ungemein wache Augen in einem von Runzeln gezeichneten, uralten Gesicht musterten es interessiert. Direkt hinter Konstanze befand sich ein winziger Verschlag, in dem eine Wahrsagerin hockte. Ihre Kleidung hatte sicher schon bessere Tage gesehen. Das Gewand dürfte einmal bunt gewesen sein, war jetzt aber abgetragen, fleckig und zerrissen. Die Alte hielt den verschlissenen Vorhang zur Seite, der zwei Stühle und einen Tisch notdürftig den Blicken der Umstehenden entzog.

»Gib mir einfach die Hand«, lockte die Frau, »und ich lese daraus dein Geschick ...«

Konstanze schüttelte den Kopf. »Das kenn ich schon längst ...«, murmelte sie, ausnahmsweise froh darüber, dass ihre Zukunft nun wirklich festgeschrieben war. So musste sie nicht zugeben, dass sie der Gabe der Alten misstraute. Konstanze hatte selbst Visionen – und sie wusste, dass längst nicht

alles eintraf, was ihr Gott oder seine Engel, oder auch der Teufel und seine Dämonen, am Himmel zeigten.

»Du kennst deine Zukunft?« Die Frau lachte meckernd. »Oder glaubst du nur nicht an Wahrsagerei?«

Während sie die letzten Worte sprach, griff sie rasch nach Konstanzes Hand. Das Mädchen war zu verblüfft, um sie rechtzeitig wegzuziehen. Die Alte hatte sie bereits umgedreht und studierte mit ernstem Gesicht die Furchen und Linien.

»Oh, tatsächlich, dir fehlt es am Glauben an die alten Künste«, kicherte die Vettel. »Aber die Menschen sagen, du seiest gesegnet. Obwohl man deine Gabe auch als Fluch bezeichnen könnte ... Wie auch immer ... du bist ein kluges Mädchen. Du wirst viel lernen ... und Weisheit gewinnen ... du bist viel stärker, als du glaubst ... und du wirst ...«

»Lass ab von dem Mädchen, Weib! Nimm deine dreckigen Finger von ihm!« Philipp von Katzberg hatte jetzt erst bemerkt, wo seine Tochter hineingeraten war. Er schob sich entschlossen durch die Menge auf sie zu. »Und du ergibst dich hier finsterstem Aberglauben, Konstanze!«, rügte er auch das Mädchen, noch bevor er den Stand ganz erreichte. »Wahrsagerei! Das ist deiner nicht würdig!«

Konstanze hätte sich befreien können, aber die Worte der alten Frau hatten sie in ihren Bann gezogen. Woher wusste sie von ihrer Gabe – oder ihrem Fluch? Sie war begierig, Weiteres zu hören, auch wenn sie damit vielleicht eine Sünde beging.

»Habe ich nicht gesagt, du sollst sie loslassen?« Konstanzes Vater riss den Vorhang beiseite und zog die Hand seiner Tochter energisch aus den Fingern der Alten. »Meine Tochter braucht deine Schwarze Kunst nicht. Ihr Schicksal ist vorgezeichnet, sie geht heute noch ins Kloster.«

»Ins Kloster?« Die Gauklerin lachte schallend. Dann wandte sie sich wieder Konstanze zu. »Das ist nicht, was dir bestimmt ist, Kind. Ich sah dich in den Armen eines Königs ...«

Das Mädchen riss die Augen weit auf. Dann lächelte es beschämt, da Philipp die Alte erneut beschimpfte. Konstanze raffte die Röcke ihres schlichten, kostbaren Samtkleides, das man extra für diesen Tag gefertigt hatte. Zu weit allerdings für das zarte Kind – aber das war nicht weiter schlimm, denn vom kommenden Tag an würde ihre Schwester Waltraut es tragen. Während sie … Konstanze meinte, die kratzige Klosterkleidung bereits am Körper zu spüren.

Philipp machte Anstalten, seine Tochter fortzuziehen. Konstanze jedoch sah sich noch einmal um. Als ihr Vater nicht hinsah, glitt ihr Kupferpfennig in die Hand der Alten.

Konstanze konnte nicht anders, aber als sie schließlich die Klosterpforte passierten und die Nonnen in ihren schwarzen Habiten zur Kirche streben sahen, fühlte sie sich an Krähen erinnert. Angst beschlich sie, denn Krähen hatten auch ihre letzten Visionen bevölkert. Sollte irgendetwas in ihren Träumen sie vor dem Rupertsberg gewarnt haben? Oder lag es nur an den Märchen, die ihre Großmutter erzählte, Märchen, in denen Krähen die Vorboten des Todes waren?

Eines Nachts hatte Konstanze vor ihrem inneren Auge die Vögel aufs Feld der Schefflers niederschweben sehen – obwohl es dort nachweislich keine Krähen gab. Kurz darauf war die alte Schefflerin gestorben. Für Konstanzes Mutter ein weiterer Beweis der unheimlichen Begabung ihrer Tochter. Andererseits hatten die Dörfler schon tagelang mit dem Ableben der Schefflerin gerechnet. Konstanzes Großmutter, die sich ein bisschen auf Heilpflanzen verstand, war mehrfach bei ihr gewesen. Sie hatte versucht, ihr Leiden zu lindern, indem sie ihr Kräutertränke verabreichte und warme Packungen auf den Leib legte. Aber geholfen hatte das alles nichts – und man brauchte eigentlich keine hellseherischen Fähigkeiten, um den Tod der Frau vorauszusehen.

Konstanze versuchte, nicht an diese letzte Vision zu denken und sie vor allem nicht zu deuten. Das missglückte nach

ihren Erfahrungen immer. Besser war es, das Ganze genau so zu erzählen, wie sie es gesehen hatte. Die Erwachsenen fanden dann schon ein Ereignis, zu dem es passte.

Und das Beste war überhaupt zu schweigen. Wenn sie das von Anfang an getan hätte, wäre sie jetzt nicht an diesem Ort. Aber zu Anfang war Konstanze noch sehr klein gewesen und hatte Vision und Wirklichkeit verwechselt. Mitunter verfiel sie auch in Trance, wenn andere Leute dabei waren. Die fragten dann natürlich, was sie gesehen hatte.

Während Konstanze noch grübelte, erschien eine junge Nonne an der Pforte, um das Mädchen und seinen Vater abzuholen. Sie knickste höflich, sah Philipp von Katzberg aber nicht an. Konstanze betrachtete sie dafür umso neugieriger. Ob ihr zweifelhafter Ruhm wohl schon bis ins Kloster gedrungen war?

»Die Ehrwürdige Mutter erwartet Euch«, bemerkte die Nonne. Sie trug einen reinweißen Schleier, der sie als Novizin auszeichnete. »Es wird gleich zur Non läuten. Ihr möchtet Euch beeilen, da Ihr spät seid.«

Nach besonders herzlichem Willkommen klang das nicht. Philipp von Katzberg fühlte sich denn auch gleich bemüßigt, Entschuldigungen auszusprechen. Er ärgerte sich jetzt, seiner lebenshungrigen Tochter den Jahrmarktsbesuch erlaubt zu haben. Konstanze selbst bereute nichts. Sie hatte den Geschmack der Rostbratwürstchen noch auf der Zunge – und auch das innerliche Beben war noch nicht völlig verebbt, das die Worte der Wahrsagerin in ihr ausgelöst hatten.

Ich sah dich in den Armen eines Königs.

Wider alle Vernunft wollte Konstanze an einen schönen, starken Mann in seidenen Kleidern und mit einer goldenen Krone auf dem Haupt glauben – und nicht an den König des Himmels, dem man sie an diesem Tag noch anverloben wollte.

Die Novizin begleitete Konstanze und ihren Vater durch den Klostergarten auf eines der Backsteingebäude zu. Eine weitläufige Anlage – Konstanze atmete auf. Man würde sie

also nicht einmauern, wie damals die kleine Hildegard im Kloster Disibodenberg.

Wahrscheinlich war es ganz unsinnig, dass sie immer größere Angst empfand, je näher sie den Räumen der Mutter Oberin kamen. Dies war ein großes, bekanntes Kloster, und Mädchen aus den besten Häusern bewarben sich um die Aufnahme. Schon Hildegard von Bingen hatte nur hochadelige Novizinnen angenommen, und mitunter hatten Kirchenfürsten sie dafür gescholten, dass sie den Frauen ein Dasein in gewissem Wohlstand gestattete. Konstanze erwartete an diesem Ort wahrscheinlich ein besseres Leben denn als Gattin eines Mannes aus dem Ministerialenstand. Sie würde weniger arbeiten müssen als ihre Mutter und Großmutter, sie würde lesen und schreiben lernen, musizieren und handarbeiten. Wobei die Nonnen auf dem Rupertsberg sicher nicht mit kratziger Wolle webten, sondern feinstes Linnen herstellten, das sie dann bestickten.

Konstanze rief sich alles vor Augen, was ihr die Mutter und auch Irmtraud von Aubach, die Gattin des Grafen, vom Leben der Benediktinerinnen erzählt hatten. Und trotzdem ... ihr Herz schlug heftig, als die junge Nonne sie nun durch lange Korridore führte und schließlich an eine schwere Eichentür klopfte.

»Ehrwürdige Mutter ... der Herr von Katzbach wäre jetzt hier ...«

Konstanze verfolgte, wie die Novizin sich zuerst ins Zimmer schob und dort in einen tiefen Knicks versank.

Eine tiefe Stimme antwortete ihr. »Gut, Renate, du kannst dann zur Kirche gehen. Beginnt das Gebet ruhig ohne mich, ich stoße dann zu euch, sobald ich hier fertig bin ... Tretet ein, Herr von Katzberg. Ich habe Euch bereits erwartet.«

Philipp von Katzberg schob Konstanze vor sich her in das Zimmer der Oberin, das zu ihrer Verwunderung kaum weniger vornehm ausgestattet war als die Kemenate der Frau von Aubach. Es gab Teppiche, kunstvoll geschnitzte Truhen,

ein prasselndes Kaminfeuer, bequeme Stühle mit gedrechselten Beinen – und sogar weiche Kissen. Konstanze bemerkte ein Stehpult, auf dem ein schweres, aufgeschlagenes Buch lag. Sie hätte sich zu gern die Bilder, die ihr in verlockenden Farben und teilweise vergoldet entgegenleuchteten, darin angesehen. Aber vorerst bannte die Äbtissin des Rupertsberger Klosters den Blick des Mädchens. Die Ehrwürdige Mutter thronte aufrecht auf einem hohen Stuhl am Feuer. Sie machte sich nicht die Mühe, aufzustehen, um ihre Besucher zu begrüßen, aber sie ließ immerhin ihre Stickerei, ein kostbares Altartuch, sinken.

Im Licht des Kaminfeuers erkannte Konstanze ein hageres, längliches Gesicht mit hellen, forschenden Augen. Die Haut der Äbtissin wirkte sehr blass, aber vielleicht war das nur der Kontrast zu ihrer tiefschwarzen Ordenstracht, die lediglich durch einen weißen Rand am Schleier aufgelockert wurde.

Die Ehrwürdige Mutter musterte Konstanze aufmerksam. Das Mädchen schien unter ihrem forschenden Blick noch kleiner zu werden, als es ohnehin war. Konstanze merkte nur zu gut, wie abschätzend die Oberin sie betrachtete, wie sie ihr zu großes, und nun auch noch von Reisestaub und Bratwurstfett beschmutztes, zerknittertes Kleid fixierte. Konstanze versuchte ungeschickt, es glattzustreichen.

»Du willst also unseren Herrn Jesus und seine Engel sehen«, bemerkte die Äbtissin mit fragendem Unterton.

Konstanze schüttelte den Kopf. »Nein, Frau ... Edle ...«

»Mutter!«, half ihr Philipp.

Die Oberin warf ihm einen strafenden Blick zu.

»Ehrwürdige Mutter«, korrigierte sie.

Konstanze holte tief Luft. »Nein, Ehrwürdige Mutter«, erklärte sie. »Ich will sie gar nicht sehen. Aber ich sehe sie. Manchmal ...«

»Du willst unseren Herrn nicht sehen?« Die Äbtissin runzelte die Stirn. »Nun, wie auch immer. Bist du sicher, Kind, dass es nicht der Teufel ist, der dich da narrt?«

Konstanze zuckte die Schultern. »Den Teufel sehe ich auch manchmal«, gab sie zu. »Aber unser Herr zermalmt ihn unter seinen Füßen. So wie auf einigen Bildern in der Kirche.«

»Du siehst also nur das, was du aus Bildern in der Kirche kennst!«

Das klang triumphierend, und Konstanze war fast versucht, es einfach zu bejahen. Aber ihr Vater hatte ihr zuvor extra noch gesagt, sie dürfte die Mutter Oberin auf keinen Fall belügen, sondern sollte sie genauso achten wie den Pfarrer in der Kirche. Also schüttelte sie den Kopf.

»Nein, Ehrwürdige Mutter. Ich … ich sehe verschiedene Bilder. Und sie bewegen sich. Also die Engel … und die Heiligen … und die Teufel.«

»Du sagst, der Herr spricht zu dir?«, fragte die Äbtissin.

Konstanze verneinte wieder. »Das nicht. Aber manchmal zeigt er mir Dinge. Oder die Engel …«

»Sie hat von einem Pferd geträumt«, kam Philipp von Katzbach seiner Tochter jetzt zu Hilfe. »Einem sehr schönen Pferd. Und gleich darauf sandte der Bischof von Mainz unserem Herrn von Aubach einen wertvollen Hengst! Und sie träumte von einem gescheckten Kalb – wie weiland die Mutter Hildegard, Gott habe sie selig …«

Hildegard von Bingen hatte ebenfalls schon als Kind Visionen gehabt, und eine der im Volk bekanntesten bezog sich auf ihre genaue Schilderung eines noch ungeborenen Kalbes.

Konstanze hätte dazu einiges sagen können, verriet dann aber lieber nicht, dass sie damals ein weißes Pferd gesehen hatte, während der Bischof von Mainz einen Braunen sandte. Und das Kalb, das sie gesehen hatte, glich dem Bullen aufs Haar, der es gezeugt hatte. Außerdem träumte sie nicht – zumindest nicht mehr als andere Kinder. Die Visionen überkamen sie eher im Wachzustand – oft beim Spinnen oder Weben, oder wenn sie müde war und in die Flammen des Kaminfeuers starrte.

»Es geht hier nicht um Viehzucht, Herr von Katzbach!«,

bemerkte die Mutter Oberin. »Es geht um Gott und seine Engel. Das Kind behauptet, berufen zu sein. Wir werden das prüfen!«

Philipp von Katzbach senkte den Kopf. »Das steht Euch frei, Ehrwürdige Mutter. Aber wir alle sind uns sicher, dass Konstanze wahrhaft reinen Herzens ist. Sie lügt nicht, und die Bilder, die sie sieht, sind sicher nicht des Teufels!«

»Man wird sehen«, beschied ihn die Äbtissin. »Ihr könnt Euch jetzt von Eurer Tochter verabschieden. Aber macht nicht zu lange. Sie wird dann mit mir die Messe besuchen.«

Konstanze sah Tränen in den Augen ihres Vaters, als er sie zum Abschied küsste. Und sie hoffte, dass sie wirklich ihr galten, und nicht dem teuren Stoff für das Kleid, das Waltraut nun wohl nicht haben würde. Schließlich machte die Mutter Oberin keine Anstalten, ihre neue Novizin einkleiden zu lassen, bevor sie das Mädchen mit in die Kirche nahm, und sie würde Philipp kaum erlauben, im Kloster zu warten.

Konstanze seufzte. Hätte sie das nur vorausgesehen, dann wäre ihre Gabe wenigstens ein wenig nützlich gewesen!

Herler Burg bei Köln

Sommer 1206

»Bleibst du denn mein Freund?«, fragte Gisela leise.

Rupert hatte ihr eben ihren Zelter gesattelt, und sie wusste, es war Zeit für den Abschied. Es war besser, Rupert jetzt auf Wiedersehen zu sagen, bevor ihr Vater auftauchte und seinen schweren Rappen bestieg, oder bis gar die Eskorte von zwei Rittern zu ihnen stieß, die sie nach Meißen begleiten würde.

Rupert gab einen unverständlichen Schnaufton von sich. »Sicher …«, nuschelte der Pferdebursche. Es klang nicht, als ob er Gisela jetzt schon vermisste.

»Du wirst doch hier sein, wenn ich zurückkomme?«, fragte sie ängstlich.

Rupert schnaubte erneut. »Wo soll ich schon hingehen?«, murmelte er.

Es klang verärgert oder eher mutlos. Gisela überlegte, ob ihr Freund sie vielleicht beneidete. Rupert war elf Jahre alt, aber er wusste jetzt schon, dass er den Hof ihres Vaters vermutlich nie verlassen würde. Gisela dagegen trat an diesem Tag ihre erste Reise an – ihr Vater brachte sie zur Erziehung an den Hof der Jutta von Meißen. Ein berühmter Hof, der den Zöglingen alle Tore öffnete. Es konnte gut sein, dass Gisela einmal nach Sizilien oder Frankreich verheiratet wurde. Das Mädchen war von hohem Adel, man würde sehen, welche Verbindung seinem Vater in einigen Jahren am besten erschien.

Das hatte jedoch noch Zeit. Gisela war erst acht Jahre alt – sehr jung, um in Pflege gegeben zu werden. Aber in Friedrich von Bärbachs Haushalt gab es keine Frau. Giselas Mutter war bei der Geburt ihrer Zwillingsbrüder gestorben. Die einzigen weiblichen Wesen auf der Burg waren Dienstboten und eine bärbeißige Amme, Ruperts Mutter. Gisela hatte von jeher das Gefühl, dass die alte Margreth sie hasste – was gut möglich war. Rupert, ihr Ältester, war stark und hochgewachsen, aber Giselas Milchbruder Hans war dumm und auch körperlich etwas mickrig geraten. Die Amme mochte das darauf zurückführen, dass ihm Gisela die Kraft geraubt hatte – auf jeden Fall hatte sie den Kindern ihres Dienstherrn nie mütterliche Gefühle entgegengebracht. Und höfische Erziehung war von ihr erst recht nicht zu erwarten. Friedrich von Bärbach hatte folglich seine Entscheidung getroffen: Gisela musste fort.

Das Mädchen selbst schwankte zwischen Abenteuerlust und Angst vor dem Neuen. Vor allem würde es Rupert vermissen. Der Junge war ihm wie ein Bruder. Gisela war ihm schon als kleines Kind wie ein Hündchen nachgelaufen, wenn er aus den Ställen in die Küche kam, um heimlich von dem Honigbrei zu kosten, den seine Mutter für die Kinder des Grafen zubereitete. Gisela liebte seinen Geruch nach Pferden und Heu, und sie fand es aufregend, wenn er sie mit in die Wälder rund um die Burg nahm, mit ihr Kaulquappen fing und Steine nach Eichhörnchen warf. Rupert selbst duldete sie sicher mehr, als er sie liebte, aber auch ihm fehlte es an Spielkameraden, und er sonnte sich in der Bewunderung des kleinen Burgfräuleins.

»Wenn du wiederkommst, wirst du mich gar nicht mehr kennen«, brummte er jetzt, während er letzte Hand an den Sattelgurt ihrer Stute legte. »Wer weiß, ob du überhaupt wiederkommst, vielleicht verheiraten sie dich gleich.«

Gisela seufzte. Das war möglich, wenn auch nicht wahrscheinlich. »Aber du vergisst mich nicht?«, vergewisserte sie sich.

Rupert schüttelte den Kopf.

Dieses halbe Versprechen war das Einzige, woran Gisela sich klammern konnte, als sie schließlich in Begleitung ihres Vaters und seiner Ritter durch das innere Tor der Burg und dann über die Zugbrücke ritt. Heute ging es noch am Rhein entlang bis Köln. Dort wollte von Bärbach sich einer Karawane von Kaufleuten anschließen. Man reiste sicherer in Begleitung, gerade durch die dichten Wälder in Sachsen. Insgesamt würden sie etwa zwanzig Tage unterwegs sein.

Gisela war zunächst etwas bedrückt und ritt wortlos neben ihrem Vater her, aber je weiter sie sich von der Burg entfernten, desto mehr gewann ihre Abenteuerlust die Überhand. In Köln selbst konnte sie sich schließlich vor Staunen kaum halten ob der riesigen Kirchen, des Marktes auf dem Domplatz und der vielen Kaufleute und Pilger aus aller Herren Länder.

Arno Dompfaff, der Handelsherr, dessen Gruppe man sich anschloss, erwies sich obendrein als gesprächig und umgänglich. Er war selbst Vater von zehn quirligen Kindern und fand das kleine Fräulein, das seine Reise mit tausend Fragen begleitete, entzückend. Hannes ritt lieber neben der vergnügten Gisela her als neben den ernsten, anderen Kaufleuten – Letztere meist Juden, die ohnehin den Eindruck erweckten, bevorzugt unter sich zu sein.

Gisela sonnte sich in seiner Aufmerksamkeit und genoss die Reise. Das lange Reiten machte ihr nichts aus. Ihr Pferd ging weich und lebhaft voran, und sie saß fest im Sattel. Das Mädchen wäre auch ohne Sitzkissen zurechtgekommen, denn mit Rupert hatte Gisela oft auf dem blanken Pferderücken des Schlachtrosses ihres Vaters gesessen und den riesigen Rappen zur Schwemme geritten. Friedrich von Bärbach wusste natürlich nichts davon. Manchmal lenkte seine Tochter sogar eines der Streitrosse über die Bahn, auf der die Ritter fürs Turnier übten. Die Pferde gingen dabei stets brav wie die Lämmchen. Gisela hatte Geschick im Umgang mit Tieren. Sie freute sich schon auf die Falkenjagd.

So vergingen die Wochen der Reise schnell, zumal sich die

Befürchtungen ihres Vaters nicht bewahrheiteten. Raubritter und Gauner, die Reisenden gern auflauerten, schreckten vor der Größe der Karawane zurück, mit der immer drei Fernhandelskaufleute mit ihren Planwagen zogen, dazu einige kleinere Krämer und ein paar Pilger auf der Heimreise von ihrer Wallfahrt ins heilige Köln. Selbstverständlich reisten die Händler nicht ohne Eskorte. Der Trupp wurde von insgesamt dreißig schwer bewaffneten Reitern begleitet.

Gisela trennte sich ungern von ihren Reisegefährten, als sie Meißen schließlich erreichten und Friedrich von Bärbach die gewaltigen Burgen auf dem Albrechtsberg ansteuerte. Arno Dompfaff und die anderen Händler ritten derweil weiter in die Stadt. Das Mädchen tröstete sich ein bisschen mit dem Haarreif aus Emaille, den Dompfaff ihm zum Abschied schenkte.

»Das Grün passt zu Euren Augen, Fräulein. Passt auf, Ihr werdet allen Rittern auf der Burg den Kopf verdrehen!«, lachte der Kaufmann und winkte Gisela nach. Auch ihm schien der Abschied schwerzufallen.

Friedrich von Bärbach schien dagegen froh, die Gesellschaft der städtischen Krämer und Pilger verlassen zu können. »Jüdisches Pack«, murmelte er, als sie den Burgberg hinaufsprengten. »Und christliche Gauner, die den Kopf zu hoch tragen, weil sie sich in ihren Städten ›Bürger‹ nennen dürfen. Letztlich alle ihren Grundherren entlaufen …«

Gisela sagte nichts dazu. Ihr Vater hielt nicht viel von den Magistraten in Köln und Mainz, aber sie verstand nicht warum, und es war ihr auch egal. Sie fieberte der ersten Begegnung mit ihrer neuen Ziehmutter entgegen. Ob sie streng und böse mit ihr sein würde wie die Amme? Sollte sie den neuen Haarreif tragen, oder würde ihr das als Hoffart ausgelegt?

Dann erwiesen sich jedoch all ihre Befürchtungen als grundlos. Während der Truchsess des Burgherrn ihren Vater und seine Ritter im Burghof willkommen hieß und ihnen einen Schluck edelsten Weines kredenzte, erschienen zwei

fröhliche, für Giselas Augen fast festlich gekleidete Mädchen, um die Kleine in Empfang zu nehmen.

»Oh, sie ist hübsch!«, gurrte die eine. »Das wird die Herrin freuen!«

»Aber wir sollten sie noch umkleiden. Vielleicht auch ein Bad nach der langen Reise«, plapperte die andere.

Ehe Gisela noch ganz begriff, wie ihr geschah, hatten die Mädchen sie in eine gut geheizte Kemenate geführt, in der schon ein Waschzuber auf sie wartete. Sie seiften sie lachend ein und ergingen sich in Schmeicheleien über ihr seidiges blondes Haar und ihre großen grünen Augen.

»Wir müssen das Haar in Eigelb spülen, dann glänzt es noch mehr!«, riet Hiltrud, die Jüngere, und Luitgard, die Ältere, suchte ein leichtes leinenes Unterkleid und eine Surkotte aus grasgrüner Seide aus einer der Truhen. Keines der Mädchen machte Anstalten, Giselas eigene Kleidung auszupacken. Das würden die Mägde später tun. Vorerst bedienten sie sich aus der offenbar unerschöpflichen Kleidersammlung des Hofes.

»Jetzt bist du schön!«, erklärte Hiltrud, als Gisela schließlich mit offenem glänzendem Haar, geschmückt mit dem Emaillereif, und in dem neuen Kleid vor ihr stand. »Nur den Saum sollten wir noch umlegen, damit du nicht darüber stolperst.«

Die Mädchen steckten den Rock mit Fibeln provisorisch fest und führten Gisela dann stolz wie eine frisch angekleidete Puppe die Stufen des Söllers hinunter. Der Weg führte zunächst durch einen Küchengarten und dann in den weitläufigen Burggarten. Es gab bunte Blumenrabatten, riesige Bäume, die Schatten spendeten, und überall hörte man fröhliche Stimmen und das Lachen von Mädchen und jungen Rittern, die sich vergnügten.

Jutta von Meißen erwartete ihr neues Ziehkind im Rosengarten. Sie saß in einer Laube, umgeben von einem Meer von Blüten und in einem Kreis jüngerer und älterer Mädchen und

Frauen. Ein Spielmann unterhielt sie mit Lautenspiel und Gesang.

»Frau Jutta? Hier ist Gisela von Bärbach«, stellte Luitgard eifrig vor und schob Gisela vor ihre Pflegemutter.

Jutta von Meißen war in feines Tuch gewandet. Sie trug eine weinrote Surkotte, unter der ein dunkelgrünes Unterkleid hervorschimmerte, dazu einen goldenen Gürtel. Die Farbe ihres Haares konnte man nicht erkennen, sie versteckte es züchtig unter einem Gebende aus feinstem Leinen, aber ihre nussbraunen Augen musterten Gisela mit Wärme.

»Lass dich willkommen heißen, meine Kleine!«, sagte sie huldvoll. »Ach was, komm her und gib mir einen Kuss. Es wird mir eine Freude sein, ein so kleines Ding bei mir zu haben, fast wie eine Tochter ... Du magst meinem Kind eine Gespielin sein!«

Gisela erkannte jetzt, dass Jutta von Meißen gesegneten Leibes war, und lächelte ihr zu. Sie nahm ihren leichten Rosenduft wahr, als sie weisungsgemäß ihre Wange küsste. Aber Jutta von Meißen umfing sie mit ihren Armen und küsste sie auf den Mund.

»Und wie hübsch du bist! Herr Walther, ist sie nicht eine kleine Schönheit?« Frau Jutta wandte sich an den Spielmann, einen vierschrötigen, rotgesichtigen Mann, dessen kräftigen Fingern man kaum zutraute, so geschickt die Laute zu schlagen. »Dies ist Herr Walther von der Vogelweide, Gisela. Er erweist uns die Ehre, uns zu zerstreuen.«

»Die Ehre ist ganz auf meiner Seite, Herrin!«, bemerkte der Spielmann. »Und es wird mich freuen, dieser neuen Zierde Eures Hofes ein paar Verse zu widmen.« Er verneigte sich in Richtung Giselas.

Jutta lachte und drohte ihm mit dem Finger. »Aber nicht zu schlüpfrige, Herr Walther! Man kennt Eure Neigung zur Derbheit. Erschreckt mir nicht diese kleine Blüte, die erst noch zur Rose heranwachsen muss.«

Gisela hörte aufmerksam zu, obwohl ihr all das Getän-

del und die Schmeicheleien schnell zu viel wurden. Dies war zweifellos höfisches Benehmen, aber Gisela lag anderes am Herzen.

Und warum sollte sie sich nicht trauen? Die Markgräfin schien schließlich überaus freundlich. Gisela holte tief Luft. »Und wo sind die Falken?«, fragte sie aufgeregt.

Visionen

Frühjahr 1212

Kapitel 1

Konstanze trug ihren Korb über die Blumenwiese zum Waldrand. Er war jetzt schon zur Hälfte mit verschiedenen Pflanzen, Blüten und Kräutern gefüllt, denen Hildegard von Bingen Heilkräfte zugeschrieben hatte. Die Schwestern sammelten sie regelmäßig und stellten daraus Elixiere, Salben und Tees her – auch wenn Konstanze nicht von jedem der Rezepte überzeugt war. Mitunter widersprachen die Angaben der Klostergründerin über die Wirkung der Essenzen dem, was das Mädchen viel älteren Aufzeichnungen in Latein und Griechisch entnahm.

Die Klosterbibliothek enthielt verschiedene, fast vergessene Schriften berühmter Ärzte wie Hippokrates und Galen. Allerdings interessierte sich kaum eine der Nonnen für diese verstaubten Codices, die oft nicht einmal gebunden, sondern in Schriftrollen vorlagen. Es gab zwar hochgelehrte Frauen unter den Schwestern – die Benediktinerinnen fertigten sehr korrekte Abschriften lateinischer und griechischer Texte und verstanden durchaus, was sie da kopierten –, die meisten von ihnen verfügten jedoch nicht über den Wissensdurst ihrer Klostergründerin.

Hildegard von Bingens Forscherdrang war legendär, und oft genug beschäftigten sich die Schreiberinnen im Kloster auch mit der Kopie ihrer Briefe und Abhandlungen. Dabei wurden die Ergebnisse der *Prophetissa Teutonica,* der teutonischen Seherin, wie man sie auch nannte, allerdings nie kritisiert oder gar nachgeprüft – nur Konstanze fragte sich manchmal, was davon zu halten war. Viele »Erkenntnisse« der Mystikerin beruhten auf Visionen statt auf Erfahrungen, und die Schriften der alten Meister hatten sich der Klosterfrau schon deshalb nicht erschlossen, weil sie kein Latein und erst recht kein Griechisch lesen konnte.

Konstanze vertiefte sich lieber in die geheimen Schätze der Bibliotheken, als sich mit dem Wissen um die Heilkräfte von Edelsteinen zu belasten oder Tierherzen zu Pulver zu zermahlen, um damit Herzleiden bei Menschen zu behandeln. Natürlich durfte sie das niemandem erzählen – sie galt ohnehin schon als renitent und absonderlich, und wäre sie nicht so klug und geschickt im Bereich der Medizin gewesen, so hätte man sie wahrscheinlich nie aus den Klostermauern heraus und allein in die Felder und Wiesen gelassen.

Konstanze atmete die frische Luft tief ein und genoss die Düfte des Frühlings. Sie dachte noch mit Grauen an die ersten Jahre im Kloster, in denen es ihr fast nie erlaubt worden war, ihre Zelle, die Studierzimmer und die Kirche zu verlassen. Zwar hatte man sie nicht eingesperrt, aber es kam mehr oder weniger auf das Gleiche hinaus: Die Novizin Konstanze von Katzbach stand unter ständiger Beobachtung – und ihre Meisterinnen waren alles andere als wohlwollend. Dabei wusste Konstanze bis jetzt nicht, was sie damals falsch gemacht hatte.

Die anderen Mädchen hatten sie anfangs argwöhnisch beäugt, weil sie nicht von hohem Adel war. Unter sich protzten die Novizinnen auf ganz weltliche Weise mit den Gütern ihrer Väter und der Mitgift, die sie ins Kloster eingebracht hatten. Ihre Tracht war aus feinstem Tuch, während Konstanze nur der eher schlichte Stoff zugeteilt wurde, den auch die Laienschwestern in der Küche und im Garten trugen. Die Mädchen lachten über sie, weil sie manche Fertigkeiten nicht beherrschte, die man den hohen Fräulein schon als Kindern beigebracht hatte. Konstanze war im Haushalt eines Bauern groß geworden: Sie konnte melken, weben und einen Küchengarten betreuen. Sticken oder Laute spielen hatte sie nie gelernt.

Natürlich wusste jeder von ihren Visionen und brannte darauf, daran teilzuhaben. Besonders am Anfang hoffte man auf zukunftsweisende Offenbarungen, aber hier hatte Konstanze mehrmals versagt. Die Schwestern, vor allem die Äbtissin, deuteten die Bilder nicht so wohlgesonnen wie die Menschen in Konstanzes Heimatdorf. Eher stellte man endlose Fragen, ließ das Mädchen die Visionen immer wieder beschreiben und suchte nach möglichen Verbindungen zu höllischen Mächten.

Konstanze wurde Anmaßung vorgeworfen, und man beschuldigte sie, sich hoffärtig in den Vordergrund stellen zu wollen. Dabei wäre es ihr recht gewesen, hätte man sie einfach in Ruhe gelassen. Sie wollte diese Visionen nicht und war nicht stolz darauf, aber im Kloster stellten sie sich noch häufiger ungefragt ein als zuvor in ihrem Dorf. Kein Wunder, die endlosen Gebete, der immer gleiche Ablauf der Messen, Gesänge und Lesungen waren gähnend langweilig. Konstanzes wacher Geist schweifte dann leicht ab, und wenn er sonst nichts fand, mit dem er sich beschäftigen konnte, schlich sich schnell eine der unwillkommenen Visionen ein. Sie sah Engel, die den Chor der Nonnen verstärkten, nachdem sie sich auf einer goldenen Leiter vom Himmel herabgehangelt hatten. Zu Pfingsten beobachtete sie den Herrn Jesus segnend über die Felder gehen, gefolgt von einer Schar fröhlich tanzender Engel, und als sie zitternd vor Kälte in der ungeheizten Kirche die Christmette verfolgte, sah sie Maria und Josef – ebenso frierend – bei der Herbergssuche. Dabei wusste sie zu dieser Zeit schon lange, dass die beiden wahrscheinlich gar nicht gefroren hatten. Im Heiligen Land war es im Dezember nicht allzu kalt.

Konstanze empfand allein bei dem Gedanken an die Ehrwürdige Schwester Maria ein warmes Gefühl. Die Klosterärztin war die Einzige, die sie in den ersten Jahren nach dem Eintritt freundlich behandelt hatte. Selbst dann noch, als sie hinter ihre Schwindeleien kam.

Denn irgendwann hatte die kleine Konstanze angefangen, ihre Mitschwestern schamlos zu belügen. Sie war es einfach leid gewesen, dass man sich über ihre Erscheinungen lustig machte, weil tanzende Engel und frierende Gottesmütter so gar nicht zu den hehren Visionen der Hildegard von Bingen passten. Der *Prophetissa Teutonica* hatten sich schließlich wahre Wunderdinge rund um den Lauf von Sonne und Mond, die Heilkunst und die Musik erschlossen – während Konstanze bislang nichts zu Glaube und Lehre beitrug.

Eines Tages wurde ihr jedoch im Unterricht der Schwester Maria bewusst, dass sie in Bezug auf Heil- und Gewürzpflanzen über deutlich mehr Kenntnisse verfügte als die anderen Novizinnen und die meisten Nonnen. Sie verdankte das nicht Gott, sondern ihrer kräuterkundigen Großmutter – aber irgendwann ritt sie der Teufel, und sie behauptete, ein Engel habe ihr in einer Vision erzählt, dass Salbei gegen rauen Hals hülfe und Beinwell Schmerzen lindere! Zu Konstanzes Überraschung glaubten die meisten ihrer Mitschwestern jedes Wort – nur die Mutter Oberin blieb skeptisch. Schließlich enthüllte Konstanze da ja nichts wirklich Neues. Aber das Mädchen war schon damals die beste unter den Klosterschülerinnen, wenn es um die Kenntnis der alten Sprachen ging, und schließlich entdeckte es die ersten vergessenen Handschriften in der Bibliothek.

Konstanze studierte sie aufgeregt, und von da an verrieten die »Engel« der kleinen Novizin die Kardinalszeichen der Entzündung und Rezepte zur Entwässerung des Körpers. Die Äbtissin war endlich beeindruckt!

Konstanze begann dann auch bald, gezielt nach Mitteln gegen Krankheiten zu suchen, die im Kloster grassierten. Aber eines Tages, als sie gerade ein Werk des Hippokrates auf die Linderung von Augenkrankheiten hin durchforstete, da eine alte Mitschwester langsam der Sehkraft beraubt wurde, erschien Schwester Maria hinter ihrem Stehpult.

»Darin wirst du die Antwort nicht finden«, sagte sie freund-

lich, als das Mädchen die griechische Schriftrolle erschrocken wegsteckte, »sie steht hier.«

Damit wies sie auf einen der Codices in den obersten Regalen der Büchersammlung. Hier langte niemand hinauf, und folglich wurden die dort aufbewahrten Schriften auch selten gelesen.

»Du müsstest allerdings eine weitere Sprache erlernen, um sie entziffern zu können«, fügte die Schwester lächelnd hinzu.

Konstanze, zu verblüfft, um sich ertappt zu fühlen, sah genauer hin. »Aber das ist … das ist die Sprache der Sarazenen …«, bemerkte sie, als sie die seltsame, völlig unleserliche Schrift besah, die Blütenranken ähnelte.

Die Schwester lächelte. »Die Gott in seiner unerforschlichen Weisheit physisch genauso geschaffen hat wie die Franken«, bemerkte sie. »Weshalb man ihre Heilkunst denn auch durchaus übertragen kann.«

»Aber … ich dachte … sie sind Heiden«, stotterte Konstanze.

»Das war der hier auch!«, erklärte die Medica und zeigte auf Hippokrates' Lehrwerk. »Hippokrates schwor seinen ärztlichen Eid auf Apollon, von Jesus Christus hatte er nie gehört. Wie auch, unser Erlöser war zu seiner Zeit noch nicht einmal geboren.« Schwester Maria bekreuzigte sich, als sie den Namen Jesu erwähnte.

»Und Ihr meint, da stünde mehr über … Heilmittel?«, fragte Konstanze und schaute begehrlich auf den Codex über ihr. »Über solche, die man hier … nicht kennt?«

Die Schwester lachte. »O ja, die Engel könnten dir da noch manches offenbaren«, sagte sie spöttisch.

Konstanze errötete zutiefst. »Ihr … Ihr wisst …? Und Ihr … habt mich nicht verraten?«

Die Medica schüttelte den Kopf. »Nein. Warum auch? Die Engel haben dir ja nichts Falsches erzählt – schade nur, dass sie sich unserer hochverehrten *Prophetissa* nicht schon mit diesen Erkenntnissen genähert haben. Ich hätte in den letzten Jahren manche Krankheiten besser behandeln können.«

Konstanze bemühte sich zu begreifen. »Also habt Ihr … all das gewusst, was hier steht?« Sie zeigte auf die Werke von Hippokrates und Galen. »Aber Ihr …«

»Ich behandle meine Patienten auf der Grundlage der medizinischen Erkenntnisse unserer Klostergründerin Hildegard – die zweifellos über ein großes Grundlagenwissen verfügte, das sie für die Nachwelt niedergeschrieben hat. In unserer eigenen Sprache. Es ist also vielen Menschen zugänglich, und sie hat sich damit sicher verdient gemacht vor Gott und seiner Schöpfung. Aber neu war das nicht. Und besonders die Dinge, die der Prophetin von den Engeln offenbart wurden … Hm, ich würde sagen … du hast da die kundigeren Engel!«

Konstanze verstand und lächelte verschämt. Allerdings warf jede Antwort, die Schwester Maria gab, neue Fragen auf.

»Und Ihr könnt auch das lesen?«, erkundigte sie sich und wies auf die arabischen Codices. »Wo habt Ihr das gelernt?«

Maria zog sich eine Leiter heran, kletterte hinauf und holte eine der Schriften herunter. »Das habe ich schon als Kind gelernt«, erklärte sie und fuhr über den Einband der Schrift, die sie dann vorsichtig auf das Pult vor Konstanze legte. »Im Heiligen Land. Es ist meine Muttersprache.«

Konstanze war jetzt völlig verwirrt. Fragend sah sie der Medica in die Augen. Kohlschwarze Augen und ein dunkles Gesicht. Bisher war ihr nie aufgefallen, welch ungewöhnliche Erscheinung die Schwester war. Man achtete hier kaum auf das Äußere, das schwarze Habit glich alle einander an. Aber Schwester Maria sah tatsächlich nicht aus, als habe ihre Wiege im Rheinland gestanden.

»Ich wurde in Akkon geboren«, erklärte sie gelassen. »Als Tochter eines sarazenischen Fürsten. Mein richtiger Name ist Mariam al-Sidon. Als die Stadt von den Franken erobert wurde, ergab sich mein Vater, und mein Bruder und ich kamen als Geiseln an einen teutonischen Hof. Ich wuchs dort auf, wurde christlich erzogen – und als ich heimkehren und verheiratet werden sollte, weigerte ich mich. Stattdessen ging ich ins Kloster. Mein Bruder kehrte zurück ins Heilige Land – ich habe nie wieder von ihm gehört. Und auch nicht von meiner sonstigen Familie. Aber meine Sprache ist mir geblieben ... Schau, dies ist eine Schrift von Abu Ali al-usayn ibn Abd Allah ibn Sina – die Franken nennen ihn Avicenna.«

Konstanze interessierte sich jetzt nicht mehr so sehr für die Schriften. Schwester Marias Geschichte erschien ihr fesselnder als die Medizin.

»Aber ... aber warum wolltet Ihr denn nicht heiraten?«, brach es aus ihr heraus. »Warum habt Ihr ... das hier ... vorgezogen?«

Die Medica lächelte – fast ein bisschen wehmütig.

»Mein Vater wollte mich nach Alexandria verheiraten. An einen muslimischen Hof. Ich hätte also meinen alten Glauben wieder annehmen müssen – jedenfalls, wenn ich als geehrte erste Gattin in den Harem meines Herrn eintreten wollte, und nicht als Konkubine!«

Konstanze musterte die Schwester mit ganz neuer Ehrfurcht. Sie war die erste zum Christentum bekehrte Muslimin, die ihr begegnete. Bisher hatte sie nur von Kreuzzügen und fränkischen Märtyrern gehört, die sich für Christus aufopferten. Schwester Maria hatte sogar der Ehe entsagt ...

»Ich fürchtete mich vor dem Harem«, gestand die Medica. »Meine Pflegemutter schilderte ihn mir wie ein Abbild der Hölle – obwohl ich mich gar nicht an so Schreckliches erinnerte, schließlich wurde ich in einem Harem geboren. Aber ich glaubte meiner Pflegemutter und den Priestern, ich wollte nicht eingesperrt irgendwo in einem Frauengemach leben.« Schwester Maria lächelte. »Und nun frage ich mich manchmal, wo der Unterschied liegt zwischen dem Leben, das ich ablehnte, und dem, das ich führe ... aber das grenzt an Ketzerei, Kleines, das hast du nicht gehört! Genau wie ich nichts

von den Hintergründen deiner Visionen weiß. Willst du jetzt lernen, wie man diese Codices liest?«

Konstanze zögerte. »Könnt Ihr es mir nicht einfach sagen, was ich wissen möchte, Ehrwürdige Schwester?«, fragte sie. »Ich meine, wenn Ihr doch Kenntnis darüber habt, wie man diese Augenkrankheit heilt …«

Schwester Maria seufzte. »Ach Kind, diese Krankheit … es gibt ein Mittel, aber es ist eine chirurgische Maßnahme: Man muss in das Auge hineinstechen. Ich würde mir das nicht zutrauen, und ich würde deinen Engeln auch nicht raten, es vorzuschlagen. Schließlich können wir uns nicht mit den Badern auf Jahrmärkten gleichstellen – auch wenn die manch altes Wissen bewahrt haben. Also, vergiss die Augen von Schwester Benedicta. Aber du kannst hier etwas über andere Heilmittel erfahren. Wahrscheinlich mehr als das Wenige, an das ich mich erinnere. Es ist lange her, seit ich diese Bücher studiert habe, Mädchen. Und du hast jüngere Augen.«

Von da an unterrichtete die Schwester aus dem Heiligen Land das Mädchen vom Rhein in ihrer Sprache. Und in Konstanzes »Visionen« schlichen sich immer mehr Offenbarungen aus dem Orient ein, entnommen den Schriften von Ar-Razi oder Ibn Sina.

Während sie so zur anerkannten »Seherin« aufstieg, ließen Konstanzes tatsächliche Visionen im Laufe der Jahre nach. Jetzt, mit sechzehn, empfing sie kaum noch Bilder und war heilfroh darüber. Auch die Hänseleien der anderen Novizinnen waren mit der Zeit verstummt. Konstanze galt als designierte Nachfolgerin Schwester Marias in der Klosterapotheke, und sie war damit nicht unzufrieden. Im kommenden Jahr würde sie ihre Gelübde ablegen und konnte sich dann noch intensiver der Medizin und Krankenpflege widmen.

Das junge Mädchen sagte sich immer wieder, dass es Gott für dieses Leben danken sollte, das da wie ein leicht lesbares Buch vor ihm aufgeschlagen lag. Außerhalb des Klos-

ters hätte Konstanze niemals Sprachen erlernt, die Welt der Bibliotheken wäre ihr verschlossen geblieben, und sie hätte sehr viel härter im Haushalt arbeiten müssen. Auf dem Rupertsberg wurden die Novizinnen nur zu kleinen Helfertätigkeiten herangezogen, die Schwestern widmeten sich lediglich ihren speziellen Aufgabenbereichen in der Kirche und in den Studier- und Schreibstuben. Sie lebten recht angenehm, verwöhnt von Laienschwestern, deren Rang nicht weit über dem von Dienstboten stand, finanziert durch die Spenden adeliger Damen, die das Kloster großzügig alimentierten. Das Essen war reichlich und gut, die Kleidung kam sauber und ordentlich aus der Klosterwäscherei. Verglichen mit dem Leben ihrer Mutter und Großmutter war dies das Paradies – aber Konstanze konnte sich nicht helfen: Sie hasste jeden einzelnen Tag, den sie im Kloster verbringen musste!

Das Mädchen schalt sich dieser Gedanken, während es wilden Bärlauch entdeckte, pflückte und der Kräutersammlung beifügte. Je näher das Ablegen ihrer ewigen Gelübde rückte, desto häufiger drängte sich Konstanze der Wunsch nach Freiheit auf, die Sehnsucht danach, hinaus in die Natur zu gehen, ohne vorher eine Erlaubnis dafür einzuholen. Oder einmal, ein einziges Mal nur, eine Nacht durchzuschlafen, statt kurz nach Mitternacht zur Vigil geweckt zu werden und im Halbschlaf die immer gleichen Gebete zu sprechen! Nach Konstanzes Auffassung hatte Gott die Nacht geschaffen, um seinen Geschöpfen Ruhe zu gönnen. Sie empfand es fast als Frevel, dieses Geschenk zurückzuweisen – auch wenn es nur dazu geschah, dem Herrn zu huldigen.

Konstanze sehnte sich zudem nach dem Gespräch mit anderen Menschen – die kleine Frauengemeinschaft im Kloster war ihr nicht genug. Sie hätte sich auch gern einmal wieder mit Männern unterhalten! Dabei glaubte sie nicht, dass dieser Wunsch auf Lüsternheit basierte, wie ihr die Mutter Oberin vorwarf, wenn es ihr wirklich einmal gelang, ein paar Worte mit dem Priester zu wechseln, der auf dem Rupertsberg die Messe las.

Tatsächlich fühlte sie sich weder zu ihm noch zu ihrem Beichtvater oder einem der anderen, ihr vage bekannten Mönche hingezogen. Sie träumte nie davon, von ihnen geküsst oder umarmt zu werden. Aber sie hatte die Korrespondenz der Hildegard von Bingen mit Männern wie Bernhard von Clairvaux studiert. Sie hatte die Schriften der Ärzte und Philosophen gelesen. Konstanze sehnte sich nach Austausch. Sie hätte ihre Gedanken gern mit Menschen geteilt, deren Horizont weit über die Klostermauern von Rupertsberg hinausging. Und wenn sie manchmal auch von einem Ritter träumte, der sie anlächelte und in die Arme nahm ... so waren das sicher nur kleine Versuchungen des Teufels, über die sie leicht hinwegkommen würde, wenn man sie nur ließe!

Tatsächlich gab es nur ein einziges männliches Wesen, mit dem Konstanze außerhalb des Klosters Umgang pflegte. Und hier hatte sie sich in Sachen Lüsternheit nichts vorzuwerfen. Peterchen, ihr kleiner Freund, war schließlich höchstens zehn Jahre alt. Genau wusste er das nicht, seine Eltern gehörten zum Gesinde eines Außenwerks des Klosters und konnten nicht lesen und schreiben. Die Jahre zählten sie höchstens nach der Anzahl ihrer Kinder – Peterchens Mutter brachte so ziemlich in jedem Jahr ein neues Kind zur Welt.

Peter war ihr Ältester und hatte bereits wichtige Aufgaben im Dorf: Er hütete die Schafe, deren Wolle später zwar nicht das feine Tuch für die Gewänder der Schwestern, aber doch den Grundstoff für die Kleider der Knechte und Laienschwestern lieferte. Im Winter trieb er die Tiere tagtäglich hinaus, damit sie auf den kargen Weiden eine Futterergänzung zum spärlich vorhandenen Heu fanden, und im Sommer lebte er mit ihnen draußen und wanderte von einem Weidegrund zum anderen.

Konstanze traf den Knaben und seine Herde fast jedes Mal, wenn sie zum Kräutersammeln in Wald und Flur ging,

und es gefiel dem oft gelangweilten Kind, ihr dabei zu helfen. Inzwischen überraschte Peterchen sie meist schon mit einem Sträußlein Blüten und Gräser, und oft trocknete er seine Ausbeute gleich für sie in der Sonne. Als Gegenleistung pflegte Konstanze ihm kleine Köstlichkeiten aus der Klosterküche mitzubringen.

Auch an diesem Tag hatte sie ein paar Krapfen stibitzt und hielt sie in ihrem Korb für den Jungen bereit. Peterchen war eigentlich immer hungrig. Sein Vater brachte die große Familie nur mit Mühe durch und erwartete von dem kleinen Schäfer, dass er sich zumindest teilweise selbst verpflegte. Peterchen stellte denn auch pflichtschuldig Fallen für Kleingetier auf, aber in seine Schlingen verirrte sich nur selten ein Hase, und auch mit der Schleuder hätte der Junge keinen Goliath besiegt. Peterchen war ein schmächtiges Kind – und die karge Kost sowie die oft kalten Nächte, die er im Sommer mit den Tieren auf der Weide verbrachte, trugen nicht dazu bei, ihn zu stärken.

Konstanze wunderte sich, warum er noch nicht aufgetaucht war. Sie lief seit bald einer Stunde über einladend grüne Wiesen, und im Allgemeinen entwickelte Peterchen eine Art sechsten Sinn dafür, wann und wo sie ihrer Arbeit nachging. Für ihn war ihr Besuch schließlich eine ebenso willkommene Abwechslung wie der Ausflug für sie, und er liebte es, mit ihr zu plaudern, während er die mitgebrachten Leckereien mit vollen Backen kaute. Konstanze brachte es nie übers Herz, ihn dafür zu rügen. Niemand erwartete höfische Umgangsformen von einem Bauernkind.

An diesem Tag fehlte von Peter jede Spur, und Konstanze begann irgendwann, sich Sorgen zu machen. Womöglich war der Kleine ja krank oder verletzt, und niemand hatte etwas gemerkt. Solange die Schafe nicht verloren gingen, kümmerte sich keine Seele um den jungen Hirten. Das Mädchen warf einen prüfenden Blick in den Himmel. Die Sonne stand bereits hoch, und es sollte zur Non zurück im Kloster sein.

Die Kräuter, die sie suchte, mussten nach Ansicht der Hildegard von Bingen um die Mittagszeit gepflückt werden. Später verlören sie angeblich ihre Wirkstoffe. Konstanze hielt das für Aberglauben, hatte aber die strikte Auflage von Schwester Maria, sich daran zu halten. Die Medica wollte keinen Ärger – soweit wie möglich, hielt sie sich an die Vorgaben der Klostergründerin. Konstanze hatte getan wie ihr geheißen, konnte sich aber nicht dazu entschließen, den Heimweg anzutreten. Der Gedanke an Peter ließ sie nicht los.

Sie kannte den Unterschlupf des Kleinen. Er hatte ihr einmal gezeigt, wo er gewöhnlich schlief, wenn er nachts bei den Tieren blieb. Der Platz war klug gewählt, es gab dort ein paar Felsen, die nah beieinanderstanden. Wenn man einen Mantel darüberbreitete, hatte man ein wenig Schutz vor Regen und Wind. Natürlich fehlte dem Kind dann der Mantel, aber der Junge besaß ein Schaffell, mit dem er seine Höhle auspolsterte und auf dem er sich zusammenrollte. Wenn Konstanze dem Bach folgte, der fröhlich zwischen den Wiesen hindurchplätscherte, war sie in kurzer Zeit in Peters Lager. Sie konnte nach ihm sehen und ihre Krapfen abliefern – Konstanze beschloss, dass diese Handlung unter Almosen fiel. Es war sicher keine Sünde, dafür ein Stundengebet ausfallen zu lassen.

Tatsächlich traf das Mädchen bald auf die ersten Schafe, als es sich Peters Unterschlupf näherte. Die Tiere grasten weit verstreut – Peter hielt sie offensichtlich nicht zusammen, und auch sein struppiger Hund war nicht bei der Arbeit. Konstanze erkannte darin ein weiteres Alarmzeichen und lief schneller.

Dann aber sah sie ein munter flackerndes Feuer vor Peters Lager. Der Kleine war also da und musste am Leben sein. Konstanze atmete auf.

Und schließlich begrüßte sie auch der Hütehund, der mit Peter seinen Unterstand teilte. Er bellte, kam aber nicht heraus. Den Grund dafür erkannte das Mädchen schnell, als es die improvisierte Hütte endlich erreichte. Peter lag zusam-

mengekrümmt in der hintersten Ecke des Unterstands und hielt das Tier umklammert.

»Peterchen, was ist denn? Fehlt dir etwas?« Konstanze musste niederknien, um in die Hütte hineinsehen zu können. Sie erkannte, dass der Kleine zitterte. »Bist du krank, Peter?«

Peter kam nicht heraus, schüttelte aber den Kopf.

Konstanze setzte sich vor dem Unterstand ins Gras und wartete.

»Nun, wenn du nicht krank bist, willst du ja vielleicht einen von diesen Krapfen essen«, bemerkte sie schließlich und packte ihren Korb aus. »Aber wenn du keinen Hunger hast … dann ess ich ihn allein.«

Sie machte Anstalten, in das Gebäck zu beißen, woraufhin immerhin der Hund winselte und Anstrengungen machte, Peters Griff zu entkommen. Auch er mochte Krapfen, und Peter war immer bereit, die Leckereien mit seinem einzigen Freund und Vertrauten zu teilen. Vom Duft der Krapfen angelockt, krochen letztendlich beide aus der Hütte.

Konstanze registrierte erleichtert, dass Peterchen wirklich nicht krank wirkte – allerdings eingeschüchtert und verängstigt bis ins Mark.

»Was ist dir denn geschehen, Junge?«, fragte sie noch einmal und strich dem Kind über sein wirres, schmutziges Haar.

Peter saß jetzt neben ihr und schlug ausgehungert die Zähne in den ersten Krapfen. »Ich … ich hab den Herrn gesehen«, stieß der Kleine hervor, wie immer ohne das Kauen dabei einzustellen.

»Du hast was?«, fragte Konstanze.

»Ich hab … den Herrn gesehen. Und … und die Sterne sind vom Himmel gefallen. Was ein Zeichen ist, hat er gesagt.«

Konstanze lächelte. »Es sind ein paar Sternschnuppen gefallen in den letzten Nächten«, erklärte sie. Das Phänomen war den Nonnen auf dem Kirchgang nicht entgangen, und tatsächlich wurde auch auf dem Rupertsberg darüber spekuliert, was Gott damit ankündigen wollte. »Aber die Bedeutung der Lichter kennt man nicht. Es ist jedoch sicher nichts Bedrohliches. Ich denke, der Herr will uns nur damit segnen und Kindern wie dir ein Licht schenken in der Nacht.«

Peter schüttelte entschieden den Kopf. »Nein, nein, er hat schon gesagt, was er damit meint. Feuer und Schwert wird er schicken, oder so was. Wenn ich es nicht mache …«

Konstanze runzelte die Stirn. »Wenn du was nicht machst? Schluck erst mal runter, die Krapfen laufen ja nicht weg. Der Herr hat also mit dir gesprochen?«

Peter nickte und schluckte nun wirklich.

»Er ist an mein Feuer gekommen«, erklärte er. »Sah aus wie … wie so ein Mönch oder ein Pilger. Ja, ich glaub, ein Pilger, er hatte so einen Hut auf.«

»Er ist also nicht einfach erschienen?«, erkundigte sich Konstanze. In ihren eigenen Visionen materialisierten sich die Engel und Heiligen immer ziemlich plötzlich.

»Nein, er kam da her!« Peterchen wies in Richtung Wald. Im weitesten Sinne führte dieser Pfad auf die Straße nach Mainz, aber es gab zahlreiche Abzweigungen. »Und er fragte, ob er sich setzen darf.«

Konstanze wunderte sich. In ihren persönlichen Erscheinungen und denen der Hildegard von Bingen trat Jesus Christus herrischer auf. Aber gut, einigen Heiligen war er wohl auch als Pilger oder Bettler erschienen.

»Ich hab gesagt, ja, und ich hab ihm auch was von meinem Essen gegeben«, fuhr der kleine Peter fort.

»Er hat mit dir gegessen?«, fragte Konstanze verwirrt. »Der Herr Jesus Christus?«

»Vielleicht war's auch nur ein Engel«, schränkte Peterchen ein.

Zumindest schien die Erscheinung keine Schwierigkeiten damit gehabt zu haben, sich an weltlicher Speise zu laben.

»Und dann hat er erzählt, dass er es gewohnt ist, Hunger zu leiden. Und wie schlimm und gefährlich es ist im Heiligen Land.«

»Im Heiligen Land? Hat er gesagt, er käme daher?« Konstanze erschien es immer unwahrscheinlicher, dass Peter wirklich nur Bilder gesehen hatte.

»Ja … nein … ich weiß nicht … Aber er hat gesagt, im Himmel wären sie alle sehr traurig. Weil die Ungläubigen da immer noch sitzen … also im Heiligen Land. Und weil sie so böse zu den Pilgern sind – all so was. Aber ich soll das jetzt ändern.« Der Krapfen schien Peters Lebensgeister geweckt zu haben. Er sprach wieder flüssiger und schickte jetzt auch den Hund aus, die Schafe einzutreiben.

»Du, Peterchen?«, fragte Konstanze belustigt. Das Ganze klang immer verrückter. »Du sollst Jerusalem befreien?«

Peter nickte und pfiff seinem Hund. »Ja«, bestätigte er dann. »Weil ich zu den Unschuldigen gehöre. Nur die Unschuldigen können die Heilige Stadt befreien. Deshalb soll ich jetzt nach Mainz gehen und erzählen, was mir der Engel – oder der Herr, ich bin nicht sicher, aber ich glaub fast, es war der Herr Jesus Christus … – also jedenfalls soll ich berichten, was er gesagt hat. Und dann soll ich die anderen Unschuldigen nach Jerusalem führen und beten. Die Heiden würden ihre Schwerter dann niederlegen und sich zu Christus bekehren.«

»Aber Peterchen, wie wollt ihr denn dahin kommen?«, lächelte Konstanze und schob dem Kleinen den zweiten Krapfen zu.

»Von hier nach Jerusalem – das sind mehr als tausend Meilen! Und dazwischen liegt das Mittelmeer …«

»Das Meer wird sich teilen«, erklärte Peter ernst. »Das hat der Engel versprochen. Oder der Herr. Wir werden trockenen Fußes hinüberschreiten. Wie damals die … die …«

»… die Kinder Israels«, half Konstanze. »Unter Moses Aber das ist lange her …«

»Aber er hat es gesagt!«, beharrte Peter zu Konstanzes Verwunderung, ohne zuvor den Krapfen anzubeißen. »Es ist nur … es ist nur, dass ich so Angst habe. Ich kann nicht pre-

digen, ich bin doch kein Pfarrer. Und ich will hier auch gar nicht weg.«

Konstanze nickte und legte den Arm um die Schultern des Jungen. Die Berührung fiel ihr schwer, sie war es nicht mehr gewohnt, so vertraut neben einem anderen Menschen zu sitzen oder ihn gar zu liebkosen. Früher, mit ihren Geschwistern, war ihr das selbstverständlich erschienen – und jetzt, als Peterchen sich Hilfe suchend in ihre Arme schmiegte, merkte sie, wie sehr sie es vermisst hatte. Aber sie musste dem Kind erst einmal die Angst nehmen. Konstanze erschien es unmöglich, dass ihm tatsächlich ein Engel erschienen war. Viel wahrscheinlicher war es ein Pilger, der von Jerusalem erzählte. Peterchen musste etwas falsch verstanden haben. Oder der Mann selbst war verwirrt gewesen. Auf jeden Fall durfte Peter auf keinen Fall irgendetwas von Visionen und Erscheinungen herumerzählen! Konstanze wusste zu genau, wohin das führte.

»Pass auf, Peterchen, du tust jetzt erst mal gar nichts!«, riet sie dem Jungen. »Vergiss die Geschichte einfach, kümmere dich um deine Schafe, und sag niemandem etwas davon.«

Peterchen biss jetzt doch in seinen Krapfen, wenn auch nicht so heißhungrig wie sonst.

»Aber was ist mit dem Feuer vom Himmel?«, fragte er ängstlich. »Der Herr wird mich doch strafen, wenn ich nicht auf ihn höre.«

»Das Feuer am Himmel hat jeder gesehen, Peter. Das hat vielleicht gar nichts zu tun mit dem Engel. Und so schnell straft Gott dich auch nicht. Kennst du die Geschichte von Jonas, Peter, der kein Prophet sein wollte?« Der Priester hatte sie erst am letzten Sonntag in der Predigt behandelt, Peter sollte sich eigentlich erinnern.

Der kleine Junge nickte unschlüssig. »Den frisst ein Fisch, nicht?«, überlegte er.

Konstanze nickte. »Richtig. Aber vorher fragt Gott dreimal nach, ob er seine Botschaft wirklich nicht verbreiten möchte. Und dann spuckt ihn der Wal auch wieder aus, weil Gott es nämlich gar nicht so böse gemeint hat. Und da soll er dich gleich verbrennen, weil du ein bisschen Angst hast? Glaub mir, Peter, wenn der Herr tatsächlich eine Aufgabe für dich hat, dann erscheint er dir wieder! Und solange bleibst du ganz ruhig und erzählst es niemandem. Ja?«

Peter biss jetzt herzhafter in seinen Krapfen. »Ihr meint, dann findet der Herr vielleicht einen anderen?«, fragte er hoffnungsvoll.

Konstanze lächelte. »Vielleicht. Jedenfalls brauchst du dir keine Sorgen zu machen. Gott der Herr meint es gut mit dir. Er wird dir nichts auferlegen, was du nicht leisten kannst.«

Sie küsste das Kind auf die Stirn und stand auf – natürlich nicht ohne den letzten Krapfen aus dem Korb zu holen. Peterchen teilte ihn getröstet mit seinem Hund, und Konstanze machte sich auf den Heimweg. Bis zur Non würde sie es nicht mehr ins Kloster schaffen, sie würde sich beeilen müssen, die Kräuter bis zur Vesper so zu versorgen, dass sie nicht verdarben.

Über der Suche nach einer passenden Ausrede für ihre Verspätung vergaß sie den Pilger, das Flammenschwert und die Eroberung Jerusalems.

Kapitel 2

Gisela von Bärbach machte sich keine Sorgen, als ihre Ziehmutter Jutta von Meißen sie zu sich rufen ließ. Im Gegenteil, meist bedeutete die persönliche Einladung ein kleines Privileg – vielleicht eine Rolle in einem der Historienspektakel, die die Markgräfin gern aufführen ließ, oder die Aufforderung, vor einem geehrten Gast zu singen und die Laute zu spielen.

Gisela beherrschte beides sehr gut, und sie schaffte es sogar, dabei still zu sitzen. Ansonsten war sie auch jetzt noch das lebhafte, kaum zu bändigende Mädchen, als das es vor Jahren an den Hof von Meißen gekommen war: eine verwegene Reiterin und anerkannte Falknerin. Sie gehörte zu den wenigen Edelfräulein, die ihre Vögel selbst ausbildeten, und die Stallknechte vertrauten ihr gern junge, feurige Pferde an.

Auch an diesem Tag ereilte sie der Ruf ihrer Ziehmutter bei den Ställen. Sie kam eben von einem Ausritt zurück, Juttas kleinen Sohn Otto vor sich im Sattel, gefolgt von seiner Schwester Hedwig, die bereits allein reiten durfte. Ihr Pferdchen musste sich anstrengen, um mit Giselas Stute Schritt zu halten. Im Grunde kam es nur mit, weil das Mädchen sein Pferd zurückhielt. Schließlich sollte Otto nicht herunterfallen. Der kleine Junge hatte hier jedoch keine Befürchtungen, ihm konnte es nicht schnell genug gehen.

»Morgen reite ich einen Hengst!«, rief er, als ihn ein Knappe aus dem Sattel hob. »Oder meinst du, ich kann das nicht?« Unternehmungslustig wedelte er mit seinem Holzschwert.

Gisela lachte. »Ach, weißt du, Otto, das ist gar nicht so schwer. So ein Hengst ist wie ein junger Ritter: immer das

Schwert gezückt und auf sein Ziel los, ohne links und rechts zu schauen. Eine Stute dagegen ist schwerer zu lenken, man braucht Takt und Fingerspitzengefühl.«

Der helfende Knappe wurde umgehend rot, worauf es Gisela natürlich angelegt hatte. Am Minnehof der Jutta von Meißen übten sich Damen und Ritter in der Kunst der klugen und durchaus etwas anzüglichen Tändelei. Und hübschen, umschwärmten Mädchen wie Gisela gefiel es auch manchmal, die Jünglinge zu necken und verlegen zu machen, die ihre Ritterwürde noch nicht erlangt hatten. Vom Alter her standen sie ihr schließlich näher als die meisten Minneherren der Jutta von Meißen, die ihre Schwertleite längst gefeiert und in der Regel bereits erste Kämpfe bestanden hatten.

Junge Ritter waren meist um die zwanzig Jahre alt, bevor sie es wagten, der Dame ihre Aufwartung zu machen. Gisela dagegen war eben erst vierzehn geworden – gerade alt genug, um auch offenherzigeren Gesängen der Troubadoure zu lauschen oder mal einen Turniersieger mit einem Kuss zu ehren. Letzteres war durchaus begehrt: Wie von ihrer Ziehmutter vorausgesagt, hatte sich Gisela zu einer Schönheit entwickelt. Das Mädchen war schlank und zierlich, aber seine nach neuester Mode eng geschnittenen Kleider ließen doch schon erste Rundungen erahnen. Das feine, blond gelockte Haar, das fast golden schimmerte, umspielte ein edles Gesicht – eigentlich hellhäutig, aber meist leicht gebräunt vom Reiten in der Sonne. Gisela hatte volle, schön geschwungene Lippen, beherrscht wurde ihr Antlitz jedoch von ihren lebhaften hellgrünen Augen.

Giselas Blick schien Funken zu sprühen, wenn sie Freude oder Ärger empfand, aber ihre Augen konnten auch warm und tröstend leuchten, wenn sie mit Kindern und Tieren umging. Beides tat sie überaus gern. Das Mädchen kümmerte sich nicht aus Pflichtgefühl um Otto und seine zwei Schwestern, sondern einfach, weil es ihm Freude machte. Eines Tages würde es selbst einem Haushalt vorstehen und seinem

Gatten hoffentlich viele Söhne und Töchter schenken. Das war immer Giselas Wunsch gewesen, sie hatte sich stets das muntere Gewusel in der Kinderstube vorgestellt, wenn sie an eine künftige Ehe dachte.

In der letzten Zeit bezogen diese Träume auch den Gedanken an einen liebenden Gatten ein, mit dem Gisela Umarmungen und Küsse tauschte. Verstohlen musterte sie die jungen Ritter, die Jutta von Meißens Minnehof beehrten, und verglich ihre Eindrücke und Vorlieben mit denen der anderen Mädchen am Hofe. Ihr Liebling war ein dunkelhaariger Hüne namens Guido de Valverde, ein Ritter aus dem fernen Italien. Gisela hatte ihre Studien der italienischen Sprache seitdem intensiviert, aber Sprachen zu lernen bereitete ihr ohnehin wenig Schwierigkeiten. Frau Jutta pflegte sie damit zu necken, dass sie einfach zu gern plauderte. Mangels Sprachkenntnis zum Schweigen verurteilt zu sein, käme für Gisela einer Folter gleich.

Und tatsächlich waren es Gespräche, die Giselas Lerneifer beflügelten. Seit sie ihre Kemenate mit einer Grafentochter aus der Champagne teilte, war auch ihr Französisch erheblich besser geworden.

Jetzt fragte sie sich, warum Frau Jutta sie zu sich zitierte, und hoffte im Stillen, gemeinsam mit Guido de Valverde zu einem Tanz oder einem Spiel gebeten zu werden.

»Sag der Herrin, dass ich gleich komme!«, beschied sie den Pagen, der die Nachricht zu den Ställen gebracht hatte.

Vorher musste sie noch die Kinder in ihre Kemenaten bringen und ihrer Kinderfrau übergeben. Außerdem konnte sie natürlich nicht im schmutzigen Reitkleid vor der Markgräfin erscheinen. Also eilte sie in die Räume, die sie mit ihrer Freundin Amelie teilte, und streifte rasch ein lindgrünes Obergewand über ihr feines Leinenhemd. Zum Glück fand sich eine Zofe, die ihr schnell das Haar entwirrte – nicht einfach bei Giselas üppigen Locken. Sie brauchte stets ein Band oder einen Reif, um sie zu bändigen, und noch immer war

der Emaillereif des Kaufmanns Dompfaff eins ihrer Lieblingsstücke.

Gisela schob den Reif auch heute wieder ins Haar und warf dann einen flüchtigen Blick in einen Silberspiegel, der dem Mädchen zumindest einen ungefähren Eindruck ihres Aussehens vermittelte. Gisela lächelte ihrem Gesicht zu. Ihr gefiel, was sie sah, und sie hoffte, sich an diesem Tag auch noch in den seelenvollen dunklen Augen des Guido de Valverde spiegeln zu können!

»Wirst du deinen Liebsten sehen?«, neckte Amelie, als das Mädchen in seinem Staat aus der Kemenate eilte. Die kleine Französin kam eben aus dem Garten, wo sie sich mit anderen im Lautenspiel geübt hatte. »Verlobt dich Frau Jutta heute gar mit deinem Ritter?«

Gisela kicherte. »Das glaub ich nicht, es sei denn, der Herr Guido hätte sich überraschend ein Lehen erworben.«

Wie viele andere von Frau Juttas Minneherren gehörte Guido de Valverde zum Heer der Fahrenden Ritter. Dies waren meist jüngere Söhne aus Adelsfamilien, die mit keinen größeren Zuwendungen ihres Elternhauses zu rechnen hatten als einer Rüstung und einem Pferd. Damit zogen sie von Turnier zu Turnier und versuchten, Burgherren und ihre Damen auf sich aufmerksam zu machen. Gelang ihnen das, so fanden sie Aufnahme an ihren Höfen, halfen bei der Verteidigung der Burg und konnten sich besonders in Fehden so unentbehrlich machen, dass ihnen der Territorialherr irgendwann ein Lehen verlieh. Erst dann durften sie an Heirat und Familiengründung denken. Die weitaus meisten von ihnen erreichten das Ziel jedoch nie.

Gisela rechnete damit, Frau Jutta in der Runde ihrer Damen und Minneherren anzutreffen. Am Nachmittag saß sie gern mit einer Stickerei im Garten oder am Feuer und lauschte den Darbietungen der jungen und alten Troubadoure – Walther von der Vogelweide weilte nach wie vor am Hofe, aber Frau Jutta förderte ebenso junge Talente. Sie empfing zudem Dichter an ihrem Hof und bot ihnen Obdach und Speise, während sie Oden und Heldenlieder verfassten. Am Minnehof war jeder willkommen, dessen Talente Zerstreuung versprachen.

Doch an diesem Tag erwartete Jutta von Meißen Gisela allein in ihrer Kemenate. Die Herrin saß stickend am Kamin, den die Diener wohl gerade erst entzündet hatten. Zurzeit herrschte Frühjahr, und es war ein sonniger Tag gewesen, aber jetzt, gegen Abend, wurde es kühl. Vor Frau Jutta stand ein Pokal edlen Weines, und sie schenkte auch Gisela ein, nachdem sie ihr geboten hatte, neben ihr Platz zu nehmen.

Gisela entschuldigte sich für die Verspätung, aber die Markgräfin winkte lächelnd ab. »Ich hörte, du warst mit Otto und Hedwig reiten … ach, die Kinder werden dich vermissen!«

»Vermissen?«, fragte Gisela verwundert. »Aber ich gehe doch nicht weg!« Sie begann, sich unwohl zu fühlen.

»Ich fürchte, doch.« Frau Jutta nahm einen Schluck von ihrem Wein. »Ich habe dich aus einem besonderen Anlass zu mir gebeten, Gisela«, sagte sie freundlich. »Heute Morgen empfing ich ein Schreiben deines Vaters …«

Gisela blickte alarmiert auf. »Sind alle wohlauf in meiner Familie?«, erkundigte sie sich hastig.

Die Markgräfin nickte. »O ja, ich wollte dich nicht ängstigen. Dein Vater und deine Brüder sind bei guter Gesundheit. Es ist nur so, dass … Gisela, dein Vater hat dich einem … Freund anverlobt. Er wünscht, dass du nach Hause zurückkehrst, um mit ihm die Ehe zu schließen.«

Tatsächlich hatte Friedrich von Bärbach den Ausdruck »alter Freund« gewählt, aber Jutta wusste nicht recht, wie sie das zu deuten hatte. Und sie wollte ihre Ziehtochter nicht beunruhigen.

Das Mädchen war jedoch weit davon entfernt, sich Sorgen zu machen. Tatsächlich leuchteten Giselas Augen auf.

»Wirklich, Frau Jutta? Im Ernst? Ich soll heiraten? Aber … aber ich bin erst vierzehn!«

Jutta nickte wieder. »Das stimmt, Kind, und ich hätte dich gern noch ein oder zwei Jahre bei mir behalten. Schon, um den höfischen Schliff zu vervollkommnen, der dich zu einer der begehrtesten Partien des Rheinlandes hätte machen können. Aber dein Herr Vater …«

Friedrich von Bärbach hatte in seinem Brief deutlich gemacht, dass höfischer Schliff ihm nicht allzu viel bedeutete. Und dem Bewerber um die Hand seiner Tochter schon gar nicht. Jutta kannte ihn nicht, allerdings hatte sie Ritter aus seiner Familie zu Gast gehabt. Durch höfische Tugenden hatten sie sich durchweg nicht ausgezeichnet.

»Wer ist es denn eigentlich?«, fragte Gisela begehrlich und spielte aufgeregt mit den Bändern an ihrem Kleid.

»Ein Herr von Guntheim«, gab Jutta fast widerstrebend Auskunft. »Odwin …«

Gisela dachte nach, angestrengt die Stirn runzelnd. Erst nach einiger Zeit kam sie zu einem Ergebnis. »Ach ja, an den alten Guntheimer, so sagten wir immer, erinnere ich mich. Er kam zum Trinken in die Halle meines Vaters. Dessen Sohn also … hm … Seltsam, ich dachte, der hieße Wolfram … Aber der Guntheimer war eigentlich nett. Und früher wohl ein anerkannter Ritter. Sein Sohn ist sicher auch ein guter Kämpfer. Habt Ihr je von ihm gehört?«

Jutta schüttelte den Kopf. Das musste allerdings nichts bedeuten. Nur wenige Erben großer Güter schlugen sich im Turnier, erst recht nicht so weit entfernt von ihrem Lehen. Allenfalls bestritten sie Schaukämpfe auf ihren eigenen Burgen, und da sprach sich ein Sieg nicht unbedingt herum. Schon deshalb nicht, weil die Fahrenden Ritter, die sich sonst auszeichneten, den Burgherrn niemals verlieren ließen …

»Nun ja, jedenfalls ist es eine große Burg, und er wird schon ein stattlicher Mann sein!«, hoffte Gisela. Sie lächelte strahlend. »Ich bin die Erste, Frau Jutta! Denkt Euch, ich bin die Erste, die Ihr verheiratet!«

Jutta von Meißen erwiderte das Lächeln etwas wehmütig.

»Du bist die Erste unter deinen Freundinnen, Kind«, verbesserte sie dann. »Ich jedoch habe schon viele Mädchen heimgehen sehen, um vermählt zu werden.«

Die Markgräfin wählte diese Formulierung bewusst. Sie machte große Unterschiede zwischen den Ehen, die sie selbst stiftete, und denen, die von den Familien der Mädchen arrangiert wurden. Vor allem Letztere wurden nach Juttas Erfahrungen nicht immer glücklich. Kaum eines dieser halben Kinder bekam den strahlenden, jungen Ritter, von dem es träumte. Kaum eine Geschichte endete wie die bittersüßen Romanzen am Artushof, von denen die Mädchen an den Minnehöfen schwelgten.

Edelfräulein wie Gisela waren im Grunde nicht mehr als ein Pfand im Spiel um Bündnisse und Feindschaften, Lehen und Ländereien. Manch eine fand sich plötzlich mit einem acht- oder neunjährigen Jungen verlobt, auf dessen Erwachsenwerden sie warten sollte. Und andere endeten auf dem Lager eines Greises, der sich von der dritten oder vierten Frau endlich einen Erben erhoffte. Jutta und all die anderen Damen, die Minnehöfe führten, bemühten sich, die Ritter immerhin so weit auf die Regeln der Höfischkeit einzuschwören, dass sie ihre Frauen ehrenhaft behandelten und nicht schlugen oder verbannten, wenn irgendetwas nicht nach ihrem Kopf ging. Aber es gab noch zu viele Kämpen der alten Schule, die jeden Ärger an den Angetrauten ausließen, die man ihnen vielleicht nur deshalb aufs Lager gelegt hatte, um eine Fehde zu beenden oder eine Erbschaft zu sichern. Mitunter gefielen ihnen diese Frauen nicht, erschienen ihnen zu jung oder zu alt, zu dick oder zu dünn. Oder der erwünschte Sohn stellte sich nicht binnen Jahresfrist ein …

Jutta betete darum, dass Gisela nicht an einen alten oder gewalttätigen Gatten geriet. Das lebensfrohe Mädchen war ihr ans Herz gewachsen. Sie hätte dem blonden Wirbelwind einen Ritter aus Sizilien gewünscht oder einen heißblütigen Kastilier – und einen Hof an der Sonne.

»Nun geh und erzähl es deinen Freundinnen, Kind«, entließ sie das Mädchen huldvoll. »Und morgen suchen wir eine Mitgift für dich zusammen. Ja, ich weiß, dass dein Vater dich großzügig ausstatten wird, aber ich möchte, dass du auch etwas von mir in dein neues Leben mitnimmst!«

Gisela erlebte die nächsten Tage in einem wahren Rausch von Aufregung, Geschenken und Glückwünschen. Die anderen Mädchen bewunderten sie bereitwillig, obwohl die ältesten unter ihnen auch etwas Neid empfanden. Die Edelfräulein fühlten sich wohl an Frau Juttas Hof, aber irgendwann sehnte sich doch jede danach, ihren eigenen Haushalt zu gründen. Für Gisela kam das nun außergewöhnlich früh, und Frau Jutta mühte sich, die letzten Tage mit Unterweisung über kluge Haushaltsführung, den Umgang mit Dienstboten – und mit dem Ehegatten – zu füllen.

»Natürlich ist dein Gemahl dein Herr, und du hast ihm zu gehorchen. Aber es gibt vielfältige Möglichkeiten, ihm Wünsche zu unterbreiten und seine Handlungen nach deinen Vorstellungen zu lenken. Achte vor allem darauf, dass er dir im Haushalt möglichst freie Hand lässt – gerade an schon gewachsenen, lange frauenlosen Höfen halten oft der Kellermeister und der Koch das Heft in der Hand! Verhindere das! Du hast Lesen und Schreiben gelernt, also prüfe die Bücher. Damit hältst du auch den Hofkaplan in seinen Schranken. Sieh zu, dass er dir die Briefe vorlegt, die er für deinen Gatten schreibt.«

»Aber denkt Ihr denn, mein Gatte und ich werden auf der Burg seines Vaters leben?«, fragte Gisela naiv.

»Wo denn sonst, Kind?«, gab Jutta kopfschüttelnd zurück. »Meinst du, der Guntheimer baut ein Landschlösschen für dich und seinen Sohn? Allerdings war der Hof nicht lange frauenlos. Wie ich hörte, trug Herr Odwin erst im letzten Jahr seine dritte oder vierte Gattin zu Grabe.«

Jutta von Meißen hatte noch weitaus mehr über den Hof

der Guntheimer gehört, aber all das würde Gisela früh genug erfahren. Sollte sie das Glück genießen, solange sie konnte. Vorerst überschüttete Jutta das Mädchen mit Liebe und Geschenken, sogar wertvollem Schmuck. Gisela freute sich jedoch vor allem darüber, ihr Lieblingspferd mitnehmen zu dürfen. Frau Jutta schenkte ihr die kleine Zelterin Smeralda, die aus hispanischen Landen stammte und sowohl heißblütig als auch trittsicher war.

Eigentlich war das Tier für die Tochter der Markgräfin, Hedwig, bestimmt gewesen, aber diese erwies sich immer mehr als eher zögerliche Reiterin. Gisela dagegen war den Knechten bei der Ausbildung der Stute so oft zur Hand gegangen, dass ihr das Pferd ans Herz gewachsen war. Als Frau Jutta ihr nun erlaubte, es mit heimzunehmen, fiel sie ihr spontan um den Hals.

»Ich werde mich nie, nie, nie von ihr trennen!«, erklärte das Mädchen glücklich. »Oh, es wird eine wundervolle Reise werden. Ich werde Smeralda auch reiten, wenn ich mit meinem Gatten über Land reise. Sicher kommt er viel herum, er wird ja fürs Eintreiben des Zinses und die Aufsicht über die Fronarbeiter verantwortlich sein.«

Diese Aufgaben oblagen den Erben der Burgen fast immer. Sie lernten dabei ihren Besitz kennen und konnten einschätzen, wie weit ihre Bauern zusätzlich durch Abgaben belastbar waren, wenn es zu einer Fehde kam oder andere, größere Ausgaben anstanden. Die meisten Burgherren bemühten sich hier um Gerechtigkeit – schon, weil ihnen sonst die Arbeiter wegliefen und sich in den stetig wachsenden Städten ansiedelten. Stadtluft, so hieß es, macht frei. Wer ein Jahr lang unbehelligt in Köln oder Mainz gelebt hatte, auf dessen Arbeitskraft hatte der Burgherr kein Anrecht mehr. Es gab allerdings Ritter, die diese Zusammenhänge nicht erkannten. Noch immer wurden Bauern und Tagelöhner gnadenlos ausgenutzt.

»Aber nicht jedem Ritter gefällt es, seine Frau dabei mitzunehmen«, gab Jutta von Meißen zu bedenken, wobei sie ihre

Überlegungen für sich behielt. Schließlich hatten auch Bauern schöne Töchter und konnten sie dem künftigen Burgherrn nicht verwehren. »Dein Gatte müsste dich schon sehr lieben …«

Gisela lachte. »Ach, das wird er sicher!«, meinte sie vergnügt. »Wenn er mich von so weit her kommen lässt und gar nicht abwarten kann, bis ich sechzehn oder siebzehn bin … Und wir wollen doch auch bald Kinder! Da geht es nicht, dass er meiner Lagerstatt wochenlang fernbleibt!«

Giselas Optimismus war nicht einzudämmen. Sie tanzte durch ihre letzten Tage in Meißen und sang dabei unentwegt Odwins Namen vor sich hin.

Kapitel 3

Armand de Landes ließ das Buch sinken, in dem er gerade gelesen hatte. Die Worte der *Prophetissa Teutonica* aus Bingen im fernen Rheinland vermochten ihn nicht zu fesseln. Zumal ihre Visionen in ziemlich holpriges Latein übersetzt waren. Auf jeden Fall konnten ihre Schilderungen der himmlischen Herrlichkeit es nicht mit der Schönheit eines Sonnenuntergangs über dem Mittelmeer aufnehmen. Und ebenso wenig mit dem Anblick der Wüste im letzten Tageslicht, das den Sand und die Stadtmauern Akkons rotgolden schimmern ließ, während die Sonne noch silbrige Pfeile über das Meer zu senden schien.

Die Zinnen des Tempels in Akkon boten Armand einen umfassenden Rundblick – das Hauptquartier der Armen Ritterschaft Christi vom Salomonischen Tempel überragte die meisten anderen Gebäude in der letzten größeren Enklave der Franken im Heiligen Land. Armand riss sich nur mühsam von der Aussicht los und versuchte, seiner Lektüre wenigstens neue Einsichten bezüglich Musik und Medizin zu entnehmen. Aber auch Hildegard von Bingens Auflistung von Heilkräutern und Diagnoseverfahren erschien ihm ziemlich primitiv.

»Du brauchst das nicht zu lesen. Die Frau war eine hoffärtige Ignorantin. Ihr Genie bestand darin, sich selbst im besten Licht zu zeigen. Sie konnte nicht mal Latein!«

Mutter Ubaldina legte ihre ganze Verachtung für ihre verstorbene Mitschwester in ihre rasch dahingeworfenen Worte. Sie selbst sprach und las fließend Latein, dazu Griechisch, Arabisch und Aramäisch. Man munkelte, dass sie großen Anteil an der Übersetzung der geheimen Schriften hatte, deren Fund die Templer angeblich ihre Macht und ihre überlegenen Kenntnisse auf dem Gebiet der Architektur, des Finanzwesens und der Diplomatie verdankten.

Mutter Ubaldinas eigentliche Leidenschaft galt jedoch der Medizin. Sie betreute das Hospital im Tempel und hatte den Bibliotheken der Ritter so manches gewichtige Werk hinzugefügt. Selbstverständlich selten unter Angabe ihres Namens. Den Tempelrittern war kein Frauenorden angeschlossen. Ubaldina und wenige andere Benediktinerinnen und Zisterzienserinnen waren in ihrem Umfeld geduldet, wurden aber zumindest vorgeblich nicht in ihre Geheimnisse eingeweiht und niemals Außenstehenden gegenüber erwähnt. In Ubaldinas harscher Kritik an Hildegard von Bingen mochte insofern auch Eifersucht mitschwingen – aber für allen Ruhm der Welt hätte sich die grobknochige, scharfzüngige Nonne nicht in ein rheinisches Kloster sperren lassen, um adlige Mädchen in der Sangeskunst zu unterrichten.

»Lies lieber Ibn Sina oder Ar-Razi«, wies sie ihren Schüler jetzt an. »Selbst Hippokrates hatte mehr zu sagen, auch wenn das meiste inzwischen überholt ist. Oder scheust du die arabischen Schriften? Daran solltest du arbeiten, Armand! Wenn du wirklich Wissen erwerben willst, darf es keine sprachlichen Grenzen geben. Aber nun komm herein, es wird kühl. Und ich habe mit dir zu reden. Im Auftrag des Großmeisters.«

Armand schlug sein Buch zu und folgte Ubaldina von den Zinnen des Tempels in ihr karges Studierzimmer neben der Bibliothek. Ein Gespräch im Namen des Großkomturs – das klang nicht gut. Genau genommen klang es nach Entscheidung, und im Grunde war Armand längst darauf gefasst. Es ging nicht an, dass er hier Jahre unter den Fittichen Mutter Ubaldinas verbrachte und die Geheimnisse der Templer studierte, ohne dem Orden endlich beizutreten. Und im Grunde sprach ja auch gar nichts dagegen: Armand stammte aus der besten Familie – sein Vater war von hohem französischem Adel, seine Mutter war eine bayerische Prinzessin –, aber er war der jüngere Sohn. Ein Erbe wartete folglich nicht auf ihn, weder in Outremer noch im Süden Frankreichs.

Armand fühlte sich der Wissenschaft zugetan, war aber kein Stubenhocker. Tatsächlich hatte er seine Schwertleite längst gefeiert. Jean de Brienne persönlich, der König von Jerusalem, hatte ihn zum Ritter geschlagen, und Armand konnte sich gleich im darauf folgenden Turnier auszeichnen. Tatsächlich war es ihm eine Lust gewesen, all die Ritter in den Staub zu tjosten, die sich stets über ihn lustig machten, wenn er die Studierstube dem Kampfplatz vorzog. Auf die Dauer war dies jedoch keine Lösung, und Armand machte sich keine Illusionen: Die einzige Möglichkeit, gleichermaßen als Kämpfer wie als Wissenschaftler und Philosoph akzeptiert zu werden, war eine Mitgliedschaft im Orden der Tempelritter.

Im Tempel fand er Gleichgesinnte, man unterstützte seinen Wissensdurst und setzte ihm keine engstirnigen Grenzen. Die Templer zeigten keine Scheu davor, auch mit Juden und Sarazenen freundschaftlich zu verkehren, wenn es ihren Zwecken diente. Armand wäre mit Freuden einer der ihren geworden. Wenn da nur nicht das Keuschheitsgelübde gewesen wäre!

Wollte er ehrlich sein, so fühlte er sich einfach nicht berufen, Gott als Mönch zu dienen. Armand war jung, gerade achtzehn Jahre alt. Er sah mit seinem leicht gewellten hellbraunen Haar und den braunen Augen recht gut aus, und er schaute den Mädchen gern hinterher. Nicht dass er bislang größere Erfahrungen gesammelt hätte – aber es reizte ihn einfach, die weichen Rundungen der Mägde in den Schänken der Franken zu betrachten oder gar über die Geheimnisse der adeligen Schönheiten zu sinnieren, die sich in Outremer kaum seltener verschleierten als ihre orientalischen Schwestern. Waren die Bücher es wirklich wert, alldem fürs Leben zu entsagen?

»Setz dich, Armand«, unterbrach Ubaldina seine tristen Überlegungen und füllte zwei Becher Wein, was Armand etwas verwunderte. Wollte sie ihn für eine schlechte Nachricht wappnen? Hatte der Großkomtur etwa bereits entschieden?

»Armand, Guillaume de Chartres hat mich gebeten, dir eine Aufgabe anzutragen!«

Ubaldina spielte mit ihrem Glas, als Armand die Augenbrauen hochzog. Seit wann drückte sich der Großkomtur der Templer so vorsichtig aus – zumal gegenüber einem Knappen? Solange er seine Gelübde nicht abgelegt hatte, bekleidete Armand aller weltlichen Ritterwürde zum Trotz den untersten Rang in der Hierarchie des Ordens. Da waren eher Befehle zu erwarten.

»Genau genommen habe ich dich dafür vorgeschlagen«, fuhr die Nonne fort, schien dann aber nicht weiterzuwissen. Sie nippte an ihrem Becher.

Armand nahm ebenfalls einen Schluck Wein. »Es wird mir eine Ehre sein, Mutter Ubaldina! Ich werde Euch nicht enttäuschen. Sagt mir nur, was ich tun soll.«

Ubaldina kaute auf ihrer Unterlippe, was angesichts ihrer strengen, adlerhaften Züge fast komisch wirkte. »Nun … das ist es ja eben, mein Sohn, was die Sache schwierig macht. Genau genommen wissen wir nicht, was zu tun ist. Deine Aufgabe besteht sozusagen darin, das herauszufinden …«

Armand runzelte die Stirn. »Vielleicht … erzählt Ihr mir einfach die ganze Geschichte?«

Ubaldina nickte und spielte nachdenklich mit ihrem Schleier. »Es ist so, Armand, dass sich etwas anbahnt. Seine Heiligkeit, Papst Innozenz III., ruft auf zu einem weiteren Kreuzzug.«

Über Armands gut geschnittenes, leicht gebräuntes Gesicht zog ein Lachen. »Na, das ist ja nichts Neues. Fragt sich nur, ob er die eifrigen Kreuzfahrer dann auch wirklich nach Outremer schickt, oder ob wieder mal irgendwelche Ketzer in Frankreich oder sonst wo ausgemacht werden!«

In den letzten Jahren hatte sich der Bekehrungseifer des Papstes vor allem auf die Katharer im Süden Frankreichs konzentriert. Wobei die Mehrzahl der Albigenser nicht zurück in den Schoß der Mutter Kirche wanderten, sondern auf den Scheiterhaufen, während sich das Kreuzfahrerheer ihre weltlichen Güter aneignete.

Armands Vater und die anderen Herren von Outremer konnten sich über die Aufrufe des Papstes zum Kreuzzug auch längst nicht mehr uneingeschränkt freuen, sondern fürchteten eher den Mob, den die Kirche ihnen schickte. Die Begeisterung der Adligen und ehrbaren Bürger für die Befreiung des Heiligen Landes war seit Jahren abgeflaut. Wer in diesen Tagen noch das Kreuz nahm, war eher auf der Flucht oder zielte darauf, Beute zu machen. Das letzte Aufgebot der Kirche im Kampf um die heiligen Stätten bestand aus Raubrittern und Gaunern. Den wohlgerüsteten Heeren der Sarazenen hatten sie nichts entgegenzusetzen, weshalb sie den Kampf gegen die Ketzer im eigenen Land auch vorzogen.

»Das allein würde uns nicht beunruhigen«, sagte Ubaldina. »Aber im Abendland kommt irgendetwas in Bewegung. Wir wissen nichts Genaues, es ist mehr eine Art Ahnung … Sie wird von vielen unserer Gesandten geteilt, insbesondere in den Komtureien, die direkt mit Rom zu tun haben. Es scheint, als gäbe es einen Plan – der Papst wartet auf etwas. Er wirkt angespannt und doch selbstzufrieden, sagen die Tempelherren. Nicht so ungeduldig und verärgert wie sonst, mehr wie … wie eine Katze, die um den Milchtopf schleicht.« Ubaldina lächelte, und der Schalk in ihrer Stimme ließ ihr Gesicht weicher wirken. »Das sind nicht meine Worte, wohlgemerkt, sondern die Monseigneur de Chartres'!«, fügte sie dann schamhaft hinzu.

Armand konnte sich des Lachens kaum erwehren. Ubaldina hätte es nie zugegeben, aber ihrem Schüler war längst klar, dass sie dem Vertreter Gottes auf Erden kaum mehr

Respekt entgegenbrachte als ihrer verblichenen Ordensschwester aus dem fernen Bingen. Der Großkomtur teilte diese Meinung, zumindest, was die Einstellung des Heiligen Vaters zum Problem im Heiligen Land anging. Hier hatte der Papst seiner Ansicht nach schlichtweg keine Ahnung.

Auch andere Entscheidungen des Kirchenfürsten blieben den Templern fremd. Warum zum Beispiel verfolgte der Papst die Anhänger des Petrus Valdes mit aller Härte, während er den Orden des Franz von Assisi kurz zuvor anerkannt hatte? Nach Ansicht Guillaume de Chartres' waren die Grundsätze der beiden gleich. Der eine wie der andere predigte die Nachfolge Christi durch ein Leben in Armut und machte sich die Verkündigung des Evangeliums zur einzigen Aufgabe.

Armand rieb sich die Nase, was er immer tat, wenn er angestrengt nachdachte. »Aber ich verstehe noch nicht, Mutter Ubaldina. Was kann ich bei all dem tun? Soll ich nach Rom reiten?«

Ubaldina schüttelte den Kopf. »Nicht nach Rom, Sohn, es wird nicht in Rom stattfinden. Da sind sich eigentlich alle einig, man vermutet eher einen Ausbruch in deutschen oder französischen Landen … wir dachten, dass wir dich zunächst nach Köln schicken.«

»Aber warum nach Köln?«, fragte Armand. »Wenn man doch gar nichts weiß …«

Die Nonne zuckte die Schultern. »Es ist ein Versuch, Armand. Und für Köln haben wir einen guten Vorwand. Der Erzbischof von Köln hat bei einem der hiesigen Händler eine Reliquie erstanden – zu einem ungeheuer hohen Preis. Nun suchen sie eine sichere Möglichkeit, diese Kostbarkeit übers Meer zu bringen.«

Armand verdrehte die Augen. »Erneut ein Splitter vom Kreuz des Heilands?«, erkundigte er sich.

Wie alle, die im Heiligen Land aufgewachsen und nicht blind und taub waren, wusste er, dass einheimische Händler –

Christen wie Sarazenen – lebhaften Handel mit überteuertem Altholz trieben. Der Großkomtur pflegte zu scherzen, dass man aus all den Splittern, die bislang mit dem Zertifikat der Heiligkeit ins Abendland gewandert waren, mindestens dreißig Kreuze hätte zusammensetzen können.

Ubaldina schüttelte den Kopf, lächelte aber ebenfalls. »Ein Stück vom Holz des Tisches, an dem der Herr das letzte Abendmahl zelebrierte. Das ist zumindest etwas Neues. Und wir wollen uns darüber nicht lustig machen. Alles, was die Menschen im Glauben stärkt, ist von Gott gesegnet!«

Die Nonne bekreuzigte sich. Armand tat es ihr nach.

»Ich bringe also den Tisch nach Köln«, meinte er. »Ich hoffe, er ist nicht sperrig!«

Ubaldina lachte. »Der Händler ist nicht dumm«, bemerkte sie dann, »und sicher willens, möglichst vielen Gemeinden einen Anteil an der heiligen Tafel zukommen zu lassen.« Sie ahmte einen Holzhacker nach.

Armand war jedoch zu sehr mit seiner Aufgabe beschäftigt, um die Ironie zu erfassen. »Aber was mache ich dann? Bleibe ich da? Wo gehe ich hin? Warum überhaupt ich? Gäbe es nicht erfahrene Brüder, die dieser … Erkundung … eher gewachsen wären?«

Die Nonne schüttelte den Kopf. »Wir haben darüber nachgedacht. Aber unsere Wahl ist ganz bewusst auf dich gefallen. Du bist jung. Du bist von Adel. Von dir erwartet man nichts Bestimmtes. Wenn du die Reliquie abgeliefert hast, kannst du machen, was du willst, ohne Verdacht zu erregen. Hör dich um in den deutschen Landen – oder reite weiter nach Frankreich. Lausch den Predigern auf den Straßen – oder besuch ein paar Burgen, obwohl wir nicht glauben, dass der Adel irgendetwas mit der Sache zu tun hat. Du sprichst fließend deutsch und französisch, auch das ist ein Grund, dich zu entsenden. In Italien solltest du dich ebenfalls verständigen können. Lass dich einfach treiben, Armand. Wir wollen nicht, dass du etwas tust. Im Alleingang kannst du sowieso nichts aufhalten. Du sollst nur … beobachten. Wir würden einfach gern wissen, was auf uns zukommt.«

Armand nahm einen weiteren Schluck Wein und wand sich unbehaglich auf seinem Stuhl.

»Das klingt eher wie ein Abenteuer als wie ein Auftrag, Mutter. Es sollte mich beinahe reizen. Wenn Ihr nur … verzeiht, Mutter, aber Ihr redet, als erwartet Ihr das Auftauchen eines apokalyptischen Monstrums.«

Ubaldina lachte nicht, sondern leerte ihr Glas in einem Zug.

»Es wäre nicht das erste Mal, Kind, dass die Kirche ein Ungeheuer entfesselt, das sie dann nicht zu bändigen weiß.«

Kapitel 4

»Und? Was tut sich in der Heiligen Stadt?«, scherzte der Sultan und trat auf den großzügig gestalteten Balkon seiner Empfangsräume im Palast von Alexandria. Er bot einen atemberaubenden Ausblick auf die Stadt im Sonnenlicht, die goldenen Kuppeln der Moscheen, den Leuchtturm und das Meer. »Sammelt man nach wie vor Splitter vom Kreuz des Messias?«

Muhammed al-Yafa folgte seinem Herrn und nahm sich eine Dattel von einem Tablett mit kleinen Leckereien, die bereitstanden, um den Sultan und seinen Gast zu erfrischen.

»Soweit ich weiß, verteilen sie jetzt das Mobiliar der Herberge, in dem Jesus das letzte Abendmahl hielt«, schmunzelte er. »Auch ich konnte einige meiner Reisekosten wieder hereinbringen, als ich kürzlich als fränkischer Händler Venedig besuchte. Die Sitzbank, die Jesus in jener Nacht mit seinem Lieblingsjünger Johannes teilte …«

Der Sultan lachte schallend. Er war ein kleiner, agiler Mann in den Fünfzigern, in dessen tiefschwarzes Haar und Bart sich schon Silberfäden woben. Aber seine kohlschwarzen Augen wirkten noch jung, und sein Mienenspiel war äußerst lebhaft.

»Allerdings …«, sprach al-Yafa weiter und wurde dabei ernst, »… hofft ihr Papst, seine Reliquien demnächst wieder kostenlos mitnehmen zu können. Er will einen neuen Kreuzzug.«

Abu-Bakr Malik al-Adil, der Herrscher über Ägypten, merkte auf, wirkte aber nur mäßig beunruhigt. »Hast du das Gefühl, er könnte da ein nennenswertes Heer ausheben?«, erkundigte er sich.

Muhammed al-Yafa, sein Spion in den Städten des Abendlandes, zuckte die Schultern. »Wohl kaum, Herr. Aber wir sollten das trotzdem ernst nehmen. Die Franken sind nach wie vor eine Bedrohung. Man weiß nie, was ihnen einfällt.«

Al-Yafa strich über seinen rotblonden Bart. Er war gläubiger Muslim und dem Sultan treu ergeben, aber er trug die Zeichen seiner Abstammung nur zu deutlich im Gesicht. Al-Yafa war hellhäutig, und seine scharfen Augen leuchteten stahlblau. All das deutete darauf hin, dass auch er beinahe zu den verhassten Franken und Feinden der Rechtgläubigen gehört hätte. Seine Mutter war englischer Abstammung, Elizabeth von Kent. Sein Vater, so hatte sie erzählt, sei ein angelsächsischer Ritter gewesen, der im Gefolge von Richard Löwenherz ins Heilige Land gekommen war.

Bedauerlicherweise hatte er nicht viel Geschick dabei bewiesen, sich und seine Familie zu verteidigen, als sarazenische Krieger seine Reisegruppe auf dem Weg von Jaffa nach Akkon attackierten. Muhammeds Vater hatte dabei den Tod gefunden, sein Hausstand und seine Frau fielen in die Hände der Wegelagerer. Zum Glück war die junge Elizabeth wunderschön, und so gelangte sie schließlich in den Harem des Sultans. Erst da stellte sich heraus, dass sie guter Hoffnung war, aber al-Adils Vater zeigte sich huldvoll. Die Sklavin durfte ihren Sohn zur Welt bringen und die üblichen sechs Jahre im Harem bei sich behalten. Allerdings erhielt er den Namen Muhammed und wurde im Glauben des Propheten erzogen.

Elizabeth wehrte sich nicht dagegen. Sie war glücklich, wenigstens den Gaunern und Sklavenhändlern entkommen zu sein, und erwies sich als dankbar. Der Sultan schätzte sie als gelegentliche Gespielin, und der kleine Muhammed wurde zum Spielkameraden des nicht viel älteren Thronerben. Seit Jahren zogen nun beide Nutzen daraus, dass Elizabeth ihren Sohn ihre Sprache gelehrt und ihm genügend Christentum vorgelebt hatte, dass er überall als englischer Kaufmann durchging.

Schon als Kind war es ihm leichtgefallen, andere Sprachen zu erlernen, und nun reiste er die meiste Zeit des Jahres in der Tarnung als christlicher Fernhandelskaufmann durch das Abendland und sammelte Informationen für den Sultan. Die Tätigkeit war durchaus lukrativ: Al-Yafa trat reich gekleidet vor den Sultan – sein Obergewand aus Brokat, durchwebt mit Goldfäden, war kaum weniger kostbar als die leichte Hauskleidung des Herrschers.

»Denkst du an etwas Bestimmtes, mein Freund, oder spricht aus dir nur der berechtigte Argwohn gegenüber unseren Feinden?«, erkundigte sich al-Adil.

Al-Yafa zuckte die Schultern. »Ich weiß es nicht, Herr. Nenn es ... nenn es eine Ahnung. Die Könige von Kastilien, Aragon und Navarra vereinigen sich gegen die Almohaden in Al Andalus ... Der Papst wird sein Mündel von den deutschen Fürsten zum König wählen lassen. Vielleicht erweist sich dieser Friedrich ja als dankbar und stellt ihm wirklich ein Heer.«

Der Sultan schüttelte den Kopf. »Ach was, Muhammed, der hat in seinem eigenen Land genug Ärger. Dazu sitzt er doch jetzt noch auf Sizilien, oder? Niemals bringt er in absehbarer Zeit einen Kreuzzug auf die Beine!«

»Ich spekuliere nur, mein Herr«, gab al-Yafa demütig zurück. »Und wahrscheinlich steckt gar nichts dahinter. In anderer Hinsicht erweist sich Innozenz ja auch wieder als ganz friedlich. Jetzt hat er gerade einen neuen Orden zugelassen – sie nennen sich Minoriten oder Franziskaner, und sie predigen die Macht des Gebetes über die des Schwertes.«

Der Sultan lachte. »Im Ernst? Sieht dem alten Innozenz gar nicht ähnlich, er hört doch sonst ganz gern die Schwerter rasseln.«

»Aber diese Bettelmönche erfreuen sich eines erstaunlichen Zuspruchs«, bemerkte Muhammed. »Man fällt über sie auf jeder Piazza und in jedem Hafen, sie reisen wohl sehr viel umher. Selbst in deinem Reich sind schon welche gesehen worden.«

Al-Adil machte eine segnende Geste. »Wenn sie sonst nichts anstellen – zum Beten dürfen sie kommen, das hat noch keinem geschadet. Nur ein bisschen seltsam, dass der Papst das unterstützt. Aber gut, das ist seine Angelegenheit. Ich begreife nicht, mein Freund, was genau dich beschäftigt.«

Al-Yafa rang nach Worten. »Ich kann dir nur sagen, dass ich nicht der Einzige bin. Auch die Templer rühren sich. Es heißt, der Großkomtur sei besorgt. Er meint, der Papst plane irgendetwas, aber es dringt nichts heraus. Ich will dich nicht beunruhigen, allergnädigster Herr, Schwert des Propheten … Aber wir sollten auf Überraschungen gefasst sein!«

Der Sultan sog hörbar die Luft ein. »Also halten wir das Heer in Bereitschaft? Ich täte das ungern, nichts ist schlimmer – und teurer – als ein unbeschäftigter Haufen junger Krieger, die sich schlagen wollen, aber keinen Feind finden … wozu mir ein sehr spezieller junger Krieger einfällt. Bist du zufrieden mit meinem Sohn, Muhammed? Oder hat er alles vergessen, seit du uns verlassen hast?«

Der Sultan lächelte selbstvergessen, als er von seinem Erben sprach. Es war höchst unwahrscheinlich, dass Malik al-Kamil seine Studien vernachlässigt hatte, nur weil sein Lehrer ein paar Monate im Ausland weilte. Muhammed al-Yafa unterrichtete den jungen Ritter in den Sprachen der Franken, vor allem dem schweren, in deutschen Landen gesprochenen Idiom, im Französischen und Italienischen. Das Englische war dem jungen Mann von jeher geläufig: Er hatte einige Jahre am Hofe des Richard Löwenherz verbracht und war von ihm zum Ritter geschlagen worden.

Al-Adil vertrat die Ansicht, man müsse seine Feinde studieren, um sie effektiver bekämpfen zu können. Die Almohaden in Al Andalus nahmen das seiner Ansicht nach nicht ernst genug und würden dafür zweifellos die Quittung bekommen, wenn sich das spanische Heer jetzt sammelte. Sein Sohn Malik konnte beides: verhandeln und kämpfen. Er bestand in den Turnieren der Franken, aber er beherrschte auch

die oft effektivere Kampftechnik seines eigenen Volkes. Al-Adil war guten Mutes, wenn er daran dachte, die Verantwortung für sein Land in absehbarer Zeit an den Jüngling weitergeben zu können.

Auch Muhammed al-Yafa lächelte beim Gedanken an seinen Schüler. »Dein Sohn und Erbe macht dir weiterhin Ehre!«, sagte er mit einer leichten Verbeugung. »Und die Aussicht auf die Reise nach Sizilien beflügelt ihn. Er hat das Italienische mit Eifer studiert. Du wirst ihn doch trotzdem hinüberschicken, oder? Trotz ... meiner Ahnungen?«

Der Prinz plante den Besuch des Hofes zu Sizilien, aber auch den einiger Stadtrepubliken wie Genua, zu denen Ägypten gute Beziehungen unterhielt. Es würde die Dogen und Magistrate ehren, ein Mitglied des ägyptischen Königshauses willkommen zu heißen. Ressentiments gegen Andersgläubige hatten sie nicht. Venedig, Genua und anderen Hafenstädten ging es allein um den durch Fernhandel zu erzielenden Profit. Sie hofften auf bessere Handelsbedingungen, wenn sie den Prinzen hofierten. Und dem künftigen Herrscher selbst ermöglichte die Reise Einblicke in andersartige Lebensweisen. Stadtstaaten und Republiken waren den Sarazenen fremd.

Der Sultan nickte. »Gerade wegen deiner Ahnungen! Ich denke, es ist gut, wenn sich auch Malik ein Bild von dem macht, was sich dort möglicherweise zusammenbraut. Den Staufer Friedrich wird er in Sizilien noch treffen, so schnell geht der nicht nach Deutschland. Und er mag gesprächig sein. Vielleicht weiß er ja was über die Pläne des Papstes, seines Paten. Überhaupt wird sich Malik in Kreisen bewegen, zu denen ein Händler keinen Zugang hat – er kann uns aus anderer Perspektive berichten.«

»Ein weiser Entschluss, Herr!«, lobte al-Yafa. »Bitte erlaube mir, deinen Sohn von dieser Erweiterung seines Aufgabenbereiches in Kenntnis zu setzen. Es wird seinen Eifer weiter schüren.«

Der Sultan lächelte. »Du darfst gern erste Andeutungen machen«, gewährte er seinem Freund. »Aber ich denke, letztlich enthülle ich es ihm selbst. Er wird entzückt sein, in den Kreis meiner Ratgeber aufzusteigen. Und du weißt, wie sehr er dich bewundert! Zweifellos wird er alles tun, um dich als Spion des Sultanats zu übertreffen!«

Kapitel 5

Armand de Landes bestieg gleich in Akkon eine Galeere der Templer. Die *Fleur de Temple* segelte über Messina nach Genua und gehörte, wie die gesamte Flotte des Kriegerordens, zu den besten Schiffen ihrer Zeit. Der Kapitän, ein vierschrötiger alter Haudegen, bei dessen Anblick man niemals an einen Mönch gedacht hätte, zeigte seinem Passagier stolz die neueste Errungenschaft zur Hilfe bei der Navigation – einen Magnetkompass aus China.

»Man findet sein Ziel damit selbst bei Nebel und in schwerem Sturm«, erklärte er stolz. »Zudem ist es auch bei verhangenem Himmel möglich, bei Nacht zu segeln. Nicht schlecht, wenn man kostbare Ladung befördert.«

Armand fragte nicht, was die *Fleur de Temple* über ein paar Seidenballen und Kisten mit orientalischen Gewürzen hinaus an Bord hatte. Allerdings dachte er sich sein Teil, als neben der aus gemeinen Matrosen bestehenden Mannschaft zehn gut gerüstete Tempelritter an Bord gingen. Große, schweigsame Männer, denen zweifellos die Bewachung der Ladung oblag. Eigentlich war das Schiff damit bereit abzusegeln, aber dann erging die Weisung, auf einen weiteren Passagier zu warten. Prinz Malik al-Kamil aus Alexandria hatte eine Passage gebucht, und selbstverständlich war es den Templern eine Ehre, den hochgeborenen Sarazenen mit nach Sizilien zu nehmen.

Von jeher bemühten sich die Kriegermönche um gute Beziehungen zum sarazenischen Adel. Sie waren anerkannte Diplomaten und hatten oft zwischen Christen und Muslimen vermittelt. Kein Friedensschluss und keine Verhandlung über

Lösegeld oder Austausch von Geiseln im Heiligen Land verlief ohne Beteiligung der Templer.

Armand, dem man an Bord eine karge Kajüte zur Verfügung gestellt hatte, in der man sich eigentlich nur zum Schlafen aufhalten konnte, beobachtete die Ankunft des Prinzen. Er war angenehm überrascht, als Malik al-Kamil die Reling rasch und geschmeidig erkletterte. Der Sarazenenprinz war hochgewachsen, trug sein glattes schwarzes Haar etwas kürzer als die meisten christlichen Ritter und führte nur wenig Gepäck mit sich. Seine Kleidung war schlicht, sein Schwert jedoch kostbar. Vor allem reiste er ohne jegliche Eskorte. Er musste sich also sehr sicher fühlen. Dieser junge Mann mochte in diplomatischer Mission unterwegs sein, aber er war zweifellos ein Krieger. Armand bewunderte seine fließenden Bewegungen. Er würde auch das Schwert elegant zu führen wissen.

Malik al-Kamil begrüßte den Kapitän freundlich und mit einem gewinnenden Lächeln. Ohne jeden Protest bezog er gleich darauf eine ebenso primitive Bleibe wie Armand im Bauch des Schiffes. Er nickte dem jungen Ritter zu, als die beiden feststellten, dass ihre Kajüten nebeneinanderlagen. Gleich darauf trafen sie sich an Deck, wo sie gemeinsam das Ablegen der Galeere verfolgten. Es war früher Morgen, und die Sonne tauchte Akkon in ein eher fahles Licht. Armand erinnerte sich an die Gedanken eines arabischen Dichters, als die Silhouette der Stadt langsam im endlosen Blau des Meeres versank: Akkon wirke noch unschuldig, verschlafen, aber doch so schön wie ein goldblondes Mädchen, das ins Morgenlicht blinzle. Sein goldenes Haar flösse über die Dächer der Kirchen und Paläste, seine weißen Hände öffneten sich zum Hafen hin, zitierte er.

Der Prinz lächelte Armand zu. »Ihr habt unsere Dichter gelesen!«, erklärte er erfreut auf Französisch. »Und Ihr versteht unsere Sprache trefflich zu gebrauchen.«

Das Gesicht des Prinzen war scharf geschnitten, wirkte

aber freundlich und nicht hart. In den braunen Augen stand jetzt Eifer, aber sie konnten sicher auch vor Kampfeslust lodern – und wahrscheinlich vermochten sie ebenso einen sanften Ausdruck anzunehmen. Armand hatte diese Wandlungsfähigkeit oft in den Augen der Sarazenen gesehen: todesmutige Krieger, die dennoch ungeniert weinten, wenn die Sprache eines Dichters sie anrührte.

»Das Kompliment kann ich nur zurückgeben«, antwortete er und verbeugte sich leicht. »Auch Ihr beherrscht meine Sprache fehlerlos. Was umso bemerkenswerter ist, als Ihr hier das Idiom Eurer Feinde studiert habt, während ich mein Arabisch auf der Straße lernte. Ich bin in Outremer geboren, all unsere Diener waren Araber.«

Der Prinz zwinkerte spöttisch. »So nennt Ihr Eure Sklaven Eure Freunde?«, fragte er, nahm den Worten jedoch mit einem Lächeln die Schärfe. »Mein Vater jedenfalls hält es für sinnvoll, die Sprachen seiner Feinde zu beherrschen. Wie sollten sie sonst jemals Freunde werden?«

Armand verbeugte sich wieder. »Wohl gesprochen, Prinz. Aber Euer Vater gilt auch unter den Franken als weise. Und was unsere Diener angeht – natürlich gibt es niemals Freundschaft zwischen Herr und Sklave, aber sie müssen einander auch nicht hassen. Gott stellt einen jeden an seinen Platz.«

Der Prinz nickte. »Euer Vater ist auch nicht als Schinder bekannt, Armand de Landes, sondern als kluger und gerechter Herr.«

Armand schaute verblüfft. »Ihr kennt meinen Namen, Prinz?«

Malik lachte. »Aber natürlich. Armand de Landes, Sohn des Simon de Landes, ursprünglich beheimatet im Süden Frankreichs, jetzt Burgherr bei Akkon. Glaubt Ihr, mein Vater hat sich nicht über dieses Schiff und seine Passagiere kundig gemacht?« Malik tat, als brauche er seine Finger, um die Informationen aufzuzählen, die er darüber hinaus hatte. »Ihr reist im Auftrag des Großkomturs der Templer, um eine Reliquie nach Köln zu bringen. Ein Tisch, nicht wahr? Wo habt Ihr das Ding? Sind die zehn Bewaffneten dazu abgestellt, ihn zu bewachen?« Der Prinz wies auf zwei der Tempelritter, die sich wie beiläufig vor dem Eingang zum Frachtraum platziert hatten.

Armand fragte sich, ob er darüber beleidigt sein sollte, dass ihn die Araber so offensichtlich ausgespäht hatten. Andererseits konnte der Prinz die Information eigentlich nur von seinem eigenen Großkomtur haben – und Armands angeblicher Auftrag war ja auch kein Geheimnis. Der junge Ritter beschloss, das Ganze von der heiteren Seite zu nehmen.

»Weit gefehlt, Prinz, ich bewache die Kostbarkeit höchstselbst, genau genommen würde ich mich nie davon trennen. Ich schütze sie mit meinem Körper.«

Armand zog das ungefähr handflächengroße Päckchen aus der Tasche, das die Reliquie barg. Der Sohn des Sultans sollte sich ohnehin denken können, dass seine Reise andere Hintergründe haben müsste als die Beförderung eines Holzspans. Reliquien wie diese vertraute man sonst unbesorgt Fernhändlern an.

»Ich bin beeindruckt«, bemerkte der Sarazenenprinz trocken.

Und dann lachten beide Männer. Einträchtig wanderten sie nebeneinanderher zum Heck des Schiffes, wobei sie die Deckaufbauten mit dem gleichen prüfenden Blick musterten. Beide waren Ritter, und beide erkundeten hier ganz beiläufig die Möglichkeiten zur Verteidigung, wenn das Schiff angegriffen oder gekapert werden sollte.

»Ihr seid Tempelritter, Monseigneur Armand?«, fragte Malik schließlich. »Bisher habe ich keinen der Templer näher gekannt. Ihr müsst mir davon erzählen!«

Armand zwinkerte ihm zu. »Ihr wollt die Reise also nutzen, um die Geheimnisse des Ordens zu erkunden?«

Der Prinz setzte eine Miene auf, als habe er ihn ertappt. »Natürlich! Ich werde aus Euch herausholen, woher Euer

geheimes Wissen stammt, Eure Kenntnisse der Baukunst und Schifffahrt, des Finanzwesens ...«

Armand zuckte die Schultern. »Nun, ich bin nur ein kleiner Knappe, Prinz«, sagte er. »Aber wenn ich meine Meinung demütig äußern soll, so verdanken wir wohl all das dem Mönchtum unserer Ritter, ihrer Bereitschaft zur vollkommenen und ausschließlichen Versenkung in Gott und die Wissenschaft.«

Der Prinz nickte, ebenso gespielt ernsthaft. »Auch viele unserer großen Baumeister und Künstler waren Eunuchen«, bemerkte er. »Allerdings durchweg nicht so schlagkräftig wie die Templer. Aber nun im Ernst, Monseigneur: Ihr seid noch Knappe? Seid Ihr dazu nicht ein wenig alt?«

Natürlich verriet weder Armand ein Geheimnis der Templer, noch gab Malik Einblicke in die Politik des Sultanats, aber die beiden jungen Ritter unterhielten sich doch blendend, was die Reise kurzweilig gestaltete. Armand war zum ersten Mal über längere Zeit mit einem Vertreter des sarazenischen Adels zusammen und bewunderte Maliks Belesenheit und Aufgeschlossenheit. Christliche Fürsten waren selten entsprechend gebildet – der Staufer Friedrich bildete da eine löbliche Ausnahme. Die meisten fränkischen Ritter konnten nicht einmal lesen und schreiben. Es war verwunderlich, dass sie die Mauren und Sarazenen dennoch oft genug besiegten. Armand wollte eigentlich nicht glauben, dass Brutalität und Fanatismus über Feinsinnigkeit und Strategie triumphierten, aber es musste wohl so sein.

Und so ungern er es zugab: Der Sarazenenprinz war ihm sympathischer als die meisten Ritter seines eigenen Landes. Er hätte sich fast gewünscht, dass aus der flüchtigen Reisebekanntschaft eine Freundschaft würde. Dem Prinzen schien man allerdings Vorsicht gegenüber jedem Christen gepredigt zu haben. Er blieb freundlich, aber unverbindlich, und vermied es, Persönliches preiszugeben. So beschränkten sich die

Unterhaltungen der Männer auf Dinge wie Baukunst, Strategie und Dichtung, und sie verbrachten viele Stunden mit dem Schachspiel, das beide von Kindheit an beherrschten.

Schließlich hatten sie ihr erstes Ziel fast erreicht. Nur noch etwa eine Tagesreise entfernt verlief die Straße von Messina, die Sizilien von Italien trennte. Die *Fleur de Temple* würde ihren hochgeborenen Passagier im Hafen von Messina absetzen, dann die Meerenge durchfahren und bald darauf auch Genua erreichen. Der Kapitän war zufrieden, und seine Passagiere und die Bewacher seiner Fracht begannen sich zu entspannen. Sie hatten eine ungewöhnlich ruhige Reise ohne Stürme und andere Missliebigkeiten gehabt.

Doch dann, in den frühen Morgenstunden, erschollen Rufe und Waffenlärm an Deck. Besonders das Klirren der Schwerter alarmierte Armand und Malik, die noch in ihren Kajüten schliefen. Beide trafen sich ein paar Atemzüge später vor ihren Räumen, tauschten kurze Grüße und warfen Blicke auf die Waffe des jeweils anderen. Sie trugen nur ihre Untergewänder, hatten sich aber vorsichtshalber gerüstet. Armand führte ein Breitschwert, Malik den traditionellen Krummsäbel seines Volkes. Ohne weitere Worte zu wechseln, eilten die Ritter an Deck. Dort herrschte Betriebsamkeit, aber keine Panik.

»Beidrehen!«, befahl der Kapitän gerade. »Und sicherheitshalber Gefechtsposition. Auch die Matrosen möchten sich bewaffnen – und wecke einer … Ah, da haben wir die Herren ja schon!«

Mit einem anerkennenden Nicken begrüßte er seine Passagiere und setzte sie gleich darauf mit wenigen Worten ins Bild.

»Vor einiger Zeit ist backbord ein Schiff aufgetaucht, das rasch näher kommt. Ihr seid jung und habt scharfe Augen – vielleicht schaut Ihr selbst einmal, ob Ihr da eine Flagge erkennen könnt. Mein Schiffsjunge hat jedenfalls keine gesehen, und der hat einen Blick wie ein Falke. Nun mag da ein

Versehen vorliegen oder eine Dummheit – aber es kann auch sein, dass der Segler die schwarze Flagge hisst, sobald er meint, dass wir uns in Sicherheit wiegen. Ich mag mich jedenfalls nicht auf eine Aufholjagd einlassen. Wir werden hier abwarten und im Zweifelsfall den Kampf aufnehmen. Es wäre hilfreich, wenn auch Ihr Euch rüstet.«

Die beiden Ritter nickten, Malik unter deutlichen Zeichen der Anerkennung. Was der Kapitän hier tat, war äußerst mutig – jedes andere Handelsschiff hätte sich zunächst darauf verlegt, das Weite zu suchen. Wenn sich der Segler aber wirklich als Piratenschiff entpuppte, so hätte diese Strategie sich nicht bewährt. Die meisten Freibeuter fuhren kleine schnelle Schiffe, mit denen sie einen Frachter mühelos einholten. Und dann bestimmten die Angreifer Ort und Zeit der Auseinandersetzung!

Als Malik und Armand zurück an Deck kamen, trug der Sarazene eine leichte Lederrüstung. Die Araber zogen sie den schweren Eisenpanzern der Christen vor, obwohl sie darin verwundbarer waren. Dafür zeigten sie sich wendiger im Kampf, konnten den Treffern der Gegner eher ausweichen und selbst blitzschnell zuschlagen. Armand hatte aus den gleichen Gründen auf die vollständige Rüstung verzichtet und stellte sich allein im Kettenhemd zum Kampf.

Die Ritter lächelten einander übereinstimmend zu, als sie die Strategie des jeweils anderen erkannten.

Die Matrosen und Schiffsjungen besaßen meist gar keine Rüstung, sondern nur Schwerter oder Stöcke. Sie hatten wohl auch keine Ausbildung im Schwertkampf, aber sicher ausreichend Erfahrung in Schänkenschlägereien, um ihre Haut teuer zu verteidigen. Die Schatzwächter der Templer stellten sich dem Feind dagegen in voller Montur – wohl auch in der Hoffnung, abschreckend zu wirken.

Wenn die Besatzung dieses Piratenschiffes klug war, drehte sie rechtzeitig ab.

Tatsächlich aber kam es anders. Der Segler hisste die Piratenflagge und ließ seine Männer mit blitzenden Säbeln und Enterhaken aufmarschieren, als die Feluke nah genug an die Galeere herankam. Kaltblütig standen die Piraten da. Keiner von ihnen verzog eine Miene, als sie das Aufgebot der Verteidiger bemerkten.

»Ergebt Euch und werft die Waffen nieder!«, erklang eine noch junge Stimme. Sie schien zu einem blonden Hünen zu gehören, der die Piraten anführte. »Begebt Euch in Gefangenschaft und überlasst uns Eure Fracht.«

Die Tempelritter quittierten die Aufforderung mit lautem Gelächter.

»Wisset, dass Ihr Euch nicht irgendeinem Freibeuter ergebt! Ihr unterliegt Marius de Lombarde – Herr über das Meer vor Sizilien!«

Der Kapitän runzelte die Stirn. »Habt Ihr von dem schon mal was gehört?«, fragte er seine Passagiere.

Beide schüttelten den Kopf.

Der Kapitän verdrehte die Augen. »Nun, im Grunde ist es gleichgültig.« Dann wandte er sich wieder dem Segler zu. »Wir haben es vernommen, Monsieur de Lombarde!«, rief er laut zu dem Piraten hinüber. »Aber nach dem heutigen Tag wird es egal sein, wie Ihr Euch genannt habt. Also bitte verzichtet darauf, uns auch noch Eure Männer vorzustellen. Wenn Ihr meine Ladung wollt, müsst Ihr sie Euch holen!«

Der Templer zog sein Schwert – und die Piraten warfen die ersten Enterhaken aus. Was dann folgte, war ein schreckliches Gemetzel. Die meisten enternden Kämpfer wurden schon von den Matrosen der Templer zurückgeschlagen, indem sie die Taue der Enterbrücken kappten und die Männer ins Meer warfen. Wer es trotzdem schaffte, sich an Deck zu hangeln, stand den Schwertern der Tempelritter oder denen Armands und Maliks gegenüber.

Die Piraten schlugen sich tapfer, aber gegen die ausgebildeten Kämpfer hatten sie keine Chance. Sie versuchten es mit wenig fairen Mitteln – gleich drei oder vier von ihnen stürz-

ten sich auf einen der Verteidiger. Armand, der mit dem Rücken zu einem der Segelmasten kämpfte, sah aus dem Augenwinkel, dass Malik verzweifelt versuchte, sich gleich fünf der Korsaren vom Hals zu schaffen. Die Planken waren glitschig vom Blut der Erschlagenen. Malik strauchelte.

Entschlossen verließ Armand seinen Platz und kam dem Sarazenenprinzen zu Hilfe. Mit einem Streich schlug er zwei der Angreifer nieder, mit den drei anderen wurde der Araber allein fertig. Die Männer fochten Rücken an Rücken. Und dann – ganz plötzlich, senkten die Piraten ihre Schwerter und schauten fassungslos aufs Meer hinaus.

»Er dreht ab!«

»Sie fahren ab!«

Malik und Armand vernahmen Rufe und sahen, wie ihre eben noch todesmutigen Gegner sich umwandten und über Bord sprangen. Verzweifelt versuchten sie, das abdrehende Piratenschiff noch schwimmend zu erreichen.

»Es ist nicht zu fassen!«, wunderte sich Armand. »Der Herr des Meeres vor Sizilien macht sich aus dem Staub!«

»Vielleicht haben wir den guten Lombarde aber auch schon zu den Haien geschickt, und sein Adjutant sichert sich gerade seinen schwimmenden Untersatz«, bemerkte Malik. »In weiser Voraussicht unter Zurücklassung einer Mannschaft, in der es womöglich weitere Anwärter auf die Nachfolge des Monsieur de Lombarde gibt. Gauner wie die kann er in jedem Hafen anheuern!« Malik stieß mit dem Fuß gegen eine Leiche. »Müssen wir hier selbst saubermachen, oder erbarmt sich vielleicht einer aus der Mannschaft?«

Die Mannschaftsmitglieder waren damit beschäftigt, die flüchtenden Piraten aus dem Meer zu ziehen und zu fesseln. Sie würden auf dem nächsten Sklavenmarkt ein hübsches Sümmchen einbringen, schließlich waren es durchweg junge, kräftige Männer. Inwieweit ihr künftiger Besitzer an den Seeräubern Freude haben würde, war allerdings dahingestellt. Auf Armand zumindest wirkten sie nicht sehr fügsam.

Der Kapitän öffnete derweil ein Weinfass. »Kommt, trinken wir einen Schluck auf den Sieg!«, forderte er seine Passagiere auf.

Die Bootsleute standen bereits mit ihren Trinkgefäßen bereit. Auch die Tempelritter nahmen einen Becher, und selbst Malik vergaß ausnahmsweise das Gebot des Propheten. Ein Stärkungsmittel nach dem Kampf konnte kaum verboten sein.

»Ihr führt eine scharfe Klinge, Franke!«, wandte er sich an Armand. »Wie es aussieht, verdanke ich Euch mein Leben.«

Armand schüttelte den Kopf. »Ach was, Ihr wärt mit den Kerlen auch allein fertig geworden. Aber ich freue mich, dass ich helfen konnte.«

»Ich würde mich dennoch gern revanchieren«, bemerkte der Prinz.

Armand zuckte die Schultern. »Vielleicht in einem anderen Kampf.«

Malik lächelte. »Zumindest werde ich mein Schwert niemals gegen Euch erheben.« Er legte die Hand auf sein Herz und hielt sie dann dem fränkischen Ritter entgegen. »Waffenbruder!«, sagte er mit fester Stimme.

Armand erwiderte die Geste und drückte die Hand seines neu gewonnenen Freundes.

Am nächsten Tag ging Malik al-Kamil in Messina an Land, nicht ohne Armand herzlich zum Abschied zu umarmen. Obwohl sie sich gegenseitig das Gegenteil versicherten, bezweifelten die Ritter, einander jemals wiederzusehen. Zu unterschiedlich waren ihre jeweiligen Aufgaben. Und auch wenn beide wohlbehalten heimkehrten: Es lagen viele Meilen und viele Grenzen zwischen Akkon und Alexandria.

Armand selbst ging in Genua von Bord und schloss sich einer Pilgergruppe an. Sie zog über den Brenner, den leicht zu überwindenden Alpenpass, ins heilige Köln.

Kapitel 6

Die Reise von Meißen zurück ins Rheinland war für Gisela ein einziges Vergnügen. Jutta von Meißen hatte sie mit einer Eskorte ausgestattet, zu der auch ihr Lieblingsritter Guido de Valverde gehörte, und das Mädchen verbrachte den ganzen Tag damit, mit den Rittern zu plaudern und zu tändeln. Das Wetter war schön, es war ein trockenes Frühjahr, und Smeralda tänzelte lebhaft neben den schweren Rössern der Männer her.

Gisela machte sich wichtig, indem sie ihr Gesicht züchtig verschleierte. Die Ritter hatten sie zwar schon in voller Schönheit gesehen, aber sie argumentierte damit, dass sie jetzt schließlich eine fast verheiratete Frau sei, und da zieme es sich nicht, jedem ihr Gesicht zu zeigen. Die Ritter machten das Spiel teilweise entzückt, teilweise mit nachsichtigem Lächeln mit – nur die ältere Zofe, die nachts mit Gisela das Zelt teilte und ihr zu Diensten stand, verdrehte unwillig die Augen.

»Ihr benehmt Euch wie ein Kind!«, schalt sie das Mädchen und dachte im Stillen, dass ihre kleine Herrin dies auch noch war. Nach Ansicht der alten Dimma gehörte sie in ein Kindergemach und nicht auf die Lagerstatt eines Mannes. Zum Glück meinte sie den Erzählungen Giselas zu entnehmen, dass ihr künftiger Gatte kaum älter war. Vielleicht spielten die beiden ja wirklich »Verliebt und verheiratet«, und Giselas Träume wurden wahr.

Dank des trockenen Wetters kam die Reisegruppe schnell voran. Sie führte zwei Wagen mit Giselas Mitgift mit sich, die das Weiterkommen bei Regen schwer behindert hätten. Dann nämlich verwandelten sich die Straßen oft in Morastwege, in

denen man sich festfuhr. Achsenbrüche waren an der Tagesordnung.

Diesmal verlief der Ritt jedoch entspannt und angenehm. Zumindest Gisela sah man keinerlei Strapazen an, als sie ihr Pferd endlich über die Zugbrücke auf die Burg ihres Vaters lenkte. Sein Senneschall hieß die Reisenden im Burghof willkommen, ließ Wein bringen und wies die Stallburschen an, den Rittern und dem Fräulein die Pferde abzunehmen.

Gisela fand sich unversehens einem großen, grobknochigen Jungen gegenüber. Ruperts dunkelblondes Haar hing ihm immer noch wirr ins Gesicht, aber sein Ausdruck war nicht mehr gar so mürrisch wie früher, sondern männlich und selbstbewusst. Zumindest so lange, bis er Gisela sah. Er hatte das Mädchen als anstrengendes Kind in Erinnerung, und nun stand eine Prinzessin vor ihm mit goldblondem lockigem Haar! Im Eifer, rasch abzusteigen und die Männer ihres Vaters zu begrüßen, war Giselas Schleier verrutscht, und sie zeigte dem Pferdeburschen ihr vom Reiten und von der Aufregung gerötetes, zartes Gesicht.

»Rupert! Was für ein hübscher und stattlicher Jüngling du geworden bist!«, begrüßte sie den Jugendfreund strahlend. »Da muss ich ja aufpassen, mich nicht noch in dich zu verlieben, bevor mein Bräutigam mich heimführt!«

Ruperts Gesicht nahm einen anbetenden und dadurch unweigerlich etwas dümmlichen Ausdruck an. Gisela bemerkte das jedoch nicht. Sie hatte sich bereits ihrem Vater zugewandt, der eben einritt. Er war voll gerüstet, musste also Kampfübungen vorgestanden haben. Auf jeden Fall folgte ihm ein Knappe. Der Anwärter auf den Ritterstand war etwas untersetzt, sein Gesicht noch kindlich rund und so schuldbewusst verzogen, als habe man ihn eben für etwas getadelt. Das schien auch der Fall zu sein. Friedrich von Bärbach brüllte ihn gleich noch einmal an, als er bei dem Versuch, vor seinem Herrn aus dem Sattel zu sein, fast vom Pferd fiel. Das machte ihn erneut nervös, und er erwies sich als unfähig, den Streithengst des

Ritters ruhig zu halten, während der abstieg. In der schweren Rüstung war das nicht einfach. Giselas Vater wäre beinahe gestürzt, als der Hengst beiseitesprang.

»Meine Güte, Wolfram, so pass doch auf! Jedes Mädchen könnte das besser! Zumindest meine wilde Tochter hat niemals Angst vor einem Pferd gehabt!« Bärbachs wacher Blick streifte die Ankömmlinge – und blieb an Gisela haften, die sofort strahlend auf ihn zueilte.

»Vater!«, lachte sie. »Leugne es nicht, nun ist es heraus! Du hast mich nicht als Braut zurückbeordert, sondern als Pferdemädchen!«

Der Bärbacher lachte dröhnend.

»Potz Blitz, Gisela, und ich hatte gedacht, man hätte ein minnigliches Weib aus dir gemacht, da auf dem Hof zu Meißen! Aber was schicken sie mir wieder? Den alten Wirbelwind! Nur schöner und erwachsen geworden. Herr im Himmel, man könnte den Guntheimer fast beneiden! Da würd ich auch nicht Nein sagen, wenn man mir noch mal so ein hübsches Ding auf die Lagerstatt legte!«

Friedrich von Bärbach küsste seine Tochter herzlich auf beide Wangen, überließ sie dann aber der Kammerfrau. Inzwischen war auch die alte Margreth erschienen, Ruperts Mutter und Giselas Kinderfrau. Ihr Gesichtsausdruck war verkniffen wie eh und je, und sie begann gleich, sich mit Dimma zu zanken. Die Zofe trug ihr schließlich ohne viel Federlesens auf, ihr zunächst die Kemenaten zu zeigen und sodann Erfrischungen für sich und ihre Herrin auf die Zimmer zu bringen. Margreth gab ihr daraufhin zu verstehen, sie sei keine Dienstmagd.

»So?«, fragte Dimma spitz.

Sie war eine sehr kleine, aber äußerst energische Frau, die sich durchaus etwas auf ihren Stand als Zofe einbildete. Sie diente Jutta von Meißen seit ihrem dreizehnten Lebensjahr und hatte ihre Herrin von Thüringen an den Hof zu Meißen begleitet. Zuletzt war sie die Einzige gewesen, die Frau Jutta

beim Ankleiden helfen und ihr Haar aufstecken durfte. Für Gisela war es ein großes Privileg, dass Frau Jutta sie ihr zeitweilig abtrat.

»Was bist du dann? Nun zier dich nicht und setz dich in Bewegung. Meine Herrin ist müde nach dem langen Ritt – ach ja, du kannst ihr auch ein Bad bereiten. Habt ihr Frauenbäder hier oder müssen wir einen Zuber füllen? Lass auf jeden Fall Wasser erwärmen und bringt als Erstes diese Truhe dort mit hinauf. Sie enthält duftende Essenzen, die meine Herrin erfrischen werden.«

Dimmas blaue, tief in den Höhlen liegende Augen blitzten herrisch. Das Gesicht der Dienerin war von Runzeln durchzogen, aber sie verfügte über die Energie einer Amazone.

Margreth gehorchte schließlich unwillig und schickte Rupert und einen anderen Knecht mit der schweren Truhe die Stiegen hinauf in die beheizbaren Kammern der Damen. Der Junge hatte sich um diesen Dienst gerissen und wurde dafür mit einem weiteren Blick in Giselas klare grüne Augen und diesmal auch auf ihre schlanke Gestalt belohnt. Das Mädchen hatte den Reiseumhang und das schwere Obergewand abgelegt und saß nun in einem lichtgrünen Seidenunterkleid am Feuer, während Dimma ihm das Haar bürstete. Rupert konnte sich nicht sattsehen an der goldenen Flut, die über Giselas Rücken fiel.

Schließlich fiel es sogar Dimma auf, dass er länger als nötig in der Kammer verharrte. »Ist noch was?«, fragte sie unfreundlich.

Rupert gab einen erstickten Laut von sich, aber Gisela hob den Blick und lächelte. »Sei nicht so streng, Dimma, der Junge und ich sind alte Freunde. Wir haben als Kinder miteinander gespielt – ich hab ihn vergöttert, Dimma!« Sie lachte Rupert verschwörerisch zu. »Und nun sucht er sicher nach den rechten Worten für ein Willkommen. Du freust dich doch, mich zu sehen, Rupert, nicht wahr?« Gisela lächelte huldvoll. »Und du sollst auch ein Geschenk erhalten. Warte …«

Das Mädchen stand auf und ging durch die Kammer – für Rupert war es vergleichbar mit dem Schweben eines Engels. Es suchte kurz in der Truhe und förderte eine schlichte, aber hübsch gearbeitete Fibel aus Bronze hervor, die es dem Knecht überreichte. Für einen Ritter ziemlich wertloser Tand, aber für den Pferdeburschen ein Schmuckstück.

»Das kannst du zu deinem Sonntagsrock tragen, und jedes Mädchen im Dorf wird dich umgarnen, in der Hoffnung, dass du es ihr zur Hochzeit zum Geschenk machst!«

Rupert stammelte einen Dank. Er wusste später nicht, wie er aus der Kemenate zurück in die Ställe gekommen war. Aber sein Leben lang erinnerte er sich an das Gefühl, das ihn beherrschte. Es glich einem Vollrausch – und stürmischer, jubelnder Freude.

Am Hofe von Giselas Vater war es nicht üblich, dass die Frauen den Rittern an der abendlichen Tafel Gesellschaft leisteten. Dafür gab es einfach zu wenige Frauen. Gisela war das einzige Mädchen von Stand. So trug man ihr das Essen in ihrer Kemenate auf, und sie traf an diesem Abend weder ihren Vater noch die Ritter ihrer Eskorte und erst recht nicht ihren Bräutigam.

Das Mädchen vermutete, dass er noch gar nicht auf der Burg weilte. Man würde ihn erst von ihrer Ankunft benachrichtigen müssen. Gisela malte sich genüsslich aus, wie er daraufhin sofort in den Stall stürzte, sein Pferd sattelte und zur Burg ihres Vaters sprengte. Sie würde ihn vom Fenster ihrer Kemenate aus kommen sehen und sich auf den ersten Blick in ihn verlieben. Und er würde errötend vor ihr niederknien und sie als Frau seines Herzens willkommen heißen.

Vorerst hieß es jedoch Abschied nehmen. Die Ritter von Giselas Eskorte machten sich gleich am nächsten Tag wieder auf den Weg nach Meißen. Dimma allerdings bat, noch ein wenig bleiben zu dürfen.

»Es geht nicht an, Fräulein, dass Ihr hier allein unter den

Rittern bleibt, nur umsorgt von dieser Vettel, die jeden Handschlag scheut und sich für etwas Besseres hält! Sie mag ja Eure Amme gewesen sein, aber sie beträgt sich nicht wie eine Ziehmutter, und sie hat die Umgangsformen eines Kuhbauern! Ich bin sicher, die Herrin Jutta gewährt mir Urlaub, bis man Euch verheiratet und in hoffentlich bequemere Quartiere und unter die Obhut geschulterer Dienerschaft überführt hat!«

Gisela lachte über die Bedenken der alten Kammerfrau. »Du sprichst von mir, als sei ich eine edle Zuchtstute!«, neckte sie Dimma. »Dabei käme ich durchaus allein zurecht. Aber ich widerspreche dir nicht. Ich weiß, das wagt nicht mal Frau Jutta! Und keine wird mir den Brautkranz schöner ins Haar flechten als du, Dimma, da kann ich sicher sein!«

Dimma ging das Herz auf, als ihr Fräulein sie liebevoll umarmte. Genau wie ihre Herrin Jutta mochte sie Gisela. Und sie dachte noch oft an die Worte, mit denen die Markgräfin sie verabschiedet hatte: »Pass auf das Kind auf, Dimma! Sie wird einen Menschen brauchen, da, wo sie hingeht …«

Einen Menschen, für den sie eben mehr als eine Zuchtstute war.

Obwohl Dimma schimpfte, ließ Gisela es sich nicht nehmen, die Herren ihrer Eskorte bei den Ställen zu verabschieden. Tatsächlich gewährte sie den jungen Rittern sogar einen Kuss auf die Wange, was Rupert ein missbilligendes Schnauben entlockte und Guido de Valverde ein strahlendes Lächeln.

»Ich verlasse Euren Hof reich beschenkt, Fräulein Gisela!«, sagte der Fahrende Ritter in der melodischen Sprache seiner Heimat.

Gisela träumte den ganzen Tag davon, ihn einmal unter ihrem Zeichen ins Turnier reiten zu sehen. Aber dann schalt sie sich der geistigen Untreue an ihrem Odwin. Es war wirklich Zeit, dass sie ihn kennenlernte! Gisela besaß viel Fantasie, aber ewig konnte sie sich nicht nach einem Wunschtraum verzehren!

Am Nachmittag ließ sie dann Smeralda satteln. Sie langweilte sich in ihrer Kemenate, schließlich gab es dort nichts zu tun und niemanden, mit dem sie plaudern konnte. Die Räume in der Herler Burg waren zudem eher karg eingerichtet, Gisela vermisste das Wohlleben am Hof zu Meißen.

Der Ausritt verlief allerdings auch nicht nach ihrem Geschmack. Zwar führte ihr Rupert das Pferd so artig vor wie ein Ritter – er hatte das zweifellos irgendeinem Besucher seines Herrn abgesehen und wurde rot, als Gisela ihm erlaubte, ihr den Steigbügel zu halten. Aber als einzige ziemliche Begleiterin war Dimma zugegen, und diese schimpfte, weil sie nach der langen Reise schon wieder aufs Pferd musste. Sie war eine ängstliche Reiterin, und Gisela konnte nicht im Galopp über die Felder sprengen, wie sie es gewohnt war.

Immerhin folgten sie einem Weg zum Rhein hinunter und sahen den Goldwäschern zu. Gisela schenkte ihren Kindern ein paar Münzen, deren Wert den Tagesverdienst der Eltern sicher um ein Mehrfaches überstieg. Es gab Gold im Rhein, aber nur wenig. Lediglich die Ärmsten der Armen verbrachten ihre Tage mit der Pfanne am Rand des reißenden Flusses, in der Hoffnung, ein paar kärgliche Körnchen aus dem Sand zu waschen.

Den Bauern, die eben ihre Felder bestellten und ehrerbietig grüßten, ging es zweifellos besser, aber auch sie wirkten nicht gerade wohlgenährt. Viele zogen und schoben den Pflug nur mit Mühe durch die trockene Erde. Die letzte Ernte war nicht gut gewesen, und dieses Jahr herrschte schon wieder Dürre. Was für Gisela und ihre Ritter das ideale Reisewetter gewesen war, bereitete den Bauern Verdruss. Giselas Vater war ein harter Herr. Er verlangte seinen Pachtzins, auch wenn die Felder nur kärglichen Ertrag brachten.

Gisela und Dimma ritten im weiten Bogen um die Burg herum und erreichten schließlich die Pferdeschwemme und die Übungsplätze der Ritter. Friedrich von Bärbach führte keinen großen Hof. Er hatte ein paar Lehen vergeben, deren Inhaber ihm im Fall einer Fehde Hilfe leisten und auch einige Dutzend waffenfähige Männer stellen mussten. Außerdem gewährte er immer ein paar Fahrenden Rittern auf der Burg Obdach, obwohl er sie nicht wirklich brauchte. Die Herrschaft derer von Bärbach war kaum bedroht. Giselas Vater lebte mit seinen Nachbarn in Frieden – und seine Tochter stellte nun ein weiteres Pfand dafür dar, dass es so blieb.

Das Land Odwin von Guntheims grenzte an das der Bärbachs, und obwohl der Bärbacher und der Guntheimer Freunde waren, gab es doch ein paar Morgen Grenzland, deren Besitz umstritten war. Zweifellos wanderten diese ziemlich steinigen und nicht sehr wertvollen Äcker samt dem zugehörigen armseligen Dorf nun als Giselas Mitgift nach Guntheim. Die preiswerteste Möglichkeit für den Bärbacher, seine Tochter zu verheiraten, und obendrein eine Maßnahme zur Beilegung eines alten, schwelenden Konflikts.

Auf den Übungsplätzen unterhalb der Burg tummelten sich nur wenige Ritter. Das Schauspiel, das sie boten, war nicht zu vergleichen mit dem in Meißen. Gisela und ihre Freundinnen hatten dort stundenlang bei den Kampfspielen ihrer zahlreichen Favoriten zugesehen und mit ihnen gezittert. Hier dagegen triezte nur ein älterer Ritter Giselas jüngere Brüder sowie den kräftigen, aber ungeschickten Knappen, dem sie bei der Begrüßung ihres Vaters am Vortag begegnet waren. Er zeichnete sich auch in der Kampfkunst wenig aus. Eben attackierte er einen hölzernen Ritter, der von einem Kampfübungsgerät im Kreis gedreht wurde und unter dessen Schwertarm man sich nach dem Angriff ducken musste. Der Knappe schaffte dies allerdings nicht. Beim ersten Versuch erwischte ihn der Holzritter am Rücken, und der Junge entkam nur halb auf dem Pferd hängend. Beim zweiten Versuch bekam er die Wucht der rotierenden Maschine voll zu spüren und wurde aus dem Sattel katapultiert. Er hielt sein Visier tunlichst geschlossen, aber Gisela war sich sicher, dass er errötete.

Rupert, der in der Nähe einige Pferde trainierte, machte sich einen Spaß daraus, den Hengst des Jungen wieder einzufangen, bevor er mit den anderen Tieren Streit anfing. Dazu ritt er ohne Sattel rasch unter der wirbelnden Maschine hinweg, wandte sich dann um und beschoss den Holzritter noch rasch mit einem Stein aus seiner Schleuder, bevor er ihm die lange Nase zeigte. Die Zügel musste er dazu natürlich loslassen, aber Rupert dirigierte sein Pferd allein mit den Schenkeln. Während der Knappe seinen Rappen ohne Dank, aber mit wütendem Ausdruck in den Augen in Empfang nahm, klatschte Gisela Rupert Beifall. Er verbeugte sich in ihre Richtung.

»Ihr solltet den Knecht nicht so ermutigen!«, rügte Dimma. »Er schaut schon jetzt wie ein verliebtes Kalb. Und wer weiß, ob der Kerl seinen Platz kennt! Was er eben getan hat, war zumindest unverschämt!«

»Aber mutig!«, lachte Gisela. »Während dieser Knappe ... was für ein Dummkopf! Wo hat Vater den nur her? Die Herler Burg ist ja nicht gerade die erste Wahl für die Ausbildung junger Ritter, aber jeden müssen wir doch auch nicht nehmen!«

Auf Dimmas Bemerkungen bezüglich Rupert ging Gisela nicht ein. Es konnte schließlich nicht sein, dass der Knecht in sie verliebt war – höchstens lag eine der Schwärmereien vor, an die sie von den Knappen in Meißen gewöhnt war. Da hatte sie das als äußerst schmeichelhaft empfunden. Auch Ruperts Anbetung schien ihr nicht bedrohlich. Im Gegenteil. Als Gisela Smeralda zurück in ihren Stall brachte, machte sie dem Jugendfreund ein Kompliment für seine Reitkunst. Rupert wurde sofort rot.

»Ach, das war doch nichts«, meinte Rupert verlegen und schnäuzte sich in einen Zipfel seines Kittels.

Gisela lachte. »Na, den seltsamen Knappen hast du jedenfalls beeindruckt! Weißt du, wo der herkommt und warum mein Vater ihn aufgenommen hat?«

Rupert schnaubte. »Der? Der Herr Wolfram? Das ist doch der Sohn vom Guntheimer. Euer Vater kann ihn nicht wegschicken, und wenn er noch so oft vom Pferd fällt. Irgendwann werden sie ihn auch zum Ritter schlagen ... aber die Ritterschaft zögert das hinaus, solange es nur eben möglich ist.«

Giselas Lächeln erstarb. Sie war wie vor den Kopf gestoßen. Der Sohn des Guntheimers? Sollte sie diesen hoffnungslosen Fall ehelichen? Nein, das konnte nicht sein! Es musste noch irgendwo einen älteren Sohn geben – und ihr Gatte sollte ja auch Odwin, nicht Wolfram heißen. Komisch nur, dass sie sich an keinen anderen Jungen erinnerte.

O Gott, hoffentlich ist er nicht viel jünger als ich!, dachte sie. Der Gedanke, mit einem Kind vermählt zu werden, ließ sie schaudern, aber dann sagte sie sich, dass dies unwahrscheinlich war. Eine Verlobung hätte genügt, um die Ansprüche festzulegen, und man hätte Gisela noch ein oder zwei Jahre bei Frau Jutta lassen können. Ihr künftiger Gatte musste, er musste einfach ein erwachsener, heiratsfähiger Mann sein! Ein Ritter! Gewöhnlich wurden auch Knappen noch nicht vermählt.

Aufgewühlt verabschiedete sich Gisela von Rupert, überquerte den Burghof und lief die Stiegen hinauf zu den Kemenaten. Sie überlegte hektisch, was sie tun sollte – und lachte über sich selbst, als es ihr einfiel. Sie konnte ihren Vater einfach fragen! An sich hätte der ihr längst Näheres über ihren Verlobten mitteilen müssen, aber wahrscheinlich glaubte er, sie wisse über die Familienverhältnisse derer von Guntheim genauer Bescheid.

Gisela eilte in die Halle ihres Vaters statt in die Frauengemächer. Friedrich von Bärbach tafelte gerade mit seinen Rittern. Seine Tochter hoffte, dass er ihr Auftauchen nicht übel nahm. Es war schon spät, sie sollte eigentlich nicht mehr in der Burganlage herumlaufen.

Allerdings hatte der Bärbacher dem Wein wohl schon recht

gut zugesprochen und war bester Stimmung. Giselas Erscheinen und ihren schüchternen Knicks vor seinem Hochsitz in der mit Wandbehängen und Schnitzereien fein geschmückten Halle begrüßte er mit freundlichem Gelächter. Gisela sah sich um. Das große Bogengewölbe diente Festlichkeiten und Empfängen, aber auch einfach dem Treffen der Ritter der Burg. Sie besetzten jetzt die Tische und Bänke an den Wänden und labten sich an den Speisen, die ihnen der Truchsess vorlegte. In das Lachen ihres Burgherrn fielen sie sofort willfährig ein.

»Na, meine kleine Walküre?«, neckte von Bärbach Gisela. »Reicht es dir nicht, wie ein Junge durch den Wald zu reiten? Willst du nun auch am Festmahl der Ritter teilhaben? Dein Gatte wird dir den Kopf zurechtsetzen müssen.«

Das Mädchen senkte verlegen den Kopf. »Ich will nur etwas fragen, Vater«, sagte es dann, so beherzt wie eben möglich. »Es geht … es geht um meinen … versprochenen Gatten …« Die letzten Worte kamen ganz leise heraus.

Der Bärbacher lachte wieder. »Ach ja! Und das magst du nicht vor versammelter Ritterschaft vortragen.« Immerhin verstand er. »So komm, Gisela, setz dich neben mich.« Er wies auf den zweiten Platz an seinem Tisch, gewöhnlich der Herrin des Hauses oder hoch geehrten Besuchern vorbehalten.

Gisela erstieg den Hochsitz steif, bemühte sich jedoch um Haltung. Sie würde bald einem solchen Haushalt vorstehen, es gab keinen Grund, sich zu schämen.

Der Mundschenk beeilte sich, ihr Wein zu bringen. Gisela nippte aber nur kurz an dem Pokal und lehnte die angebotenen Speisen ab. Sie hatte oft in der großen Halle zu Meißen gespeist – auf Minnehöfen waren die Frauen bei fast jeder Festlichkeit zugelassen. Allerdings nie an so exponierter Stelle. Gisela hatte das Gefühl, als ob alle Ritter ihres Vaters sie anstarrten.

»Also, was ist nun?«, dröhnte Friedrich. »Sprich freiheraus!«

Gisela schluckte. »Vater«, sagte sie dann leise. »Die Herrin

Jutta sagte mir, du habest mich an Odwin von Guntheim versprochen. Aber soweit ich weiß, heißt der einzige Sohn des Guntheimers Wolfram. Es ist doch … es ist doch nicht Euer Knappe, mit dem ich nun …?«

Friedrich lachte schallend. »Habt ihr's gehört?«, fragte er in die Runde. »Dieses Schäfchen meint, ich vermählte es mit unserem kleinen Dummling!«

Gisela errötete. Jetzt ruhten auf jeden Fall alle belustigten Blicke auf ihr – oder erkannte sie in den Augen einiger Ritter auch besorgte Anteilnahme?

»Nein, Fräulein Gisela, da mach dir mal keine Gedanken!«, beschied sie Friedrich von Bärbach. »Du kriegst einen richtigen Mann. Natürlich ist er nicht mehr der Jüngste, vielleicht träumst du ja von einem jungen Recken. Aber noch allemal stark genug, dir einen Sohn zu zeugen, der besser ist als dieser Weichling Wolfram! Du wirst nicht mit irgendeinem Erben vermählt, meine Gisela. Du kriegst den Herrn von Guntheim! Morgen wird er kommen und …«

»Den … Guntheimer?«, fragte Gisela entsetzt. »Den Guntheimer selbst? Aber … aber er ist alt! Er hat schon drei Frauen zu Grabe getragen …«

»Vier«, verbesserte der Bärbacher mit Gemütsruhe. »Und kann's kaum erwarten, die fünfte zu freien. Er steht voll im Saft, der Guntheimer! Kann sich manch junger Mann eins von abschneiden!«

Die Ritter lachten wieder.

Gisela wollte nur fort. »Ich … gehe dann jetzt«, verabschiedete sie sich. Das entsprach sicher nicht der Form, aber wenn sie diesen Raum nicht gleich verließ, würde sie schreien.

Der Bärbacher nickte. »Geh nur und schlaf dich aus. Morgen Abend wirst du hier speisen, gemeinsam mit deinem versprochenen Gatten. Der wird Augen machen, Mädel, wie hübsch du geworden bist!«

Gisela begann zu rennen, kaum dass sie die Halle verlassen hatte.

»Nun kommt, Fräulein, so schlimm wird es schon nicht sein!« Die alte Dimma hielt das schluchzende Mädchen im Arm und bemühte sich um Trostworte. »Schaut Euch den Mann doch erst einmal an. Manchmal halten sie sich ja wirklich gut. Und bedenkt, wenn Ihr Euren Gatten überlebt, erbt Ihr die Burg und das Land.«

Gisela schüttelte wild den Kopf. »Nicht einmal das, Dimma, das erbt der edle Ritter Wolfram!«, sagte sie bitter. »Es sei denn, ich schenke dem Herrn noch einen Sohn, aber dann wird es Streitigkeiten geben. Und ich muss mir den Guntheimer nicht ansehen, ich kann mich gut an ihn erinnern. Er ist so alt wie mein Vater und doppelt so dick!«

Das war ein wenig übertrieben, aber wohlbeleibt war der alte Ritter schon, der sein Pferd am nächsten Tag zur späten Mittagsstunde auf den Burghof des Bärbachers lenkte. Er war nur leicht gerüstet und trug einen leuchtend roten Wappenrock über dem Kettenhemd. Rot stand für Tapferkeit. Der Schild des Guntheimers zeigte gesprengte Ketten und zwei Burgen – ein Zeichen für Landbesitz, erworben im Kampf. Zweifellos war Odwin ein mächtiger Recke gewesen, als er jung war.

Inzwischen, so dachte Gisela respektlos, sollte besser ein Weinpokal auf seinem Schild Abbildung finden. Das rote, fleischige Gesicht des Ritters sprach von reichlichem Genuss des Rebensaftes und der stattliche Bauch von Freude an gutem Essen. Der Guntheimer hielt die Zügel mit Pranken, die einen Bären hätten niederkämpfen können, und seine Oberschenkel waren prall wie die eines Pferdes. Gisela durfte gar nicht daran denken, dass er sich auf sie legen würde. Unter diesem Fleischberg würde sie ersticken!

Aber nun hatte sie ihre Pflicht zu tun und dem Herrn mit einem Becher edlen Weines entgegenzugehen. Ihr Vater hatte ihr aufgetragen, den Herrn von Guntheim auf der Burg willkommen zu heißen. Das konnte sie nicht verweigern, und es war auch nicht möglich, sich zu verschleiern oder anderweitig vor den Blicken der Männer zu verbergen. Gisela trug ein langärmeliges, die Figur betonendes Kleid, dunkelgrün, mit weiten Ärmeln, dazu ihren Emaillereif im offenen Haar. Als künftigem Gatten stand dem Guntheimer auch ein Kuss von ihr zu. Gisela schüttelte sich. Aber sie würde es schaffen … sie musste sich einfach nur vorstellen, sie küsse Guido de Valverde oder einen der anderen jungen Ritter. Gisela näherte sich dem Mann mit gesenktem Kopf und halb geschlossenen Augen. Aber Odwins brüllend laute Stimme machte die Illusion zunichte.

»Das ist dein Töchterchen, Bärbacher? Donnerwetter, alle Achtung! Da denk ich, ich handle mir ein Stückchen Land ein, und tatsächlich legst du mir ein Prinzesschen bei! Meiner Treu, Friedrich, die hätt ich glatt auch ohne die paar Felder genommen!«

Gisela wurde wieder einmal glühend rot, aber sie trat trotzdem tapfer näher und hielt Odwin den Wein hin. Irgendetwas in ihr beschrieb ihn dabei launig für ihre Freundinnen – kleine blaue Schweinsäuglein, eine Nase, die einer roten Rübe glich, ein breiter Mund wie ein Frosch … Manchmal mussten die Mädchen Turniersieger küssen, die ihnen nicht gefielen, und sie pflegten sie dann anschließend entsprechend zu schmähen. Das Gelächter der anderen Mädchen wusch das Ekelgefühl ab.

Aber es konnte nicht sein, dass ihr dieser Mann zum Gatten bestimmt war. Es war schlicht nicht möglich.

Widerwillig platzierte Gisela einen Kuss auf der großporigen Wange – und fühlte sich von Odwins Bärenpranken umfasst.

»Nichts da, Mädchen! Ich verdien einen richtigen Kuss. Sei nicht so prüde, ich denk, du kommst von einem Minnehof!« Damit zog er sie an sich und drückte einen feuchten Kuss auf ihre Lippen.

Gisela raubte es schier den Atem. Aber es sollte noch schlimmer kommen.

»Wirst du mir ein Bad bereiten? Potz Blitz, ich bin dreckig und verfroren nach dem Ritt!«

Es hatte am Vormittag geregnet, aber so schlimm, wie der Guntheimer es darstellte, war es nicht. Tatsächlich waren sein Hengst und die Pferde seiner Eskorte kaum schlammbespritzt. Allerdings waren die Kleider und Haare der Ritter noch feucht – soweit man bei Herrn Odwin von Haar sprechen konnte. Sein Schädel war weitgehend kahl, nur ein paar spärliche Strähnen bedeckten die fleckige Kopfhaut. Der Ritter ließ sie wachsen, wohl um an seine frühere Haarpracht zu erinnern.

Gisela senkte den Blick. Sie hatte nie einen Ritter ins Badehaus begleitet, Frau Jutta verpflichtete keines der Mädchen zu solchen Aufgaben. Tatsächlich galten die Minnehöfe zwar als offenherzig, aber die Damen, die sie führten, achteten oft mehr auf Ehre und Schamgefühl ihrer Mädchen als altertümliche Höfe. Niemals wäre eine Jutta von Meißen oder Eleonore von Aquitanien darauf verfallen, einem Ritter ein Mädchen als Bettwärmer zu schicken oder es zu zwingen, ihm den Rücken zu schrubben! Noch vor einer Generation war es allerdings üblich gewesen, Gattinnen und Töchter eines Burgherrn zu solchen Diensten heranzuziehen. Herr Odwin schien sich daran zu erinnern. Aber Giselas Vater würde doch nicht …

»Warum nicht, Guntheimer? Das Badehaus ist geheizt – sofern du noch warmes Wasser brauchst und das Blut dir nicht schon beim Blick auf deine versprochene Gattin in Wallung gerät!« Der Bärbacher lachte, als wäre Odwins Begehren der beste, seit langem vorgebrachte Scherz. Er sah Gisela an. »Was ist, Gisela? Was guckst du wie ein erschrockenes Kalb? Hast du Angst, du müsstest Wasser schleppen? Das machen schon die Knechte. Du wirst deinem Zukünftigen nur etwas zur Hand gehen. Aber du lässt deine Hände schön bei dir, Guntheimer!«, mahnte er zum Schluss mit erhobenem Zeigefinger, wieder an seinen Gast gewandt. »Und alles andere auch. Bis zur Hochzeitsnacht …«

Die Ritter lachten dröhnend.

Gisela machte sich wie in Trance auf den Weg ins Badehaus.

Erst viel später, als sie endlich wieder in ihrer Kammer weilte, schluchzte Gisela erneut in Dimmas Armen.

»Es war ekelhaft, Dimma, es war einfach nur ekelhaft ... und so ... so entwürdigend. Ich musste ein leichtes Gewand anziehen, wie die Badewärterinnen – und darunter sieht man doch alles, Dimma ... Ich wusste nicht, wo ich hinschauen sollte. Erst recht, als ich dann den Ritter entkleiden musste. Er ist ... er ist ... Herrgott, wie eine fette Kröte ... er ...«

»Er ist nackt vor Euch getreten, Kind?«, fragte Dimma empört.

Auch dies war früher nicht unüblich gewesen, aber Frau Jutta hatte damit auf ihrem Hof aufgeräumt. Männer und Frauen zeigten sich dort nur ihren Ehegatten nackt – von Badewärterinnen vielleicht abgesehen. Aber wenn einem Ritter danach der Sinn stand, musste er sich schon in ein öffentliches Badehaus in der Stadt begeben.

Gisela lachte bitter. »Wenn du meinst, er hätte mir den Anblick seines ›Schwertes‹ gewährt ... das blieb mir erspart. Schließlich hängt sein Bauch darüber. Der ist im Übrigen behaart – stärker als sein Haupt. Oh, Dimma, ich kann ihn nicht heiraten! Mir wird übel, wenn ich daran denke, dass er mich umarmt. Es war schlimm genug, ihm den Rücken einzuseifen und seine Schultern zu massieren. Ich fühle mich schmutzig, Dimma. Wäre es wohl möglich, dass du mir selbst noch ein Bad bereiten lässt?«

Die alte Kammerfrau seufzte und rief ein paar Mägde, den Zuber hereinzuholen und zu füllen. Auf der Herler Burg gab es kein Badehaus für Frauen. Dennoch erfüllte sie den Wunsch des Mädchens gern.

Dimma wusste nur nicht, wie weit ihm das helfen sollte. Die Hochzeit war in vier Wochen angesetzt, Gisela würde nicht jedes Mal in einen Waschzuber tauchen können, wenn ihr Gatte sie berührt hatte.

»Gibt es denn keinen Ausweg, Dimma?«, fragte Gisela schließlich, als die Kammerfrau sie auf ihrem Lager zudeckte.

Sie hatte zuvor noch das Bankett mit den Rittern überstehen und dabei neben dem Guntheimer sitzen und den Teller mit ihm teilen müssen, bevor dieser schreckliche Tag endlich ein Ende hatte. Gisela hatte kaum einen Bissen heruntergekriegt, obwohl der Guntheimer Anstalten machte, sie zu füttern wie ein Vögelchen. Das einzig Tröstliche waren die Blicke der Troubadoure gewesen, die beim und nach dem Essen aufspielten.

Sie mochten die Verzweiflung in den Augen der jungen Frau gesehen haben, und vielleicht entstand noch in dieser Nacht ein Lied, das die kindliche Braut neben dem alten Ritter beweinte.

»Du bist schon so lange am Minnehof, Dimma! Denk nach! Es muss Möglichkeiten geben, da ehrenhaft herauszukommen!« Gisela nippte an dem heißen Würzwein, den die Kammerfrau ihr kredenzt hatte, um sie wenigstens schlafen zu lassen.

Dimma überlegte. Natürlich gab es hier und da unstandesgemäße Liebeshändel am Minnehof – Mädchen, die sich dazu hinreißen ließen, sich Fahrenden Rittern hinzugeben. Mädchen, die plötzlich gesegneten Leibes waren, und die man dann nicht mehr verheiraten konnte, ohne ihr Geheimnis zu lüften …

»Ehrenhaft ist es schwierig«, murmelte Dimma.

Gisela machte eine abwehrende Handbewegung. »Dann eben unehrenhaft, Dimma! Ich kann den Guntheimer nicht heiraten. Nie und nimmer. Eher laufe ich fort!«

»Wenn überhaupt, so müsstet Ihr Euch entführen lassen!« Die Kammerfrau wirkte unwillig, aber sie sprach weiter. »Allein fortlaufen könnt Ihr nicht. Wo wolltet Ihr denn hin? Sagt

jetzt nicht, nach Meißen, Frau Jutta könnte Euch nicht aufnehmen. Und allein in der Stadt Euren Lebensunterhalt verdienen?«

»Bürgerinnen schaffen das!«, behauptete Gisela.

Dimma schüttelte den Kopf. »Wenn sie Zunftmitglieder sind. Aber dazu muss sie schon ihr Vater oder Vormund als Kinder in die Lehre geben. Das geschieht selten – meist lernen sie ihr Handwerk in der Familie, wenn die Mutter vielleicht schon als Hebamme tätig ist, oder der Vater der Tochter einen kleinen Laden hinterlässt. Oder sie heiraten einen Zunftmeister und beerben ihn, dann können sie sein Geschäft weiterführen. Ein hergelaufenes Mädel ohne Namen jedoch … Vergesst es, Gisela!«

Gisela kaute auf ihrer Lippe. »Wer sollte mich denn entführen?«, erkundigte sie sich.

Die Kammerfrau zuckte die Achseln. »Irgendein Ritter. Ihr seid doch ein hübsches Kind, Gisela, Ihr könnt jedem den Kopf verdrehen. Aber ich warne Euch, mit einem Fahrenden Ritter als Gatten seid Ihr kaum besser dran als allein!«

»Kann so einer mich denn überhaupt heiraten?«, erkundigte sich Gisela.

Sie dachte an Guido de Valverde. Aber der Ritter war wieder weit weg.

»Wer sollte ihn davon abhalten?«, fragte Dimma. »Wenn er von Adel ist und mit Euch die Ehe vollzieht … Ihr könnt Euch am nächsten Hof Eide schwören. Sogar an dem Eures Vaters. Der ist doch froh, wenn er Euch nicht entehrt, sondern nur als Frau eines Habenichts wiederbekommt. Wobei es natürlich vorkommt, dass ein Vater den Habenichts fordert und gleich nach der Hochzeit erschlägt. Wenn Euch so geschähe, wäret Ihr Witwe, und Euer Vater könnte Euch wieder verheiraten.«

Gisela zupfte an den Bändern ihres Seidenhemdes. »Da beißt sich die Katze in den Schwanz«, murmelte sie.

Dimma musste lächeln. Zumindest schien ihr Schützling

den Humor nicht zu verlieren. Dieses Mädchen war so tapfer! Wenn es nur etwas gäbe, das ihm helfen könnte.

»Aber wenn Ihr nun ... nicht mit einem Habenichts durchginget ...«, Dimma überlegte, und plötzlich zog ein Lächeln über ihr faltiges Gesicht – sie hatte die Lösung, aber sie würde Gisela nicht gefallen, »... sondern mit einem Erben. Einem Knappen vielleicht ...«

Gisela runzelte die Stirn. Am Minnehof zu Meißen hätten sich ihr da einige Möglichkeiten aufgetan. Aber hier ...

»Du ... du meinst doch nicht ...?«

»Doch!«, sagte Dimma bestimmt. »Ich meine Wolfram von Guntheim. Damit würdet Ihr nicht mal die Ehre Eures Vaters sonderlich beschmutzen. Der mag zwar schon überall verkündet haben, dass er Euch nach Guntheim verheiratet, aber ob an den Vater oder den Sohn – wen schert's? Und der alte Guntheimer wird seinen einzigen Erben auch nicht fordern. Die alten Kerle – verzeiht meine Wortwahl, Kind – werden mit den Zähnen knirschen, aber dann die Verbindung segnen.«

Vorerst knirschte Gisela mit den Zähnen. Aber in der Nacht durchdachte sie Dimmas Vorschlag. Die Kammerfrau hatte recht: Die einzige ehrenhafte Lösung war eine Verbindung mit Wolfram von Guntheim. Sie musste den jungen Knappen verführen und dann mit ihm fliehen. Wobei sie nicht daran zweifelte, dass die Männer ihres Vaters sie nach ein oder zwei Tagen einholen würden. Aber dann wäre es zu spät ...

Gisela hatte die Wahl: den Vater oder den Sohn. Den Haudegen oder den Weichling ...

Nach einer durchwachten Nacht entschied sie sich schweren Herzens für Letzteren.

Kapitel 7

Armand de Landes fror so jämmerlich, wie er bislang nie gefroren hatte. Er hatte so manche Nacht in der Wüste verbracht, nur in seinen Mantel gehüllt, und es war kalt gewesen. Aber das war kein Vergleich zu den Alpen – auf den Passstraßen lag selbst jetzt im Frühjahr noch Schnee! Zudem kämpfte Armand mit der niederschmetternden Erkenntnis, sich vor jedem Schritt seines Pferdes zu fürchten. Der junge Ritter war eindeutig nicht schwindelfrei, obwohl sein kräftiges Saumpferd keine falsche Bewegung machte.

Der Bergführer, ein sorgloser junger Italiener namens Gianni, hatte ihm versichert, das Tier habe den Pass schon mehr als zehnmal überquert. Aber Armand konnte die atemberaubenden Ausblicke in tiefe Täler und hinauf zu gewaltigen, schneebedeckten Gipfeln dennoch nicht genießen. Wenn der Weg an einem Abgrund entlangführte, wurde ihm regelrecht übel. Die Schmach war umso schlimmer, da zu seiner Reisegruppe eine Dame mit ihren Kammerfrauen gehörte.

Fiorina d'Abruzzo zeigte keinerlei Schwäche. Die junge Frau zog als Pilgerin nach Köln, um Abbitte für einen falschen Schwur zu leisten, den ihr der Vater auf dem Totenbett abverlangt hatte. Der Alte war Kreuzfahrer gewesen und mochte im Heiligen Land so manche Übeltat begangen haben. Auf jeden Fall bereute er und versprach Gott als Sühne die Hand seiner Tochter. Fiorina und ihre Mitgift sollten einem Kloster zukommen. Das Mädchen setzte sich allerdings darüber hinweg, heiratete einen Fahrenden Ritter und lebte nun glücklich mit ihm auf den Ländereien seines Vaters. Armand fragte sich, wie es seinen Vormund dazu gebracht hatte, diese Ehe abzusegnen. Aber wahrscheinlich war da ein Teil der Mitgift in die Taschen irgendeines Onkels oder Neffen gewandert, der das Geld bei sich besser aufgehoben sah als in den Schatzkammern eines Klosters.

Nun jedoch schlug Fiorina das Gewissen, und sie hatte sich auf eine Pilgerfahrt begeben.

»Das Heilige Land wäre natürlich besser, oder wenigstens Santiago de Compostela«, bemerkte sie. »Aber das schaffe ich nicht bis zur Geburt unseres Kindes, und mein Vater wollte bestimmt nicht, dass mein Sohn irgendwo unterwegs zur Welt kommt, statt auf der Burg seiner Väter.« Sie zwinkerte Armand lächelnd zu.

Fiorina d'Abruzzo war ebenso hübsch wie couragiert. Unter ihrem strengen Gebende blitzten manchmal schwarze Haarsträhnen hervor, ihre Augen schimmerten bernsteinfarben, und sie schien jeden Zoll der Reise zu genießen. Armand hielt es für unwahrscheinlich, dass Gott ihr dies als Buße durchgehen ließ, aber ihm sollte es egal sein. Fiorina war auf jeden Fall eine angenehme Begleiterin, die ihre Reise umsichtig plante.

Gianni führte ihre Gruppe über den Brenner und nicht die kürzere Strecke über den Mont Cenis oder gar den Gotthardpass. Der umtriebige Führer versicherte der Signora, auf diesem Weg noch nie Mensch oder Tier verloren zu haben.

»Die Pfade sind breit genug und die Aufstiege nicht zu steil«, behauptete er. »Das hier haben schon die Römer befestigt. Da und dort ist sicher einmal etwas weggebrochen, aber …«

Armand durfte gar nicht daran denken, wie gefährlich andere Pässe sein mussten, wenn man die Serpentinen und Abhänge, über die Gianni sie lotste, schon als leicht zu bewältigen bezeichnete.

Der junge Bergführer hielt jedoch sein Versprechen: Als die Gruppe nach etlichen strapaziösen Tagen Innsbruck erreichte, waren alle in bester Verfassung. Frau Fiorina ent-

lohnte den Mann, und beim anschließenden Pferdekauf konnte nun endlich Armand nützlich sein. Er wählte schöne, kräftige Pferde für die Reise ins Rheinland, Zelter für Fiorina und ihre Frauen und drei stämmige Wallache für die anderen, männlichen Pilger. Er selbst lieh sich ein Pferd – in Basel würden die Templer ihm ein angemessenes Reittier stellen.

Die Gesellschaft erreichte die Stadt am Rheinknie auch bald. Fiorina betete in der wunderschönen Kathedrale, Armand verbrachte die Nacht in der Komturei der Tempelritter. Neuigkeiten waren dort allerdings nicht zu erfahren. König Friedrich hielt sich in Sizilien auf, und der erneute Kreuzzugsaufruf des Papstes war weitgehend ungehört verhallt.

»Alles ruhig«, fasste der Komtur zusammen und nahm Armands Brief an Guillaume de Chartres entgegen. Armand berichtete darin über den Piratenüberfall und seine Bekanntschaft mit dem Sarazenenprinzen. Ansonsten hatte auch er nichts zu erzählen.

Von Basel aus brauchten die Reisenden nur dem Rhein zu folgen, um Köln zu erreichen. Die Pilger übernachteten meist in den Gästehäusern der am Weg liegenden Klöster, Armand schloss sich ihnen in der Regel an. Wenn sie allerdings in der Nähe größerer Städte rasteten, suchte er auch gern Herbergen und Schänken auf, um seinem mysteriösen Auftrag gerecht zu werden. Wenn man von der Häufung der Bettelmönche in den Straßen absah, vermerkte er keine Besonderheiten.

»Minoriten!«, stohnte der Abt eines Klosters am Rhein, den er darauf ansprach. »Sie predigen die Armut und ein einfaches Leben, den Sieg der Unschuld über den Unglauben, den des Friedens über den Krieg. Eigentlich ist dagegen nichts einzuwenden, aber die Leute laufen ihnen in Scharen zu, und sie kassieren viele der Almosen, die wir dringend nötig hätten.«

Das Kloster des Abtes unterhielt eine große Krankenstation und ein Siechenhaus. Die Mönche taten zweifellos Gutes und konnten auf keinen Pfennig verzichten. Armand entrichtete eine großzügige Spende, als er sie verließ, und Fiorina desgleichen.

Der Reisegruppe kam das anhaltend trockene Wetter zugute, und die Pilger frohlockten, dass ihre Fahrt unter einem so glücklichen Stern stand. Tatsächlich erreichten sie bald die Rheinlande und passierten Worms und Mainz. An der Kölner Stadtmauer, einem gewaltigen Bau mit zwölf Toren und der weitesten Ausdehnung im Deutschen Reich, trennte sich Armand von den anderen.

»Vielleicht könnt Ihr ja mit uns zurückreisen«, schlug Fiorina vor, die den Abschied bedauerte.

Armand bezweifelte das allerdings. Sein Auftrag mochte ihn weiter nach Frankreich, vielleicht gar nach Spanien oder England führen. Mit einer baldigen Heimkehr rechnete er nicht.

Er trat durch das Severinstor und lächelte, als die eifrige Fiorina ihm nachrief, dass die zwölf Kölner Tore an das himmlische Jerusalem erinnern sollten. Gleich stand Armand auf dem ersten Markt mit dem üblichen Lärm, den vielfältigen Gerüchen, Gauklern, Musikern und Taschendieben. Besonders heilig erschien Sancta Colonia, wie die Stadt seit dem vergangenen Jahrhundert genannt wurde, ihm nicht.

Armand fragte zunächst nach der Residenz des Erzbischofs und wurde dort gastfreundlich aufgenommen. Der Reliquie, die den Vorwand für seine Reise bildete, wurde dagegen kaum Aufmerksamkeit zuteil. Ein Sekretär des Metropoliten nahm sie in Empfang und ließ Armand wissen, dass der Splitter des Abendmahltisches als Geschenk für einen Amtsbruder gedacht war. Armand wunderte das nicht. Wer sollte schließlich vor dem Splitter eines Tisches beten, wenn zwei Schreine weiter die Gebeine der Heiligen Drei Könige ruhten? Köln war reich an Reliquien, es brauchte sich nicht mit Zweitklassigem zufriedenzugeben.

Allerdings galt Erzbischof Dietrich von Hengebach als

enger Freund des Großkomturs der Templer. Guillaume de Chartres mochte seine Gedanken und Befürchtungen mit ihm geteilt und ihm seinen Boten avisiert haben. Dennoch war Armand überrascht, dass ihn der Kirchenfürst nicht nur persönlich empfing, sondern ihm sogar die Einladung zu einem gemeinsamen Abendessen nach der Vesper überbringen ließ – einem Essen, nicht einem Bankett. Ob der Kölner Oberhirte tatsächlich allein mit einem Knappen der Templer zu speisen gedachte?

Armand strich noch ein bisschen durch die Stadt, wobei ihm diesmal weniger die Bettelmönche als eine Gruppe aufgeregter Kinder und Heranwachsender auffiel. Sie schienen zum Dom zu streben, und sie lachten und schwatzten, als erwarte sie dort ein Abenteuer. Armand war nah daran, sich ihnen anzuschließen, aber dann suchte er doch lieber eine Herberge auf, um sich für den Besuch beim Erzbischof frisch zu machen. Es erweckte sicher keinen guten Eindruck, dem Kirchenfürsten in staubiger Reisekleidung entgegenzutreten.

Armand fragte nach einem öffentlichen Badehaus, säuberte sich und kleidete sich dann in ein schlichtes, aber gut gearbeitetes Gewand aus grauem Tuch – sowohl einem Ritter angemessen als auch einem Gelehrten, allerdings kaum geeignet für ein Fest.

Die Wahl erwies sich zum Glück als völlig richtig. Tatsächlich empfing der Erzbischof den jungen Mann allein in seinen Privaträumen, und das Mahl war schlicht. Brot, Käse, kalter Braten – aber in den Pokalen schimmerte edelster Wein. Der Sekretär des Oberhirten schenkte seinem Herrn und dessen Besucher ein, dann zog er sich zurück.

Der Erzbischof, ein hochgewachsener, blonder Mann in mittleren Jahren, dessen edles Gesicht von klugen blauen Augen beherrscht wurde, reichte Armand die Hand zum Kuss. Der junge Templer erwies dem Bischofsring seine Ehrerbietung und beugte die Knie vor dem Träger. Der Bischof half ihm auf.

»Nehmt nur Platz, mein Freund, ergeht Euch nicht in Förmlichkeiten. Ich habe absichtlich kein großes Essen anrichten lassen, um uns Köche und Truchsesse vom Hals zu halten. Ich stehe mehr und mehr unter Beobachtung. Mein Mainzer Amtsbruder betreibt meine Absetzung. Natürlich im Auftrag des Papstes – anscheinend unterstütze ich seine Ziele nicht genug. Aber das soll Euch nicht anfechten. Ich weiß, in welchem Auftrag Ihr unterwegs seid. Und ich glaube, es geht tatsächlich etwas vor!«

Armand merkte auf. »Was meint Ihr, Ehrwürdiger Vater?«, erkundigte er sich.

Der Erzbischof zuckte die Schultern. »Im Grunde geht es mir wie Eurem Großkomtur – ich kann die Hintergründe nicht ausmachen. Aber Tatsache ist, dass sich etwas formiert, und es beginnt hier in Köln. So etwas wie ... ein neuer Kreuzzug!«

Das Leben in Köln regte sich beim ersten Hahnenschrei, aber Armand glaubte nicht, dass der Knabe Nikolaus schon so früh am Morgen predigen würde. Die morgendlichen Messen wurden vor allem von frommen Handwerkern, Geschäftsleuten und Frauen besucht – junge Menschen waren um diese Zeit noch wenig auf den Straßen. Natürlich abgesehen von Bettlern jeden Alters. Die lungerten auch schon auf den Plätzen herum, wenn die Bürger zur Arbeit gingen.

Jetzt jedoch, da die Sonne höher am Himmel stand, die Märkte gut besucht waren und die ersten Schänken öffneten, bemerkte Armand wieder die eifrigen Gruppen von Kindern. Mädchen, die kleinere Geschwister an der Hand führten, Scholaren, die jetzt sicher in der Studierstube sitzen, statt durch die Stadt hätten ziehen sollen, und Lehrjungen, die kleine Besorgungen für ihren Lehrherren nutzten, sich selbstständig zu machen.

An diesem Tag folgte Armand ihnen zum Dom, und tatsächlich: Auf den Stufen vor dem Haupttor stand ein Junge. Ein zierliches Kind, höchstens zehn Jahre alt, ordentlich, aber schlicht gekleidet.

»Nikolaus! Da ist er, Nikolaus!«

Ein Mädchen neben Armand entdeckte den Knaben und winkte ihm zu. Andere taten desgleichen. Der Junge lächelte schüchtern zu ihnen hinunter. Er wurde flankiert von einigen Mönchen in graubraunen Kutten – Armand konnte ihre Ordenszugehörigkeit nicht ausmachen – und einem Mann, der dem Knaben ähnlich sah, dessen Gesicht allerdings weniger engelhafte als frettchenähnliche Züge aufwies.

Nikolaus' Vater. Der Erzbischof hatte ihn erwähnt.

Auf dem Platz vor dem Dom sammelten sich jetzt die Kinder und Halbwüchsigen – einige schienen bereits hier genächtigt zu haben. Dazu kamen erwachsene Schaulustige, Bettler und Straßenmädchen. Für Letztere gab es jetzt noch nicht viel zu tun, und jede Unterhaltung war ihnen willkommen.

Der Junge auf den Stufen vor dem Dom schien noch warten zu wollen, aber die Mönche sprachen auf ihn ein und schoben ihn schließlich vor.

Armand musterte das Kind näher. Tatsächlich, der äußere Eindruck entsprach dem, was der Kölner Oberhirte gesagt hatte. Ein leibhaftiger Engel mit sanften, noch kindlich weichen Zügen – riesige blaue Augen, lockiges hellbraunes Haar, entzückende Grübchen und rosige Lippen.

»Man sagt, bis vor ein paar Tagen habe er noch in Schankstuben gesungen«, hatte der Erzbischof berichtet. »Der Vater macht sein Geld mit ihm. Von jeher, dabei sind sie von niederem Adel. Aber weiß Gott, wie der Alte sein Gut verprasst hat, oder ob er jemals welches hatte. Jedenfalls verkauft der Kerl das Kind – wobei der Kleine Glück hat, mit einer so goldenen Stimme gesegnet zu sein. Ansonsten müsste er sich wohl um andere Künste bemühen.«

Nikolaus begann nun zu reden.

»Ihr seid so viele«, sagte er zaghaft. »So viele … das macht mir fast Angst. Aber ich weiß, dass ich zu euch reden muss, denn Gott will es. Gott hat mir den Auftrag erteilt, und ich … ich kann nicht vor ihm davonlaufen.«

Nikolaus sprach mit tränenerstickter Stimme. Die Menschen auf dem Domplatz stöhnten erwartungsvoll.

»Seht, ich bin arm … so wie viele von euch. Mein Vater und ich müssen hart für unser täglich Brot arbeiten, und oft reicht es nicht, um des Abends in einer Schänke am Feuer zu sitzen und einen warmen Schlafplatz zu ergattern. Aber vor einigen Tagen lachte mir das Glück – ein Bauer vor den Stadttoren erlaubte mir, seine Schafe zu hüten. Nur für eine kurze Zeit, aber ich war doch stolz und glücklich, als ich mit den Tieren an den Rhein zog. Ich hatte etwas Brot und Käse, die Bauersfrau war unendlich gütig zu mir!«

Der Junge zeigte ein so überaus dankbares Lächeln, dass es selbst den skeptischen Armand mit Wärme erfüllte. Mit erhobener Stimme fuhr er fort.

»Und ich entzündete ein Feuer auf den Weiden am Ufer. Und dann geschah es. Ein Engel kam zu mir! Er trug das schlichte Gewand eines Pilgers – wie um mir schon zu zeigen, wohin mein Weg führen würde. Und dann erzählte er mir von den Pilgern im Heiligen Land. Welche Lasten sie auf sich nehmen, um die heiligen Stätten zu besuchen, und wie bitter es ist, Jerusalem in den Händen der Ungläubigen zu sehen. Der Herr Jesus, so meinte er, weine darüber im Himmel bittere Tränen, und er wünsche sich nichts mehr als neue Anstrengungen seiner Gläubigen, die Heilige Stadt endlich zu befreien. Aber in seiner unendlichen Gnade will er die Ungläubigen nicht mit Feuer und Krieg strafen! Nein, dieses Mal sollen sie selbst die Wahrheit erkennen, die Möglichkeit haben, umzukehren und auf die Knie zu sinken vor dem wahren Gott. Doch wer kann sie dazu bringen, fragte ich ihn. Wer verfügt über so viel Macht und Einfluss? Und dann verriet er mir ein Geheimnis: Der neue Kreuzzug soll ein Kreuzzug der Unschuldigen sein. Ein Kreuzzug der Kinder! Nicht mit Schwertern sollen wir kommen, sondern mit Gebeten. Nicht mit Belagerungsmaschinen, sondern mit fröhlichen Liedern auf den Lippen. Dann, so sagte der Engel, würden die Feinde des wahren Heilands erkennen, welche falschen Wege sie bisher gegangen sind. Sie würden ihre Schwerter hinwerfen und auf die Knie fallen und Gott mit uns gemeinsam loben!«

»Mit uns?«, fragte ein Junge aus der ersten Reihe.

»Ja, mit uns!«, rief Nikolaus. »Denn der Engel erwählte mich, diesen Kreuzzug zu führen, und er rief euch alle, er erwählte euch alle, das Wunder mit herbeizuführen und es zu sehen. Ihr alle sollt mit mir kommen in die goldene Stadt Jerusalem, und weinend wird der Sultan ihre zwölf Tore öffnen und uns einlassen, und Blumen wird man uns zu Füßen werfen. Und wir werden das Hosianna singen zusammen mit den Heiden, die dann keine Heiden mehr sind!«

Die Worte des Jungen schallten über den gesamten Domplatz. Die Menschen jubelten ihm begeistert zu, und ein paar Herzschläge lang ergab sich selbst Armand dem Zauber dieser Vision. Kein Blut mehr, keine Schwerter mehr. Keine Kämpfe und Feindschaften, sondern Seite an Seite mit Freunden den Herrn anbeten! Armand sah sich neben Malik al-Kamil vor dem Kreuz auf die Knie fallen, sah sich gemeinsam mit seinem Waffenbruder einstehen für die Kraft des Gebetes …

Aber dann schüttelte er jäh die Vorstellung ab. Nur weil ein paar Kinder beteten, würden die Sarazenen ihrem Propheten nicht abschwören. Und auch andere Verlautbarungen des »Engels« waren mit Vorsicht zu genießen. So etwa die Geschichte von den Qualen der Pilger im Heiligen Land. Natürlich war eine Pilgerreise nach Jerusalem gefährlich – Armand hatte den Alpenpass noch zu deutlich vor Augen, und auch die Durchquerung der Wüste war kein Zuckerschlecken. Aber von den Männern des Sultans hatten die Gläubigen nichts zu befürchten. Saladin, der Bezwinger Richard Löwenherz' und Bruder des jetzigen Herrschers, hatte den Pilgern freien Zugang zu ihren heiligen Stätten gewährt, und al-Adil hielt sich an das Wort seines Vorgängers. Von eventuellen Zwischenfällen hätten die Templer gewusst. Es gehörte zu den Aufgaben des Ordens, die Pilger zu beschützen.

»Und wie kommst du übers Meer?«

Das war ein Zwischenruf aus der Menge. Anscheinend war Armand nicht der Einzige, der Zweifel hegte.

Nikolaus' Lächeln wurde überirdisch. »Das Meer wird sich vor uns teilen!«, versprach er seinen Zuhörern. »Wie sich damals das Rote Meer für Moses teilte! Trockenen Fußes werden wir hindurchwandern und das Goldene Tor Jerusalems wird uns leuchten ...«

Das entsprach nicht den Tatsachen. Jerusalem lag nicht am Meer. Die Kinder würden in Akkon oder Jaffa an Land gehen müssen.

Armand brachte Nikolaus' Engel immer weniger Vertrauen entgegen. Im Gegensatz zu dessen Zuhörerschaft. Die berauschte sich an der süßen Stimme des Knaben und seinen Versprechungen.

»So sagt mir nun: Wollt ihr mit mir ziehen? Wollt ihr das Königreich Gottes auf Erden errichten helfen? Denn genau das ist es, was der Engel mir versprochen hat: Wenn die Heilige Stadt erst befreit ist, beginnt ein Zeitalter der Liebe und des Friedens. Niemand wird mehr hungern und frieren. Niemand wird unglücklich sein und sich ängstigen. Gott wird für uns alle sorgen! Wenn wir nur seinen Plan erfüllen.«

Der Jubel der Menschen auf dem Platz kannte nun keine Grenzen mehr. Armand wunderte es nicht, als er sich umsah. Nur wenige Kinder hier waren gut gekleidet und genährt. Die weitaus größere Menge bestand aus Bettlern und Habenichtsen, bestenfalls Lehrjungen und Mädchen. Bei ihnen reichte schon die Aussicht auf das Goldene Zeitalter und immerwährendes Sattsein, um sie zu überzeugen. Die anderen, die Scholaren und Bürgerkinder, lockte eher das Abenteuer. Und da würden noch weitere hinzukommen.

»So werde ich denn meine Herolde aussenden!«, rief Nikolaus, nachdem einer der Mönche kurz mit ihm gesprochen

hatte. »Wer von euch möchte für mich nach Sachsen ziehen? Nach Westfalen, Thüringen, Mecklenburg? Wer fühlt sich berufen, die Frohe Botschaft nach Holstein und Franken zu tragen? Auf dass sich alle Kinder des Reiches anschließen auf dem Weg nach Jerusalem!«

Erwartungsgemäß konnte Nikolaus sich vor Anwärtern kaum retten. Weinend vor Glück umarmte er jeden Jungen, der vortrat. Die weitere Auswahl, so erkannte Armand schnell, übernahmen allerdings die Mönche in seiner Begleitung. Sie würden keine Bettler schicken, sondern Bürgerkinder, vielleicht Adlige, die über Pferde verfügten. Der kleine Prophet segnete jetzt alle Anwesenden und rief die Jungen und Mädchen dann auf, den Kreuzfahrer-Eid abzulegen. Die Kinder, aber auch viele erwachsene Zuhörer, selbst Greise, stürmten nach vorn. Armand lief es kalt den Rücken herunter. Wussten diese Menschen, worauf sie sich einließen? Von diesem Eid konnte niemand entbunden werden. Man war ihm verpflichtet, bis Jerusalem befreit war oder bis zum Tod.

Zweifellos würde es Stunden dauern, bis Nikolaus jeden der Schwurwilligen geküsst und umarmt hatte. Armand brauchte sich das nicht weiter anzusehen. Er ging zurück in seine Herberge und verfasste einen ersten Bericht an Guillaume de Chartres. Ausführlich berichtete er von Nikolaus' Vorgeschichte, von seinen Visionen und den eigenen Zweifeln.

Natürlich kann es ein Zufall sein, dass dieser Junge bereits über Schauspielerfahrung verfügt, schrieb er, *und vielleicht hat Gott ihn in seiner Weisheit auch eben deshalb zum Sprecher erwählt. Aber es erscheint mir doch seltsam. Zumindest dürfte es lohnend sein, die Sache weiterzuverfolgen. Wenn es also Euch und dem Orden recht ist, so werde ich mich dem »Heer« dieser Kinder anschließen und versuchen, mehr darüber herauszufinden.*

Armand ließ den Brief zur Weiterleitung in die örtliche Komtur der Templer bringen. Dann rüstete er sich für den Kreuzzug.

Kapitel 8

»Wollt Ihr mich nicht begleiten, Herr Wolfram?«, fragte Gisela mit sanfter Stimme und schüchternem Augenaufschlag. »Es wird schon dunkel, und da durchquere ich den Burghof ungern allein. Ich fürchte mich vor den zotigen Sprüchen der Männer.«

Rupert, dem sie eben ihr Pferd übergeben hatte, wurde rot vor Wut. »Wer wagt es, Euch mit zotigen Sprüchen zu kommen, Fräulein Gisela?«, fragte er grollend. »Sagt es mir, und ich werde denjenigen zerreißen – und sollte es zehnmal ein Ritter sein!«

Gisela warf ihm einen tadelnden Blick zu. Was fiel dem Jungen ein? Wenn das so weiterging, würde er ihren schönen Plan mit Wolfram zunichtemachen. Zumal der Knappe ohnehin nur langsam auf ihre Bemühungen reagierte. Wolfram war bereits sechzehn, aber er wirkte noch sehr kindlich – oder furchtsam. Auch jetzt schwankte er zwischen Entsetzen und Bewunderung über die offenen Worte des Knechtes und war weit davon entfernt, Gisela seinerseits Schutz anzubieten.

»Es genügt sicher, wenn man mich nicht allein über den Hof gehen sieht«, begütigte Gisela. Tatsächlich bestand ohnehin nicht die geringste Gefahr. Auf der Burg ihres Vaters würde ihr niemand zu nahe treten. »Kommt Ihr, Herr Wolfram?«

Der Knappe nickte. »Ich muss nur noch mein Pferd abwarten.«

Gisela sah angespannt zu, wie der schwarze Streithengst ihn fast überrannte, als er ihn in den Stall führte. Das Pferd strebte zur Futterkrippe und nahm den Knaben, der an seinem Halfter mehr hing, als dass er es zum Führen nutzte, kaum wahr. Als der Junge das Tier absatteln wollte, biss es sogar nach ihm. Beim Verlassen der Box hielt Wolfram den Sattel vor sich wie einen Schild, um sich vor Huftritten zu schützen.

»Vielleicht kann Rupert den Hengst rasch abreiben«, kam ihm Gisela zu Hilfe und blickte Rupert dabei beschwörend an.

Der Stallbursche grummelte, kam dem Auftrag dann aber nach.

Gisela versuchte sich derweil in munterer Plauderei mit dem erleichterten Knappen. Sie spürte Ruperts Blicke im Rücken, als sie hinausgingen. Kurz kam ihr durch den Sinn, dass es sehr viel einfacher wäre, sich von dem jungen Knecht entführen zu lassen. Dimma behauptete, er sei in sie verliebt, zumindest bewunderte er sie. Wenn sie ihm nur ein bisschen entgegenkäme …

Aber das würde ihr Dilemma nicht aufheben. Sie konnte nicht als Weib eines Stallknechts auf der Burg ihres Vaters leben – wahrscheinlich war es Rupert nicht mal erlaubt, ohne Zustimmung des Burgherrn zu heiraten. Gab sie sich ihm hin, so war sie eine Hure, nicht mehr. Es half also nichts, Gisela brauchte Wolfram. Wenn der Junge doch nur ein kleines bisschen ritterlicher, minniglicher und insgesamt reifer gewesen wäre! Aber Wolfram machte oft den Eindruck eines unzufriedenen Kindes im Körper eines fast erwachsenen Mannes.

Immerhin lief er jetzt brav neben Gisela her und machte Konversation. Und langsam erkannte sie auch Begierde in seinem Blick. Fehlte nur noch die Leidenschaft – und der Mut, die Entführung zu wagen. Bislang sah Gisela da schwarz, und dabei rückte ihre Hochzeit mit Odwin bedrohlich näher. Wenn es nicht anders ging, musste sie die Sache selbst ansprechen – aber daran mochte sie gar nicht denken.

»Mögt Ihr morgen mit mir ausreiten, Herr Wolfram?«, fragte Gisela mit süßer Stimme, als der Knappe sie schließlich vor ihrer Kemenate verabschiedete. »Ich bin immer nur mit der alten Dimma unterwegs – und sie bringt ihr Pferd kaum voran. Aber jede andere Begleitung verbietet sich, sie wäre nicht schicklich. Wenn Ihr Euch dagegen erbarmen könntet ... Schließlich werden wir bald verwandt sein. Da lässt es sich bestimmt vertreten.«

Wolfram wurde rot. Gisela meinte zu beobachten, dass sich seine Ohren dabei regelrecht aufstellten! So viel attraktiver als seinen Vater fand sie ihn nicht, obwohl er natürlich nicht so fett war und auch noch über volles, dunkelblondes Haar verfügte. Aber immerhin versicherte er ihr nun in artigen Worten und fast ohne Stottern, er stünde natürlich als Begleiter zur Verfügung.

»Ich ... bin ... werde ja so was wie ... Euer Stiefsohn.«

Gisela fragte sich, ob es ihr in der Funktion als Stiefmutter wohl erlaubt wäre, ihn zu züchtigen ... Sie hätte beinahe hysterisch gelacht.

Dimma verdrehte die Augen, als sie ihr gleich darauf Bericht erstattete. »Du musst mich so schön machen, dass er einfach nicht widerstehen kann!«, forderte Gisela.

»Vor allem müsst Ihr Euch mäßigen. Wenn Ihr so reitet, wie Ihr es gewöhnlich tut, werdet Ihr ihn nach der ersten Wegbiegung verlieren!«, seufzte die alte Kammerfrau.

Gisela kicherte. »Er wird mir zu Füßen fallen, glaub mir«, bemerkte sie. »Ich muss den Antrag dann nur noch annehmen.«

Dimma zweifelte am Erfolg ihrer Bemühungen. Und dabei war ihr Zögling so hübsch! Wenn dieser Knappe das nicht bemerkte, so musste er eher dem eigenen Geschlecht zugeneigt sein. Oder blind und taub!

Tatsächlich war Wolfram von Guntheim weder blind noch taub, und durch seine Träume geisterten auch keine anderen

Ritter, sondern durchaus Frauen und Mädchen. Genau genommen träumte er seit Wochen von Gisela von Bärbach – auch wenn sich ihr Bild in seinen Fantasien erheblich von ihrem Auftreten in der Wirklichkeit unterschied. Giselas offene, lebhafte Art und vor allem ihre unverhohlenen Annäherungsversuche gefielen ihm nicht, Wolfram wünschte sich, das Mädchen seinerseits zu erobern. Ein schüchternes, unterwürfiges Weib wollte er – keine selbstbewusste kleine Walküre, die besser auf dem Pferd saß als viele Männer und immer diesen spöttischen Gesichtsausdruck trug.

Wenn Gisela lachte, erinnerte sie ihn stets an seine letzte Stiefmutter. Wolfram ballte die Fäuste und versuchte, dieses Bild zu verdrängen. Ethelberta war schön gewesen – und fast so jung wie Gisela. Sie hatte nicht versucht, Wolfram zu bemuttern wie ihre Vorgängerinnen. Stattdessen hatte sie mit ihm gescherzt, ihn geneckt und gereizt – wie einen Mann! Aber dann, als er versucht hatte, sich ihr zu nähern wie ein Mann, hatte sie ihn zurückgewiesen.

Sie hatte behauptet, sich vor seinem Vater zu fürchten und ihn auf keinen Fall betrügen zu dürfen, aber Wolfram wusste es besser. Ethelberta hatte über ihn gelacht! Zweifellos hatte sie gelacht, niemand nahm ihn ernst, niemand hatte mehr für ihn übrig als Spott! Die Frauen, sein Waffenmeister … sein Vater.

Und dabei ersehnte Wolfram sich doch nichts dringlicher als Odwins Anerkennung! Wenn er ihm nur ein bisschen ähnlicher wäre! Odwin war ein Mann, ein Ritter, niemand nannte ihn hinter seinem Rücken einen Weichling. Seine Männer respektierten ihn. Und wie die Frauen vor ihm kuschten! Wolframs Vater wurde niemals geneckt und verlacht. Zumindest nicht lange.

Wolfram erinnerte sich an die junge Ethelberta und ihre Vorgängerin Fredegunda. Fredegunda war älter gewesen und selbstsicherer, aber dennoch. Immer lag ein spöttischer Ausdruck in ihren Augen, wenn sie ihm begegnete – in Anwesenheit seines Vaters verhielt sie sich gänzlich anders. Schüchtern hatte sie die Augen niedergeschlagen, nachdem sie die erste Nacht mit seinem Vater verbrachte. Von dem Moment an reichte ein Wort von Odwin, und Fredegunda verbeugte sich, küsste ihn, wenn er es ihr befahl, schwieg, wenn er sie seinen Freunden vorführte wie ein Schoßhündchen. Bei Ethelberta war das fast noch schneller gegangen. Geneckt und grausam gereizt hatten sie nach der Hochzeitsnacht nur noch Wolfram.

Dabei glaubte der Junge genau zu wissen, wie Odwin sich die Frauen unterwarf. Er war oft genug um die Kemenate seines Vaters herumgeschlichen und hatte ihre Schreie gehört. Aber um sie so zu behandeln, brauchte man ein Ehegelöbnis. Ein Mädchen musste dem Mann gehören ... ganz und gar. Frauen wie Gisela nahmen einen Mann nur ernst, wenn sie ihm ausgeliefert waren.

Wolfram ergab sich diesen düsteren Gedanken, während er zum Stall ging, um seinen Hengst für den Ausritt mit Gisela zu satteln. Wie immer warf das Pferd den Kopf hoch und wandte Wolfram drohend die Hinterhand zu, als er in die Box trat.

Der Junge suchte nach der Peitsche, um ihn herumzutreiben, aber wie immer war keine verfügbar. Von Bärbach war ein Haudegen, aber ein Pferdefreund. Er hielt nichts davon, die Tiere zu schlagen ... wie er überhaupt allen die Zügel locker ließ, außer seinem Knappen Wolfram! Seiner wilden Tochter zum Beispiel ...

Wolfram berauschte sich kurz an dem Gedanken, dass es mit den Frauen eigentlich genauso war wie mit Pferden. Sie mussten ihren Herrn fürchten! Er nahm seine Schwertscheide zu Hilfe, um den widerspenstigen Rappen einzuschüchtern und ihm endlich das Halfter überzuwerfen. Wie viel anders war das mit dem kleinen Fuchs gewesen, den er als Junge besessen hatte! Damals hatte sich niemand darum gekümmert, ob er das Tier spornierte und schlug. Und prompt war das Pferd gehorsam gewesen. Niemals hätte es herumgetänzelt, wenn er es anband, oder gar Versuche gemacht, ihn umzurennen. Aber nun hatte er diesen Rapphengst – und der Bärbacher und seine Ritter predigten ihm jeden Tag, ihn nicht durch Kraft, sondern durch Geschick zu beherrschen.

Dergleichen predigte man den Rittern an Minnehöfen über die Frauen. Schöne, minnigliche Worte, ein Lied, zärtliches Tändeln ... Wolfram bevorzugte das direkte Vorgehen seines Vaters. Bei Pferden wie bei Mädchen. Aber das ging natürlich nicht mit einem Edelfräulein wie Gisela, solange sie ihm keinen Eid geschworen hatte.

Wenn er nur gewusst hätte, was sie bezweckte, indem sie sich ihm derart anbiederte wie in den letzten Tagen! Was sollten die schönen Worte und die Einladung zum Ausritt? Wollte sie ihn necken? Oder gefiel er ihr tatsächlich besser als sein Vater? Wolfram leckte sich die Lippen. Sollte das wirklich der Fall sein, so ließ sich vielleicht nach der Hochzeit etwas arrangieren. Wenn sie dann noch wollte ...

Aber die seinem Vater versprochene Gattin entjungfern? Wolfram hätte nie gewagt, sich Odwin in den Weg zu stellen. Er fürchtete sich vor Vielem in der Welt der Ritter, aber mehr als vor jedem Sturz beim Tjost und jeder Blamage im Schwertkampf ängstigte er sich vor dem Zorn seines Vaters. An eine Entführung Giselas war nicht zu denken.

So verlief dann auch der gemeinsame Ausritt, ohne dass etwas Aufregendes passiert wäre. Gisela ließ Smeralda in ruhigem Tempo neben Wolframs Streithengst hergehen, aber ihre Versuche, mit dem Jungen zu tändeln, schlugen fehl. Wolfram schien misstrauisch, zudem brauchte er seine ganze Kraft und Konzentration, den Hengst zu halten. Dem nämlich fehlten die Hemmungen seines Herrn – er versuchte heftig, Smeralda den Hof zu machen. Nach einer halben Stunde begann Gisela, ihre Stute zu beneiden – und an ihrer eigenen Anziehungskraft zu zweifeln.

Sie war völlig erschöpft, als sie wieder bei den Ställen ankamen. Rupert nahm ihr Smeralda mit bösen Blicken ab. Er schien ihr zu grollen und auf Wolfram einen regelrechten Hass zu entwickeln. Wolfram erwiderte diesen zweifellos, schien sich aber auch vor dem Knecht zu fürchten. Er ging schon in Deckung, wenn Rupert nur in seine Nähe kam und ihm grimmig oder spöttisch lächelnd beim Satteln oder Abreiben des Hengstes zusah.

Giselas Gefühle für den Pferdeburschen gerieten ebenfalls immer mehr außer Kontrolle. Je länger sie Wolfram vor Ruperts Augen hofierte, desto heftiger empfand sie Scham. Gisela war nicht in Rupert verliebt, aber als Kind hatte sie ihn angebetet, und seine Meinung über sie war ihr immer noch wichtig. Da konnte sie sich noch so oft die Standesunterschiede vor Augen führen – Gisela wollte Ruperts Anerkennung! Als Reiterin und Falknerin hatte sie die längst erworben. Aber ihr minnigliches Umwerben des Weichlings Wolfram musste den Jugendfreund irritieren.

Und dann – es war eine Woche vor der Hochzeit, und Gisela intensivierte ihre Tändeleien mit dem Mut der Verzweiflung – hielt Rupert es nicht länger aus. Er folgte dem Mädchen am Morgen von den Pferdeställen zu den Falken – dem Falkner hatte er einen ganzen Kupferpfennig gegeben, damit der sich eine Stunde lang verzog.

Rupert schlüpfte hinter Gisela in den Verschlag, in dem die Vögel gehalten wurden. Das war einfach. Das Mädchen konzentrierte sich nur auf seinen Vogel, dem es sich mit Gurren und Schmeicheleien näherte, um ihn dann zu kröpfen.

Rupert ließ Gisela nicht so weit kommen. Als die Tür hinter ihm ins Schloss fiel, wandte sie sich erschrocken um. Er umfasste ihre Oberarme mit beiden Händen und hielt sie vor sich wie eine Puppe.

»Ihr müsst … du musst es mir jetzt sagen, Fräulein … äh … Gisela …«

Rupert verhaspelte sich. In seinen Träumen nannte er Gisela beim Vornamen wie damals als Kind. Und in diesem Moment, da er sie zwang, ihm ins Gesicht zu sehen, erschien es ihm auch nicht passend, sie förmlich anzusprechen – sie würde es sicher nicht einmal bemerken. Zudem war das Mädchen an diesem Tag nicht gekleidet wie eine Edelfrau. Keine einschüchternden bunten Farben, keine juwelengeschmückten weiten Zierärmel. Zu den Falken kam Gisela im ältesten Reitkleid und machte sich auch nicht die Mühe, sich zu verschleiern. Um diese Zeit waren kaum Ritter in den Ställen.

Gisela sah irritiert in das wütende Gesicht ihres Angreifers. Sie war erschrocken, aber sie empfand keine echte Furcht vor dem Jugendfreund.

»Was, Rupert«, fragte sie sanft, »was soll ich dir sagen? Was es auch ist, ich will es gerne tun. Du brauchst mir deshalb nicht die Arme auszurenken, ich laufe dir nicht davon.«

Rupert ließ sie los. »Was Ihr ... was du an ihm findest!«, stieß er hervor. »Was erregt dich, wenn du diesen ... diesen Taugenichts Wolfram ansiehst? Warum machst du ihm schöne Augen? Was hat er, was ich nicht habe?«

In Ruperts Augen stand alle Qual einer hoffnungslosen Liebe. Gisela war so schön ... selbst jetzt, in ihrem schmutzigen Kleid und mit zu Zöpfen geflochtenem Haar. Mit dieser Frisur sah sie jünger aus, Rupert fühlte sich an das Kind von einst erinnert. Er konnte nicht verstehen, dass er sie nicht damals schon geliebt hatte.

Gisela seufzte. »Einen Adelstitel«, gestand sie dann und setzte sich auf einen Strohballen. »Komm, Rupert, setz dich zu mir. Ich werde es dir erzählen!«

In der nächsten Stunde vertraute sie sich Rupert an wie einem Gleichgestellten – schließlich hatte sie ihm schon als Mädchen kleine Missgeschicke gebeichtet, damit er sie vor dem Zorn seiner Mutter schützte. Aber was konnte er tun gegen den Wunsch Friedrich von Bärbachs und Odwin von Guntheims?

»Ich könnte dich entführen!«, erklärte Rupert sofort, als

sie geendet hatte. »Wir laufen einfach zusammen weg. In eine Stadt. In einem Jahr bin ich frei und kann dich heiraten.« Der Junge fiel vor dem Mädchen auf die Knie wie ein Ritter.

»Und bis dahin?«, fragte Gisela leise und strich ein paar blonde Strähnen zurück, die sich aus ihren Zöpfen gelöst hatten. Rupert dauerte sie, aber er war ihr keine Hilfe. »Leben wir in Sünde zusammen? Was meinst du, wer uns Obdach gibt, wer uns aufnimmt, wo du Arbeit findest? Ich habe mir das alles überlegt, Rupert, es geht einfach nicht.«

»Aber … aber wenn du mich liebst.« Rupert sah verzweifelt zu Gisela auf.

Gisela schüttelte den Kopf und reichte ihm die Hände, um ihm aufzuhelfen. »Rupert, ich schätze dich sehr. Aber auch dich liebe ich nicht, ebenso wenig wie Herrn Odwin und Herrn Wolfram. Und wie du schon sagst – um das Leben auf mich zu nehmen, das uns erwarten würde, müsste ich dich über alles lieben. Es tut mir leid, aber das kann ich nicht. Wärest du ein Ritter, würde ich aus Verzweiflung mit dir gehen – man erwartet nicht mehr von einer Frau, als dass sie ihren Gatten achtet.«

»Und du achtest Wolfram?«, stieß Rupert hervor.

Gisela gab keine Antwort.

Niedergeschlagen lag Gisela auf ihrer Lagerstatt und versuchte, in den Schlaf zu finden. Der vierte Tag vor dem Eintreffen Odwins zur Hochzeit war gekommen, und sie sah nur noch die Möglichkeit, sich direkt an Wolfram zu wenden. Eine solche Werbung würde sie zwar zutiefst demütigen, aber ein Ritter wie er konnte die Bitte einer Dame kaum ablehnen.

Letztendlich spielte es keine Rolle, ob sie Wolfram achtete oder liebte. Der Knappe machte ohnehin keine Anstalten, um sie zu werben, von Entführung gar nicht zu sprechen. Wolfram war eben kein Ritter und hatte keine Ahnung von höfischem Benehmen. Gisela sah also ein weiteres Scheitern voraus. Sie grübelte und grübelte und verwarf eine Formulierung nach der anderen. Es gab eigentlich keine geeignete Form, sich einem Mann auf diese Art anzudienen, zumal sie ihren künftigen Gatten nicht einmal unbegrenzt schlechtmachen durfte – schließlich sprach sie vom Vater ihres »erwählten Ritters«.

Plötzlich vernahm das Mädchen ein kleines dumpfes Geräusch. Jemand hatte ein Steinchen gegen das Pergament geworfen, mit dem die Fensteröffnungen der Kemenaten bespannt waren, um Wind und Kälte abzuwehren. Ob Wolfram sich doch noch zu minniglichem Tun aufraffte? Gisela überlegte angestrengt, wie sie in nur einer Nacht die Jahre überwinden konnte, die gewöhnlich zwischen dem ersten, heimlichen Ständchen eines Minneherrn vor dem Schlafzimmer seiner Dame und einer möglichen Entführung lagen.

»Komm raus, Gisela!«

Sie vernahm eine leise Stimme, aber es war nicht die Wolframs. Gisela seufzte, aber sie wusste, dass sie nichts zu verlieren hatte. Rasch warf sie einen Mantel über ihr Hemd und trat auf den Umlauf vor den Kemenaten, der zur Stiege zum Hof führte.

Rupert wartete auf der Treppe, nervös um sich schauend, aber doch strahlend vor Stolz, Gisela herausgelockt zu haben. Und eine Lösung für ihr Problem bereitzuhalten!

»Gisela, ich weiß es jetzt! Du brauchst keine Angst zu haben. Wir werden im Schutz der Nacht fliehen, aber ich brauche dich nicht zu entführen und … und du musst mir auch nicht beiliegen. Nicht bevor … nicht bevor das Goldene Zeitalter angebrochen ist … nicht bevor ich die Ritterwürde erlangt habe.«

Gisela runzelte die Stirn. Wovon redete der Junge? Es war völlig unmöglich, dass er zum Ritter aufstieg. Nicht einmal, wenn er sich irgendwo als Söldner verdingte. Er hatte keinen Namen und keinen Stand. Ungeduldig hielt das Mädchen dem jungen Mann erneut seine Einwände vor.

»Aber das wird alles nicht mehr gelten in der neuen Zeit!«, wehrte Rupert ab. »Hier ... hier bin ich natürlich nur ein Unfreier. Aber in Gottes neuer Welt, in der Heiligen Stadt, da wird alles anders. Wir gehen nach Jerusalem, Gisela! Wir befreien Jerusalem!«

Aufgeregt flüsternd saßen die beiden nebeneinander auf der Treppe und schmiedeten einen Plan. Rupert erzählte von Nikolaus, dessen Erscheinung und dem Auftrag, den er von Gott erhalten hatte. Auch Gisela hatte schon von dem Kreuzzug gehört, von den unzähligen Kindern, die sich in und um Köln versammelten, um Nikolaus zu folgen. Sie würde Smeralda mitnehmen sowie den Schmuck, den Jutta von Meißen ihr geschenkt hatte. Wenn sie ihn versetzte, würden sie und Rupert ausreichend Geld haben, um ins Heilige Land zu pilgern. Selbst wenn sich das Meer nicht vor Nikolaus und seinem Heer teilte. Es wäre genug für eine Schiffspassage.

Rupert sollte zunächst zu Fuß neben dem Mädchen herlaufen. Die jungen Kreuzfahrer kamen überein, dass sie ihr neues Leben nicht damit beginnen wollten, dem Bärbacher ein Pferd zu stehlen.

»Obwohl das eigentlich egal ist«, führte Rupert aus. »Ich stehle mich ja auch selbst!«

»Du schenkst dich Gott!«, berichtigte Gisela. »Wenn du den Kreuzfahrer-Eid ablegst, ist alles gut!«

Sie wusste zwar nicht genau, ob das stimmte, aber Friedrich von Bärbach würde sich bestimmt nicht mit dem Erzbischof von Köln anlegen, um seinen entlaufenen Knecht zurückzubekommen. Das Mädchen nahm selbstverständlich an, dass Nikolaus sein Heer unter dem Schutz des Kirchenfürsten sammelte. Rupert hatte jedenfalls gehört, es kampierten bereits Hunderte, wenn nicht Tausende von Kindern in Köln, und es kämen täglich neue hinzu.

»Wir werden da gar nicht auffallen!«, beruhigte der Junge

Gisela, die hoffte, dass er recht hatte. Und dass Nikolaus bald mit seinen Kreuzfahrern weiterzog.

Zwei Nächte vor Giselas geplanter Hochzeit war es so weit. Wieder schlich Rupert sich auf die Treppe, die zu Giselas Kemenate führte. Das Mädchen erwartete ihn mit vor Aufregung geröteten Wangen, bereit zum Aufbruch. Schwitzend und schnaufend schleppte Rupert das Gepäck die Stiegen herunter.

Plötzlich stand wie aus dem Nichts gekommen die alte Kammerfrau vor ihnen. Sie war nicht im Hemd, wie um diese Nachtzeit zu erwarten, sondern vollständig angekleidet.

Gisela sah Dimma fassungslos an. »Du … Woher weißt du?«

»Dass Ihr weglaufen wollt?« Dimma verdrehte die Augen. »Kind, das steht Euch im Gesicht geschrieben. Wer Euch kennt, kann das nicht übersehen. Auch in den Gesindestuben redet man davon, was vorgeht in Köln. Von den Unschuldigen, die Jerusalem erobern sollen … Es war abzusehen, dass unser Fräulein Gisela sich das nicht entgehen lässt.«

»So lässt du uns also ziehen?«, fragte Gisela hoffnungsvoll. »Du verrätst uns nicht?«

Dimma schüttelte den Kopf und holte ein Bündel unter ihrem Umhang hervor. »Wie könnte ich, ich werde ja nicht einmal hier sein. Auch ich bin reinen Herzens, hab nie etwas Böses getan in meinem Leben. Der Herr wird mich schon anerkennen. Und ich wollte immer mal sehen, wie sich das Meer teilt. Überhaupt das Meer …«

Dimma wirkte nicht so, als hätte sie ihr Leben lang von einer Wallfahrt nach Jerusalem geträumt, aber sie versuchte zumindest, Begeisterung vorzutäuschen.

»Du willst mit?« Gisela sah die alte Frau verständnislos an.

Dimma nickte. »Ihr werdet mich nicht daran hindern können. Ich hab meiner Herrin versprochen, auf Euch aufzupassen. Da lass ich Euch doch jetzt nicht mit einem Knecht davonlaufen, wenn es auch in die Heilige Stadt ist! Zwischen uns und der Heiligen Stadt liegen viele Nächte, und du, Junge, hast nicht mal ein Schwert, um es zwischen dich und das Fräulein Gisela zu legen. Also werde ich das Schwert sein.«

»Aber es … wird ein … es wird ein Sieg des Friedens …«, bemerkte Gisela.

Dimma lächelte. »Umso besser. Wir wollen uns alle vertragen. Sattelst du jetzt meine Stute, Junge? Wir müssen langsam aufbrechen, sonst kommen wir heute nicht mehr nach Köln. Und es wäre besser, innerhalb der Stadtmauern zu sein, bevor Euer Vater Euch vermisst, mein Fräulein.«

Kapitel 9

Es war nicht ungewöhnlich, dass der Erzbischof von Mainz die Äbtissin des Klosters Rupertsberg besuchte. Im Gegensatz zu ihrer Vorgängerin Hildegard, die stets mit den Kirchenfürsten in Zwist lag, hatte die amtierende Ehrwürdige Mutter ein gutes Verhältnis zu Siegfried II. von Eppstein. Der Mainzer Oberhirte hielt gelegentlich Messen für die Nonnen und beriet sich mit der Oberin in Klosterfragen. Er kannte die Benediktinerinnen als lebensklug, sie lebten nicht in so strenger Klausur wie andere Nonnen.

Normalerweise wurden keine rangniederen Schwestern zu den Besprechungen des Erzbischofs und der Äbtissin hinzugezogen. Nur die Küche geriet in Aufregung, denn natürlich sollte dem hohen Herrn das Beste serviert werden, und die Kellermeisterin holte auch den ältesten und edelsten Wein aus dem Vorrat. Umso verwirrter und beunruhigter war Konstanze, als man sie in die Räume der Klostervorsteherin zitierte.

Das Mädchen hatte in der Kirche gebetet – es stand nun kurz vor den letzten Gelübden, und man gestand ihm viel Zeit zur Meditation und zur Zwiesprache mit Gott zu. Konstanze wurde das oft zu viel. Ihre Gedanken schweiften ab zu medizinischen und philosophischen Themen, oder sie wiederholte für sich arabische Gedichte. Sie hatte einen Band davon in der Bibliothek gefunden, Schwester Maria aber nichts davon verraten. Aus gutem Grund, es ging hier schließlich nicht um Wissenschaft oder Glauben. Stattdessen priesen die Dichter die Schönheit ihrer Frauen und schwärmten von der Liebe.

Konstanze fragte sich nun, ob man das Buch vielleicht bei

ihr gefunden hatte. Zwar konnte niemand außer Maria es lesen, aber schon das Vorhandensein heidnischer Schriften im Dormitorium der Nonnen zog Fragen und Strafen nach sich.

Konstanzes Befürchtungen intensivierten sich, als sie auf dem Weg zu den Räumen der Äbtissin mit Schwester Maria zusammenstieß. Zweifellos würde man sie bitten, dem Inhalt des Werkes auf den Grund zu gehen. Und dann war Konstanze ernstlich in Schwierigkeiten.

Schwester Maria lächelte ihr jedoch freundlich zu, als sie das Mädchen erkannte. Ihre Sehkraft ließ langsam nach, und die Korridore waren dunkel. Von Nahem sah die Nonne ihrem Schützling aber immer noch an, wenn etwas nicht stimmte.

»Machst du dir Sorgen?«, fragte sie. »Das brauchst du nicht. Erstens sind all deine Geheimnisse bei mir sicher, und zweitens geht es hier wohl um ein medizinisches Problem. Der Erzbischof bittet uns um Hilfe. Nach dem, was die Kellermeisterin aufgeschnappt hat, als sie den Wein kredenzte, lagern in Mainz ein paar Tausend irregeleitete Kinder, und ein Teil davon ist krank!«

»Ein paar ... Tausend?«, vergewisserte sich Konstanze. »Wo um Himmels willen kommen die her?«

»Das hat sie nicht verstanden. Aber wir werden es ja gleich erfahren. Wenn wir die Kinder verarzten sollen, muss man uns schon sagen, was da vorgeht.«

Schwester Maria betätigte den Türklopfer, langsam und vorsichtig. Konstanze hielt sich hinter ihr. Sie wunderte sich, als die Oberin gleich darauf antwortete und die beiden hereinrief.

Gemessenen Schrittes folgte Konstanze ihrer Lehrerin und küsste nach ihr demütig den Bischofsring, den der Kirchenfürst den Schwestern entgegenstreckte. Er schien allerdings nicht sehr begeistert vom Anblick des Mädchens.

»Eine Novizin?«, fragte er vorwurfsvoll, als Konstanze das Knie vor ihm beugte. Der Mainzer Oberhirte war ein schwerer, mittelgroßer Mann mit kleinen, listigen Augen. »Seid Ihr sicher, dass Ihr sie hinzuziehen wollt?«

»Nicht irgendeine Novizin«, erklärte die Äbtissin rasch. »Schwester Konstanze ist Visionärin. Vielleicht enthüllt Gott uns mit ihrer Hilfe mehr darüber, was diese Kinder umtreibt.«

Konstanze lauschte gespannt.

»Aber sollte sie die Gelübde nicht ablegen, bevor Ihr sie mit nach Mainz nehmt?«, fragte der Erzbischof. »Ich sage Euch, dieser Nikolaus spricht mit Engelszungen. Den Zisterziensern sind zwölf Novizen weggelaufen! Die Minoriten ziehen gleich in Scharen mit, die sind ja sowieso ständig unterwegs. Und sie wird unweigerlich mit Männern zusammentreffen …«

»Schwester Konstanze steht kurz vor der Ewigen Profess«, warf Schwester Maria ein. »Sie sollte allen Versuchungen des Satans widerstehen. Und wenn – wer auch immer – wirklich mit ›Engelszungen‹ redet, so besteht wohl ohnehin keine Gefahr.«

Siegfried von Eppstein runzelte die Stirn ob ihrer selbstbewussten Rede.

Die Äbtissin lächelte bemüht. »Unsere Schwester Maria stammt aus fremden Landen, Eure Redewendung hat sie wohl ein wenig missverstanden«, vermittelte sie. »Aber sie ist unsere Medica, ihr untersteht die Apotheke, und Schwester Konstanze wird ihr in diesem Amt nachfolgen. Meine Schwestern sind fest im Glauben, Ehrwürdiger Herr, macht Euch keine Sorgen …«

Der Kirchenfürst lehnte sich zurück. »Also schön«, erwiderte er resigniert und griff nach einem Hühnerschenkel. Vor der Oberin und ihrem Besucher stand ein üppiges Mittagsmahl. Die Äbtissin hatte es allerdings bisher kaum angerührt. »Dann unterbreitet Euren Schwestern mal mein Begehr.«

Während der Metropolit schmauste, erzählte die Oberin die Geschichte von Nikolaus und seinem Kreuzzug. Der Junge und sein Gefolge waren inzwischen von Köln nach Bonn gewandert. Er hatte dann in Koblenz gepredigt, wo sich ihm weitere »Unschuldige« anschlossen, und war am Vortag in Mainz eingetroffen. Nikolaus' Heer umfasste bis jetzt allein zwanzigtausend Kinder.

»Das übliche Gelichter, das sich jedem Kreuzzug anschließt«, warf der Mainzer Oberhirte übellaunig ein. »Gauner, Taschendiebe, Huren ... Aber der Knabe heißt ja jeden willkommen, der bei ihm den Eid der Kreuzfahrer leisten will. Selbst Frauen! Frauen und Mädchen auf dem Kreuzzug, habt Ihr so was je gehört? Die Raubritter auf Sonneck und Reichenstein haben sich da schon schadlos gehalten. Die Kinder klagen, es seien Mädchen verschwunden, ein paar haben sich gewehrt, die sind nun zum Teil geschändet und verwundet. Und wer soll all die Bälger füttern? Die Mainzer Bevölkerung ist überaus großzügig, und ich habe auch schon die Vorratskammern geöffnet. Aber das Ganze ist mir mehr als unheimlich! Wo soll das hinführen ...?«

Schwester Maria lächelte. »Nach Jerusalem, wenn ich es richtig verstanden habe. Aber es ...«

»... es kann doch niemand glauben, dass die Kinder dort ankommen!«, fügte die Oberin hinzu.

Erzbischof Siegfried hob die fetttriefenden Hände. »Gottes Wege sind unerforschlich!«

Konstanze biss sich auf die Lippen. Ob sie jetzt von Peterchen und seiner Erscheinung erzählen sollte? Sie hatte den kleinen Hirten in den letzten sechs Wochen mehrfach getroffen, und das Kind war gesund und guter Dinge. Die Vision hatte sich nicht wiederholt, Peterchen hatte sie bald vergessen. Konstanze war folglich davon ausgegangen, es wirklich mit einem Missverständnis zu tun zu haben. Aber das hier ... Konnte es so einen Zufall geben? Hatte Gott Peters Gebete erhört? Hatte sich der Engel tatsächlich einen anderen gesucht?

»Jedenfalls bittet uns Seine Eminenz, der Erzbischof ...«, die Äbtissin deutete eine Verbeugung in Siegfrieds Richtung an, »... den kranken Kindern zu Hilfe zu kommen und uns ansonsten auch selbst ein Bild von dem zu machen, was in Mainz vorgeht. Vielleicht enthüllt der Herr ja seiner Seherin Konstanze seine wahren Beweggründe. Und wenn nicht, so tun wir wenigstens Gutes. Also packt die Arzneien zusammen, Schwestern, und du, Maria, bestimm noch ein paar Helferinnen. Allein wird Konstanze nicht weit kommen. Lasst den Wagen auch mit Lebensmitteln füllen. Damit die Vorratskammern der Mainzer Kirche nicht gänzlich leer werden.«

Sie lächelte den Kirchenfürsten an, der darüber äußerst befriedigt wirkte.

»Wir reisen morgen früh, gleich nach den Laudes. Um die Mittagsstunde sollten wir in Mainz sein.«

Konstanze war wie betäubt, als sie ihrer Mentorin weisungsgemäß in die Klosterapotheke folgte. Sie hatte Peterchen nicht verraten. Aber natürlich konnte sie eine Vision vortäuschen und die Geschichte später erzählen. Konstanze fragte sich nur, wem mit einer solchen Enthüllung gedient war. Sie selbst würde ins Zentrum der Aufmerksamkeit geraten – womöglich zog man ihre Weihe vor! Diesen Nikolaus würde man zu seinen Erlebnissen befragen – viel genauer als bisher und womöglich hochnotpeinlich, wenn er in den Verdacht geriete, mit dem Satan gemeinsame Sache zu machen. Immerhin würde der Kreuzzug aufgehalten – und damit die Flucht der Zisterziensernovizen vereitelt. Und … ihre eigene?

Seit Konstanze von Mainz gehört hatte, rasten ihre Gedanken. Zwanzigtausend Kinder und Heranwachsende! Niemand würde sie finden, wenn sie sich einfach unter die Menge mischte. Und nicht einmal Gott könnte ihr zürnen. Zumindest wenn er es tatsächlich war, der zu diesem Kreuzzug aufgerufen hatte. Dann war es sogar ihre Pflicht, sich anzuschließen! Jerusalem zu befreien musste wichtiger sein, als die Krankenstation in einem hessischen Kloster zu leiten!

Konstanze schaffte es fast, sich das einzureden. Auf jeden Fall klopfte ihr Herz heftig, während sie Maria jetzt half,

Arzneien gegen Fieber und Durchfall sowie Pflaster und Kompressen zur Versorgung von Wunden zusammenzusuchen. Maria selbst unterbrach ihre Grübeleien dabei nicht. Sie blieb still, was ungewöhnlich war. Konstanze hätte eigentlich erwartet, dass die Schwester Medica ihre Meinung zum Kinderkreuzzug von sich gab.

Maria wandte sich aber erst mit persönlichen Worten an ihre Schülerin, als sie das Mädchen nach dem letzten Gebet des Tages ins Dormitorium der Novizinnen schickte.

»Schlaf gut, mein Kind!«, sagte sie sanft und tat etwas, das sie bisher nie getan hatte. Sie küsste das Mädchen auf die Wange. »Und entscheide dich richtig!«

Konstanze errötete. Las diese Nonne ihre Gedanken?

Tatsächlich schlief sie natürlich nicht gut, sondern wälzte sich auf der harten Lagerstatt hin und her. Auf der Reise ins Heilige Land konnte sie auch nicht unbequemer ruhen … Konstanzes Entscheidung war längst getroffen.

Schwester Maria schien das durchaus zu wissen, als sie ihr Häuflein verschlafener Helferinnen vor der Abfahrt sammelte und jeder ein Bündel mit Arzneien übergab.

»Ihr wisst alle, wie man sie anwendet, es sollte reichen, die meisten Blessuren zu behandeln. Kompliziertere Fälle verweist ihr an mich oder Schwester Konstanze«, beschied sie die fünf anderen Nonnen, die man wohl mehr unter dem Gesichtspunkt ihrer Glaubensfestigkeit als ihrer medizinischen Kenntnisse ausgewählt hatte.

Konstanze selbst erhielt ein üppiger gefülltes Bündel – das obendrein schwerer wog als die anderen. Auf dem Weg zum Wagen nutzte sie das Licht einer Fackel, um kurz hineinzuspähen. Das Blut schoss ihr ins Gesicht.

Oben auf den Heilkräutern lag das Buch mit den orientalischen Gedichten. Ein Abschiedsgeschenk.

Der Morgen graute gerade erst, als der schwere, ungefederte Wagen, vollgeladen mit Almosen für die Kreuzfahrer und sieben Benediktinerinnen, die nun gründlich wachgerüttelt wurden, am Rhein entlangfuhr. Die Äbtissin ritt auf einem Zelter nebenher. Konstanze spähte unternehmungslustig hinaus auf den silbrig glänzenden Fluss und die schemenhaften Schatten, die Bäume, Felsen und Sträucher zunächst im letzten Mondlicht und dann im Morgenrot warfen. So viele Jahre lang war sie jede Nacht auf den Beinen gewesen – aber die Schönheit der Welt war hinter Klostermauern verborgen geblieben.

Zu so früher Stunde waren auf den Straßen rund um Bingen kaum Reisende unterwegs – und Konstanze war umso verwunderter, als sie eine kleine Gestalt im Zwielicht erkannte, die sich in Richtung Mainz schleppte. Sie wirkte, als trüge sie die Last der ganzen Welt in ihrem armseligen Bündel, und Konstanze dauerte sie. Doch dann kamen sie näher heran, und das Mädchen erkannte seinen kleinen Freund Peter.

»Anhalten!«, befahl Konstanze. Ihre Stimme klang so alarmiert, dass der Kutscher, ein Knecht aus den Vorwerken des Klosters, tatsächlich auf die Novizin hörte. Konstanze sprang vom Wagen, als die Pferde zum Stehen kamen.

»Peterchen! Peterchen, wo um Himmels willen willst du hin ohne deine Schafe?«

Der kleine Junge wandte ihr ein verzweifeltes, verweintes Gesicht zu.

»Nach Mainz«, sagte er mit erstickter Stimme. »Ich hab gehört … ich hab gehört, es gibt jetzt doch einen Kreuzzug.«

Konstanze hockte sich vor ihm nieder, um ihm in die Augen zu sehen. Die Äbtissin mochte das nicht billigen, sie spürte jetzt schon ihren unwilligen Blick im Nacken. Aber das war dem Mädchen in diesem Moment egal.

»Peter, hast du das wirklich gehört, oder hattest du wieder eine Erscheinung?«

Der Kleine schüttelte den Kopf. »Das hat mir der Michel erzählt. Auch dass sie sogar Tagelöhnerkinder mitnehmen. Genau wie der Engel gesagt hat …«

Konstanze zwang sich zur Geduld. »Das mag ja sein, Peterchen. Aber warum willst du jetzt dorthin? Hatten wir uns nicht geeinigt, dass du lieber bei deiner Herde bleibst?«

»Ja ... schon ...« Aus Peters runden Augen purzelten Tränen. »Aber ... aber was wird der Herr dazu sagen? Wenn ich nun schon nicht predigen wollte, und dann geh ich nicht mal beten? Schickt er mich dann nicht in die Hölle?«

Konstanze strich dem Kind übers Haar. »Peterchen, du weißt doch, was die erste Pflicht des guten Hirten ist, nicht? Der gute Hirte bleibt bei seiner Herde, egal, was geschieht. Und das verlangt der Herr jetzt auch von dir. Sonst hätte er dich noch einmal gerufen. Darüber hatten wir doch schon gesprochen, erinnerst du dich?«

Peterchen nickte. »Er hat ja nun einen anderen«, murmelte er, und Konstanze meinte, so etwas wie Hoffnung in seiner Stimme mitschwingen zu hören.

»Eben!«, bekräftigte Konstanze. »Auf dich hat er in seiner unendlichen Güte verzichtet. Also bleibst du, wo du bist. Versprichst du mir das?«

Peter nickte zögernd.

»Vor Gott und den Engeln, Peter?« Konstanze wusste nicht, warum sie so drängte. Oder wusste sie es doch? Sie hatte sich in der vergangenen Nacht die Strecke vergegenwärtigt, die diesem Kreuzzug bevorstand. Die Alpen ... das Meer ... die Wüste ... Unendliche Strapazen. Dieses Kind musste davor bewahrt werden.

»Auch wenn andere aus deinem Dorf gehen? Auch wenn sie dich drängen?«

»Ich bleib bei meinen Schafen!«, versprach Peter.

Konstanze küsste ihn erleichtert auf beide Wangen. Dann kletterte sie wieder auf den Wagen, antwortete aber nicht auf die neugierigen Fragen ihrer Mitschwestern. Sie betete und bat Gott um Verzeihung. Dafür, dass sie nur ein einziges Kind vor diesem Kreuzzug bewahrte. Dafür, dass sie Tausende von Leben opferte für ihre eigene Freiheit.

Dem Himmel nah

Sommer 1212

Kapitel 1

»Das meint Ihr wohl scherzhaft, Meister! Für das Geld bekäme ich auch ein Pferd!«

Armand lauschte interessiert und belustigt, wie das zierliche, züchtig verschleierte Mädchen mit dem Pferdehändler feilschte. Das Objekt des Handels war eine schwarzbraune, stämmige Maultierstute – gut gebaut und gesund, als Saum- und Tragtier zweifellos geeignet. Wenn auch nicht den Preis wert, den der Händler forderte. Nur schien das Mädchen dies auch zu wissen. Es machte keine Anstalten einzulenken, sondern konterte seinerseits mit einem viel zu niedrigen Angebot. Der Händler schlug darüber theatralisch die Hände über dem Kopf zusammen und rief Gott und alle Engel als Zeugen dafür auf, dass er seine Kunden nie betrügen würde. Die junge Käuferin verdrehte die ausdrucksvollen grünen Augen und zählte dann gelassen unzählige versteckte Fehler auf, die es angeblich an der Maultierstute fand.

Armand verfolgte den Handel mit zunehmender Faszination. Frauen verirrten sich selten auf einen Pferdemarkt – weder hier in Mainz noch anderswo. Und erst recht fand man dort keine so jungen und so hochgeborenen. Das Mädchen trug ein Reitkleid aus bestem Tuch und einen seidenen Schleier, unter dem vage zu erkennen war, dass es sein Haar offen trug. Dies war ein Privileg – zweifellos Zeichen einer Adelszugehörigkeit. Zumindest stammte sie aus einer reichen, sehr selbstbewussten Patrizierfamilie. Armand fragte sich, was sie ohne standesgemäße Begleitung hierher verschlagen hatte.

Aber ganz allein war sie nicht! Der vierschrötige Junge in der einfachen Tracht eines Bauern oder Knechts, der peinlich berührt an ihrer Seite stand und eine elegante braune Zelterin am Zügel hielt, schien zu ihr zu gehören.

Das junge Mädchen streifte ihn jetzt mit einem beiläufigen Blick und registrierte wohl seinen mürrischen Ausdruck. Offensichtlich wurde ihm klar, dass es ihn brüskierte, wenn es ihn nicht einbezog.

»Aber sonst gefällt sie dir doch, Rupert, oder?«, wandte sich die junge Käuferin ungeduldig an ihren Begleiter. Der Preis für die Maultierstute schien inzwischen festzustehen. »Du musst sie mögen, schließlich ist sie für dich!«

Der Junge nickte widerstrebend, aber er fühlte sich offensichtlich unwohl. Das Mädchen schien ihm einerseits zu imponieren, andererseits hätte er den Handel wohl lieber selbst getätigt. Und ganz bestimmt würde er keinem Pferdehändler gestehen, dass er ein Maultier mochte.

»Gut, dann nehmen wir sie!«, bestimmte das Mädchen kurz. »Hat sie einen Namen?«

Der Händler und der Junge in ihrer Begleitung schienen die Frage gleichermaßen kindisch zu finden. Das Mädchen reagierte aber gar nicht darauf. Es mochte den Jungen brauchen, aber zumindest die Meinung des Mannes war ihm völlig egal. In diesem Augenblick erhob das Maultier selbst die Stimme. Es gab einen langen, dunkel pfeifenden Laut von sich.

Das Mädchen lächelte. »Nun, wie ich höre, braucht sie niemanden, der sie vorstellt. Vielen Dank, Floite, wir wissen jetzt, wie wir dich nennen sollen!«

Floite – Flöte. Armand lachte noch, als er sich abwandte, um sich um seine eigenen Angelegenheiten zu kümmern. Die Kleine war nicht nur selbstbewusst, sondern obendrein schlagfertig und amüsant. Und der Ausdruck auf den eher tumben Gesichtern der beiden Männer bereitete ihm das größte Vergnügen.

Armand war an diesem Morgen auf den Viehmarkt gekommen, um sich ein Pferd für den Kreuzzug auszusuchen.

Er hatte seit Basel einen Hengst aus den Ställen der Templer geritten, ihn dann aber in Köln zurückgegeben. Als Fußgänger im Heer der Kreuzfahrer fiel er weniger auf. Mittlerweile war er des Wanderns allerdings müde.

Nikolaus und seine Anhänger waren gut vorangekommen. Allein am ersten Tag liefen die Kinder dreizehn Meilen – wohl auch in der Furcht, doch noch von Häschern des Erzbischofs oder des Kölner Magistrats eingeholt und zerstreut zu werden. Bestrebungen dazu waren zweifellos im Gange, vor allem besorgte Eltern holten ihre Sprösslinge auch noch Tage nach deren Flucht zurück – seltener taten dies wütende Lehrherren. Manchmal kamen die erschöpften Kinder ganz gern mit, aber oft wehrten sie sich heftig und flüchteten sich zu Nikolaus, der daraufhin eine Entscheidung traf.

Armand wusste nicht, was er den Kindern und Eltern riet, aber die Sache war ihm auf jeden Fall unangenehm, und so trieben sowohl der kleine Prediger als auch seine mönchischen Berater die Kreuzzügler zur Eile an. Sehr rasch erreichten sie Bonn, wo Nikolaus erneut um Anhänger warb. Wie zuvor tat er dies mit überwältigendem Erfolg. Die Sorge der Kreuzfahrer, an ihrem Vorhaben gehindert zu werden, ließ nach, denn mittlerweile waren so viele Kinder zusammengekommen, dass man mehr als ein paar erboste Eltern und Ratsherren gebraucht hätte, um sie aufzuhalten.

Allerdings hörte Armand, dass die Kölner Bürger Nikolaus' Vater gefangen gesetzt hätten. Man warf ihm vor, seinen Sohn zu den Predigten angestiftet zu haben – und würde nun abwarten, ob sich das Wasser des Mittelmeers wirklich vor dem Knaben teilte. Wenn nicht, so erwartete den Mann ein böses Schicksal.

Von Bonn aus ging es weiter am Rhein entlang, und die Kreuzfahrer erreichten rasch Rolandseck. Die Stimmung war immer noch euphorisch. Die Kinder gingen Hand in Hand, sangen, tanzten und lachten. Armand ließ sich fast davon anstecken. Das strahlende Sommerwetter, die duftenden Wiesen und der blaue Himmel, das gemeinsame Erleben der Wanderung und der bislang ausreichende Proviant, mit dem die gutmütigen rheinischen Bauern das Heer ausstatteten, ließen mehr an einen Ausflug denken als an eine Pilgerfahrt. Besonders die jüngeren Kreuzfahrer hatten keinerlei Vorstellung davon, wie weit Jerusalem entfernt war. Wenn größere Städte wie Remagen in Sicht kamen, jubelten immer wieder Kinder auf, weil sie meinten, die Heilige Stadt erreicht zu haben.

Erst in Koblenz bekam die Stimmung der jungen Pilger einen deutlichen Dämpfer. Nikolaus wollte in gewohnter Manier die Stiftskirche St. Kastor in Besitz nehmen, aber der Pfarrherr verwehrte ihm das Predigen auf den Stufen seines Gotteshauses.

»Was ihr da tut, ist nicht gottgefällig!«, erklärte er kategorisch. »Der Herr braucht keine Ansammlung von armen Tröpfen, um sein Land zu befreien, und er würde gewiss kein Kind schicken, um sie dorthin zu führen. Selbst seinem eigenen Sohn gab er dreißig Jahre, um zu reifen, bevor er ihm auftrug, sein Werk zu vollenden.«

»Jesus predigte schon mit zwölf Jahren im Tempel!«, hielt Nikolaus ihm vorlaut entgegen.

Ein paar der Gebildeteren unter seinen Anhängern zogen dabei scharf die Luft ein. Sich so forsch mit Gottes Sohn zu vergleichen, war respektlos.

Der Pfarrherr, ein großer, hagerer Mann, ließ sich allerdings nicht aus der Ruhe bringen. »Jesus debattierte im Tempel mit den Schriftgelehrten«, stellte er richtig. »Wenn du das auch tun möchtest, steht meine Kirche dir offen. Ich will gern mit dir reden, dir vielleicht die Beichte abnehmen, und sicher kommen auch weitere Geistliche dazu. Den Erzbischof von Trier zum Beispiel, dem unsere Stadt untersteht, dauern die Kinder, die hier in ihr Verderben rennen. Und er ist fromm und hochgelehrt. Wenn du uns also Gelegenheit geben magst, dir dein Vorhaben auszureden, so komm herein. Aber deine Anhänger räumen bitte den Kirchplatz!«

Zu Nikolaus' Ärger erwiesen sich die Pfarrer von St. Florin und der Liebfrauenkirche als ebenso unzugänglich, und zur grenzenlosen Enttäuschung der Kinder fanden sich die Bürger der Stadt auch nicht bereit, das Pilgerheer zu versorgen. Der Metropolit von Trier hatte sich hier wohl deutlich ausgesprochen: Keine Unterstützung für Nikolaus und seine Anhänger! Zum ersten Mal legten sich die jungen Menschen hungrig und außerhalb schützender Stadtmauern zur Ruhe – ein Umstand, den der Tross aus Taschendieben und Gaunern, der sich gleich in Köln rund um den Zug formiert hatte, weidlich nutzte. So mancher Patriziersohn, der die Reise zwar gegen den Willen seines Vaters, aber mit gut gefüllter Geldbörse angetreten hatte, fand sich am nächsten Morgen mittellos.

Es sollte allerdings noch schlimmer kommen. Nachdem die Kinder Bingen passiert hatten, lagerten sie auf freiem Feld zwischen den Burgen Sonneck und Reichenstein am Rhein – beides gefürchtete Raubritternester. Armand war darauf während der Hinreise in mehreren Herbergen aufmerksam gemacht worden, und die Pilgergruppe, mit der er damals reiste, hatte sich schließlich einer großen, von zwanzig schwer bewaffneten Rittern bewachten Reisegesellschaft angeschlossen. Die Herren von Sonneck und Reichenstein hatten sie zweifellos beobachtet, aber nicht angegriffen. Es gab Opfer, die sich weniger zur Wehr setzten – wie jetzt das Kreuzfahrerheer des Nikolaus von Köln.

Armand, der sich stets um eine gewisse Nähe zu Nikolaus und seinen Beratern bemühte – hier bestand schließlich die größte Chance, mehr als nur Gerüchte über Absichten und Hintergründe seiner Mission zu erfahren –, ließ sich inmitten der Kinder nieder. Dort geschah nichts, aber er hörte Schreie und Kampflärm in den äußeren Bereichen des inzwischen riesigen Feldlagers. Der junge Ritter verfluchte seinen Entschluss, sein Pferd abgegeben zu haben. Zu Fuß und orientierungslos im nur von wenigen Feuern erleuchteten Lager war es aussichtslos, den Angegriffenen zu Hilfe zu kommen.

Am nächsten Morgen beleuchtete die Sonne das Debakel: Die Raubritter hatten alles mitgenommen, was sich zu Geld machen ließ – vor allem Mädchen und Pferde. Einige der Kinder und Heranwachsenden hatten sich ihnen todesmutig entgegengestellt, aber ihre Tapferkeit mit ihrem Blut bezahlt. Es gab drei Tote und etliche Verwundete. Die überrumpelten Jungen mit ihren kleinen Messern und Pilgerstäben hatten den Rittern nichts entgegenzusetzen gehabt.

Armand hörte zu seinem Entsetzen, dass Nikolaus selbst die Adligen unter seinen Anhängern vor Antritt der Reise aufgefordert hatte, ihre Schwerter abzugeben. Dieses Heer zog völlig ungeschützt durch die gefährlichsten Gegenden des Reiches! Keine andere Pilgergruppe hätte das gewagt.

»Es war Gottes Wille!«, beschied Nikolaus den Bruder eines der verschleppten Mädchen. Er machte keine Anstalten, dessen Bitte zu folgen, nach Burg Sonneck zu ziehen und die Herausgabe der geraubten Kinder zu fordern. Letzteres war zweifellos klug. Aber in Sachen Gottes Wille dachte Armand völlig anders. Es wäre leicht gewesen, die Gefahren zu vermindern. Gut, die erschöpften Kinder hätten nicht weiterwandern können, bis die Burgen hinter ihnen lagen. Aber hätte man zum Beispiel vor oder gar innerhalb der Stadtmauern von Bingen kampiert, hätte das Heer die Raubritternester bei Tageslicht passiert. Kein unbedingter Schutz, aber doch wesentlich sicherer, als sich dem Gelichter so wehrlos hinzugeben.

Während das Heer in bedrückter Stimmung weiterzog – ein paar Verletzte mussten sogar getragen werden –, sinnierte Armand über die Organisation dieses seltsamen Kreuzzuges. Einerseits verlief die Rekrutierung der »Soldaten Gottes« reibungslos, denn täglich stießen neue Gruppen junger Menschen zum Heer, die von Nikolaus' Boten in anderen Landesteilen angeworben worden waren. Die Auswahl der Gesandten war also sehr geschickt erfolgt. Andererseits zog niemand voraus und bereitete Quartiere für die Kinder vor, niemand

plante die Route und bestimmte geeignete Rast- und Lagerplätze. Die nach der Tageswanderung erschöpften Kinder ließen sich da niedersinken, wo sie gerade waren, und entfalteten ihre Decken. Ein paar Kräftige entzündeten Feuer, ein paar Reiche ließen Zelte aufbauen. Aber es gab keine Straßen zwischen den verschiedenen Gruppen der Kreuzzügler, keine speziell ausgewiesenen Latrinen, keine Wachdienste. Nicht einmal die Verteilung von Proviant wurde geplant – die Kinder kauften oder erbettelten sich Essen oder plünderten Obstplantagen. Bei den Bauern brachte sie das schnell in Verruf. Schon jetzt erwarteten diese das Heer nicht mehr mit Körben voller Essen, sondern geschulterten Schlagstöcken. Die anhaltende Dürre trug zu dieser feindseligen Stimmung bei. Das Rheinland erwartete eine mäßige Ernte, und niemand wollte riskieren, dass die kleinen Kreuzfahrer die Ähren vom Feld stahlen.

Nach reiflicher Überlegung schrieb Armand an Guillaume de Chartres:

Natürlich kann es sein, dass hier Gottes Hand lenkt, aber sollten menschliche Erwägungen bei der Organisation dieses Kreuzzugs eine Rolle spielen, so offenbaren sich hier sicher eher die Gedankengänge eines Missionars als die eines Heerführers …

Schließlich hatten Nikolaus und seine Anhänger Mainz erreicht, und zur Freude der Kinder hielt die reiche Stadt ihre Tore nicht verschlossen. Der Mainzer Erzbischof war zwar noch unsicher, ob er diesen Kreuzzug verdammen oder segnen sollte, aber er ließ das Heer ein. Die jungen Menschen kampierten auf dem Domplatz – versorgt von mitleidigen Bürgern – und Armand fand eine Herberge mit Badehaus.

Während Nikolaus sich am folgenden Tag anschickte, erneut zu predigen, schärfte der junge Ritter seine Waffen und zog über den Pferdemarkt. Er wollte sich nie wieder so hilf-

los fühlen wie unterhalb der Burg Sonneck! Und außerdem hatte er keine Lust mehr zu laufen.

Armand wanderte unschlüssig zwischen den Ständen der Viehhändler umher. Was er brauchte, war kein Streitross, würdig eines Ritters, sondern ein braves Allzweckpferd. Allerdings möglichst schwer genug, um ein Zelt und Armands wichtigste Waffen zu tragen. Wenn es sein musste, sollte sich auch mal ein Angriff damit reiten lassen, aber so leicht erregbar wie ein Streithengst durfte das Tier nicht sein. Die Überquerung des Brennerpasses stand Armand noch zu deutlich vor Augen – und falls Nikolaus und seine Gefolgschaft wirklich bis in die Alpen kam, würde sie bestimmt kein wegekundiger Gianni mit seinen Saumpferden über den Pass führen.

Armand hoffte im Stillen, dass der kleine Prediger seine Anhänger nicht bis in die Berge führte. Irgendein vernünftiger und einflussreicher Kirchenfürst oder Stadtrat musste diese Bewegung aufhalten – spätestens bevor sich Tausende von Halbwüchsigen unvorbereitet in das Abenteuer der Alpenüberquerung stürzten! Armand war guten Mutes. Die meisten Kirchenoberen und erst recht die Magistrate der Städte waren zwar gläubige Christen, aber doch keine Mystiker. Sie konnten nicht annehmen, dass sich das Meer wirklich vor den Kindern teilen würde, und nicht so eine große Zahl Verblendeter in eine ungewisse Zukunft schicken.

Der Mainzer Metropolit beriet sich noch mit seinen Vertrauten – aber die Patrizier der Domstadt hatten zumindest ihre eigenen Kinder aus dem Einflussbereich Nikolaus' zu entfernen versucht. Oft war dazu Gewalt nötig. Armand hatte sehr unschöne Szenen auf dem Domplatz gesehen. Auch Handwerksmeister suchten ihre Lehrjungen und -mädchen und schleppten sie zurück an den Arbeitsplatz.

»Kreuzfahrer-Eid!«, schimpfte ein stämmiger Schmied und zog seinen Lehrling an den Ohren. »Du hast einen Lehrvertrag, der dich bindet. Nur das interessiert mich. Und irgendwann wirst du mir dafür noch dankbar sein!«

Aber auch wenn die Mainzer ihre Kinder beschützten: Jeden Tag stießen Hunderte neuer Anhänger aus der ländlichen Umgebung zu ihnen. Die wenigsten davon waren nunmehr Kinder. Eher kamen jetzt Unfreie, Knechte und Mägde, die ihren Herren davonliefen. Auch erstaunlich viele junge Mönche und Nonnen wollten das Heilige Land befreien, dazu Bettler und Tagelöhner, die nichts zu verlieren hatten. In früheren Kreuzfahrerheeren waren diese an der Waffe ungeschulten, oft unterernährten und schwachen Hungerleider nicht sonderlich erwünscht gewesen, aber Nikolaus hieß sie alle willkommen. Selbst Huren, Taschendiebe und Gaukler umgarnte der kleine Prediger mit seiner süßen Stimme. Wenn sich das Goldene Jerusalem erst einmal vor ihnen auftat, so predigte er, und die Heiden sich zu Christus bekannten, würde der Herr selbst alle Sünden vergeben und vergessen. Manchem der Gauner mochte das völlig egal sein – sie sahen nur die Verdienstmöglichkeiten im Umkreis des Heeres. Aber einige schworen ihren bösen Absichten doch zumindest vorübergehend ab.

Armand setzte seinen Rundgang über den Markt fort und fand schließlich einen kräftigen, nicht allzu großen Fuchswallach, von dem er sich vorstellen konnte, sich ihm auch im Gebirge anzuvertrauen. Das Tier wirkte freundlich, Armand taufte es schließlich auf den Namen Comes – Wandergesell. Der Fuchs tappte ihm gelassen hinterher, als er zu den Ständen mit Lederzeug weiterging, um sein neues Reittier auch noch mit Sattel und Packtaschen auszustatten.

Der Markt war groß und gut besucht. Zwischen den Ständen baten Bettler lautstark um Almosen, und Gaukler zeigten ihre Künste. Obwohl der Lärm gewaltig war, blieb Comes ruhig. Das war ein gutes Zeichen. Armand war zufrieden mit seinem Kauf und freute sich, als er schließlich erneut dem grünäugigen Mädchen und seinem zwei- und vierbeinigen Anhang begegnete. Das Maultier Floite war bereits mit allem, was man für einen langen Ritt brauchte, ausgestattet – die drei schienen also eine längere Reise zu planen. Armand erkannte mit einem Blick, dass an nichts gespart worden war. Man hatte teures Sattelzeug und große, stabile Tragtaschen gewählt.

Jetzt stärkte sich das Mädchen an einer Garküche, wobei sie sich züchtig von ihrem Knecht abschirmen ließ. Der Junge hatte einen Tisch in der äußersten Ecke des abgetrennten Bereichs gefunden, in dem Speisen und Getränke serviert wurden. Armand entdeckte eine weitere Person in Begleitung der beiden Jugendlichen, eine ältere Frau, die sich eben heftig mit dem Mädchen zu streiten schien. Der Junge ergriff scheinbar eher die Partei seiner jungen Freundin.

»Ich zieh das jedenfalls nicht an!«, erklärte er mit dem Armand schon bekannten, mürrischen Gesichtsausdruck. »Sieht doch aus wie eine Mönchskutte.«

Die ältere Frau – sie war ordentlich, aber deutlich schlichter gekleidet als das Mädchen – würdigte ihn keines Blickes. »Aber dir stünde es sehr wohl an, Herrin!«, bemerkte sie dem Mädchen gegenüber. »Man wird dir Hoffart vorwerfen, wenn du reitest wie eine Prinzessin. Ganz abgesehen davon …«

Armand schmunzelte. »Herrin« und »Du«? Die kleine Hochwohlgeborene war wohl mit ihrer Amme unterwegs …

»Ach, Dimma, es sind viele Adelige dabei!«, verteidigte sich das Mädchen. »Wir fallen gar nicht auf. Und dieses kratzige Gewand …« Es tat, als schüttle es sich.

Armand ertappte sich bei dem Gedanken, dass er zu gern einmal ihr Gesicht gesehen hätte. Aber sie hielt es unter einem Schleier verborgen wie eine Sayyida aus dem Morgenland. Armand hatte sich darüber bisher keine Gedanken gemacht, schließlich war er das aus seiner Heimat gewöhnt. Schon um nicht angestarrt zu werden, verhüllten dort auch tugendhafte Christen- und Judenmädchen ihre Gesichter, aber hier im Rheinland war es völlig unüblich – außer die Frauen waren in Trauer. Danach sah dieses Mädchen nicht aus. Eher so, als hätte es andere Gründe, sich zu verbergen …

Armand kam der Lösung näher, als er sein endlich gesatteltes Pferd bestieg und nun aus erhöhter Sicht einen Blick auf die drei bei der Garküche werfen konnte. Während das Mädchen und der Junge ihren Pferdehandel getätigt hatten, schien die alte Frau mehrere Pilgergewänder erstanden zu haben – lange, kuttenartige Kleider aus grauer Wolle und breitkrämpige Hüte. Armand überlegte, ob die drei zu einer Reisegesellschaft gehörten, die vielleicht nach Santiago de Compostela oder einem anderen großen Heiligtum zu ziehen gedachte. Wenn jedoch reiche Frauen und Mädchen beteiligt waren, wurden Pilgerfahrten meist von routinierten Führern geplant, die unter anderem für Reittiere und Gepäck sorgten. Diese drei reisten jedoch, wie er vermutete, auf eigene Faust, und der Gedanke an den Kinderkreuzzug drängte sich dabei auf.

Dennoch erschien Armand manches merkwürdig. So war das Mädchen ihrem Zuhause ganz sicher nicht spontan und kopflos entlaufen. Zwar gehörten tatsächlich einige adelige junge Leute zum Kreuzfahrerheer – aber nicht in Begleitung und mit offensichtlicher Billigung ihrer Amme! Und die Hochgeborenen blieben auch meist unter sich, sie hätten sich nie und nimmer einem Jungen wie diesem Rupert angeschlossen. Das Mädchen aber hatte sich seinen Beschützer gleich mitgebracht. Und der Knabe war ihm zweifellos ergeben.

Armand lächelte. Wenn diese kleine Gruppe auf dem Weg nach Jerusalem war, so sicher nicht, um die Stadt zu befreien. Freiheit wollte zumindest das resolute Edelfräulein wohl in erster Linie für sich selbst!

Armand ertappte sich dabei, dass er vor sich hin pfiff, als er Comes' Schritte in Richtung seiner Herberge am Heumarkt lenkte. Er begann, sich auf die Weiterreise zu freuen. Die

Amme würde sich höchstwahrscheinlich durchsetzen, und im Pilgergewand konnte das Mädchen sein Gesicht nicht verbergen. Irgendwann würde Armand es sehen, und er zweifelte nicht daran, dass er es wiederfand! Floite und die braune Zelterin waren auffällig – und das Mädchen … an diese helle, singende Stimme würde Armand sich immer erinnern.

Kapitel 2

»Hier, wir sind gleich da. Und natürlich ist sie sauber … und jung, genau wie Ihr es gewünscht habt, Herr!«

Magdalena hörte die eifrige Stimme ihres Stiefvaters und wappnete sich für einen weiteren Freier. Schon der vierte an diesem Tag, es schien irgendetwas los zu sein in der Stadt. Magdalena bekam nicht allzu viel davon mit, sie lebte in einem Verschlag in der dreckigsten Ecke einer christlichen Schänke im Judenviertel. Und sauber konnte man sie auch nicht nennen, wo sollte sie sich auch zwischen den Freiern waschen? Die Decken, auf denen sie lag, stanken und starrten vor Dreck – Magdalena schämte sich vor den meist ordentlich und adrett gekleideten Judenmädchen, die zwangsläufig an ihrem Lager vorbeimussten, wenn sie ihr Viertel durchquerten. Dabei war sie immerhin Christin und hätte eigentlich auf die Hebräer herabsehen müssen. Ihr Stiefvater spuckte sogar zuweilen auf jüdische Jungen, die zu neugierig in Magdalenas Versteck hinter dem Mauervorsprung der Schankstube linsten und versuchten, einen Blick auf ihren halb nackten Körper zu werfen.

Aber es war nicht so leicht, seinen Stolz zu bewahren, wenn man frierend oder schwitzend, verdreckt und oft genug wund auf verwanzten Decken kauerte und jedem beilag, der den Stiefvater dafür bezahlte. Und wenn man obendrein gerade erst elf Sommer zählte.

Der Stiefvater erzählte den Freiern, die ganz junge Mädchen wollten, manchmal sogar, sie sei erst acht Jahre alt. Aber Magdalenas Mutter hatte ihr im letzten Jahr gesagt, sie sei zehn – kurz bevor sie starb, genau hier, nach dem letzten Freier, der so großzügig gewesen war und Mutter und Tochter zusammen gekauft hatte. Wie er geflucht hatte, als er plötzlich einen leblosen Körper in den Armen hielt ... aber er hätte ja aufhören können, in Magdalenas Mutter zu stoßen, als sie so fürchterlich hustete ...

Magdalena wollte nicht mehr daran denken. Auch nicht daran, dass sie seitdem allein war, völlig allein. Nur der Stiefvater brachte ihr manchmal zu essen und zu trinken, wenn sie brav gewesen war. Wenn er Freier für sie gefunden hatte. Wenn sie ordentlich bezahlt hatten. Und wenn er das Geld nicht gleich in der nächsten Schänke verspielt hatte ...

Mitunter hungerte Magdalena tagelang und versuchte es dann auch mal mit dem Betteln. Wobei ihr die Juden nichts gaben. Sie musste sich bis zum Domplatz schleppen oder vor die Pfarrkirche St. Quentin. Da jedoch gab es schon Bettler, und die verteidigten ihre Ecken mit aller Kraft. Magdalena schlich anschließend oft nicht nur mit leerem Magen, sondern obendrein voller Blutergüsse zurück in ihre Zuflucht hinter dem Mauervorsprung.

Der neue Freier, den der Stiefvater jetzt auf Magdalena zuschob, trug eine Mönchskutte. Das kam eher selten vor, war aber auch wieder nicht so ungewöhnlich, dass Magdalena Fragen gestellt hätte. Sie stellte ohnehin nicht allzu oft Fragen. Stattdessen zog sie nur ihr fadenscheiniges Kleidchen hoch wie immer und wartete ab, bis der Mann fertig war. Es ging schnell – eine Kutte war rascher hochzuschieben, als Hosen heruntergezogen waren, und der Mönch war leicht zu erregen. Sein Atem war schon rascher gegangen, als er Magdalenas spitzes, kleines Gesicht gesehen hatte.

»Herrgott, du bist wirklich ein Kind!«, stöhnte er und schien Anstalten machen zu wollen, sich zu bekreuzigen. Im letzten Moment schreckte er dann aber doch davor zurück und tat nur, wozu er gekommen war.

Zum Glück war der Mönch nicht sehr groß, und er bewegte sich auch nicht zu wild auf und in ihr. Magdalena hielt die Luft an wie immer und wappnete sich gegen den Schmerz, aber es tat nicht mehr weh als sonst. Manchmal wollten gerade die Kuttenträger außergewöhnliche Sachen. Dann schmerzte es sehr, und Magdalena fühlte sich mitunter hundeelend. Aber krank werden durfte sie nicht, ihr Stiefvater machte ihr stets eindringlich klar, dass er sie nur behielt, solange sie nützlich war. Und was einem Mädchen in ihrem Alter geschah, wenn sie ohne Beschützer herumirrte, sah sie ja jedes Mal, wenn sie sich zum Betteln herauswagte.

Der Mönch zog sich jetzt aus ihr zurück und wirkte zwar einerseits befriedigt, andererseits aber von Reue zerfressen. »Jesus, liebster Jesus, vergib mir, ich habe es schon wieder getan!«

Zu Magdalenas grenzenloser Verwirrung warf sich ihr Freier auf die Knie, faltete die Hände und rief Gott an.

Das Mädchen hätte ihm sagen können, dass der Herr nicht darauf hörte. Vielleicht lag es ja am Judenviertel, aber bislang war keines der unzähligen innigen Gebete, Bitten und Fürbitten erhört worden, die Magdalena und ihre Mutter hier gestammelt hatten.

»Und vergib auch diesem Kind, das mich in Versuchung führte!«

Magdalena fand es ungerecht, beschuldigt zu werden. Wenn jemand diesen Mann in Versuchung geführt hatte, so ihr Stiefvater. Sie selbst hatte sich aus ihrem Verschlag nicht fortgerührt.

»Aber nun werde ich Buße tun! Ich schwöre es dir, liebster Jesus, ich werde nicht ruhen, bis der Eid erfüllt ist. Und wenn es dein Wille ist, dass wir Jerusalem erreichen, so werde ich beten, so inbrünstig beten, dass die Heiden dem nicht widerstehen können. Wenn du mir dann nur die Bürde dieser Schande nimmst ... diesen quälenden Drang ...«

Der Mönch begann zu weinen, und Magdalena hätte beinahe mitgeweint. Aber sie wusste, dass das nichts nützte. Kein Weinen, kein Beten, kein Schreien. Manchmal glaubte sie, der Herr habe sie verdammt. Dann schleppten die älteren Mädchen, die dem Hurenwirt in der Schänke gehörten, sie am Sonntag doch wieder in die Kirche. Magdalenas Stiefvater wollte das nicht, aber er mochte dem Hurenwirt nicht widersprechen, der ihm immerhin den Verschlag hinter seiner Schänke überließ. Der Wirt selbst, so erklärte er würdevoll, sei ein guter Christ und verkaufe keine Kinder … er schicke seine Mädchen jeden Sonntag nach St. Quentin, damit sie für ihre Sünden um Verzeihung baten.

Magdalena wollte das auch tun und schlich sich fort, wann immer es möglich war. Und dann sah sie all das Licht und das gütige Gesicht des Herrn Jesu auf den Bildern in der Kirche … Es war so ergreifend und erhebend! Das Mädchen fasste dann stets wieder Hoffnung – bis sich, oft gleich nach dem Kirchgang, der nächste Freier auf es stürzte.

»Ich gehe auf deinen Kreuzzug, Herr, ich halte die Hand Deines Auserwählten. Und bitte, bitte vergib mir, damit ich es reinen Herzens tun kann.«

Der Mönch hörte gar nicht mehr auf, seinen Gott anzuflehen. Dabei hatte der Stiefvater eben einen Kanten Brot ans Fußende von Magdalenas Lager geworfen. Magdalena hätte es gern gegessen, bevor er womöglich mit dem nächsten Freier kam und das Essen wieder mitnahm! Magdalena sollte schnell fertig werden. Wenn ein Freier so lange blieb, dass der nächste ihn geradezu ablösen musste, war das schlecht fürs Geschäft. Der Stiefvater würde sie dafür strafen.

Das Mädchen versuchte, den Mönch abzulenken. »Ihr geht auf einen Kreuzzug, Herr?«, fragte es.

Wie erhofft, fand der Mann zurück in die Wirklichkeit.

»Auf einen Kreuzzug der Unschuldigen!«, erklärte er mit leuchtenden Augen. »Einen Kreuzzug der Kinder …«

Magdalena dachte im Stillen, dass ihm dieser Umstand kaum helfen würde, den verhassten Drang in ihm zu zügeln, aber das war schließlich nicht ihr Problem.

Während sie dem Gedanken kurz nachhing, predigte der

junge Mönch in farbigen Worten von Nikolaus und seinem Auftrag.

»Jeder ist gefordert! Jedes Kind, Mädchen und Junge, jeder Bettler, jeder Aussätzige, jede …«, der Mönch schluckte und brach ab, »… und allen, allen werden ihre Sünden vergeben, wenn wir einst einziehen werden in das Goldene Jerusalem, das uns die Bibel verspricht! Niemand wird je wieder hungern, frieren, sich ängstigen! Wenn Jerusalem erst befreit ist, wird ein Goldenes Zeitalter anbrechen, und wir, die wir geholfen haben, es zu schaffen, werden unseren Platz finden zur Rechten des Herrn.«

Magdalena verstand nicht alles, was der Mönch redete. Aber nahm da wirklich jemand Mädchen mit auf einen Kreuzzug? Und Bettler? Womöglich Huren wie sie?

»Wo … wo ist denn das?«, fragte sie heiser. »Ich meine … der … der Kreuzzug.«

»Die Kinder lagern auf dem Platz vor dem Dom! Und es ist wie bei der Speisung der Fünftausend: Die braven Bürger füttern und pflegen sie, auf Jesu Ruf hin! Und die Worte des kleinen Propheten sind wie wärmende Sonnenstrahlen.«

»Und … sind es … viele?«, erkundigte sich Magdalena. Wenn es nur ein oder zwei Dutzend waren, würde ihr Stiefvater sie finden, auch wenn dieser Nikolaus bereit wäre, sie mitzunehmen.

»Ach, viele! Mehr als eine ganze Legion!«, schwärmte der Mönch. »Zwanzig-, dreißigtausend! Der Domplatz ist schwarz von Menschen!«

»Und … es geht bald weiter?«

Magdalena konnte es kaum glauben, aber tief in ihr regte sich Hoffnung. Wenn sich das Goldene Jerusalem wirklich auch den ärgsten Sündern öffnete … Wenn sie ihrem Stiefvater und diesem Verschlag entfliehen konnte … wenn dieser Nikolaus sie wirklich so selbstverständlich fütterte wie Jesus die Fünftausend … und dafür so gar keine Gegenleistung verlangte … Sie konnte es auf jeden Fall versuchen. Der

Domplatz war nah. Und wenn der Stiefvater sie fand, konnte sie immer noch sagen, sie habe nur mal gucken wollen.

»Morgen oder übermorgen geht es weiter!«, gab der Mönch bereitwillig Auskunft. »Wir warten noch auf den Segen des Herrn Erzbischof. Nicht alle Geistlichen sind uns wohlgesonnen, weißt du.«

Magdalena wusste es nicht, und es war ihr auch egal. Als der Mönch endlich gegangen war – den Lohn für ihre Dienste hatte er schon vorher bei ihrem Stiefvater entrichtet –, mühte sie sich auf die Beine. Das war nicht leicht, sie lag fast den ganzen Tag. Abends war sie steif, und die Haut war wund. Schnell rennen konnte sie auch nicht, dafür wurde ihr zu leicht schwindelig. Aber bis zum Domplatz würde sie schon irgendwie kommen.

Magdalena schleppte sich durch die Gassen des Judenviertels. Sie war bislang selten beim Dom gewesen, und hineingetraut hatte sie sich noch nie. Allein der Platz vor der großen Kirche war beeindruckend genug, sogar die Bettler dort waren mächtig – wohl genährt und stark. Magdalena wagte nur in größter Verzweiflung, ihnen ihre Pfründe streitig zu machen.

Und dann der Markt, der dort täglich abgehalten wurde! Für Magdalena war er eine einzige Versuchung. Die Speisen waren so reichhaltig und rochen so gut … Magdalena hatte sich einmal so sehr nach einem der roten Äpfel verzehrt, dass sie versuchte, ihn zu stehlen. Aber natürlich war sie nicht schnell und geschickt genug gewesen. Der Obsthändler hatte sie erwischt, aber bevor er sie noch stellen konnte, hatten ihr schon ein paar Gassenjungen den Leckerbissen weggeschnappt. Der Händler hatte dann diese verfolgt, und Magdalena war glimpflich davongekommen. Jetzt erinnerte sie sich wieder an die glatte, kühle Schale des Apfels, den sie in der Hand gehalten hatte, und das Gefühl, seinem Duft ganz nahe zu sein. Magdalena hütete diese Erinnerung wie einen Schatz.

An diesem Tag allerdings waren keine Stände auf dem Domplatz aufgebaut, sie hätten dort auch gar keinen Platz gefunden. Wie der Mönch gesagt hatte: Der Platz rund um das Gotteshaus war angefüllt mit Menschen. Magdalena sah nicht nur Kinder. Im Gegenteil, ihr erster Blick fiel auf einen der besten Freunde ihres Stiefvaters: Gerhard, ein Taschendieb. Der alte Gauner schwenkte einen Weinschlauch und lachte, als er das Mädchen ebenfalls erkannte. Magdalena wollte sich in der Menge verstecken, aber es war schon zu spät.

»He, Erwin! Da ist ja deine Kleine! Pass bloß auf, dass sie nicht auch das Kreuz nimmt und dir wegläuft!«

Er lachte schallend. Magdalena fuhr bei der Nennung des Namens ihres Stiefvaters zusammen. Mehr als zwanzigtausend Menschen – und ausgerechnet ihm musste sie in die Arme laufen!

Das Mädchen suchte verzweifelt nach einem Fluchtweg, als sein Stiefvater tatsächlich hinter Gerhard auftauchte. Er wankte aus einer Schänke, gefolgt von einem ihm unbekannten Mann, wohl dem nächsten Freier, den er gerade anschleppen wollte. Ein Bär von einem Kerl … Magdalena graute der Gedanke an seine Fülle auf ihrem Körper – und in ihrem Körper.

Die Angst und der Ekel gaben ihr plötzlich Kraft. Magdalena rannte los. Hinter dem Dom standen die Leute nicht gar so eng zusammen, und es gelang ihr, zwischen ihnen hindurchzueilen. Sie rannte und rannte, zu kopflos, um nachdenken zu können, aber in dem sicheren Wissen, verfolgt zu werden.

Gerhard und Erwin hatten es leichter als Magdalena. Sie waren größer als die meisten Kinder und Heranwachsenden, die auf dem Domplatz lagerten oder in Grüppchen zusammenstanden. Und sie stießen jeden rücksichtslos zur Seite, der ihnen im Weg stand. Magdalena versuchte, sich zu orientieren. Ein paar Herzschläge lang war sie aus der Sichtweite ihrer Verfolger. Wenn sie jetzt ein Versteck fand …

Aber der Platz war weitläufig. Und alles war voller fremder Menschen, die ihr sicher keine Zuflucht boten. Oder doch? Da, an einem Feuer standen Kinder in einer Reihe an, die offensichtlich verletzt oder krank waren. Eine Ordensschwester versorgte sie. Wenn sie dorthin rannte und sich zu Boden warf ... vielleicht konnte sie so tun, als sei sie eine der Kranken, vielleicht legte ja jemand eine Decke über sie.

Magdalena rannte auf das Feuer zu, drängte sich zwischen den Kindern hindurch, stolperte und fiel. Verzweifelt sah sie auf und blickte in das freundliche Gesicht einer Schwester, die einen schneeweißen Schleier trug.

Ein knochenmageres, winziges Geschöpf mit langen verschmutzten Haaren schaute verängstigt zu Konstanze auf. Hoffnungslosigkeit und Entsetzen standen in seinem Blick. Dieses Mädchen sah aus, als sei ein ganzes Heer von Rachegöttern hinter ihm her.

»Nicht vordrängeln!«, sagte ein Junge ärgerlich, der als Nächster in der Reihe stand.

Das Mädchen schien zu überlegen, ob es hinter den Kindern Schutz suchen oder sich gleich Konstanze in die Arme werfen sollte.

Und da waren wohl auch die Verfolger. Zwei schwere, rotgesichtige Kerle hasteten keuchend um eine Ecke des Doms und schauten sich um.

»Helft mir, Ehrwürdige Schwester!«, stieß das Mädchen hervor. »Helft mir, sie ...«

Konstanze überlegte einen Herzschlag lang. Sie konnte versuchen, das Mädchen in der Gruppe zu verstecken, aber dafür waren es zu wenige Kinder. Oder sie stellte sich vor das Kind und versuchte, ihren Einfluss als Ordensschwester geltend zu machen. Den sie eigentlich, streng genommen, nicht mehr hatte – Konstanze entzog sich seit dem Vortag dem Zugriff ihrer Oberin. Sie hatte es noch nicht gewagt, die Ordenskleidung abzulegen, aber sie behandelte ihre kleinen

Patienten doch selbstständig an möglichst abgelegenen Orten. Ihre Mitschwestern hatte sie nicht mehr gesehen, seit sie sich am Vortag von Schwester Maria verabschiedet hatte.

Das alles geriet in Gefahr, wenn sie dem Mädchen jetzt das Asyl des Ordens der Benediktinerinnen anbot … Wenn der Mann klagte, musste sie mit ihm vor Gericht ziehen.

Aber vielleicht ging es ja einfacher. Kurz entschlossen riss Konstanze sich den Schleier der Novizin vom Kopf. Magdalena staunte trotz ihres Schreckens ob der Fülle des dichten, dunkelbraunen Haars, das darunter hervorquoll. Bisher hatte sie immer gedacht, die Köpfe von Nonnen seien geschoren. Jetzt schob die Schwester den voluminösen Schleier auf Magdalenas Kopf. Blitzschnell ließ sie ihr Haar und einen Teil des Gesichts darunter verschwinden, zog ihn auch über das fadenscheinige Kleidchen. Sie drückte dem Mädchen einen Kochlöffel in die Hand und wies es an, das Gebräu über dem Feuer umzurühren.

»So ist es recht, Schwester Anna! Tüchtig rühren … Kann ich Euch helfen, meine Herren?«

Konstanze sah zu Gerhard und Erwin auf, die sich suchend genähert hatten. Sie schenkten Konstanze mehr als einen lüsternen Blick, beachteten die Kinder um sie herum allerdings kaum. Die Novizin an der Feuerstelle schienen sie gar nicht wahrzunehmen.

Magdalena hielt den Kopf so gesenkt, dass ihre Nase fast im Kochtopf steckte. Ihr Herz klopfte rasend. Aber dann war alles ganz schnell vorbei. Weder Gerhard noch Magdalenas Stiefvater antworteten auf Konstanzes provokante Frage. Stattdessen peilten sie die nächste Ecke an.

»Sie muss da rum sein! Oder rein in den Dom!«

Magdalena sah nicht, für welche der Möglichkeiten die Männer sich schließlich entschieden. Sie atmete nur auf, als sich ihre Schritte entfernten.

»Wie heißt du denn eigentlich?«, fragte Konstanze.

Und Magdalena begann schluchzend zu erzählen.

Gisela hatte das Intermezzo mit dem flüchtenden kleinen Mädchen verfolgt und dabei Mut gefasst, sich der wartenden Reihe Kinder anzuschließen. Die Schwester schien freundlich zu sein und wurde auch mit unerwarteten Situationen fertig. Sicher würde sie Gisela nicht davonjagen. Das Mädchen lächelte ihr also zu, als sie endlich an der Reihe war, und stellte ihr ihre letzten Patienten dieses Tages vor: ein Pferd und ein Maultier.

»Schaut, Schwester, meine Stute hat sich am Kronrand verletzt«, sagte Gisela und wies auf eine Wunde oberhalb des Hufes. »Es schwillt ein bisschen an, und ich mache mir Sorgen. Schließlich muss sie den ganzen Tag laufen, wenn es morgen weitergeht.«

Konstanze schenkte dem zierlichen blonden Mädchen im Pilgergewand einen verwunderten und eher ungnädigen Blick.

»Ich behandele eigentlich keine Tiere«, bemerkte sie.

Gisela zuckte die Schultern. »Sie heißt Smeralda. Stellt Euch einfach vor, sie sei ein Mensch. Vielleicht habt Ihr etwas Calendulasalbe oder Ähnliches.«

Konstanze lächelte. »Wenn sie ein Mensch wäre, würde ich eine Kompresse mit möglichst altem Rotwein anlegen und sie die Nacht über einwirken lassen. Das reinigt die Wunde. Die Salbe trüge ich erst morgen auf.«

Gisela nickte eifrig. »Das werde ich tun, Ehrwürdige Schwester, vielen Dank. Und wenn Ihr vielleicht auch noch das Maultier ansehen könntet ... ich glaube, es hat einen Hautpilz ... Ach ja, es heißt Floite. Falls Ihr Euch also wieder vorstellen müsst, es sei ...«

»Ich nehme das Maultier, wie es ist«, erwiderte Konstanze, »und du hörst bitte auf, mich ›Ehrwürdige Schwester‹ zu nennen. Ich bin keine Nonne.«

»Aber ...« Gisela warf einen verwirrten Blick auf den Schleier, unter dem sich Magdalena inzwischen am Feuer zusammengerollt hatte. Das Mädchen schien zu schlafen, aber vielleicht versuchte es auch nur, sich unsichtbar zu machen.

Konstanze zuckte die Schultern. »Ich habe mir die Freiheit genommen, den Schleier zu verschenken«, erklärte sie kurz.

Gisela lächelte. Dann zog sie Floite vor. »Wie soll ich dich dann nennen?«, erkundigte sie sich.

Konstanze stellte sich vor und näherte sich dem riesigen Tier mit Herzklopfen. Sie war einem Pferd selten so nahe gewesen, und erst recht keinem Geschöpf mit so großen Ohren. Die Maultierstute gab immerhin ein beruhigendes Flöten von sich. Und der Junge in Begleitung der blonden Pilgerin äußerte einen Therapievorschlag.

»Man muss draufpinkeln!«, erklärte er.

Konstanze zog die Stirn kraus. »Das ist nicht die schlechteste Methode«, bemerkte sie. »Aber Pilzerkrankungen sind auch eine Frage der allgemeinen Stärke. Einem Menschen würde ich raten, gut zu essen, sich nicht zu überanstrengen und sich nicht zu sehr aufzuregen.«

Der Junge lachte. »Da hörst du's, Gisela, du musst ihr ein Schlaflied singen, wie den Kindern.«

Das blonde Mädchen zuckte die Schultern. »Wenn das so ist, wird es ihr bald besser gehen. Schon weil sie jetzt bei uns ist.« Es streichelte den gewaltigen Kopf der Stute. »Bei *dem* Pferdehändler hätte ich auch fast die Krätze gekriegt. Und er soll wirklich ... drauf ... urinieren?«

Konstanze versicherte ihr, dies sei tatsächlich ein altes Hausmittel, selbst Hildegard von Bingen hatte es gekannt. Sie sagte nicht, dass sie selbst die Methode mit dem Wein bevorzugte. Zwischen dem Mädchen und dem Jungen schien ohnehin eine gewisse Rivalität zu bestehen, sie musste das nicht anheizen. Es war überhaupt ein seltsames Paar – und die alte Frau, die eben möglichst gerecht ein paar Brote unter den Kindern am Feuer verteilte, schien auch dazuzugehören. Konstanze hatte die drei zuvor schon beobachtet, sie scharten in ähnlicher Manier Kinder um sich wie sie selbst, nur dass sie statt medizinischer Versorgung Essen und Trost boten.

Am Rockzipfel der alten Frau hingen zwei kleine Jungen, die beim Raubritterüberfall ihre ältere Schwester verloren hatten. Und das blonde Mädchen hatte mit den Kindern gesungen. Es war zweifellos eine Adlige oder Patriziertochter, aber es schien nicht von sich eingenommen zu sein. Seltsam war auch der Junge in seiner Begleitung. Er wirkte wie ein Reitknecht – auch jetzt nahm er dem Mädchen ganz selbstverständlich die Pferde ab und führte sie an einen der Anbindeplätze an einer Mauer in der Nähe. Aber er gebärdete sich wie ein Gleichgestellter.

Konstanze hatte das Mädchen ohnehin ansprechen wollen und war nun recht froh, durch die Behandlung der Vierbeiner zwanglos mit ihm ins Gespräch zu kommen.

»Wird Nikolaus wohl noch predigen?«, fragte sie. »Ich habe ihn heute Morgen nicht gehört, es waren so viele Kinder zu versorgen.«

Auch am Vortag hatte Konstanze der Predigt nicht lauschen können – sie hatte den Bischof und die Oberin auf dem Domplatz gesehen und sich schleunigst in eine Seitenstraße davongemacht.

Nun brannte sie darauf, den kleinen Prediger zum ersten Mal zu erleben.

Gisela nickte. »Ich denke schon, es ist ja hier wohl die letzte Möglichkeit. Der Erzbischof will uns auch segnen – das wird jedenfalls erzählt. Er hat Boten nach Rom geschickt, heißt es außerdem. Er möchte wissen, ob der Heilige Vater dieses … Vorhaben gutheißt.«

Konstanze hatte wieder mal ein etwas schlechtes Gewissen. Sie hätte dazu beitragen können, die Kinder aufzuhalten. Schließlich sah sie jetzt schon, wie sehr das Unternehmen vor allem die Kleinen überforderte. Sie hatte an diesem Tag bereits Dutzende blutender Füße verbunden – und dabei hatte der Kreuzzug noch gar nicht richtig begonnen. Viele Kinder besaßen keine oder nur leichte Schuhe, absolut ungeeignet für die Wege, die vor ihnen lagen.

»Sei jetzt mal still!«, unterbrach Rupert Giselas Ausführungen. Er hatte sich eben wieder zu den Mädchen gesellt. »Da oben ist Nikolaus! Mit dem Bischof! Und sieh nur, er hat eine neue Kutte!«

Tatsächlich betrat der kleine Prediger eben die Stufen zum Dom, wie immer gefolgt von ein paar jungen Mönchen. Bisher hatte er stets ein graues Pilgerkleid getragen – ähnlich dem, das Dimma Gisela aufgedrängt hatte. Heute erschien er jedoch in strahlendem Weiß. Und auf der Brust der Kutte prangte ein seltsames Symbol.

Armand, der bislang ziellos durch die Reihen der Kinder vor dem Dom gestrichen war – er kannte die Predigten längst und fand die Reaktionen der Zuhörer darauf inzwischen viel interessanter als die Inhalte –, ließ der Anblick alarmiert verharren.

Über die Schultern eines dunkel gekleideten Mädchens mit üppigem dunklem Haar hatte er gute Sicht auf Nikolaus und die Mönche. Ob sich auch die Predigt des Kleinen verändert hatte? Aber nein, die engelsgleiche Stimme erzählte dieselbe Geschichte wie sonst.

»Was hat er denn da für ein Zeichen auf dem Kleid?«, fragte eine helle Stimme.

Armand erkannte sie sofort – das Mädchen vom Pferdemarkt! Aber jetzt trug es tatsächlich Pilgerkleidung. Unter dem breitrandigen grauen Hut quoll feines, lockiges Haar in einem satten Honigblond hervor.

»Sieht aus wie ein Buchstabe. Ein T.«

»Ein Tau«, bemerkte das andere Mädchen wie nebenbei. Im Gegensatz zu Gisela schien es von der Predigt gefesselt zu sein. »Der neunzehnte Buchstabe im griechischen Alphabet!«

Armand war beeindruckt. Und sah seine Chance, mit den Mädchen ins Gespräch zu kommen.

»Es ist auch ein Kreuz«, mischte er sich ein. »Tatsächlich das ursprüngliche. Die Römer pflegten die Verurteilten an einen Pfahl mit Querbalken zu nageln oder zu binden.«

»Ach ja?« Das dunkelhaarige Mädchen wandte sich interessiert um. Armand registrierte ein schmales, kluges Gesicht mit hohen Wangenknochen, vollen Lippen und tiefblauen Augen. Noch eine Aristokratin. »Das wusste ich nicht. Warum bilden wir es dann anders ab? Wegen der Tafel? INRI?«

Armand nickte. »Das kann sein. Wenn man noch eine Tafel mit dem Grund für die Verurteilung anbringt, kommt unsere Kreuzform zustande. Allerdings …« Er zögerte, aber dieses Mädchen schien wissenschaftlich interessiert zu sein. Es lauschte ihm jetzt aufmerksamer als dem Jungen vor dem Dom. »Eine Ordensschwester aus Britannien erzählte mir einmal, in ihrer Heimat habe man das Kreuz auch schon vor Christus verehrt. Als Sonnenzeichen. Irische Missionare hätten dann beide Bilder vermischt, und das sei der Ursprung.«

»Aber dann wäre es doch ein heidnisches Symbol!«

Das blonde Mädchen unterbrach ihn. Mit leichtem Tadel in der Stimme. Es wandte sich jetzt ebenfalls um, und Armand blickte fasziniert in sein schönes Gesicht. Sein Ausdruck schien zunächst etwas unwillig, aber bei Armands Anblick wurde er weicher. Offensichtlich gefiel dem Mädchen, was es sah. Armand wollte ihm zulächeln, hielt es dann aber für klüger, es erst mal zu besänftigen.

»Ich kann nichts Böses daran erkennen, den Herrn mit der Sonne gleichzusetzen. Ist nicht auch Jesus das Licht der Welt?«, fragte er freundlich.

Gisela runzelte die Stirn. Aber so wichtig waren ihr theologische Überlegungen nicht. Sie hegte mehr lebensnahe.

»Und warum trägt es jetzt Nikolaus?«, erkundigte sie sich.

Armand gab ihrer Freundin die Möglichkeit zu antworten, aber das Mädchen schien es nicht zu wissen. Außerdem hatte es seine Aufmerksamkeit wieder der Predigt zugewandt. Aber sein Gesicht zeigte nicht den Ausdruck von Faszination und Andacht, der auf den Zügen der meisten anderen Zuhörer lag. Stattdessen wirkte das Mädchen eher alarmiert und äußerst skeptisch. Armand übernahm es also selbst, Gisela aufzuklären.

»Es ist das Zeichen der Minoritenmönche«, erklärte er, »der Franziskaner. Ein neu zugelassener Orden.«

Gisela schien das nichts zu sagen, aber die Dunkelhaarige nickte. »Die Mönche um den Jungen herum gehören auch dazu«, bemerkte sie. »Vielleicht will er da ja eintreten. Was er sagt, deckt sich schließlich ziemlich genau mit dem, was Franz von Assisi predigt.«

Armand wunderte sich wieder. Aber dann fiel ihm das Kleid des Mädchens auf: ein weißes Untergewand, darüber eine schwarze, weitärmelige Kukulle. Ganz klar ein Ordenskleid. Und der passende Schleier verdeckte das Haar eines kleineren Mädchens, das mit leuchtendem Gesicht auf die Domtreppe starrte.

»Und der Sultan selbst wird uns öffnen die Tore zum Goldenen Jerusalem, und er wird uns speisen mit den besten Dingen, die seine Küchen und Kammern hergeben, und Gott der Herr wird Engel senden, um mit uns zu singen!«

Nikolaus steigerte sich in immer farbigere Schilderungen des Ziels ihrer Reise hinein, und die Kinder jubelten dazu.

»Der Sultan«, bemerkte Armand, »sitzt in Alexandria. Ein paar Hundert Meilen weit weg.«

Die junge Nonne – oder war sie keine Nonne mehr? – streifte ihn erneut mit einem interessierten Blick. »Es ist … Vieles nicht ganz so, wie er es darstellt«, sagte sie vage.

Aber Nikolaus kam nun zum Höhepunkt seines Vortrags.

»So kommt nun zu mir, alle, die unschuldig sind, und gut und treu. Alle, die dem Heiligen Land Frieden und dem Herrn den Sieg bringen wollen. Ihr könnt nun mir und unserem Herrn Erzbischof von Mainz gemeinsam den Eid der

Kreuzfahrer leisten! Kommt, verpflichtet euch, vor Gott unserem Herrn, nicht zu ruhen, bevor Jerusalem befreit ist! Denn das wollt ihr doch, nicht wahr? Jeder von euch sehnt sich nach der goldenen Stadt und dem Goldenen Zeitalter.«

Die Kinder strömten nach vorn. Auch das kleine Mädchen im Schleier der Novizin wollte sich auf den Weg machen. Die Dunkelhaarige hielt es jedoch zurück. »Bist du von Sinnen, Magdalena? Dein Stiefvater treibt sich doch hier irgendwo rund um den Domplatz herum. Und wenn er nicht ganz dumm ist, hat er auch schon herausgefunden, dass Nikolaus jeden Neuankömmling persönlich segnet. Du rennst in dein Unglück!«

»Aber ich … ich will doch mitgehen! Ich will die Heilige Stadt sehen! Und befreien! Oh, Konstanze, das ist so wundervoll! Und Nikolaus … ist er nicht so strahlend wie Jesus selbst? Seine Stimme! So müssen Engel singen!«

Magdalena war wie im Rausch. Armand sah sich das Mädchen jetzt näher an. Es passte nicht zu Konstanze und Gisela, die beide sichtlich gebildet waren und über mehr Lebenserfahrung verfügten. Dieses kleine Ding stammte zweifellos von der Straße.

»Du kannst dich auch morgen noch segnen lassen. Oder übermorgen. Der Junge macht das ganz sicher jeden Tag.«

Konstanze schien den Segen nicht als allzu wichtig zu empfinden. Dafür hatte Nikolaus jedoch an das Herz eines anderen gerührt.

»Aber ich gehe!«, erklärte der Junge neben Gisela. »Ich habe schon lange genug gewartet. Einfach nur so mitlaufen, das möchte ich nicht. Wenn ich einst in Jerusalem mein Lehen haben will, muss ich auch richtig das Kreuz nehmen …« Rupert sprang auf.

Armand fügte ein weiteres Teilchen in das Bild, das er sich von Gisela und ihren Reisegefährten machte. Dieser Junge sah sich nicht als ihr Knecht – sondern eher als künftiger Ritter und Bewerber um die Hand des Mädchens! Eine völlig irrige Vorstellung. Selbst wenn die Kinder Jerusalem erreichten. Armand beschloss, einzugreifen.

»Junge, weißt du, was du da tust?«

Er fasste nach Ruperts Arm. Der kräftige junge Kerl schien zuerst Anstalten machen zu wollen, sich loszureißen. Aber dann dachte er vielleicht an die friedliche Intention dieses Kreuzzuges – und daran, dass Armand bereits einige Zeit freundlich mit Gisela und Konstanze plauderte.

»Klar weiß ich das! Ich verpflichte mich, nach Jerusalem zu ziehen und es zu befreien!«, erklärte er wichtig.

»Du verpflichtest dich nicht nur einfach zu einem Kreuzzug, du verpfändest dein Leben!«, sagte Armand ernst. »Junge, dies ist ein Gelübde, das wohl überlegt sein will. Es gilt nämlich bis in den Tod. Allein der Papst könnte dich davon freisprechen, aber ich wüsste von keinem Fall, in dem er es getan hätte. Wenn du da jetzt hinaufgehst, schwörst du, dein Leben lang gegen die Mauern von Jerusalem anzurennen. Und ich versichere dir, sie sind hoch!«

Rupert stutzte nur kurz, die Mädchen zeigten jedoch mehr Interesse an Armands Rede.

»Woher wisst Ihr das alles?«, erkundigte sich Gisela.

Aber Rupert fiel ihr ins Wort. »Habt Ihr nicht gehört? Wir werden in ein paar Wochen in Jerusalem sein! Und da brauchen wir nichts zu erobern, wir kommen da hin, beten, und die Heiden ergeben sich.«

»Wenn Nikolaus recht hat«, bemerkte Konstanze.

»Natürlich hat er recht!«, flüsterte Magdalena. »Es werden Wunder geschehen! Es sind schon Wunder geschehen!«

Sie sah Konstanze mit strahlenden Augen an und dachte an ihre Rettung. Am Morgen hatte sie noch auf dem verlausten Lager einen Freier nach dem anderen über sich ergehen lassen. Und jetzt saß sie hier unter einem sauberen Schleier aus bestem Tuch an einem warmen Feuer. Sie hatte sich zum ersten Mal in ihrem Leben satt gegessen und Konstanze hatte sogar etwas von einem Badehaus gesagt. Sie hatte von solchen Einrichtungen gehört. Wenn man sie aufsuchte, sollte man alle Flöhe und Läuse loswerden … Magdalena war dem Himmel so nah wie noch nie. Und jetzt würde sie auch noch der Mainzer Oberhirte segnen.

Armand seinerseits fand, dass dieser Segen etwas übereilt und gestelzt klang. Der Metropolit wirkte fast ärgerlich. Zweifellos war er nicht begeistert davon, dass Nikolaus ihn hier auch gleich dazu zwingen wollte, Hunderte von Kreuzfahrer-Eiden zu bezeugen. Siegfried von Eppstein wusste nur zu gut, worauf sich die Kinder und Halbwüchsigen da einließen. Und er war deutlich nicht bereit, Verantwortung zu übernehmen. Noch bevor Nikolaus mit der ernsthaften Rekrutierung beginnen konnte, segnete der Erzbischof rasch alle Kinder und erwachsenen Kreuzfahrer und wünschte ihnen Glück und Gottes Gnade. Dann zog er sich zurück.

Rupert eilte nach vorn, um zu schwören.

Kapitel 3

Am nächsten Tag ging es tatsächlich weiter. Gleich als die Stadttore geöffnet wurden, führte Nikolaus seine Schar zum Fischtor hinaus – wobei ihm ein so ergreifender Auftritt gelang, dass selbst Armand von der überwältigenden Stimmung mitgerissen wurde. Nikolaus schritt dem Heer in seinem weißen Pilgerkleid voraus, gefolgt von den dunkel gekleideten Mönchen. Er sang dabei ein Kinderlied – *Schön leucht't der Monden, schöner die Sonne als die Sternlein allzumal; Jesus leucht't schöner, Jesus leucht't reiner als all die Engel im Himmelssaal …* –, und natürlich fielen die jungen Kreuzfahrer mit ein. Viele Tausend junge, helle Stimmen beschworen die Schönheit und Reinheit des Gottessohnes im Licht der aufgehenden Sonne. Ein paar der Kinder schwenkten Fahnen, andere trugen Kerzen, und auf allen Gesichtern lag ein fast überirdisches Leuchten.

Die Mainzer Bürger säumten zu Hunderten die Rheinstraße und den Fischtorplatz und jubelten den Kreuzfahrern zu. Allerdings sah man kaum Kinder unter den Schaulustigen. Entweder hatten sich die Jungen Nikolaus schon angeschlossen, oder die Eltern hielten sie zurück. Armand vermutete Letzteres. Mainz war eine reiche Stadt, bevölkert von selbstbewussten, oft gebildeten Bürgern. Sie mochten sich durchaus von Nikolaus' Stimme bezaubern lassen und hatten bereitwillig Almosen gegeben. Aber ihren Nachwuchs in eine ungewisse Zukunft schicken? Zumindest die vorsichtigen Kaufleute und Handwerker hatten das zweifellos zu verhindern gewusst.

Armand hielt sich in der Nähe von Gisela, Konstanze und

ihren kleinen Schützlingen. Er hatte längst aufgegeben, in Nikolaus' Umgebung etwas Neues erfahren zu wollen. Sowohl die Mönche als auch ein paar besonders fanatische Anhänger – stämmige Burschen, die sich unzweifelhaft ganz weltliche Vorteile von ihrer Nähe zu dem kleinen Prediger erhofften – schirmten den Jungen ab. Und wenn es wirklich Neuigkeiten gab, verbreiteten sie sich in Windeseile bis zum letzten Kreuzfahrer. Auch Geheimhaltung war etwas, das die »Heeresleitung« erst erlernen musste.

Gisela saß auf ihrer Stute und hatte ein kleines Mädchen mit in den Sattel genommen, das längst nicht mehr laufen konnte. Keines der kleineren Kinder hielt das Tempo mit, das Nikolaus vorgab. Er selbst ging auch nicht mehr zu Fuß, sondern fuhr seit Remagen auf einem mit weichen Teppichen gepolsterten Karren, gezogen von einem Eselchen.

Konstanze hätte die jüngsten unter ihren Schützlingen auch am liebsten in Mainz gelassen, aber Gisela konnte ihren Klagen nicht widerstehen. Vor allem Mariechen hatte es ihr angetan. Die Kleine kam aus Köln, und ihre Eltern hatten sie dort wohl betteln geschickt und geschlagen, wenn nicht genug dabei herauskam. Marie wollte auf keinen Fall zu ihnen zurück, sondern plapperte ständig nur vom Goldenen Jerusalem, in dem ihrer Meinung nach Griesbrei durch die Straßen floss und Honig aus den Brunnen quoll. Armand fragte sich, woher diese Vorstellung kam, aber die Kinder erzählten einander wohl Märchen an den Lagerfeuern.

Dimma war vernünftiger gewesen als ihre junge Herrin und hatte den Knaben, um den sie sich am Tag zuvor noch gekümmert hatte, einer brav wirkenden Mainzer Handwerkerfamilie überlassen. Der Kleine hatte zwar geweint, aber Dimma konnte streng sein. Die Regelung war in ihren Augen zum Besten des Jungen. Die Frau des Gewandschneiders vermutete, unfruchtbar zu sein, und wollte den Kleinen an Kindes statt annehmen.

An Dimma klammerten sich allerdings schon zwei neue

Kinder. Armand half ihr, sie vor und hinter sich auf ihre knochige, weiße Stute zu heben, und Rupert, noch ganz erfüllt von seinem geleisteten Eid, überließ sein Maultier sogar ganz den Kleineren und lief nebenher.

Auch Konstanze ging zu Fuß. Sie hielt ein Auge auf Magdalena, die sich immer noch unter ihrem Novizinnenschleier versteckte. Konstanze war einerseits froh über den raschen Aufbruch, der sie weiter vom Rupertsberg wegführte und eine Entdeckung fast unmöglich machte, andererseits hätte sie sich gern noch in Mainz mit neuer Kleidung versorgt. Das Ordenskleid war zu auffällig – sie hatte bemerkt, dass sie von dem jungen Ritter Armand de Landes als abtrünnige Schwester erkannt worden war.

»Die Kleine braucht auch neue Sachen«, bemerkte sie Gisela gegenüber, während sie auf breiten Treidelpfaden am Rhein entlangwanderten. Wieder war es ein herrlicher Tag, und der Strom glitzerte in der Sonne, als führe er tatsächlich Gold. »Allerdings habe ich keinen Pfennig Geld – und keine Ahnung, woher ich es nehmen soll.«

»Warum forderst du kein Geld für deine Behandlungen?«, schlug Gisela vor. »Natürlich nicht von denen hier.« Sie wies auf die Kinder um sie herum. »Aber einige der Adligen und die Patrizierkinder können durchaus bezahlen. Hier, nimm vorerst das für die Behandlung meiner Tiere!« Gisela nestelte ein paar Münzen aus ihrer Tasche und reichte sie zu Konstanze hinunter.

Konstanze errötete und wollte ablehnen, nahm das Geld dann aber doch.

»Hast du denn … viel?«, erkundigte sie sich zögernd nach Giselas finanzieller Lage. Schließlich war sie sich klar darüber, dass Gisela, Rupert und Dimma etwas verheimlichten. Bisher verlief es wie abgesprochen: Konstanze stellte keine Fragen zu Giselas Eltern, und Gisela erkundigte sich nicht nach Konstanzes Tracht und ihren Ordensoberen.

»Ich hab etwas Schmuck«, gab Gisela freimütig Auskunft,

meinte dann aber, noch etwas hinzufügen zu müssen. »Nicht gestohlen, er gehört mir, meine Ziehmutter schenkte ihn mir. Genau wie mein Pferd. Ich schulde niemandem etwas. Jedenfalls kann ich stets etwas versetzen, wenn uns das Geld ausgeht.«

Konstanze ließ besorgte Blicke über Smeraldas Satteltaschen gleiten. »Du führst wertvollen Schmuck mit dir? Ist das nicht gefährlich?«

Gisela lachte und beugte sich tief aus dem Sattel, um der Freundin ihr Geheimnis ins Ohr zu flüstern. »Dimma hat es in den Saum meines Pilgergewandes eingenäht!«, verriet sie. »Da wird es niemand vermuten, und das hässliche Kleid stiehlt auch keiner. Kann höchstens sein, dass mich selbst jemand stiehlt.«

Sie lachte unsicher. Gisela und ihr Tross waren gleich in Köln zum Heer gestoßen und hatten die Übergriffe bei Bingen miterlebt. Allerdings hatten sie wie Armand inmitten des Heeres gelagert und waren somit nicht unmittelbar betroffen gewesen. Die Gefahren waren ihnen seitdem jedoch bewusst – auch ein Grund, weshalb Gisela nur geringfügigen Widerstand leistete, als Dimma sie in das unförmige Pilgergewand nötigte.

Gegen Mittag waren die ersten Kinder völlig erschöpft. Der Weg am Rhein entlang war zwar nicht schwierig, aber die Julisonne stand hoch am Himmel, und sie wanderten seit sechs Stunden ohne Pause und ohne Schatten am Wasser entlang. Immer wieder brachen Mädchen oder kleinere Kinder zusammen, bis schließlich selbst Nikolaus und die Mönche ein Einsehen hatten und einen Halt einlegten. Der junge Prediger wirkte ausgeruht. Jemand hatte eine Plane als Sonnenschutz über sein Wägelchen gehängt, und er hatte darunter wohl die meiste Zeit geschlafen. Jetzt nutzte er die Mittagspause, um wie ein tröstender Engel durch die Reihen seiner Anhänger zu schreiten und ihnen Mut zuzusprechen.

Magdalena war hingerissen, als er sich auch ihrem Lager näherte. Konstanze kämmte und entwirrte eben ihr frisch gewaschenes Haar. Für ein Badehaus war ja nun keine Zeit mehr gewesen, aber der Fluss tat es auch, und zu Magdalenas und Konstanzes einhelliger Begeisterung fand sich in Giselas Gepäck duftende Seife. Konstanze hatte so etwas seit ihrem Klostereintritt nicht mehr in der Hand gehabt und Magdalena überhaupt noch nie. Die Kleine konnte ihr Glück kaum fassen, zumal Dimma auch ihr schmutziges Kleid mit den Fingerspitzen beiseitewarf.

»Das kann sie nach dem Bad nicht mehr anziehen, das lässt sich ja nicht mal mehr waschen!«, rief die Kammerfrau resolut. »Aber ich kann ihr rasch etwas ändern. Giselas Reitkleid – oder das zweite Pilgergewand.«

Magdalena durfte wählen und brach über die Entscheidung fast in Tränen aus. Sie hatte nie so edlen Stoff angefasst wie den des dunkelgrünen Reitkleides – aber andererseits glaubte sie aus ganzem Herzen an den Erfolg des Kreuzzuges und wollte die Mission nicht gefährden, indem sie sich hoffärtig zeigte. So nahm sie denn letztlich das Pilgergewand und freute sich über die Wahl, als Nikolaus zu ihnen trat und ein paar freundliche Worte zu ihnen sprach. Er fragte das Mädchen sogar nach seinem Namen. Magdalena musste erst dreimal schlucken, bevor sie ihn herausbrachte.

»Es ist schön, dich bei uns zu haben, Magdalena!«

Nikolaus lächelte ihr zu und ging weiter, aber Magdalena verschloss die Worte in ihrem Herzen. Sie verfolgte den Jungen mit brennenden Augen. Er war wundervoll. So blond und schön, so klug – und seine hellen, guten Augen schienen geradewegs in ihre Seele zu blicken.

Ob er ihr vergeben würde? All ihre Sünden? Aber das geschah ja schon von selbst, wenn sie Jerusalem befreiten! Magdalena träumte davon, dass Nikolaus dann ihre Hand nahm und sie gemeinsam lachend und singend durch die goldgepflasterten Straßen liefen.

Trotz aller Bemühungen verlor das Heer an diesem Tag aber erstmalig Mitstreiter. Es war einfach zu heiß zum Wandern, und vor allem die in Mainz neu hinzugekommenen Kinder verloren schnell den Spaß an ihrem Abenteuer. Viele kehrten gegen Abend um, was die Mönche verärgerte, Nikolaus aber kaum irritierte.

»Wer zu schwach ist, kann gern gehen!«, erklärte er.

Noch hatten sich keine großen Lücken im Heer aufgetan. Auf den Rheinwiesen wurde Heu eingebracht, und so manchem schwer arbeitenden Tagelöhner schien die Fahrt nach Jerusalem viel verlockender als das Heuwenden in glühender Sonne. Nikolaus schien das instinktiv zu erfassen und sprach bald jeden an, den er am Wegrand schwer arbeiten sah.

»Was verausgabst du dich hier auf fremden Weiden? Gott ruft dich in seinen Weinberg!«

Besonders die jüngeren Leute ließen sich das nicht zweimal sagen. Während die Bauern fluchten, warfen die Knechte und Mägde ihre Heugabeln fort und schlossen sich dem Kreuzzug an.

»Es ist wie ein Wunder!«, freute sich Magdalena, nachdem ein lachender junger Knecht sein Vesperbrot mit ihr geteilt hatte. »Als müssten sie Nikolaus folgen, als riefe Gott selbst sie zu uns!«

»Der Knabe sollte sich da lieber zurückhalten, wenn er heute Abend etwas essen will«, bemerkte Dimma, die stets schlicht dachte. »Mit der Werberei am Weg vergrätzt er die ganze Bauernschaft. Was meint ihr, wie schnell sich das herumspricht! Passt auf, in einer oder zwei Stunden seht ihr hier nur noch erwachsene Bauern, die ihr eigenes Land bestellen – und höllisch aufpassen, dass keiner auch nur einen unreifen Apfel von einem Baum pflückt. Auf Almosen hoffen wir heute sicher vergebens. Die Bauern werden uns nicht mal was verkaufen, wenn das so weitergeht. Und da reden wir noch gar nicht über ein Obdach, das wir brauchen werden, wenn sich das da entlädt.«

Die alte Kammerfrau zeigte in den Himmel.

Dunkle Wolken brauten sich über den Weinbergen um Mainz zusammen. Sie waren noch weit entfernt, aber zweifellos würde es ein gewaltiges Gewitter geben – ein weiterer Grund, weshalb Nikolaus' Missionstätigkeit die Bauern gegen ihn aufbrachte. Sie mussten das Heu einbringen, bevor es regnete. Und dafür brauchten sie so viele Leute wie nur möglich.

Armand, dem schon seit Stunden Ähnliches durch den Kopf ging, meldete sich zu Wort. »Wenn ich einen Vorschlag machen darf – warum schicken wir nicht Euren Rupert …«, er vermied geschickt, das Wort Knecht auszusprechen, »… voraus, um Vorräte zu erstehen und vielleicht auch irgendwo Quartier zu machen? Das Maultier hätte rasch eine Stunde oder mehr Vorsprung, und Rupert könnte sich im nächsten Dorf mit allem eindecken, was wir benötigen. Vielleicht fände sich auch eine trockene Schlafgelegenheit für die Frauen und ein paar Kinder. Auf jeden Fall hätten wir heute Abend zu essen, egal was passiert.«

Gisela schien der Vorschlag zu gefallen, aber Rupert machte sein übliches, mürrisches Gesicht.

»Warum geht Ihr nicht selbst, Herr Ritter?«, fragte er provokant. Er hatte sichtlich keine Lust, den Kreuzzug – oder Gisela? – zu verlassen.

Armand runzelte die Stirn. Diplomatie war sicherlich gut, aber der Junge musste in seine Schranken gewiesen werden.

»Weil ich mein Schwert geschickter führe als du dein Messer, Knecht!«, gab er mit strenger Stimme zurück. »Hier kann es jederzeit zu Rangeleien kommen, wenn ein Bauer seine Knechte wieder zurückhaben will oder gar ein Grundherr seine Fronarbeiter! Und Sonneck und Reichenstein sind auch nicht die einzigen Raubritterburgen am Rhein. Da habe ich die Kinder gern unter meinem Schutz.«

Armand sagte »Kinder«, meinte aber vor allem Gisela und Konstanze. Letztere schien sich zwar selbst nicht für gefährdet zu halten, aber sie war auf ihre Art ein ebenso schönes Mädchen wie das blonde Edelfräulein. Und die Raubritter würden auch Magdalena und ein oder zwei andere Mädchen in ihrer Gruppe für alt genug halten, als Mägde oder Huren verkauft zu werden.

»Dieses Heer ist in Gottes Hand!«, wiederholte Rupert halsstarrig ein Wort Nikolaus'.

Gisela schlug die Augen zum Himmel. Armand fragte sich wieder einmal, wie viel von Nikolaus' Predigten das Mädchen glaubte und aus welchen Gründen es dem kleinen Prediger tatsächlich folgte. Aber zumindest hatte es jetzt wohl genug von Ruperts Frechheiten.

»Rede nicht so viel, Rupert, sondern mach dich auf den Weg!«, bestimmte Gisela kurz angebunden. »Falls du keinen besseren Einfall hast oder plötzlich gelernt, ein Schwert zu führen. Und am besten reitest du Smeralda und nimmst Floite als Packpferd. Hier sind viele Mäuler zu stopfen.«

Gisela glitt geschmeidig vom Pferd und nahm ihre kleine Mitreiterin an die Hand. »Wir laufen jetzt ein bisschen, Marie«, erklärte sie. »Und Rupert nimmt das Pferd, reitet vor und kauft uns etwas Gutes zu essen!«

Die Kinder um sie herum äußerten Zustimmung. Mittags hatte es für jeden nur einen kleinen Kanten Brot gegeben, und sie waren zweifellos hungrig.

Konstanze dachte, dass Giselas Geld nicht allzu lange reichen würde, wenn sie weiter so großzügig damit umging. Schon jetzt scharten sich rund fünfzehn Kinder um die kleine Adelige. Wenn sie diese alle bis Jerusalem oder zumindest bis zum Meer versorgen wollte, brauchte sie mehr als ein paar Schmuckstücke.

Immerhin erwies sich wenigstens Rupert als sparsam und vernünftig. Der Junge war schließlich nicht dumm, und eigentlich hatte er Armands Argumente auch sofort eingesehen. Wenn er sich dennoch sperrte, so lediglich aus Prinzip, merkte er doch, dass dieser Ritter nur darauf brannte, mit Gisela allein zu sein! Als er dann aber erst mal unterwegs war, machte er das Beste aus der Situation: Statt Giselas Geld auszugeben, verdingte er sich im nächsten Dorf bei einem Bauern, der viel Land hatte und nun verzweifelt versuchte, die Heuernte vor dem Gewitter abzuschließen. Ruperts Hilfsangebot kam ihm gerade recht, und da der Junge geschickt war und fast so viel schaffte wie normalerweise zwei Mann, entlohnte er ihn anschließend reichlich mit Brot, Milch und Käse. Sogar etwas Schinken und ein Schlauch Wein fielen ab.

»Von mir aus kannst du bleiben!«, lud der Bauer den Jungen ein und schüttelte ungläubig den Kopf, als Rupert von Jerusalem erzählte.

»Was für eine Torheit«, murmelte er dann nur. »Und du meinst, da kommen noch ein paar Tausend? Nein, nein, nein!«

Ob es dieser Landmann war, der die Kunde vom Kinderkreuzzug herumerzählte, oder ob sie sich eher durch die verärgerten Bauern verbreitete, denen Nikolaus die Knechte abwarb – auf jeden Fall bewahrheitete sich Dimmas Voraussage. Je weiter das Heer Richtung Worms vorankam, desto weniger mögliche Rekruten fanden sich am Weg und desto unfreundlicher wurden die Menschen in den Dörfern. Dabei hatten jetzt auch Nikolaus und die anderen Jungen der Vorhut begriffen, dass ein Gewitter nahte und die Kinder einen Unterschlupf brauchten. Natürlich würde es kaum möglich sein, sie alle in Scheunen oder gar Häusern unterzubringen, aber selbst innerhalb einfachster Mauern oder Hecken wäre es doch sicherer als unter freiem Himmel am Rhein.

Ein paar Kinder versuchten, Nikolaus dazu zu bringen, vor den Dörflern zu predigen, aber der Knabe war müde – und fürchtete vielleicht auch, erstmalig zu versagen und damit an Einfluss zu verlieren. So betete er nur mit all seinen Anhängern um Gottes Beistand – während die Kinder an einer Baumgruppe ihr Lager aufschlugen.

Dimma, mit ihrer Herrin Jutta weit gereist, konnte darüber nur den Kopf schütteln. »Da werden sie vielleicht nicht so schnell nass, aber dafür ziehen die Wipfel doch die Blitze nur so an!«, bemerkte sie. »Der Fluss allerdings auch. Das Sicherste wäre ein Hohlweg – oder ein richtiger Wald, so tief drinnen wie möglich.«

Armand nickte grimmig. Wäre Nikolaus rechtzeitig vom direkten Weg abgewichen und hätte seinen Trupp ins Inland geführt, so hätte sich bewaldetes Gelände finden lassen. Aber wieder einmal hatte niemand vorausgedacht. Außer, wie sich herausstellte, Rupert der Pferdeknecht!

Der Junge erwartete die Kreuzfahrer am Rhein bei Oppenheim und stieß, die Satteltaschen wohl gefüllt, rasch auf Gisela und ihren Anhang.

»Auf dem Weg zum Dorf liegt ein Heuschober«, verriet er triumphierend. »Ich hab gerade geholfen, ihn zu füllen. Es ist kaum eine Meile weit, wir können schnell da sein. Aber sagt es nicht weiter, das ganze Heer wird dort keinen Platz finden.«

»Wir könnten vielleicht Nikolaus …« Magdalena machte ein begehrliches Gesicht. Zu gern hätte sie den kleinen Prediger mit ins Trockene genommen.

»Bloß nicht!«, erklärte Gisela. »Der requiriert die Unterkunft sofort, und dann sitzen allein er und seine Mönche im Warmen. Höchstens noch die Gauner, die neuerdings immer in seiner Nähe sind! Vorhin hat mir einer einen Fetzen von Nikolaus' Hemd angeboten. Als Glücksbringer! Für drei Kupferpfennig hätte ich ihn haben können.«

Armand lachte. »Der Reliquienhandel etabliert sich traditionell rasch. Aber kommt, lasst uns reiten, bevor es zu dunkel wird und alle schon lagern. Sonst werden sie Fragen stellen, wohin wir uns wenden. Rupert, reich mir noch zwei Kinder aufs Pferd, je mehr reiten, desto schneller sind wir.«

Tatsächlich erreichten sie den geräumigen Schober mit den ersten Regentropfen, und alle fanden Obdach im duftenden

Heu. Die Kinder begannen sofort, sich lachend gegenseitig damit zu bewerfen, und Dimma musste sie energisch zur Ruhe rufen. Erst als sie Ruperts Satteltaschen öffnete, versammelte die hungrige Schar sich mucksmäuschenstill um die alte Kammerfrau.

»Ein Feuer können wir allerdings nicht anmachen, und sicher vor Blitzschlag sind wir hier natürlich auch nicht«, merkte Konstanze an, während sie sich eine Schlafkuhle ins Heu grub.

Gisela winkte ab. Sie war nach der langen Wanderung müde und gereizt.

»Jetzt mach uns nicht den schönen Schober schlecht! Das ist das Beste, was wir bekommen können. Wenn's dir nicht passt, hättest du eben im Kloster bleiben müssen!« Gisela drapierte ihre Decken auf einem Heuhaufen und lächelte Rupert zu. »Das hast du sehr gut gemacht, Rupert!«, lobte sie dann den Knecht, der daraufhin strahlte. »Könntest du eigentlich jeden Tag machen.«

Ruperts Lächeln erlosch, und auch Konstanze schwieg eingeschüchtert.

Armand, der die Spannung spürte, war froh, als er den Weinschlauch entdeckte. Er überließ allerdings Rupert das Privileg, ihn herumgehen zu lassen, nachdem die Kinder schließlich schliefen und sich die Älteren nahe einer Luke gelagert hatten. Konstanze schaute eher fasziniert als ängstlich in das Unwetter draußen. Das Naturschauspiel von Blitz und Donner fesselte sie. Wie erzeugten die Blitze bloß dieses taghelle und doch gespenstische Licht? Warum hielt es nur einen Lidschlag lang an? Und warum löschte der Regen es nicht aus wie eine Flamme?

Gisela war das völlig gleichgültig. Sie fürchtete sich vor allem um die Pferde, die sie einerseits nicht draußen lassen, andererseits nicht vom frischen Heu fressen lassen wollte. Als Rupert sie glücklich in einem Eckchen des Schobers untergebracht hatte, in dem noch vorjähriges Heu lagerte, war sie zufrieden. Und sperrte das Wetter aus, indem sie sich kurzerhand ihre Decke über den Kopf zog.

»Sagt mir aber gleich, wenn es einschlägt!«, befahl sie Rupert und Armand. »Dann bringe ich Smeralda raus, bevor alles brennt. Sie steht ja ganz nah am Ausgang.«

Magdalena betete wimmernd.

»Der Bauer hätte den Schober nicht hier aufgestellt, wenn es oft einschlagen würde«, versuchte Rupert die Runde zu trösten und füllte einen Becher mit Wein für Gisela.

Die anderen tranken direkt aus dem Schlauch, aber Dimma hatte für ihr Fräulein und für sich ein paar irdene Becher mitgebracht.

Armand nickte. »Nach menschlichem Ermessen schlägt der Blitz immer in den höchsten Punkt«, erklärte er. »Und das sind in diesem Fall die Bäume am Feldrand. Natürlich gibt es Ausnahmen ... Gottes Wege ...«

»Der Herr sollte eigentlich selbst das größte Interesse daran haben, seine Kreuzfahrer sicher nach Jerusalem zu geleiten«, bemerkte Dimma gelassen. Sie schien sich im Heuschober sicher zu fühlen und offensichtlich genoss sie den ersten Wein seit der Flucht aus der Herler Burg. »Wie und wann auch immer wir da hinkommen ... ich hab mir sagen lassen, es sei ganz schön weit.«

Armand nahm die Überlegung der Kammerfrau zum Anlass, von seiner Herkunft aus dem Heiligen Land zu erzählen. Die anderen mussten sich schon längst fragen, warum der junge Ritter mit ihnen zog – und vielleicht würde sein Bericht ja die Zungen der anderen lösen. Gisela zumindest lockte sein Geständnis unter ihrer Decke hervor.

»Wirklich? Ihr habt Richard Löwenherz gekannt? Und einen leibhaftigen Mohrenprinzen?«

Armand lächelte und nahm einen weiteren Schluck aus dem Weinschlauch. »Ein Mohr ist Malik al-Kamil nicht«, stellte er dann richtig. »Tatsächlich nur wenig dunkler als viele Rheinländer. Manche Sarazenen sind sogar blond. Aber es stimmt schon, dass es im Heiligen Land Menschen aller erdenklichen Hautfarben gibt.«

Magdalena nickte ernst. »Weil der Herr Jesus da auch die Heiden um sich versammelt!«, erklärte sie fromm.

Armand schüttelte den Kopf. »Eher im Gegenteil, mein Fräulein.«

Magdalena strahlte geschmeichelt ob der vornehmen Anrede und des verbindlichen Lächelns, das der Ritter ihr widmete, als er weitersprach.

»Tatsächlich versammelt eher der Prophet der Sarazenen alles unter seinem Banner, was zwei Beine hat und kämpfen kann. Ein Sklave kann leicht die Freiheit erlangen, wenn er sich zum Islam bekennt, und dann hat er auch alle Rechte eines Bürgers. Es gibt kohlschwarze Männer, die als Sklaven aus dem Sudan kamen und es dann bis zu hochgeehrten Heerführern gebracht haben. Oder schwarze Frauen, die ein Sultan ob ihrer Schönheit kaufte und dann in den Rang einer Gattin erhob. Ihre Söhne können dann seine Nachfolge antreten, ohne dass sich jemand an ihrer Hautfarbe stört.«

»Unter Christen wäre das undenkbar«, überlegte Konstanze und kuschelte sich tiefer ins Heu. »Stellt euch nur eine Mohrin als Königin vor!«

Armand nickte. »Aber ein Christenfürst darf ja auch nur eine einzige Frau heiraten«, erinnerte er. »Und da wählt man natürlich eine passende Prinzessin. Ein Sarazenenfürst nimmt gewöhnlich auch eine Sarazenenprinzessin zur ersten Gattin. Aber bei der zweiten bis vierten hat er die freie Wahl. Und wenn ihm die erste keinen Erben schenkt …«

»Er kann wirklich vier Frauen haben?«

Über Armands Erzählungen vom Morgenland vergaßen seine faszinierten Zuhörer das Unwetter und die Angst um die anderen, die draußen den Blitzen und dem Regen ausgesetzt waren. Vor allem Armands offensichtliche Kontakte zu den »Muselmanen« ließen Gisela, Rupert und Magdalena gar nicht mehr los.

»Sprecht Ihr denn auch ihre Sprache?«, erkundigte sich Gisela schließlich.

Armand lächelte. »Nur unvollkommen«, gab er zu, aber damit ließ das Mädchen ihn nicht durchkommen.

»Dann sagt doch was! Bitte, ich will es hören. Sagt irgendetwas!«

Giselas Betteln konnte er nicht widerstehen. Armand überlegte kurz. Dann verneigte er sich in der Runde.

»Salaam Aleikum«, grüßte er förmlich – und blickte überrascht auf Konstanze, die den Gruß ganz selbstverständlich erwiderte.

»Aleikum Salaam.« Das Mädchen neigte dabei den Kopf wie eine züchtige, sarazenische Tochter, die ihr stolzer Vater bei einem Geschäftstreffen vorstellt. Natürlich hätte sie dazu jünger sein müssen. Eine Sayyida ihres Alters zeigte sich nicht mehr in der Öffentlichkeit, sondern lebte zurückgezogen im Harem ihres Vaters oder schon ihres Gatten.

Konstanze zog sich sofort zurück, als sie Armands prüfenden Blick bemerkte, und er beschloss, die Beobachtung als Zufall abzutun. Auch Gisela versuchte die Worte jetzt nachzusprechen, sie verhaspelte sich dabei allerdings. Sicher hatte Konstanze nur zufällig die richtige Form der Entgegnung getroffen. Es war unmöglich, dass sie arabisch sprach!

»Und nun reist Ihr also mit uns zurück in Eure Heimat«, sagte Konstanze schließlich, als ob sie das Thema wechseln wollte, »... wo das Wetter zweifellos besser ist als hier.«

Das Gewitter war vorbei, aber inzwischen regnete es draußen wie aus Kannen.

Armand stimmte zu. »Ich brauchte ohnehin eine Reisegesellschaft, der ich mich anschließen konnte. Und eine angenehmere als die Eure könnte ich mir kaum denken.«

Er verneigte sich erneut in die Runde, was vor allem Gisela und Magdalena schmeichelte. Natürlich hatte er nichts von seinem seltsamen Auftrag erzählt, sondern die Zuhörer in dem Glauben gelassen, er sei nur um der Reliquie willen nach Köln gereist.

»Und mit uns braucht Ihr ja auch kein Schiff!«, sagte Magdalena eifrig. »Ihr könnt geradewegs in Eure Heimat reiten, wenn das Wasser sich teilt!«

Armand warf einen kurzen Blick in die Runde – Dimma hatte inzwischen trotz der Brandgefahr eine Öllampe entzündet und bewachte sie sorgsam. Er registrierte ein nachsichtiges Lächeln auf dem Gesicht Konstanzes. Gisela schaute eher drein, als hielte sie Magdalena für ein bisschen schwachsinnig, und Dimma zeigte keinerlei Regung. Nur Ruperts Gesicht spiegelte die Begeisterung des jüngeren Mädchens wider. Er hegte offensichtlich keine Zweifel an Nikolaus' Berufung.

»Das wäre zweifellos preiswerter, mein Fräulein«, beschied Armand Magdalena freundlich. »Aber es ginge nicht unbedingt schneller. Schon mit dem Schiff dauert die Reise Wochen, zu Pferd und zu Fuß wären wir noch länger unterwegs. Und es stellt sich auch die Frage nach dem Proviant. Hat irgendjemand mal daran gedacht, was ein paar Tausend Kinder essen sollen, während sie über den Meeresgrund ziehen?«

Konstanze lächelte jetzt offen.

Aber Rupert wurde ärgerlich. »Fisch natürlich!«, erklärte er. »Bestimmt bleiben ein paar Tümpel über, in die sich die Meerestiere flüchten, und so können wir angeln und die Fische braten.«

»Wir können sie mit den Händen greifen!«, fügte Magdalena fröhlich hinzu. »Fische und Krebse und Muscheln. Das soll alles so gut schmecken! Meine ... meine Mutter erzählte einmal, sie habe schon Flusskrebse gegessen!«

Magdalena schien das Wasser im Munde zusammenzulaufen, und Armand verzichtete darauf, die Frage nach dem Feuerholz zu stellen. Gisela beendete die Schwärmerei dann jedoch viel nachhaltiger.

»Ich hasse Fisch«, sagte sie kurz, bevor sie sich nun endgültig in ihre Decke wickelte und einschlief.

Armand sah, dass sich Dimma sorglich zwischen dem kleinen Edelfräulein und Rupert ausstreckte – und unauffällig ein Auge darauf hielt, dass sich auch Armand weit weg von ihrem Schützling niederließ.

Kapitel 4

Mit dem Rest des Kinderheeres meinte das Schicksal es nicht so gut wie mit Giselas und Konstanzes kleiner Schar. Tatsächlich gab es am Morgen nach dem Gewitter wieder Tote zu beklagen. Ein paar Jungen hatten am Waldrand unter einer Tanne gelagert und waren vom Blitz getroffen worden. Die verbrannten Körper boten einen schrecklichen Anblick. Die drei Mädchen, die sie fanden, rannten schreiend davon und ließen sich selbst von Nikolaus' sanften, tröstenden Worten nicht davon überzeugen, weiter mit dem Heer zu ziehen.

»Sie sind direkt in die Hölle gefahren!«, rief eines entsetzt und bekreuzigte sich immer wieder.

Aber auch viele der anderen Kinder, vor allem die kleineren, waren weinerlich, die älteren schlecht gelaunt, nass und durchfroren. Alle hätten dringend etwas Warmes zu essen oder wenigstens zu trinken gebraucht, aber nur Dimma konnte ihre Schar mit heißer Milch versorgen – mit etwas trockenem Heu aus dem Schober hatte Rupert ein Feuer auf dem Feld entzünden können.

Nikolaus trieb das Heer gleich wieder an und machte seinen Anhängern Hoffnung, im nächsten Dorf Bauern zu finden, die mehr Erbarmen hatten als die Oppenheimer. Armand war da nicht sehr optimistisch. Und ein großer Teil der Kinder schien seine Ansicht zu teilen. Hunderte junger Kreuzfahrer zogen an diesem Morgen in die andere Richtung – zurück nach Mainz, Remagen, Köln, oder wo immer Nikolaus sie rekrutiert hatte.

Da es auch an diesem Tag regnete und ihnen eine weitere Nacht unter freiem Himmel bevorstand, wurde allen der

Weg schwer. Es war eher unwahrscheinlich, dass sie Worms in einem weiteren Tagesmarsch erreichten. Ob sich ihnen die Domstadt öffnete, wagten die meisten zu bezweifeln.

Konstanze hörte viele Klagen, als sie am Abend wieder Kranke an ihrem Feuer versorgte. Es erschienen auch viel mehr Kinder als in den Tagen zuvor, und es waren mehr als kleine Blessuren zu verarzten. Besonders die schwächeren unter den Kreuzfahrern, die sehr alten und sehr jungen Teilnehmer, die Tagelöhner und Bettler klagten über Husten und Gliederschmerzen. Wenig später kamen Durchfälle hinzu – sicher auch dadurch verursacht, dass die hungrigen Wanderer alles in sich hineinstopften, was sie am Wegrand fanden. Sie kochten Suppe aus Kräutern, wobei sie mitunter essbare und ungenießbare verwechselten, oder sie stahlen unreifes Obst von den Bäumen und Reben.

Armand hatte Ruperts Träumerei vom Vortag immerhin auf eine Idee gebracht. Er regte an, im Rhein Fische zu fangen, und Rupert fertigte mit erstaunlichem Geschick Angeln. Armand zeigte sich ausreichend beeindruckt, was das Verhältnis zwischen den beiden Männern wieder etwas verbesserte. Schließlich brieten sie die Fische an Stecken am Feuer. In Dimmas Vorräten fand sich Salz, und sogar Gisela griff letztlich beherzt zu.

In der Nacht regnete es nicht, aber während des ganzen folgenden Tages wechselten sich schwere Regenfälle und Nieselregen miteinander ab. Nikolaus wirkte nicht gerade wie ein Gesandter des Himmels, als er am Nachmittag am Stadttor zu Worms um Einlass bat. Aber vielleicht erweichte ja gerade dies das Herz der Bürger, deren trutzige Stadt den Kreuzzüglern so anheimelnd erschien, dass sich ein Teil der Kinder schon wieder am Ziel in Jerusalem wähnte. Zumindest ihre Hoffnungen auf Nahrung und Obdach wurden nicht enttäuscht. Patrizier und Klerus öffneten die Stadttore für die Kinder, man entzündete Feuer und kochte Eintöpfe in großen Kesseln, um das Heer zu füttern.

Gisela versetzte ein weiteres Schmuckstück im Judenviertel, und Konstanze, die tatsächlich etwas Geld für ihre Kräutermedizin eingenommen hatte, kaufte ein Unterkleid und eine Surkotte, um ihr Ordenskleid dagegen auszutauschen. Außerdem erstand sie warme Umhänge für sich und Magdalena. Das kleine Mädchen brauchte auch Schuhe und Strümpfe. Bisher lief es barfuß wie die meisten jungen Pilger.

»Ohne Schuhe kommst du nicht weit!«, erklärte Konstanze und dankte den Gründern des Benediktinerordens im Stillen dafür, dass sie ihren Mönchen und Nonnen zumindest festes Schuhwerk zur Verfügung stellten.

Magdalenas Einwand, im Heiligen Land sei es doch immer warm und im Sand könne sie ohne Weiteres barfuß gehen, wehrte Konstanze mit einer Handbewegung ab.

»Im Heiligen Land musst du erst mal sein, Lenchen. Und bis dahin dürftest du noch mehr als ein Paar Schuhe durchlaufen!«

Gisela war überrascht, als die Mädchen vom Markt zurückkamen. Sie hatten auch ein Badehaus besucht und strahlten entspannt und sauber wie neugeboren.

»Du bist ja wunderschön!«, erklärte sie Konstanze begeistert. »In dem Rabenkostüm hat man das gar nicht gesehen, aber das blaue Kleid schmeichelt dir. Dein Haar schimmert fast wie Ebenholz – und wie deine Augen leuchten! Ganz sicher wird mich niemand mehr stehlen wollen, wenn du neben mir schläfst! Du wärest zweifellos die erste Wahl!«

Konstanze lächelte, geschmeichelt über das Lob, aber sie hatte sich in einem Kupferspiegel ansehen können, und auch sie war mit ihrem Anblick zufrieden. Ihr neues Kleid war dunkelblau und schlicht, aber im Gegensatz zur Kukulle betonte es ihre schlanke Figur und ihre festen Brüste. Ihr langes Haar trug sie jetzt zu glänzenden, fast hüftlangen Zöpfen geflochten, und ohne Schleier kam ihr schönes, herzförmiges Gesicht voll zur Geltung.

Auch Armand war beeindruckt, als er sie sah, aber ihn entzückte doch weiterhin Giselas Anblick mehr – trotz der unförmigen Pilgerkleidung. Manchmal träumte er jetzt sogar von dem Mädchen, und mitunter verschmolzen sein heller Sopran und Nikolaus' Engelsstimme für ihn zu einem himmlischen Konzert.

»Aber unser Lenchen ist auch hübsch!« Konstanze schob Magdalena in ihrem neuen Staat vor.

Auch die Kleine war nun sauber und ordentlich gekleidet, das feine Haar zu Zöpfen geflochten, die eine freundliche Badefrau auf ihrem Kopf festgesteckt hatte wie eine Krone. Trotz der Strapazen des Weges hatte sie auch schon ein wenig zugenommen, ihr Gesicht rundete sich kindlich, der Ausdruck des hungrigen, verschreckten Mäusleins schwand. Magdalena wirkte glücklich, ja fast verklärt. Besonders dann, wenn sie Nikolaus' täglichen Reden lauschte. Das Mädchen ließ sich davon verzaubern, während die meisten, gleich am Anfang rekrutierten Kreuzfahrer kaum noch hinhörten. Schließlich wiederholte der Junge immer nur die gleichen Geschichten von der Herrlichkeit Jerusalems, und an den meisten Feuern hatten sich inzwischen Erzähler gefunden, die all das viel trefflicher auszuschmücken verstanden.

Gisela zum Beispiel konnte ihre kleinen Zuhörer stundenlang fesseln, aber im Gegensatz zu den meisten anderen verhieß sie keine Wunder am Ende der Reise, sondern beschränkte sich auf Heiligenlegenden oder Rittergeschichten. Armand schmunzelte, als sie die Artussage, einschließlich aller Verwicklungen rund um Lancelot und Guinevere, lang und breit ausschmückte. Sie war zweifellos an einem Minnehof erzogen worden. Er hätte zu gern gewusst, wovor sie davonlief.

Zu Armands Leidwesen sollte er es nur zu bald erfahren. Schließlich war Giselas Flucht von der Herler Burg nicht unbemerkt geblieben. Friedrich von Bärbach dachte gleich am nächsten Tag daran, ihr nachzusetzen, beschloss dann aber,

Odwin von Guntheims Ankunft abzuwarten. Der Guntheimer musste schließlich entscheiden, ob er das Mädchen noch wollte, nachdem es einem Pferdeknecht beigelegen hatte.

Odwin traf denn auch wie geplant am nächsten Tag ein und war ziemlich erbost, sein Hochzeitsbett leer zu finden. Allerdings zeigte er sich nicht bereit, auf die versprochene Braut zu verzichten. Zudem glaubte er nicht an Friedrich von Bärbachs Theorie von der unpassenden Liebe.

»Ach was, Bärbacher, die ist nicht mit dem Knecht auf und davon!«, erklärte der alte Ritter und wanderte wütend in Friedrich von Bärbachs Halle auf und ab. »Sie hat den Kerl mitgenommen, klar. Aber auch den Drachen, den die Meißnerin ihr mitgegeben hat. Und die Alte hat Haare auf den Zähnen! Die ließ das Mädel kaum aus den Augen, als es mir das Bad bereitete! Sonst hätt' ich's vielleicht da schon zum Weib genommen!« Der Guntheimer blitzte von Bärbach an, als sei er allein schuld an dem Desaster, weil seine Tochter zu gut bewacht gewesen war. »Und bestimmt steht das Weib nicht still daneben, wenn ihr Schützling es mit einem Knecht treibt. Nein, die streben nach höheren Zielen. Die Alte wie die Junge! Ich wette drauf, dass sie mit diesen Verrückten unterwegs sind, die Jerusalem befreien wollen. Die Kleine ist hinter einem Kreuzritter mit Lehen im Heiligen Land her. Vielleicht hat sich da sogar schon einer gefunden. Waren ja lockere Sitten am Hof zu Meißen, wenn es wahr ist, was man hört! Und dann hört so ein Kätzchen ein paar Rittergeschichten, und schon ist es so weit: Lancelot und Guinevere treffen sich im Goldenen Jerusalem!«

»Und was willst du jetzt machen?«, fragte der Bärbacher eher unwillig.

Auch er hatte natürlich an den Kreuzzug gedacht und überlegt, seine Tochter in Köln zu suchen. Aber er unterhielt ausgezeichnete Beziehungen zum Erzbischof, und er war sich nicht klar, wie der Kirchenfürst zum Kreuzzug stand. Vielleicht hätte er ihm geholfen, das Mädchen zu finden.

Aber womöglich hätte er es auch gedeckt. Und dann? War die Verbindung mit dem Guntheimer wirklich so wichtig, das gute Verhältnis zum Metropoliten zu riskieren? Drohte ihm womöglich ein Bann, wenn er bewaffnet auf dem Domplatz erschien, um einem Knecht seine Tochter zu entreißen? Auf jeden Fall drohte ihm ein gehöriger Gesichtsverlust. Das halbe Rheinland würde erfahren, dass seine Gisela mit einem Unfreien auf und davon war.

»Wir spüren sie natürlich auf!«, erklärte der Guntheimer. »Das kann ja so schwer nicht sein. Bis gestern waren sie in Mainz … aber jetzt werden sie wieder unterwegs sein.«

»Und da willst du sie suchen?«, fragte von Bärbach. »Auf dem Weg ins Heilige Land? Unter Tausenden marodierender Tagediebe?«

Odwin von Guntheim schüttelte den Kopf. »Narretei. Erstens ist das noch nicht das Heilige Land, sondern ein Treidelweg am Rhein entlang. Aber auch da wäre es zu aufwendig, sie aufzuspüren. Viel zu viele Möglichkeiten, sich am Weg zu verstecken, falls sie uns entdeckt. Nein, wir reiten jetzt ganz gemächlich nach Worms. Und hoffen mal, dass die Bürger dumm genug sind, die kleinen Hungerleider einzulassen. Wenn sich dann das Stadttor hinter ihr geschlossen hat, müssen wir sie nur noch aufpicken.«

»Aufpicken?« Der Bärbacher füllte sich einen weiteren Becher Wein. Das gefiel ihm nicht. Auch wenn er Gisela nicht gern ziehen sah – es widerstrebte ihm doch, sie mit Gewalt zurückzuholen und in eine Ehe zu drängen, die sie offensichtlich nicht wollte. Warum hatte sie das nur nicht einfach gesagt? Friedrich von Bärbach war ein alter Haudegen, der sich nicht viele Gedanken um die Gefühle junger Mädchen machte. Aber er liebte seine Tochter – und hatte wirklich geglaubt, ihr einen Gefallen zu tun, indem er sie einem reichen, erfahrenen Mann anverlobte.

»Herrgott, Bärbacher, nun sei doch nicht so begriffsstutzig!«, erregte sich von Guntheim. »Das Mädel ist von Adel.

Es fällt auf unter all den Nichtsnutzen. Und wenn nicht das Mädel, dann die alte Vettel! Die Pferde! Die Meißnerin hat ihr doch eine Zelterin geschenkt, nicht? Würdest du die wiedererkennen? Oder du, mein Sohn?«

Der Guntheimer wandte sich an den Knappen Wolfram, der bislang schweigend dabeigesessen hatte. Vorher hatte Odwin ihn ausgefragt – nach möglichst jeder Kleinigkeit, die Gisela vor ihrem Aufbruch getan oder gesagt hatte. Wolfram erinnerte sich allerdings an nicht allzu viel – oder wollte sich nicht erinnern! Aus ihm war nur herauszubekommen, dass das Fräulein stets sehr huldvoll zu ihm gewesen war und seine Verdienste als Ritter gewürdigt hatte. Der Guntheimer hatte daraufhin nur die Augen verdreht und war zu eigenen Überlegungen übergegangen.

Jetzt nickte Wolfram, wenn auch widerstrebend. An Smeralda würde er sich erinnern. Und auch an den knochigen Schimmel der Kammerfrau.

»Na also! Morgen geht es los. Du reitest mit, Wolfram, gestiefelt und gespornt. Wir werden wenigstens so tun, als wärest du ein Ritter! Irgendwelche Einwände, Bärbacher?«

Friedrich von Bärbach druckste herum. Auf der Burg war viel zu tun. Die Ernte wurde eingebracht, Fronbauern bevölkerten Scheunen und Ställe, ständig trafen Wagen mit den Abgaben der Höfe und Dörfer ein, die zu seinem Lehen gehörten. Natürlich erledigten seine Ministerialen das auch ohne ihn. Aber es war doch eine gute Ausrede, nicht nach Mainz zu reiten.

»Na schön, Bärbacher, ich kann das auch allein«, meinte von Guntheim schließlich. »Aber den Ehevertrag sollten wir vorher schon schließen, mag sein, dass ich dein Siegel brauche, falls die Kleine versucht, vor Gericht zu ziehen. Sie muss schon unter meiner Munt stehen!«

Die Munt gab einem Verwandten oder Ehemann das vollkommene Verfügungsrecht über ein Mädchen oder eine Frau. Gisela konnte sich dem Guntheimer kaum widersetzen, und auch der Erzbischof von Mainz würde es nicht tun. Ein Jüngling hätte natürlich den Kreuzfahrer-Eid anführen können, der weltlichen Ansprüchen vielleicht übergeordnet war. Aber bei einem Mädchen galt dieser nichts.

Friedrich von Bärbach ließ Wein bringen, während sein Kaplan unter der Assistenz des Guntheimers die Verträge aufsetzte. Er besiegelte die Schriftstücke mit einem unguten Gefühl, aber es gab kaum einen Grund, sein Jawort jetzt noch zurückzuziehen. Schließlich trank er seine Bedenken fort. Der Guntheimer würde Gisela ein guter Mann sein – man sah doch schon an seinem Eifer, sie zurückzuholen, wie sehr er sie liebte. Und das Mädchen würde seine kindischen Träume auch schnell aufgeben, wenn es erst mal guter Hoffnung war.

Der Bärbacher nahm noch einen Trunk und begann darüber, sich auf das Wiedersehen mit seiner Tochter zu freuen.

Es war tatsächlich nicht schwer, Gisela im Kreuzfahrerheer aufzuspüren. Zwar gab es viele Mädchen, aber kaum eines besaß ein Pferd. Außerdem war Gisela aufgrund ihrer Wohltätigkeit aufgefallen.

»Eine Prinzessin!«, schwärmte ein kleiner Junge. »Ein blonder, guter Engel … sie hat so eine schöne Stimme. Und bei ihr gibt's immer etwas zu essen!«

Mittels dieser Auskunft hatten Odwin und Wolfram von Guntheim das Mädchen zwar noch nicht gefunden, aber sie wussten doch, wonach sie weiter fragen sollten. Wobei sich der Guntheimer gleich in den Kreis um den Heerführer Nikolaus vorkämpfte. Er schob die Kinder einfach beiseite, trat Feuer aus und verscheuchte Frechlinge, die sich ihm in den Weg stellten, mit dem Schwert. Schließlich fand er sich Nikolaus' »Leibwächtern« gegenüber – vierschrötigen Jungen, die den kleinen Prediger und die ihn beratenden Mönche vor den anderen abschirmten – und den längst florierenden Reliquienhandel in Gang hielten.

»Was wollt Ihr? Nikolaus sehen?«, fragte einer ohne jede Ehrerbietung dem Ritter gegenüber. Er grinste. »Das wollen viele! Wenn's klappen soll, werdet Ihr tief in die Taschen greifen müssen. Und ein bisschen freundlicher sein! Unser Nikolaus ist zart besaitet. Der schickt Euch einen Fluch nach, wenn Ihr so mit dem Schwert herumfuchtelt!«

Odwin lief umgehend rot an. »Hör zu, du Lausejunge! Du sprichst mit Odwin von und zu Guntheim, Ritter des Königs und Kaisers des Römischen Reiches! Wenn ich ernsthaft mit dem Schwert fuchtele, trenne ich dir den Kopf vom Rumpf!«

Der Junge schüttelte lächelnd den Kopf. »Aber, aber, Herr Ritter! Einem unbewaffneten Kind! Solltet Ihr die Witwen und Waisen nicht eher schützen?«

Odwin knirschte mit den Zähnen.

»Warum sagst du ihm nicht einfach dein Begehr, Vater?«, wandte Wolfram schüchtern ein. Ein Streit mit diesen Gassenbengeln behagte ihm absolut nicht.

Der Anführer der Jungen, Roland, hörte sich Odwins Forderungen ungerührt an. »Drei Kupferpfennig, und ich erinnere mich, wo das Fräulein lagert«, bemerkte er dann. »Und weitere zwei für den Jungen, der Euch hinführt.«

Odwin tobte und drohte damit, das gesamte Kinderheer zur Hölle zu schicken. Wieder zog er das Schwert, allerdings ohne Roland und seine Schar damit zu beeindrucken. Wolfram wartete ergeben ab, bis sein Vater schließlich einsah, dass dies eigentlich ein wohlfeiler Preis war. Nicht nur zeitsparend – ein Durchsuchen des Kinderheeres auf gut Glück würde Stunden dauern –, sondern auch sicher. Zweifellos sprach es sich schnell herum, wenn ein Mann wie der Guntheimer das Lager der Kinder auskundschaftete. Gisela konnte gewarnt werden und sich rechtzeitig verstecken. Bislang argwöhnte sie dagegen sicher noch nichts.

Von Guntheim knirschte mit den Zähnen, als er einem schmierigen, rattengesichtigen Boten durch die Menge der todmüden jungen Kreuzfahrer folgte, die sich rund um den

Dom zu Worms und bis hinunter zum Turnierplatz auf den Rheinwiesen ausgebreitet hatten. Es gab keine andere Möglichkeit, aber es ärgerte ihn doch, vor einem Bengel wie Roland klein beigeben zu müssen. Aber er würde es Gisela spüren lassen! Noch bevor er sich auf die Suche machte, hatte er sich in einer Herberge in der Stadt eingemietet. Und einen fürstlichen Preis für das letzte freie Gelass bezahlt. Er würde das Mädchen gleich dorthin mitnehmen und zu seiner Frau machen! Dann war das Geld wenigstens gut angelegt.

Odwins Laune besserte sich, und er fand Zeit, Nikolaus' Predigt zu lauschen. Die Freuden des ewigen Lebens im Goldenen Jerusalem ... Odwin grinste. Er zumindest gedachte dem Paradies an diesem Tag schon nahe zu kommen.

Armand hatte sich vergeblich bemüht, einen Schlafplatz in einer der Herbergen zu Worms zu finden. Wenn immer es möglich war, schlief er nicht unter freiem Himmel, aber er legte bei seiner Wahl auch Wert auf Ordnung und Sauberkeit. Was ihm in dieser Stadt jedoch angeboten wurde, entsprach nicht seinen Vorstellungen. Da lagerte er lieber mit den Kindern am Feuer und lauschte auf Giselas Geschichten. Auch wenn ihm das Einschlafen stets etwas schwerfiel. Immer wieder ertappte er sich dabei, unter all den vielfältigen Schlafgeräuschen um sich herum die leichten Atemzüge des blonden Mädchens heraushören zu wollen. Wo er es zu lokalisieren hatte, wusste er stets genau: Dimma neben ihrem Schützling schnarchte wie ein Bär.

Nun wanderte Armand durch die engen Gassen, in denen vor allem Handwerker und kleine Krämer ihren Geschäften nachgingen. Der Kinderkreuzzug beherrschte natürlich auch hier die Gespräche. Armand hörte, wie ein Meister seinen Lehrling schalt, weil er weggelaufen war, um Nikolaus' Predigt zu hören, und nun mit den Kreuzfahrern ziehen wollte. Der Knabe war wohl nicht der Klügste. Wie hatte er zurückkommen können? In der kommenden Nacht verschloss der

Meister zweifellos seine Kammer. Armand lächelte in sich hinein. Irgendein freundlicher Heiliger hielt da sicher die Hand über den kleinen Dummkopf!

Als der junge Ritter sich dem Dom näherte, wurden die Straßen belebter. Armand erkannte einige der Kreuzfahrer, die zum Teil zum Judenviertel strömten. Wahrscheinlich hatten sie noch Wertgegenstände, die sie hier zu Geld zu machen hofften. Auch Gisela hatte am Morgen erneut einen Pfandleiher aufgesucht. Armand wusste nicht, wie viel Gold sie besaß, aber bei der Menge ihrer kleinen Kostgänger mussten die Rücklagen rasch schwinden.

Und dann erkannte er Konstanze, die ihm aufgeregt suchend entgegenkam.

»Monseigneur Armand! Oh, Gott sei gedankt, dass ich Euch finde!« Erleichtert und außer Atem blieb das Mädchen vor ihm stehen. »Habt Ihr Gisela gesehen? Magdalena sagt, jemand sucht sie. Die Jungen um Nikolaus erzählen, zwei Ritter hätten Roland ein kleines Vermögen gegeben, damit er sie zu ihr führt. Und sie hätten nicht gerade freundlich ausgesehen.«

Magdalena trieb sich immer öfter inmitten des Heeres herum, um Nikolaus so nahe wie möglich zu sein. Zweifellos hätte sie auch »Reliquien« gekauft, aber natürlich besaß sie kein Geld.

Armand war sofort alarmiert. »Und? Wo ist sie? Hat man sie gefunden?« Er griff nach seinem Schwert.

»Sie wollte ins Badehaus, sagt Dimma«, gab Konstanze Auskunft. »Rupert begleitet sie hin. Das Badehaus für Frauen liegt nicht in der besten Gegend. Viele Schänken und …«, sie errötete, »… Hurenwirte in der Nähe.«

Armand nickte. Er hatte die Bäder für Männer besucht und auch sie nicht im besten Stadtviertel gefunden. Manchmal bedauerte er, dass ihm die Badehäuser der Juden nicht offenstanden. Sie galten zumindest im Heiligen Land als sauberer und frei von allzu offenherzigen »Badefrauen«.

»Gut, dann führt mich mal hin, Fräulein«, beschied er Konstanze artig. »Mit ein bisschen Glück passen wir sie vor der Tür des Badehauses ab, und wenn es sein muss, wird sich ein Versteck finden lassen. Morgen geht es ja weiter. Habt Ihr übrigens eine Ahnung, mit wem wir es zu tun haben? Ein Vater? Oder gar ein Gatte?«

Konstanze schüttelte den Kopf. »Mir hat sie nichts gesagt. Aber es ist doch wohl offensichtlich, dass sie verheiratet werden sollte. Diese ›Geschenke‹ ihrer Ziehmutter, die sie jetzt nach und nach versetzt ... das kann doch nur eine Mitgift sein.«

Armand seufzte. »Also ein versprochener Gatte. Das sind die Schlimmsten ... Kommt, wir dürfen keine Zeit verlieren!«

Die beiden eilten durch die Gassen, kamen aber nicht allzu schnell voran. Das anrüchige Viertel, an dessen Rand sich das Badehaus befand, lag nahe der Stadtmauer, und es war gut besucht. Die Betuchteren unter den Kreuzfahrern suchten die Schänken und Garküchen auf, um mal etwas anderes zu bekommen als die karge Verpflegung, die Nikolaus für sein Heer erbettelte – und die Bürger ihrerseits tauschten hier bei einem Becher Wein oder Bier ihre Meinung über Nikolaus' göttliche Sendung aus. So mancher Patriziersohn, der auf dem Kreuzzug seine Freiheit erprobte, versuchte sich wohl auch an der »Ware« der Hurenwirte. Nicht sehr gottgefällig – aber die Sünden, so waren sie überzeugt, würden ja bald vergeben.

»Hier ist es gleich, nur noch um die Ecke«, erklärte Konstanze gerade, als Armand hinter einer Gastwirtschaft streitende Stimmen vernahm. Eine davon gehörte einem Mädchen. Gisela.

»Nein, ich erkenne das nicht an!«, rief das Edelfräulein herrisch. »Ich habe Euch keine Eide geschworen im Kreise der Ritter. Ihr habt nur das Wort meines Vaters, meines habt Ihr nicht!«

Dröhnendes Gelächter drang Armand ans Ohr. Der Mann

musste ein Hüne sein. Der junge Ritter zog sein Schwert und rannte, gefolgt von Konstanze, um die Schänke herum.

»Ihr hört, was sie sagt!«

Das war Rupert. Aufgebracht und todesmutig.

Und erstaunlich schnell. Als Odwin jetzt mit dem Schwert nach ihm stieß, parierte er außerordentlich geschickt mit seinem kleinen Dolch.

Odwin beachtete ihn jedoch gar nicht. Er wandte sich allein an Gisela. »Tut mir leid, Kätzchen, dass dein Vater dir keinen Minnesänger zum Gatten gewählt hat«, beschied er das Mädchen lachend. »Aber sei gewiss, du wirst auch meine Talente schätzen lernen.«

Armand und Konstanze registrierten einen kräftigen, fast kahlköpfigen Mann. Odwin von Guntheim trug keine Rüstung, aber natürlich sein Schwert und eine Tunika in seinen Farben. Ein Pferd hatte er nicht bei sich, dafür einen schüchternen Knappen.

»Herr Ritter?« Armand hob die Stimme.

Auch er war nicht gerüstet, also gleiche Voraussetzungen für einen möglichen Zweikampf. Wenn es sein musste, würde er den Mann im Namen des Mädchens fordern.

Aber der vierschrötige Kahlkopf hörte gar nicht auf Armands Ruf. Er rangelte mit Rupert herum, versetzte dem nun aber einen so heftigen Stoß, dass er stolperte und auf die Straße fiel.

Gisela schrie auf, als das Schwert des Ritters in Ruperts Richtung zuckte. In diesem Moment wurde der Knappe des Ritters des zweiten möglichen Angreifers gewahr.

»Vater!«, rief er warnend.

Der Kahlkopf fuhr herum, gleichzeitig zog der Knappe sein Schwert und stellte sich Armand entgegen. Der junge Ritter parierte – und wunderte sich, dass es ihm schon mit diesem einen, recht leichten Schlag gelang, den Knappen völlig aus der Fassung zu bringen. Er setzte noch einmal nach und schlug ihm dabei das Schwert aus der Hand.

Sofort stieß der Kahlkopf zu – doch noch bevor Armand den Schlag parieren konnte, ertönten Schreie. Ein heiserer, gurgelnder, aus dem Mund des Mannes, der Armand gerade angriff – und ein heller, entsetzter aus Giselas Mund. Gleichzeitig erlahmte die Schwerthand des Hünen. Auf seinem Gesicht erschien ein ungläubiger Ausdruck, dann stürzte er nach vorn. Entsetzt gewahrte Armand das Messer in seinem Rücken. Ruperts kleiner Dolch, zielgenau geschleudert.

Giselas Gesicht war wie versteinert, desgleichen das des Knappen, der hingefallen war, als Armand ihm das Schwert entwand. Rupert dagegen grinste selbstzufrieden.

»Ich hab Euch das Leben gerettet, Herr Ritter!«, bemerkte er.

Armand fasste sich an die Stirn. »Und dabei das deine verwirkt«, sagte er. »Herrgott, Junge, wie konntest du nur? Hast du wirklich gedacht, ich könnte mich nicht selbst verteidigen? Schon die Waffe gegen einen Ritter zu erheben, hätte dich in den Kerker gebracht. Aber ein Messer im Rücken eines Edelmannes …«

»Er wollte mir nur helfen!«, verteidigte ihn Gisela. »Ihr dürft ihn nicht verraten!«

Armand wies auf den Knappen. »Und was ist mit ihm? Wollt Ihr ihn seinem Meister hinterherschicken, damit er darüber schweigt?«

Er hielt sein Schwert auf Wolfram gerichtet, damit dieser seine Waffe nicht wieder an sich zu nehmen und sich dem Mörder seines Vaters zu stellen versuchte. Ansonsten, so dachte Armand respektlos, gäbe es wahrscheinlich gleich den nächsten Toten. Der Knappe hatte selten ungeschickt gekämpft, Rupert schien ihm klar überlegen.

»Ach, das ist nur Wolfram!« Gisela begleitete ihre Erklärung mit einer wegwerfenden Geste. »Der sagt schon nichts … Nicht, Wolfram?«

»Es würde dir sonst auch übel bekommen … *Herr!*«, drohte Rupert.

Der untersetzte Knappe schien kaum in der Lage, etwas zu erwidern. Armand wusste nicht, was er denken sollte. So besann er sich zunächst auf die Regeln des höfischen Umgangs.

»Knappe«, begann er ernst. »Mein Name ist Armand de Landes, Sohn des Simon de Landes zu Akkon in Outremer, unter der Herrschaft des Königs Jean de Brienne. Es ... der Tod Eures Herrn tut mir sehr leid. Aber es wäre auf jeden Fall hilfreich, wenn ich wüsste, wie ich Euch nennen soll. Vielleicht ... können wir dann über Wehrgeld verhandeln. Der Junge hier wusste es nicht besser. Und er hat den Kreuzfahrer-Eid geschworen. Gott mag ihm die Sünde vergeben ...«

Armand wusste selbst, wie kläglich das klang, aber der Knappe, der sich jetzt ungeschickt aufrichtete, war auch kein besonders harter Brocken.

»Wolfram von Guntheim«, sagte er benommen.

»Und ich ... ich ...«

Wolfram fehlten die Worte. Er wusste nicht, was er diesem Ritter erwidern sollte, und er hätte auch die Erleichterung nicht benennen können, die ihn erfasste, als er seinen Vater fallen sah. Natürlich wusste er, dass er jetzt Rachepläne hätte hegen müssen, dass er den rasenden Wunsch hätte verspüren müssen, Rupert zu töten. Aber er dachte nur daran, dass er nun niemals mehr ein Turnier würde bestreiten müssen, nachdem man ihn endlich zum Ritter geschlagen hatte. Dass er Friedrich von Bärbachs gönnerhafte Worte beim Ritterschlag nicht würde hören müssen – einen Ritterschlag, der nicht ausgeführt wurde, weil der Knappe seiner würdig war, sondern nur, weil es gar nicht mehr anders ging, ohne seiner Ehre völlig verlustig zu gehen. Und niemals mehr würde sein Vater über ihn spotten! Keine weitere Stiefmutter würde in der Burg einziehen, um Odwin vielleicht doch noch einen Sohn zu schenken, auf den er stolz sein konnte.

Aber Wolfram wusste natürlich auch, dass er nun heimkehren und sein Erbe in Besitz nehmen musste. Er war jetzt der Guntheimer! Ihm gehörten die Burg und das Lehen. Und wenn er wirklich wollte, konnte er sogar die Hand auf dieses Mädchen legen, das hier um das Leben eines Knechtes flehte. Ein Wort von ihm, und es würde mit ihm gehen, schon um Rupert zu schützen!

Einen Herzschlag lang fühlte Wolfram heftiges Begehren. Natürlich, dem Bärbacher würde es egal sein, ob er seine Tochter dem alten oder dem jungen Guntheimer zur Frau gab. Und wenn er Gisela erst in seiner Burg hatte, unter seiner Kontrolle …

Wenn vor dem Mädchen nur nicht der mörderische Knecht und der fremde Ritter gestanden hätten! Zweifellos ein starker Kämpfer, und womöglich würde er sich Wolfram in den Weg stellen, wenn er Gisela beanspruchte.

Also klein beigeben? Ohne das Mädchen und ohne seinen Vater vor seine Ritterschaft treten und das Erbe beanspruchen? Wenn der Bärbacher ihn nicht rasch noch zum Ritter schlug, entzog der Kölner Erzbischof ihm womöglich das Lehen!

Wolframs Gedanken rasten.

»Dieser … dieser Kreuzzug …«, flüsterte er dann und wandte sich an Gisela, »… ist es … ist es wahr?«

»Ist was wahr?«, fragte das Mädchen.

»Dass es … dass man keine Waffen braucht. Keine Ritter … Dass wir das Heilige Land befreien können, ohne jede Gewalt. Und dass wir dann doch …«

Gisela zitterte. Sie kannte Wolfram zu gut. Gott wusste, wie sie ihn studiert hatte in all den Wochen, in denen sie versuchte, an sein Herz zu rühren! Dieser Junge konnte nicht kämpfen, weder hatte er den Mut noch das Geschick. Aber er wollte auch kein Mönch werden. Und hier war der Ausweg, den er suchte.

»Ja, Wolfram«, sagte sie sanft. »Wir werden Jerusalem befreien, nur mit der Kraft unserer Gebete. Durch Gottes

Gnade, durch seinen Willen zu vergeben ... So wie auch wir vergeben ...« Sie warf einen Seitenblick auf Rupert.

»Aber ... es ist doch ein richtiger Kreuzzug?«, vergewisserte sich Wolfram. »Wir ... wir werden belohnt wie ...«

»Wie alle Kreuzritter zuvor!«, versicherte ihm Gisela mit zitternder Stimme. »Wir werden heimkehren in Ruhm und Ehre ... Wer will, wird ein Lehen erhalten.«

Und niemand würde nach Wolframs Schwertleite fragen oder nach dem Ritterschlag!

Wolfram sah Gisela mit glühenden Augen an. Und auch den Knecht, der seinen Vater erschlagen hatte. Den Ritter, der das Ganze verständnislos beobachtete. Das dunkelhaarige Mädchen, das sich im Hintergrund gehalten hatte und nun mit gewandter Rede Neugierige von der Gasse fernhielt.

»Eine Rangelei unter Aussätzigen ... bleibt weg, wenn Euch Euer Leben lieb ist«, hörte Wolfram sie sagen.

»Ich werde nichts sagen!«, erklärte Wolfram von Guntheim. »Aber ihr ... ihr sagt auch nichts!«

Rupert und Armand nickten, obwohl ihnen nicht ganz klar war, worüber sie da Stillschweigen bewahren sollten.

Gisela bejahte beruhigend. »Wir werden auch nichts sagen«, bestätigte sie.

Nichts darüber, dass Wolfram kein Ritter war, dass er den Mord an seinem Vater mit angesehen hatte, ohne ihn zu rächen. Nichts darüber, dass man ihm mit einem Schlag sein Schwert entwinden konnte, dass er nichts so sehr fürchtete wie eine Waffe. In der eigenen Hand oder in der eines anderen ...

»Ich gehe, die Predigt zu hören«, sagte Wolfram nun leise.

Gisela nickte ihm zu. Er würde noch an diesem Abend den Eid der Kreuzfahrer schwören.

Armand sah ihm verständnislos nach, wandte sich dann aber dringlicheren Aufgaben zu.

»Hat jemand etwas gesehen, Konstanze? Herrgott, die Ausrede mit den Aussätzigen war Gold wert! Vielleicht kannst du … könnt Ihr sie noch eine kurze Zeit aufrechterhalten. Und gebt mir Euren Mantel, damit wir die Leiche zudecken können. Ja, so ist es besser. Wenn wir sie jetzt noch in diesen Hinterhof ziehen, wird sie so schnell keiner finden.«

Der Nachmittag ging inzwischen in den Abend über und in den engen Gassen hinter der Schänke herrschte bereits Zwielicht. Armand wandte sich an Rupert, der offensichtlich beabsichtigte, sich mit Gisela davonzumachen.

»Wo willst du hin, Rupert? Weg? Bist du von Sinnen? Hier liegt ein toter Ritter, hinterrücks feige erschlagen! Das ist kein hergelaufener Kerl, jeder Herold wird seinen Namen kennen, wenn er nur einen Blick auf seine Farben wirft! Der Mann muss weg von hier, und das schnell. Also geh jetzt in eine dieser Schänken und such nach ein paar Gaunern, die dir helfen. Jemand muss wissen, wie man eine Leiche verschwinden lässt, auf dass sie nie jemand findet. Es kann sein, dass du dafür ein weiteres Schmuckstück verpfänden musst, Gisela.«

Es war das erste Mal, dass er sie so vertraulich ansprach, aber sie merkte es gar nicht. Wie abwesend nestelte sie einen Ring aus dem Saum ihres Pilgergewandes.

»Könnt Ihr nicht …?« Rupert wirkte hilflos.

Armand schüttelte den Kopf.

»Ich bin ein Ritter«, sagte er würdevoll. »Und ich habe heute schon genug gegen die Ehre meines Standes verstoßen. Ganz sicher werbe ich keine Schinder für dich an. Tu, was du tun musst, Junge. Ich bringe die Mädchen in Sicherheit.«

Gisela folgte Armand wie in Trance, als stünde sie unter einem Bann. Er brachte sie zu ihrem Lagerplatz am Rhein, wo Dimma sie bereits aufgeregt erwartete. Das Mädchen war bis jetzt tapfer gewesen, aber nun zitterte Gisela unkontrolliert.

Konstanze und Armand wechselten einen Blick.

»Ich versuche, etwas aus ihr und der Kammerfrau herauszubekommen«, sagte Konstanze schließlich. »Es wäre hilfreich, die ganze Geschichte zu kennen. Und Ihr holt vielleicht Wein. Wir alle können eine Stärkung brauchen!«

Kapitel 5

Konstanze fragte vorsichtig nach und hatte Dimma und Gisela ihr Verhältnis zu dem Ritter und seinem seltsamen Knappen tatsächlich schon in groben Zügen entlockt, als Armand zurückkehrte.

Er nahm einen kräftigen Schluck aus dem Weinkrug, bevor er ihn Konstanze reichte. Sie lächelte und füllte ihm einen Becher, den sie in Mainz erstanden hatte. Auch Konstanze trank nicht gern aus Schläuchen.

»Mit weiteren Angriffen ist kaum zu rechnen«, erklärte sie dem jungen Ritter.

Konstanze erhitzte etwas von dem Wein über dem Feuer und suchte in ihrem Beutel nach Kräutern, um einen Sud damit zu bereiten. Gisela war in einem schlimmen Zustand. Sie hatte sich zunächst zwar bewundernswert gehalten und war Konstanze ohne eine Träne aufrecht und gelassen zurück zum Dom und hinunter zum Rhein gefolgt. Als die Anspannung dann aber von ihr abfiel, fror und weinte sie – wohl gleichsam vor Erleichterung wie aus Angst davor, dass man die Leiche des Guntheimers entdecken und Rupert zur Verantwortung ziehen könnte. Armand fragte sich, was sie für den Knecht empfand. Würde es ihr wirklich nahegehen, wenn der Junge nicht wiederkam? Wenn er mit dem Ring das Weite suchte – oder doch noch in den Kerker geworfen wurde, weil man ihn mit der Leiche eines Adligen entdeckte? Aber nein, weglaufen würde Rupert ganz sicher nicht. Was er für Gisela empfand, stand ihm zu genau im Gesicht geschrieben.

»Der Mann hieß Odwin von Guntheim«, erzählte Konstanze. Das hatte sie von Gisela und Dimma erfahren. »Und er hatte weiter keine Verwandten – außer dem komischen Knappen, der das Ganze ja wohl auf sich beruhen lassen will. Er hat übrigens gerade das Kreuz genommen, Nikolaus hat ihn begeistert willkommen geheißen. Als ›Ritter von Guntheim‹. Vielleicht könnt Ihr mir das ja mal irgendwann genauer erklären ... Ich dachte jedenfalls bisher, man bräuchte da einen Ritterschlag.«

Konstanze hatte in ihrem Lederbeutel anscheinend die Kräuter gefunden, die sie gesucht hatte. Als sie sie herausholte, glitt der Beutel auf den Boden. Ein kleines Buch fiel heraus. Konstanze wollte es rasch aufheben, aber Armand war schneller.

Er runzelte die Stirn, als er die arabischen Schriftzeichen auf dem Einband sah. Konstanze errötete zutiefst. Sie konnte jetzt nur noch hoffen, dass die Sprachkenntnisse des Ritters nicht ausreichten, um die Liebeslyrik zu entziffern.

Armand machte keine Bemerkung, sondern gab ihr das Buch nur höflich zurück. Erst später, als er einen weiteren Becher Wein genossen hatte, traute er sich doch zu fragen.

»Ihr ... was ... Euch angeht ... erwarten uns doch wohl keine Überraschungen, vergleichbar mit der Geschichte heute Nachmittag?«

Konstanze schaute verwirrt zu ihm hinüber.

Armand wand sich sichtlich. »Ihr seid ... nicht etwa aus einem ... Harem entlaufen?« Sein Blick wanderte zu ihrem Beutel, in dem das Buch wieder wohlverwahrt ruhte.

Konstanze errötete erneut, musste dann aber lächeln.

»Nein«, beruhigte sie den Ritter und nahm sich auch selbst noch einen Becher Wein. »Nur aus einem Kloster.«

Warum sollte sie ihre Geschichte nicht erzählen? Armand hatte ja recht. Je weniger Geheimnisse es in ihrer Gruppe gab, desto sicherer waren sie.

Selbst Gisela, die bis kurz zuvor noch mit ihren eigenen Albträumen beschäftigt schien, lauschte gebannt, als Konstanze von ihrer Flucht aus dem Kloster Rupertsberg berichtete.

»Aber warum bist du denn überhaupt eingetreten, wenn du es nicht wolltest?«, fragte das Edelfräulein. »Du hättest doch ebenso gut heiraten können.«

Konstanze wusste, worauf sie anspielte. Es gab Klöster, die Adelstöchter aufnahmen, deren Familien das Geld für eine Mitgift fehlte. Aber Rupertsberg gehörte nicht dazu. Die Klostergründungen der Hildegard von Bingen verlangten eine nicht minder große Mitgift von ihren Novizinnen wie eine adlige Familie von einer Braut bei der Einheirat.

Konstanze biss sich auf die Lippen. »Ich … hatte einflussreiche Gönner«, bemerkte sie. Und gestand dann, widerwillig, aber ehrlich, ihre Visionen.

»Dir ist der Herr Jesus erschienen?«, fragte Magdalena atemlos. »Wie … wie unserem Herrn Nikolaus?«

»Nikolaus ist nicht unser Herr!«, berichtigte Konstanze. Sie versuchte stets, die Begeisterung ihres Schützlings für den jungen Prediger in Grenzen zu halten. »Und – ja, ich habe … etwas gesehen. Aber mit mir haben die Visionen nie gesprochen. Und meine Voraussagen … na ja, ich habe eine braune Stute mit einem braunen Fohlen gesehen. Aber der Hengst war gleichfalls braun … Man braucht nicht die Gabe der Prophetie, um da richtig zu raten.«

Armand lachte. »In alter Zeit hätte man Euch zur Priesterin einer Göttin erkoren!«, neckte er sie. »Mutter Ubaldina, eine heilkundige Nonne aus Irland, die sich besonders gern mit Krankheiten des Geistes auseinandersetzt, hat mir erzählt, dass man in ihrem Land auch heute noch jungfräuliche Mädchen im Spiegel wundertätiger Brunnen lesen lässt.«

Konstanze blickte alarmiert auf. In ihren Augen stand Furcht. »So hält diese … Schwester … dies für geistige Verwirrung? Fällt man später dem Wahnsinn anheim?«

Armand schüttelte den Kopf. »Nein. Macht Euch bloß keine Sorgen. Aber es kommt wohl häufig vor, dass junge Mädchen solche Erscheinungen haben. Es vergeht, wenn sie … also früher meinte man, es verginge, wenn sie ihre Jungfräulichkeit verlören. Aber Mutter Ubaldina meint, es verlöre sich auch bei jungen Nonnen.«

Konstanze errötete mal wieder, nickte dann jedoch. »Auch bei mir schwand es in meinem dreizehnten Jahr«, gab sie zu und hüllte sich fröstelnd in eine Decke.

Gisela runzelte die Stirn. »Aber vorhin hast du erzählt, dass du nur mit nach Mainz genommen wurdest, weil …«

Konstanze biss sich auf die Lippen. Dann erzählte sie die ganze Wahrheit.

Armand konnte gar nicht mehr aufhören, darüber zu lachen.

»Die Heilkunde Avicennas als göttliche Vision! Das muss ich Ubaldina erzählen!«

Konstanze erschrak. »Nein, bitte nicht! Ihr dürft es niemandem erzählen, niemand soll wissen, dass …«

»Dass du deine Mitschwestern beschwindelt hast?«, fragte Gisela. »Wen schert das jetzt noch? Oder geht es darum, dass du nicht an Visionen glaubst? Auch nicht an … ganz bestimmte Visionen?«

Konstanze senkte den Kopf.

»Aber Nikolaus hat Stimmen gehört!«, meldete sich Magdalena aufgeschreckt. »Nicht nur Bilder gesehen!« Giselas Frage und Konstanzes Reaktion darauf machten dem Mädchen Angst. Es durfte nicht sein, dass seine Retterin Konstanze nicht an den Erfolg des Kreuzzugs glaubte! »Und Nikolaus ist ein Junge!«

Bevor jemand darauf etwas erwidern konnte, kehrte Rupert ins Lager zurück. Er wirkte müde und abgekämpft, aber er sah nicht aus, als habe er vor den Stadtbütteln fliehen müssen. Konstanze reichte ihm einen Becher Wein, den er schweigend herunterschüttete. Auf Armands fragenden Blick antwortete er mit einem Nicken. Odwin von Guntheim wurde nie wieder erwähnt.

Am nächsten Morgen wiederholte sich der feierliche Auszug des Heeres aus den Mauern einer Domstadt. Wieder jubelten die Bürger den Kreuzfahrern zu, wieder sangen sie mit Nikolaus und den Kindern, und wieder schien zur allseitigen Erleichterung die Sonne.

Rupert verfolgte fast ungläubig, wie Wolfram von Guntheim auf seinem prächtigen Rapphengst direkt hinter dem Eselskarren des kleinen Heerführers ritt. Für die anderen, die den Eid des Knappen beobachtet hatten, war das keine so große Überraschung.

»Nikolaus hat seinen Ritter erwählt«, bemerkte Armand. Er ritt neben Gisela her und hatte, wie sie, je ein kleineres Kind vor sich und hinter sich auf den Sattel genommen. »Keine Rede mehr vom Abgeben der Waffen, weil dieser Kreuzzug ja ach so friedlich ist. Unser kleiner Heerführer lernt! Bleibt nur noch zu hoffen, dass der Kampf um Jerusalem nicht im Zweikampf entschieden wird.«

Gisela konnte wieder lachen. »Wenn Wolfram ein Krummschwert sieht, fällt er schon vor Schreck vom Pferd«, lästerte sie. »Überhaupt ein Wunder, dass er sich traut, hier auf dem Hengst mitzureiten. Ich hätte gedacht, er macht beide Pferde zu Geld und besorgt sich ein sanfteres Tier. Aber der Erwerb der Ritterwürde hat ihm wohl Mut gemacht.«

Armand zuckte die Achseln. »Ich bin froh, dass wir ihn dadurch ein bisschen in der Hand haben«, gab er zu. »Natürlich ist die Anmaßung der Ritterwürde ein lässliches Vergehen gegen einen Mord, aber der Knabe scheint sich ja in seinem neuen Glanz zu sonnen. Er würde sich zu Tode schämen, wenn wir die Sache aufdeckten.«

Gisela nickte. »Ich stehe in Eurer Schuld«, sagte sie mit schamhaft gesenktem Kopf. »Auch Ihr hättet uns verraten können.«

»Uns?«, fragte Armand forschend. »Ist etwas, Fräulein, zwischen Euch und Eurem … Knecht … das ich wissen sollte?«

Gisela wollte zuerst scharf etwas erwidern, aber dann erinnerte sie sich an ihre Erziehung am Minnehof und lächelte nur scheu unter dem Rand ihres Pilgerhutes hervor.

Sie ritten auf breiten Pfaden am Rhein entlang. Die Sonne brach sich in den Wellen, welche die Frachtkähne auf dem Fluss schlugen. Man konnte sich gut vorstellen, dass dies kein Kreuzzug war, sondern ein morgendlicher entspannter Ausritt, zu dem ein junger Ritter seine Herzensdame geladen hatte.

»Es ist Eurer nicht würdig, in mich zu dringen«, sagte Gisela jetzt mit süßer Stimme. »Eine Dame schenkt ihre Gunst, wem sie gebührt.«

»Einem Knecht gebührt nicht die Gunst einer Dame!«, gab Armand heftig zurück.

Gisela sonnte sich in seiner offensichtlichen Eifersucht. Ihre Augen blitzten jetzt so schalkhaft wie damals, als sie sich mit jungen Rittern am Hof der Jutta von Meißen in der Kunst der höfischen Tändelei übte. »Vielleicht ist er ja gar kein Knecht, sondern ein Ritter, dem seine Dame aufgetragen hat, in den Kleidern eines Dieners Demut zu beweisen. Für sieben Jahre und einen Tag …«

Armand sah zu ihr herüber, als hätte sie den Verstand verloren. Aber dann begriff er. Gisela scherzte. Sie machte sich einen Spaß daraus, ihn zu necken, und sie sah dabei entzückend aus. Aber diese Sache war zu ernst, um darüber zu lachen!

»Ah ja«, gab Armand trocken zurück. »So ist er also Lancelot, und Ihr seid Guinevere. Ich würde es fast glauben, wenn er König Artus nicht gestern erst von hinten erdolcht hätte. Jedoch … es geht mich nichts an, Gisela, aber Ihr … Ihr solltet den Jungen nicht ermutigen. Ihr zieht Euch da eine neue Gefahr heran … Eure Kammerfrau weiß das, glaube ich …«

Er warf einen Blick auf Dimma, die in gebührendem Abstand neben ihnen ritt. Der übliche Platz der Anstandsdame. Wenn Rupert sein Maultier neben Smeralda zu lenken versuchte, schob sich die Stute der Zofe rasch zwischen die beiden. Armand war längst klar, dass sie den Knecht mit Argwohn beobachtete.

Gisela zuckte die Schultern. »Rupert ist nicht gefährlich. Er ist ein Jugendfreund, seine Mutter war meine Amme. Und was soll ich sonst machen? Ich brauche einen Beschützer.«

Das also hatte sie schon begriffen. Armand staunte immer wieder über den Scharfsinn der kleinen Adeligen. Gisela verhielt sich stets süß und mädchenhaft, aber sie durchschaute die Menschen in ihrer Umgebung, und sie zeigte sich umsichtig und vorausschauend bei der Sorge um »ihre Kinder«. Armand fragte sich, was sie vorhatte, wenn dieser Kreuzzug scheiterte. Sie konnte kaum zurück ins Rheinland. Aber in einem Kloster konnte Armand sie sich auch nicht vorstellen. Dachte sie womöglich doch an eine Verbindung mit Rupert? Er beschloss, einen Vorstoß zu wagen.

»Ihr solltet Euch dafür einen Ritter wählen! Wie es einer Dame Eures Standes zukommt.«

Gisela lächelte. Armand wusste nicht, ob ihr Lächeln verschämt oder schelmisch war, aber er konnte sich nicht sattsehen an den Sternen in ihren Augen.

»So erbittet Ihr meine Gunst, Armand de Landes? Ich soll Euch als meinen Minneherrn annehmen? Aber dann müsst Ihr ausziehen und edle Taten vollbringen zu meiner Ehre!«, rief Gisela aus.

Armand lächelte jetzt auch. »Noch weiter als bis Jerusalem, edle Dame, kann ich kaum ziehen«, führte er an. »Und wenn ich anderswo Abenteuer suche, kann ich Euch auch nicht gleichzeitig beschützen.«

Gisela runzelte unwillig die Stirn und warf ihm einen tadelnden Blick zu. »Nein, so geht es nicht!«, rügte sie ihn. »Ihr müsstet mir jetzt versprechen, dass Ihr an den Rand der Erdenscheibe für mich reiten würdet, um mir eine Blume zu bringen, die dort wächst, wo die Welt zu den Sternen hin abfällt.«

Armand lachte schallend. Er hatte von diesem Spiel namens »Gab« gehört, es aber nie selbst gespielt. Es war an Minnehöfen geläufig, und es ging darum, dass sich die jungen Ritter in Versprechungen darüber überboten, was sie bereit wären, für ihre Damen zu tun. Zum Teil wurden dabei die absurdesten Dinge zusammenfabuliert, und natürlich dachte keiner an ihre Einhaltung. Aber geschickt formuliert, grenzte Gab fast an Dichtung.

»Dann könnte es nur sein, dass ich nie ankomme«, neckte er seine kleine Dame. »Die chinesischen Seefahrer behaupten, die Erde sei eine Kugel. Und auf jeden Fall würde ich irgendwann ins Meer fallen. Wo ich dann eine Zauberin bräuchte, die mein Pferd verhexte, sodass es bereitwillig hindurchschwämme.«

Armand klopfte dem braven Comes den Hals, der sicher dahinschritt, aber bestimmt nicht willig wäre, mehr als ein paar Längen zu schwimmen.

»Keine Zauberin!«, bestimmte Gisela augenzwinkernd. »Dann wäre ich eifersüchtig. Aber vielleicht könnte ja … Frau Venus das Meer für Euch teilen.«

Das kleine Mädchen vor ihr im Sattel regte sich. »Teilt das denn eine Dame?«, erkundigte es sich. »Nikolaus sagt, der liebe Herr Jesus macht das.«

Armand wollte sich ausschütten vor Lachen. »Nun, Fräulein Gisela, dann seht mal, wie Ihr der Kleinen jetzt die Gotteslästerung erklärt!«, beschied er das Edelfräulein und ließ Comes ein paar Schritte vorsprengen.

Er fühlte sich so leicht und beglückt wie lange nicht mehr. Armand mochte nicht der beste Gab-Spieler sein, aber das Leuchten in Giselas Augen hatte er sich bestimmt nicht eingebildet. Er hoffte, dass es nicht nur die Freude am Spiel war, sondern auch ein bisschen Zuneigung – für ihren erwählten Ritter.

Das Kinderheer zog nun weiter nach Speyer, und das Wetter meinte es zunächst gut mit Nikolaus und seinen Leuten. Trotzdem verringerte sich die Schar der Kreuzfahrer fast jeden Tag. Ein paar der Jungen, aber auch erwachsene Bettler und Tagediebe bekamen langsam Angst vor der eigenen Courage. Der Weg war weit, die Verpflegung schlecht. Ihre Schuhe waren durchgelaufen, ihre Fußsohlen wund, das Wandern wurde mühsam. Immer wieder kehrten ganze Gruppen um oder blieben einfach in den Städten, durch die das Heer zog. Armand und im Stillen auch Konstanze begrüßten diese Abgänge – aber als dann das Wetter wieder schlechter wurde, verlor die Truppe auch auf traurige Weise an Mitstreitern.

»Ich kann nichts machen, die Kleinen sterben einer nach dem anderen«, klagte Konstanze.

Die Kreuzfahrer zogen seit Tagen durch dichte Eichen- und Ulmenwälder. Bis Straßburg lag keine größere Stadt mehr am Weg, und die Bauern rückten keine Almosen heraus. Hier im Süden war die Trockenheit in der ersten Sommerhälfte noch ernster gewesen als um Köln und Mainz, und jetzt verregnete die ohnehin spärliche Ernte. Mit den wenigen Früchten seiner Arbeit gedachte das Landvolk verständlicherweise die eigenen Kinder zu füttern, und für Kreuzfahrer hatte man sowieso nichts übrig. Schon frühere, bewaffnete Heere waren diesen Weg gezogen – und hatten nicht gefragt, bevor sie sich bei den Bauern verproviantierten.

Nikolaus' Schar brachten die Dörfler nun nur Hohn und Spott entgegen. Er solle nach Hause gehen, so rieten sie ihm, und ein Handwerk erlernen. Der kleine Prophet nahm die Ablehnung scheinbar unerschrocken hin und hieß seine Kreuzfahrer, auch für die geizigen Bauern zu beten. Seine Anhänger reagierten aber eher ärgerlich, die älteren Jungen brachen gern mal in Kornspeicher und Hühnerställe ein, um sich ihr Essen zu sichern. Der Großteil der Kinder aber hungerte.

»Wenn wir wenigstens Fallen stellen könnten«, murrte Rupert.

Die Wälder waren reich an Hoch- und Niederwild, das man hätte jagen können. Aber dazu hätte das Heer rasten oder seine Führung hätte Jäger abstellen müssen. Auf Letzteres kamen jedoch weder Nikolaus noch seine geistlichen Berater, und jede Verzögerung lehnten sie ab.

»Ein Falke wäre gut«, seufzte Gisela.

Den Vogel hätte sie auch auflassen und zur Jagd schicken können, während sie mit dem Heer weiterzog.

Armand nickte. »Oder ein halbwegs gut ausgebildeter Windhund, der Hasen reißt und bringt. Aber macht Euch keine Illusionen, Gisela. Bei dem ausgehungerten Volk um uns herum endeten der Vogel schneller im Kochtopf und der Hund am Spieß, als sie ihr Gewicht in Wild erjagen könnten.«

Armand selbst wäre auch mit Pfeil und Bogen geschickt genug gewesen, Rotwild zu schießen. Aber er wagte nicht, die Waffe einzusetzen. Nach wie vor folgten Nikolaus um die zwanzigtausend Menschen, oft weit auseinandergezogen und im Wald verstreut, um nach essbaren Pflanzen zu suchen. Ein fehlgehender Pfeil konnte leicht jemanden töten. Und eine »kleine Treibjagd«, wie die unternehmungslustige Gisela vorschlug, lehnte er auch ab. Erstens fehlte ihm jegliche Lust, sich mit seinem Schwert einem wütenden Wildschwein entgegenzustellen, und zweitens misstraute er Rupert.

Der Junge betrachtete Armand argwöhnisch, seit er immer wieder neben Gisela herritt, mit ihr scherzte und sich im Gab übte. Er sah offensichtlich seine Pfründe bedroht – irgendwann würden sich Armand und Rupert als Feinde gegenüberstehen. Der junge Ritter sah diesem Tag gelassen entgegen. Aber dem Bauernjungen im Rahmen einer Treibjagd den Rücken zuzudrehen, erschien ihm denn doch als unnötiges Wagnis.

Zu dem allgegenwärtigen Hunger kamen die Kälte und die Nässe auf dem Weg zwischen Speyer und Straßburg – und auch die jämmerlichen sanitären Bedingungen im Lager. Konstanze hatte von Schwester Maria gelernt, dass die arabische Medizin auf Sauberkeit setzte, um Krankheiten zu verhindern, und Armand hatte man auch in der Kunst der Kriegsführung unterrichtet. Dazu gehörte eine überlegte Anordnung des Heerlagers.

»Als Erstes lässt man die Krieger Latrinen ausheben«, bemerkte der junge Ritter auf Konstanzes Klagen über die stetige Zunahme an Durchfallerkrankungen. Besonders kleinere Kinder rafften sie schnell dahin, manchmal starben allein unter Konstanzes Händen zwanzig von ihnen am Tag. Gemeinsam mit anderen Badern und Kräuterfrauen, die Kranke betreuten, bat sie Nikolaus, ein paar Tage zu rasten, um die Patienten pflegen und zwecks Verbesserung der Versorgungslage Jäger in den Wald schicken zu können. Der kleine Heerführer lehnte das jedoch kategorisch ab.

»Wie können wir rasten, während Jesus im Himmel um das heilige Jerusalem weint?«, fragte er und schien dabei selbst Tränen in den Augen zu haben. »Wie können wir uns an Wildbret laben, wenn die Pilger in der Wüste darben, weil sie keinen Einlass finden zu den heiligen Stätten?«

Die Folge war, dass man sehr bald keine Kinder unter sieben oder acht Jahren mehr sah und hörte. Das helle Lachen der Jüngsten, das den Zug stets begleitet hatte, verstummte. Dafür hörte man Husten und Weinen.

»Wenn wir sie wenigstens begraben könnten!«, seufzte Dimma. Sie hatte eben ein kleines Mädchen verloren, das sie tagelang gepflegt und dabei lieb gewonnen hatte. »Aber sie einfach am Wegrand liegen zu lassen … das ist … das ist nicht christlich.«

Es trug auch nicht dazu bei, Nikolaus und seine Kreuzfahrer bei den Anwohnern beliebter zu machen. Und die Kinder selbst demoralisierte es. Gisela weinte und wandte den Kopf ab, wenn sie an einem toten Kind am Rand der Straße vorbeireiten musste.

Armand, Rupert und ein paar Jungen hoben schließlich

wenigstens ein Grab für Dimmas kleinen Schützling aus – schwere Arbeit bei dem regengeschwängerten Boden, zumal kein angemessenes Werkzeug zur Verfügung stand. Die Wege waren wie Schlammgruben, die Pferde sanken bis über die Sprunggelenke ein, und die Schuhe der Wanderer waren durchnässt.

Auch Nikolaus' Wagen kam nicht mehr voran, aber sein Tross spannte das Eselchen aus und ließ den Jungen reiten. Natürlich geschützt von einem warmen Mantel und einem breitkrempigen Pilgerhut.

Nikolaus war folglich nicht so erschöpft und durchgefroren wie seine Anhänger, deren Begeisterung ungebrochen war – trotz Hunger und Seuchen. Die Menschen horchten mit gläubigen Gesichtern auf seine Predigten, die er jeweils auf ihre Lage abstimmte, und sie waren glücklich, wenn er für sie sang. Manche vergaßen darüber sogar das Fischen und das Sammeln von Kräutern und Beeren. Sie waren erschöpft nach dem Tagesmarsch und ließen sich lieber von seiner süßen Stimme einlullen, als auf Nahrungssuche zu gehen.

»Seht, ich hungere ja wie ihr!«, erklärte Nikolaus, wenn er tröstend durchs Lager ritt. »Ich weine mit euch um jedes Kind, das wir verlieren. Aber mehr als um die Toten trauere ich um die Abtrünnigen, diejenigen, die jetzt umkehren, wo die Reise hart und entbehrungsreich wird. Haben wir nicht gewusst, dass es beschwerlich wird, das Heilige Land zu erreichen? Hat Gott uns versprochen, dass es leicht wird? Nein, meine Freunde, das hat er nicht. Unsere Belohnung wartet in Jerusalem, aber der Weg dorthin ist eine einzige lange Prüfung. Und wehe dem, der sie nicht besteht! Wehe dem, der seinen Eid bricht um seiner Bequemlichkeit willen! Die Toten wandern direkt von hier aus in den Himmel, wo sie zu Füßen Jesu sitzen und süßen Brei essen dürfen. Aber die Abtrünnigen werden auf immer in die Hölle fahren und dort bereuen, was sie getan haben! Jetzt klagen sie über ein bisschen Kälte und Nässe! Aber wenn sie in der Ewigkeit in den

Flammen stehen, werden sie sich danach sehnen, noch einmal unser Lager teilen zu können!«

»Davon wird mir nur nicht wärmer«, seufzte Armand. Er hatte Nikolaus' Predigt aus einem primitiven Zelt heraus gelauscht, das er in Speyer erstanden hatte. Auch Gisela hatte mit blutendem Herzen zwei weitere Schmuckstücke versetzt, um provisorische Unterstände für sich und ihre Freunde anzuschaffen. Obwohl alle die einfachsten Zeltformen gewählt hatten, die am Abend in Windeseile aufgebaut waren, war das Material – gewachster, leichter Stoff – doch so voluminös, dass man eigentlich ein weiteres Maultier gebraucht hätte, um es zu tragen. Armand riet jedoch davon ab, noch ein Tier zu kaufen.

»Wenn wir wirklich über die Alpen ziehen, so belastet Ihr Euch am besten mit so wenig Anhang wie möglich. Auf den Pässen kann man die Tiere nicht einfach hinterherlaufen lassen. Man muss sie führen und dabei auf jeden Schritt achten.«

Also schleppte Floite die Zelte, und Rupert ging zu Fuß. Ein weiterer Umstand, den er Armand sichtlich übel nahm.

Jetzt war er gerade dabei, Giselas Zelt aufzustellen, und hätte sich danach wohl gern untergestellt. Aber Rupert war ebenso wenig ein Träumer wie sein Nebenbuhler Armand. Wenn sie am Abend noch etwas in den Magen bekommen wollten, hieß es, fischen zu gehen. Magdalena, nass und verfroren wie ein Kätzchen, aber immer noch voller Eifer, schleppte auch schon die Angelruten heran.

»Kommt, jetzt bei Regen beißen sie gut!«, erklärte sie ernst – eine Weisheit, die sie wie all ihre Kenntnisse als Anglerin von Rupert übernommen hatte. Magdalena war anstellig und freute sich lauthals über jeden Fisch, den sie dem Rhein entriss. Wenn es nicht gerade in Strömen regnete, machte ihr das Angeln großen Spaß.

Und ausgerechnet an diesem verregneten Augustabend gelang ihr der große Fang! Sie holte eine gewaltige Barbe aus dem Fluss, während sich die anderen mit kleineren Fischen zufriedengeben mussten.

»Na, die soll dir aber munden!«, meine Armand freundlich.

Rupert musterte das kleine Mädchen eher unwillig. Er wetteiferte mit Armand um die fettesten Fische, die man für Gisela filetieren konnte. Sie mochte einfach keinen Fisch und schimpfte über die Gräten. In Speyer hatte Armand Gewürze gekauft, die den Geschmack ein wenig variierten. Magdalena nahm eigentlich selten davon, aber heute streute sie verschämt ein bisschen Dill auf ihren Fang, bevor sie ihn briet.

»Die ist nicht für mich, die schenke ich Nikolaus«, erklärte das Mädchen. »Ich will nicht, dass er Hunger leidet.«

»Nikolaus kriegt sicher genug!«, behauptete Konstanze. »Dafür sorgt Roland schon. Und Roland schwimmt im Geld!«

Konstanze war an diesem Tag besonders schlecht auf Nikolaus' Leibwächter zu sprechen. Der Junge verkaufte neuerdings Nikolaus' Waschwasser als wundertätig, was nicht so schlimm gewesen wäre, hätte der kleine Prophet keine Seife gehabt. So aber waren Konstanze schon zwei Kinder an Fieber gestorben, die das Gebräu hoffnungsvoll getrunken und sich an der Seife vergiftet hatten. Das war wieder ein Beweis dafür, wie geschwächt die Jüngsten bereits waren. Gewöhnlich, erklärte Konstanze, verursache der Genuss von Seife zwar Bauchschmerzen und Fieberschübe, aber man stürbe nicht gleich daran.

»Nikolaus hat gesagt, er hungert!«, beharrte Magdalena. »Und das dauert mich. Außerdem ist es mein Fisch. Ich kann ihn geben, wem ich will.«

Armand verzichtete darauf, sie an die teuren Gewürze und das Salz zu erinnern. Die Kleine war zu stolz, als sie schließlich abzog, den würzig riechenden dicken Fisch in Blätter gewickelt.

»Hoffentlich kommt sie wenigstens zu ihm durch«, sagte Gisela und hielt die Hände nah ans Feuer. »Ich habe gehört, man müsste sich Tage vorher anmelden, wenn man ihn sprechen will. Und umsonst wär's auch nicht ... Sollte nicht jemand mitgehen?«

Sie sah hoffnungsvoll von Armand zu Rupert, aber keiner der beiden zeigte größere Begeisterung. Nach Stunden auf dem Marsch und beim Angeln hatten sie es endlich trocken und wollten das genießen. Magdalena war auch nicht unmittelbar gefährdet. Schlimmstenfalls wurde ihr der Fisch gestohlen oder von Nikolaus' »Bewachern« abgenommen.

Tatsächlich stieß Magdalena gar nicht mit Roland und seinen Kumpanen zusammen, als sie sich mit ihrem Geschenk durch das halbdunkle Lager tastete. Auch Nikolaus' Tross besaß längst Zelte – seine Leibwächter hatten sich bereits in das ihre zurückgezogen und schmausten Brot, Wurst und Wein. Das kleine Mädchen, das sich zu Nikolaus' weißem, seidenem Zelt durchschlug und leise seinen Namen rief, bemerkten sie nicht. Nur ein Mönch, der wohl den Schlaf des jungen Heerführers bewachte, schlug unwillig eine Zeltbahn zur Seite und schaute nach der Stimme aus.

Eine Laterne leuchtete in Magdalenas Gesicht – und tauchte auch die Züge des Mönches in ein schwaches Licht. Trübe, aber stark genug, einander zu erkennen. Magdalena fuhr erschrocken zurück. Ein junges, noch rundes Gesicht – jetzt gleichmütig, aber in ihrer Erinnerung zuerst von Erregung, dann von Reue verzerrt und gerötet. Ihr letzter Freier ...

»Du?«, fragte der Mönch.

Magdalena unterdrückte den Impuls, sich auf dem Absatz umzudrehen und zu rennen.

»Ja ... ich ... ich bringe einen ... einen Fisch für Nikolaus. Weil ... damit ... damit er nicht mehr hungern muss!«

Der Mönch blickte sie von oben bis unten an – mehr noch, er verschlang sie mit den Augen. Magdalena sah wieder Begehren, kaum verhohlene Gier. Aber diesen Mann gelüstete es nicht nach Nahrung. Das kleine Mädchen fühlte sich nackt unter seinem Blick.

»Hör zu!«, sagte er schnell. »Du würdest gern mit ihm reden? Du möchtest ihn sehen?«

»Wen?« Magdalena begriff nicht gleich.

»Na, wen schon? Ihn! Nikolaus. Du wünschst dir doch einen Segen, ja? Oder einen Kuss? Du verzehrst dich nach einem Kuss!«

Magdalena wollte verneinen, sie krümmte sich zusammen, aber der Mann griff jetzt nach ihrem Arm.

»Mädchen, ich kann dir das alles beschaffen. Und du weißt ja: ein Segen von ihm, ein Kuss … und alle Sünden sind vergeben. Wenn du … wenn du mir vorher nur einen kleinen Gefallen tust. Ich wollt's nicht mehr machen, weißt du … aber … aber ich …«

Magdalena glitt der Fisch aus den Händen, als er sie jetzt an den Schultern fasste und beinahe gewaltsam hinter das Zelt zog.

»Warte …«

Magdalena wollte weglaufen, aber sie war wie gelähmt, als der Mann kurz verschwand. Dann zog er eine Plane über sie.

»So ist's besser. Oh, du bist schön … du bist süß …«

Der junge Mönch liebkoste ihren Ausschnitt mit den Lippen, saugte an ihren noch knospenden Brüsten. Dann schob er ihr Kleid hoch.

Magdalena versuchte, an Nikolaus zu denken. Seine liebliche Stimme … *Schön sind die Wälder, schöner die Felder in der schönen Frühlingszeit; Jesus ist schöner, Jesus ist reiner, der unser traurig's Herz erfreut …*

Sie klammerte sich an die Worte des Liedes, als der Mann brutal in sie stieß. Nikolaus … Magdalena stellte sich sein sanftes, liebes Gesicht vor … seine Umarmung, als sie den Kreuzfahrer-Eid geleistet hatte. *Deine Sünden sind dir vergeben …*

Ihr Peiniger weinte erneut, als er endlich von ihr abließ. Die gleiche Geschichte von Reue und Scham wie damals in Mainz … Magdalena hörte nicht hin.

»Kann ich ihn jetzt sehen?«, fragte sie heiser, als der Mönch die Plane zur Seite schob und sich besorgt umsah. Aber das Lager schlief. Niemand war Zeuge seiner Tat.

»Du kannst einen Blick auf ihn werfen!«, erlaubte der Mönch und wandte sich schamhaft ab, als Magdalena ihr Kleid glättete.

Er hatte deutlich mehr versprochen. Aber das Mädchen wagte nicht, es anzumahnen. Stattdessen folgte es ihm leise in Nikolaus' Zelt.

Der Junge lag auf einem weichen Bett – ein Schlafpodest, gepolstert mit Fellen und Decken. Mehr Komfort, als sogar die verwöhnte Gisela für nötig befand. Eine Wolldecke hielt ihn warm, und er hatte sich völlig darin eingewickelt. Nur ein weißer Arm und sein Kopf lugten heraus. Magdalena sah Nikolaus' verstrubbeltes goldblondes Haar – und konnte sich gar nicht sattsehen an seinem schönen, ebenmäßigen Knabengesicht. Nikolaus' feine Züge, die dünnen, blaugeäderten Lider und die langen, seidigen Wimpern. Der Junge lag in tiefem Schlaf. Er atmete regelmäßig, seine zartroten Lippen waren leicht geöffnet und gaben den Blick auf seine kleinen schneeweißen Zähne frei. Magdalena hatte nie ein so vollkommenes Gesicht gesehen. Sie wollte es wirklich küssen – und sie hatte es sich weiß Gott verdient!

Ohne den Mönch zu fragen, trat sie leise näher, beugte sich über das schlafende Kind und drückte einen Kuss auf seine Wange.

Der Mönch riss sie zurück, als habe sie den Jungen verbrüht.

»Was wagst du!«

Er hielt inne, als Nikolaus sich rührte.

»Bruder Bernhard?«, fragte die süße Stimme.

Der Mönch wollte etwas erwidern, aber Nikolaus hatte die

Augen schon geöffnet. Schlaftrunken sah er in Magdalenas Gesicht.

»O nein, mein Engel«, flüsterte er. »Wie schön, dass du mich besuchst ... oh, schönster Herr Jesu ...«

Damit schlief er wieder ein. Magdalena war wie verzaubert.

»Er hat seinen Engel in mir gesehen ...«

Sie spürte gar nicht, wie brutal Bruder Bernhard sie aus dem Zelt zerrte und aus dem Zentrum des Lagers schob. Erst als sie sich wieder durch die Menge der schlafenden Kinder schob, fühlte sie erneut den Regen auf ihrer Haut. Aber es war nicht unangenehm. Es war richtig. Es wusch die Schande ab.

Kapitel 6

Als Nikolaus endlich Straßburg im Elsass erreichte, war sein Heer auf zwölftausend Personen zusammengeschrumpft. Dabei war das Wetter wieder besser geworden, und die Kinder freuten sich obendrein über eine gute Nachricht. Der Papst hatte endlich von ihrem Kreuzzug erfahren und das Unternehmen nicht verurteilt.

»Unterstützt hat er es aber auch nicht«, berichtete Konstanze, die Nikolaus' Rede auf den Stufen des Straßburger Münsters gehört hatte.

Giselas kleine Gruppe lagerte etwas weiter entfernt am Ufer der Ill. Hier gab es weniger Taschendiebe, es war ruhiger, und im Gegensatz zu dem gepflasterten Münsterplatz sprach hier nichts dagegen, die Zelte aufzustellen.

»Tatsächlich sagte er:«, fuhr Konstanze fort, »›Diese Kinder beschämen uns. Während wir schlafen, ziehen sie fröhlich aus, das Heilige Land zu erobern!‹ Das ist zwar schön und gut, besagt aber gar nichts.«

»Was soll es denn besagen?«, fragte Rupert. Er war stets unwillig, wenn Kritik an Nikolaus und dem Kreuzzug aufkam – oder wenn gar jemand an seinem Gelingen zweifelte.

»Da fällt mir einiges ein«, bemerkte Konstanze und schöpfte Wasser aus der Ill. »Er könnte zum Beispiel die Bevölkerung und den Klerus der Städte und Dörfer am Wege auffordern, uns zu unterstützen. Dann müssten wir nicht mehr hungern.«

»Müssen wir im Moment doch auch nicht!«, gab Rupert fröhlich zurück und biss in einen Krapfen.

In Straßburg wurden die Kinder endlich mal wieder freigebig versorgt – wofür allerdings nicht der sehr skeptische Klerus, sondern zwei rivalisierende Patriziergeschlechter verantwortlich waren. In Straßburg bekriegten sich die Familien Müllenheim und Zorn, und kaum hatte die eine der Sippe ein paar Brote für die Kinder gespendet, da eröffnete die andere Suppenküchen. Schließlich gab es Nahrung im Überfluss, und Nikolaus wurde erneut gefeiert wie ein Messias.

Auch neue »Unschuldige« liefen dem Kreuzzug wieder zu – allerdings waren die Straßburger Bürger auf der Hut. Die Kunde von Nikolaus' Mission hatte sie früh genug erreicht, um dafür zu sorgen, dass ihre Kinder und Lehrlinge zu Hause blieben, wenn der Knabe predigte. Dem Kreuzzug schlossen sich also nur arme Kinder und Bettler an – alle kaum ausreichend gerüstet für die Alpenüberquerung, die vor ihnen lag.

Eine wahrhaft alarmierende Kunde brachte jedoch Armand. Er hatte die Gruppe für einen Tag verlassen, um die Komturei der Templer am Ort aufzusuchen. Seine Berichte waren dort mit Interesse aufgenommen worden, man würde sie an den Großkomtur weiterleiten. Aber auch die Templer hatten Neuigkeiten, die das Kinderheer betrafen.

»Es gibt zwei Kreuzzüge!«, brach es aus Armand heraus, kaum dass er sein Pferd versorgt und am Lagerfeuer Platz genommen hatte.

Er warf Dimma einen wohlgefüllten Beutel zu. Armand hatte Küche und Keller der Komturei geplündert. An diesem Abend trank man besten Rheinwein am »Minnehof der Herrin Gisela von Bärbach«. So hatte Armand das Zeltlager scherzhaft getauft, das sie nun stets nach dem gleichen Muster errichteten: ein Lagerfeuer in der Mitte, darum herum ihre fünf Zelte – und eine extra ausgehobene Latrine direkt hinter dem Zelt der Frauen. Gisela, Konstanze und Dimma schimpften zwar manchmal ein bisschen, wenn es unangenehm roch, aber sie hatten keinen weiten Weg zum Abtritt, und ein möglicher Angreifer, der sich ihrem Zelt von hinten näherte, fiel zunächst in den Graben und landete in den Exkrementen. Armand ging davon aus, dass dies kaum lautlos abginge.

An Giselas Hof wurde jeden Abend gemeinsam gegessen, man erzählte Geschichten und munterte einander auf. Jetzt allerdings war Armand nicht nach Scherzen zumute. Sehr rasch schüttete er den ersten Becher Wein herunter.

»Zwei ... was?«, fragte Gisela, während Konstanze sich schon alarmiert aufsetzte.

»Zwei Kinderkreuzzüge!«, präzisierte Armand. »Der zweite ging von Vendôme aus, oder besser von Cloyes. Das ist ein kleiner Ort an der Loire, nicht mehr als ein Dorf. Ein Junge namens Stephan hat dort Schafe gehütet.«

»Und eines Tages ist ihm ein Engel erschienen«, flüsterte Konstanze.

Armand fragte sich, warum das Mädchen dabei erblasste.

»Nein, gleich Jesus Christus«, berichtigte er. »Der Mann hat sich selbst so genannt, also ist kein Zweifel möglich wie bei unserem Nikolaus. Stephan ist allerdings auch deutlich älter, er sollte genauer nachgefragt haben. Davon abgesehen gleichen sich die Erzählungen. Der Fremde kam an sein Feuer, Stephan hat sein Essen mit ihm geteilt. Und dann die Geschichte über die Unbill, welche die Christen in Palästina zu erleiden hätten, und der Aufruf zum Kreuzzug. Stephan hat dann gleich sein Dorf verlassen – was Ärger gegeben haben dürfte, er war unfrei. Aber er ging nach Vendôme, und da ließen sie ihn predigen. Auf dem Vorplatz der Dreifaltigkeitskirche – ähnlich wie Nikolaus überall vor den Kathedralen gepredigt hat. Und er spricht wohl sehr mitreißend. Jedenfalls ist er mit ein paar Tausend Anhängern auf dem Weg nach Marseille. Da soll sich ...«

»Das Meer teilen!«, rief Gisela. »Ich kann's kaum fassen! Gott hat also ... ist das möglich, dass Gott zwei berufen hat?«

»›Gott‹ – oder wer auch immer – hat mindestens drei berufen«, sagte Konstanze mit schmalen Lippen. Sie hatte sofort die Aufmerksamkeit der gesamten Runde.

»Er hat … dich auch?« Magdalena schaute sie an, als sei sie sofort bereit, vor ihr auf die Knie zu fallen.

Konstanze machte sich zunehmend Sorgen um das Mädchen. Magdalena war nicht mehr ständig um sie herum, sondern suchte verzweifelt die Nähe Nikolaus'. Zwei- oder dreimal wollte sie ihn sogar getroffen haben. Aber andererseits hörte man, dass nur zahlende Pilger zu ihm vorgelassen wurden. Bildete Magdalena sich die Sache also ein – oder gab sie etwas dafür? Dimma machte diesbezüglich Andeutungen, die Konstanze nicht glauben wollte.

»Lenchen, wie oft soll ich dir noch sagen, meine Visionen waren zu nichts nütze!«, beschied Konstanze ihren Schützling jetzt ärgerlich. »Niemand hat mich zu irgendetwas berufen.« Dann aber erzählte sie von Peter.

»Ich hab's bisher nie erwähnt, weil es ja nicht direkt wichtig war. Und weil es schließlich durchaus sein kann …«

»… dass Gott sich bei der Auswahl seines Propheten irrt?«, rief Armand. »Das kannst du nicht ernsthaft annehmen! Nein, da waren Werber unterwegs. Da wurde ganz gezielt nach einem Jungen gesucht. Wie alt war dein Peterchen?«

Wenn Armand von seinen Gefühlen übermannt wurde, vergaß er immer wieder, die Mädchen artig in der respektvolleren Höflichkeitsform anzusprechen.

»Zehn«, erwiderte Konstanze.

»Und damit eigentlich zu jung. Ein Zehnjähriger trifft gewöhnlich noch nicht so einschneidende Entscheidungen …«, überlegte Armand.

»Aber Nikolaus ist erst neun!«, meldete sich Magdalena. »Und ihn hat Gott …«

»Nikolaus hatte einen ehrgeizigen Vater an seiner Seite«, erinnerte Konstanze. »Denkt daran, dass er ihn auch vorher schon auftreten und in Schänken singen ließ. Die Vision war für ihn doch ein Geschenk des Himmels! Und an dem Schäferposten hielt Nikolaus nichts, da war er ohnehin nur eine Aushilfe. Dazu all die Mönche, die um ihn herum sind …«

»Und die womöglich ganz geschickt dafür gesorgt haben, dass man den Vater aus dem Weg schafft!« Armand lächelte grimmig. »Das sollte man mal nachprüfen, ich werde morgen an den Erzbischof von Köln schreiben. Es wäre interessant zu erfahren, wer den Mann denunziert hat.«

»Du meinst … die Mönche hätten die Kölner gegen Nikolaus' Vater aufgebracht?«, fragte Konstanze. Auch sie vergaß die höfischen Formen ob dieser aufregenden Neuigkeit.

Armand zuckte die Achseln. »Es wäre doch naheliegend: Nun, da sie ihren Prediger hatten, wollten sie keinen Gaukler mehr, der ihnen hineinredete.«

»Und in Frankreich haben sie gleich einen älteren Jungen genommen«, ereiferte sich Konstanze. »Und einen Unfreien, der ihnen ausgeliefert ist.«

»Das war aber bestimmt nicht so einfach!«, gab Gisela zu bedenken. »Wenn den Grundherren ein Unfreier wegläuft … gewöhnlich nehmen sie das nicht so hin. Schon um ein Exempel zu statuieren, sonst rennen doch alle weg. Eigentlich hat ein Unfreier nur eine Chance, wenn er schnell genug eine Stadt erreicht und dort untertaucht. Aber in diesem Fall war der Knabe leicht zu finden. Wie hat er wohl seinen Herrn überzeugt?«

»Durch einen Himmelsbrief«, erklärte Armand.

Gisela lachte, aber Magdalena und Rupert sahen ihn verständnislos an.

Hinter Konstanzes Stirn arbeitete es. »Ich hab … von so etwas gehört«, erinnerte sie sich. »Angeblich kommen diese Briefe direkt von unserem Herrn Jesus oder der Jungfrau Maria – und sie drohen den Menschen furchtbare Strafen an, wenn sie der Kirche den Zehnten verweigern.« Konstanze lächelte.

Armand schmunzelte ebenfalls. »Der Templerorden war immer der Meinung, dass die Kirche hier allzu plump vorgeht«, bemerkte er. »Aber diesmal ging es ganz gezielt um den Kreuzzug nach Jerusalem, und der Brief richtete sich an

den französischen König. Stephan und seine Anhänger sind also erst mal nach Paris, um ihn Philipp II. August zu überreichen – über St. Denis, da hat er gepredigt, während seine Boten weitere Kinder in ganz Frankreich anwarben. Alles genau wie bei Nikolaus. Der König hat Stephan dann tatsächlich empfangen, ein paar Wunder sollen auch passiert sein.«

»Das erzählt man sich von Nikolaus' Badewasser ja ebenfalls«, brummte Konstanze.

Gisela beschäftigte etwas anderes. »Dieser Stephan ... konnte der denn überhaupt lesen und schreiben?«

Sie streifte Rupert mit einem Seitenblick. Der konnte es zweifellos nicht.

Armand schüttelte den Kopf. »Nein. Das sehen sie ja auch als Beweis an. Der Junge kann den Brief nicht geschrieben haben. Aber das heißt natürlich noch lange nicht, dass er aus göttlicher Feder stammen muss. Der König war jedenfalls beeindruckt und übergab den Fall zur Prüfung an die Universität von Paris. Stephan missionierte derweil weiter ... wobei er nicht das Taukreuz zum Symbol wählte, sondern die Oriflamme – die Kriegsflagge des französischen Königs. Ein rotes Flaggentuch mit tausend goldenen Sternen darauf. Das Original hat man ihm allerdings nicht gegeben, die Kinder marschierten unter einem Abbild. Erfolgreich war's trotzdem. Als die Gelehrten zu dem Ergebnis kamen, der Kreuzzug sei ›kein gottgefälliges Werk‹ ...«

Konstanze pfiff durch die Zähne wie ein Gassenjunge.

»... und der König das Ganze verbieten wollte, war Stephan schon weg. Mit etwa dreißigtausend Leuten in Richtung Süden. Auch Erwachsene übrigens, sagen die Templer – etliche ›Veteranen‹ des Kreuzzugs gegen die Katharer. Und die üblichen Huren und Gauner!«

Magdalena wandte den Blick ab.

»Aber der Großteil besteht aus Kindern und jungen Leuten, genau wie bei uns«, endete Armand. »Um die geht es denen, die das hier geplant haben. Wer immer sie auch sind.«

Wer immer sie auch sind, dachte Konstanze, ehe sie sich müde, aber aufgewühlt von der Nachricht in ihre Decken schmiegte. Am Ende dieses Kreuzzuges würden sie so viel Blut an den Händen haben, dass sie es mit all dem Wasser des Meeres nicht abwaschen könnten.

Magdalena mochte nicht an das denken, was sie an diesem Abend am Lagerfeuer gehört hatte. Es durfte nicht sein, dass irgendjemand Nikolaus betrogen hatte. Ihr wunderschöner sanfter Held musste von Gott auserwählt worden sein!

Magdalena hatte den kleinen Prediger inzwischen tatsächlich von Angesicht zu Angesicht getroffen. Allerdings reichte es dazu nicht, Bruder Bernhard zu Willen zu sein. Obwohl Bruder Bernhard eigentlich gar nicht viel zu sagen hatte im Tross des jungen Heerführers. Er und seine Mitbrüder sprachen und beteten zwar viel mit Nikolaus – es hörte sich jedoch nicht viel anders an als die Schwärmereien der Kinder an den Feuern. Die Mönche und der Prophet überboten einander in Schilderungen des Goldenen Jerusalem und des Wunders, das am Meer ihrer harrte. Und am nächsten Tag verkündete Nikolaus das dann den Kindern.

Wer einmal ins Innerste des Lagers vorgedrungen war, durfte sich dazusetzen und sogar Fragen stellen. Magdalena erinnerte sich zum Beispiel an Armands skeptische Bemerkungen über die Verpflegung des Heeres während des Zuges durch das Meer und wagte es, das Thema zur Sprache zu bringen. Nikolaus lächelte sie huldvoll an und verriet ihr, dass Gott Meerjungfrauen mit goldener Haut und grünem Haar senden würde, die den Kindern Platten mit Fisch und Meeresfrüchten auftischten, wann immer sie rasteten.

»Und der Boden wird nicht feucht sein wie die Erde hier, wenn es regnet, sondern die Sonne und Gottes Atem werden ihn austrocknen, sodass wir des Nachts warm und geschützt ruhen.«

Magdalena lauschte mit strahlendem Gesichtsausdruck.

Sie war unendlich glücklich, wenn sie in Nikolaus' Nähe sein durfte. Wenn nur der Preis dafür nicht so hoch gewesen wäre …

Magdalena hatte schnell gemerkt, dass es tatsächlich Roland und seine Spießgesellen waren, die den Zugang zu Nikolaus' Lager regelten. Sie taten das für Geld – aber Magdalena kannte auch andere Währungen. Sie selbst hatte bislang nie Freier angeworben, aber sie erinnerte sich daran, wie ihre Mutter als Hübschlerin herumgezogen war, bevor sie den Stiefvater kennenlernte. Magdalena wusste, wie man sich Männern auffordernd näherte, wie man ihnen mit der Hand über die Wange strich oder seinen Rücken an ihnen rieb wie ein liebeshungriges Kätzchen.

Roland und seine Jungen waren dafür mehr als empfänglich. Vielleicht hatten sie vorher noch kein Mädchen besessen, dafür sprach zumindest ihre anfängliche Ungeschicktheit. Auf jeden Fall waren sie bald ganz verrückt nach Magdalena. Wie damals in Mainz hatte das Mädchen nicht mehr zu tun, als still zu liegen. Danach öffnete sich der Weg zu Nikolaus. Und obendrein zu dem wunderschönen Ritter, der ihm diente!

Wolfram von Guntheim nahm in der Hierarchie rund um Nikolaus eine Sonderstellung ein. Er machte sich nicht gemein mit Kerlen wie Roland, aber er wurde von ihnen auch nicht in Frage gestellt. Tatsächlich betrachteten sie ihn fast mit Ehrfurcht: ein leibhaftiger Ritter in ihren Reihen, der sie obendrein nie herumkommandierte. Wenn Wolfram die Jungen ansprach, dann höflich, aber gewöhnlich redete er ohnehin allenfalls mit den Klerikern und natürlich mit Nikolaus. Der konnte gar nicht genug Rittergeschichten hören. Wolfram unterhielt ihn mit Erzählungen von Kämpfen, Turnieren und Sangeswettstreiten an Minnehöfen. Letztere interessierten den kleinen Sänger besonders, und Wolfram wurde nicht müde, ihm zu versichern, er habe nie einem Wettbewerb beigewohnt, den Nikolaus nicht gewonnen hätte. Das zumindest entsprach der Wahrheit. Wolfram hatte laut Gisela nie einen Minnehof besucht. Und was die Geschichten von seinen Kämpfen anging – als Magdalena einmal vorsichtig an Giselas Hof davon erzählte, wand sich vor allem Rupert vor Lachen am Boden.

Irgendwann redete Wolfram auch mit ihr, Magdalena. Und er drückte sich fast so artig aus, wie es Monseigneur Armand im Gespräch mit Gisela und Konstanze tat. Magdalena schwärmte für Wolfram fast so sehr wie für Nikolaus – zumal der junge Ritter weltlicher wirkte. Nikolaus würde irgendwann in den Himmel entrückt werden, da war sie sich sicher. Aber Wolfram – der bekam ein Lehen im Heiligen Land! Magdalena träumte oft davon, diese Burg dann mit ihm zu teilen, seinem Hof so huldreich vorzustehen wie Gisela ihrem kleinen Zeltlager. Sie würde Kinder mit ihm haben und er würde sie lieben.

Nach den Gesprächen an Giselas Lagerfeuer konnte Magdalena nicht schlafen, sie brauchte irgendeinen Trost – und sei es nur ein Blick in Nikolaus' schlafendes Gesicht. Also schlich das Mädchen unruhig um den Konvent herum, in dem Nikolaus und sein Tross die Nächte in Straßburg verbrachten. Es handelte sich um ein Nonnenkloster, das die Gattin des Oberhauptes der Familie Zorn gewöhnlich großzügig unterstützte. Die Nonnen hatten es auf ihren Wunsch für den kleinen Prediger geräumt – sogar die Pförtnerin war abgezogen. Roland und seine Jungen hatten die Wache übernommen – und Magdalena war im Stillen darauf vorbereitet, einem von ihnen beizuliegen, um Eintritt gewährt zu bekommen. Und dann womöglich noch einmal Bruder Bernhard, der ihr vielleicht wieder einen Blick auf den schlafenden Knaben gewährte.

Magdalena lächelte beglückt, als sie stattdessen auf ihrem Weg dem jungen Ritter Wolfram in die Arme lief.

»Gott zum Gruße, Herr Ritter«, sagte Magdalena und knickste scheu.

Wolfram warf ihr einen argwöhnischen Blick zu. Er kam eben aus der Stadt – Roland und sein Gefolge hatten von einem Hurenwirt geschwärmt, der goldlockige Mädchen feilhielt und ihnen als Kreuzfahrern einen Sonderpreis gewährte. Tatsächlich hatte dessen Angebot den Ritter jedoch nur angewidert. Dreckige, freche Weiber, die nicht mal den Blick vor ihm senkten. Blondes Haar vielleicht, aber starrend vor Schmutz. Dralle Leiber, die sich schamlos anboten, wo Wolfram doch von der zierlichen, anmutigen Figur einer Gisela von Bärbach träumte. Er war schließlich unverrichteter Dinge abgezogen – und die Hure hatte obendrein die Frechheit besessen, ihn dafür zu schmähen!

»So'n junger Kerl, aber kriegt keinen hoch! Zahlen musst du trotzdem, das weißt du wohl! Oh, und nun zückt das Herrchen auch noch ein Schwert! Da muss eines aus Stahl herhalten, wenn das angewachsene schon nicht sticht!«

Wolfram hatte sich nur mühsam beherrschen können, das Weibsbild nicht gleich in die Hölle zu schicken. Aber ihr Lude passte auf, es war nichts zu machen. Letztlich hatte er sogar den vorher vereinbarten Betrag gezahlt – und war voller Wut und Scham abgezogen. Und hier war nun wieder ein Mädchen. Aber wohl ein tugendhaftes. Jedenfalls wagte die kleine Blonde kaum, ihn anzusehen, und als sie dann doch aufschaute, tat sie es mit unverhohlener Bewunderung.

Wo hatte er sie bloß schon mal gesehen? Im Kreis um Nikolaus – ganz sicher. Er hatte da auch ab und an mal ein Wort mit ihr gewechselt und sich gewundert, wie sie dorthin gelangt war. Roland ließ schließlich niemanden umsonst ein. Ob sie über Geld verfügte? Eine kleine Edelfrau? Ja, jetzt fiel es ihm wieder ein: Sie gehörte zu der Gruppe um Gisela, den Ritter de Landes und die dunkelhaarige Heilkundige – Letztere auch ein Mädchen von Stand.

Wolfram fühlte, wie sein Schwert sich regte. Natürlich war dies nicht Gisela. Die Kleine war längst nicht so schön mit ihrem kätzchenhaften Kindergesicht, ihrem feinen, strohblon-

den Haar ... und ihre Augen waren nicht leuchtend grün, sondern langweilig wasserblau. Aber in diesen Augen standen kein Spott und keine Verachtung, sondern Anbetung!

Wolfram legte seinen Finger an das Kinn der Kleinen und zwang sie sanft, ihn anzusehen.

»Wie heißt du?«, fragte er freundlich.

»Magdalena«, flüsterte sie.

Es war seltsam, das Lager mit einem Mann zu teilen, der nicht dafür zahlte. Aber diesmal ging Magdalena freiwillig und ohne Feilschen mit, als Wolfram ihre Hand nahm und sie zu seiner Unterkunft führte. Wobei er zärtliche Worte sprach, wie das Mädchen sie nie zuvor gehört hatte. Er nannte es schön und hold und minniglich – allerdings nur so lange, bis sich die Tür hinter ihnen geschlossen hatte. Dann benahm er sich nicht viel anders als andere Freier.

Auch Wolfram machte sich nicht die Mühe, Magdalena langsam zu entkleiden, zu streicheln und zu liebkosen, sondern schob nur ihr Kleid hoch und seine Hosen herunter. Das Einzige, was ihn von den Männern auf der Straße unterschied, waren seine Reden. Er stammelte nicht nur sinnlose Worte vor sich hin, sondern erzählte etwas von »erobern« und »besitzen«. Für Magdalena klang das wie »endgültig zu meiner Frau machen«, und natürlich stimmte es sie glücklich. Wenn der Ritter sie dabei nur nicht so viel härter angefasst hätte, als es nötig gewesen wäre! Dazu war er groß und schwer. Als er sich über sie warf, meinte Magdalena unter seinem Körper keine Luft zu bekommen, aber wie fast immer war es schnell vorbei – und zu Magdalenas Erstaunen schickte Wolfram sie nicht gleich weg. Stattdessen begann er, ihr Anweisungen zu geben.

»Küss mich!«, befahl er. »Hol mir Wein! Und hilf mir, die Stiefel auszuziehen!«

Magdalena tat all das gern und mit Eifer, was Wolfram zu befriedigen schien.

»Weißt du jetzt, dass du zu tun hast, was ich will?«

Magdalena nickte beflissen. Sie kuschelte sich auch brav noch einmal zu ihm unter die Decke, als er sie dazu aufforderte. Und wieder schwieg sie und stöhnte nur leise, als er schnell in sie eindrang. Die Belohnung, die sie dafür erhielt, war unfassbar schön: Wolfram erlaubte ihr, neben ihm zu liegen und sich an ihn zu schmiegen – und er sprach mit ihr wie mit einem richtigen Menschen!

Ermutigt und getröstet von seiner Umarmung berichtete sie »ihrem Ritter« von den Neuigkeiten, die sie an diesem Abend am Feuer gehört hatte. Besorgt erzählte sie von Stephan und dem zweiten Kreuzfahrerheer.

Wolfram hörte aufmerksam zu. »Aber was beunruhigt dich da?«, fragte er dann kopfschüttelnd. »Gott hat also zwei Heere auf den Weg geschickt. Zwei, von denen wir wissen. Und womöglich ziehen zur gleichen Zeit noch zwei oder drei weitere nach Jerusalem. Aus den hispanischen Landen vielleicht. Oder aus Britannien … Der Länder gibt es viele. Und dann, in Jerusalem, vereinigen wir uns alle zum Gebet. Dann können die Heiden gar nicht anders, als sich für Christus und für das Heil zu entscheiden!«

Magdalena schmiegte sich an ihn. Wie klug er war! Genau so musste es sein!

Glücklich taumelte sie ins Freie, als Wolfram sie kurz danach wegschickte. Sie hätte gern bei ihm geschlafen, es war so warm und gemütlich auf den Fellen, mit denen der Ritter sein Lager polsterte. Aber in dieser ersten Nacht mochte sie nicht darum bitten. Vielleicht später einmal.

Magdalena hetzte durch den erneut einsetzenden Regen ins Freie. Vielleicht später, im Goldenen Jerusalem … Wenn alle Sünden vergeben und alle Pilger gleich waren. Dann würde Wolfram sie lieben.

Trotz all der Zweifel, die Konstanze, Armand und Gisela haben mochten: Magdalena glaubte fest an den Kreuzzug. Magdalena bewahrte sich ihren Traum.

Kapitel 7

Armand war zweifellos verliebt in Gisela, aber er lernte auch Konstanze mehr und mehr schätzen. Nach dem Übertritt des Heeres ins Elsass hatte sie ihn schüchtern darum gebeten, sie bei ihren Ausflügen zum Kräutersammeln zu begleiten. Sie verstand kein Alemannisch und fürchtete sich vor Begegnungen mit einheimischen Jägern und Bauern. Zudem machten ihr die eigenen Mitstreiter oft genug Angst. Zu Anfang war das Heer ein fröhlicher Haufen spielender Kinder gewesen, aber in den zwei Monaten der bisherigen Wanderung waren viele Träumer umgekehrt oder gestorben. Die Verbleibenden waren meist ernst und gläubig oder wagemutige Glücksritter – Jungen zwischen vierzehn und achtzehn Jahren, für die Mädchen Freiwild waren. Es gab auch kaum noch weibliche Kreuzfahrer, die allein oder mit jüngeren Geschwistern und Freundinnen unterwegs waren. Die meisten standen inzwischen unter männlichem Schutz.

Armand war zunächst verlegen, als Konstanze ihn um Hilfe anging. Sie zog ihn damit offensichtlich Rupert vor, und wer wusste schon, was sich im Kopf einer entlaufenen Nonne abspielte, die ohne Mitgift auf keine standesgemäße Ehe hoffen durfte. Armand konnte ihr Ansinnen nicht ablehnen, blieb aber demonstrativ höflich und auf Abstand bedacht. Schnell merkte er, dass Konstanze dies schätzte. Er kam bald zu dem Ergebnis, dass sie sich nichts anderes von ihm wünschte, als ein wenig an seinem Wissen teilzuhaben. Konstanze stellte andauernd Fragen. Sie war bereits äußerst gebildet, aber ihr Wissensdurst schien unstillbar – egal, ob es sich um Medizin, Kartographie, Astronomie oder Architektur handelte.

»Wäre ich ein Mann, würde ich Baumeister!«, verkündete sie im Straßburger Münster.

Armand hatte die Mädchen in die berühmte Kirche begleitet, um zu beten, und beide begeisterten sich für die hohen Räume und die bunten Bleiglasfenster. Gisela war jedoch bereit, das einfach als »Wunder« hinzunehmen, während Konstanze nach Statik und Bauweise fragte. Armand wusste darüber ein wenig Bescheid – die Templer unterstützten die Baukunst – und war fasziniert darüber, wie rasch das Mädchen die Zusammenhänge zwischen Geometrie, Algebra und Stabilität begriff.

»Dann zöge ich mit meinen Arbeitern von Stadt zu Stadt und baute Kathedralen als Abbild des Himmels! Und nebenbei könnte ich die Welt sehen!« Konstanze seufzte und fuhr die vergoldeten Ornamente an einer der Säulen mit dem Finger entlang. »Oh, ich wünschte, wir kämen wirklich ins Heilige Land! Ich möchte all die Wunder sehen, die es dort gibt, auch die Baukunst der Heiden – und die seltsamen Tiere. Ist es wahr, Armand, dass man Pferde hat, die Höcker auf dem Rücken tragen, in denen sie Wasser transportieren?«

Armand lachte und erzählte von Kamelen, was nun auch wieder Gisela interessierte. Der junge Mann ertappte sich oft bei dem Traum, beide Mädchen nach Outremer mitzunehmen. Gisela als seine Braut – und Konstanze für Mutter Ubaldina.

Aber um heiraten zu können, müsste er erst ein Lehen haben, was nicht in Aussicht stand. Und wenn Konstanze Mutter Ubaldina als Schülerin folgen wollte, musste sie doch noch den Schleier nehmen.

Die ehemalige Novizin schüttelte den Kopf, als er ihr dies einmal vorschlug. Armand begleitete sie wieder einmal beim Kräutersammeln, und sie amüsierte sich köstlich über Ubaldinas gewagte Thesen zur Person und zu den Heilthesen der Hildegard von Bingen. Zweifellos hätte Konstanze in Mutter Ubaldina eine Seelenverwandte gefunden. Aber allein den Gedanken, sich doch noch den Benediktinerinnen anzuschließen, wies das Mädchen weit von sich.

»War Euch das Klosterleben denn so zuwider?«, erkundigte sich Armand.

Er stellte diese Frage auch aus Neugierde. Schließlich stand seine Entscheidung nun bald an. Wenn das Abenteuer Kreuzzug zu Ende sein würde, musste er heimkehren und Tempelritter werden oder im Abendland bleiben und sich als Fahrender Ritter durchschlagen, bis er sich ein Lehen erwarb – wenn er nicht auf irgendeinem Schlachtfeld oder Turnierplatz sein Leben aushauchte.

»Es gibt doch zweifellos Schlimmeres. Und Ihr ... nun, ich habe nicht den Eindruck, als ob Ihr ... einen Mann sucht.«

Armand errötete bei seinen letzten Worten, aber inzwischen war er mit dem Mädchen vertraut genug, um es auszusprechen.

Konstanze zuckte die Schultern. »Es gibt sicher Schlimmeres«, sagte sie langsam. »Und manchmal werfe ich mir selbst Undankbarkeit vor, weil ich dieses Leben verschmähte. Aber Gott hat nun einmal nicht jeden berufen. Und ich denke ... nun, ich denke, dass man ihn betrügt, wenn man sich ... hm ... einschleicht. Wenn man aus den falschen Gründen den Schleier nimmt, dann ... nun, man betrügt den Herrn Jesus, der doch ein Anrecht auf eine liebende Braut haben sollte – und man betrügt sich selbst. Um das wirkliche Leben, das Gott einem vorgezeichnet hat.«

Konstanze dachte an Schwester Maria – Mariam, wie ja ihr richtiger Name war. In einem Harem wäre sie vielleicht glücklicher gewesen.

Dann fuhr sie fort: »Und was den Mann angeht – darüber habe ich bisher noch gar nicht nachgedacht.« Sie lächelte. »Ich warte jetzt einfach darauf, dass sich der Ozean teilt und vielleicht einer dieser wundersamen Nixe, von denen Nikolaus dem Lenchen erzählt hat, mir sein Schloss auf dem Meeresgrund öffnet.«

Armand lächelte ebenfalls.

»Es gibt auch Schiffe«, bemerkte er. »Ihr könntet Euch von einem Piraten entführen lassen. Aber Ihr habt recht. Vertrauen wir darauf, wohin Gott uns führt.«

Armands Vertrauen in Gottes Führung wurde in der nächsten Zeit zutiefst erschüttert. Das Kinderheer folgte weiter dem Verlauf des Rheins, aber so freundliche Aufnahme wie in Straßburg fand es nicht wieder. Stattdessen schlug es sich mit eher feindlich gesinnten Weinbauern herum, die ihre Felder eifersüchtig bewachten. Nikolaus' Predigten zogen keine neuen Rekruten mehr an, schließlich verstand hier kaum jemand den Dialekt der Kreuzfahrer. Die Kinderschar wirkte auch immer verwahrloster, es fiel den Menschen schwer, an Nikolaus' göttliche Weisung zu glauben.

Natürlich gab auch kaum noch jemand Almosen. Die Kreuzfahrer hungerten, und Gisela versetzte in Colmar blutenden Herzens ihr letztes Schmuckstück.

»Du hättest uns einfach nicht alle mit durchfüttern dürfen«, rügte Konstanze mit schlechtem Gewissen.

Dabei hatte sie der Freundin noch am wenigsten auf der Tasche gelegen. Nach wie vor nahm sie Geld für ihre Heilbehandlungen ein, und sie hatte immer weniger Skrupel, es anzunehmen. Besonders die Jungen aus Nikolaus' unmittelbarer Nähe behandelte sie nicht mehr umsonst – und sie ließ sich nicht mit »Sachwerten« wie einem Fetzen vom Gewand des kleinen Predigers abfinden.

»Wenn die Stofffetzen alle von seiner Kutte wären, ginge er schon nackt«, beschied sie Magdalena, die zu gern eine solche Reliquie gehabt hätte. »Und überhaupt, wenn du darauf Wert legst, warum fragst du ihn nicht selbst nach einem Faden aus seinem Hemd? Du steckst doch neuerdings dauernd mit ihm und den Seinen zusammen!«

Magdalena kaute an ihren Fingernägeln. Konstanze äußerte immer häufiger ihren Argwohn, wenn sie abends zu Nikolaus'

Lager aufbrach. Aber sie konnte sich einfach nicht bezähmen. Nikolaus' Anblick, der Klang seiner Stimme und seine Nähe waren all den Schmerz und Ekel wert, die sie dafür erduldete. Wenn es sein müsste, würde sie auch Konstanzes, Giselas und Armands Schutz und Freundschaft dafür aufgeben. Sie wollte nur nicht von ihnen verachtet werden! Konstanze und die anderen waren die Ersten in ihrem Leben, die sie nicht wie Abschaum behandelten ... und die sie nicht benutzten.

Roland und seine Freunde hatten da keine Skrupel. So langsam ging auch ihnen das Geld aus. Seit Colmar sandte der Anführer der Leibwächter Magdalena gern mit in die Dörfer, um Proviant zu ergattern.

»Du willst doch nicht, dass Nikolaus hungert!«, erklärte er vorwurfsvoll.

Die Jungen verkauften das kleine Mädchen dann für ein paar Eier, eine Speckseite oder einen Krug Milch – wovon Magdalena selbst meist nichts abbekam.

Sie konnte nur hoffen, dass Nikolaus von ihrer Schande nichts erfuhr, aber was das anging, schien Roland dichtzuhalten. Der Heerführer jedenfalls lächelte ihr weiter huldvoll zu und duldete sie an seinem Feuer. Ab und zu nahm auch Wolfram sie mit in sein Zelt – und zahlte mit freundlichen Worten und einem neuen Traum.

Gisela dachte derweil über weniger drastische Formen des Gelderwerbs nach.

»Ich kann recht schön singen«, überlegte sie. »Und ich spiele auch artig die Laute. Damit könnte ich auf Wochenmärkten die Leute unterhalten.«

»Du wirst dich doch nicht vor den Dorftrotteln zur Schau stellen!«, erregte sich Rupert. »Da such ich mir lieber Arbeit. Für dich und mich wird es immer reichen, keine Sorge!«

Gisela verdrehte die Augen. »Für dich und mich? Und was ist mit Dimma, Smeralda, Floite und der Weißen und all den Kindern?«

Dimma und Gisela folgten immer noch um die zwanzig Mädchen und Jungen von zehn bis zwölf Jahren und auch ein paar wenige Kleinere, die bis jetzt überlebt hatten, weil Dimma sie schützte.

»Und überhaupt – wann willst du denn arbeiten? Wir ziehen doch ständig weiter.«

Ruperts Arbeit beschränkte sich denn auch weitgehend auf kleinere oder größere Raubzüge in die Dörfer am Wege, wozu er sich mit anderen Halbwüchsigen zusammentat.

Armand hoffte für Gisela, dass ihr Schützling nicht an einem Galgen endete, bevor sie Basel und damit die nächste Komturei der Templer erreichten. Dort konnte er einen Wechsel einlösen. Sein Geleitbrief aus der Hand Guillaume de Chartres' sicherte ihm jede Unterstützung der Tempelherren.

Und dann lag Basel eines Tages vor ihnen wie eine Verheißung. Die Kathedrale, gebaut auf einem Felsen am Rhein, grüßte zu ihnen herüber, und die Stadt war wunderschön an einer Biegung des Flusses gelegen, die an ein Knie erinnerte. Sie strahlte in der klaren Luft der nahen Berge.

Konstanze erinnerte sich wehmütig an die Jubelrufe der Kinder beim Anblick der ersten großen Städte auf dem Weg. Inzwischen erwartete niemand mehr Jerusalem hinter der nächsten Biegung des Rheins. Aber der Weg nach Basel – wo man wenigstens wieder einigermaßen verständliches Deutsch sprach und Nikolaus' Predigten zugehört wurde – hatte dem Heer doch Auftrieb gegeben. Wenn man sie nun bloß einließ und freundlich behandelte!

Zum Glück für die Kreuzfahrer erwies sich Leuthold I., der Bischof der Stadt, als großherziger Mann. Das Heer durfte in und vor der Stadt lagern, und die Bürger sparten nicht mit Almosen. Wobei ein paar tatkräftige Matronen auch erstmalig vor allem jüngere Kinder in ihre Mauern holten und fütterten. In anderen Städten war das Brot stets an die Ersten verteilt worden, die sich anstellten, und gerade die Schwächsten hatten oft nichts abbekommen.

»Die armen Tröpfe sollten noch ein bisschen was auf die Rippen kriegen, wenn der Knabe wirklich mit ihnen über den Gotthard will«, bemerkte der Küchenmeister der Komturei, der sich ebenfalls an der Speisung der Bedürftigen beteiligte. »Ich bin ja ein gläubiger Mensch, aber dass da oben der Schnee schmilzt und sich die Saumpfade zu breiten Sandwegen wandeln, das muss ich erst sehen, bevor ich's glaube.«

»Der Knabe will was?«, fragte Armand alarmiert. Auch er hatte sich seinen Sack wieder füllen lassen und hoffte auf Giselas dankbares Lächeln, wenn er die Tafel ihres Hofes durch Schinken und Käse bereicherte. »Ich dachte, wir ziehen über den Brenner!«

Der Küchenmeister zuckte die Schultern. »Vielleicht hab ich's falsch verstanden«, räumte er ein.

Armand war jetzt jedoch beunruhigt. Aufgewühlt kehrte er ins Lager zurück, traf da aber nur Konstanze, die sich wieder einmal mit Magdalena stritt.

»Was um Himmels willen machst du da, halbe Nächte lang, Lenchen, während ich mich hier zu Tode fürchte? Und wieso lassen sie dich überhaupt ein? Ein Junge aus der Nachhut hat Rupert erzählt, er habe ein halbes Brot abgeben müssen, nur um den Saum des Gewandes zu küssen, das Nikolaus am Vortag getragen hatte! Der Knabe steckte also nicht einmal drin! Und du ...«

»Ach, das ist Gerede«, behauptete Magdalena. »Eigentlich kann jeder kommen. Nikolaus ist nicht so ... also nicht stolz und eingebildet. Er sitzt mit uns am Feuer ... wir beraten uns ...«

»Ihr beratet euch?«, fragte Konstanze ungläubig. »Die ganzen Mönche und Nikolaus und seine so genannten Leibwächter beraten sich mit ... dir?«

»Nikolaus redet ganz normal mit mir!«, erklärte Magdalena. Das tat er ja auch wirklich, wenn es ihr gelang, ihm nahe zu kommen. »Und ich ... na ja, der Ritter nimmt mich manchmal mit. Wolfram ...«

Ein wonniges Lächeln umspielte ihr Gesicht, als sie an den Jungen dachte. Ihr versprochener Gatte …

»Wolfram von Guntheim bringt dich da ein? Für nichts und wieder nichts?«

Konstanze runzelte die Stirn. Gisela hatte ihr den Möchtegernritter als etwas dümmlich geschildert. Aber so zurückgeblieben, dass er sich ganz unschuldig mit einem ehemaligen Straßenmädchen anfreundete, konnte er eigentlich nicht sein.

»Er mag mich«, fügte Magdalena mit verklärtem Gesicht hinzu.

Armand fand, dass er das Gespräch an dieser Stelle unterbrechen konnte. Er trat näher und machte sich bemerkbar.

»Du weißt also, wann und wo dieser seltsame Rat stattfindet?«, fragte er Magdalena, nachdem er die Mädchen begrüßt hatte. »Nein, drucks jetzt nicht herum, es ist mir völlig egal, wie du da hereinkommst und ob du da mitredest oder nicht. Aber heute Abend werden sie sich mit mir beraten! Dieser kleine Träumer und seine klerikalen Ratgeber wollen die Kinder über den Gotthard führen. Den gefährlichsten Pass! Es wird Hunderte von Toten geben, wenn wir das nicht verhindern!«

Es kostete Armand einen Laib Brot und ein Stück von dem kostbaren Schinkenspeck, um sich Zugang zu Nikolaus' Rat zu erkaufen. Magdalena traf er dort zuerst nicht an. Sie stieß erst viel später dazu, zerzaust und mit schuldbewusstem Gesichtsausdruck. Aber damit konnte Armand sich an diesem Abend wirklich nicht befassen. Er kochte auch schon vor Wut, als er sich nur dem Kreis um das Feuer näherte, wo Wolfram von Guntheim eben seine Meinung kundtat.

»Aber selbstverständlich schaffen wir das! Wir dürfen nicht vergessen, dass Gott seine Hand über uns hält! Und ich habe mich kundig gemacht: Wir sparen viele Tage, wenn wir ein wenig Gottvertrauen beweisen und uns nicht feige über die komfortablen Straßen des Brenner bewegen.«

»Feige?«, mischte Armand sich, direkt an den kleinen Prediger gewandt, ein. »Hör, Nikolaus, mein Name ist Armand de Landes, und auch ich bin ein Ritter.« Das »auch« fiel ihm schwer, aber dies war nun wirklich nicht der richtige Zeitpunkt, um Wolframs Legitimation in Frage zu stellen. »Ich habe meine Schwertleite gefeiert und im Heiligen Land gekämpft.«

Auf Armands Worte hin ging ein Raunen durch die Menge. Armand schämte sich dafür, sich die Aufmerksamkeit so zu erschleichen. Aber gelogen war es ja nicht – auch wenn sich seine Kämpfe in Outremer auf Übung und Turnier beschränkt hatten.

»Vor allem aber habe ich den Brenner überquert – und ich schwöre Euch, dass dies meinen ganzen Mut gefordert hat! Dabei hatten wir einen äußerst kundigen Bergführer dabei, wir waren gut ausgerüstet und beritten. Unsere Kinder hier sind weder das eine noch das andere. Sie müssen zu Fuß gehen, manche besitzen nicht mal Schuhwerk. Dabei liegt selbst auf dem Brennerpass womöglich noch Schnee. Im Gotthardmassiv bestimmt, die Steigungen dort sind enorm.«

»Aber der Brenner gilt als einfach«, wandte einer der Mönche ein.

Armand hatte den frettchengesichtigen Bruder oft bei Nikolaus gesehen, wenn dieser wichtige Entscheidungen verkündete. Er schien großen Einfluss auf den Jungen zu haben.

Armand zog scharf die Luft ein, wappnete sich jedoch mit Geduld. »Bruder Leopold, was in den Alpen als ›einfach‹ gilt, stellt Menschen aus dem Tiefland vor gewaltige Anstrengungen! Selbst auf ausgetretenen Pfaden wie denen des Brennerpasses. Über den Gotthard führen dagegen nur Saumpfade. Selten begangen, wahrscheinlich hauptsächlich von zwielichtigem Gesindel, das Schmuggelware von hier nach dort bringt.«

»Aber es sind nur rund fünfzehn Meilen«, gab der Mönch zu bedenken. »Der weitaus kürzeste Weg.«

Armand seufzte. »Um sich zu Tode zu stürzen reicht ein Schritt. Um zu erfrieren reicht ein Schneesturm. Jerusalem war Hunderte von Jahren in der Hand der Heiden. Ein paar Tage länger werden da kaum einen Unterschied machen!«

Nun mischte sich Nikolaus ein. Mit sanftem, aber doch tadelndem Lächeln wandte er sich an den jungen Ritter. »Für Gott zählt jeder Wimpernschlag, den seine Stadt in der Hand seiner Feinde verbleibt. Jede Träne, die ein Pilger weint, weil man ihm den Zugang zu den heiligen Stätten verwehrt.«

Armand wollte einwenden, dass niemand die heiligen Stätten besetzt hielt, besann sich dann aber noch rechtzeitig eines Besseren. Er würde die Kinder nicht vor dem Tod in den Schluchten des Gotthardmassivs bewahren, indem er Nikolaus' Sendung in Frage stellte.

»Aber die Gebete der Kinder werden uns fehlen, die in den Bergen zu Tode kommen!«, argumentierte er also.

Nikolaus lächelte wieder. »Unsere Gefallenen kommen direkt ins Himmelreich!«, erklärte er mit strahlenden Augen. »Und können Gott um Hilfe für die Lebenden bitten.«

Armand verstummte. Wie sollte man diesen Einwand entkräften? Nikolaus und seine Ratgeber kalkulierten die Verluste kaltblütig ein. Wer nicht im Diesseits betete, betete eben im Jenseits. Nikolaus war alles recht, solange man ihm nur folgte. Und die Mönche ... Armand versuchte zu ergründen, ob sie wirklich nur naiv und unwissend waren oder ob irgendein Plan dahintersteckte. Erstmals registrierte er für seinen Bericht an den Großkomtur die Ordenszugehörigkeit dieses inneren Zirkels. Bislang war es ihm kaum aufgefallen, aber es waren hauptsächlich Minoriten – Bettelbrüder. Der Orden, dessen Zeichen Nikolaus am ersten Tag in Köln getragen hatte. Zwar zogen auch Mönche aller anderen Orden mit dem Heer, aber im Umfeld des Predigers überwogen die Anhänger des Franziskus von Assisi. Ein sehr junger Orden – der sich aber ständig weiter verbreitete.

Armand erinnerte sich daran, die Häufung der Bettelbrüder in den Häfen am Mittelmeer, aber auch in den deutschen Landen an den Großkomtur gemeldet zu haben. Viele von ihnen mussten Alpenpässe überquert haben. Die Kommunikation von Ordensbrüdern untereinander war meist gut, es konnte kaum sein, dass sich der Schwierigkeitsgrad der einzelnen Pässe nicht herumgesprochen hatte. Armand wollte gerade nachfragen, als sich eine andere Stimme meldete.

Ein junger Bursche, dunkelhaarig und forsch, das Gesicht beherrscht durch wulstige Lippen und üppige, über der Nasenwurzel zusammengewachsene Brauen, setzte sich auf.

»Ist ja schön und gut, wenn wir im Tode zu Füßen Gottes sitzen werden. Aber das kann ich auch noch, wenn ich alt und grau bin. Ich ziehe nach Jerusalem, nicht gleich in den Himmel, den seh ich früh genug. Erst will ich die goldene Stadt sehen und den Honigkuchen essen, den die Engel verteilen, und reich werden und mir das Gold der Heiden mit den anderen teilen. Ob heute oder in zehn oder zwanzig Tagen macht da keinen großen Unterschied. Aber tot ist tot. Deshalb halt ich's für besser, wir ziehen über den Bren… Bren… also, über den anderen Pass.«

Armand hätte den Bengel umarmen können.

»Hannes, denk nach, bevor du Gott lästerst!«, ermahnte ihn einer der Mönche.

Der Junge schüttelte ungebärdig den Kopf. »Wo lästere ich denn Gott?«, wollte er wissen. »Wenn's dessen Wille wär, dass wir uns alle zu Tode stürzen, dann gäb's noch viel mehr Berge auf der Welt. Es will doch keiner sterben! Auch wenn's dann in den Himmel geht.«

Sowohl Nikolaus als auch die Mönche begannen aufgeregt, auf ihn einzureden, aber Hannes erwies sich als nicht zu beeindrucken.

»Dann mach ich's eben alleine«, verkündete er schließlich und stand gelassen auf. »Wer mit mir gehen will, ist willkommen. Und auf der anderen Seite find ich euch schon wieder.«

Nikolaus hielt daraufhin eine flammende Rede über die Abtrünnigen, die ihre Gelübde brachen und dafür zweifellos in der Hölle schmoren würden.

Armand verfolgte sie nur mit halbem Ohr und sah ihren Sinn auch nicht ein. Hannes wollte seinen Eid schließlich nicht brechen. Im Gegenteil, ihm war äußerst daran gelegen, gesund und kräftig im Heiligen Land anzukommen. Armand selbst mischte sich nicht mehr ein. Die Entscheidung dieser seltsamen Heeresführung war ohnehin längst getroffen.

»Fragt sich nur noch, was wir tun«, bemerkte er später am Feuer zu seinen Kameraden. Gisela, Dimma, Konstanze und Rupert hatten ihn dort erwartet. »Bleiben wir beim Hauptheer, oder gehen wir mit Hannes?«

Kapitel 8

Rupert sprach sich vehement dafür aus, bei Nikolaus zu bleiben. Hannes' Alleingang war ihm nicht geheuer, womöglich kam man am Ende nicht mit nach Jerusalem und konnte an all den Segnungen im Heiligen Land nicht teilhaben.

»Das Meer bleibt ja auch nicht ewig geteilt«, argumentierte er. »Und bestimmt teilt es sich nicht für so einen hergelaufenen Hannes! Das geht vor Nikolaus auf und hinter den letzten von uns wieder zu. Wer dann nicht da ist, hat das Nachsehen!«

Armand staunte über den kindlichen Glauben des sonst so rauen Kerls, aber trotz seiner Angst vor dem Pass war er beinahe gewillt, ihm beizupflichten. Er war sich inzwischen fast sicher, dass er auf der richtigen Spur war. Der Kinderkreuzzug war das Ereignis, das die Atmosphäre in Rom und im Heiligen Land verändert hatte – und zwar schon im Vorfeld. Die Rekrutierung der Heerführer war gezielt betrieben worden und irgendjemand verfolgte ganz bestimmte Zwecke, indem er die Kinder über die Alpen trieb.

Armands Neugier war folglich geweckt – zusammen mit einer gehörigen Portion Wut. Wer das hier angezettelt hatte, sollte dafür bezahlen! Aber dazu musste man zunächst herausfinden, wer dahintersteckte – und was genau er bezweckte. Es konnte nicht im Sinne eines denkenden Erwachsenen sein, diese Kinder wirklich ins Heilige Land zu schicken und da vor dem Heer des Sultans beten zu lassen. Kein Mensch konnte glauben, dass sich die Sarazenen so schnell bekehren ließen – zumal nach den Gräueln, die christliche Kreuzfahrer unter ihren Vorfahren angerichtet hatten.

Die Tempelritter sahen dies durchaus kritisch, sie verfolgten einen komplizierten, diplomatischen Kurs, um den Frieden halbwegs aufrechtzuerhalten. Mit einem erneuten Kreuzzug, selbst einem so merkwürdigen, würde man die Araber nur provozieren, wahrscheinlich würden sie mit aller Härte zuschlagen. Bestenfalls würden die Kinder als Sklaven enden. Wenn Jerusalem überhaupt noch einmal christlich werden konnte – Armand und die anderen Ritter in Outremer gaben sich da keinerlei Hoffnungen hin –, so nur nach weiteren blutigen Kämpfen mit einem gewaltigen Aufgebot an Rittern und Soldaten aus dem gesamten Abendland. Ein paar Kinder und Hungerleider würden nichts ausrichten. Warum also schickte man sie nach Süden?

Der Knabe Hannes machte seine Drohung wahr und predigte am nächsten Tag seinerseits vor den jungen Kreuzfahrern. Mehr noch, er ging von Feuer zu Feuer und versuchte, die Kinder für die alternative Wegroute zu bekehren. Viel Erfolg hatte er dabei nicht, tatsächlich zog er gegen Abend mit nur sechshundert Gefolgsleuten Richtung Innsbruck. Schon dies war ein gewaltiger Umweg, und kaum eines der ohnehin bereits erschöpften Kinder war bereit, ihn auf sich zu nehmen.

Aber auch auf Nikolaus' Gefolgschaft kam noch lange vor dem Gotthardpass eine Menge zu. Das Heer verließ den Rhein jetzt Richtung Süden, wobei die Wege zunächst einfach waren und zwischen Wiesen und bewaldeten Hängen entlangführten. Dann aber ging es bergauf zum Vierwaldstätter See. Das tiefblaue Gewässer war von Bergen umgeben, und bei klarem Wetter und Sonnenlicht spiegelten sich der blaue Himmel, die grünen Berghänge und die schroffen Gebirgszüge im glasklaren Wasser. Konstanze und Gisela konnten sich an der Schönheit des Sees nicht sattsehen, als sie ihn endlich erreichten. Magdalena schien erst prüfen zu müssen, ob das Ganze kein Trugbild war. Fasziniert warf sie Steine in den See und hielt ihre Hand in das eiskalte Wasser.

»So hab ich mir das Märchenland immer vorgestellt!«, seufzte Konstanze. »Irgendwo dort oben wohnt Frau Holle!« Sie wies auf die schneebedeckten Gipfel des Gotthardmassivs.

»Dann treffen wir sie ja bald!«, neckte Gisela. »Und ich hoffe, sie kredenzt etwas zu essen. Ist das da drüben Luzern, Armand? Ob sie uns einlassen?«

Die kleine Stadt lag idyllisch zwischen Bergen und See, aber sie wirkte durchaus befestigt und wehrhaft. Zudem schien sie reich, die Menschen waren zumindest nicht sparsam mit Almosen. Allerdings schienen sie Nikolaus und seine Gefolgschaft eher als eine Ansammlung armer Toren zu sehen denn als Retter des Heiligen Landes.

»Am besten kehrt ihr gleich hier um«, schlug ein Fischer vor, nachdem er seinen Fang freigebig mit dem Kinderheer geteilt hatte. »Oder wie wollt ihr die Fähre von Brunnen aus bezahlen?«

»Welche Fähre?«, erkundigte sich Armand, den der Fischer ernster nahm als Nikolaus' Almosensammler.

Immerhin hatte der Ritter darauf bestanden, auf dem Markt für seine Begleiter einzukaufen. Keinen Fisch – an Giselas Hof würde Graubündener Fleisch gereicht werden. Nikolaus' Leibwächter dagegen, die den Fang des Fischers entgegennahmen, hörten gar nicht zu.

»Von Brunnen nach Flüelen gibt's keinen Weg, Herr«, gab der Mann Auskunft. »Da fällt der Berg steil zum Wasser hin ab. Aber es gibt einen Fährdienst über den Urner See. Eigentlich keine große Sache ... wenn es nur nicht so viele Leute wären! Wie viele seid's denn?« Der Mann wandte sich an Nikolaus' Gesandte. »Zehntausend? Allein der Pfad nach Brunnen ...«

Tatsächlich erwies sich der Pfad zum Dörfchen Brunnen als schwieriger denn alle Wege, die Nikolaus' Heer bis jetzt begangen hatte. Die Menschen aus Luzern wollten die Kinder erst gar nicht ziehen lassen, aber Nikolaus und die Mönche bestanden auf einem baldigen Aufbruch. Singend wanderten sie über den Saumpfad, der in Windungen am Seeufer entlangführte. Er bot nicht nur Ausblicke auf den See, sondern auch auf das rote Felsgestein des scheinbar bis zum Himmel aufragenden Rigi und auf den Pilatusgletscher. Nikolaus' *Jesus ist schöner, Jesus ist reiner* klang angesichts dieser Landschaft fast trotzig.

Konstanze blieb ständig stehen, um irgendein Kraut zu pflücken, von dessen Heilkraft sie zwar gelesen, das sie aber nie zuvor gesehen hatte.

»Sind das Zypressen?«, fragte sie bezaubert, als sie die Pflanzen am Weg sah. »Die gibt es doch eigentlich nur im Süden!«

»Für Zypressen ist es auf der Nordseite der Alpen im Winter zu kalt«, antwortete Armand. »Diesen Bäumen wirst du erst begegnen, wenn wir nach Italien kommen.«

Gisela ritt bereits den ganzen Tag neben Armand und fühlte sich, als entdecke sie mit ihrem Ritter einen Zaubergarten. Armand gab sich größte Mühe, sich höflich mit ihr zu unterhalten, obwohl ihn sein altes Leiden überkam: Der Ritter, so tapfer er sonst alle Proben bestand, war nicht schwindelfrei. Schon beim Ausblick über die Klippen auf den See wurde ihm übel, sosehr er auch dagegen ankämpfte. Armand empfand es als blamabel, aber die Berge jagten ihm mehr Furcht ein als jeder Zweikampf.

Auch Gisela war fasziniert von der Vielfalt und Farbenpracht der Alpenflora, und Armand war froh, sich auf die Botanik und nicht auf Ausblicke konzentrieren zu dürfen.

»Gott lässt hier Pflanzen wachsen, die es außerhalb der Alpen nirgendwo sonst gibt. Wenn wir die hohen Berge erst hinter uns haben und nach Süden kommen, werdet Ihr aber einer noch üppigeren Vegetation und Blumenpracht begegnen. Aber seid guten Mutes, Fräulein, noch nie habe ich eine Blume gesehen, die Eure Schönheit überstrahlt!«

Gisela lachte geschmeichelt. »Werdet Ihr mir denn ein Edelweiß pflücken, wenn wir höher hinaufkommen?«, fragte sie.

Armand biss sich auf die Lippen und dachte mit Grausen daran, an welchen Felsvorsprüngen diese Blumen gewöhnlich wuchsen. Eigentlich wollte er den Weg über den Pass nur überleben, an mehr dachte er nicht.

»Ich pflück dir eins, Gisela!«, meldete sich Rupert. »Ich bin ein guter Kletterer!«

Gisela lächelte ihm gleichgültig zu. Sie zog Armand jetzt so auffällig vor, dass Konstanze Rupert mitunter fast leidtat. Dimma hatte sie sogar schon dafür gescholten.

Gisela reagierte darauf natürlich unwillig. »Also erst sollte ich mich partout nicht von Rupert entführen lassen«, begehrte sie auf, »sondern höchstens von einem Ritter. Und nun haben wir glücklich einen Ritter – du kannst nicht leugnen, dass Monseigneur Armand an Schönheit und Höfischkeit kaum einer gleichkommt. Aber der gefällt dir auch wieder nicht!«

Dimma schüttelte seufzend den Kopf. »Es geht nicht darum, ob Monseigneur Armand mir gefällt. Es geht darum, dass du Rupert nicht verprellen solltest. Wir sind hier nicht auf dem Minnehof, wo zwei Männer ihre Streitigkeiten im Sängerwettstreit austragen. Stattdessen befinden wir uns auf einem sehr gefährlichen Weg und einer ist auf den anderen angewiesen. Da können wir keine Eifersucht brauchen.«

»Aber Rupert kann doch nicht eifersüchtig sein!«, wandte Gisela ein. »Armand ist …«

»Herrgott, Gisela, hast du es immer noch nicht begriffen!« Dimma hätte das Mädchen schütteln können! Wie viel kindlichen Unverstand konnte man sich eigentlich bewahren? »Rupert glaubt, dass Gott die Standesschranken aufhebt, sobald wir Jerusalem befreit haben. Was kein Wunder ist, Nikolaus predigt es ja immer wieder. Das ganze Gerede vom Paradies, von den goldenen Straßen, dem Honigbrei … Rupert nimmt das wörtlich. Er glaubt, im Heiligen

Land erwarte ihn ein Lehen! Dann wäre auch er ein Ritter und könnte dich heiraten. Aber was machst du? Ermunterst den Monseigneur Armand! Irgendwann werden sich die beiden schlagen. Und wenn ich richtig gedeutet habe, was du und Konstanze ... was ihr von dieser Sache mit Odwin von Guntheim gestammelt habt ... dann hat unser treuer Rupert wohl kaum Skrupel, jemandem das Messer in den Rücken zu stoßen!«

Kurz vor Brunnen, einem Dörfchen direkt am See, stockte der Vormarsch des Heeres. Schon die Vorhut hatte die kleine Gemeinde völlig überschwemmt. Der Weg endete hier unwiderruflich, die Wanderer mussten auf Boote umsteigen. Ein Dienst, den sich die Fährleute von Brunnen gewöhnlich ordentlich bezahlen ließen.

Nikolaus forderte sie jedoch auf, seine Gefolgschaft für Gotteslohn überzusetzen.

»Und das werden sie auch tun!«, behauptete Rupert. »Gott wird sie erleuchten.«

»Gott könnte ja auch schon mal den See teilen«, bemerkte Konstanze. Sie nutzte den Aufenthalt, um ihre Ausbeute an Kräutern zum Trocknen auszubreiten. »Dann wüssten wir wenigstens, dass sich die Mühe lohnt, zum Meer zu wandern. Aber darauf scheint niemand zu kommen.«

Das stimmte. Auch Nikolaus' engste Vertraute machten keine diesbezüglichen Vorschläge. Und während Gisela, Dimma und Armand der Einwand logisch erschien, stürzten sich Magdalena und Rupert gleich auf Konstanze und warfen ihr Gotteslästerung vor.

»Was ist denn der Unterschied zwischen dem Meer und einem See?«, verteidigte sich Konstanze. »Ich finde es bedenklich, dass Nikolaus von der Existenz dieses Hindernisses offensichtlich keine Ahnung hatte. Sein Engel hätte ihm eigentlich verraten müssen, wie wir hier weiterkommen.«

Natürlich brach gleich ein weiterer Sturm der Entrüstung

los, aber wie sich herausstellte, brauchte Nikolaus zur Lösung des Problems gar keinen Engel. Brunnen war ein winziges Dorf mit einer Handvoll Einwohner, die ihren Frieden zu schätzen wussten. Sie lebten vom Fischfang und der Viehzucht auf den Almweiden. Das Land war in Tallagen zwar fruchtbar, aber im Gebirge war es nur für die Viehhaltung nutzbar zu machen. Insofern erwies es sich als völlig unmöglich für die Dörfler, die Invasion von zehntausend Pilgern zu verpflegen.

Natürlich akzeptierten weder Nikolaus noch die skrupellosen Plünderer seines Heeres ein Nein. Nach eineinhalb Tagen voller Predigten und tausendstimmigen Gesängen, nachdem die Ärmsten der Armen begannen, die Katzen zu jagen, um ihren Hunger zu stillen, nach geplünderten Hühner- und Ziegenställen – und nach dem Tod zweier Jungen, die ein empörter Bauer beim Einbruch in seine Scheune ertappte und umgehend mit der Mistgabel erstach –, war der Dorfvorstand mürbe. Nikolaus forderte Blutzoll für die Jungen, die Bauernschaft war nahe daran, die Kreuzzügler in einen Krieg zu verwickeln. Schließlich begannen die Fährleute, die Kreuzfahrer überzusetzen.

»Aber das wird dauern«, berichtete Magdalena. Sie war wieder mal im Rat gewesen und hatte die Neuigkeiten gehört.

»Und bis dahin sind noch ein paar Kinder verhungert«, seufzte Konstanze.

Armand hatte ihre Gruppe gut verproviantiert, sie konnten tagelang lagern. Aber der Großteil der Kreuzfahrer war unterernährt. In den drei Tagen, die es dauerte, zehntausend Menschen nach Flüelen überzusetzen, hatte sich das Heer weiter reduziert. Ein paar wenige Menschen kehrten jetzt noch um, andere gingen verloren, als sie sich allein und ohne Führer in die Berge wagten, um zu jagen oder Kräuter zu sammeln. Dies war noch nicht das Gotthardmassiv, aber auch hier konnte man sich verirren, bei Nacht erfrieren oder in Schluchten stürzen.

Zudem wehrten sich die Bauern ihrer Haut. Die beiden Jungen, die der Bauer erschlagen hatte, waren sicher nicht die einzigen Opfer der streitbaren Schweizer. Man hatte nicht viel zu verlieren im Flecken Brunnen, aber sein bisschen Hab und Gut ließ man sich bestimmt nicht von städtischen Gaunern wegnehmen.

»In der Zeit wären wir fast schon am Brenner gewesen«, bemerkte Armand, als es von Flüelen aus endlich weiterging.

Er hatte seinem Fährmann ein kleines Vermögen dafür gezahlt, auch die Pferde überzusetzen. Die meisten anderen berittenen Kreuzfahrer hatten ihre Tiere in Brunnen lassen müssen. Die Dörfler hielten sich hier wenigstens ein bisschen schadlos für die Kosten und den Ärger, den das Heer verursachte. Insofern verwischten sich die Unterschiede zwischen den Adeligen und Patrizierkindern und den Hungerleidern im Zug jetzt endgültig.

Außer Giselas, Dimmas, Ruperts und Armands Pferden war nur noch der Hengst Wolframs und Nikolaus' Eselchen mitgekommen. Wolfram hatte für sein Tier zweifellos bezahlt, er musste noch über reichlich Geldmittel aus dem Verkauf der Rüstung und des Pferdes seines Vaters verfügen.

Wer welche Dienste dafür geleistet hatte, dass Nikolaus weiter komfortabel reiste, blieb offen. Konstanze registrierte verwundert und Dimma mit wissendem Gesichtsausdruck, dass Magdalena das gleiche Boot bestieg wie der kleine Prediger.

Die letzte Ortschaft, bevor es endgültig ins Gotthardmassiv hinaufging, war Göschenen. Schon in diese winzige Ansiedlung im oberen Reusstal führten schwierige Wege. Bachbetten mit hohen Steinen darin waren zu überwinden, und Gisela fürchtete um Smeraldas empfindliche Beine. Armand kämpfte bei der Überquerung wackliger Brücken mit seinem Schwindel, und alle gerieten außer Atem, als sie einem Wildbach bergauf folgten, bis sie endlich eine Möglichkeit fanden, ihn zu überspringen.

»Wird das wirklich noch schlimmer?«, erkundigte sich Rupert.

Armand konnte ein Lachen kaum unterdrücken. Schon jetzt wurde auch die Luft dünner, die Wanderer mussten schlucken, um den Druck in den Ohren zu bekämpfen. Natürlich ermüdeten sie auch schneller, die Jüngsten murrten und wollten getragen werden. Armand sorgte dafür, dass sie auf die Pferde gehoben wurden, und ging selbst zu Fuß.

In Göschenen reagierten die Menschen verwirrt und wie die Brunnener eher ablehnend auf die Invasion der Kreuzfahrer. Der Ortsvorsteher, ein freundlicher Mann mit gewaltigem Bart, versuchte wie schon so viele andere vor ihm, Nikolaus seine Mission auszureden.

»Junge, es ist ja richtig, dass dies die kürzeste Verbindung zum Meer ist. Und die Passstraße wird auch bestimmt mal ausgebaut. Hätten wir schon längst gemacht, aber da braucht's eine Brücke über die Schöllenenschlucht, und das kommt uns zu teuer. Wir hoffen da auf den neuen Kaiser – dem liegt ja wohl viel am Verkehr nach Rom, vielleicht finanziert er uns den Ausbau. Aber vorerst wagt sich da nur rüber, wer die Wege kennt.«

»Gott wird sie uns weisen!«, antwortete Nikolaus.

Der Ortsvorsteher bekreuzigte sich, verdrehte dabei aber die Augen.

»Und das Wetter!«, fuhr er dann fort. »Kindchen, in deinem Büßerhemdchen hier erfrierst du auf dem Gotthard.«

»Gott wird uns wärmen!«, entgegnete Nikolaus, was in seinem Fall auch zutraf. Die Mönche versorgten ihn mit warmem Lodenzeug und reichlich wollenen Decken, mit denen sie seinen Wagen auspolsterten.

Den anderen Kindern wurde keine himmlische Hilfe zuteil – abgesehen von der Gruppe um Armand, der jetzt das Geld der Templer zugutekam. Armand sprach mit ein paar erfahrenen Bergbauern und sorgte für eine entsprechende Ausrüstung.

»Eure Zelte sind gut, was Größeres kriegt ihr da gar nicht aufgebaut«, erklärte einer von ihnen nach einer kurzen Inspektion ihrer Habseligkeiten und ihrer Tiere. »Das Maultier ist gut, der Wallach ist gut.« Er wies auf Armands Comes. »Aber die Stuten, so schön sie sind, werden ihre Schwierigkeiten haben. Wenn Ihr wollt, tausche ich sie Euch gegen brave Saumtiere ein.«

Dimma war gern bereit, sich von ihrem Schimmel zu trennen, aber Gisela schüttelte den Kopf. »Smeralda schafft das. Sie muss ja schon mal über die Berge gegangen sein, sie kommt aus Hispanien. Und ich passe auf sie auf.«

Der Bergführer zuckte die Achseln. »Wie Ihr meint, Fräulein. Aber Ihr solltet sie führen. Und noch besser lasst Ihr sie hinter dem Maultier herlaufen, meist finden die Tiere ihre Wege allein. Besorgt Euch also genügend lange Führstricke. Überhaupt ist Tauwerk sinnvoll, manchmal rettet es Leben, wenn einer abstürzt. An manchen Stellen bildet man auch besser eine Seilschaft.«

Der Mann erklärte, was man darunter verstand. Schon bei dem Gedanken, sich irgendwo abzuseilen, packte Armand das nackte Grauen. Über den Brenner hatten sie die Pferde nicht führen müssen, und erst recht war nicht die Rede davon gewesen, sich zur gegenseitigen Sicherung aneinanderzubinden.

Armand erstand Seile, Haken und Eispickel und beherzigte die Warnung, jeden der Wanderer mit einem Ranzen auszustatten, in den sie die wichtigsten Inhalte ihrer Satteltaschen umluden.

»Es kann sein, dass die Pferde abstürzen, und dann habt Ihr gar nichts mehr«, erklärte ihr Ratgeber.

Armand wäre am liebsten sofort umgekehrt. Nikolaus dagegen vertraute so sehr auf seinen Gott, dass er sich nicht einmal überreden ließ, in Göschenen zu übernachten und sich

erst am Morgen auf den gefährlichen Weg nach Andermatt zu wagen. Stattdessen zog er gleich an dem Nachmittag, an dem sie das Dorf erreicht hatten, die steilen Saumpfade hinauf. Er ritt auf seinem Eselchen, geführt von dem vierschrötigen Roland, und natürlich sang er Gottes Lob. Die Kinder folgten ihm in Gruppen, die Dorfbewohner bekreuzigten sich.

Kapitel 9

Armand und seine Gruppe hielten sich im mittleren Bereich des Zuges. Sie brachen später auf als Nikolaus und sein eifrigstes Gefolge, aber doch deutlich vor der erschöpften Nachhut. Rupert lamentierte ein bisschen, weil Armand sich dem kleinen Prediger nicht gleich anschloss, aber der junge Ritter bestand darauf, noch Auskünfte einzuholen und Besorgungen zu machen, und die Mädchen wollten sich ausruhen.

»Mit den Pferden sind wir sowieso schneller als die Kinder zu Fuß!«, beruhigte Gisela ihren eifrigen Gefolgsmann. »Wir holen sie sicher vor Andermatt ein.«

»Genau«, fügte Konstanze missmutig hinzu. Sie hätte am liebsten in Göschenen übernachtet. »Und wenn sich der Vormarsch wieder staut, wie vor Brunnen, sitzen wir irgendwo auf einem Felsvorsprung tagelang fest.«

»Macht Euch keine Sorgen. Wir rasten auf jeden Fall vor der Schöllenen-Schlucht«, raunte Armand ihr zu. »Bis dahin kann es so schlimm nicht sein, aber dann wird es richtig gefährlich, und die Nacht kommt schnell in den Bergen.«

Die halbwegs begehbaren Saumpfade nach Göschenen wichen gleich nach Verlassen des Dorfes noch schmaleren Wegen, die sich in Serpentinen die Berge hinaufwanden. Die Wanderung war mühsam, aber bislang nicht gefährlich. Gisela und Armand verzichteten beide darauf zu reiten. Sie setzten je drei der jüngeren Kinder auf Comes und Smeralda. Dimma mochte ihre alten Knochen nicht mehr selbst die Berge hinaufschleppen, aber das kräftige, rotbraune Pferd mit der langen weißen Mähne, das der Göschener gegen ihre alte Zelterin eingetauscht hatte, trug nicht nur sie, sondern auch noch die zwei kleinsten Kinder ohne erkennbare Anstrengung.

Dafür klagten die Reiter darüber, dass es immer kälter wurde, während die Wanderer in ihrer dicken Kleidung eher schwitzten. Die Umgebung wurde immer unwirtlicher. Zuerst führten die Pfade noch über Bergwiesen. Dann gab es wenigstens Grasflecken zwischen den Felsen, die schließlich knorrigen Kräutern und krummen, wettergeschüttelten Fichten wichen. Die Wege führten stetig bergauf, wurden nur mitunter durch kleine oder große Schluchten unterbrochen.

Als es dämmerig wurde, gab eine Biegung den Blick auf weiter hinaufführende Serpentinen frei, die man eigentlich nur deshalb als Wege erkannte, weil hier Kinder aus Nikolaus' Heer am Fels zu kleben und sich mühsam daran entlangzuhangeln schienen.

Rupert wäre am liebsten rasch zu ihnen aufgeschlossen, aber Konstanze bestand darauf, auf dem letzten Plateau vor dem Höhenweg Rast zu machen.

»Hier können wir die Zelte gerade noch aufbauen und haben sogar noch etwas Wetterschutz«, erklärte sie. »Da oben ist nichts mehr, da muss man immer weiter voran und hoffen, dass man auf den Beinen bleibt. Und dafür bin ich viel zu müde. Lasst uns das morgen angehen, wenn wir ausgeruht sind und Licht haben!«

Niemand außer Rupert widersprach ihr – nicht einmal Magdalena, die sonst oft seine Partei ergriff, da sie rascheres Vorankommen verhieß. Aber jetzt war auch sie erschöpft, und ihre Füße schmerzten vom Wandern in den neuen Stiefeln, die Wolfram ihr in Luzern hatte anmessen lassen. Sie war so glücklich über das Geschenk, dass sie in den ersten Nächten fast darin geschlafen hätte! Ihr Ritter hatte an sie gedacht! Er musste sich einfach etwas aus ihr machen, wenn er so viel Geld für sie ausgab.

Magdalena beklagte sich dann auch nicht darüber, dass er

sie seit Flüelen wieder links liegen und nicht auf seinem Pferd über den Pass reiten ließ, wie sie ursprünglich gehofft hatte. Aber in der Gruppe um Nikolaus ritten nur Wolfram und der kleine Prophet. Beide stellten ihre Reittiere nie Schwächeren zur Verfügung wie Armand und Gisela.

»Aber das muss so sein!«, verteidigte Magdalena ihr Idol, als Konstanze sich einmal darüber beklagte.

Wieder war ihr ein Kind unter den Händen gestorben, das einfach zu erschöpft war, um weiterzugehen. Während Wolfram stolz zu Pferde saß und Nikolaus wohlgenährt auf seinem Eselskarren hockte, auf dem sicher noch drei oder vier weitere Kinder Platz gefunden hätten.

»Stellt euch nur vor, Nikolaus würde etwas passieren! Er würde krank werden ... sich bei einem der Kinder anstecken oder so etwas. Und dann ...«

»Ich denke, Gott hält seine Hand über ihn«, spöttelte Konstanze. »Wenn Gott will, dass er in Genua das Meer teilt, wird er schon auf seine Gesundheit achten. Aber davon mal abgesehen: Welche Ausrede hat Wolfram von Guntheim?«

Das war schwerer zu erklären. Magdalena wurde rot. »Er ... er ist ein Ritter ... er ist ... sozusagen ... die Schutzmacht.«

Konstanze wandte nur die Augen gen Himmel, und Dimma verzog in bewährter Weise ihr Gesicht. Gisela war anderweitig beschäftigt. Sie hätte zu Wolfram als Schutzmacht einiges zu sagen gehabt.

Jetzt jedenfalls schlugen die Freunde ihr Lager auf, und Rupert fluchte, weil der rasch aufkommende Wind ihm die Zeltplanen aus der Hand riss. Es war auch schwer, die Heringe im steinigen Boden zu verankern, schließlich stützten die Männer die Zeltpfosten notdürftig mit kleinen Felsbrocken, bevor sie die Leinenplanen darüberzogen. Als sie eben fertig waren, begann es zu regnen – im Laufe der Nacht ging der Regen in Schnee über.

»Schnee! Im August! Ich kann es nicht glauben!« Gisela

knabberte an einem Kanten Brot, ein Feuer hatten sie nicht entfachen können.

Konstanze nickte. »Und nun stellt euch vor, wir hingen da drüben in der Felswand!« Sie erschauerte. »Hoffentlich stürzt niemand ab!«

Armand schnaubte und verteilte das letzte Bündener Fleisch. »Einer? Da werden Hunderte abstürzen! Und so mancher erfriert heute Nacht.«

Dimma nickte. »Kuschelt euch nur gut aneinander, Kinder!«, ermahnte sie ihre kleine Schar.

Insgesamt schützte ihre Gruppe inzwischen noch neun Kinder unter zwölf Jahren – wenn man Magdalena nicht mitzählte, die erwachsener und robuster wirkte, aber sicher auch nicht älter war. Vier davon waren Jungen, fünf Mädchen, darunter das kleine Mariechen, liebevoll umhegt und gehätschelt von Dimma und Gisela, aber schmal und blass.

»Und passt auf, falls ihr nachts herausmüsst!«, fügte Armand hinzu. »Ein paar Schritte von den Zelten weg ist ein Abgrund.«

Tatsächlich schlief keiner von ihnen sehr gut in dieser Nacht, obwohl alle übermüdet waren. Armand und Rupert sorgten sich um die Pferde und gingen immer wieder hinaus, um nach ihnen zu sehen. Gisela behauptete, die ganze Nacht ein Weinen und Klagen gehört zu haben.

»Der Wind«, beruhigte sie Armand, aber das Mädchen schüttelte den Kopf, und auch Konstanze wirkte beunruhigt.

»Ich hab auch so was vernommen – wie ein Echo, als käme es vom anderen Ende der Schlucht. Können wir nicht nachsehen?«

Rupert schüttelte den Kopf. »Ans andere Ende der Schlucht kommst du noch früh genug!«, höhnte er. »Wir sollten jetzt sowieso aufbrechen … es kann doch nicht dein … Euer … Ernst sein, Monseigneur Armand, dass Ihr jetzt noch Feuer macht!«

Es hatte aufgehört zu schneien, und über den Bergen ging

eine schwache Sonne auf, aber noch lagen Schneereste auf den Felsen.

»Rupert, wir sind alle durchgefroren!«, gab Gisela zu bedenken. »Ein heißer Kräuteraufguss oder etwas Wein täte …«

»Kein Wein!«, bestimmte Konstanze. »Wir können keinen Rausch gebrauchen. Aber es ist bestimmt sinnvoll zu warten, bis der Schnee geschmolzen ist. Wir rutschen sonst noch aus an dieser Felswand.«

Konstanze war ebenfalls beunruhigt. Als sie aus dem Zelt gegangen war, um Schnee am Feuer zu schmelzen, vermeinte sie erneut, ein schwaches Weinen zu hören. Sie wäre dem Laut gern nachgegangen, vermochte ihn aber nicht zu lokalisieren.

Der Schnee war weitgehend getaut, als die Wanderer ihr karges Frühstück schließlich eingenommen hatten und sich endgültig auf den Weg machten. Der Pfad wurde rasch noch schmaler und wenig griffig, er führte jetzt an einer Felswand entlang und fiel rechts so steil ab, dass man den Grund nicht erkennen konnte. Weiter unten hielten sich Nebelschwaden, es war, als zöge man über den Wolken dahin. Die Mädchen tasteten sich am Fels entlang, der natürlich keinen wirklichen Halt bot.

Armand hatte darauf bestanden, dass alle sich anseilten. Rupert, der als Erster ging, trieb die Pferde vor sich her und hielt sich an Floites Schweif fest. Armand blieb hinter Gisela und setzte mit Todesverachtung Fuß vor Fuß. Er durfte einfach nicht in den Abgrund sehen, dann würde ihn der Schwindel auch nicht übermannen. Verzweifelt konzentrierte er den Blick auf den schmalen Pfad vor sich und das anmutige Mädchen, das sicher dahinschritt. Er fuhr zusammen, als es plötzlich aufschrie und zum Abgrund deutete. Armand musste sich zwingen, hinzusehen – ihm bot sich ein Bild des Grauens. Zwischen sich auflösenden Nebelschwaden zeigte sich ein Felsplateau, auf dem die zerschmetterten Leichen von vier oder fünf Jungen lagen.

»Schaut nicht hin, Kinder!«, presste Armand hervor und schob sich weiter, während Dimma ihren Schützlingen die Augen zuhielt. Irgendwann musste dieser Weg enden!

Aber dann, als die Reisenden schon Hoffnung schöpften, da sich der Pfad zu verbreitern schien, brach Konstanze das konzentrierte Schweigen der Wanderer.

»Wartet mal! Halt! Ich höre was. Da … da weint etwas. Der gleiche Ton wie heute Nacht.«

Vorsichtig beugte sie sich in Richtung des Abgrunds vor und entdeckte einen Felsvorsprung vielleicht acht Längen unter ihnen.

»Da ist ein Kind!«, meldete auch Gisela, die sich auf den Boden legte und an den Abgrund heranrobbte, um ungefährdet hinabsehen zu können. »Ein kleiner Junge …«

»Er ist tot«, behauptete Rupert.

Tatsächlich lag der Kleine bewegungslos auf dem Stein.

Aber Gisela schüttelte energisch den Kopf. »Nein, ist er nicht, er weint ja. Du da! Hörst du mich?« Sie hob die Stimme und rief das Kind an.

Der kleine Junge hob den Kopf. »Hilfe!« Die zarte Stimme war kaum hörbar, aber der Kleine war sicher am Leben.

Armand seufzte. Er würde helfen müssen, sie konnten das Kind nicht liegen lassen.

»Bist du verletzt?«, fragte Gisela. »Tut dir was weh?«

Der Kleine antwortete etwas Unverständliches, er hielt seinen Arm, der gebrochen zu sein schien. Jetzt versuchte er, sich aufzusetzen. Sehr schwer verletzt konnte er also nicht sein. Aber die Felsnase war kaum groß genug, um ihm Halt zu geben.

»Hör mal, wir werfen dir ein Seil herunter!« Gisela machte Anstalten, ihre eigene Sicherheitsleine zu lösen.

»Gisela! Was soll das? Untersteh dich!« Armands Stimme klang heiser vor Schrecken. Und seine Worte waren viel schärfer als beabsichtigt. »Bleib, wo du bist! Ich mache das. Ich muss nur … in meinen Satteltaschen ist mehr Tauwerk.«

Der junge Ritter tastete sich mühsam an Rupert vorbei und zu den Pferden vor. Zum Glück stand Floite ganz ruhig, während er sich an ihre Seite hangelte. Und auch Comes rührte keinen Huf, als Armand sich an ihn klammerte. Er hing fast über der Steilwand, während er die Satteltaschen durchsuchte. Pferd und Mensch fanden nebeneinander keinen Platz auf dem schmalen Weg. Aber dann fand er die Seile und die Kletterausrüstung, die der Bergführer in Göschenen ihm empfohlen hatte. Wenn er nur genauer gewusst hätte, wie man all das einsetzte! Steigeisen, Hammer, Haken … Sie hätten einen weiteren Tag im Dorf bleiben und sich wenigstens in die Grundlagen der Bergsteigerei einweisen lassen sollen.

Aber jetzt war es zu spät. Armand kroch zurück in Richtung Felsnase und dankte dem Himmel, dass sich wenigstens das Wetter zu halten schien. Die Nebelschwaden unter ihnen lichteten sich – allerdings war der Anblick, der ihnen geboten wurde, kein Trost für den Ritter. Der Berg fiel fast senkrecht ab, nur gelegentlich war eine Art Stufe erkennbar, ähnlich der, auf der sich Armand und die anderen Wanderer hier über den Pass hangelten. Wenn der kleine Junge von seiner Felsnase herunterstürzte, dann fiel er weitere fünf oder sechs Längen in die Tiefe – oder gar ganz in den Abgrund.

Armand versuchte, einen Haken in die Felswand zu schlagen, um Halt zu finden, während er das Kind zu sich heraufzog. Aber die Rettungsaktion scheiterte schon daran, dass der Kleine mit dem heruntergelassenen Seil nichts anfangen konnte.

»Wie auch, sein Arm ist gebrochen, und er muss steif sein vor Kälte!«, sagte Konstanze. »Allein schafft er das nicht. Rupert, du musst hinunterklettern und ihm helfen!«

»Ich?«, fragte Rupert unwillig. »Das ist doch hoffnungslos! Wer da hinuntersteigt, stürzt!«

»Du hast gestern noch gesagt, du seiest ein guter Kletterer!«, erinnerte ihn Gisela.

Armand warf einen Blick in den Abgrund und schauderte. Aber es half nichts. Rupert wollte nicht, und wenn er unwillig war, würde es nicht gelingen, das Kind zu bergen. Es genügte eine ungeschickte Bewegung, um es vom Felsen zu stoßen. Er selbst war zudem leichter als der Pferdeknecht. Rupert konnte ihn mühelos sichern. Nochmals prüfte er den in den Fels geschlagenen Haken.

»Ich gehe«, sagte er dann tonlos und schlang das Ende des Seils um den Haken. »Ich seile mich ab. Und du ziehst das Kind hoch, Rupert, und anschließend hilfst du mir.«

»Aber … aber … nein!« Gisela erschrak zutiefst.

Natürlich wollte sie dem Kind helfen. Um Rupert hätte sie sich auch nicht gesorgt, aber Armand … Es durfte nicht sein, dass der junge Ritter sich da hinunterwagte! Dann schlug jedoch ihr schlechtes Gewissen.

»Sei bloß vorsichtig!«, schwächte sie schließlich ab.

Armand warf einen Blick auf die Gruppe auf dem unsicheren Pfad. Die Kinder hatten sich inzwischen hingekauert. Im Sitzen erschien ihnen ihre Position wohl sicherer. Die Kleinsten versteckten die Gesichter in Dimmas Röcken. Konstanze stand mit bleichem Gesicht an die Felswand gelehnt. Gisela lag noch immer bäuchlings auf dem Felsvorsprung und hielt Kontakt mit dem verunglückten Kind. Armand suchte ihren Blick und hätte sich in ihren schönen, furchterfüllten Augen verlieren können. Was taten sie hier? Warum schleppten sie sich über lebensgefährliche Pfade, statt einfach beieinander zu sein? Irgendwo, wo es sicher war … Ein Rosengarten in einem Minnehof … Einen Herzschlag lang träumte er von einem Ort, wo er sie lieben konnte.

Dann rief er sich jäh zur Ordnung. Es gab keinen solchen Ort, und überdies musste zunächst dieses Abenteuer bestanden werden. Armand prüfte noch einmal die Befestigung seines Kletterseiles. Er wusste nicht, wie Bergsteiger ihre Taue um die Haken wanden, aber seinen Streithengst hätte dieser Knoten gehalten, und wenn er dem Zug von tausend Pfund

Pferdekraft nicht nachgab, so sollte er auch einen Menschen sichern.

Vorsichtshalber wand Armand sich ein weiteres Tau um den Körper und befestigte es ebenfalls. Wenn er stürzte, so wenigstens nicht tief, das Seil würde ihn auffangen. Rupert konnte ihn später daran hochziehen. Armand überlegte, was er noch tun könnte, aber weitere Maßnahmen zu seiner Sicherung fielen ihm nicht ein. Es gab auch keinen Grund, den Aufbruch weiter zu verzögern. Der junge Ritter sah nicht nach unten, sondern warf nur einen letzten Blick in Giselas angsterfülltes Gesicht, bevor er sich über die Felswand schob.

Armand hatte als Knappe gelernt, sich an Tauen hinaufzuziehen und herunterzurutschen. Es diente der Körperertüchtigung und konnte auch mal gebraucht werden, um eine Burg zu stürmen. Wenn er nicht in die Schlucht sah, konnte er sich vorstellen, nur einen Übungshang hinabzusteigen.

Tatsächlich erreichte er den kleinen Jungen rasch, fand aber kaum Halt auf der Felsnase, auf der das Kind wimmernd kauerte. Die herannahende Rettung hatte bei dem blonden Knaben keine neuen Kräfte mobilisiert. Eher schien der Kleine nun völlig zusammenzubrechen. Armand versuchte, wenigstens sein Knie auf dem Felsen zu platzieren. Dabei sprach er beruhigend auf das Kind ein.

»Nun nimm schon das Seil und sichere ihn!«, zischte Gisela derweil Rupert zu. Der Knecht verfolgte die Rettungsaktion gebannt, aber tatenlos. »Das Tau, das er sich um den Leib gewunden hat! Halt es straff, dann hat er die Hände frei und kann den Kleinen festbinden.«

Rupert griff unwillig nach dem Strick, und Armand fühlte sich mehr als unbehaglich, als er sein Kletterseil tatsächlich losließ. Aber Rupert verfügte über gewaltige Kräfte. Sein Griff gab Armand sicheren Halt, sodass er kaum Zeit brauchte, um das heruntergelassene Tau um den Körper des Kindes zu winden. Er zog es gut fest und griff dann wieder nach seinem Halteseil.

»Ist gut, Rupert! Du kannst mich jetzt loslassen und den Kleinen raufziehen!«

Armand musste schreien, um verstanden zu werden. Inzwischen kam wieder Wind auf, der die Worte fortzuwehen schien.

Als der Kleine nach oben schwebte, fand Armand Halt auf der Felsnase und entspannte sich. Das Kind würde gleich in der relativen Sicherheit des Saumpfades sein. Und ihm sollte es wohl auch gelingen, die Wand wieder hochzuklettern. Er durfte nur nicht hinuntergucken.

Gisela und Konstanze kümmerten sich gleich um den kleinen Jungen, als Rupert ihn über die Felskante zog. Sie betteten das zitternde Kind auf Konstanzes Mantel und legten ihm Decken um.

Rupert wandte sich wieder dem Abgrund zu. »Gut. Dann jetzt Ihr, Herr Ritter!«, rief er mit sardonischem Lächeln hinunter und griff nach Armands Kletterseil. »Ich zieh Euch rauf!«

Armand fragte sich, warum er nicht die Sicherungsleine nahm – er hätte ihn dann unterstützen können, während Rupert so gezwungen war, sein ganzes Gewicht selbst zu stemmen. Aber das schien ihm nicht viel auszumachen. Armand stützte sich nur mit den Füßen an der Felswand ab, während Rupert ihn hochzog. Wenn es nur schneller gegangen wäre! Armand fühlte seine Hände langsam erlahmen, sie waren schon wund von dem sehr rauen Seil. Der junge Ritter brauchte seine ganze Kraft, sich festzuklammern.

Und dann passierte es: Rupert ließ das Seil zum Nachfassen kurz locker, aber der plötzliche Ruck war zu viel für Armands ohnehin schon eiskalte, zerschundene Hände. Das Seil rutschte zwischen seinen Fingern durch, seine Füße fanden keinen Halt – Armand unterdrückte einen Aufschrei, während er stürzte. Er suchte im Fallen Halt an der Felsnase, verfehlte sie allerdings. Dann spürte er erleichtert den Ruck an der um seine Brust geschlungenen Sicherungsleine. Sie musste seinen Sturz jetzt aufhalten ... Doch der Druck ließ nach! Das Seil fiel herab, und Armand stürzte, ohne Hoffnung auf Rettung.

Er war zu entsetzt, um an ein Gebet zu denken – vor ihm stand nur Giselas lächelndes Gesicht ... Er würde während des Falls daran festhalten ... ein letzter Traum ... ein schöner Traum ...

Plötzlich wurde sein Sturz gebremst. Der junge Ritter fand sich auf einer Felsstufe auf dem Rücken liegend – ein grauenhafter Schmerz nahm ihm den Atem. Verzweifelt rang er nach Luft, aber er war wie gelähmt – und dann sah er, wie Gisela sich noch weiter über die Felswand beugte und nach ihm ausschaute.

Nicht! Armand wollte rufen, brachte aber keinen Laut heraus.

Erleichtert nahm er wahr, dass wieder Luft in seine Lungen strömte. Zuerst schmerzhaft, er keuchte, alles tat weh ... Aber sein Kopf begann zu arbeiten. Armand versuchte, trotz der Schmerzen Arme und Beine zu bewegen. Er musste herausfinden, ob er sich das Rückgrat gebrochen hatte.

Voller Grauen dachte er an einen Ritter in Akkon, den man beim letzten Turnier völlig bewegungsunfähig vom Platz getragen hatte. Er hatte noch ein paar Tage gelebt, ohne ein Glied rühren zu können. Armand würde die Verzweiflung in seinem Blick niemals vergessen. Wenn er derart schwer verletzt war, würde er hier auf dem Felsvorsprung sterben. Allein, an Kälte und Angst. Jeder Rettungsversuch wäre zu gefährlich. Die anderen mussten ihn liegen lassen. Am besten stellte er sich tot ...

Armand bewegte die Finger und atmete auf, als sie seinem Befehl gehorchten. Er fuhr fort, Arme und Beine zu erproben, und empfand unendliche Erleichterung, als auch sie sich regten. Jeder Muskel schmerzte – er musste sich den Rücken geprellt haben –, aber bewegungsunfähig war er nicht. Der Ritter schickte ein Dankgebet zum Himmel – und dachte dabei nur an das Mädchen über ihm. Gisela würde versuchen, ihn zu retten. Aber kam dabei womöglich noch jemand zu Schaden?

»Er lebt, er bewegt sich!« Gisela spähte in so halsbrecherischer Haltung nach Armand aus, dass Dimma aufschrie.

Konstanze ließ ihren kleinen Patienten liegen und schlang ein Tau um Giselas schmalen Körper. »Ich sichere dich, damit du nicht auch noch stürzt«, erklärte sie und legte sich dann ebenfalls bäuchlings auf den Pfad, um halbwegs ungefährdet über die Klippe schauen zu können. »Herrgott, tatsächlich, es ist noch Leben in ihm. Armand! Hörst du uns?«

Armand hörte sie, aber er fand noch nicht die Kraft, seinerseits zu rufen. Die Mädchen sahen jedoch, dass er versuchte, sich aufzusetzen.

»Wir müssen ihm ein Seil herunterwerfen … Rupert!« Gisela verfiel in hektische Geschäftigkeit, während der Knecht noch wie betäubt in den Abgrund schaute. »Rupert! Ein Tau!«

Rupert regte sich. »So ein langes Seil haben wir gar nicht …«, bemerkte er.

Gisela griff sich an die Stirn. »Dann knote zwei zusammen! Wieso hast du ihn überhaupt losgelassen? Er …«

»Ich hab ihn nicht losgelassen! Er hatte nicht genug Kraft! Und jetzt kommt er da erst recht nicht rauf!« Empört erhob Rupert die Stimme zu seiner Verteidigung.

Gisela baute sich mit flammenden Augen vor ihm auf. »Dann wirst du eben hinunterklettern und ihn holen! Oder ich tue das. Wir werden ihn nicht verletzt da unten liegen lassen, bis er erfriert oder ihn die Geier fressen!« Sie beugte sich wieder hinunter. »Armand!«, schrie sie. »Wir kommen! Wir holen dich!«

Dimma hatte sich inzwischen von ihren Kindern gelöst und tastete sich mit Todesverachtung zu den Pferden vor.

Dort musste weiteres Tauwerk sein. Und sie hatten keine Zeit, die Lage noch weiter zu diskutieren.

Die alte Kammerfrau hatte das Wetter im Auge behalten und registrierte nicht nur den zunehmenden Wind, sondern auch die Wolken, die sich erneut vor die Sonne schoben. Genau so hatte es am Abend zuvor angefangen. Es war gut möglich, dass es in kurzer Zeit wieder regnete oder gar zu einem neuen Schneesturm kam. Bis dahin mussten sie von dieser Klamm herunter sein, irgendeinen Platz finden, wo man die Zelte aufbauen und das geborgene Kind aufwärmen konnte. Eine weitere Nacht im Freien würde der kleine Junge nicht überleben. Und Armand ... man würde sehen, wie schwer er verletzt war. Auf jeden Fall musste man etwas tun.

Dimma hatte noch nie mit Tauwerk gearbeitet, aber ihr Leben lang mit Nadel und Faden. Ihre Knoten würden halten. Kurze Zeit später hielt sie Rupert ein aus drei Seilen zusammengestückeltes Tau hin. Gisela rief ermunternde Worte zu Armand hinunter, während sich Konstanze mit Rupert stritt. Der Knecht wirkte verstockt, ja fast gleichgültig. Dimma geriet mehr und mehr in Wut.

»Hier, Junge!«, sagte sie mit eisigem Gesichtsausdruck. »Das lässt du jetzt zu Armand hinunter. Und seil dich an dabei, damit du Halt hast. Der Haken ist ja noch in der Wand!« Bei diesen Worten sah sie den Knecht vielsagend an. »Wenn er eben fähig ist, das Seil zu fassen, ziehst du ihn hoch. Und untersteh dich, ihn wieder fallen zu lassen!«

»Ich habe nicht ...«

»Hol ihn herauf, Rupert!«, erklärte die Kammerfrau. »Mehr habe ich dazu nicht zu sagen.«

Armand schöpfte Hoffnung, als das Seil herabgelassen wurde. Er hatte Giselas Stimme gehört, aber nicht alles verstanden, was sie zu ihm herunterrief. Er war zu kurzatmig, um antworten zu können – vielleicht hatte er sich ein paar Rippen gebrochen. Es tat weh, wenn er versuchte, die Stimme zu erheben.

»Hier, versuch, ob du es dir umlegen kannst!«, rief Gisela und versuchte, das Seil so in Schwingungen zu versetzen, dass er es leicht greifen konnte. »Wenn nicht, dann … also ich kann auch …«

Armand bemühte sich um eine abwehrende Handbewegung. Das Mädchen durfte auf keinen Fall versuchen, sich abzuseilen! Er musste es allein schaffen … Armand tastete nach seinem Sicherungsseil. Es war nach wie vor fest um seine Brust vertäut, hatte sich aber nicht zugezogen. Also war der Strick nicht unter seinem Gewicht gerissen – der Knoten musste sich gelöst haben. Seltsam. Aber darüber konnte er später nachdenken, wenn es ein Später gab. Jetzt musste er das neue Tau um seine Brust binden. Oder an dem alten befestigen … oder beides … Armand schwindelte, ihm war übel, und sein ganzer Körper schmerzte. Aber er wollte leben.

Mühsam zog er das Tau durch die Schlinge um seinen Oberkörper, knotete es fest – und wand den Strick dann noch mal um seinen Leib. Besser zweifach sichern … Schließlich lag er schwer atmend da. Einen Moment brauchte er, um Kraft zu schöpfen, dann versuchte er, sich aufzusetzen. Er musste sich abstützen, Rupert und den Mädchen die Arbeit erleichtern … Armand kämpfte sich auf die Knie.

»Zieh ihn jetzt verdammt noch mal hoch!«, brüllte Gisela Rupert an.

Sie griff auch selbst nach dem Ende des Seils, desgleichen Konstanze.

»Es wäre besser, es am Sattel des Maultiers festzumachen«, regte Dimma an.

Aber da hatte Rupert schon angezogen. Es ging quälend langsam. Armand meinte, das Bewusstsein zu verlieren, als sich das Seil um seine Brust festzog. Er versuchte, den Druck zu lindern, indem er die Hände um das Seil krampfte. Schließlich griff er mit letzter Kraft nach dem Klippenrand.

Armand stöhnte auf, als Rupert ihn mit einem Ruck auf

festen Boden zog. In diesem Augenblick fielen die ersten Regentropfen. Der Himmel verdunkelte sich rasch.

Armand fiel zitternd und keuchend auf den Fels. Gisela kniete neben ihm nieder und nahm ihn in die Arme. Erschöpft ließ er den Kopf in ihren Schoß sinken – und wäre am liebsten dort liegen geblieben. Gisela weinte und lachte gleichzeitig. Sie hielt ihn umschlungen, küsste sein Haar …

Bis Dimma sie schüttelte.

»Hast du den Verstand verloren!«, fuhr die alte Frau ihre junge Herrin an. »Wähnst du dich im Rosengarten am Minnehof? Wir müssen hier weg, Gisela! Wenn gleich Schnee fällt und wir nichts mehr sehen, weht es uns die Klippen hinunter. Und die Kleinen erfrieren. Was ist mit Euch, Armand? Könnt Ihr aufstehen? Könnt Ihr gehen?«

Konstanze wollte den jungen Ritter untersuchen, aber Armand machte eine abwehrende Handbewegung. Dimma hatte recht. Sie waren keineswegs außer Gefahr. Er musste sich zusammennehmen.

Armand zog sich an Gisela hoch. »Das … das geziemt sich nicht für einen Ritter«, flüsterte er, während er sich schwer atmend auf sie stützte. »Aber wir … wir müssen … wenn hier die Nacht hereinbricht, werden wir alle sterben …«

Dimma nickte ihm anerkennend zu und fuhr dann Rupert an, dem Konstanze eben den weinenden kleinen Jungen in die Arme legte.

»Hier, du musst ihn tragen. Er ist zu schwach, um zu laufen!«

»Du hörst es, Junge!«, donnerte Dimma. »Nimm das Kind und geh!«

»Aber Armand …«

Gisela, die während der Rettung stark geblieben war, meinte nun einfach nicht weiterzukönnen. Sie war völlig erschöpft. Armand wirkte so bleich und zerschlagen … Wenn sie ihn jetzt wenigstens in sein Zelt betten und pflegen könnte.

»Komm, Gisela!«, ermahnte Konstanze. Auch sie hielt zwei Kinder an der Hand. »Wir werden uns gleich um ihn kümmern, aber erst mal müssen wir hier weg.«

Armand wusste nicht, wie er über den Klippenweg gekommen war, und auch die anderen erinnerten sich später nur dunkel an die letzte Viertelmeile des Aufstiegs. Gisela stützte ihren Liebsten, während der Wind auf sie einpeitschte und der Regen auch ihren dicksten Mantel durchnässte. Konstanze klammerte sich an Floites Schweif – hatte sie sich wirklich noch vor wenigen Wochen vor dem Tier gefürchtet? Die Kinder hielten sich an ihren Röcken fest.

Magdalena tastete sich voran und dachte dabei an ihren Ritter. Ob auch Wolfram so tapfer gewesen wäre wie Armand? Sie träumte sich an Giselas Stelle, die sich mühsam unter Armands Gewicht weiterschleppte. Wie gern hätte auch sie ihren Liebsten im Arm gehalten ... ihm gezeigt, wie sehr sie ihn schätzte ... In Magdalenas Träumen verschwammen die Bilder von Nikolaus und Wolfram und verbannten Kälte und Nässe. Hoffentlich waren die beiden bereits in Andermatt, hoffentlich befanden sie sich in Sicherheit ... Magdalena betete.

Und dann erweiterte sich endlich der Weg. Er führte zunächst etwas bergab, aber fort von der Klippe, und letztlich taumelten die Wanderer auf ein mit Moos bewachsenes, fast ebenes Stück Land.

Dimma und Konstanze halfen Rupert mit letzter Kraft, wenigstens zwei der Zelte aufzustellen, auch ein paar Kinder griffen zu. Gisela war neben Armand auf eine Decke gesunken. Sie meinte, keinen Schritt mehr gehen zu können, aber sie hatten es geschafft. Armand lag neben ihr, er hatte die Augen geschlossen, sein Gesicht wirkte grau und ausgezehrt. Aber er atmete und war am Leben.

Gisela erinnerte sich, dass Wein in einer der Satteltaschen

war. Mühsam schälte sie sich aus ihrem Mantel und legte ihn um Armand. Dann schleppte sie sich zu den Pferden und fand tatsächlich einen Weinschlauch. Sie nahm einen großen Schluck – und atmete dann auf, als auch Armand trank. Gleich darauf erschien Konstanze, griff ebenfalls fast gierig nach dem Wein und wies das Mädchen zu den Zelten.

»Komm, Gisela – und nimm den Wein mit … Armand, ich stütze Euch. Nur noch ein paar Schritte, dann sind wir im Trockenen …«

Armand zitterte, aber er schaffte es, noch einmal aufzustehen und sich mit Hilfe der Mädchen ins Zelt zu schleppen. Dimma versorgte dort schon den kleinen Verletzten, der vor Kälte und Erschöpfung völlig starr wirkte. Außerdem drängten sich die kleinen Mädchen im Zelt. Die Jungen und Rupert hatte Dimma in das andere beordert.

Gisela reichte ihr den Weinschlauch, bevor sie begann, ein Lager für Armand zu richten. Auch Dimma trank dankbar von dem Wein.

Konstanze schien ihre Lebensgeister langsam wiederzufinden. »Wir werden den Arm des Kleinen gleich schienen«, sagte sie. »Wie heißt du überhaupt, Junge? Aber erst sehe ich mir deinen Ritter an, Gisela. Könnt Ihr Euch ausziehen, Armand?«

Gisela half dem jungen Ritter aus seinem Wappenrock und seinem Hemd. Armand lächelte sie verlegen an.

»Auch das … ziemt sich nicht … zumindest nicht in … in Gesellschaft. Ich hätte mir dagegen erhofft …«

»Ach hört auf mit den höfischen Sprüchen!«, rügte Konstanze heftig. Die spielerische Tändelei zwischen den beiden fiel ihr schon lange auf die Nerven. »Das ist kein Spaß hier, wir sind nicht am Minnehof.«

Armand sah Gisela an. »Für mich ist das auch kein Spaß«, sagte er leise.

Gisela nickte. »Es ist etwas, um das man Eide schwört«, flüsterte sie und vergrub ihr Gesicht in seinem Haar.

Dimma warf Gisela einen strengen Blick zu. »Mädchen, jetzt lässt du Konstanze erst mal sehen, ob dein Ritter keine schwereren Verletzungen davongetragen hat. Und ich habe es dir schon einmal gesagt: Achte auf deine Worte und Taten! Du hast nicht nur einen Verehrer!«

Konstanze hatte noch nie den nackten Körper eines Mannes gesehen oder gar abgetastet. Sie erkannte nur Schemen im Licht der qualmenden Talgkerzen, dennoch empfand sie leichte Scham, als sie ihre Finger über Armands feste Muskeln gleiten ließ. Er fühlte sich gut an, es musste schön sein, einen geliebten Mann zu liebkosen … aber jetzt sollte sie sich auf die Untersuchung konzentrieren.

Armand stöhnte mehr als einmal auf, als sie ihn berührte. Aber Brüche oder andere schwere Verletzungen fand sie nicht.

»Ihr habt Euch Rücken und Schultern geprellt, Armand«, sagte sie schließlich. »Das tut sehr weh, und Ihr solltet ein paar Tage das Lager hüten. Aber sonst hat Gott seine Hand über Euch gehalten. Genau wie über den Kleinen hier …«

Armand nickte und versuchte, sein durchnässtes Hemd wieder über seinen Körper zu ziehen. Er fror fast ebenso wie das zitternde Kind neben ihm. Gisela flößte ihm noch einmal Wein ein und hüllte ihn in eine Pferdedecke. Sie war auch ein wenig klamm, aber noch warm von Smeraldas Körper.

»Jetzt wird alles gut«, flüsterte sie ihm zu. »Wir sind bald in Italien … da ist es warm … und im Heiligen Land … Werden wir nach Akkon gehen, Armand? Egal, was geschieht?«

Armand küsste ihre Hand, die seine Decke richtete.

»Gisela, wir sind noch nicht einmal über den Pass«, antwortete er. »Weiß Gott, wir haben nicht mal das Schlimmste geschafft. Die Schöllenenschlucht …«

»Schlaf jetzt erst einmal!« Gisela strich sanft über sein Gesicht. »Alles andere sehen wir morgen.«

Kapitel 10

Dimma platzierte sich in dieser Nacht nicht zwischen Gisela und ihren Ritter. Sie hatte genug mit dem verletzten kleinen Jungen zu tun, aber sie traute Armand nach dem Absturz auch nicht zu, der Tugend ihrer Schutzbefohlenen gefährlich zu werden. Vielleicht wähnte sie auch einfach Rupert weit genug entfernt, um die Liebe ihrer Herrin nicht zu gefährden.

Armand verbrachte die Nacht damit, eine Liegeposition zu suchen, in der ihm nichts wehtat. Es gelang ihm nicht, zumal er Gisela nicht stören wollte, die sich im Schlaf an ihn schmiegte und ihm zumindest etwas Wärme spendete. Grimmig dachte er an die Überquerung des Brennerpasses: Damals meinte er gefroren zu haben. Dabei war es komfortabel und warm zwischen den trockenen Decken und Fellen gewesen, die Giannis Maultiere für seine hochgeborenen Kunden über den Pass schleppten. Die Zelte waren groß gewesen, die Wege sicher. In Armands leichtes Reisezelt regnete es dagegen inzwischen hinein. Für endlose Regengüsse und den Schnee in den Bergen waren diese primitiven Unterstände nicht gemacht. Und dennoch zogen hier Tausende Kinder ganz ohne Schutz über den Pass.

Armand atmete in Giselas Haar und versuchte, Gott für seine Rettung zu danken. Noch waren alle am Leben, und auch in dieser Nacht würde niemand erfrieren. Morgen dagegen … erst als der Schneefall nach Mitternacht nachließ, fiel Armand in einen leichten Schlaf.

Rupert weckte die erschöpfte Reisegruppe in aller Herrgottsfrühe. Dimma hoffte nur, dass er keinen Blick auf Gisela und

Armand geworfen hatte, als er die Zeltplane hob und hineinrief. Aber schließlich lagen alle unter Decken und Mänteln verborgen, und es war auch noch halb dunkel. Rupert drängte darauf, das Hauptheer endlich einzuholen. Am Vortag hatten sie nur zwei oder drei Meilen geschafft, Nikolaus musste ihnen weit voraus sein.

»Aber er wird warten«, beruhigte ihn Magdalena. »Es kommen ja auch nach uns noch ganz viele. Wieso haben die uns eigentlich gestern nicht eingeholt?«

Konstanze fragte sich das auch. Aber bisher hatten sie von den Vorausziehenden nur Leichen gesehen – und von der Nachhut nichts.

Rupert bestand darauf, gleich weiterzuziehen und kein Feuer zu entzünden, selbst wenn es möglich gewesen wäre. Konstanze allein schaffte es nicht – das spärliche Brennmaterial, das sich oben in den Bergen überhaupt noch fand, war nass vom Regen.

Armand versuchte es gar nicht erst, ihm fiel es schwer genug, sich überhaupt aufzurichten. Sein Rücken und seine Schultern schmerzten an diesem Morgen noch mehr als am Abend zuvor, die Wanderung würde die Hölle sein. Dennoch lehnte er zunächst ab, sein Pferd zu besteigen. Wieder ritt nur Dimma, die den verletzten und völlig verstörten kleinen Jungen in ihren Armen hielt. Die anderen verteilten die Kinder auf die Pferde und gingen zu Fuß.

An diesem Tag war es wolkig und regnerisch in den Bergen, aber nicht neblig. Kein barmherziges Leichentuch aus Dunst legte sich über die Opfer des Gotthards: Die Gruppe passierte die Leichen von Kreuzfahrern, die sich zu Tode gestürzt hatten, aber auch die von Kindern, die anscheinend einfach am Weg liegen geblieben waren, an Erschöpfung gestorben oder erfroren. Nach ein paar Meilen – der Weg führte stetig bergan, zeigte sich aber nicht so gefährlich wie am Tag zuvor – fanden sie ein verwirrtes kleines Mädchen, angeschmiegt an die Leichen seiner Schwester und des Bruders.

»Wir haben uns ganz eng aneinandergekuschelt«, flüsterte die Kleine, als Konstanze sie fast gewaltsam unter den Röcken der Toten hervorzog. »Aber heute Morgen … heute Morgen war die Anne ganz steif, und der Martin …«

Konstanze hob das Kind auch noch auf Dimmas Pferd. Die rotbraune Stute hob unwillig ein Hinterbein, als die Kleine zu weit auf ihre Kruppe rutschte, verhielt sich dann aber brav.

Um die Mittagszeit war die Luft so dünn und feucht, dass die Wanderer kaum atmen konnten. Armand schien völlig am Ende, als sie kurz rasteten. Er schaffte es kaum, ein paar Bissen Brot zu essen, sondern trank nur gierig Wasser und ein paar Schlucke Wein. Schließlich gab er Giselas Drängen nach und bestieg sein Pferd. Comes' Bewegungen schüttelten ihn zwar gnadenlos durch und ließen seine Muskeln fast ebenso schmerzen wie beim Wandern, aber das Reiten ersparte ihm doch wenigstens die Schmach, sich auf Gisela zu stützen. Es war für ihn schlimm genug, dass er es ohne Ruperts Hilfe nicht schaffte, in den Sattel zu steigen.

»Wie ist das überhaupt passiert?«, fragte er den Jungen, während der ihm den Steigbügel hielt. »Das mit dem Seil, meine ich …«

Rupert ging sofort in Verteidigungsposition. »Ich habe nicht losgelassen! Ihr …«

Armand machte eine abwehrende Handbewegung. Unzählige Messer schienen ihm durch die Schultern zu fahren, und er zuckte vor Schmerz zusammen. »Das andere Seil … die Sicherung. Es … es ist nicht gerissen … und ich hatte … ich hatte es gut festgebunden.« Armand stöhnte auf, als Rupert ihn in den Sattel schob.

»Der Haken hat sich gelöst!«, erklärte Rupert knapp.

Armand nickte, ausreichend damit beschäftigt, sich irgendwie im Sattel einzurichten. Die Sache leuchtete ihm ein. Knoten winden konnte er – aber er hatte noch nie einen Haken in eine Felswand geschlagen.

Es nieselte unablässig, und die Wanderer hatten keinen Blick für die gewaltige Bergwelt, die sich ihnen immer wieder auftat.

Gott hatte hier zweifellos Wunder geschaffen, dachte Konstanze, aber menschenfeindliche. Ob Er gar nicht daran gedacht hatte, dass Seine Pilger diese Berge überqueren wollten? War es vielleicht gar nicht in Seinem Sinne?

Als sie schließlich die Schöllenenschlucht vor sich hatten, war kein Zweifel möglich: Die Felswände fielen hier fast senkrecht ab, und unter ihnen floss die Reuss.

Gisela wurde blass, als sie den einzigen Abstieg sah. Glitschige, in den Fels gehauene Stufen.

»Da kommen wir nie im Leben herunter!«, flüsterte sie – und wies erschauernd auf unzählige tote Leiber auf den Felsen am Ufer des Gebirgsflusses. Andere Kreuzfahrer, die hier abgestürzt waren. Ein Tierkadaver entlockte Magdalena einen Aufschrei.

»Nikolaus! Nikolaus' Esel! Er muss ... ich muss dort hinunter! Wenn er zu Tode gestürzt ist ... wenn Nikolaus ...« Das Mädchen war völlig außer sich.

Armand rutschte mühsam aus dem Sattel.

»Beruhige dich, Lenchen, der Junge wird da nicht heruntergeritten sein«, tröstete er. »Niemand kann da herunterreiten. Wenn die Tiere es überhaupt schaffen können, dann nur ohne Ballast, sie müssen sich ausbalancieren können.«

»Dann müssen wir auch die Sättel abnehmen?«, fragte Konstanze mutlos. »Und die Zelte?«

»Die Sättel schwanken nicht«, erklärte Armand. »Die bringen ein sicheres Pferd nicht aus dem Gleichgewicht. Aber ängstliche Kinder, die sich anklammern, schon. Lasst also alle absteigen und nehmt euch aus den Satteltaschen, was ihr tragen könnt. Wenn wirklich ein Pferd abstürzt und in den Fluss fällt, sind die Sachen verloren.«

Er selbst versuchte, die Seile aus Comes' Tragtaschen zu bergen.

»Wir seilen uns wieder an. Die kleinen Kinder gehen zwischen den älteren – macht euch bereit, sie zu halten, wenn sie abrutschen. Und wir bringen auch wieder Haken an. Wir gehen zuerst, Rupert, und schlagen sie in die Wand. Dann bringen wir Seile dazwischen an wie ein Geländer.«

»Nein!«

Konstanze wusste nicht, warum sie, bevor Gisela auch nur ein Wort sagen konnte, protestierte. Sie hatte ein ungutes Gefühl dabei, Armand mit Rupert gehen zu lassen. Irgendetwas hatte das mit der mysteriösen Erklärung zu tun, die der Knecht für Armands Sturz vorgebracht hatte … irgendwas stimmte nicht, was Rupert über die Haken gesagt hatte …

»Mit deinen gezerrten Schultern kannst du auf keinen Fall Eisen in Felswände schlagen, Armand, du wärest da keine Hilfe. Im Gegenteil, wenn dir die Kraft fehlt, und du bringst sie nicht richtig an …«

Armand senkte den Kopf. »Ich weiß«, murmelte er. »Ich habe ja schon gestern … versagt.«

»Ich gehe mit Rupert«, sagte Konstanze, »und helfe ihm mit den Haken. Ihr verteilt den Inhalt der Satteltaschen auf die Ranzen.«

Armand schämte sich, als er das Mädchen den Abstieg angehen sah, aber dann kam zu seiner Überraschung Hilfe von den jüngeren Kindern.

»Wir können das doch machen!« Fritz, mit fast dreizehn Jahren der älteste unter Dimmas Schützlingen, war fest von sich überzeugt. »Der Johann und ich. Wir klettern viel besser als du, Konstanze, du fällst ja über dein Kleid!«

Dimma war zwar besorgt, konnte aber nicht leugnen, dass die Jungen kletterten wie die Gämsen. Im Folgenden erwiesen sie sich auch als äußerst geschickt. Sie sicherten Rupert, während er die Haken einschlug, und zogen dann Seile hindurch. Schließlich waren alle drei unten in der Schlucht angekommen und winkten triumphierend zu den anderen hinauf.

An der schmalen »Treppe« hinunter in die Schlucht befand sich jetzt ein behelfsmäßiges Geländer.

»Wir schicken aber erst die Tiere hinunter!«, erklärte Gisela und strich ängstlich über Smeraldas weiches Fell. »Pass bloß auf, Floite! Smeralda! Ich hab dem Bauern gesagt, du schaffst das!«

Konstanze hielt sich die Hände vors Gesicht, aber Gisela verfolgte mit angstgeweiteten Augen, wie sich die Pferde und das Maultier über die Stiege tasteten. Sie schmiegte sich an Armand, was Dimma schon kommentieren wollte, aber dann besann sie sich. Mit etwas Glück hatte Rupert nur die Pferde im Blick.

Dimmas neues Saumpferd führte ihren Zug nach unten sicher an. Comes folgte dem Tier ruhig, und Smeralda wirkte zwar etwas nervös, setzte die Hufe aber sicher. Floite wanderte den Pfad herunter, als handele es sich um eine Hauptstraße. Die Maultierstute war unglaublich trittsicher.

Gisela jubelte, als die Jungen die Tiere unten in Empfang nahmen. Die Pferde senkten sofort die Köpfe und rupften das Gras, das in der Schlucht recht üppig wuchs.

Schließlich seilten sich Armand und die Mädchen ab. Für den Ritter eine Tortur, besonders, als Mariechen hinter ihm stürzte. Das Kind schrie entsetzt auf, aber das Seil fing den Sturz ab. Ungefährdet hing Marie zwischen Konstanze und Armand. Der junge Ritter stöhnte auf, als sich die Sicherungsleine um seinen Körper spannte, und einen entsetzlichen Augenblick lang dachte Konstanze, er würde das Gleichgewicht verlieren und sie alle mit in den Abgrund reißen. Dann fing er sich jedoch. Mit schneeweißem, schmerzverzerrtem Gesicht half er Konstanze, das Kind wieder heraufzuziehen.

»Und jetzt müssen wir wieder hoch«, seufzte Gisela, als sie den Fluss endlich erreicht und hindurchgewatet waren.

Allerdings erwies sich der Aufstieg als wesentlich weniger gefährlich als der Abstieg. Nach etwa vier Stunden hatten es alle geschafft. Völlig ermattet lagerten sie auf dem kargen Moosboden und tranken den restlichen Wein.

»Wobei wir immer noch nicht im Tal wären«, gab Konstanze zu bedenken.

Armand schüttelte den Kopf. Er wäre am liebsten liegen geblieben, aber er hatte sich in Göschenen genau erkundigt, was vor ihnen lag.

»Es geht sogar noch deutlich höher«, gab er Auskunft. »Aber dies war der gefährlichste Teil. Für heute ist es auch genug. Wir können gleich in Andermatt rasten. Oder noch etwas weiterziehen nach Hospental. Zu dem Dorf gehört eine Burg. Wir können da Aufnahme finden!«

»Eine Burg?«, strahlte Gisela.

Vor ihrem inneren Auge erschienen beheizte Kemenaten und Badezuber mit warmem Wasser. Und Armand würde ausruhen können. Sie war fast erschrocken, als sie ihrem Ritter nach der Überquerung der Schlucht ins Gesicht sah. Er war totenbleich, seine Wangen und Augen wirkten eingefallen. Allerdings sahen Konstanze, Dimma und die Kinder kaum besser aus. Selbst Rupert wirkte angeschlagen.

»Und ihr glaubt, man würde uns dort aufnehmen?«, fragte Magdalena ängstlich. »Ich meine … eine Burg …«

»Wir sind von Adel«, erklärte Gisela gelassen. »Armand ist ein Ritter. Jeder Burgherr wird uns aufnehmen.«

»O ja, der Herr Ritter«, spottete Rupert. »Selbstverständlich wird man Euch Herberge geben – auch wenn man Nikolaus vorher die Tür gewiesen hat!«

»Das weißt du doch gar nicht!«, entgegnete Gisela. »Vielleicht erwartet uns Nikolaus ja gerade da. Aber … also, wenn unser Adelstitel uns eine warme Nacht sichert, dann …«

»Euch eine warme Nacht sichert!«, höhnte Rupert. »Und wir? Was ist mit uns? Wohin kommt das niedere Volk?«

Armand war ein langmütiger Mensch, aber jetzt wollte er auffahren. Allerdings gab schon Dimma dem Jungen Bescheid.

»Da, wo es hingehört, Rupert, in den Pferdestall! Wo man von jeher Knechte unterbringt. Und wo es warm ist und weich im Heu. Genau an den Platz kommst du, Rupert, den Gott für dich vorgesehen hat!«

Rupert funkelte sie böse an. »Gott hat mich ausersehen, Jerusalem zu befreien! Und danach ...«

»Danach werden wir sehen«, meinte Dimma. »Aber jetzt reiten wir erst mal die letzten paar Meilen bis zu diesem Dorf. Und du hilfst dem Monseigneur Armand aufs Pferd, Rupert, er kann sich ja kaum noch auf den Beinen halten. Wäre gut, wenn er mal eine Nacht auf einer ordentlichen Lagerstatt verbringen könnte.«

Armand wollte protestieren, aber er wusste, dass sie recht hatte. Der Weg bis Hospental war nicht mehr beschwerlich. Bei schönem Wetter hätten die Reisenden ihn sogar genießen können. Die Pfade führten zunächst durch einen dichten Wald, der Schutz vor Wind und dem wieder aufkommenden Regen bot. Dann ging es entlang der Reuss hinunter ins Dorf. In Hospental selbst gab es Wiesen und Bäume und heimelige Häuschen am Ufer des Flusses. Die etwas höher gelegene Burg wurde von Ministerialen des nahe gelegenen Klosters Disentis bewirtschaftet. Sie wirkte trutzig mit ihrem viereckigen Wohnturm. Gisela steuerte sie entschlossen an, Ruperts Proteste verblieben ungehört. Tatsächlich fanden sie dann auch schon auf dem Burghof Bekannte wieder. Eine Gruppe Heranwachsender, aber auch Gaukler, die mit Nikolaus gezogen waren, kampierten innerhalb der Mauern.

»Und andere sind im Dorf, hier oder in Andermatt, wenn sie's nicht mehr weitergeschafft haben. Die Dörfler sind sehr freundlich!«, erstattete einer der Jungen Rupert Bericht, während Armand und die Mädchen vom Truchsess des Burgherrn begrüßt wurden.

»Aber wo ist Nikolaus?«, fragte Magdalena ängstlich. »Wir haben seinen Esel gesehen. Ich hatte solche Angst, dass ihm etwas passiert ist!«

Der Junge schüttelte den Kopf. »Ach was, der ist heil hier angekommen und hat warm geschlafen. Der Ritter, der ihn begleitet, Wolfram, hat ihn auf der Burg eingeführt, man hat sein ganzes Gefolge bewirtet. Heute Morgen wollte er dann gleich weiter. Endgültig über den Pass. Aber viele von uns sind noch hiergeblieben. Ich bleibe auch, meine Schwester ist verletzt. Und meine Brüder sind halb erfroren. Die Burgherrin kümmert sich um sie, aber ans Weiterziehen ist nicht zu denken. Und ich ... ich hab auch genug! Ich bleib hier und verding mich als Knecht!«

»So ernst nimmst du dein Gelübde, Kerl?«, fragte Rupert drohend.

Der Junge zuckte die Schultern. »Ich bin mit zwölf Kindern aus unserem Dorf ausgezogen«, erwiderte er. »Davon sind vier noch am Leben. Ich gehör dazu, und dafür dank ich Gott. Aber dass Gott dies gewollt hat – das glaub ich nicht mehr!«

Damit wandte er sich ab, dem Feuer wieder zu, an dem die Jungen saßen, alle mit verbundenen Gliedern. Das Mädchen schien zu schlafen.

Die Gaukler planten dagegen, am nächsten Tag weiter mit dem Heer zu ziehen. Aber der Burgherr hatte sie eingeladen, seine Ritter und Damen zu unterhalten, und den Extraverdienst und das gute Essen ließen sie sich nicht entgehen.

»Wird Nikolaus denn auf uns warten?«, fragte Magdalena ängstlich.

Sie hatte sich in Konstanzes Gefolge ins Innere der Burg eingeschlichen, das Mädchen gab sie als Zofe aus. Die freundliche Burgherrin hatte sowohl Konstanze und Magdalena als auch Gisela und Dimma beheizte Räume zugewiesen, und Magdalena war hin- und hergerissen zwischen dem Wunsch, so rasch wie möglich wieder zum Heer zu stoßen, und die Annehmlichkeiten auf der Burg zu genießen. Konstanze selbst war kaum weniger beeindruckt. Burg Hospental war nicht die komfortabelste Wohnstatt, die ein Edelfräulein sich denken konnte, aber doch deutlich besser eingerichtet als das Dormitorium der Novizinnen auf dem Rupertsberg.

»Ach, natürlich wartet der«, lachte der Burgherr. »Mit dem Häuflein, das ihm jetzt noch in diesem Tempo hinterherläuft, kann er den Sarazenen kaum imponieren. Die paar Kinder, die dies überlebt haben, sind fast alle noch im Dorf. Die Bauern haben sie aufgenommen, und das Kloster hat Almosen geschickt, damit sie wenigstens ein bisschen was Warmes in den Bauch kriegen und vielleicht auch noch ein paar Mäntel und Schuhe, bevor sie über den Pass gehen. Sonst sterben dem Nikolaus noch mehr als bisher. Aber macht euch keine Sorgen. In Airolo findet ihr den Knaben und seinen Anhang wieder.«

»Über den Pass?«, fragte Gisela entsetzt. »Sind wir da nicht schon drüber?«

Der Burgherr schüttelte den Kopf und lächelte ihr zu. Dimma hatte an ihrer jungen Herrin bereits Wunder vollbracht. Gisela trug saubere Kleidung, sie hatte ein Bad genommen, und die Kammerfrau hatte ihr Haar frisiert. Nun prangte darin wieder ihr Lieblingsemaillereif – das einzige Schmuckstück, von dem sie sich noch nicht getrennt hatte. Die Ritter der kleinen Burg konnten sich an Giselas Schönheit kaum sattsehen.

»Nein, edles Fräulein. Der eigentliche Pass liegt noch vor Euch. Aber es ist nichts im Verhältnis zur Schöllenenschlucht. Zumal wenn das Wetter etwas wirtlicher ist als heute. Vorher schicken wir auch die anderen Kinder nicht rüber. Es geht noch einmal steil bergauf, und da oben ist es kalt. Wollt Ihr denn wirklich morgen schon weiterziehen?«

Gisela wollte das nicht wirklich. Sie hatte Armand besucht, nachdem die Burgherrin sich um den Verletzten gekümmert, ihm ein Bad bereitet und ihn dann auf ein Lager gebettet hat te. Als Gisela kam, schlief er erschöpft, aber ihr sanfter Kuss weckte ihn. Das Mädchen sonnte sich in seinem bewundernden Blick. Er sah es zum ersten Mal in höfischem Aufzug und war wie bezaubert.

»Ich sollte nicht so vor Euch liegen«, sagte er zärtlich. »Es stünde mir besser an, unter Eurem Zeichen in den Kampf zu reiten, um ein Lehen zu gewinnen. Werdet Ihr auf mich warten, mein wunderschönes Fräulein? Ich sehne mich danach, Euch Eide zu schwören, aber ich …«

»Ich nehm dich auch ohne Lehen!«, flüsterte Gisela. »Kannst du vielleicht singen oder Laute spielen? Wir könnten als Gaukler durch die Welt ziehen – falls … falls das nichts wird mit Jerusalem …«

Armand lächelte. »Vielleicht übe ich mich noch im Seiltanz!«, neckte er sie. »Nur nicht heute … ich bin schlimm zerschlagen, die Herrin Walburga möchte mich am liebsten eine Woche hierbehalten.«

Gisela biss sich auf die Lippen. »Das wäre … das wäre Rupert nicht recht«, murmelte sie.

Armand unterdrückte eine scharfe Entgegnung. Er war es eigentlich leid, ständig auf Ruperts Meinung Rücksicht zu nehmen, als sei der Junge ein Gleichgestellter. Aber andererseits blieb ihm nicht viel anderes übrig. Sie mussten weiter mit dem Kreuzzug ziehen. Ihm selbst gebot das sein Auftrag – und Gisela … Er konnte sie nicht einfach mitnehmen. Ein Fahrender Ritter ohne Land durfte nicht mit einer Dame reisen, er konnte nicht heiraten. Das alte Dilemma. Vorerst vermochten sie nur im Rahmen dieses Kreuzzugs zusammenzubleiben. Armand küsste Giselas Hand.

»Wir werden irgendeine Lösung finden«, versprach er ihr. »Irgendetwas. Vielleicht teilt sich ja doch das Meer. Um unserer Liebe willen …«

Gisela lächelte, auch wenn in ihren Augen Tränen standen. »Ihr werdet noch ein Meister im Gab, Herr Ritter!«, scherzte sie. »Aber was ist mit den Sarazenen? Sollen die dann zu Frau Venus beten?«

Die Burgherrin – gewohnt, ihre Ritter auf dieser abgelegenen Burg selbst zu verarzten – verordnete Armand lindern-

de Salben und massierte seine verspannten Muskeln. Sie ließ ihn zwar nur ungern gleich am nächsten Tag wieder ziehen, aber immerhin war er fähig, sich auf dem Pferd zu halten. Dazu war es am Morgen trocken und nur leicht bewölkt. Die Kreuzfahrer konnten den Pass also mit dem Segen des Burgherrn angehen, ein Senner aus dem Dorf ließ sich sogar als Führer anheuern.

Dieses Mal sammelten der Burgherr und Armand die Kinder vor dem Abritt. Sie teilten sie in Gruppen ein, erklärten ältere Jungen zu Verantwortlichen für ihre Kohorte und ermahnten alle, das Vorhaben der Passüberquerung mit Umsicht anzugehen. Die Burgherren und die Gemeinde Hospental erklärten sich bereit, die vielen verletzten und kranken Kinder zumindest vorerst weiter zu verpflegen. Die Herrin Walburga hatte den Rittersaal ihres Mannes für sie zu einer Art Lazarett hergerichtet.

»Ein paar finden sicher Aufnahme in hiesigen Familien, wenn sie erst gesund sind«, beruhigte sie Gisela, die sich vor allem um die Jüngsten sorgte. Sie hatte der umtriebigen Burgherrin auch den glücklich geretteten kleinen Jungen mit dem Armbruch überantwortet. »Und das Kloster Disentis ist auch verständigt. Die Mönche betreiben ein gut ausgestattetes Spital. Vielleicht werden sie die schlimmsten Fälle zu sich nehmen und irgendwie durchbringen.«

Die schlimmsten Fälle betrafen vor allem Erfrierungen der Hände und Füße. Etliche der jungen Kreuzfahrer würden dadurch invalide bleiben.

Rupert tauchte kurz vor dem Abritt schlecht gelaunt aus den Ställen auf und machte Anstalten, sich Gisela und ihrer Gruppe wieder anzuschließen. Zu Armands Ärger begann er sofort mit erneuten Sticheleien. Sie betrafen Giselas, Konstanzes und Armands neue Kleider, die vom Hof gestellten, weiteren Saumtiere für die Passüberquerung und die weichen Betten, in denen die Adligen zweifellos geruht hatten. Dabei war es auch ihm und Dimmas jungen Schützlingen keineswegs schlecht ergangen. Frau Walburga war äußerst großzügig und hatte ihnen im Stall ein bequemes Heulager, warme Decken und reichhaltige Mahlzeiten zur Verfügung gestellt. Die Mädchen ließen Ruperts Bemerkungen denn auch unkommentiert, aber Dimma sprach doch ein paar Worte mit Armand.

»Der Junge braucht eine Aufgabe«, erklärte sie. »Er muss sich wichtig fühlen, schließlich träumt er vom Ritterstand …«

Armand fand es zwar nicht allzu klug, den Knecht in diesen Fantastereien auch noch zu unterstützen, ernannte ihn dann aber nichtsdestotrotz förmlich zum Anführer der ersten Kohorte. In dieser Gruppe fasste er Frauen und Kinder zusammen, Rupert würde also auch für Gisela, Dimma und Konstanze Verantwortung tragen. Er sollte gleich mit seinen Schützlingen aufbrechen – auf keinen Fall durften die Schwächsten wieder das Nachsehen haben.

Rupert hörte tatsächlich auf zu brummen und erledigte seine Aufgabe sehr gewissenhaft. Nur einmal verließ er kurz die ihm Schutzbefohlenen, um einen Felsen zu erklettern und Gisela ein Edelweiß zu pflücken. Stolz hielt er es ihr hin, und das Mädchen freute sich ehrlich. Nicht einmal Dimma schimpfte über die sinnlose Mutprobe. Der ganzen Gruppe war nur zu deutlich daran gelegen, Rupert zufriedenzustellen.

Wir haben alle Angst, dachte Konstanze, sprach darüber aber mit niemandem.

Natürlich war der Weg über den Pass beschwerlich, aber unter der Obhut des erfahrenen Bergführers, satt, warm und sicher beritten, wagten die Frauen und Mädchen sich doch zum ersten Mal seit Tagen zu entspannen. Endlich hatten sie wieder Zeit, die atemberaubende Bergwelt zu bewundern, Konstanze wurde nicht müde, ihren Führer nach all den Pflanzen und Flechten am Wegrand zu fragen, und freute sich, dass der Senn vieles über ihre Heilkraft wusste, das über

die Erkenntnisse der Hildegard von Bingen hinausging. Sehr schnell wich die Vegetation aber wieder rauem, teils schneebedecktem Fels. Es ging stetig bergauf, und erneut waren wenig vertrauenerweckende Brücken und vereiste Schneefelder zu überqueren. Wieder fanden sie Tote, was ihren Führer nicht verwunderte.

»Euer Heerführer ist gestern hier durchgezogen, bei Schnee und Hagel. Ihr seht doch, die Wege sind heute noch hart gefroren.« Das stimmte, die Pferde mussten sehr vorsichtig geführt werden. »Da hat man die Hand nicht vor Augen gesehen, bestimmt sind Dutzende abgestürzt.«

Sicher ließ sich das nicht herausfinden, denn teilweise waren die Schluchten so tief, dass man nicht auf den Grund sehen konnte. Magdalena und Rupert sorgten sich gleich wieder um Nikolaus. Nicht auszudenken, dass der kleine Prediger hier den Tod gefunden hatte.

Aber dann vergaßen sie alles, als die Pferde über die Wolken hinausstiegen! Während die Kreuzfahrer stundenlang durch Nebel geritten waren, erhellte plötzlich strahlendes Sonnenlicht den Tag.

»Das ist der Himmel!«, flüsterte Magdalena. »Das Goldene Jerusalem ...«

»Das liegt viel tiefer«, bemerkte Konstanze. »Aber was den Himmel angeht ... So nahe werden wir ihm vielleicht nie wieder sein.«

Gisela schaute überwältigt auf den silbrig glitzernden Schnee, die in der Sonne blau wirkenden Gipfel und einen Gebirgssee, in dem sich das Panorama spiegelte. Unendliche Schönheit – aber wenn man zu lange verweilte, um sie zu genießen, würde man erfrieren.

»Wir sollten ein Gebet sprechen!«, sagte Rupert, ganz erfüllt von seinem Auftrag.

Auch ihm machte der Blick in den Himmel Mut. Wenn es möglich war, so weit zu kommen – wenn ein Pferdeknecht aus dem Rheinland an Gottes Tür klopfen konnte –, dann würde sich auch das Meer teilen und den Weg in eine neue Welt öffnen!

Niemand widersprach, und schließlich sang Gisela mit ihrer wunderschönen Sopranstimme Gottes Lob, und Konstanze sprach eines der tausend Gebete, die sie sechs Jahre lang täglich wiederholt hatte. Sie empfand dabei jedoch nichts – ja schlimmer noch, sie machte sich der Hoffart schuldig. Statt Gott für die Schönheit um sich herum zu preisen, betrachtete sie nur ihr Gesicht im Spiegel des Bergsees. Keine Nonne mehr, sondern das Fräulein Konstanze von Katzberg, das sein Haar stolz seinem Stand gemäß offen trug. Keine härenen Gewänder, sondern wollene Kleider und Pelze. Keine Kasteiungen, sondern ein weiches Sattelkissen auf einem Saumpferd, auf dem sie ein Knecht über den Pass führte. Konstanze dachte wieder an die Wahrsagerin. *Ich sah dich in den Armen eines Königs …*

»Ist dies nun der Pass?«, fragte Gisela ihren Bergführer, als sie endlich weiterritten. Er schüttelte den Kopf.

»Fast, Fräulein. Eine Stunde ungefähr müssen wir noch wandern, aber viel weiter hinauf geht es nicht. Am Zenit des Weges ist eine Einsiedelei. Da leben immer ein oder zwei Mönche, die sich erschöpfter Wanderer annehmen. Allerdings werden sie kaum auf eine Invasion wie die unsere vorbereitet sein!«

Nun hatten die Mönche allerdings schon den Durchzug von Nikolaus' Schar erlebt und wunderten sich über nichts mehr. Sie hatten ihre kargen Vorräte sämtlich verteilt und atmeten auf, als die nächsten Wanderer wohlversorgt ankamen und ihren Proviant sogar mit ihnen teilten.

Airolo war jetzt nicht mehr weit, und Dimma und Konstanze verkochten mit Zustimmung der gesamten Kohorte ihre sämtlichen Nahrungsvorräte zu einem reichhaltigen Eintopf. So bekamen nicht nur sie etwas Warmes in den Magen, sondern es blieb auch noch Suppe für die Nachhut.

»Und mit denen macht ihr es dann genauso!«, instruierte Dimma die Mönche. »Gebt ihnen den fertigen Eintopf und sammelt ihre Vorräte ein, um neuen zu kochen. Dann werden auf Dauer alle verpflegt.«

Gisela wäre am liebsten dageblieben und hätte die Aufsicht über die Kochstelle übernommen. Sie sorgte sich um Armand, der mit der Nachhut reiten wollte und sicher noch Stunden im Sattel sein würde, wenn sie selbst Airolo längst erreicht hätten. Dabei machten seine Verletzungen ihm noch zu schaffen. Aber der Rest der Gruppe strebte jetzt abwärts, und Dimma zog Gisela mit.

»Armand will dich vor allem in Sicherheit wissen!«, erklärte sie ihr. »Du hilfst ihm am besten, indem du den Mönchen einen Gruß aufträgst. Er wird glücklich sein, zu hören, dass du wohlbehalten über den Pass gekommen bist.«

Auch Magdalena und Rupert hatten die Mönche beruhigen können. Nikolaus, sein Ritter Wolfram und wohl auch alle anderen aus seiner Gefolgschaft waren wohlauf und inzwischen sicher längst in Airolo.

Die Frauen und Mädchen der ersten Kohorte hörten die Kinder denn auch schon singen, als sie am Nachmittag in dem idyllischen Bergdorf einritten. Nikolaus hatte seine Getreuen auf dem Dorfplatz versammelt und betete für die Toten: *»Schönster Herr Jesu, Herrscher aller Herren, Gottes und Mariä Sohn! Dich will ich lieben, dich will ich ehren, meiner Seelen Freud' und Kron' …«*

Am Anfang des Kreuzzuges hatte Konstanze dieses Lied noch gemocht. Es war erhebend gewesen, es aus Aberhunderten von Kindermündern zu vernehmen. Jetzt hatte es jedoch einen mehr als bitteren Beigeschmack. Nur noch wenige Gefolgsleute des kleinen Predigers sangen mit. Die meisten waren schlichtweg zu erschöpft und ausgelaugt.

Airolo war etwas größer als Göschenen und Hospental, aber die Menschen waren ebenso freundlich. Soweit sie konnten, teilten sie ihr karges Essen mit den Kindern, und

Gisela wurde mit ihrer Gruppe besonders freundlich aufgenommen. Schließlich waren sie in Begleitung der Leute aus Hospental und wurden als Adelige und Gäste der Burg ausgewiesen. Die Dörfler begegneten ihnen mit Hochachtung, während sie dem sonstigen Heer eher mit einer Mischung aus Mitleid und Verständnislosigkeit gegenüberstanden.

»Narren Gottes« hatte Frau Walburga Nikolaus und seine Anhänger genannt und damit sowohl Bewunderung als auch Befremden ausgedrückt. Die Bauern von Airolo hätten das nicht so trefflich ausdrücken können, aber in ihrer Haltung den Kreuzfahrern gegenüber spiegelte sich die gleiche Ansicht wider. Und ein gesundes Misstrauen gegenüber Nikolaus' engerem Kreis.

»Tut mir leid, eine Herberge kann ich Euch nicht mehr anbieten«, meinte der Dorfvorsteher zu Gisela. »Die hat der junge Ritter aus der Vorhut gleich für seinen Herrn requiriert – und die Mönche residieren da auch. Komisches Volk, diese Braunkutten. Sie kommen auch sonst manchmal hier durch, aber dann meist als Bettler. Hoffnungslose Träumer. Wenn wir eben können, schicken wir sie zurück oder nur in Begleitung eines der Unsrigen über den Pass. Sonst sind sie verloren, sie haben keine Ahnung, auf was sie sich einlassen. Aber hier hat man sie ja in Scharen ... Und sie treten auf, als hätten sie was zu sagen ...«

Konstanze brauchte etwas Zeit, um nachzuvollziehen, dass der Mann von den Franziskanern sprach. Aber die Beobachtungen der Bergbewohner bestätigten letztlich nur ihre und Armands bisherigen Erkenntnisse: Es waren vor allem Minoritenmönche, die Einfluss auf Nikolaus ausübten.

»Jedenfalls ist die Herberge voll, und ich kann nur hoffen, dass der Wirt wenigstens ein paar Pfennige dafür kriegt ... Wenn Ihr also mit meiner Scheune vorliebnehmen würdet ...«

Der Dorfvorsteher verbeugte sich artig, und Gisela beeilte sich, ihm zu versichern, dass die Scheune durchaus ausreiche. Tatsächlich gehörte sie zu den komfortabelsten Quartieren, die sie während des Kreuzzuges gehabt hatten. Dimma breitete Decken über dem würzig duftenden Heu aus und wies den Kindern ihre Schlafplätze an. Sie waren alle wohlauf, wenn auch todmüde. Nachdem sie sich an der frischen, noch kuhwarmen Milch gelabt hatten, die ihnen die Bäuerin brachte, schliefen sie sofort ein.

Gisela richtete derweil liebevoll ein bequemes Lager für Armand, und Konstanze und Dimma ließen sie gewähren. Rupert und Magdalena hatten sich gleich nach der Ankunft verabschiedet, um Nikolaus endlich wieder zu Füßen zu sitzen.

»Aber du kannst nicht wieder in Armands Armen schlafen!«, sprach Dimma streng aus, was Konstanze nur dachte. »Nicht nur wegen Rupert, es ist zudem nicht schicklich. Die Bauern werden ohnehin schon einen schönen Eindruck von uns kriegen, wenn sich ihnen all die Huren im Heer spätestens morgen anbieten!«

Konstanze befürchtete, dass sie Magdalena da einschloss. Sie musste sich unbedingt mehr um das Mädchen kümmern. Aber nicht in dieser Nacht … In den letzten Tagen hatte sie zu viele Tote gesehen. Wenn sie Nikolaus und seinen Mönchen heute zu nahe kam, würde sie ihnen die Augen auskratzen!

Der Bergführer aus Hospental und die Knechte mit den geliehenen Saumtieren waren gleich umgekehrt, als sie die erste Kohorte sicher in Airolo abgeliefert hatten. Sie geleiteten bald die zweite und dritte Gruppe ins Dorf und hatten es dann eilig. Oben auf dem Pass hatte es wieder zu stürmen begonnen. Man musste sehen, dass man auch die letzten Kreuzfahrer zügig über die vereisenden Wege leitete. Je weiter der Tag fortschritt, desto kleiner wurden die Abstände zwischen den Kohorten. Die Einteilung der Kinder in Gruppen bewährte sich – und Armand dachte mit einer Mischung aus Wehmut und Wut, wie viele Leben man hätte retten können, wenn man eine solche schon Wochen früher vorgenommen hätte.

Er selbst erreichte das Dorf in der Dämmerung, durchnässt, von Schmerzen geplagt und zu Tode erschöpft. Er glaubte, sich keinen Herzschlag länger auf dem Pferd halten zu können, aber dann fand er doch noch Kraft, zu seinen Kohortenführern zu sprechen. Die Jungen, alles kräftige Kerle zwischen vierzehn und sechzehn, hatten sich durchweg bewährt, und Armand versicherte ihnen, er sei stolz auf seine Männer. Keine Armee von Knappen und Rittern hätte es besser machen können, und es sei vor allem ihr Verdienst, dass man an diesem Tag kein einziges Kind, keine Frau und keinen Mann verloren habe. Die Jungen jubelten, als er ihnen die Zahl der Geretteten verkündete. Armand und seine Männer hatten sechshundert erschöpfte, schlecht ausgerüstete junge Menschen unbeschadet über die härteste Passstraße der Alpen geführt.

Nikolaus betrauerte mit süßer Stimme eintausend Tote.

Der Eid der Kreuzfahrer

Spätsommer 1212

Kapitel 1

Es dauerte weitere drei Tage, bis auch die allerletzten Nachzügler die Passstraße geschafft hatten. Das Heer erwartete sie in Airolo, und wieder gab es Tote zu beklagen. Die Menschen von Andermatt und Hospental hatten zwar ihr Bestes getan, um auch die Kinder der Nachhut über den Gotthard zu geleiten. Aber hier kam oft jede Hilfe zu spät.

»Die Leute waren einfach zu schwach«, erzählte der gutmütige Senner, der auch diesen Trupp für Gotteslohn geführt hatte. »Die meisten waren kaum mehr bei sich, als sie in Hospental ankamen. Die Herrin Walburga wollte die Siechen aufnehmen und pflegen, aber ein paar drängten selbst mit erfrorenen Füßen noch über den Pass! Es war unheimlich … Sie schleppten sich dahin wie lebende Tote. Und dann sind sie natürlich gestorben wie die Fliegen. Wir haben oben bei der Einsiedelei übernachtet – an einem Tag war es mit der Horde nicht zu schaffen. Und am Morgen lagen wir Seite an Seite mit den Leichen. Sie sind einfach hinübergegangen … vor Kälte, vor Erschöpfung … wir haben getan, was wir konnten, Monseigneur Armand. Aber ich sag Euch, da sterben noch mehr, bis Ihr im heiligen Jerusalem ankommt. Und meiner Treu … Verzeiht mir, aber ich glaub's nicht, dass sich die Wasser teilen!«

Armand verabschiedete den Mann mit allen guten Wünschen und überlegte, warum nicht auch die Mönche und die Leibwächter Nikolaus' sich fragten, was dieser einfache Mensch ihm vortrug: Wenn Gott das Meer für die Kinder teilen wollte – warum dann nicht auch das Gebirge?

Armand verbrachte die Ruhetage in Airolo vor allem auf seinem Heulager. Er kurierte seine Prellungen halbwegs aus, während Konstanze sich auf die Spur von Magdalena setzte. Sie folgte dem Mädchen unauffällig und entrichtete widerwillig die Gebühren, die Roland forderte, wenn man an den abendlichen Versammlungen mit Nikolaus teilhaben wollte.

Schon wieder herrschte Nahrungsknappheit im Heer. Die vielen hungrigen Mäuler hatten den Bewohnern Airolos alles weggegessen, und die Bauern reagierten zunehmend aggressiv auf die immer neuen Forderungen. Das Dorf war nicht reich, und so großzügig die Menschen auch waren: Ihre kargen Wintervorräte konnten sie nicht an Nikolaus und die Seinen vergeben. Die Gauner im Heer verlegten sich auf die übliche Art der Nahrungsbeschaffung durch nächtliche Raubzüge – während sich Armands Kohortenführer zu seiner Verwunderung an ihn wandten.

»Monseigneur Armand, meine Kinder haben nichts mehr zu essen!«, meldete ein Junge namens Karl.

Er kam aus Sachsen, war ursprünglich ganz allein zum Heer gestoßen und hatte bislang keine großen Freundschaften geschlossen. Aber nun fühlte er sich verantwortlich für die fünfzig Heranwachsenden, die er über den Pass geleitet hatte. Gisela rührte das zu Tränen.

Armand sprach daraufhin mit dem Dorfvorsteher und erklärte die Lage. Der Mann war einsichtig, bat aber auch ihn um Verständnis.

»Wir können nicht noch mehr abgeben! Wann zieht ihr endlich weiter?«

Armand gab den Dörflern schließlich das restliche Geld der Templer und erstand damit Lebensmittel. Er wies Karl und die anderen Jungen an, den Bauern bei der Arbeit auf den Feldern und mit dem Vieh zu helfen und damit ihr Essen zu verdienen. Ein paar Bauernburschen nahmen sie mit auf die Jagd und kehrten mit dem Fleisch etlicher Gämsen, Steinböcke und Schneehühner zurück. Die Jungen entzündeten Feuer und brieten die Ausbeute am Spieß. Am Ende waren alle die besten Freunde, und der Vorabend der Weiterreise stand im Zeichen einer ausgelassenen Feier.

Die Kohortenführer brachten Armand selbstverständlich die besten Stücke, und Gisela revanchierte sich für die Spöttelei rund um den »Minnehof der Herrin Gisela von Bärbach«: Sie gab der Gruppe den Namen »Heer des Monseigneur Armand de Landes«.

Konstanze feierte nicht mit. Sie hatte sich den Zugang zu Nikolaus' innerem Zirkel mit dem Viertel eines veritablen Bocks erkauft.

Magdalena brauchte Roland und seinen Freunden keine besonderen Dienste mehr dafür zu leisten, dabei zu sein. Sie blieb einfach im Gefolge von Wolfram, der sie unerwartet generös aufgenommen hatte. Wolfram hatte an Selbstbewusstsein gewonnen, seit man ihn auf der Hospenburg ganz selbstverständlich als Ritter akzeptiert hatte. Er beanspruchte nun ein gehöriges Mitspracherecht bei der weiteren Planung des Kreuzzuges und natürlich eine Frau für sich allein.

Seine Wahl fiel auf Magdalena, weil sie sauberer und besser genährt schien als die anderen Mädchen, die Roland und den Seinen gefügig waren. Dazu war sie jünger, man sah ihr die Hure nicht an. Bis Roland ihn aufklärte, hatte er gedacht, sie sei ein Burgfräulein. Aber tatsächlich war sie natürlich viel brauchbarer als Gisela und die anderen Adligen. Magdalena schmolz dahin, wenn er ihr auch nur die kleinste Freundlichkeit erwies, und sie sagte kein Wort, wenn er müde oder verärgert war und das an ihr ausließ. Natürlich spottete sie nie über ihn, sondern sprach nur, wenn sie gefragt wurde. Wolfram wuchs unter ihrer Bewunderung. Und Magdalenas Träume wuchsen unter seiner Hand.

Konstanze betrachtete die Beziehung der beiden mit Sorge. Sie war einerseits erleichtert, dass Dimmas schlimmste Befürchtungen wohl nicht zutrafen. Magdalena verkaufte sich nicht an jeden Beliebigen, sie schien nur mit Wolfram Freundschaft zu pflegen. Aber was sah der junge Möchtegernritter in dem Bettelmädchen aus Mainz? Liebte er sie, wie Magdalena offensichtlich glaubte? Und was war das für eine Liebe? Konstanze konnte sich kaum vorstellen, dass der fast erwachsene Wolfram mit dem Kind schlief, aber fast zwei Monate im Gefolge von Nikolaus' Heer hatten ihr vieles von der Klosternaivität genommen. Inzwischen war sie bereit, von jedem das Schlechteste anzunehmen.

Argwöhnisch beobachtete sie den Ritter und das Mädchen auch an diesem letzten Abend in Airolo. Aber was sie dann an Nikolaus' Feuer hörte, ließ sie Magdalenas Schwärmerei für Wolfram vorerst vergessen.

Zunächst mit halbem Ohr, dann zunehmend interessierter belauschte das Mädchen den kleinen Prediger und seine Leute. Die Mönche und Leibwächter diskutierten die Route, die das Kinderheer von nun an nehmen sollte. Der kürzeste Weg nach Genua führte über Mailand, eine große und reiche Stadt. Nikolaus und der Kreis um Roland erhofften sich dort freundliche Aufnahme, aber die Mönche in seiner Gefolgschaft rieten entschieden ab.

»Es gibt Unstimmigkeiten zwischen Mailand und dem Heiligen Vater«, erklärte Bruder Leopold. »Die Stadt hat seit Barbarossa Streit mit dem Heiligen Römischen Reich – das ging bis zum Krieg. Der Kaiser hat Mailand vor fünfzig Jahren niedergebrannt, und nun lehnen sie die Krönung von Friedrich ab!«

»Und was ficht uns das an?«, fragte Nikolaus sanft. »Wir kommen doch, um Frieden zu predigen! Die Kinder von Mailand können mit uns ziehen, wir werden zusammen singen und beten.«

»Wenn man uns überhaupt einlässt!«, gab der Mönch zu bedenken. »Und wenn wir vorher nicht den Patrouillen der Stadt und den Räubern auf den Straßen zum Opfer fallen! Die Städte des Lombardenbundes sind Aufrührer gegen das

Reich. Sie wollen dem Kaiser nicht untertan sein, was Gott nicht wohlgefällig ist, sie …«

»Ihren Bütteln wollen wir uns mutig entgegenstellen!«, erklärte Wolfram und griff nach seinem Schwert. »Wir haben wohl mehr als einmal Räuber abgewehrt!«

Und mehr als ein Mädchen war dabei entführt, mehr als ein Junge erschlagen worden, dachte Konstanze grimmig. Wolfram hatte sicher noch nie gegen einen zu allem entschlossenen Gauner das Schwert geführt. Und bis zu Nikolaus, der meist inmitten des Heeres lagerte, würden marodierende Horden sowieso kaum vorstoßen.

Nikolaus hob beschwörend die Hände. »Nicht, mein Ritter! Was sagst du? Wir wollen das Heilige Land doch mit Liebe erobern. Auch die Menschen in Mailand werden das einsehen und sich mit uns verbünden.«

»Aber wir können uns nicht mit ihnen verbünden!«, beschied Bruder Leopold ihn streng. »Das wäre nicht im Sinne der Heiligen Mutter Kirche und auch nicht im Sinne unserer Mission!«

Nikolaus wirkte verstimmt, aber Bruder Bernhard, ein weichlicher junger Mann, gegen den Konstanze eine fast instinktive Abneigung hegte, gebot Leopold mit einer Handbewegung Schweigen.

Mit väterlichem Lächeln wandte er sich dem kleinen Prediger zu. »Du solltest in dich gehen, Nikolaus«, sagte er mit einer so salbungsvollen Stimme, dass es Konstanze Schauer über den Rücken jagte, »und dich mit deinem Engel besprechen. Es ist eine Entscheidung, die Gott treffen sollte, nicht wir unwissenden Menschen.«

Nikolaus schien damit zwar nicht völlig einverstanden, aber er war ein fügsames Kind. Mit einem Gebet und einem Lied löste er die Versammlung auf.

»Und morgen wird er dem Heer mit Sicherheit verkünden, Gott habe ihn geheißen, uns über Piacenza zu führen!«, berichtete Konstanze aufgebracht. Sie hatte sich schnell ins Dunkel verzogen, bevor Magdalena sie sehen konnte, und war an Giselas Hof inmitten von Armands Heer zurückgekehrt. Zu ihrer Überraschung wurde sie dabei angerufen und nach ihrem Namen und ihrer Zugehörigkeit zum Heer gefragt. Ein junger Wächter geleitete sie zu den Feuern.

»Anweisung von Monseigneur Armand!«, erklärte der Junge stolz. »Wir lassen kein Mädchen allein im Dunkel durchs Lager streifen. Das ist viel zu gefährlich. Meine Schwester ist zweimal nur knapp einem der Raubkumpane entkommen, die bedauerlicherweise in diesem heiligen Heer ihr Unwesen treiben. Nun halten wir Wache!«

Konstanze dankte dem Jungen und der neuen Heerführung für ihre Umsicht. An den hellwachen, kräftigen jungen Wächtern und Armands Schwert würden sich auch die Diebesbanden rund um Mailand die Zähne ausbeißen.

Gleich darauf ließ sie sich neben Armand, Dimma und Gisela nieder und erzählte von Nikolaus' Ratsversammlung.

Armand zuckte die Schultern.

»Das passt doch ins Bild«, bemerkte er gelassen. »Hinter all dem hier steckt ein Plan. Ein dem Papst wohlgefälliger Plan, seinen Feinden mag man sich nicht überantworten. Und Nikolaus steht unter dem Einfluss der Franziskaner. Ich habe mir die Ordensbrüder noch mal genauer angesehen. Es sind tatsächlich ausschließlich Minoriten. Die paar Benediktiner verlaufen sich im Heer. Viele von ihnen kümmern sich um die Kinder oder betreiben Krankenpflege wie wir. Aber rund um Nikolaus haben wir nur die graubraunen Kutten ...«

»Aber warum haben sie ihn wegen des Passes so schlecht beraten?«, fragte Gisela und brachte Armand noch einen Schneehuhnflügel.

Sie sorgte sich um ihn. Er war immer noch blass und ausgemergelt nach seinem Sturz und den Anstrengungen der Reise über den Pass.

Armand lächelte ihr zu. »Ich kann auf keinen Fall noch

mehr essen, meine Herrin. Gib das Fleisch lieber Konstanze, sie sieht aus, als habe sie den ganzen Abend noch nichts zwischen den Zähnen gehabt.«

Konstanze griff hungrig zu, während Gisela Armand einen Becher Wein füllte. »Dann trink wenigstens! Morgen geht es weiter, du musst wieder zu Kräften kommen!«

»Das mit dem Pass ist eben die Frage«, fuhr Konstanze zwischen zwei Bissen fort. »Ob die Mönche es einfach nicht wussten? Und Nikolaus nahm schlichtweg den kürzesten Weg, wie immer? Er brennt doch darauf, nach Genua zu kommen. Wenn er zu bestimmen hätte, zögen wir über Mailand.«

Armand schüttelte den Kopf. »Das glaube ich nicht«, meinte er. »Da steckt mehr dahinter. Wir kennen nur einfach den Plan noch nicht. Und bevor wir nicht in Genua ankommen, werden wir auch kaum mehr herausfinden. Nikolaus jedenfalls ist ein Spielball der Kräfte. Er weiß von nichts. Der Knabe wurde ebenso genarrt wie all seine Anhänger, und wenn sich das Meer in Genua nicht teilt, wird eine Welt für ihn zusammenbrechen. Wir werden sehen, was dann passiert.«

Am nächsten Morgen verließen sie endlich Airolo und zogen über Faido, Giornico und Biasca hinab in die lombardische Tiefebene. Trotz all der Verluste in der letzten Zeit waren die Kinder guter Dinge. Schließlich war der Weg nicht beschwerlich. Es ging zügig bergab, und die Landschaft wurde freundlicher und lieblicher, je tiefer sie kamen. Auf den Wiesen wuchsen Blumen, und man konnte auch wieder Kräuter und Beeren finden, um wenigstens den ärgsten Hunger zu stillen. Rupert erlegte Kaninchen und Schneehühner mit seiner Schleuder und wurde von Gisela dafür gelobt.

Auch das Wetter verbesserte sich zusehends. Es wurde wärmer, je weiter sie in die Lombardei vordrangen, und die Almwiesen und Bergbäche wichen duftenden Tannenwäldern, die den Wanderern Schatten boten. Er war mehr als willkommen. Die für die Alpenüberquerung angeschaffte warme Kleidung wurde zur Belastung.

»Wir können das Zeug in Como verkaufen«, erklärte Armand. »Auch die Zelte, wir ziehen jetzt ja stetig nach Süden und werden sie so schnell nicht brauchen. Dann können wir das Maultier auch wieder reiten – und es kommt etwas Geld in die Kasse.«

Geld war seit Airolo erneut zum Problem geworden, und vor Piacenza und vielleicht gar Genua war mit keinerlei Nachschub zu rechnen. Armand gab zu, dass ihm der Weg über Mailand lieber gewesen wäre.

»An sich kann man mit den Podestà durchaus reden«, erklärte er. »Die Leute sind meist ganz vernünftig, sie wollen einfach das Beste für ihre Stadt, und sie mögen kein Spielball der Herrscher sein.«

»Die Podestà sind die Patrizier von Mailand?«, fragte Gisela, die neben ihm ritt. Smeralda tänzelte wieder feurig über die leichten, sandigen Wege. Das Mädchen saß aufrecht im Sattel und ließ sein Haar im Wind fliegen. Armand konnte sich kaum daran sattsehen, wie die stetige, leichte Brise mit den weichen Locken spielte.

»So in etwa«, antwortete er jetzt auf ihre Frage. »Aber streitlustiger als die Bürger in Köln oder Mainz – Südländer eben, da fällt schnell ein scharfes Wort gegen Kaiser und Fürst. Auch gegen den Papst, wenn den Herren eine Entscheidung nicht passt. Aber ob sie achttausend halb verhungerten Kindern die Tür weisen würden? Ganz sicher wohnt in den Palästen der Stadtväter nicht der Beelzebub, und die Vorstellung, man könnte uns alle in den Kerker werfen oder als Sklaven verkaufen, ist nicht haltbar.«

Vor allem aber gab es in Mailand eine Dependance der Templer. Die Mönche betrieben dort Bankgeschäfte, und Armand hätte seinen Bericht abliefern und seine Finanzen aufbessern können. Ob das in Piacenza möglich wäre, wusste er nicht.

»Dann schlagen wir uns eben anderswie durch!«, hoffte die unbekümmerte Gisela.

Sie war in diesen Tagen unbeschwert glücklich. Armand erholte sich sichtlich, sie ritt an seiner Seite über Blumenwiesen, und die Sonne schien. An eine feindliche Zukunft mochte sie da nicht denken.

»Erst mal verkaufen wir unsere Winterkleidung, und dann werde ich auf den Marktplätzen die Laute spielen! Warte ab, ich kann das. Ich habe oft an Frau Juttas Hof gesungen. Ein paar Städter werde ich zu Tränen rühren!«, rief Gisela.

Armand lachte. »Schon dein Anblick dürfte die Menschen verzaubern«, schmeichelte er.

Rupert schnaubte. »Das fehlte noch, dass du dich herzeigst wie ein Weib von der Straße!«, fuhr er sie an.

Gisela zuckte die Schultern. »Wie's aussieht, gibt es ja reichlich Ritter und Knechte, die über mich wachen.«

Sie lächelte die beiden Männer gewinnend an. Armand und Rupert tauschten wenig freundliche Blicke.

Dimma betrachtete all das mit Sorge. Wenn sie nur schon in Piacenza wären, und wenn die Zelte schon verkauft wären, damit Rupert wieder reiten könnte! Im Moment nahm er Armand zusätzlich übel, dass er neben Gisela im Sattel saß wie ein Edelmann, während er selbst neben seinem Maultier herlief. Dabei hatten sowohl Armand als auch Gisela Kinder mit im Sattel, und wenn der Ritter nicht ganz auf sein Reittier verzichtete, so sicher auch deshalb, weil sein Rücken sieben Tage nach dem Sturz nach wie vor schmerzte. Beim Gehen stützte er sich auf einen Stock und ermüdete rasch.

Konstanze erklärte das für völlig normal und befahl ihm, sich auf sein Pferd zu setzen. Rupert war der Einzige, der dafür kein Verständnis aufbrachte. Und ob sich seine Laune so sehr heben würde, wenn er demnächst auf dem Maultier saß, während sein Rivale ein Pferd ritt? Dimma hatte Gisela schon vorgeschlagen, Floite in Como gegen ein Pferd einzutauschen, aber davon wollte das Mädchen nichts hören.

»Schäm dich, Dimma! Sie hat uns über den gefährlichen Pass begleitet, und nun willst du sie abschieben? Nein, Floite nehmen wir mit nach Jerusalem. Die schwimmt im Notfall noch durchs Mittelmeer, falls es sich nicht teilt.«

Como, wie alle lombardischen Städte, regierte sich selbst. Die Stadt am See, deren trutzige Mauer sie als äußerst wehrhaft auswies, hatte aus Feindschaft gegen Mailand stets auf der Seite des Heiligen Römischen Reiches gekämpft und hielt jetzt auch gute Kontakte zu Innozenz III. in Rom. Armand bezweifelte allerdings, dass dies irgendwelche Auswirkungen darauf haben würde, wie die Stadt das Kinderheer empfing. Eher hoffte er hier auf ähnliche Verhältnisse wie einige Wochen zuvor in Straßburg.

Auch in Como lagen zwei Patrizierfamilien im Streit miteinander, die Vittani und die Rusconi. Wie sich herausstellte, war die Feindschaft aber schon weit über die relativ harmlose Rivalität der Müllenheims und Zorns hinaus gediehen. Es kam zu regelrechten Straßenkämpfen, und obendrein unterstützte die eine Partei den Papst, während die andere eher die Position Mailands vertrat. Armand durchschaute diese Verhältnisse nur begrenzt, Gisela und Konstanze gar nicht.

Auf die Aufnahme Nikolaus' und seiner Kreuzfahrer hatten die Streitereien jedenfalls nicht den geringsten Einfluss. Die Comer zeigten sich freundlich, aber eher unbestimmt: Sie öffneten der Schar zwar ihre Tore und hatten nichts dagegen, dass das Heer auf den Plätzen der Stadt und am Seeufer kampierte. Nikolaus durfte auch auf den Stufen von San Abbondio predigen – so nah am deutschen Teil des Reichsgebietes verstanden die Bürger noch fast alle deutsch. Er fand aber kaum neue Anhänger, und die Almosen flossen ebenfalls spärlich.

»Wir haben Dürre, die Ernte war schlecht«, beschied einer der Stadtväter das Kinderheer. »Ihr könnt gern auf unseren Märkten Vorräte erstehen, und wenn die Bürger euch verköstigen, so ist das sicher gottgefällig. Aber die Stadt kann ihre Getreidespeicher nicht für euch öffnen, das müsst ihr verstehen.«

Gisela und ihre Freunde besuchten den Markt auf der Piazza San Fidele und die Mädchen berauschten sich an dem vielfältigen Warenangebot. Hier gab es mehr und andere Früchte als nördlich der Alpen, viele bekannte Obst- und Gemüsesorten gerieten unter der südlichen Sonne größer und farbiger. Garküchen verkauften eine Reisspeise, die sowohl als süßer Brei mit Zimt und Zucker als auch mit einer Fleischsoße gereicht wurde. Dazu gab es würzigen Käse.

Konstanze hätte zu gern davon gekostet – aber leider reichte das Geld nicht einmal für eine einzige Portion. Gisela schaute enttäuscht und beunruhigt auf den kargen Erlös ihrer Verkäufe auf dem Markt. Armand und ihr Hof waren natürlich nicht die Einzigen, die ihre Wintersachen hier zu Geld machten. Entsprechend niedrig waren die Gebote der Händler.

»Damit kommen wir jedenfalls nicht weit!«, sagte das Mädchen unglücklich. »Wenn Armand nicht irgendwie Geld auftreibt, werde ich tatsächlich singen müssen. Kannst du nicht mitmachen, Konstanze? Ich denke, eure Klostergründerin hat komponiert, du solltest also singen können.«

Konstanze schüttelte bedauernd den Kopf. Tatsächlich war Musik das einzige Fach, in dem sie sich als Klosterschülerin nicht ausgezeichnet hatte. Konstanze hatte einfach kein gutes Gehör. Sie mochte die einfachen Weisen des Volkes ganz gern und liebte die Dichtungen des Minnesangs. Aber selbst hielt sie keinen Ton, und ihre Versuche, die Laute zu schlagen, hätte die Märkte eher geleert, als Menschen anzulocken. Zudem glaubte sie nicht, dass Gisela mit ihrem Gesang viel Geld verdienen würde. Marktbesucher bevorzugten rauere Vergnügungen als Liebeslieder. Letztlich würden nur wenige Münzen abfallen – ein Ertrag, für den es sich nicht lohnte, sowohl Ruperts als auch Dimmas Groll auf sich zu ziehen.

Konstanze dachte in größeren Dimensionen.

»Wie wird etwas eigentlich zur Reliquie?«, erkundigte sie sich, als sie am Abend, gemeinsam mit Armand und Gisela, die Messe in San Abbondio besuchte und vor einem Reliquienschrein kniete.

Gisela runzelte die Stirn. »Na ja, wenn irgendjemand Heiliger das Ding berührt … oder …«, erklärte sie vage.

Armand schmunzelte. Er verstand die Frage hinter der Frage.

»Es gehört ein Zertifikat dazu«, erläuterte er. »Irgendein Kirchenfürst oder Hoher Adeliger bestätigt die Echtheit des Artefaktes oder die … Identität des Verstorbenen.«

In Como wurden Körperteile diverser Heiliger aufbewahrt.

»Wie kann er denn das?«, fragte Gisela, die nun ernstlich über die Sache nachdachte. »Er war schließlich nicht dabei, als Jesus oder sonst jemand das Ding berührt hat. Und die Toten … na ja, da sind ja oft nur Knochen übrig.«

»Das Zertifikat bestätigt wohl auch eher, dass die Reliquie wirklich da gefunden wurde, wo man behauptet, und dass … na ja, es ist eben auch eine ganze Menge Glauben dabei«, meinte Armand augenzwinkernd.

Der Priester vor dem Altar sprach eben das *Ite missa est*, und der junge Ritter beeilte sich, die Sakristei aufzusuchen. Der Pfarrer von San Abbondio war seine letzte Hoffnung, nachdem sich verschiedene Fernhändler und Stadtväter geweigert hatten, ihm einen Wechsel auf den Namen der Templerkomturei in Genua zu Geld zu machen. Schließlich hatte Armand keinerlei Beweise dafür, im Namen des Großmeisters unterwegs zu sein – und die anderen Mitglieder des Kinderheeres hatten bislang auch nicht viel dazu beigetragen, das Vertrauen in die Kreuzfahrer zu fördern. Schon wieder gab es Einbrüche und Raubüberfälle. Nikolaus und die Mönche versuchten eben, zwei Mainzer Straßenjungen vor dem Galgen in Como zu bewahren.

Wenn das so weiterging, würde bald jeder als verdächtig gelten, der Nikolaus' Schar angehörte. Als vertrauenswürdig galten die Kreuzfahrer schon jetzt nicht mehr.

Konstanze verabschiedete sich ebenfalls gleich nach der Messe von ihren Freunden. Tief in Gedanken schlenderte sie über den Markt und erstand schließlich Tinte, eine Feder und etwas Pergament. Dann kopierte sie akribisch ein Liebesgedicht in arabischen Schriftzeichen und unterschrieb mit dem Namen Malik al-Kamil. Anschließend fügte sie in geschliffenem Latein ein paar Worte hinzu und packte das Schreiben zusammen mit einem Stück angekohlten Holzes vom letzten Lagerfeuer in Wachspapier. Laut Konstanzes »Zertifikat« verbürgten sich sowohl ein sarazenischer Prinz als auch der Patriarch von Jerusalem dafür, dass es sich hier um ein Holzscheit von einem Feuer handelte, das die Heilige Familie auf der Flucht nach Ägypten warmgehalten hatte.

Der jüdische Pfandleiher, dem sie die Reliquie anbot, verdrehte zwar die Augen, zahlte ihr dann aber das Zehnfache dessen, was die Materialien gekostet hatten. Zweifellos hätte er noch mehr gegeben, hätte sich Konstanze aufs Feilschen verstanden.

Armand wollte sich ausschütten vor Lachen, als sie später mit großen Taschen voller Einkäufe und einem Topf Reisbrei am Feuer erschien. Befragt von Gisela und Dimma, gestand sie ihren Frevel sofort.

Dimma bekreuzigte sich wortlos und begann dann, das Essen an die Kinder zu verteilen. Gisela schaute zunächst entsetzt, biss aber nichtsdestotrotz herzhaft in Brot und Käse.

»Das ist eine Sünde!«, bemerkte sie, noch kauend, und zeigte dabei bemerkenswerte Ähnlichkeit mit Konstanzes kleinem Freund Peter.

Konstanze zuckte die Schultern. »Aber wir verwenden das Geld gottgefällig«, verteidigte sie sich. »Der Herr kann nicht wollen, dass die Kinder hungern.«

»Und wie Mutter Ubaldina zu sagen pflegte …«, brachte Armand lachend hervor, »… alles, was die Menschen im Glauben stärkt, ist von Gott gesegnet!«

»Der Pfandleiher meinte, er würde auch mehr nehmen«, wagte Konstanze daraufhin anzumerken.

Am Minnehof der Herrin Gisela von Bärbach musste also auch in Como niemand hungern.

Kapitel 2

Von Como aus ging es weiter nach Piacenza, und trotz der schlechten Ernährungslage war die Stimmung im Heer sehr gut. Die Sonne schien heiß vom Himmel, und die Kreuzfahrer hatten all ihre warme Kleidung ablegen können. Diejenigen unter ihnen, die von vorneherein keine gehabt hatten, mussten endlich nicht mehr frieren. Stattdessen fühlten sich alle leicht und beschwingt – zumal sie ihrem ersten Ziel, Genua, nun ja auch rasch näher kamen.

»Bestimmt bekommen wir Almosen in Piacenza!«, hoffte Magdalena, die wieder mal ein Gastspiel bei den anderen gab.

Meist lief sie eifrig hinter Wolframs Pferd her, aber die Jungen um Nikolaus gaben ihr nur etwas zu essen, wenn sie selbst genug hatten. Und das war selten.

»Darauf würde ich mich nicht verlassen«, bemerkte Armand. »Piacenza wird die gleichen Schwierigkeiten haben wie Como. Schau dich doch nur mal um, alle Felder sind braun und von der Sonne verbrannt. Die Flüsse sind halb ausgetrocknet. Hier herrscht Dürre, Lenchen. Die Bauern jagen uns nicht fort, weil sie böse sind, sondern weil sie selbst nichts haben! Es ist sehr unklug von deinen Freunden, sie dazu auch noch zu bestehlen. Das spricht sich doch herum und macht uns auch in der Stadt nicht willkommener!«

»Aber Nikolaus … er muss bei Kräften bleiben. Er muss essen.«

Dimma schüttelte unwillig den Kopf und schaute mal wieder grimmig drein.

»Kleine, dein Nikolaus wirkt noch ganz gut genährt. Und

er braucht auch nicht zu viel, schließlich bewegt er sich ja kaum …«

Seit das Eselchen abgestürzt war, trugen Nikolaus' Anhänger den Jungen in einer Sänfte. Roland versteigerte das Recht dazu jeden Morgen meistbietend an seine treuesten noch zahlungsfähigen Bewunderer.

Die anderen jungen und alten Kreuzfahrer begannen dagegen schon wieder zu leiden. Nicht nur unter dem allgegenwärtigen Hunger, sondern auch unter der Hitze und dem Wassermangel. Die Bewohner der Dörfer am Wege ließen sie oft nicht an ihre Brunnen – ihr schlechter Ruf als Diebe und Bettler eilte ihnen längst voraus. So tranken die Kinder Wasser aus den halb ausgetrockneten Flüssen und Bächen und wurden davon umgehend krank. Dazu fielen Mückenschwärme über die Wanderer her. Wieder starben Konstanzes Patienten an Durchfall und Fieber. Wieder waren Dutzende von Kindern zu geschwächt, um zu laufen, und blieben einfach am Wegrand liegen, wenn niemand ihnen half.

Gisela und ihre Freunde taten ihr Bestes, um das Leid zu lindern. Konstanze empfing die Kranken an ihrem Feuer, und Gisela stellte ihre Pferde zur Verfügung, um die Schwächsten zu tragen.

Seit Como trug auch Floite keine Zelte mehr, Rupert hätte also wieder reiten können. Er verzichtete allerdings darauf, da nun auch Armand wanderte. Der junge Ritter fühlte sich endlich wieder gesund und fähig, sein Heer zu führen. Jeden Morgen sammelten seine Anführer die hinfälligsten Kinder und halfen ihnen auf die Pferde und das Maultier. Mittags wurde getauscht – bis Armand eine andere Zeiteinteilung vorschlug.

»Wir schwächen uns nur, wenn wir zur Mittagszeit wandern«, erklärte er Rupert, Karl und den anderen Führern der Kleingruppen. »Dabei sind die Wege zurzeit breit und sicher, und es ist lange hell. Warum also rasten wir nicht während des Tages und wandern bei Nacht? Natürlich müssen wir dann näher zusammenrücken und die Flanken sichern. Aber das Wachsystem hat sich doch bewährt, es sollte auch möglich sein, ein sich bewegendes Heer zu beschützen.«

Während Nikolaus also mit dem Hauptheer rastete, zogen Armands sechshundert Anhänger am Abend weiter. Sie hatten beschlossen, der Menge lieber vorauszugehen, statt zurückzubleiben. Wenn Roland und seine Meute erst durchgezogen waren, würde ihnen kein Bauer mehr Lebensmittel verkaufen oder gar Almosen geben. So aber bestand zumindest die Möglichkeit, dass sich die stärkeren Jungen tagsüber als Hilfskräfte verdingten und dafür Getreide einhandelten. Außerdem würden Karl und die anderen jagen, während die Schwächeren in der Mittagszeit schliefen.

Magdalena war hin- und hergerissen, schloss sich dann aber zu Konstanzes Erleichterung Armand an. Sie liebte es immer noch, Nikolaus zu Füßen zu sitzen, aber die Jungen um Roland wurden immer brutaler, und Wolfram schützte sie kaum. Auch der selbst ernannte Ritter litt Hunger – Roland hatte ihn längst um das Geld erleichtert, das er für das Pferd und die Rüstung seines Vaters bekommen hatte –, und auch ihm war jedes Mittel recht, sich zu verpflegen. So schwieg er, wenn Roland die leichten Mädchen im Heer an die Knechte der Dörfler verkaufte, die ihren Herren dafür Brot, Eier oder Getreide stahlen.

Magdalena ekelte sich davor und fühlte sich beschmutzt. Viel mehr als früher in Mainz, als sie die Freier als selbstverständlich hingenommen hatte. Jetzt sah sie sich als Wolframs Frau und schämte sich vor ihm. Sie wollte im Heiligen Land auf seiner Burg leben, sie wollte es ordentlich, sauber und warm haben. Wenn die schmutzigen Bauern aus den Dörfern über sie herfielen, träumte sie von der Kemenate auf der Hospenburg. Aber ob wirklich alle Sünden von ihr abgewaschen wurden, wenn sie die Heiden bekehrten? Ob sich auch Wolfram nicht mehr daran erinnern und sie trotzdem zu seinem Weib erheben würde? Magdalena empfand es als sicherer, nicht mehr zu sündigen. Trotz ihres schlechten Gewissens gegenüber ihrem Ritter ging sie deshalb mit Konstanze. Rund um Giselas Feuer hatte es bislang immer zu essen gegeben, und niemand brauchte dafür mit seinem Körper zu zahlen.

Die neue Marschordnung der Gruppe um Armand bewährte sich. Die Wanderer waren weniger erschöpft, wenn sie in nächtlicher Kühle weiterzogen und die Tageshitze verschliefen. Dazu war die Nahrungsbeschaffung deutlich besser geregelt als in Nikolaus' Heer. Besonders die Anführer setzten ihren ganzen Stolz darein, ihre Kinder zu verpflegen, indem sie tagsüber arbeiteten oder jagten. Und die Bauern zeigten sich freundlicher, da niemand auf Raub ausging.

So erreichten Armands sechshundert Anhänger schon wenige Nächte nach der Trennung vom Hauptheer Piacenza, die Stadt am Po. Allerdings war der sonst imponierende Strom in diesen Wochen nur ein schwaches Rinnsal. Armand ließ seine Schar auf der Brücke und am Ufer rasten, bis die Stadttore am Morgen geöffnet wurden. Und zur allgemeinen Überraschung lagerten dort schon andere: Die Kinder bestaunten die bunten Wagen von Gauklern und anderem fahrenden Volk.

»In der Stadt ist ab morgen Jahrmarkt«, klärte ein Bader Konstanze auf. »Wir werden in aller Frühe einziehen und unsere Stände aufbauen. Was meinst du, magst du mir nicht helfen, schönes Kind? Jede Medizin verkauft sich besser mit einem Lächeln!«

Konstanze wehrte möglichst freundlich ab, um den Mann nicht zu verärgern und gegen sich aufzubringen, aber es stand auch schon einer der Wächter hinter ihr, um sie im Notfall zu beschützen. Armands Leute hielten das Heer zusammen, niemandem sollte etwas geschehen.

»Im Gefolge der Gaukler kommen wir auf jeden Fall leicht in die Stadt«, sagte Armand. »Hier geht es doch sowieso zu wie im Taubenschlag. Dass die Städter uns durchfüttern, glaube ich allerdings nicht. Ich werde sehen, ob es eine Niederlassung der Templer gibt. Wenn nicht, sieht es schlecht aus. Nun, vielleicht können sich wenigstens ein paar unserer Jungen auf dem Jahrmarkt etwas verdienen. Die Gaukler brauchen sicher Helfer.«

Und zweifellos gibt es Pergament und Tinte zu kaufen, dachte Konstanze guten Mutes. Sie hatte auch noch ausreichend Geld aus Como, um Lebensmittel für sie alle zu erstehen. Das Mädchen hatte dort noch einen »Blutstropfen vom Haupt Johannes des Täufers« und einen »Splitter vom Betpult der heiligen Katharina« verkauft. Vor dem »Mähnenhaar des Maultieres des heiligen Paulus« war Konstanze allerdings zurückgeschreckt, obwohl Gisela und der bestens amüsierte Armand das für eine glänzende Idee hielten.

Als die Stadttore sich am Morgen öffneten, zeigte sich Konstanze folglich großzügig und schenkte jedem Mitglied des Hofes eine kleine Münze, die etwa dem Wert eines Groschens entsprach.

»Ihr könnt sie auf dem Jahrmarkt ausgeben, aber kauft keinen Tand, den ihr dann mit euch herumschleppen müsst!«, wies sie die Kinder an, die daraufhin begeistert ausschwärmten. »Und du gibst es auch aus, Dimma! Nicht wieder Brot kaufen und verteilen, dieses Geld ist für dich!«

Die Kammerfrau begab sich mit ihrem Anteil sofort ins nächste Badehaus. Aus Jahrmärkten machte sie sich nichts. Konstanze, Gisela, Armand und Rupert schlenderten dagegen über den Markt. Die Mädchen suchten, ausgelassen kichernd, eine Wahrsagerin, die Männer fesselten die Ringkämpfe.

»Ich könnte den auch besiegen!«, prahlte Rupert.

Er zeigte auf einen kräftigen Ringer, der auf Gegner wartete. Wer einen kleinen Betrag einsetzte, konnte sein Geld verdoppeln, indem er den feisten Mann aus einem auf den Boden gezeichneten Kreis schubste.

Gisela lachte. »Ach, da würd ich mir eher den vornehmen!«, bemerkte sie dann und wies auf einen mit Latten abgezäunten Platz, in dem ein Mann einen kräftigen braunen Hengst im Kreis laufen ließ.

»Kommt her, Ihr edlen Herren Ritter, die Ihr Euch morgen im Turnier messen wollt! Aber auch Knechte sind willkommen, sofern sie über ritterliche Tugenden verfügen. Hier erwartet Euch Toledo – einst Streithengst eines spanischen Granden. Aber seit sein Herr im Krieg gegen die Mauren fiel, lässt er sich von niemandem mehr reiten. So lange, bis er jemanden findet, der ihn bezwingt. Wollt Ihr es wagen? Nur ein Grosso, und Ihr dürft es versuchen! Reitet ihn, und der Hengst ist der Eure!«

Tatsächlich fanden sich sobald ein paar Bauernbengel, die sich um die Ehre drängten – und wohl auch vom Besitz des Hengstes träumten. Schließlich war Toledo wahrhaft ein prachtvolles Pferd, durchaus eines Ritters würdig. Er hatte schöne, große Bewegungen und trug einen edlen Sattel. Allerdings gab er niemandem die Chance, sich länger als zwei Sprünge daran zu erfreuen. Toledo stand genauso lange brav still, bis sein Reiter sich zurechtgesetzt hatte und sein Herr die Zügel freigab. Dann schien er einmal tief durchzuatmen, woraufhin er losbockte wie ein Irrwisch.

Armand und Gisela lachten.

Rupert dagegen suchte seine Münze. »Ich versuch's!«, erklärte er. »Da hab ich schon andere Gäule gezähmt!«

Selbstsicher wandte er sich dem Reitplatz zu, obwohl Armand ihm noch eine Warnung nachrief. Er winkte siegesgewiss zu Gisela hinüber, dann entrichtete er seinen Obolus und schwang sich in den Sattel.

»Glaubst du, dass er's schafft?« Gisela verkrampfte ihre Finger ängstlich in Armands Arm.

Der junge Ritter schüttelte den Kopf. »Nie …«, meinte er und wollte noch etwas anfügen, aber da explodierte auf dem Reitplatz auch schon der braune Hengst.

Man musste zu Ruperts Ehrenrettung sagen, dass er sich tapfer hielt. Toledo umrundete den Ring dreimal in halsbrecherischen Bocksprüngen, bevor er Rupert endlich los war. Dann trottete er brav zu seinem Herrn zurück.

Rupert ordnete seine Knochen und hinkte wutentbrannt auf seine Freunde zu.

»Gib mir dein Geld auch noch!«, forderte er Gisela auf. »Wenn ich's noch mal versuche, schaffe ich's. Er war ja fast kirre. Vielleicht noch eine Runde.«

Gisela schüttelte den Kopf. »Ich geb dir doch kein Geld, damit du dir den Hals brichst!«, erklärte sie. »Ich bin schon eben vor Angst fast gestorben. Das Pferd ist verrückt!«

Armand lächelte.

»Und Ihr, Herr Ritter?«, fuhr Rupert ihn an. »Was ist mit Euch? Wollt Ihr nicht Euer Glück versuchen? Morgen ist ein Turnier, sagt der Kerl. Da könntet Ihr ihn reiten und einen Haufen Geld verdienen!«

Armand lachte. »Also erstens verdient man bei Turnieren meistens keinen Haufen Geld, sondern nur den Kuss einer Edelfrau, und da könnte ich mir keine schönere denken als die, die ohnehin schon an meiner Seite steht.« Er warf Gisela einen glühenden Blick zu, der Rupert gleich noch wütender stimmte. »Und zweitens bin ich nicht lebensmüde. Den Gaul da zähmt heute niemand, und morgen auch nicht. Da ist auch nichts zu zähmen, das Pferd ist ganz artig und tut genau das, wofür es abgerichtet worden ist. Es gab keinen spanischen Granden, Rupert! Der Mann zieht mit dem Pferd über die Märkte und verdient sein Geld damit, dass sein braves Ross die Leute abwirft. Und gar nicht mal so wenig! Du solltest Smeralda auch so dressieren, Gisela.«

Gisela schüttelte den Kopf. »Nein, ich mag lieber reiten als fliegen!«, erklärte sie dann. »Komm, da drüben gibt es gebrannte Mandeln. Da werde ich meine Münze ausgeben!«

Die Freunde kauften Mandeln und Zuckerzeug und bewunderten ein paar Seiltänzer, die auf dem Platz vor dem imponierenden, noch im Bau befindlichen Dom ihre Kunststücke zeigten.

Gisela war beeindruckt und neckte Armand. »Ich wäre gar nicht böse, Herr Ritter, wenn Ihr diese Kunst erlernen wolltet! Ich könnte mich auch darin üben, und dann wären wir die Sensation auf jedem Jahrmarkt.«

»Warum nicht auch noch das Maultier?«, lachte Konstanze. »Das wäre mal etwas wirklich Neues!«

Die vier wanderten weiter und kamen schließlich wieder bei Toledo an, der einen Reiter nach dem anderen in seine Grenzen verwies.

»Ist hier wirklich ein Turnier?«, fragte Gisela, als sie dem Besitzer des Pferdes ein weiteres Mal gelauscht hatten. »Ich dachte, diese italienischen Städte wären alle Republiken. Richten die denn Turniere aus?«

Armand zuckte die Achseln. »Das wird wohl eher auf einer Burg in der Umgebung stattfinden. Wenn du willst, fragen wir den Kerl, der scheint's ja zu wissen.«

»Oh, und können wir dann hinreiten? Ich liebe Turniere!« Gisela war Feuer und Flamme. »Und ich würde dich zu gern einmal kämpfen sehen, Armand!«

»Das würde ich allerdings auch«, brummte Rupert.

Gisela warf ihm einen strafenden Blick zu.

Armand dagegen schüttelte den Kopf. »Ich hab doch gar kein Pferd«, meinte er. »Mein braver Comes trägt mich wohl über den Gotthardpass, aber nicht bei einem Tjost. Und eine Rüstung hab ich auch nicht.«

»Vielleicht kannst du dir ja eine leihen!«, hoffte Gisela.

Die Ritterspiele sollten in einem Dorf namens Rivalta stattfinden, ein Wehrdorf, das sich seit Jahrhunderten unter der Herrschaft einer Familie Landi befand. Guillermo Landi feierte in diesen Tagen die Schwertleite seines Sohnes, traditionell mit einem Turnier.

»Rivalta liegt einen halben Tagesritt südwestlich von Piacenza«, berichteten die Seiltänzer, die sich eben an der gleichen Garküche labten, an der Konstanze und ihre Freunde Reisbrei mit einer neuen Fleischsoße probierten. »Und die Landis sind großzügige Herren. Sie werden auch Belustigungen für das Volk bezahlen, wir werden in zwei Tagen hinreisen.«

Die Kreuzfahrer erfuhren, dass die eigentliche Schwertleite des jungen Landi am kommenden Tag gefeiert wurde und das Turnier tatsächlich am übernächsten Tag begann. Gisela war daraufhin kaum zu halten.

»Armand, es ist Richtung Süden! Also liegt es auf der Strecke nach Genua. Und Nikolaus wird nicht vor morgen in Piacenza eintreffen, wir können also vorausreiten. Du musst ja nicht mitkämpfen, wenn du nicht willst. Aber sie nehmen uns bestimmt gastlich auf. Denk an Badehäuser, Armand! Ein oder zwei Nächte unter einem Dach, ohne Mücken! Und sicher sind die Landis mildtätig. Wir können alle Kinder mitnehmen – oder sie können nachkommen …«

Besonders das letzte Argument war nicht von der Hand zu weisen. Trotz Dürre, die Familie Landi würde keine Kosten scheuen, um die Heerscharen von Rittern und Knappen, Pferdeburschen und Gauklern zu beköstigen, die sich bei jedem nennenswerten Turnier versammelten. Dazu kam das Fest für das Volk – und die unausweichlichen Almosen für die Bettler. Eine weitere Gruppe junger Esser mehr würde kaum ins Gewicht fallen. Zumindest würde der Burgherr kein Wort darüber verlieren. Und die adeligen Gäste aus dem Rheinland und aus Outremer waren sicher willkommen. Es ehrte einen Veranstalter, wenn sein Turnier Ritter aus weit entfernten Landen anzog.

Armand versammelte also am Abend seine Anführer und wies sie an, das Kinderheer am nächsten Tag nach Rivalta zu führen. Er selbst würde mit Giselas Hofhaltung vorausreiten.

»In zwei oder drei Tagen stoßen wir dann wieder zum Hauptheer. Nikolaus werden wir schon nicht verpassen – er bewegt sich ja nicht gerade unauffällig. Und die Verköstigung kann in Rivalta nur besser sein.«

Am nächsten Tag machten sich die Reiter nach Rivalta auf. Es war heiß, die Wege waren zwar breit und eben, aber staubig. Der rötliche Staub legte sich wie eine schmierige Schicht auf die Haut. Smeralda prustete unwillig, und Gisela klagte, sie brauche nun wirklich ein Badehaus, als sie das trutzige kleine Rivalta gegen Mittag erreichten.

Die Burg ragte hoch über den Häusern des Dorfes auf, und schon vor den Befestigungen sah man die Unterkünfte der Turnierteilnehmer. Fasziniert bewunderten Konstanze, Rupert und Magdalena die bunten Seidenzelte, vor denen die Helmzier der Ritter ausgestellt wurde, sodass jeder sehen konnte, wer hier Hof hielt. Gisela erkannte sogar einige der Wappen und Farben, Armand hatte immerhin von manchem der Ritter gehört.

Allgemein herrschte beste Laune, es wurde gesungen und Laute gespielt. Gaukler zeigten ihre Künste, und überall gab es Feuer, über denen Geflügel und Fleisch gebraten wurde – viel mehr als die Ritter und ihr Gefolge essen konnten. Den in der letzten Zeit eher karg ernährten Kreuzfahrern lief das Wasser im Munde zusammen.

»War doch ein guter Einfall, nicht?«, fragte Gisela, als ihnen im Burghof ein Begrüßungstrunk gereicht wurde.

Als Armand seine Namen und Titel erwähnte, eilte der Truchsess in die Halle, um seinen Herrn zu holen. Gleich darauf begrüßte Guillermo Landi den jungen Ritter persönlich, und auch seine Gattin kam herbei, um die weiblichen Gäste in Empfang zu nehmen.

»Ihr werdet ein bisschen zusammenrücken müssen«, rief sie fröhlich.

Don Guillermo Landi war ein leutseliger Herr in mittleren Jahren, dem man das gute Leben auf der Burg bereits ansah, aber Donna Maria Grazia wirkte noch jung und sehr schön

mit ihrem üppigen schwarzen Haar, das sich kaum unter ihrem züchtigen Gebende halten ließ.

»Viele Frauengemächer haben wir nicht. Aber ich bringe Euch zu meinen Töchtern, die werden sich freuen. Und wir haben ein Badehaus!«

Lediglich Rupert blickte wieder einmal mürrisch, da der Burgherr ihm natürlich keinen Blick gönnte. Zwar hießen die anderen Knechte ihn ebenso freundlich willkommen wie ihr Herr seine Gäste, aber er fühlte sich gekränkt. Im Goldenen Jerusalem würde auch er über eine solche Burg verfügen! Nikolaus hatte ihm versichert, dass jeder seiner Anhänger einem siegreichen Kreuzritter gleichgestellt würde. Warum also verbannte man ihn hier in die Ställe? Und wenn die Burgherren schon nichts von seinem Stand wussten – warum ließ Gisela zu, dass man ihn wie einen Bediensteten behandelte?

Landis Töchter freuten sich tatsächlich über die Einquartierung aus deutschen Landen und bestürmten Gisela und Konstanze mit Fragen. Erst recht, als sie vom Kinderkreuzzug hörten.

»Ihr gehört wirklich dazu?«, fragte die Ältere, Elena, ein bildschönes schwarzhaariges Mädchen. »Ihr zieht ins Heilige Land? Und ihr werdet das Wunder erleben, wenn sich das Meer teilt? Oh, ihr seid zu beneiden, wirklich. Am liebsten ginge ich auch.«

Gisela und Konstanze bemühten sich, ihr das möglichst vorsichtig auszureden. Größere Sprachschwierigkeiten gab es zum Glück nicht. Gisela erinnerte sich an genügend Worte, die sie mit ihrem Ritter Guido de Valverde gewechselt hatte, und Konstanze sprach Latein und hörte sich auch ins Italienische schnell ein. Natürlich gaben ihre eigenen Wortbeiträge manchmal Anlass zu übermütigem Lachen, aber die Mädchen verstanden sich doch hervorragend. Magdalena, die sich als Zofe artig im Hintergrund hielt, blickte schon wieder bewundernd. Sie würde noch viel lernen müssen, bevor sie mit ihrem Ritter eine Burg führte! Aber eines Tages wollte sie ebenso schön und weltgewandt auftreten können wie Donna Maria Grazia.

Guillermo Landi wollte nicht zulassen, dass Armand dem Turnier nur von den Zuschauerbänken aus beiwohnte.

»Kommt gar nicht in Frage, mein Freund! Ein Ritter muss kämpfen! Selbstverständlich schenke ich Euch ein Pferd und eine Rüstung!«

Armand wehrte erschrocken ab. »Wenn überhaupt, dann leiht Ihr mir das nur, Don Guillermo! Was sollte ich mit einem Streitross, ich weiß ja nicht mal, wohin mein Weg mich führen wird.«

Armand hatte dem Burgherrn ehrlich gesagt, dass er Nikolaus' Kreuzzug im Auftrag der Templer beobachte.

»Nun, wenn das Gerücht wahr ist, so doch geradewegs über den Meeresboden ins Heilige Land!« Der Burgherr lachte dröhnend. »Ihr nehmt das doch nicht ernst, Monseigneur Armand? Oder gar Euer Großkomtur? Ich bin der Kirche wahrlich treu ergeben, und ich glaube ja auch, dass Gott Wunder zu wirken vermag. Aber ich für mein Teil hab noch keins erlebt. Und ich weiß auch nicht, warum er so lange damit wartet. Hätte Richard Löwenherz nicht ein Wunder verdient? Aber nein, er unterlag diesem Saladin! Und seine Truppen musste er auf Schiffen ins Heilige Land schaffen, wie alle anderen auch. Euer Nikolaus ist ein dummes Kind! Man hätte das schon im heiligen Köln unterbinden müssen!«

Armand stimmte vorsichtig zu und fragte nach dem französischen Kreuzzug. Don Guillermo wusste nichts darüber, hatte aber französische Ritter unter seinen Gästen.

»Fragt einfach die, viele sind Fahrende, die kommen rum. Aber jetzt folgt mir in die Ställe, Ihr müsst Euch ein Pferd auswählen. Ob geliehen oder geschenkt, um einen Kampf morgen kommt Ihr nicht herum!«

Guillermo Landi war mit Recht stolz auf die Pferde seiner Zucht. Von den Hengsten, die seine Ställe bevölkerten, war einer schöner als der andere, und wie Armand bald darauf feststellen konnte, waren sie auch exzellent geritten. Nur farblich boten sie wenig Abwechslung: Landis Pferde waren durchweg braun.

Don Guillermo lachte, als ihn Armand darauf ansprach. In den meisten hochherrschaftlichen Ställen hielt man farbige Pferde. Für Schecken und Tigerschecken wurden die höchsten Preise bezahlt.

»Das fing wohl an mit meinem alten Streithengst. Ein prachtvolles Tier, hat mich durch viele Turniere getragen und dann hier die Stuten gedeckt, bis es mit neunundzwanzig starb! Und ein Stempelhengst! Einer seiner Söhne so stark und feurig wie der andere, die Töchter fabelhafte Zuchtstuten. Allerdings alle braun, und es schlägt auch in der zweiten Generation durch. Was soll ich also machen? Die besten Pferde ausmustern, nur um gescheckte zu kriegen? Das erscheint mir dumm, da bleib ich lieber bei meinen Braunen.«

Armand ritt gleich darauf drei der Hengste und musste dem Burgherrn zustimmen: Alle waren außergewöhnlich – lebhaft, aber doch folgsam, stark, aber doch wendig. Jeder einzelne hätte einem König zur Zierde gereicht. Don Guillermo strahlte, als Armand das anmerkte, und wollte ihm den Hengst seiner Wahl sofort schenken. Der Braune hieß Rocco und war das älteste der drei Pferde. Falls es Armand nicht gelingen sollte, das Geschenk abzulehnen, erwartete er von ihm am ehesten gutes Benehmen in der Gesellschaft der Stuten und Wallache.

Eine passende Rüstung fand sich auch in Don Guillermos Waffenkammer, und Armand begann, sich auf die Spiele am nächsten Tag zu freuen. Zum ersten Mal würde er unter Giselas Zeichen in den Kampf ziehen.

Leider bekam er das Mädchen an diesem Abend nicht mehr zu Gesicht. Die Ritter feierten unter sich, und die Halle der

Burg war bis zum Bersten gefüllt. Guillermo Landis Sohn, ein glutäugiger, eifriger Jüngling, tafelte zum ersten Mal mit den Rittern und stand dem Bankett gemeinsam mit seinem stolzen Vater vor.

Donna Maria Grazia ließ Armand bestellen, dass die Kinder seines Heeres wohlbehalten in Rivalta eingetroffen waren und nun mit den Dörflern schmausten. Der junge Ritter hätte das Bankett also ohne schlechtes Gewissen genießen können, hielt sich allerdings zurück. Weder zu viel Fleisch noch zu viel Wein würden seinem Abschneiden beim Turnier am nächsten Tag zuträglich sein. Armand lächelte grimmig, als er seine Gegner unmäßig essen und trinken sah. Dies zumindest hatten die Templer vielen weltlichen Rittern voraus: Sie priesen die Tugend der Mäßigung.

Gisela und Konstanze teilten sich das reichhaltige Mahl mit ihren jungen Gastgeberinnen. Die Mädchen hatten den Übungen der Ritter vom Turm der Burg aus zugesehen – eine beliebte Beschäftigung der Damen, der Gisela auch in Meißen stundenlang hatte frönen können. Mehr oder weniger kundig kommentierten Gisela, Chiara und Elena die Darbietungen der Kämpfer, während Konstanze und Magdalena, die sich ebenfalls eingeschlichen hatte, eher verständnislos zusahen. Elena wurde nicht müde, einen dunkelhaarigen jungen Ritter zu preisen, dem sie, wie die vorlaute kleine Chiara verriet, noch in diesem Herbst anverlobt werden sollte.

»Er heißt Giorgio di Paderna, und seine Eltern haben eine Burg in der Nähe!«, verriet Elena mit strahlenden Augen.

»Und du liebst ihn!«, seufzte Gisela neiderfüllt.

Elena nickte. »Mein Vater billigt es. Er pflegt zu sagen: Wenn eine Stute für den Hengst partout nicht stehen will, dann gibt's auch kein gutes Fohlen«, erklärte sie kichernd.

Konstanze errötete, aber die anderen Mädchen lachten über den anzüglichen Spruch. Was die Liebe anging, so sprach man an Minnehöfen klare Worte.

Gisela fand den jungen Giorgio di Paderna sehr anziehend, aber die Landi-Mädchen sparten auch nicht an Lob für ihren Armand. Für sie war es äußerst romantisch, dass Gisela vor einer unerwünschten Ehe geflohen war, und sie wünschten ihr alles Glück mit ihrem Ritter ohne Land.

»Er ist so stattlich!«, begeisterte sich Chiara. »Und wie geschmeidig er zu Pferde sitzt! Ein bisschen dünn ist er vielleicht, man müsste ihn aufpäppeln … Was meinst du, Elena, sollen wir Vater fragen, ob er ihn nicht auffordern möchte zu bleiben? Er gefällt ihm doch, und wenn er ihm treu dient, kriegt er vielleicht ein Lehen.«

Elena verdrehte die Augen. »Ja, wenn jemand Rivalta angreift und der Monseigneur Armand uns ganz allein verteidigt, und wenn wir daraufhin dann schnell noch Mailand erobern … Nein, Chiara, hier herrscht Frieden, und alle Lehen sind seit Jahren vergeben.«

Gisela hatte ohnehin kaum zugehört. Stattdessen erläuterte sie der desinteressierten Konstanze, warum sie mit Armands Pferdewahl nicht einverstanden war. Gisela hätte den jüngsten der drei Hengste genommen, der etwas kleiner, dafür schwerer war als die anderen.

»Armand bringt im Moment nicht genug Gewicht in den Sattel, das kann ihn den Sieg kosten. Das Pferd könnte das ausgleichen. Und wenn er die Lanze etwas weiter oben fasst und von unten nach oben führt.«

Konstanze lachte. »Wenn man dich so hört, möchte man meinen, du wolltest gleich selbst in den Tjost ziehen«, neckte sie.

Gisela warf selbstgerecht das Haar zurück. »Einem Herrn Wolfram von Guntheim würde ich mich schon stellen.«

Magdalena fixierte sie wütend. Sie hatte eben noch darüber nachgedacht, wie schön und stattlich sich ihr eigener Ritter hier präsentieren würde. Wolframs Pferd war größer als die Hengste des Don Landi, und an Gewicht hatte der Junge während des Kreuzzuges eher zugelegt. Bestimmt würde er siegen. Aber Gisela musste ja immer alles besser wissen!

Magdalena hätte gern etwas erwidert, traute sich jedoch nicht, in der Runde der Edelfräulein das Wort zu erheben. Dafür tröstete sie sich mit anderen Dingen: Wolfram mochte kein so guter Kämpfer sein wie Armand und dieser Giorgio – aber er hatte immerhin bereits eine Burg im Rheinland. Irgendwann konnte er dorthin heimkehren. Magdalenas Ritter brauchte sich sein Lehen nicht mehr zu erwerben.

»Was ist denn eigentlich mit dir?«, fragte die vorwitzige Chiara Konstanze, als die Mädchen am nächsten Morgen zur Ehrentribüne schritten. Die Landis hatten für ihre Familie und die Frauen der Burg einen bunten Seidenbaldachin neben der Kampfbahn aufbauen lassen. Der Pavillon spendete Schatten und bot beste Sicht auf die Darbietungen der Ritter. Natürlich wurden dort auch Erfrischungen gereicht, und die Bänke polsterten Seidenkissen.

Gisela und Konstanze sah man die Strapazen der Reise und das Staubbad des Rittes vom Vortag nicht mehr an. Sie hatten natürlich das Badehaus besucht, und Chiara und Elena hatten sich nicht nehmen lassen, ihre Freundinnen mit neuen Kleidern auszustatten. Gisela trug eine Robe von Chiara, eng anliegend und weit ausgeschnitten, wie es der neuesten Mode entsprach. Das Kleid war dunkelrot und betonte ihren hellen Teint, das goldblonde Haar und die lebhaften grünen Augen.

Konstanze passten die Gewänder von Elena, aber an ein so gewagtes Kleid, wie die anderen es trugen, wagte sie sich nicht heran. Dafür begeisterte sie sich für leuchtende Farben. Unter einer azurblauen, hauchdünnen Spitzensurkotte trug sie ein goldgelbes Unterkleid aus Seide. Es passte zu ihrem von der Sonne leicht gebräunten Teint, und ihr dunkles Haar hob sich prächtig dagegen ab.

»Du bist so schön!«, schwärmte Chiara. »Schöner als wir

alle, aber kein Ritter scheint dir zu gefallen. Hast du irgendein Gelübde abgelegt?«

Konstanze wurde verlegen.

»Sie wurde im Kloster erzogen«, erklärte Gisela, ohne näher darauf einzugehen. »Latein kann sie besser als ein Bischof, aber getanzt hat sie noch nie!«

Elena und Chiara beeilten sich, Konstanze ihres Bedauerns zu versichern, und schmiedeten gleich Pläne, wie man sie dem anderen Geschlecht näherbringen konnte.

»Du musst den Turniersieger küssen!«, kicherte Chiara. »Doch, keine Widerrede ... Ich sag's der Mutter!«

»Aber nur wenn ein schöner Ritter gewinnt!«, schränkte Gisela ein. »So einen alten Kerl soll sie nicht küssen. Und wenn es nicht Armand ist!«

»Oder Giorgio!«, fügte Elena hinzu.

Konstanze lachte nur. Aber sie genoss das Zusammensein mit den unbeschwerten Mädchen. Es gefiel ihr, sich schön anzuziehen und im Mittelpunkt zu stehen, weil sie hübsch und klug war – nicht aufgrund nutzloser oder erlogener Visionen. Sie wusste nicht, was ihr die Zukunft bringen würde. Aber ins Kloster, da war sie gewiss, ging sie nie, nie zurück!

Am Morgen kämpften zunächst die jüngsten Ritter, die erst am Tag zuvor ihre Schwertleite gefeiert hatten. Armand sah zu und freute sich, als der junge Landi sich auszeichnete. Dann sah er sich unter den französischsprachigen Rittern um und gesellte sich schließlich zu einem fröhlichen Troubadour namens Floris de Toulon. Floris war ein Fahrender, der allerdings besser die Laute schlug, als zu kämpfen. Er hatte keine großen Aussichten auf ein Lehen, aber er war an Minnehöfen gern gesehen und kam viel herum. Natürlich wusste er vom französischen Kinderkreuzzug.

»O ja, das Drama habe ich in Marseille miterlebt! Da ...«

»Da sollte sich doch das Meer teilen, nicht?«, fragte Armand aufgeregt.

Floris lachte. »Genau, und die Damen vom Hof zu Toulon, an dem ich gerade weilte, wollten es unbedingt sehen. Stephan galt als so schöner Knabe, als erleuchtet … Die Herrin setzte den halben Hof in Bewegung, um dabei zu sein. Wir ritten also nach Marseille – das ist dreißig Meilen entfernt, wir waren zwei Tage unterwegs, ein Abenteuer für die Damen. Und natürlich mussten wir Almosen mitnehmen, die Damen wollten die Kinder beschenken.

Die Stadtväter von Marseille brachten dafür weniger Begeisterung auf, sie hielten die Tore verschlossen, als Stephan hineinwollte. Nicht ganz unverständlich, wenn man genauer hinsah. Dieses Kinderheer war ein Haufen zerlumpter und verzweifelter Bettler und Tagediebe. Wobei man natürlich bedenken muss, was die Kreuzzügler hinter sich hatten … Das Rhône-Tal … Katharerland … das war doch schon vorher verwüstet.

Es gab längst nichts mehr zu essen, als Stephan kam. Seine ›unschuldigen‹ Kinder sahen das leider nicht ein – sie versuchten, sich mit Gewalt zu verproviantieren. Die Bauern wehrten sich, es gab Plünderungen und Kämpfe. Viele Tote, auch durch Fieber, Malaria … die zogen doch ohne Zelte, ohne Unterkünfte durchs Rhône-Delta! Dass die Mücken ihnen nicht das gesamte Blut ausgesaugt haben, kann noch am ehesten als Wunder gelten.«

Armand nickte schuldbewusst. Bisher war er stets der Meinung gewesen, die französischen Kreuzfahrer hätten es leichter gehabt als die deutschen. Aber Sümpfe und Krieg hatten sich hier als ebenso tödlich erwiesen wie die Alpen.

»Als wir ankamen, lagen Stephans Gotteskrieger wie Lumpenhaufen am Strand. Und ein paar stürzten sich auf uns wie die Wölfe, zum Glück hatten wir ausreichend gut gerüstete Ritter dabei, um die Damen zu schützen. Vom Verteilen der Almosen konnte jedenfalls keine Rede sein, die Stärksten nahmen sich, was sie kriegen konnten, die anderen lagen apathisch herum und warteten auf ihr Wunder …«

»… das nicht kam«, meinte Armand kurz.

Floris schüttelte den Kopf. »Natürlich nicht. Das Meer machte keine Anstalten, sich zu teilen – und beinahe hätte sich die ganze Wut und Enttäuschung der verhinderten Kreuzfahrer gegen diesen Stephan gerichtet. Der im Übrigen wirklich ein hübscher Junge war – und auch ganz wohlgenährt trotz aller Widrigkeiten. Er war natürlich auch nicht gelaufen, sondern hatte einen mit Teppichen gepolsterten Wagen, mit dem er dem Kreuzzug vorausfuhr.«

»Waren Mönche dabei?«, fragte Armand gespannt.

Floris nickte und begann, seine Laute zu stimmen. Er wollte in der Mittagszeit für die Damen spielen. »Natürlich! Das lassen die sich doch nicht entgehen. Aber um den Knaben herum mehr Gauner, widerliches Gelichter … Immerhin hielten sie ihm den Rest der Horde vom Leib, als das Meer sich dann doch nicht teilte.«

»Franziskanermönche?« Armand interessierte Stephans Leibgarde nicht. Die durfte in etwa den Burschen um Nikolaus entsprochen haben.

Floris zuckte die Schultern. »Ich weiß nicht. Für mich sehen die alle gleich aus. Wir sind dann auch nicht mehr lange geblieben, wir hatten Angst vor Ausschreitungen. Der Strand war ein Hexenkessel, Ihr könnt es Euch doch vorstellen! Zehntausend verärgerte, enttäuschte Menschen. Es wurde geprügelt, gebetet, geweint … Wir haben uns mit den Damen in die Stadt verzogen und sind am nächsten Tag zurückgeritten.«

»Ihr wisst also nicht, was weiter geschehen ist?«, fragte Armand enttäuscht.

Floris stand auf. »Nein, leider, da muss ich Euch enttäuschen. Aber was soll schon geschehen sein? Die Menschen werden versucht haben, heimzukriechen. Vielleicht nachdem sie ihren Anführer und die Kerle um ihn herum am höchsten Baum gehenkt haben. Verdient hätten sie's!« Er wandte sich zum Gehen.

Armand biss sich auf die Lippen. So konnte es nicht gewesen sein! Das Heer konnte sich nicht einfach verlaufen haben! Was zum Teufel, fragte er sich, war der Plan?

»Eins noch, Monsieur Floris ... dieser Stephan ... Glaubt Ihr, der wusste, was ihm bevorstand? Oder meinte er wirklich, das Meer würde sich teilen?«

Der Troubadour lachte. »Der Knabe war fest davon überzeugt, es würde sich teilen! Darauf würde ich mein Schwert verwetten! Ich hab selten ein so verblüfftes Gesicht gesehen wie seins, als die Wellen keine Anstalten machten, sich zurückzuziehen. Er versuchte auch gar nicht zu fliehen, als dann die Empörung aufloderte ... er war wie betäubt. Sie haben ihn weggeführt wie eine Puppe.«

Armand nickte. Das passte ins Bild. Stephan war ebenso ein Opfer wie Nikolaus. Ein willfähriges zwar, aber ein Opfer. Wer steckte dahinter? Armand konnte den Tag des Wunders in Genua kaum erwarten!

Nun stand aber zunächst sein erster Tjost an, und Rupert wartete bereits vor den Ställen, um ihm in die geliehene Rüstung zu helfen. Don Landi hatte Armand einen Knappen angeboten, war aber ganz froh gewesen, als Rupert sich zur Stelle meldete. Schließlich waren die älteren Knappen alle zum Ritter geschlagen worden und die jüngeren bereits anderen Herren zugeteilt.

Rupert dagegen erklärte, er habe auch Friedrich von Bärbach und seinen Rittern die Steigbügel gehalten. »Ich kann das, Monseigneur Armand!«, erklärte er wichtig. »So gut wie ein Knappe im vierten Jahr.«

Er erwähnte nicht seinen Traum, in Jerusalem bald ebenfalls zum Ritter geschlagen zu werden. Aber der Wunsch stand in seinen Augen.

Armand ließ sich also von Rupert in Kettenhemd, Rüstung und Bein- und Armschienen helfen. Der Brustharnisch war mit Ornamenten geschmückt, sämtliche Waffen sehr wert-

voll. Armand bedauerte fast, die Rüstung nicht annehmen zu können, wenn Don Landi sie ihm schenkte. Aber er wusste beim besten Willen nicht, wie er sie transportieren sollte, und sie gleich zu Geld zu machen, wäre gegen seine Ehre gewesen.

Gisela spähte aufgeregt zu den Ställen hinüber und wartete auf ihren Liebsten. Sie hatte sich den ganzen Morgen über prächtig amüsiert und schließlich sogar den Sieger im Wettbewerb der jüngsten Ritter mit einem Kuss ehren dürfen. Gewöhnlich wäre diese Ehre Chiara zugekommen, aber der erste Sieger war ihr eigener Bruder. Don Landi ehrte deshalb auch den Zweitplatzierten, und Chiara und der Jüngling erröteten beide vor Aufregung. Pietro war Chiaras Favorit, und sie vertraute Gisela an, dass sein Vater, ein guter Freund Don Landis, vielleicht für ihn um sie werben würde.

Aber nun wurden die Kämpfe ernster, die Teilnehmer waren erwachsene, oft erfahrene Ritter aus aller Herren Länder.

»Wir haben sogar Mohren dabei!«, prahlte Guillermo Landi. »Zwei Ritter aus Granada und gar einen aus dem Orient. Das habe ich Monseigneur Armand gar nicht gesagt, aber wäre es nicht aufregend, wenn die beiden aufeinanderträfen?«

Konstanze äußerte ihre Verwunderung darüber, dass sich die Christen und die Heiden im Heiligen Land zwar bis aufs Blut bekämpften, sich hier aber zum friedlichen Kampfspiel trafen. Elena und Chiara wunderte das nicht.

»Die großen Stadtrepubliken hier treiben alle Handel«, erklärten sie dem Mädchen. »Und die Kaufleute … nun ja, sie sind bestimmt gläubig – all die Kirchen, die sie stiften … all die Kathedralen … Aber ob die Seide, die sie erhandeln, von Christen oder Heidenhänden gewebt wurde, ist ihnen ziemlich gleich. Wenn der heidnische Kaufmann ehrlich ist und sie nicht betrügt, dann achten sie ihn auch. Und das Rittertum … die Minnesänger sagen, wir könnten da noch manches lernen von den Mauren und Sarazenen. Sie sind sehr mutig und ritterlich – und gastfreundlich, selbst wenn es Feinde sind …«

»Und im Heiligen Land hat es doch auch immer Austausch gegeben«, fügte Gisela hinzu. »Die Geschichten von Richard Löwenherz und Sultan Saladin … selbst Armand nennt den ägyptischen Prinzen seinen Freund …«

Konstanze verfolgte einen weiteren Tjost – sie konnte dem Kampf der Ritter wenig abgewinnen. Sie vermutete, dass ihr einfach die Feinheiten entgingen – und sie fragte sich, wer die Kreuzzüge überhaupt wollte. Die Kaufleute vertrugen sich, der Adel offenbar auch … Und dennoch hatten die Christen in Jerusalem blutig gewütet. Ging es wirklich um die heiligen Stätten? Oder entsandte man da fanatische Streiter und Ritter ohne Land, die auf ein Lehen in Outremer aus waren?

Konstanze überlegte noch, als Gisela neben ihr plötzlich aufsprang. Das Mädchen hatte in den letzten Minuten gebannt zum Abreiteplatz hinübergesehen. Dort befand sich die Hebevorrichtung, mit deren Hilfe die schwer gepanzerten Ritter in den Sattel gebracht wurden. Ihre Knappen hielten derweil ihre Pferde, und Rupert führte eben den gepanzerten, in Armands Farben eingedeckten Hengst heraus. Ein Brauner, jetzt aber fast gänzlich unter gelbem und blauem Stoff versteckt.

Für Konstanze war das kein Grund zur Aufregung, aber Gisela winkte plötzlich wie besessen. Sie brüllte ein lautes Nein! zu Rupert und Armand hinüber und stürzte die Ehrentribüne hinunter, um zu den Ställen zu laufen. Auf einmal schien ihr klar zu werden, wie unmöglich sie sich aufführte.

Gisela drehte sich um und rief über die Schulter eine Erklärung zurück. »Es ist das falsche Pferd! Es ist Toledo!«

Don Guillermo wandte sich verwirrt an Konstanze. »Was sagt sie? Ist das etwas, das Ihr mir erklären könnt?«

Konstanze musste sich die Worte erst selbst zusammenreimen, aber inzwischen hatte Gisela die Reitbahn erreicht. Ritter und Gaffer stieß sie rüde zur Seite, mit wehenden Röcken rannte sie zwischen ihnen hindurch. Ununterbrochen schrie sie Warnungen zu Armand hinüber, der schon über dem Sattel des Braunen schwebte, gehalten von der Hebevorrichtung. Er hörte offenbar nichts.

Unmittelbar bevor man ihn in den Sattel herunterlassen konnte, baute Gisela sich vor Rupert auf, gab ihm eine schallende Ohrfeige und griff selbst nach den Zügeln des Hengstes. Sie brachte das Pferd rasch in sichere Entfernung von der Hebevorrichtung. Die verblüfften Knechte ließen Armand zu Boden.

»Armand, Armand, es ist nicht der Hengst der Landis!« Gisela hatte Rupert die Zügel überlassen und warf sich keuchend vom schnellen Lauf an Armands Brust. »Es ist das Pferd aus Piacenza, der Hengst Toledo vom Jahrmarkt …«

»Tatsächlich, es ist nicht Rocco«, rief Don Guillermo entrüstet. Er hatte Konstanzes wirre Erklärung nicht verstanden und war Gisela gefolgt, um Licht in die Angelegenheit zu bringen. »Der hier ist etwas größer, und er hat einen Ramskopf – aber das könnt Ihr auf die Entfernung und unter dem Tuch doch gar nicht gesehen haben!« Er musterte Gisela verwundert, aber voller Respekt.

»Ich hab's am Schritt erkannt«, stieß Gisela atemlos aus. »Euer Rocco ist gelassener, er macht lange, kraftsparende Schritte. Dieser hier hat mehr Knieaktion. Zuerst dachte ich, Rocco tänzle vielleicht, weil er sich vor dem Tjost aufregt. Aber als er dann die Ohren anlegte und nicht neben die Rampe wollte … da wusste ich es … Es ist Toledo, Armand! Jemand wollte dich umbringen!«

Armand berichtete dem Burgherrn in kurzen Worten von dem bockenden Hengst auf dem Jahrmarkt. Giselas Vorwurf des Mordversuchs musste er ernst nehmen. Ein beweglicher Bauernjunge und erst recht ein erfahrener Reiter konnten den Fall von einem solchen Pferd ohne Schaden überstehen. Aber ein Ritter in voller Rüstung, der nicht darauf vorbereitet war, würde unweigerlich schwer stürzen. Von einem bockenden

Pferd fiel man meist kopfüber – und der Eisenpanzer machte ein Abrollen unmöglich. Armand hätte sich mit hoher Wahrscheinlichkeit das Genick gebrochen.

Don Guillermo Landi stellte Rupert zur Rede.

Der Junge leugnete aber jede Beteiligung. »Ich hab's nicht gewusst, Herr, das schwör ich! In dem Stall stehen doch nur Braune, ich hab gestern drei oder vier für Monseigneur Armand gesattelt. Und dieser hier stand in der Box von Rocco. Wie hätte ich da argwöhnen können?«

»Hast du nicht im Stall geschlafen?«, fuhr Gisela ihn an. »Du hättest sehen müssen, dass der Hengst ausgetauscht wurde.«

»Ich war bei Karl und den anderen vom Heer«, behauptete Rupert. »Mal hier und mal da, im Dorf. Oder hätte ich hier allein herumhocken sollen?« Er klang angriffslustig.

Don Guillermo schürzte die Lippen. »Wir werden dem später auf den Grund gehen«, erklärte er dann. »Und auch die anderen Knechte befragen. Jemand muss etwas gesehen haben. Und wir müssen auch dem Besitzer des Pferdes auf den Zahn fühlen. Aber erst fahren wir jetzt fort mit dem Turnier. Welches Pferd wollt Ihr stattdessen reiten, Monseigneur Armand?«

»Nimm den Kleinen!«, riet Gisela und befestigte schon ein Tuch an Armands Lanze. Nicht, dass er nachher vergaß, um ihr Zeichen zu bitten! »Den Kräftigen! Wie heißt er – Tesaro?« Der kleine Hengst hatte ihr Herz gewonnen. »Und dann legst du die Lanze seitlich ein und …«

Don Guillermo lachte. »Hört auf Eure Dame, Ritter! Sie hat einen Blick für Pferde. Und nun kommt, Donna Gisela, weibliche Waffenmeister sind nicht erlaubt, auch wenn Ihr Euren Ritter trefflich zu beraten wisst. Herrgott, ich hätte größte Lust, für meinen Sohn um Euch zu werben. Ich könnte die Pferdezucht in keine besseren Hände geben. Aber Euer Herz ist schon verschenkt, nicht wahr?«

Gisela errötete pflichtschuldig. Dann folgte sie Guillermo

Landi zurück auf die Tribünen, um Armands Kampf zu erwarten. Während der Italiener den anderen Gästen das Ereignis mit glühenden Worten schilderte, verfolgte sie mit Argusaugen, wie Rupert diesmal das richtige Pferd vorführte.

»Wir werden es natürlich noch genauer untersuchen müssen, aber es wird schwer werden, auch nur herauszufinden, gegen wen sich der Anschlag richtete«, bemerkte Landi, während Armand und sein erster Gegner in die Schranken ritten. »Ich mag kaum glauben, dass er Eurem Armand galt, so kurz wie der hier erst am Hofe ist. Eher dem Knappen, der das Pferd sonst reitet. Oder gar mir. Rocco gehört zu meinen Lieblingspferden. Ich nehme ihn gern, wenn ich die Waffenübungen der Knappen begutachte.«

Konstanze und Gisela tauschten nur einen kurzen Blick mit Dimma, die mit anderen Dienerinnen hinter den Frauen stand, um ihrer Herrin aufwarten zu können. Sie würden es sicher nicht beweisen können, aber zumindest für Konstanze und Dimma war es klar.

»Es war Rupert«, flüsterte auch Gisela.

In den nächsten Stunden fand sie allerdings kaum weitere Gelegenheit, über die Rivalität der Männer in ihrem Gefolge nachzudenken. Armand bestritt seinen ersten Kampf grandios. Er hielt sich an Giselas Anweisungen und tjostete den Gegner gleich beim ersten Anreiten in den Sand. Beim folgenden Schwertkampf war der Ritter ähnlich deutlich unterlegen, er gab nach kurzem Schlagabtausch auf. Armand hatte nun etwas Ruhe und hätte den Kämpfen zusehen können, wie es auch die meisten anderen Ritter taten. Aber Gisela sah ihn zu den Ställen gehen – vielleicht, um Rupert noch einmal zu verhören, vielleicht, um Tesaro im Auge zu behalten. Nicht dass Rupert womöglich durch ein weiteres »Versehen« eine stachelige Frucht unter den Sattel geriet …

In der Kampfbahn schlug sich jetzt erst mal der junge Sarazene mit dem Namen Manic oder Malok, wie Elena radebrechte. Der Ritter machte allerdings schnell Eindruck auf die Mädchen. Er ritt ein sehr leichtes Pferd und entging den Lanzenstößen seines Gegners durch dessen Wendigkeit. Beim zweiten Tjost brachte er ihn dann durch ein elegantes und gänzlich ungewöhnliches Manöver aus dem Sattel. Gisela konnte sich über die ausgefeilte Technik kaum beruhigen. Im Schwertkampf erwies sich der Sarazene als ähnlich geschickt wie Armand.

»Dabei haben sie doch sonst so krumme Schwerter!«, wunderte sich Chiara.

Guillermo Landi nickte ihr zu. »Ja. Aber dieser hier ist an fränkischen Höfen erzogen. Noch von Richard Löwenherz zum Ritter geschlagen! Das soll etwas heißen! Wieder ein Heiratskandidat nach meinem Sinne, wenn er bloß kein Heide wäre!«

Elena und Chiara lachten. Konstanze aber ließ den Blick nicht von dem jungen Kämpfer. Der erste Sarazene, den sie je zu Gesicht bekam – auch wenn im Moment nicht viel davon zu erkennen war. Wie alle Ritter verbarg auch dieser seinen Körper unter der Eisenrüstung. Im Morgenland mochte das nicht Sitte sein, aber hier passte er sich an. Und sein Gesicht verschwand hinter dem dichten Visier. Er lüftete dies aber, als er seinen ersten Kampf gewonnen hatte, und verbeugte sich artig vor den Mädchen.

»Und er sieht auch noch gut aus!«, seufzte Chiara. »Dieses lange, dunkle Haar. Er hat Züge wie ein junger Adler … ein edler Heide, wie im *Parzival* … Hast du das Buch gelesen, Gisela? Wir haben bislang nur die Geschichten gehört, aber der Herr Wolfram von Eschenbach schrieb doch in deiner Sprache.«

Gisela kannte nicht nur das Lied, sondern hatte auch den Dichter kurz am Hofe ihrer Ziehmutter kennengelernt. Elena und Chiara verzehrten sich vor Neid und bestürmten sie mit Fragen.

Konstanze kannte die Dichtung nicht, aber das Gesicht des

Sarazenen sprach sie auch ganz unabhängig von irgendwelchen literarischen Vorlagen an. Diese wachen, aber seelenvollen dunklen Augen, die edlen Züge ... Konstanze hatte sich die Sarazenen immer viel dunkler vorgestellt – wie Mohren eben. Aber die Haut des Manic oder Maloc, oder wie er heißen mochte, war kaum gebräunter als die vieler italienischer und französischer Ritter.

In diesem Augenblick verkündete der Herold den Sieg des Sarazenen. Konstanze hätte gern gewusst, wie der junge Ritter wirklich hieß.

Nach drei weiteren Kämpfen war dann Armand wieder an der Reihe. Das Turnier wurde in einer Art Ausscheidungswettkampf entschieden: Wer seinen Gegner schlug, war eine Runde weiter. Armand und der Sarazene blieben auch in ihren beiden nächsten Kämpfen Sieger.

Armand hatte jetzt jedoch Schwierigkeiten. Er hatte lange keine Rüstung getragen, und die Anstrengungen des Kreuzzuges steckten ihm noch in den Knochen. Sein Rücken schmerzte wieder, und es fiel ihm schwer, die Lanze erneut einzulegen. Dazu war sein vierter Gegner ein sehr großer, kräftiger Ritter – zum Glück allerdings schon deutlich betrunken. Armand brachte ihn schnell aus dem Sattel, hatte dann aber einen schweren Stand beim Schwertkampf. Berauscht oder nicht, Herr Gottfried von Niederbayern schlug kraftvoll und erbarmungslos immer wieder zu. Armand war schon nahe daran, aufzugeben, aber dann gelang ihm doch noch eine Finte. Der Ritter strauchelte, und Armand setzte ihm das Schwert an die Kehle. Dann half er ihm freundschaftlich auf.

»Ein guter Kampf, Herr Gottfried!«

Der Bayer grinste. »Desgleichen, Monseigneur Armand! Beim nächsten Mal werde ich dem Wein entsagen, dann schlage ich Euch!«

Die beiden Streiter verbeugten sich vor der Ehrentribüne,

und Donna Maria Grazia reichte dem Bayern ein Geschenk. Er hatte zu den vier letzten Kämpfern gehört, Armand war damit in der Endausscheidung. Vorher hatte sich schon der Sarazene qualifiziert.

Gisela griff unglücklich nach einem Becher Wein. »Schade, ich hatte so gehofft, wir gewinnen«, seufzte sie, vorsichtshalber das Getränk großzügig mit Wasser verdünnend.

Elena nickte. »Gegen diesen Sarazenen Kamel, oder wie auch immer er heißt, hat dein Armand keine Chance.«

»Zumindest zurzeit nicht!«, schwächte Gisela ab. »Wenn er nicht verletzt gewesen wäre!«

Chiara stimmte ihr zu. »Eigentlich sind sie sicher gleich stark. Aber heute siegt der Sarazene. Ob ich ihn küssen darf? Oh, lass mir den Vortritt, Elena, du bist schon verlobt!«

Elena und Gisela waren so freundlich, sie nicht an die glühenden Blicke zu erinnern, die sie kurz zuvor noch mit Pietro getauscht hatte. Konstanze sagte nichts, verfolgte das Anreiten des Sarazenen aber mit unerwarteter Spannung. *Du wirst den Sieger küssen …* Chiaras übermütiges Versprechen vom Morgen. Womöglich hatte sie Donna Maria ja wirklich gefragt. Aber ob Konstanze es tatsächlich wagen würde, sich dem Fremden zu nähern? Bei irgendeinem der anderen Teilnehmer hätte es ihr nicht so viel ausgemacht, aber gegenüber dem Sarazenen war sie befangen. Sie wünschte fast, Armand würde gewinnen.

Doch dann sorgte der Ritter aus dem Morgenland für eine überraschende Wendung. Als der Herold ankündigte, dass er als Nächstes gegen Armand de Landes reiten würde, hob er das Visier und ritt auf den Ehrenbaldachin zu.

»Verzeiht mir, Don Guillermo«, sagte er in langsamem, aber völlig korrektem Italienisch. »Aber ich vermag gegen Monseigneur Armand de Landes nicht zu kämpfen. Ich habe geschworen, gegen diesen Ritter nie die Waffen zu erheben, und daran möchte ich mich halten. Dies ist zwar nur ein Spiel, aber wir sind beide stark, und Ihr wisst, wie leicht auch ein Holzschwert ein Auge trifft. Das würde ich mir nie vergeben.«

»Malik!« Armand hatte gesehen, wie sein Gegner seine Position verließ, und lenkte Tesaro ebenfalls zum Baldachin, um zu hören, worum es ging. Er senkte sogleich seinerseits die Lanze, als er den Prinzen erkannte. »Malik al-Kamil! Mein Waffenbruder! Warum trittst du hier unter solch seltsamen Namen in die Schranken?«

Der Sarazene lachte. »Ich übe mich in der Tugend der Demut, mein Freund! Zu Hause würde ich jeden fordern, der mich in aller Öffentlichkeit Kamel nennt!«

»Ach? Und dabei dachte ich, das sei bei euch ein Ehrentitel.« Armand nahm den Helm ab. »Unsere Köchin pflegte ihren Achmed als solches zu preisen, wenn sie vor der Küchenmagd mit seinen Liebeskünsten prahlte!«

Malik grinste ihn an. »Ich denke doch nicht, dass der Herold in Liebe für mich entbrannt ist … Armand, es ist schön, dich wiederzusehen!«

Armand nickte. »Auch ich freue mich, es tut mir leid, dass ich dich nicht gleich erkannte. Don Guillermo, verzeiht den Aufruhr, aber mir geht es wie dem Prinzen Malik – ich kann nicht gegen ihn in die Schranken treten, wir sind Waffenbrüder. Bitte erkennt ihm den Titel des Siegers des Treffens zu.«

Malik schüttelte den Kopf. »Dagegen verwahre ich mich doch zutiefst. Ich habe zuerst aufgegeben. Monseigneur Armand gebührt der Titel.«

Guillermo Landi grinste breit. »Ich erkläre Euch einfach beide zu Siegern«, entschied er. »Nehmt diese Kette als Preis, Monseigneur Armand!« Er überreichte Armand eine schwere Goldkette. »Und Ihr macht mir die Freude, diese Brosche anzunehmen, mein Prinz. Man trägt auch bei Euch Umhänge, nicht wahr? Es machte mich glücklich, würdet Ihr Euer Gewand damit schmücken und Euch dabei an uns erinnern.«

Die Brosche war aus Gold und mit Juwelen besetzt, man trug sie als Verschluss eines Gewandes vor der Brust oder über der Schulter. Malik machte den Eindruck, sich wirklich darüber zu freuen. Zumindest dankte er dem Gastgeber in gewinnenden Worten. Dann aber erhob Donna Maria die Stimme.

»Wenn die Herren Ritter sich besonders an ein Turnier erinnern, so doch seltener an die Preise denn an die schönen Frauen, die den Sieger mit einem Kuss belohnten. Gisela, mögt Ihr Euren Minneherrn ehren? Monseigneur Armand hat unter dem Zeichen dieser Dame gekämpft«, erklärte sie Malik.

Malik lächelte dem Mädchen zu und schenkte seinem Freund dann einen kurzen, anerkennenden Seitenblick.

Donna Maria ließ ihren Blick über die Gruppe der Mädchen schweifen. »Und Prinz Malik … wie ist es mit Euch, Konstanze? Ihr seid noch kein einziges Mal vorgetreten.«

Konstanze fühlte Maliks forschende, kluge Augen auf sich ruhen und errötete. Sie senkte verschämt den Blick und schaffte es nur mühsam, an den Rand der Ehrentribüne zu gehen. Sie musste sich nun herunterbeugen und den Prinzen auf die Wange küssen – oder besser noch auf den Mund. Er sah ihr ernst und freundlich entgegen. Aber sie … Konstanze zögerte. Er gefiel ihr – mehr als ihr je ein anderer Mann gefallen hatte. Aber sie konnte ihn nicht küssen, das war … das wäre nicht ziemlich.

Konstanze biss sich auf die Lippen. »Bitte denkt nicht schlecht von mir«, flüsterte sie auf Arabisch. »Ich würde Euch gern küssen, aber … aber … wie würdet Ihr von mir denken …«

Malik hob verwundert den Kopf. Dann verneigte er sich vor ihr. »Auch ich würde Euch gern küssen. ›Im Schatten jenes Tages kreisten unsere Wünsche über unseren Köpfen wie Sternenbahnen von Glück …‹« Mit einem Lächeln zitierte er einen Dichter.

»›Und einer nach dem anderen sank wie Blätter von dem Baume …‹«, fügte Konstanze hinzu.

Malik sah sie genauer an – verblüfft und verzaubert. Dann bat er das Mädchen um seine Hand, nahm sie vorsichtig und hauchte einen Kuss auf ihre Handfläche.

»Ich danke Euch«, sagte er, wieder auf Italienisch. »Nie habe ich die Worte des Ibn Scharaf mit schönerer Stimme zitiert gehört.

Nehmt der Dame Konstanze nicht übel, dass sie mich nicht küssen wollte«, wandte er sich dann an Donna Maria. »In meinem Lande ist das nicht üblich, und sie weiß dies wohl. Auch wenn ich keine Vermutung habe, woher! Ich werde jetzt mit noch größerer Hochachtung von Euch denken, Fräulein Konstanze. Und ich würde mich glücklich schätzen, Eure Stimme noch öfter hören zu dürfen. Wie süß perlen die Worte meiner Sprache von Euren Lippen.«

Konstanze errötete wieder und lächelte ihn unter gesenkten Lidern an.

»Ich denke, die Dame erlaubt Euch, sie in unseren Empfangsräumen zu besuchen«, bemerkte Donna Maria. »Es ist uns eine Freude, Euch zu Gast zu haben.« Damit entließ Donna Maria die Ritter.

Konstanze meinte, erst jetzt wieder Atem holen zu können. Sie hatte ihre Gastgeber, die Mädchen und die Ritter um sich herum völlig vergessen, als sie mit Malik sprach. Und sie nahm auch jetzt kaum wahr, dass Gisela und ihre Freundinnen sie neckten und kicherten.

Armand und Malik ritten gemeinsam zu den Ställen. Malik konnte nicht anders, als sich noch einmal nach Konstanze umzusehen.

»Was für ein Mädchen!«, murmelte er bezaubert. »Woher spricht sie meine Sprache? Und dieses Gesicht, dieses Erröten … sie ist … ohne deine Gisela beleidigen zu wollen, aber sie ist … eine Lilie unter Rosen. Wo gehört sie wohl hin?«

Armand lächelte. »Genau genommen gehört sie zu uns«, beschied er seinen verwirrten Freund. »Sie ist eine entlaufe-

ne Novizin aus dem Orden der Benediktinerinnen, und sie ist auf dem Weg nach Jerusalem, um dein Volk mit einem Gebet zum Christentum zu bekehren. Wenn ich dich so anschaue, scheint sie Erfolg zu haben. Aber nun komm, ich habe heute noch etwas zu klären, und wenn du magst, kannst du mich begleiten.«

»Ich will auch mit!«, verlangte Gisela, als sie von Armands und Maliks Vorhaben hörte. Sie wollten gleich nach Piacenza reiten, um herauszufinden, was es mit der Geschichte um den Hengst Toledo auf sich hatte.

Donna Maria hatte die Mädchen nach dem Turnier auf ihre Kemenaten geschickt, aber Gisela war schon zu lange Herrin über ihren eigenen Hof, um sich da Vorschriften machen zu lassen. Sie zog Konstanze mit in den Stall, um zunächst Rupert zur Rede zu stellen. Anstelle des Knechtes trafen die Mädchen dort Armand und Malik.

Konstanze errötete über das ganze Gesicht und wandte sich schamhaft ab.

»Konstanze, können wir das höfische Tun jetzt einmal in den Bereich des Gab verweisen und einander ansehen wie normale Menschen?«, bat Armand das Mädchen. »Mein Freund Malik ist wie wir auf dem Weg nach Genua, und wahrscheinlich wird er sich uns in den nächsten Tagen anschließen. Du willst doch nicht jedes Mal rot werden und arabische Gedichte zitieren, wenn sein Blick auf dich fällt! Aber zuerst werden wir uns jetzt auf den Weg nach Piacenza machen.«

»Ich komme mit!«, begehrte Gisela sofort auf.

Armand schüttelte den Kopf. »Das geht nicht, wir können die Landis nicht so brüskieren.«

Gisela schnaubte. »Ach, wenn ich fehle, merkt das gar keiner. Aber du und Malik, ihr seid die Sieger des Turniers, euch wollen die Ritter heute Nacht zutrinken. Und so schnell, dass ihr bis zum Bankett zurück seid, könnt ihr gar nicht rei-

ten – auch nicht ohne mich, falls du jetzt behaupten wolltest, ich hielte euch auf! Das Beste wäre, Konstanze und ich ritten allein! Oder glaubst du, ich kriegte den Hengst nicht nach Piacenza?«

Armand musste lachen. Dieses Mädchen war die Unverfrorenheit in Person. Und heute verdankte er ihm sein Leben. Er zog Gisela in die Arme und küsste sie.

»Gisela, meine Dame, wahrscheinlich könntest du ihn sogar reiten. Welches Pferd würde sich nicht in ein Lämmchen verwandeln, wenn es das Glück hätte, dich zu tragen. Also schön. Wenn ihr euch ebenfalls die Nacht um die Ohren schlagen wollt, dann seht, dass dieser Unglückswurm Rupert euch zwei Pferde sattelt!«

»Unglückswurm?«, fragte Konstanze. »Armand, er hat dir das Pferd untergeschoben. Der wusste ganz genau, was er tat! Du glaubst ihm doch nicht seine Lügen!«

Armand zuckte die Schultern. »Eben das wollen wir jetzt und gleich herausfinden. Bislang gibt es keine Beweise gegen den Jungen. Niemand hat etwas gesehen, aber was sollte man auch gesehen haben? Einen Braunen, der heraus-, einen Braunen, der hereingeführt wurde. Der Stall ist voller Brauner …«

»Und voller fremder Ritter und ihrer Burschen«, fügte Malik hinzu. »Da fällt kein neues Gesicht auf. Aber was soll das Ganze? Bei uns würde man den Knaben auspeitschen. Nach dem dritten Schlag sagt er, was er weiß …«

Konstanze warf ihm einen vorwurfsvollen Blick zu, aber im Grunde war sie ganz seiner Ansicht. Sie hätte Rupert schon seit Wochen gern verhauen.

Gisela nahm den Knecht jedoch in Schutz. »Die Sache steht ein bisschen anders. Rupert ist … nun, er ist kein Leibeigener. Er …«

»Ich erkläre dir das unterwegs«, sagte Armand zu Malik, um die Sache abzukürzen. »Jetzt lasst uns reiten, sonst schließen sie in Piacenza die Tore, bevor wir ankommen. Es wird ohnehin knapp.«

Kurze Zeit später sprengten die Ritter und die Mädchen gen Piacenza. Armand führte den Hengst Toledo am Führstrick, Konstanze hielt sich mühsam auf der braven Floite. Sie hasste es, auf einem Pferd zu sitzen, das sich schneller bewegte als im Schritt. Aber andererseits wollte sie in Maliks Nähe sein. Und mithören, was der Besitzer des Hengstes Toledo zu sagen hatte!

»Hoffentlich gibt er Rocco ohne Weiteres wieder heraus – wenn er überhaupt bei ihm ist«, sorgte sich Gisela, als sie in die Stadt ritten. »Er könnte ihn verkauft und ein Vermögen gemacht haben!«

»Er würde gehenkt werden, wenn den Hengst einer erkennt«, lachte Armand. »Nein, ich glaube nicht wirklich, dass dieser Gaukler dahintersteckt.«

Zumindest versuchte der Mann nicht, den Hengst der Landis zu verstecken. Rocco stand mit unglücklichem Ausdruck tatsächlich in einem offenen Zelt neben dem provisorischen Reitplatz. Neben ihm saß der Gaukler, trank Rotwein direkt aus dem Krug und schimpfte bei jedem Schluck auf einen schmächtigen Jungen ein, der sich darüber duckte, als würde er geschlagen.

»Ich hab nicht geschlafen, Vater, wirklich!«, verteidigte er sich verzweifelt. »Ich hab hier ganz wachsam am Feuer gesessen, und dann ist einer von hinten gekommen und hat mich geschlagen!«

»Hättstu .... hättstu wachsam am F... Feuer gesessen, hätt dich keiner schlagen können!«, lallte der Mann.

Gisela kicherte. Aber dann mischte sich die trompetende Stimme des Hengstes Toledo in ihr Lachen. Begeistert begrüßte das Pferd seinen Herrn. Der Gaukler sprang auf.

»Peppi! Peppi, d... d... da bist du ja wieder! Oder träum ich? Bringt mir da ein wahrhafter Engel mein Pferd zurück?«

Der Mann verneigte sich vor Gisela. Der Hengst drängte ungestüm zu ihm, um seine Hosentasche nach Leckerbissen zu untersuchen.

»Peppi?«, fragte Gisela und musste schon wieder lachen. »Ich dachte, er heißt Toledo?«

Der Besitzer des Tieres warf sich in Positur, anscheinend ließ ihn der Anblick des verloren geglaubten Pferdes sofort wieder nüchtern werden. »Edles Fräulein, der Mistkerl, der hier nebenan Pferdepisse als Medizin verkauft, nennt sich Barbadur, Heilkundiger aus dem Orient, und die Gauklerin vom Zelt da drüben lässt sich von ihren Freiern Sinaida nennen und sagt, sie käm aus 'nem Harem. Wenn der Peppi auftritt, ist er Toledo.«

Armand und die anderen lachten jetzt auch.

»Aber wie auch immer er heißt, ich bin Euer Diener auf ewig, ich verdanke Euch mein Leben und das meines verschlafenen Sohnes, weil Ihr den Peppi zurückgebracht habt ... Gibt es irgendetwas, womit ich es Euch vergelten kann?« Der Mann machte Anstalten, sich vor den Adligen zu Boden zu werfen.

»Nun, erst mal wollten wir das Streitross des Don Landi wieder mitnehmen, gegen das dein Pferd eingetauscht wurde«, sagte Armand mit strenger Stimme. »Und dann wüssten wir gern, wer diesen Tausch eingefädelt hat. Du sagst, du warst es nicht?«

Der Gaukler schüttelte den Kopf. »Da müsst' ich ja dumm sein!«, gab er zurück. »Was meint Ihr, was der Peppi hier verdient? Da kommt ein halber Floren zusammen, jeden Tag, und an guten Tagen mehr! Wir ziehen im Sommer herum, und im Winter hab ich ein warmes Häuschen und eine Frau in Tirol. Alles durch den Peppi! Den würd ich gegen kein anderes Pferd eintauschen, und sei's des Kaisers Ross!«

Das klang einleuchtend.

»Und dein Sohn?«, fragte Malik mit Blick auf den schmächtigen Knaben.

»Der kann Euch die Beule zeigen an seinem nichtsnutzigen Kopf, wo sie ihn niedergeschlagen haben, die Gauner! Komm her, Giovanni, erzähl den Rittern hier, was dir passiert ist!«

Der Junge schob sich ängstlich näher heran und schilderte dann ziemlich genau das, was die Freunde schon der Unterhaltung mit seinem Vater entnommen hatten: Er hatte am Zelt ein Feuer entzündet, während sein Vater die Dame Sinaida besuchte. Dann hatte er nur noch einen Schlag auf den Kopf gespürt. Sein Vater hatte ihn bei der Rückkehr für schlafend gehalten und sich neben ihm ausgestreckt.

»Und das falsche Pferd hast du da noch nicht entdeckt?«, erkundigte sich Armand.

Der Gaukler schüttelte den Kopf. »Wie denn? Es war doch dunkel. Natürlich hab ich kontrolliert, ob das Pferd da war. Ich hab's gehört und gesehen und gerochen. Aber ich bin doch nicht hingegangen, um zu gucken, ob's auch sicher der Peppi war. Das fiel mir erst am nächsten Morgen auf, als ich ihn zur Arbeit fertig machen wollte.«

Immerhin war es ihm da aufgefallen. Nicht auszudenken, wenn er Rocco als Toledo in den Ring geschickt und an den nächstbesten Bauernburschen verloren hätte!

»Und was meinst du, hat man dich vor oder nach dem Schließen der Tore überfallen?«, fragte Konstanze den Jungen.

»Nachher!« Das klang sicher. Und es musste ja auch dunkel gewesen sein.

»Das heißt, der Gauner hat sich mit dem Pferd über Nacht in der Stadt aufgehalten«, meinte Armand, »und hat es dann morgens erst ausgetauscht.«

»Oder er hat einen Torwächter bestochen«, überlegte Malik. »Aber es ist ohnehin gleichgültig. Wenn er gleich bei Sonnenaufgang aufgebrochen ist, konnte er es mühelos vor dem Turnier nach Rivalta schaffen. Das besagt alles gar nichts.«

»Aber wir könnten in ein paar Mietställen fragen«, schlug Gisela vor. »Und vielleicht hat auch in Rivalta jemand etwas gesehen.«

»Spart euch die Mühe, es war Rupert.« Konstanze sprach es ungern aus und sie hätte es sich anders gewünscht. Aber

seit der Sache mit dem vertauschten Pferd war ihr ein anderes »Unglück« nicht aus dem Kopf gegangen. Nun äußerte sie ihre Gedanken, während die Freunde aus der Stadt strebten, bevor die Tore schlossen. »Und es war nicht das erste Mal.«

»Es war was?«, fragte Gisela verwirrt.

»Es ist mir eben erst eingefallen, aber ich hatte seit dem Gotthard ein schlechtes Gefühl, und jetzt weiß ich, warum.« Konstanze lenkte Floite neben Armand, der Rocco am Zügel führte. »Erinnerst du dich? Als du Rupert fragtest, wie der Absturz passieren konnte, sagte er, der Haken habe sich aus der Wand gelöst.«

Armand nickte. Malik blickte verständnislos.

»Aber der Haken war noch in der Wand, als wir weitergezogen sind! Ich weiß es ganz genau, ich sehe es wieder vor mir, als wäre es gerade erst gewesen …«

Armand dachte kurz nach. Dann zog ein Ausdruck von Wut über sein Gesicht. »Es hätte mir selbst auffallen müssen«, sagte er. »Der Haken hätte dann am Strick hängen müssen, aber das war nicht der Fall!«

Gisela sah ihren Geliebten entsetzt an. »Aber was machen wir denn jetzt, Armand? Das kann doch … du musst mit Rupert sprechen.«

Malik wollte etwas sagen, wies dann aber verwundert auf das vor ihnen liegende Stadttor. Sie hatten damit gerechnet, es schon geschlossen zu finden, aber tatsächlich war es von Menschen umlagert. Die Stadtwächter hielten Eindringlinge mit ihren Lanzen in Schach.

»Heute Nacht lasse ich hier ganz sicher keine tausend Leute mehr rein!«, erklärte ihr Obrist einem weiß gekleideten Jungen, der inmitten von einer Gruppe Mönche die Verhandlungen führte.

Nikolaus! Das Kinderheer hatte Piacenza erreicht. »Morgen können wir den Bürgermeister dazu hören und die Domherren, aber heute bleibt ihr draußen.«

»Aber wir hungern!« Nikolaus' süße Stimme klang an ihre Ohren.

Die Stadtwächter lachten.

»Das wird mit dem Durchschreiten dieser Tore auch nicht besser. Hier ist Piacenza, nicht das Schlaraffenland. Noch fließt kein Griesbrei durch diese Straßen. Also packt euch, wir machen jetzt zu.«

Armand und die anderen beeilten sich, die Stadt vorher noch zu verlassen. Sie waren nicht gerade begeistert davon, dem kleinen Prediger Rede und Antwort stehen zu müssen, aber sie hatten auch keine Zeit mehr, sich ein anderes Stadttor zu suchen. Also verließen sie Piacenza und gesellten sich zum Heer. Die Kinder waren in schlechtem Zustand und nach dem Tagesmarsch völlig erschöpft. Viele brachen in Tränen aus, als sie feststellten, dass sie nicht willkommen waren.

Gisela hatte das Wort Rivalta schon auf der Zunge, aber Armand las ihre Gedanken und schüttelte den Kopf.

»Denk gar nicht erst daran! Wir können Donna Maria ihre Güte nicht damit vergelten, ihrem Dorf siebentausend hungernde Kinder zu schicken! Natürlich würde man sie füttern, aber die Landis und ihre Leute würden sich damit ruinieren!«

Armand selbst setzte Nikolaus nur kurz davon in Kenntnis, dass sein Heer ein paar Meilen weiter südlich lagerte.

»Das ist schön, aber morgen sollten wir uns doch wieder vereinigen!«, sagte Nikolaus daraufhin mürrisch. »Es ist nicht mehr weit nach Genua, fünf Tagesmärsche vielleicht. Und Gott will, dass wir dort als Streitmacht auftreten und nicht in drei kleinen Gruppen!«

»Drei?«, fragte Konstanze.

So erfuhren sie, dass auch Hannes und seine Anhänger vor Piacenza wieder zum Hauptheer gestoßen waren. Der Junge hatte seine Schar recht erfolgreich über den Brenner gebracht. Zwar hatte natürlich auch er Verluste zu beklagen, aber doch deutlich weniger als Nikolaus. Auf dem Pass selbst waren nur zwanzig Kreuzfahrer umgekommen, in Hannes' Heerschar hatten vor allem mehr jüngere Kinder überlebt.

Die fahrenden Bader, Gaukler und Marketenderinnen, die dem Heer folgten und ihren Geschäften in den Städten und Dörfern am Weg nachgingen, hatten sich fast durchweg Hannes angeschlossen. Sie waren meist in Planwagen unterwegs, mit denen sie den Gotthard nicht hätten überqueren können. Nun hatten sie darin viele schwache und kleine Kinder über die vergleichsweise gut ausgebaute Straße über den Brenner gebracht, verpflegt und gehätschelt von ihren Frauen.

Alle waren des Lobes voll für ihren jungen Heerführer, und Hannes trat entsprechend selbstbewusst auf. Zwischen ihm und der Gruppe um Nikolaus hatte es wohl gleich nach dem Zusammenschluss neue Differenzen gegeben.

»Nun haben wir also Nikolaus' Heer, Armands Heer und Hannes' Heer«, fasste Gisela die Lage zusammen. »Wenn das keine Schwierigkeiten gibt ...«

Armand zuckte die Schultern. »Es sind nur noch ein paar Tage, meine Liebste. In Genua wird derjenige übernehmen, dem dieses Heer wahrhaft gehört.«

Don Guillermo war überglücklich, seinen Streithengst zurückzuerhalten, und entließ Armand und seine Freunde am nächsten Morgen reich beschenkt. Da Armand nichts annehmen wollte, löste Donna Maria das Problem, indem sie Gisela mit einer neuen Aussteuer bedachte. Das Mädchen durfte das Kleid behalten, das es zum Turnier getragen hatte, und erhielt einige Handvoll Gold- und Silberschmuck, besetzt mit Edelsteinen. Auch Konstanze fand sich zu ihrer Überraschung mit einer schweren Goldkette beschenkt. Dimma und Magdalena erhielten silberne Broschen, und die Burgherrin ließ alle Ranzen und Satteltaschen mit Proviant füllen.

»Das dürfte bis Genua reichen!«, freute sich Gisela, als sie sich dem Hauptheer auf der Straße nach Süden wieder anschlossen.

Es war immer noch eine imponierende Schar von Menschen, die Nikolaus singend folgte. Der kleine Prediger und die Mönche ließen ihr Gefolge nicht mehr zur Ruhe kommen. Das Kinderheer marschierte betend zum Meer.

»Ihr hättet Euch jetzt eigentlich schon hinwerfen und weinend zu Christus bekennen müssen«, bemerkte Konstanze Malik gegenüber.

Der Sarazenenprinz hatte sich Armands Schar tatsächlich angeschlossen und beobachtete fasziniert die achttausend Unschuldigen, die zu diesem seltsamen Kreuzzug aufgebrochen waren, um sein Volk zu missionieren.

Jetzt lächelte er Konstanze an. Es machte ihn glücklich, dass sie ihre Scheu vor ihm so rasch verlor. Auf dem Weg von Piacenza zurück nach Rivalta war er neben ihr geritten, und sie hatten bald zu einer Unterhaltung gefunden. Mal in seiner, mal in ihrer Sprache. Wobei es ihn entzückte, wenn sie ihr etwas altertümliches Arabisch an ihm versuchte. Malik wusste inzwischen, dass es hauptsächlich aus den Werken großer Mediziner und Philosophen stammte, und hatte Freude daran, sie die Worte der Dichter zitieren zu hören.

Konstanze selbst genoss die Gespräche nicht minder. Schwester Maria hatte nie in ihrer Sprache mit ihr geredet, sondern immer nur gelesen. Jetzt berauschte sich das Mädchen an der seltsamen Klangmelodie des Arabischen – und ebenso an der weichen Stimme des Mannes. Dem mitunter spöttischen Blick seiner leicht schräg stehenden Augen – und seinen etwas schmalen, aber nichtsdestotrotz weichen Lippen, um die fast immer ein Lächeln spielte, und die sie wirklich gern geküsst hätte …

»Wenn Ihr es wünscht, Sayyida Konstanze, so will ich mich gern zu Boden werfen, ein Gebet von Euren Lippen könnte mich wohl auch zu Tränen rühren«, antwortete der Prinz artig. »Aber die Vorstellung, das Heer meines Vaters würde beim Anblick einiger Hundert fränkischer Kinder auf die Knie fallen und Jesus Christus anbeten, erscheint mir denn doch zu abwegig.«

»Es waren zwanzigtausend«, warf Gisela unwillig ein. Der Prinz hatte sicher recht, aber sie konnte die vielen Kinder nicht vergessen, die sie auf dem Marsch und in den Alpen hatte sterben sehen. Unschuldige Kinder, die genau das geglaubt hatten, worüber Malik hier spottete.

Der junge Sarazene schüttelte den Kopf. »Edle, und wenn es fünfzigtausend gewesen wären! Glaubt Ihr im Ernst, das würde die Nachkommen der Menschen rühren, die Euer Kreuzfahrerheer vor gerade mal hundert Jahren bestialisch abgeschlachtet hat? Jerusalem schwamm damals im Blut – dem von Alten und Jungen, Männern, Frauen und Kindern, Moslems und Juden, und die Christen haben sie gleich mit umgebracht. Gott würde die Seelen dann schon auseinanderhalten, hieß es. Glaubt mir, Fräulein Gisela, wir brauchen keine Aufrufe zum Heiligen Krieg, keine Sündenvergebung und keine Wunder, um unsere Männer zu den Waffen zu rufen! Die treibt der blanke Hass! Weder Euer Papst noch Euer Gott kann naiv genug sein, ihnen ein Heer von Kindern entgegenzuschicken!«

»Wer steckt denn deiner Ansicht nach hinter der ganzen Geschichte?«, fragte Armand den Prinzen – schon um die Gemüter ein wenig zu beruhigen. »Du hast doch auch von dem Kreuzzug in Frankreich gehört, oder?«

Malik nickte. »Sicher. Eine Menge Sklaven für den Markt in Ägypten.«

»Sklaven?«, fragte Konstanze entsetzt. »Wieso Sklaven? Ich denke, das Meer hat sich nicht geteilt für diesen Stephan!«

»Nein«, gab Malik gelassen zurück. »Zu seiner größten Verwunderung, habe ich mir sagen lassen. Aber kurz darauf erklärten sich zwei christliche Kaufleute bereit, ein paar Tausend Kinder ins Heilige Land zu befördern. Fünftausend sollen sie verschifft haben.«

»Für Gotteslohn?«, fragte Gisela.

»So könnte man es nennen«, lächelte Malik. »Aber die Kerle verfolgen natürlich ganz eigene Ziele. Ich weiß nicht, auf welchem Sklavenmarkt es enden wird. Vielleicht Messina oder Korsika. Obgleich – das Wahrscheinlichste ist Alexandria. Da erzielt man sicher die höchsten Preise.«

»Das ist ja furchtbar!«, ereiferte sich Gisela. »Können wir nicht … Könntet ihr nicht …?« Sie schaute Hilfe suchend von Malik zu Armand.

Armand dachte weniger an die betroffenen Kinder, sondern hegte politische Überlegungen. Er runzelte die Stirn. »Also steckten einfach Sklavenhändler hinter der ganzen Geschichte? Alles arrangiert für den Markt in Ägypten?«

Der junge Ritter wirkte fast enttäuscht. Schließlich sinnierte er seit Wochen über mögliche Verschwörungen.

Malik schüttelte den Kopf. »Das glaube ich nicht. Das wäre

viel zu kompliziert und aufwendig. Nein, nein, die Sklavenhändler nutzten nur die Gunst der Stunde. Hinter dem Kinderkreuzzug steckt dieser Franziskus.«

Malik erwähnte den Namen eher beiläufig, aber Armand fuhr auf wie von der Tarantel gestochen. »Das meinst du also auch? Die Minoritenbrüder? Aber warum? Was versprechen sie sich davon?«

Malik zuckte die Achseln. »Das weiß ich nicht. Aber ihr Oberhaupt ist ebenfalls nach Alexandria unterwegs oder plant es zumindest. Mit der gleichen Absicht: Bekehrung durch ein Wunder. Wahrscheinlich gedenkt Franziskus, sich da mit den Kindern zu vereinigen.«

»Das könnte sein Plan sein«, überlegte Armand. »Vielleicht regt sich das Gewissen des Mannes, und er will sich jetzt selbst an die Spitze der Bewegung setzen. Gedenkt er denn auch, übers Meer zu spazieren, oder nimmt er ein Schiff?«

Malik lachte. »Ein Schiff, soweit ich weiß, von Messina aus. Der König von Sizilien hat versucht, ihn von der Idee abzubringen, aber da ist nichts zu machen.«

»Also die gleiche Route wie die französischen Kinder«, meinte Armand. »Bist du sicher mit den Sklavenhändlern? Ich meine … ich weiß ja nicht, wer hinter diesem Stephan steckte, aber da gab es doch bestimmt auch einen Bruder Bernhard oder einen Bruder Leopold. Und die sind nicht dumm.«

»Aber Stephan ist viel älter als Nikolaus!«, warf Konstanze ein. »Wenn dem der Ruhm genauso zu Kopf gestiegen ist, hat er sich womöglich nichts mehr sagen lassen.«

»Oder die Mönche erwarten das Zusammentreffen mit ihrem Meister in Alexandria und nehmen an, dass der die Sklavenhändler schon bezwingt«, fügte Malik hinzu.

Armand zuckte die Achseln. »Mit Engelszungen reden soll er ja können. Und wenn er obendrein Weisung vom Papst hat und mit Exkommunikation droht … die Händler sind doch Christen, oder?«

Malik nickte. »Hugo Ferreus und William de Posqueres. Kaufleute aus Marseille.«

»Trotzdem bleibt die Frage, was Franziskus davon hat«, sinnierte Konstanze. »Glaubt er wirklich an diese Sendung? Ich meine ... ein paar Kinder und einfache Menschen sind eine Sache. Aber die Kirche? Ein Mann wie Franz von Assisi? Er muss doch wissen, wie die Stimmung im Heiligen Land ist ... Wie kann er erwarten ...?«

Konstanze hielt inne. Im Grunde war es ungeheuerlich. Eine Verschwörung, die Tausende von Menschen über die Alpen trieb, und jetzt auf ein Sklavenschiff. Bis zu diesem Tag hatte sie gedacht, es könnte nicht schlimmer kommen als das, was sie bislang erlebt hatten. Aber für die Nachfolger von Stephan hatte der Albtraum gerade erst begonnen.

»Ein Franz von Assisi kann einfach naiv sein.« Armand kaute auf seiner Unterlippe, was er gern tat, wenn er angestrengt nachdachte. »Ein Träumer, der den Vögeln und Eichhörnchen predigt, wenn ihm sonst keiner zuhört. Aber Innozenz III. ist nicht naiv! Wenn er das unterstützt hat, dann hat er seine Gründe. Ich wüsste zu gern, ob es ihm recht ist, dass die Franzosen jetzt übers Meer fahren.«

»Oder ob auch in Genua Schiffe warten«, fügte Gisela scharfsinnig hinzu. »Wenn doch die Händler dahinterstecken, versuchen sie das Gleiche sicher noch mal!«

»Wir brauchen keine Schiffe, das Meer wird sich teilen!« Rupert lenkte sein Maultier eben wieder neben Gisela, die für seinen Geschmack schon viel zu lange mit Armand und obendrein diesem Ungläubigen schwatzte. »Und wenn die Heiden der Wunder gewahr werden, die Jesus zu wirken vermag ...« Er streifte Malik mit einem unfreundlichen Blick.

»Wer hat dich gefragt, Knecht?«

Der Prinz blitzte den Jungen wütend an. Malik war es gleichgültig, wer den Kinderkreuzzug organisiert hatte, aber gegen Rupert hegte er tiefes Misstrauen. Armand, so fand er, war da viel zu duldsam. Der Prinz hatte inzwischen von dem

Unglück in den Bergen gehört, was ihn noch mehr alarmierte als der Austausch der Pferde. Der Sarazene plädierte dafür, den Knecht auszupeitschen, ein Geständnis zu erzwingen und ihm daraufhin entweder gleich den Kopf abzuschlagen oder ihn der Gerichtsbarkeit zu übergeben. Armand tat allerdings nichts dergleichen. Auch Gisela stellte sich vor den Jungen, dem sie ihre Freiheit verdankte. Seine Taten, so argumentierte sie, seien natürlich verwerflich, entsprängen aber nur Dummheit, Eifersucht und natürlich den falschen Vorstellungen, die Nikolaus' Botschaft schürte.

»Er wollte dich bestimmt nicht wirklich töten. Nur ... nur irgendwie ... er hat sich geärgert, und er ist nur ein dummer Bauer. Dimma hatte recht, ich habe ihn gereizt. Bitte lass ihn in Ruhe, Armand. Bis Genua zumindest. Da wird er einsehen, dass sein Lehen in Jerusalem nur ein Traum war. Wir können ihn dann wegschicken.«

Die weitere Überlegung blieb vage. Schließlich wusste Gisela selbst nicht, wohin es sie und Armand von Genua aus treiben würde. Zurzeit dachte niemand im Heer sehr viel weiter als bis zu der Hafenstadt im Nordwesten Italiens. Selbst die Kinder, die rückhaltlos an Nikolaus glaubten, mochten sich den weiteren Weg kaum vorstellen. Sie waren jetzt schon erschöpft – und eine Überfahrt ins Heilige Land sollte selbst per Schiff Wochen dauern. Zu Fuß würden sie weitere Monate unterwegs sein. Wenn sie überhaupt etwas aufrecht hielt, so nur der Gedanke an das Wunder, das zumindest den Beweis liefern würde. In Genua würden sie erfahren, ob Gott wirklich auf ihrer Seite war!

Magdalena zweifelte nicht daran. Sie hatte sich wieder der Gruppe um Wolfram zugesellt und teilte bereitwillig den Inhalt ihres wohlgefüllten Ranzens. Allerdings zeigte sie vorerst niemandem ihre Silberbrosche. Die sollte nur ihr allein gehören! Sie würde sie tragen, wenn sie einst mit Wolfram im Kreis der Ritter Eide schwor. Magdalena hatte die Mädchen

auf der Burg Rivalta davon reden hören, wie der Adel Hochzeit feierte. Seitdem träumte sie von einem Kuss im Kreise von Wolframs Rittern, Lehnsmannen und Lehnsherren – egal ob auf einem neuen Lehen im Goldenen Jerusalem oder in Guntheim am Rhein.

Glücklich saß sie am Abend zu Füßen ihres Geliebten und lauschte Nikolaus' letzten Predigten, bevor das Wunder geschehen sollte. Nur noch zwei oder drei Tage, dann würde es so weit sein ... und vielleicht ließ Wolfram sie dann ja auch endlich mit auf seinem Pferd reiten, und sie musste nicht mehr laufen.

Kurz vor dem Ziel wurde der Weg allerdings noch einmal schwierig. Die lombardische Tiefebene wich den Ausläufern des Apennin, einem gewaltigen Gebirge, und das Heer zog durch weitgehend verdorrte Weizenfelder und Weingärten. Die Winzer wirkten zufriedener als die Bauern. Das Jahr des Herrn 1212 versprach vielleicht keine große Ernte, aber einen wunderbaren Jahrgang starken, süßen Weines.

Nikolaus führte seine von Tag zu Tag aufgeregter werdende Schar über die Hügelkette, die Genua umschloss. Wieder hieß es Höhen zu erklimmen, und Konstanze versorgte am Abend Kinder am Rande der Erschöpfung, die trotzdem zu erregt waren, um zu schlafen. Manche sangen den ganzen Tag und schwenkten Fahnen. Konstanze fragte sich, wie sie die Kraft aufgebracht hatten, sie den ganzen Weg zu transportieren. Für einige fiebrige, längst kranke Kinder wurden diese letzten Tage zu viel. Sie starben noch am Vorabend des Einzugs in die Stadt. Auch Dimmas Liebling, das kleine Mariechen, erlag letztlich dem Fieber. Alle Frauen an Giselas Hof weinten um sie, statt zu frohlocken, als die Kreuzzügler endlich das Meer sahen.

Das Heer verbrachte die letzte Nacht der Reise auf den Hügeln, und von Giselas Lager aus bot sich ein fantastischer Blick auf den Hafen. Gisela entfloh schließlich der gedrückten Stimmung der Menschen rund um ihr Feuer, nicht ohne

Armand einen lockenden Blick zugeworfen zu haben. Der junge Ritter verstand und folgte ihr. Sie küssten einander im Licht der Sterne und des vollen silbrigen Mondes, der sich im endlosen Meer spiegelte. Davor erhob sich die Silhouette der Stadt Genua mit ihren Kirchtürmen und Palästen, dem Leuchtturm, der zu ihnen herüberzugrüßen schien.

»Werden sie uns einlassen?«, flüsterte Gisela.

Armand zuckte die Achseln. »Ich hoffe. Und wenn nicht, müssen wir das Meer am Strand teilen. Das wäre sowieso besser, wir können den Genuesen ja nicht den Hafen trockenlegen.« Er zwinkerte.

»Du bist schrecklich!«, rügte Gisela. »Fast so schlimm wie dein heidnischer Freund. Den solltest du morgen am besten versteckt halten. Sonst machen sie ihn womöglich noch für Nikolaus' Scheitern verantwortlich.«

»Übermorgen«, verbesserte Armand. »Das Meer wirkt jetzt so nah, aber vor morgen Abend werden wir die Stadt nicht erreichen. Und dann verlässt Malik uns sowieso. Er wird von den Stadtvätern erwartet, die ihn sicher mit großen Ehren begrüßen. Sie führen Verhandlungen, in denen es um Handelsverbindungen geht.«

Gisela lächelte wissend. »Ach, das glaube ich nicht, dass der Herr Malik uns so schnell verlässt!«, bemerkte sie dann. »Er hat viel zu viel Angst, dass du seine Konstanze doch noch ins Kloster deiner Mutter Ubaldina schickst. Kann sie ihn eigentlich heiraten, Armand? Oder geht das nicht, weil er ein Heide ist?«

Armand zuckte die Achseln. Auch ihm war die aufkeimende Zuneigung zwischen Malik und Konstanze nicht entgangen, aber er wusste zu wenig über die Familienverhältnisse seines Freundes, um Genaues sagen zu können.

»Das kommt darauf an, wie viele Frauen er bereits hat«, beschied er Gisela. »Er kann Konstanze natürlich als Konkubine in seinen Harem aufnehmen, aber wirklich heiraten darf er nur vier …«

Gisela seufzte. »Oh, ist das nicht ungerecht?«, fragte sie. »Er kann sich vier Frauen leisten, und du darfst nicht einmal eine haben!«

Armand lachte und küsste sie auf die Stirn. »Wir können uns zum Islam bekennen, meine Liebste. Dann nimmt er mich sicher in den Kreis seiner Ritter auf und gibt mir ein Lehen. Allerdings darf ich mir dann auch noch drei weitere Frauen aussuchen ... Wahrscheinlich kriege ich sogar ein paar geschenkt, der Sultan ist sehr großzügig!«

Gisela bekreuzigte sich, aber sie konnte ein Lächeln nicht unterdrücken.

Magdalena lag ihrem Ritter unter den Sternen bei und war glücklich – obwohl Wolfram sie hart und ohne Rücksicht auf ihre Gefühle genommen hatte. Er war mit Roland und Hannes in Streit geraten – es ging darum, ob man gleich am nächsten Abend den Weg über den Meeresgrund angehen oder doch noch eine Nacht oder mehr in Genua lagern sollte. Hannes sprach sich für Letzteres aus. Er sah, wie erschöpft die Kinder trotz des aufgesetzten Frohsinns und der lauten Lieder und Gebete waren.

Wolfram wollte das Wunder möglichst sofort. Der Ärger darüber war müßig – es würde ohnehin davon abhängen, wie sich Nikolaus entschied. Aber die Jungen waren gereizt und streitsüchtig. Keiner von ihnen hätte zugegeben, dass sie der Teilung des Meeres mit Zweifel und Bangen entgegenblickten. Tatsächlich wuchs ihre Angst mit jeder Meile, die sie dem Meer näher rückten. Nur Nikolaus war die Ruhe selbst. Er sprach noch einmal von den Wundern, die sie in Jerusalem erwartete, den goldenen Straßen, dem Essen, das die Engel ihnen reichen würden.

Magdalena hörte selig zu und schmiegte sich an Wolfram. Sie hätte ihn gern geküsst und gestreichelt, und sie träumte davon, dass er Worte der Liebe sprach. Aber es war, so glaubte sie, normal, dass er angespannt war. Wenn das Wunder erst

geschehen wäre … wenn sich das Meer teilte und die Tore des Goldenen Jerusalem sich vor ihr auftaten, dann würde sich auch Magdalenas Wunder vollziehen!

Der letzte Tagesmarsch war nicht zu anstrengend. Es ging nur bergab, und viele Kinder, die noch die Kraft dazu hatten, rannten, tanzten und sangen. Sie nahmen den Geruch des Meeres wahr, die Stadt lag im gleißenden Sonnenlicht und schien ihnen zuzublinzeln.

Und dann, am Abend, öffneten sich ihnen tatsächlich die Tore der reichen Handelsstadt! Während die Kinder auf die Piazza San Lorenzo strömten und dabei die gewaltigen Kirchen, marmornen Paläste und weitläufigen Straßen bewunderten, begab sich Armand zur Komturei der Templer.

Rupert gedachte, die Chance seiner Abwesenheit zu nutzen und sich mit den Mädchen unter das lagernde Heer zu mischen. Was brauchte die Gruppe Armand, es war wichtiger, Nikolaus an diesem Tag so nahe wie möglich zu sein! Für Verpflegung war auch gesorgt, die Genueser Patrizierfrauen errichteten eben Garküchen vor dem Dom. Wenn es nach Rupert gegangen wäre, hätten sie diese letzte Nacht vor dem Wunder singend und betend verbracht wie all die anderen Kreuzfahrer, die noch Kraft dafür fanden.

Malik bestand jedoch darauf, Giselas kleine Schar mit zu seinen Gastgebern zu nehmen, und die Mädchen waren nicht abgeneigt. Gisela brannte längst darauf, einen Patrizierpalast mal von innen zu sehen. Sie hatte die Bauten bereits in Piacenza bestaunt – fast ein bisschen missbilligend, schließlich gehörten sie einfachen Bürgern. In Köln und Mainz wagten es die Patrizier noch nicht, ihren Reichtum derart zur Schau zu stellen, obwohl ihre Häuser sicher auch komfortabel eingerichtet waren.

Der Palast der Familie Canella-Grimaldi, in den Malik sie jetzt führte, stellte jedoch alles in den Schatten, was den Mädchen bisher an Wohnkultur begegnet war. Sogar die selbst-

sichere Gisela verstummte beim Anblick der mit Teppichen und Marmorstatuen geschmückten Empfangsräume.

Die Dame des Hauses, eine Frau in mittleren Jahren, die sich nicht weniger kostbar kleidete als die Burgherrin Donna Maria in Rivalta, nahm die Besucher gastfreundlich auf. Donna Corradine führte Gisela und Konstanze ins Badehaus, wies ihnen eigene Bedienstete zu und behandelte auch Dimma so zuvorkommend, dass sich die alte Kammerfrau selbst wie eine Prinzessin fühlte.

Beim anschließenden Mahl waren die Frauen selbstverständlich zugegen, und Gisela glänzte mit den Manieren des Minnehofes, während Konstanze mit dem neuartigen Instrument der Gabel zunächst nicht so viel anzufangen wusste. Den Gastgebern und den weiteren Gästen – anscheinend war der halbe Stadtrat geladen – schien das aber völlig egal zu sein. Sie brannten darauf, die Mädchen über die seltsame betende und singende Invasion auszufragen, die in ihre Stadt eingefallen war.

»Der kleine Junge ist ja wirklich reizend!«, sagte eine der Matronen, die vorher auf dem Domplatz Almosen verteilt und Nikolaus predigen gehört hatte. »Und so anrührend, wie er predigt, so ernst ... er ist zweifellos fest im Glauben. Aber ein paar seiner Anhänger sind rechte Strauchdiebe! Die braucht man nur anzusehen und weiß schon, was von ihnen zu halten ist. Und die Mädchen ... manche wirken ja rein wie frisch gefallener Schnee, aber andere werden sich wohl heute Nacht noch mit den Huren der Stadt streiten, wenn sie an deren Pfründe wollen!«

Konstanze errötete. Sie hoffte, dass Magdalena bei Wolfram gut aufgehoben war.

Armand tafelte mit dem Meister und anderen Würdenträgern der Templerkomturei. Guillaume de Chartres hatte ihn angekündigt – und sich besorgt gezeigt, weil er lange nichts von sich hatte hören lassen. Der Großkomtur hatte wohl mit

einem Schreiben aus Mailand gerechnet. Die Templer nickten allerdings, als Armand berichtete, warum sie die Stadtrepublik umgangen hatten.

»Die Mailänder und der Papst sind einander mal wieder spinnefeind«, sagte der Komtur, ein südländischer Heißsporn, der die Waffe zweifellos so scharf zu führen wusste wie seine Rede. »Der Stadtrat ist auf die ganze Kirche schlecht zu sprechen. Womöglich hätten sie diesem Spuk tatsächlich den Garaus gemacht – obwohl das jetzt fast schon zu spät ist. Man hätte diesen Unfug bereits in Köln unterbinden müssen.«

Sein älterer, eher besonnener Stellvertreter schüttelte den Kopf. »Das haben die Franzosen doch versucht! Viel vernünftiger als deren König konnte man die Sache eigentlich nicht angehen. Aber das Ganze wuchs einfach allen über den Kopf.«

Armand fragte nach dem französischen Kreuzzug und erfuhr weitere Einzelheiten. Wie immer waren die Templer sehr gut informiert.

»Hugo Ferreus und Guillermo de Posqueres haben die Kinder entführt – und das Geschäft ihres Lebens gemacht. Ein großer Teil waren Mädchen und kräftige Jungen, die Schwächlinge ließen sie bei den Bürgern von Marseille, die müssen jetzt sehen, wie sie damit zurechtkommen. Allein vierhundert Kleriker waren dabei!«

Armand wäre beinahe aufgesprungen. »Franziskaner?«, fragte er.

»Weniger«, gab der Templer zurück. »Benediktiner – ein paar Minoriten natürlich auch. Aber wie gesagt, die meisten blieben in Marseille – mit den Kindern, die nicht mitdurften. Sie waren natürlich untröstlich – die wussten ja nicht, was ihnen erspart blieb. Mit denen ziehen sie jetzt nach Rom.«

»Warum nach Rom?«, erkundigte sich Armand und nahm einen Schluck Wein.

»Um die Kinder von ihrem Eid entbinden zu lassen«, gab

der Komtur Auskunft. »Sie bleiben doch sonst ihr Leben lang verpflichtet. Ob sie da natürlich wirklich ankommen … Sie sind wohl noch unterwegs. Von den anderen haben wir nur gehört, dass der Sultan in Alexandria sämtliche Kleriker aufgekauft hat. Eine sehr weise Entscheidung – von seiner Warte aus gesehen. Wo auch immer er sie einsetzt, sie werden keine Möglichkeit mehr haben zu predigen. Die Vertreter ihrer Orden im Heiligen Land haben natürlich protestiert, einige der Unseren verhandeln noch für sie. Aber der Ausgang ist ungewiss.«

»Und die Kinder?« Armand hatte kein großes Mitleid mit den Mönchen. Die waren erwachsen und mussten bereit sein, einem Schicksal als Märtyrer entgegenzusehen.

Der Templer zuckte die Achseln. »In alle Winde zerstreut.«

Armand seufzte.

»So meint Ihr, das Ganze wurde von Ferreus und Posqueres initiiert?«, fragte er. »Ein Freund von mir …«

Der lebhafte Komtur ließ ihn nicht aussprechen, sondern unterbrach gleich mit einer schwungvollen Handbewegung. »Nein, nein! Undenkbar. Niemals haben die zwei das geplant! Schon aufgrund der zwei Kreuzzüge mit unterschiedlichen Zielen: Es wäre doch viel einfacher gewesen, die Heere vor der Einschiffung zu vereinigen. Man hätte auch das deutsche nach Marseille leiten können, was weiß ein Nikolaus, welcher Weg der nächste zum Meer ist? Wenn Ihr mich fragt, Monseigneur Armand: Ferreus und Posqueres haben die Kinder jemandem vor der Nase weggeschnappt. Und es wird sehr interessant werden, wer Hand auf Eure Schar da draußen legen wird, wenn die Wunder morgen ausbleiben!«

Am nächsten Tag waren die Kreuzfahrer beim ersten Licht des Morgens auf den Beinen. Schon bevor die Stadttore sich öffneten, formierten sich die Kinder hinter Nikolaus zur Prozession an den nächsten Strand. Eine große Anzahl Genueser Bürger schloss sich an, und als sich die Menschen schließlich

singend und betend am Wasser versammelten, blickte Armand in junge und alte Gesichter, gläubige und skeptische, glückliche und ängstliche.

Die Kreuzfahrer waren leicht von den Neugierigen zu unterscheiden. Sie wirkten zerlumpt und abgezehrt. Die einzige Ausnahme bildeten die Mönche, die Garde rund um Nikolaus sowie die Gruppe um Gisela. Mit Hilfe der rührigen Donna Corradine hatte Dimma die Kinder, um die sie sich kümmerte, neu eingekleidet. Die kleinen saßen aufgeregt mit im Sattel der Pferde, je zwei bei Konstanze, Gisela und Dimma. Die Mädchen wohnten gemeinsam mit ihren Gastgebern dem Spektakel bei. Gisela saß auf ihrer Smeralda, Konstanze auf Comes, Dimma hielt sich auf ihrer Füchsin etwas hinter der Herrschaft. Armand, der sich wieder zu seinen Freunden gesellt und artig in der Familie Grimaldi eingeführt hatte, ritt einen bedrohlich wirkenden schwarzen Streithengst aus dem Stall der Templer. Ebenso wie Malik erschien er in voller Bewaffnung. Donna Corradine und ihr Gatte boten weitere zwei Lanzenreiter auf.

»Falls es zu Ausschreitungen kommt ...«, erklärte Armand den anderen besorgt.

Diese Befürchtung hegten wohl auch die Templer. Der Komtur und drei seiner Ritter hatten sich ebenfalls eingefunden und gruppierten sich wie zufällig um die Frauen und die Stadtväter von Genua.

Rupert, der sich in dieser Gesellschaft unwohl fühlte, drängte weiter nach vorn. Magdalena suchte die Gesellschaft Wolframs, aber der Guntheimer beachtete sie nicht. Er sah nur wie gebannt auf Nikolaus, der nun langsam und singend seiner Sänfte entstieg ...

»Schönster Herr Jesu, Herrscher der Herren, meiner Seelen Freud' und Kron' ...«

Noch einmal erhob sich das Lied aus vielen Tausend Kehlen zum Himmel, aber dann wurde es still.

Nikolaus ging zum Meer und schwenkte seinen Wanderstab. »Herr, schönster, liebster Herr Jesus! Wir danken dir, dass du uns wohlbehalten bis hierher geführt hast.«

Dimma schnaubte.

»Und wir vertrauen fest auf deine Güte. Gewähre uns nun, was du uns versprochen hast! Lass uns trockenen Fußes über das Meer gehen, ins heilige Jerusalem, um es zu befreien von seinen Feinden!«

Nikolaus hob seinen Stab mit einer großen Geste.

Das Meer wogte gegen den Strand von Ligurien. Wie vorher und nachher an jedem Tag, den Gott werden ließ.

»Herr, unser Gott! Hör auf deinen ergebenen Diener! Ich habe die Unschuldigen hierher geführt. Hilf uns nun weiter in deiner unendlichen Liebe!«

Die Wellen brachen sich flüsternd am Ufer. Es war ein klarer Tag, das Meer lag wie ein Spiegel vor den hoffnungsvollen Kindern.

Aber es teilte sich nicht.

Nikolaus setzte die Füße ins Wasser. »Ich werde diesen Kindern den Weg voranschreiten!«

Er ging so weit, bis das Meer seine Knie umspielte. Dann versuchte er es erneut.

»Herr! Mein Herr Jesus! Lass das Wasser zurückweichen für deine Kinder!«

Die Zuschauer wurden langsam unruhig, ein paar Genuesen lachten.

»Teile dich, Meer!« Nikolaus' Stimme wurde schrill.

»Teil dich endlich!« Das war Roland.

Und dann schrien die Kinder durcheinander, schrien und weinten ihre Wut und Enttäuschung heraus.

Nikolaus brach am Strand zusammen und schluchzte. Die Mönche formierten sich um ihn, einer begann zu singen. Das schien die Kinder zu beruhigen. Der Ausbruch verstummte so schnell, wie er begonnen hatte. Der größte Teil der Kreuzfahrer hatte einfach nicht mehr die Kraft, aufzubegehren.

Karl, der wie alle Mitglieder von Armands Heer Ordnung

in seiner Gruppe gehalten hatte, ließ die verstörten Kinder zurück und kam zu Armand. Sein Gesicht war leer und unnatürlich blass.

»Und … was jetzt?«, fragte er.

Armand konnte seine Frage nicht beantworten.

Tatsächlich geschah nicht mehr sehr viel an diesem sonnigen Septembertag des Jahres 1212. Die Menge am Strand verlief sich – eher still als aufgebracht. Die Kreuzfahrer wanderten in kleinen Gruppen zurück in die Stadt. Sie wirkten wie gelähmt, verstummt und zu Tode erschrocken. Viele weinten leise, klammerten sich aneinander, froren trotz der sommerlichen Wärme. Die Menschen von Genua versorgten sie erneut mit Essen, und Donna Corradine und ihre Freundinnen verteilten heißen Würzwein. Die meisten Kinder nippten nur daran, aber das stark gesüßte Getränk schien sie zu kräftigen.

Die Heilkundigen im Heer eröffneten ihre Hilfsstationen, Konstanze mit Unterstützung einiger Genueser Matronen. An diesem Tag wurden allerdings weniger Verbände für zerschundene Füße gebraucht als beruhigende Trünke. Donna Corradine setzte auf Wein, Konstanze auf einen Sud aus Johanniskraut. Ein paar Mädchen weinten hysterisch, einige schon an den Vortagen gänzlich entkräftete Kinder und Erwachsene starben.

»Wo ist denn jetzt dieser Nikolaus?«, fragte Oberto Grimaldi am Abend bei Tisch.

Seine Gattin, Konstanze, Dimma und Gisela waren zu später Stunde todmüde in seinen Palast zurückgekehrt. Wieder richteten die Grimaldis ein Essen für Malik al-Kamil, und wieder versammelte sich der halbe Stadtrat. Wobei erneut nicht die Handelsbeziehungen zu Ägypten besprochen wurden, sondern ausschließlich Nikolaus' gescheiterter Kreuzzug.

»Hat man das Kind wenigstens in Sicherheit gebracht? Es besteht doch Gefahr, dass die anderen ihn umbringen.«

»Der Bischof hat die Wirtschaftsräume des Doms zur Verfügung gestellt«, gab einer der Stadtväter Auskunft. »Da verschanzen sich die Mönche mit dem Jungen. Das Kind muss sich erst mal beruhigen, es war völlig außer sich, hat erst geweint, dann geschrien ... Es ist besser, den Kleinen bekommt vorerst keiner zu Gesicht. Aber morgen wird sich irgendeine Lösung finden müssen. Wir können dieses abgerissene Heer nicht tagelang durchfüttern.«

Nikolaus war bereits zur Ruhe gekommen, als Magdalena und Wolfram zum Rat stießen. Wie viele andere war der Guntheimer zunächst am Strand geblieben, verwirrt und ungläubig wartend, als könnte sich das Meer doch noch teilen. Magdalena hatte geduldig neben ihm verharrt und ihre letzten Vorräte mit ihm geteilt, als sie Hunger bekam. Wolfram aß kaum etwas, er wirkte erschüttert.

Das kleine Mädchen versuchte verzweifelt, tröstende Worte für ihn zu finden. »Vielleicht hat Gott es sich ja einfach anders überlegt!«, sagte Magdalena. »Vielleicht führt er uns über einen anderen Weg ins Heilige Land!«

Wolfram warf ihr einen bösen Blick zu. »Einen anderen Weg gibt es nicht!«, höhnte er.

Magdalena runzelte die Stirn. »Doch, doch sicher, Gott kennt alle Wege! Er könnte uns Himmelswagen schicken, die uns viel schneller übers Meer bringen! Sicher wird er heute Nacht noch mit Nikolaus sprechen, und morgen sieht alles anders aus. Komm, lass uns zu ihm gehen und mit ihm beten! Er ist doch so enttäuscht heute, er muss wissen, dass wir noch fest im Glauben sind.«

Während Wolfram sich endlich in Bewegung setzte, hellte ihr Gesicht sich auf. »Das ist es, Wolfram! Das heute war nur eine Prüfung! Gott wollte wissen, wie viele von uns auch noch zu Nikolaus stehen, wenn er nicht gleich Wunder wirkt. Gott will nur die Besten, Wolfram! Komm, lass uns Nikolaus beweisen, dass wir dazugehören!«

Wolfram gab ein ungläubiges Schnauben von sich, machte sich dann aber doch auf, Nikolaus zu suchen. Zunächst erwies sich das als schwierig, Magdalena allein hätte sicher keinen Zugang zum Dom gefunden. Aber als sich Wolfram, der Ritter, mit fester Stimme durchfragte, öffnete ihm schließlich ein junger Kaplan eine Seitenpforte und führte die beiden durch die Sakristei in weitere, dem Klerus vorbehaltene Räume.

In einem Innenhof tagte der innere Zirkel um den kleinen Prediger. Aufgeregt und laut, die Stimmen klangen deutlich schärfer als sonst. Der Debatte fehlte die Ehrfurcht, die sonst alle vor Nikolaus hatte verstummen lassen. Einige der Jungen gingen heftig mit dem Knaben ins Gericht.

»Herrgott, du kannst doch hier nicht herumsitzen und weinen, weil das Meer sich jetzt doch nicht geteilt hat!« Hannes stand in der Mitte des Kreises und schimpfte auf Nikolaus ein. »Da draußen sind siebentausend Leute. Die vertrauen auf dich! Also hilf uns, herauszufinden, was Gottes Wille ist!«

»Er spricht nicht mit mir!« Nikolaus weinte herzzerreißend. »Er hat uns verlassen, er hat uns verlassen ...«

»Gott verlässt uns nicht«, sagte Bruder Bernhard beruhigend und streichelte liebevoll über das Haar des Knaben.

»Eben! Er will nur, dass wir uns selbst etwas einfallen lassen. Also: Wir werden genau so übersetzen wie alle anderen Kreuzfahrer – mit Schiffen!«

Hannes hatte sich offensichtlich bereits Gedanken darüber gemacht. Die anderen lachten, allen voran die Mönche.

»Und wo willst du die herkriegen?«, fragte Roland. »So eine Überfahrt kostet ein Vermögen!«

Magdalena nestelte ihre Silberbrosche aus dem Saum ihres Kleides. Sie gab sie ungern her, sie hätte sie zu gern bei ihrer Hochzeit getragen. Aber Gott verlangte jetzt sicher Opfer. Und Nikolaus ... er war so traurig, so verzweifelt. Sie liebte den wunderschönen Knaben fast noch mehr als Wolfram ...

Magdalena trat vor. »Hier, die kannst du haben!«, sagte sie freundlich und hielt Nikolaus das Schmuckstück hin. »Wenn wir … wenn wir alle zusammenlegen …«

»Du!« Bruder Bernhard schlug ihr das Geschenk aus der Hand. »Du wagst es, Nikolaus deinen Hurenlohn anzudienen? Was hast du tun müssen für die Brosche, Mädchen?«

Der Mönch sah sie mit dem hasserfüllten Blick an, den sie so oft in seinen Augen gesehen hatte, nachdem er sie genommen hatte. Er war dann voller Scham über das, was er getan hatte – aber auch voller Wut auf das Mädchen, das ihn verführte.

»Nichts … ich …« Magdalena sah Nikolaus Hilfe suchend an.

»Eine Hure?«, fragte der Knabe verwirrt. Sein hübsches Gesicht verzerrte sich. »Du bist eine Hure? Ich hab dich mir zu Füßen sitzen lassen! Ich hab dich hier geduldet, zwischen den besten meiner Leute! Und dann bist du hinausgegangen und hast die Unschuldigen zu unsittlichen Handlungen genötigt?«

Magdalenas Augen weiteten sich. Natürlich hatte Nikolaus nicht gewusst, dass Roland und seine Leute so ziemlich jedes der Mädchen besessen hatten, das je an seinem Feuer gewesen war. Es war sicher eine böse Überraschung für ihn. Aber … aber er musste das doch vergeben! Er musste doch sehen, dass sie es aus Liebe getan hatte. Dass sie ihm helfen wollte …

Nikolaus sprang auf. »Solche wie du sind schuld!«, schrie er sie an. »Natürlich wird Gott das Meer nicht teilen, solange verderbte, böse Weiber unter uns sind und Männer, die sich ihnen hingeben! Hebe dich hinweg, Satan! Nimm deine Braut mit in die Hölle! In der tiefsten Hölle sollst du schmoren, Kebsweib! Und wir … wir werden das Heer reinigen! Das ist es, was Gott will! Wir werden alle die an den Pranger stellen, die unsere Mission verraten haben! Nur die wahrhaft Unschuldigen sind ausersehen, Jerusalem zu befreien! Nur die Unschuldigen!«

Magdalena wich zurück. Starr vor Entsetzen schob sie sich der Tür zu. Sie hoffte, dass Wolfram sie zurückhalten würde, aber der junge Ritter reagierte nicht. Magdalena schluchzte auf.

Nikolaus warf ihr die Brosche hinterher. »Hier, ich will dein sündiges Gold nicht!«, rief er ihr noch nach.

Magdalena hob das Schmuckstück auf. Dann wandte sie sich um und rannte.

»Es tut mir leid, Euch zu stören, Fräulein Konstanze, aber an der Tür ist ein Mädchen, das zu Euch will.« Der Majordomus der Grimaldis klopfte an die Tür eines der weitläufigen Räume, die Donna Corradine den Mädchen zur Verfügung gestellt hatte. »Ein blondes Mädchen, fast noch ein Kind, vielleicht elf oder zwölf Jahre alt. Es lässt sich nicht abweisen, es liegt auf der Schwelle und weint. Die Köchin und die Hausmädchen haben sich darum bemüht, wir wollten es mit in die Küche nehmen und Euch morgen zuführen. Aber es rührt sich nicht vom Fleck und weint und weint. Zwischendurch nennt es Euren Namen. Wenn das so weitergeht, wird es die Herrschaft aufwecken. Wollt Ihr es wirklich sehen, oder sollen wir es wegprügeln? Es gehört sicher zu diesen seltsamen Pilgern, und da dachten wir …«

»Du hast klug und überlegt gehandelt!«, lobte Gisela den unsicheren Domestiken.

Sie hatte sich rasch einen Schal über ihr Unterkleid geworfen und ihm die Tür geöffnet. Konstanze war noch angezogen und stand hinter ihr. Dimma hatte ihr eben das Haar gebürstet.

»Ich komme sofort!«, sagte sie. »Oder noch besser, bring das Kind herauf. Das geht doch, nicht wahr?«

Sie warf einen Hilfe suchenden Blick auf Gisela. Sie war nicht vertraut mit der Etikette der großen Häuser.

Dimma nickte an Giselas Stelle. »Und lass heißen Wein bringen!«, wies sie den Diener an. »Für ein Bad ist es wohl zu spät, aber doch Wasser zum Waschen, es kann sein …« Dimma dachte an eine Vergewaltigung. »Ist sie verletzt? Ist ihre Kleidung zerrissen?«

Der Majordomus schüttelte den Kopf. »Sie wirkt nicht abgerissener als der Rest der Kinder«, bemerkte er. »Im Gegenteil, eher reinlicher. Also gut, ich sage ihr, dass Ihr bereit seid, sie zu empfangen.«

Kurze Zeit später schob eines der Hausmädchen die schluchzende Magdalena ins Zimmer, ein anderes brachte Wein, Oliven, Käse und Brot, ein drittes einen Krug heißen Wassers. Dimma dankte den Bediensteten und wies sie hinaus.

Magdalena warf sich in Konstanzes Arme. Das Mädchen führte sie zum Bett und zwang sie mit sanfter Gewalt, sich zu setzen. Gisela reichte ihr Wein. Magdalena trank zwischen zwei Schluchzern.

»Es ist nur meine Schuld«, wimmerte sie. »Nur meine Schuld … Nikolaus hat es gesagt!«

Konstanze und Gisela sahen einander verständnislos an. Es dauerte fast eine Stunde, bis sie dem jammernden Mädchen die ganze Geschichte entlockt hatten. Stammelnd erzählte Magdalena von Bruder Bernhard und Roland. Sie gestand, was sie getan hatte, um sich den Zugang zu Nikolaus zu erkaufen.

Dimma schlug wissend die Augen gen Himmel. Konstanze und Gisela waren empört.

»Dann bist aber doch nicht du schuld, Lenchen, sondern Roland und die anderen!«, erklärte Gisela. »Und dieser Pfaffe! Der sollte an den Pranger! Und Wolfram! Der muss es gewusst haben!«

»Wolfram hat mich beschützt!«, behauptete Magdalena. »Wenn er nicht gewesen wäre … also mit ihm … seit ich mit ihm zusammen bin, belästigt mich niemand mehr.«

»Ach ja?«, fragte Dimma spöttisch. »Und dieser tugendhafte junge Ritter wohnt dir auch nicht bei, sondern schläft brav mit dem Schwert zwischen ihm und dir, weil seine Dame ihm kostbar ist?«

»Wolfram ist nicht so«, flüsterte Magdalena. »Aber … aber die anderen … Und sie haben ja recht, ich bin voll der Sünde … Wenn Nikolaus mich an den Pranger stellt … dann … dann …«

»Ach was, Lenchen, der hat morgen anderes zu tun, als gegen dich zu wüten!«, beruhigte Gisela das kleine Mädchen. »Es ist zwar möglich, dass er Sündenböcke sucht, aber wo will er da anfangen? Du hast dich ein paar Gaunern hingegeben, andere Mädchen waren auch nicht so … tugendhaft. Aber Roland hat euch doch erst darauf gebracht! Und die anderen Jungen haben gestohlen und geraubt, und das ist noch viel schlimmer als Hurerei!«

Magdalena schluchzte. Sie war erkennbar nicht fähig und willens, Sünden gegeneinander aufzurechnen. Konstanze entschied sich für ein anderes Vorgehen.

»Du hast jedenfalls keine Todsünde begangen, Lenchen!«, erklärte sie dem Mädchen resolut. »Du hast nichts getan, was Gott nicht vergibt. Also gehen wir gleich morgen in den Dom – oder zur Kirche der Templer, da ist Armand, der wird uns weiterhelfen. Jedenfalls finden wir einen Priester, der dir die Beichte abnimmt. Du wirst beichten und bereuen und Sühne leisten. Und dann ist alles gut. Jedenfalls kann Nikolaus es dann nicht mehr auf dich schieben, wenn sich das Meer nicht teilt.«

Magdalena schniefte. »Ich … ich kann doch nicht von Auge zu Auge mit so einem Kirchenherrn reden! Ich weiß nicht mal, ob ich in den Dom darf, das ist vielleicht auch eine Sünde. Weil … ich weiß nämlich gar nicht, ob ich überhaupt getauft bin. Mein Stiefvater hat gesagt, meine Mutter hätte mich nicht einsegnen lassen, und ich wär eigentlich nicht mehr als ein Heidenkind. Ich wär nur ein Dreck.«

Konstanze fühlte unbändige Wut – auf diesen angeblichen Stiefvater und all die anderen Kerle, die das Kind bereits

missbraucht hatten. Die ihm Angst und Schmerzen bereiteten und ihm dabei auch noch einredeten, es selbst habe Schuld.

»Hör zu, Magdalena, du bist kein Dreck! Selbst wenn du nicht getauft wärest. Schau mal, wir waren auf dem Weg nach Jerusalem, um die Heiden zu bekehren. So viel Sorgen machte sich Gott um sie, so viel Liebe hat er für sie, dass er uns ins Heilige Land führen wollte, um sie zu bekehren. Kennst du nicht das Gleichnis vom verlorenen Sohn? Oder vom guten Hirten? Der Herr liebt ein verlorenes Schaf besonders.«

»Wir können dich ja auch taufen lassen.« Gisela hielt nicht viel von Gleichniserzählungen. »Wenn wir sowieso in der Kirche sind. Der Priester nimmt dir die Beichte ab und tauft dich – oder umgekehrt …«

Konstanze fiel etwas ein. »Dafür brauchen wir nicht mal einen Priester!«, erklärte sie. »Das Sakrament der Taufe kann jeder spenden. Meine Großmutter war Hebamme in unserem Dorf, und ich war oft dabei, wie sie ein schwächliches Neugeborenes taufte.«

»Und das gilt?«, fragte Magdalena ungläubig.

Konstanze bejahte.

»Willst du mich dann taufen?« Magdalena sah sie mit großen Kinderaugen an. »Machst du das für mich? Weil … die Taufe wäscht doch die Sünden ab, oder?«

Konstanze streichelte über ihr Haar und hieß sie, niederzuknien. Dann nahm sie zuerst nur eine Handvoll Wasser – und schließlich in einem raschen Entschluss den ganzen Krug.

»Ich taufe dich im Namen des Vaters, des Sohnes und des Heiligen Geistes!«, sagte sie fest und leerte den Krug über Magdalenas blondes Haar.

Gisela und Dimma sprachen ein Gebet.

Magdalena lächelte unter Tränen. »Und jetzt … jetzt bin ich keine Sünderin mehr? Das … das Wasser wäscht alles ab?«

Konstanze nickte. »Das Wasser wäscht alles ab.«

Kapitel 4

Am nächsten Tag war die Starre vom größten Teil des Kreuzfahrerheeres abgefallen. Die ersten Menschen begannen, neue Pläne zu schmieden. Am leichtesten fiel dies all den Taschendieben und Marketenderinnen, die den Zug begleitet hatten. Genua war eine reichere und größere Handelsstadt als alle Orte, an denen sie ihr Gewerbe bislang betrieben hatten. Sie konnte noch ein paar weitere Gauner ernähren.

Die Bader und Gaukler, die halbherzig mitgereist waren, beschlossen, einfach weiterzuziehen. Bestimmt war irgendwo in der Gegend ein Jahrmarkt. Ein paar enttäuschte Heranwachsende wollten nach Hause, und einige weitere bemühten sich in Genua um eine Stellung.

Donna Corradine nahm ein Mädchen auf, das sich in ihrer Suppenküche als anstellig erwiesen hatte, und erklärte sich Konstanze gegenüber auch bereit, Magdalena zu behalten.

»Wenn sie möchte, natürlich. Und wenn es Euch recht ist. Man muss ja erst sehen, was jetzt weiter geschieht.«

Aber dann, gegen Mittag, als sich schon erste Aufbruchstimmung ausbreitete, erschien Nikolaus. Der Knabe begab sich, gekleidet in sein weißes Pilgergewand und begleitet von den Mönchen, auf die Stufen des Doms.

Konstanze und Gisela, die mit Magdalena aus einer der kleineren Kirchen kamen, in der das Mädchen gebeichtet und ihre Sühnegebete verrichtet hatte, suchten sich rasch einen Platz mit guter Sicht. Magdalena zitterte. Wenn er jetzt all die Sünder im Heer nannte …

Nikolaus tat allerdings nichts dergleichen. Er wirkte auch nicht mehr wie der wütende Racheengel von der vergangenen

Nacht, sondern so süß und liebevoll und ganz erfüllt von seiner Aufgabe wie in den Wochen zuvor.

»Freunde! Gläubige!«, begrüßte er die Kinder. Ein paar quittierten das mit höhnischem Lachen, aber man sah auch interessierte und hoffnungsvolle Gesichter. »Gestern Morgen sind wir alle tief enttäuscht worden. Wir hatten auf ein Wunder gehofft, aber Gott hat es uns nicht gewährt. Sei es, weil er uns als unwürdig erachtet, weil Sünder unter uns sind, oder weil er uns weiter prüfen will.«

»Das hab ich Wolfram gleich gesagt!«, wisperte Magdalena.

Konstanze gebot ihr zu schweigen.

»Warum, so fragte Gott mich heute Nacht, als ich mit seinen Engeln Zwiesprache hielt, warum soll ich es euch leicht machen? Habe ich es meinem Sohn leicht gemacht, meinen Aposteln? Nein! Wer wahrhaft für den Glauben einsteht, der wählt ein schweres Leben! Gott hat das Meer gestern nicht für uns geteilt. Aber das heißt nicht, dass er uns losspricht von unseren Verpflichtungen! Gott in seiner unerschöpflichen Weisheit gibt uns nur neue Aufgaben, an denen wir wachsen und erstarken sollen, bis wir einst den Heiden entgegentreten. Und nicht nur uns! Gott wendet sich heute auch an die Bürger und besonders die Kaufmannschaft von Genua! Hört, ihr reichen Handelsherren und Schiffseigner: Gott will, dass die Heiden bekehrt werden. Gott will Jerusalem befreien. Und Gott schickt uns, diesen Auftrag zu erfüllen. Euch hat er ausersehen, uns dabei zu helfen. Ich rufe euch zu, Volk und Senat von Genua: Gebt uns Schiffe! Setzt uns über ins Heilige Land, auf dass wir unseren göttlichen Auftrag erfüllen! Gott ließ mir in dieser Nacht durch seinen Engel sagen, dass viele Menschen hier sündig sind. Dass sie Geld verleihen gegen Zinsen. Dass sie gierig sind, wenn es gilt, Preise für ihre Waren festzusetzen.«

»Ganz schön unverfroren!« Armand hatte sich, in Begleitung eines der Tempelherren, zu den Mädchen durchgekämpft und küsste Gisela zur Begrüßung auf die Wange. »Da füttert ihn die Bevölkerung von Genua jetzt seit drei Tagen durch, und er verdammt sie vor ihrer eigenen Kirche!«

»Gott will euch das alles vergeben, Volk von Genua! Aber ihr müsst guten Willen zeigen. Gebt uns Schiffe! Bringt uns ins Heilige Land!«

Kurze Zeit herrschte Stille auf dem Domplatz, aber dann nahmen die ersten begeisterten Kinder den Ruf auf.

»Gebt uns Schiffe! Gebt uns Schiffe!«

Alle drängten nach vorn, um Nikolaus nahe zu sein. Er hatte seine Zuhörer wiedergewonnen. Als sich der Bischof und die Senatoren beschwichtigend an die Menge wenden wollten, wurden sie niedergeschrien. Oberto Grimaldi konnte die Ruhe schließlich erst wiederherstellen, als er versprach, man werde über die Sache beraten.

»Also geht es doch um Einschiffung?«, fragte Armand den Ritter in seiner Begleitung. Er hatte ihn eben als Don Giuseppe Selva vorgestellt, Vorsteher der Genueser Komturei. »Die Kinder sollen ins Heilige Land?«

Don Giuseppe zuckte die Schultern. »Das hätte ich jetzt nicht gedacht. Aber diese flammende Rede ... die Mönche müssen es ihm eingeflüstert haben. Auch wenn sie gar nicht so begeistert scheinen.«

Tatsächlich wirkte es eher so, als machten Bruder Bernhard und die anderen Nikolaus heftige Vorwürfe.

Magdalena dachte an das, was sie am Abend zuvor im Rat gehört hatte. Dann holte sie tief Luft. »Die ... die Mönche wollten das nicht mit den Schiffen«, verriet sie. »Das war Hannes, der das wollte.«

Hannes war es auch, der in den nächsten Tagen die Verhandlungen führte. Lange, zähe Verhandlungen, aber von Anfang an zum Scheitern verurteilt. Schon vor Nikolaus' Rede auf dem Domplatz war ein Treffen der Stadtoberen vereinbart gewesen – Armand hatte den Komtur der Templer eben dahin begleiten wollen, als er die Mädchen auf der Piazza traf. Die durch die Worte des Jungen verärgerten Herren einigten sich dabei schnell: Weder die großen Reedereien noch die Templer noch die christliche Kaufmannschaft würden den Kreuzfahrern kostenlos Schiffe stellen. Die jüdische Kaufmannschaft verpflichtete sich, das auch nicht gegen Geld zu tun, und eventuellen Reedern oder Kaufleuten von auswärts würde man keine Genehmigung erteilen, mit den Kindern auszulaufen.

»Ich will kein Blut an den Händen!«, sagte Grimaldi mit großer Geste. »So eine Katastrophe wie die in Marseille muss unbedingt vermieden werden!«

»Wobei die Bürger von Marseille davon nichts ahnen konnten«, schwächte der Templer ab. »Ferreus und Posqueres waren als halbwegs ehrliche Kaufleute bekannt, ihre Absichten nicht voraussehbar.«

»Eben deshalb gehen wir auch keine Risiken ein«, schloss Oberto Grimaldi. »Dieser Nikolaus und seine Leute verlassen Genua nicht auf dem Seeweg. Hat irgendjemand Vorschläge dazu, wie wir sie möglichst schnell dazu bringen, die Stadt auf dem Landweg zu räumen?«

Hannes kämpfte also einen aussichtslosen Kampf, zudem erhielt er von Nikolaus wenig Unterstützung. Der Junge predigte zwar täglich auf der Piazza de Ferrari, schuf sich damit aber keine Freunde in der Stadt. Schließlich wütete er immer wieder gegen die gierige Kaufmannschaft und die gottlosen Senatoren, die nicht willens waren, seinen Kreuzzug zu unterstützen.

»Woher weiß er das?«, fragte sich Konstanze, als der Junge sowohl gegen die Ghibellinen, die Unterstützer des staufischen Kaisertums, als auch gegen die Guelfen, Anhänger der Welfen und des Papstes, wortreich wetterte.

»Das hat ihm zumindest kein Bauernjunge aus dem Rheinland eingeflüstert«, meinte Armand. »Dieser Hannes ist zwar ein begnadeter Stratege, aber völlig ungebildet. Dazu hat er kein Interesse daran, die Stadtväter zu brüskieren, er verhandelt freundlich und sehr geschickt. Hier dagegen ist die Strategie eine andere: Nikolaus macht sich in Genua unbeliebt. Er hetzt sein Heer gegen die Stadt auf, es kommt immer häufiger zu Übergriffen. Noch ein paar Tage, und der Senat wirft alle hinaus.«

»Und du denkst, das will Nikolaus?«, fragte Gisela.

»Das wollen diejenigen, die den Kreuzzug steuern«, mutmaßte Armand. »Ich bin gespannt, wo es als Nächstes hingeht.«

Noch während der Verhandlungen um die Schiffe reduzierte sich das Heer zusehends. Viele junge und vor allem erwachsene Kreuzfahrer hatten genug. Täglich brachen Gruppen auf, um in die deutschen Lande zurückzukehren. Andere nahmen in der Stadt oder im Umland Stellungen an.

Die Bürger Genuas hatten nun auch aufgehört, Nikolaus und seine Anhänger zu verpflegen. Die Domherren machten ihm unmissverständlich klar, dass er in der Kirche nicht mehr geduldet war. Letztlich wurde die Lage in der Stadt unhaltbar, und das restliche Heer zog ab. Aber in der Frage, wohin man sich von Genua aus wenden sollte, setzte sich erst mal Hannes durch. Der Junge war weit entfernt davon, aufzugeben.

»Wenn Genua uns keine Schiffe stellt, dann ziehen wir eben nach Pisa!«, erklärte er an das Heer gewandt. Anscheinend reichte es ihm, sich stets diplomatisch über Nikolaus und die Mönche verständigen zu müssen. »Pisa und Genua sind seit Jahrhunderten Rivalen und zurzeit wohl schwer verfeindet. Wenn die Bürger von Pisa hören, wie uns die Genuesen behandelt haben, werden sie uns Schiffe zur Verfügung stellen!«

»Das könnte sogar stimmen!«, sagte Armand bewundernd. Hannes' Geschicklichkeit und politische Weitsicht faszinierten ihn immer mehr. »Auf jeden Fall sind die Genuesen Nikolaus los. Sie werden drei Kreuze hinter ihm machen!«

»Und was sollen wir tun, Monseigneur Armand?« Karl und die anderen Anführer aus Armands Heer wandten sich erneut verunsichert an den Ritter. »Wir würden eigentlich gern heimkehren – ich glaube nicht, dass Pisa uns Schiffe stellt, und es ist ja auch ... Der Herr hat kein Wunder gewirkt, als wir das Meer durchqueren wollten. Warum sollte er jetzt eins wirken, wenn wir vor den Sarazenen beten? Ich hatte gedacht ... also, wenn die Mohren sehen, wie wir da durchs Meer kommen und singen und beten und triumphieren über die Naturgewalten ... dann werden sie überzeugt sein von der Stärke des Herrn. Aber so ...«

So würden sie nur ein zerlumpter Haufen von Streunern sein, die dem gut gerüsteten Heer des Sultans entgegentraten. Die Soldaten würden sie bestenfalls auslachen – oder niedermähen wie der Schnitter das Korn.

Armand nickte. »Es ist nur nicht so einfach, Karl«, hielt er dem Jungen vor. »Du hast den Kreuzfahrer-Eid geleistet. Er verpflichtet dich, bis ans Ende deines Lebens für Jerusalem zu kämpfen.«

Karl sah ihn betroffen an. »Aber ... aber wir wussten doch nicht ...«

»Das spielt keine Rolle, Karl«, sagte Armand streng. »Geschworen ist geschworen, und der Einzige, der dich und die anderen davon entbinden kann, ist der Papst. Euch bleibt also Jerusalem oder Rom – der Rückweg nach Mainz oder Sachsen oder Thüringen bleibt euch versperrt.«

Armand selbst sowie natürlich Gisela und Konstanze würden mit dem Heer nach Pisa ziehen. Rupert war Feuer und Flamme für die neue Idee. Karls Zweifel waren ihm fremd, er glaubte immer noch an Nikolaus' Mission – oder wollte zumindest glauben.

Im Umgang wurde der Junge immer schweigsamer und missmutiger, aber er merkte wohl auch, dass Armand und die anderen ihm misstrauten. Stets hielt er sich in Giselas Nähe, ritt aber nicht direkt neben ihr und mischte sich auch nicht in die Gespräche der Ritter und Edelfräulein ein.

Konstanze war hocherfreut, als auch Malik sich entschloss, seine Freunde nach Pisa zu begleiten. Das erforderte ein gewisses Fingerspitzengefühl, denn er mochte die Genuesen natürlich nicht brüskieren.

»Aber mein Land unterhält auch Handelsbeziehungen mit Pisa«, erklärte der Sarazenenprinz Armand gegenüber. »Und wir möchten auf keinen Fall Partei für eine der verfeindeten Republiken ergreifen. Deshalb werde ich Don Grimaldi und den anderen Stadtvätern sagen, ich ritte nach Mailand. Morgen stoße ich dann wieder zu euch. Pass nur auf dich auf, Armand! Sei vorsichtig! Dreh diesem Pferdeknecht nicht den Rücken zu! In Pisa müsst ihr ihn wirklich loswerden, er brütet etwas aus. In meinem Land …« Malik wiederholte den Vorschlag, sich der Bedrohung mittels eines kurzen Schwerthiebes zu entledigen.

Schließlich war es eine traurige und stark zusammengeschrumpfte Schar, die Genua Richtung Pisa verließ. Niemand mochte mehr dafür bezahlen, Nikolaus' Sänfte zu tragen, und so musste der kleine Prophet laufen wie die meisten anderen Kinder. Auf der Straße stellte ihm Wolfram schließlich widerwillig sein Pferd zur Verfügung. Der Guntheimer war unschlüssig, was seine weitere Teilnahme am Kreuzzug anging. Natürlich hatte er neue Hoffnung geschöpft, als Nikolaus Schiffe forderte. Aber als Genua sich seinen Wünschen genauso beharrlich widersetzte wie das Meer, kam der Junge ins Grübeln. War Gott wirklich auf ihrer Seite?

Die Kreuzfahrer zogen am Meer entlang und mussten erneut Höhen überwinden. Die Rivieraküste bestand aus Felsen, mitunter unterbrochen von kleinen Stränden, die sehr idyllisch wirkten. Allerdings waren sie meist nur über steile Pfade erreichbar, und kaum jemand brachte die Energie auf, sie zu erkunden. Wo immer die Küste wirtlicher war, gab es

Fischerdörfer und kleine Häfen. Aber große Schiffe legten hier nicht an, die ganze Region gehörte zum Einflussbereich Genuas.

Der zweifelhafte Ruf des Kreuzfahrerheeres war Nikolaus vorausgeeilt – die meisten Dörfler ließen die Kinder gar nicht erst ein. Sehr bald litten sie wieder Hunger, aber Verluste gab es nur noch wenige. Die Meerluft war frisch und begünstigte keine Seuchen, das kärgliche Essen bestand aus geangeltem Seefisch, frischen Muscheln oder mal einem mit der Schleuder erlegten Kaninchen. Wasser fand sich in reinen Gebirgsbächen. Das alles war spärlich, aber nicht gesundheitsschädlich. Durchfall- und Fiebererkrankungen gab es kaum noch, und es war nicht kalt, der Herbst an der Riviera war mild. Auch nachts musste niemand frieren.

Gisela und Armand sowie Konstanze und Malik begannen die Reise sogar zu genießen. Sie waren von ihren Genueser Gastgebern mit reichlich Proviant ausgestattet worden und kamen mit ihren Pferden schneller voran als das Hauptheer. Armand hatte die Maultierstute Floite für Konstanze requiriert, obwohl Rupert darüber maulte. So konnten sie den Ritt zum Fischen und Muschelsuchen unterbrechen und lagerten oft am Meer, beobachteten den sanften Wellenschlag am Strand und an den Felsen und redeten über Gott und die Welt.

Für Armand und Gisela stand natürlich ihre gemeinsame Zukunft im Vordergrund – Armand war mit seinen Überlegungen inzwischen zu einem Ergebnis gekommen.

»Wir werden uns in einer Stadt ansiedeln«, erklärte er seiner Liebsten. »Das ist die einzige Möglichkeit. Du kannst wählen, wo du leben willst, Gisela, aber wenn du mich fragst, so würde ich Genua oder Pisa Mainz oder Köln vorziehen. Der Blick über das Meer hat mir gefehlt, das Sonnenlicht, die Wärme … Aber natürlich würde mir die Sonne auch in der dunkelsten Stadt scheinen, solange du bei mir bist …«

Gisela winkte lachend ab. »Wenn du kein Ritter mehr sein willst, Liebster, brauchst du auch kein Süßholz mehr zu raspeln! Ich denke, du wirst dich eher in der Bedienung eines Abakus üben müssen, nicht wahr?«

Armands Plan bestand darin, sich in einem der großen Handelshäuser als Schreiber oder Übersetzer zu verdingen. Mit seiner Bildung und seiner Weltgewandtheit konnte er sicher schnell aufsteigen. Letztlich würde aber alles von den Templern abhängen. Eine Empfehlung von ihnen war Gold wert. Armand gedachte also zunächst, seinen Auftrag zur Zufriedenheit des Großkomturs zu erfüllen. Er würde dem Kreuzzug bis an sein Ende folgen.

»Ein Leben als Kaufmann ist eines Ritters nicht würdig!«, erklärte allerdings Malik. »Du kannst ebenso gut mit mir kommen und ein Lehen in meinem Land haben.«

Armand schüttelte den Kopf. »Nicht als Christ«, sagte er ruhig. »Und bei all den Einwänden, die man gegen die Politik der Kirche haben kann – ich glaube an Gott, Christus und den Heiligen Geist. Eher gebe ich meinen Stand auf als meinen Glauben!«

Gisela nickte. Sie hatte sich zuerst vor einem geordneten Leben gefürchtet, aber inzwischen sah sie der Sache gelassen entgegen. Arno Dompfaff, ihr alter Freund aus Kindheitstagen, hatte schließlich ganz frei und zufrieden gelebt – und sogar über die Ritter befohlen, die er zur Begleitung seiner Handelswaren nach Meißen eingestellt hatte. Und Donna Corradine in Genua herrschte über einen Palazzo, der weitaus kostbarer eingerichtet und komfortabler ausgestattet war als jede Burg, die sie je besucht hatte.

Gut, als Kaufmannsfrau würde sie keinen Minnehof führen können. Aber auch Donna Corradine führte ein ausgefülltes Leben. Die Frauen der Stadträte kümmerten sich um Armenpflege, unterstützten Waisenhäuser und Hospitäler. Gisela fand das eigentlich viel erfüllender als die Unterhaltung eines Nonnenklosters, die man von adligen Frauen erwartete, und mindestens so anregend wie die Durchführung endlos langweiliger Zerstreuungen am Minnehof.

Konstanze schwieg zu all den Überlegungen. Sie wusste inzwischen, dass sie Malik al-Kamil in Liebe zugetan war, und sie glaubte, dass der Prinz ihre Gefühle erwiderte. Zwar hatte er sie nie geküsst oder war ihr auch nur nahe gerückt, wenn sie auf einem warmen Felsen am Meer rasteten. Aber er ritt den ganzen Tag neben ihr, unterhielt sich mit ihr und machte ihr kleine Geschenke.

»Eigentlich gebühren Euch Gold und Edelsteine«, entschuldigte er sich, als er ihr ein buntes, mit Muschelschalen besetztes Kästchen gab. Sie hatte es in einem Fischerdorf bewundert. »Aber in diesen kleinen Ansiedlungen gibt es nichts, was Eurer Schönheit würdig wäre. Am liebsten würde ich Euch alle Schatzkammern des Morgenlandes öffnen. Ich möchte Euch, nur mit Ketten aus Gold bekleidet, durch die Gärten des Paradieses führen …«

Konstanze errötete bei diesen Schmeicheleien, erst recht, wenn Malik ihre Schönheit am Abend in seiner eigenen Sprache besang. Dann nahm er mitunter auch verstohlen ihre Hand, lächelte ihr zu. Die leichteste Berührung schien für ihn wertvoller zu sein als die Küsse, die man im Abendland nur beiläufig tauschte. Konstanze erschauerte, wenn seine langen, dunklen Finger die ihren kurz streiften. Sie hörte die Verse der arabischen und maurischen Dichter, vorgetragen von seiner weichen, weit tragenden Stimme, und träumte von Umarmungen und Küssen im Schatten von Palmen und Mimosen.

Aber was ihre Zukunft an der Seite des Prinzen anging, war Konstanze noch weit weniger sicher als Gisela und ihr Armand. Eines war jedenfalls klar: Malik konnte seinem Stand und seinem Glauben nicht für sie abschwören. Wenn überhaupt, so musste sie ihm entgegenkommen.

Konstanze versuchte, nicht daran zu denken, aber sie konnte ihren regen Geist auch nicht abstellen. So beobachtete sie ihren Prinzen immerzu und versuchte herauszufinden, was an ihm anders war. Was war so furchtbar an den Muselmanen, dass die christliche Kirche sie derart vehement verfolgte? Sehr viele Unterschiede erkannte sie eigentlich nicht. Malik war ein Ritter wie Armand, höfisch erzogen und somit noch gewandter in den ritterlichen Tugenden als der Sohn eines Landadeligen.

Während Armand sich stets anstrengen musste, um Giselas höfische Sprache zu sprechen und Spiele zu spielen, ging die freundliche Tändelei dem Sarazenen ganz selbstverständlich von den Lippen. Er wand auch Bemerkungen wie »Bei Gott!« in seine Rede ein wie alle anderen. Nur wenn er arabisch sprach, sagte er »Bei Allah«, und dann war nicht von Gott dem Herrn die Rede, sondern von Allah dem Erbarmer. Fünfmal am Tag betete Malik, wobei er die richtigen Zeiten mit einem komplizierten astronomischen Gerät ermittelte. Er zog sich dazu zurück, aber als Konstanze ihm einmal neugierig nachging, forderte er sie höflich auf, neben ihm niederzuknien und ebenfalls ein Gebet zu sprechen.

»Die Muselmanen leugnen nicht Gott, sondern Jesus«, erklärte Armand, den sie schließlich fragte, was denn nun Maliks Glauben von dem ihren unterschied. »Und den Heiligen Geist. Und alle anderen Heiligen. Einen Teil davon erkennen sie aber als Propheten an. Unseren Heiland – Gott möge es ihnen verzeihen! – degradieren sie zum Vorredner ihres Propheten Mohammed! Das hindert sie aber nicht, seinen Geburtstag zu feiern und die Geschichte von seiner Geburt in ihren Koran aufzunehmen. Christen und Juden sind für sie keine gänzlich Ungläubigen, nur Fehlgeleitete. Sie dulden sie in ihren Gemeinden und üben keinen Druck auf sie aus – es sei denn, man interpretierte die Steuerpolitik als Missionierung. Christen und Juden zahlen deutlich mehr, weshalb auch viele konvertieren. Vor allem, man muss es leider sagen, wählen unsere Glaubensbrüder um des schnöden Geldes wegen die ewige Verdammnis! Die Juden sind viel fester in ihrer Irrlehre. Es gibt viele reiche Juden in arabischen Ländern, die Christen sind durchweg arm.«

Und sie erhoffen sich natürlich eine Verbesserung ihrer

Lage, wenn es ihnen gelänge, die Muslime hinauszuwerfen, dachte Konstanze. So langsam wurde ihr einiges klar. Aber Armands Bemerkungen enthielten auch eine deutliche Warnung: Wer dem Christentum abschwor, landete in der Hölle. Konstanze wusste nicht, ob ihr Maliks Liebe das wert war. So versuchte sie, zumindest vorerst nur im Hier und Jetzt zu leben und die Zeit zu genießen, in der er bei ihr war. Sie war glücklich, wenn er ihr Blumen pflückte und ihr selbst einen Kranz daraus wand. Wenn er die Laute für sie spielte, die Donna Maria Gisela geschenkt hatte, und wenn er so schöne Worte zu ihr sprach, als sei er ein Dichter.

»Deine Haut ist reiner und weißer als der Marmor«, flüsterte er, als sie das Carrara-Gebirge in der klaren Luft aufblitzen sahen, jegliche Höflichkeitsform war in diesem Augenblick vergessen. »Und du bist schöner als jede Statue, die ein Künstler daraus schlagen kann. O ja, die Griechen und Römer verstanden sich in dieser Kunst, und ihre Abbilder der Göttinnen können jeden Gläubigen in Versuchung führen. Aber doch schlägt kein Herz hinter diesen vollkommenen Brüsten, und keine Seele lässt ihre Augen leuchten …«

Magdalena sah all das voller Neid, obwohl sie versuchte, das sündige Gefühl nicht mehr in sich aufkommen zu lassen. Sie selbst wagte seit Genua nicht mehr, sich Wolfram zu nähern, obwohl der Ritter ihr mitunter begehrliche Blicke zuwarf, wenn sie einander trafen. Das geschah jedoch nicht oft, Wolfram war meist bei Nikolaus, und in dessen Nähe traute Magdalena sich überhaupt nicht mehr.

Eigentlich wäre es das Beste gewesen, in Genua bei Donna Corradine zu bleiben, wie Konstanze ihr geraten hatte. Die Grimaldis führten einen großen Haushalt, die Bediensteten kamen viel herum – womöglich hätte sie irgendwann einen jungen Mann ihres Standes kennen gelernt, der sie lieben konnte. Aber Magdalena mochte ihre Hoffnungen nicht aufgeben. Jetzt, da sie von allen Sünden gereinigt war, stand

der Pilgerfahrt nach Jerusalem doch nichts im Wege! Wenn Hannes wirklich Schiffe auftrieb, die sie übersetzten – vielleicht wurde ihr Traum ja doch noch wahr! Dann würde ihr sicher auch Nikolaus verzeihen.

Magdalena hatte gelernt, Nikolaus und die Mönche um ihn herum zu fürchten. Aber sie war längst noch nicht so weit, sie zu hassen.

Schließlich verließen die Kreuzfahrer das Gebirge und stiegen hinab in die Ebene des Arno, eines trotz der Dürre noch recht breiten braunen und träge dahinfließenden Flusses. Gewöhnlich waren seine Ufer fruchtbar, aber jetzt war die kärgliche Ernte eingebracht – auch die hiesigen Bauern hatten unter der Dürre zu leiden.

An der Mündung des Arno ins Meer lag Pisa – Genuas stärkster Widersacher im Kampf um die Handelsvormacht in Ligurien. Wie Genua war Pisa reich, und auch hier waren die Kirchen und Paläste schon von Weitem zu sehen. Die Kreuzfahrer spähten zuerst nach dem Hafen aus. Schiffe gab es in ausreichender Zahl. Aber das war in Genua nicht anders gewesen.

In Pisa war es Hannes, der den Einzug in die Stadt beaufsichtigte. Er formierte das Heer und zwang Nikolaus dazu, sich an die Spitze zu setzen, zu singen und zu beten. Der Junge schien nicht mehr viel Kraft zu haben. Nikolaus wirkte mürrisch und in sich gekehrt. Dennoch schaffte er es noch einmal, seine Lieder anzustimmen und die Kinder mitzureißen. Nur noch zweitausend Kreuzfahrer zogen in Pisa ein, aber die wirkten tatkräftiger und entschlossener als das größere erschöpfte Heer der letzten Wochen.

Die Stadtwächter öffneten dem Zug die Tore, ohne einen der Konsuln oder Domherren hinzuzuziehen. Mit zweitausend Besuchern wurde diese Stadt fertig – und wahrscheinlich war man auch vorgewarnt. Pisa hatte zweifellos Spione in Genua.

Tatsächlich hießen die Stadtväter Nikolaus und seine Leute auf dem Domplatz willkommen, und die Bürger versorgten sie fürstlich. Bei der Frage nach Schiffen hielten sie sich jedoch bedeckt, obwohl Nikolaus diesmal in weit artigerer Form darum bat. In seiner Rede schmähte er nicht die Kaufmannschaft als solche, sondern nur ihre gottlosen, genuesischen Vertreter. Die Pisaner hörten das natürlich gern. Aber eine kostenlose Überfahrt für zweitausend Menschen?

»Das hieße drei bis vier Nefs«, gab der Stadtkonsul, bei dem Malik zu Gast war, zu bedenken. Selbstverständlich hieß er auch Konstanze, Gisela und ihren Tross willkommen.

Nef oder Nao nannte man die Transportschiffe, mit denen Waren und Personen über das Mittelmeer transportiert wurden. Während der Kreuzzüge hatte man die Heere mittels dieser bauchigen Schiffe übergesetzt, die große Luken zum Einladen von Pferden und Maultieren besaßen. Jedes Nef schaffte bei voller Auslastung siebenhundert Kämpfer, wenn sich die kleineren und schmächtigeren Kreuzzügler eng zusammendrängten, vielleicht noch mehr.

»Und die Verpflegung für alle zweitausend. Für Gotteslohn ...« Konsul Scacchi schüttelte zweifelnd den Kopf. Er war in erster Linie Kaufmann.

»Zumal sich die Frage stellt, ob Euer Gott Euch die zweitausend Märtyrer wirklich lohnend vergelten würde, die Ihr da zu schaffen gedenkt«, bemerkte Malik.

Der Prinz lächelte bereits die ganze Zeit in sich hinein. Der rundliche, aufgeregte Konsul hatte anscheinend völlig vergessen, dass er hier gerade laut über den Transport der Erzfeinde seines Gastes in dessen Heimat nachdachte.

»Versteht mich recht, Don Scacchi, es würde unsere Beziehungen nicht beeinträchtigen. Im Gegenteil, unser Land wäre dankbar. Jeder Soldat macht gern reiche Beute, erst recht, wenn er sich dazu nicht anstrengen muss. Mein Vater würde diesem Kreuzzug ein paar Ritter entgegenschicken, und Euer gottwohlgefälliges Unternehmen endete auf den Skla-

venmärkten in Alexandria. Die meisten christlichen Sklaven bekennen sich übrigens schon innerhalb der ersten drei Jahre ihrer Gefangenschaft zum Islam.«

Don Scacchi atmete erkennbar auf. »Das sind gewichtige Argumente«, bemerkte er.

»Ganz abgesehen davon, wie viele Kinder noch in der Wüste ums Leben kämen«, fügte Konstanze sachlich hinzu. »Sie haben die langen Märsche überlebt, die Kälte in den Alpen, die Hitze in der Lombardei. Und jetzt noch die Wüste ... Ihr solltet ihnen sagen, Don Scacchi, dass niemand sie vor den Toren Jerusalems absetzen wird. Sie wären ganz auf sich gestellt, auf einer Strecke von vielleicht mehr als hundert Meilen.«

»So weit«, meinte Malik gelassen, »kämen sie erst gar nicht.«

Armand verbrachte die Nacht in der Pisaner Templerkomturei, wo die Entscheidung längst gefallen war. Der Orden stellte keine Schiffe.

Aber auch Hannes war nicht untätig. Er verließ sich diesmal nicht auf die Verhandlungen mit den Stadtoberen, sondern ging im Hafen von Schiff zu Schiff und redete mit den Eignern. Am nächsten Tag überraschte er die Kreuzfahrer mit einer erstaunlichen Eröffnung.

»Fünfhundert von uns können in zwei Tagen in See stechen!«, verkündete er. »Zwei Frachter nach Akkon nehmen uns mit. Sie sind nicht voll beladen, aber mit wertvoller Fracht. Die Kaufleute haben die Kapitäne gut bezahlt, und es sind gottesfürchtige Leute. Um ihres Seelenheiles willen werden sie den verbleibenden Platz mit Kreuzfahrern auffüllen. Und wartet ab, für die anderen finde ich auch noch Möglichkeiten zur Überfahrt. Es kann ein bisschen dauern, aber wir kommen alle nach Palästina, das verspreche ich euch!«

Die Kreuzfahrer jubelten ihm zu, und natürlich drängten zunächst die Kinder auf die Schiffe, die mit Hannes über den

Brenner gezogen waren. Nikolaus und die Mönche wirkten genauso überrascht wie die Stadtväter und die Templer.

»Natürlich könnten wir es den Leuten verbieten!«, sagte Don Scacchi bei der anschließenden heftigen Debatte im Rathaus. »Aber so recht fällt mir kein Grund dafür ein. Es ist nicht verboten, für Gotteslohn Passagiere zu befördern, egal wohin und mit welcher Begründung. Wir werden die Kapitäne natürlich streng befragen und ihnen Einreise- und Handelsverbote in Pisa auferlegen, falls sie sich eines Betruges an den Kindern schuldig machen wie die Kerle in Marseille. Aber sonst …«

»… aber sonst seid Ihr froh, dass sie Euch die Kreuzzügler fortschaffen«, bemerkte der Komtur des örtlichen Tempels.

Der Konsul lächelte. »Ich hätte es nicht ganz so scharf ausgedrückt, Monseigneur, aber ja, ich wäre erleichtert, wenn sich diese Angelegenheit zur allseitigen Zufriedenheit lösen ließe.«

»Dann warten wir mal ab, was da auf uns zukommt«, gab der Templer zurück. »Ich hoffe, Ihr stellt wenigstens Stadtwächter, um Aufruhr zu verhindern, wenn jetzt alle auf einmal auf die zwei Schiffe strömen …«

Erstaunlicherweise blieb genau dieser Andrang aus. Armand verstand es selbst nicht, aber statt des erwarteten Jubels senkte sich eher Zögern und Verunsicherung über die verbliebenen Kreuzfahrer. So lange waren sie Nikolaus gefolgt. Und nun sollte plötzlich Hannes, ein Bauernbursche, den Gott nie berührt hatte, die Lösung herbeiführen?

Bruder Bernhard sorgte schließlich für großes Erstaunen, indem er am nächsten Morgen verkündete, Nikolaus werde nicht mit auf die gastlichen Schiffe gehen.

»Nikolaus sagt, der Herr habe ihn nicht gerufen«, erklärte der Mönch. »Und er warnt alle vor falschen Propheten.«

»Ein Machtkampf«, konstatierte Gisela.

Die Freunde verfolgten die Rede des Mönches vornehm

vom Balkon eines Palastes, gegenüber der Chiesa Santa Caterina. »Hannes hat die Überfahrt ganz offensichtlich ohne Rücksprache mit Nikolaus geplant. Und das lässt er ihn jetzt spüren.«

Konstanze runzelte die Stirn. »Meinst du?«, fragte sie, das Buch in ihrer Hand in den Falten ihres Rockes verbergend. Armand trat eben zu den Mädchen heraus, und sie wollte nicht, dass er den Koran in ihren Händen sah. »Also, ich sehe keinen Streit zwischen Hannes und Nikolaus. Das würde viel dramatischer verlaufen. Du weißt doch, wie wütend der Knabe werden kann, wenn ihn etwas aufbringt. Er würde selbst vor sein Heer treten und aufbegehren. Stattdessen dieser nichtssagende Auftritt von dem grässlichen Mönch!« Seit Magdalenas Beichte fand Konstanze den Franziskanerbruder noch abstoßender.

Armand achtete jedoch gar nicht auf ihr Buch. Er nickte nachdenklich. »Der Konflikt liegt zwischen Hannes und den Klerikern. Komtur de Selva hatte recht. Das Ziel dieses Kreuzzuges war nie Palästina. Wenn Hannes die Kinder jetzt übersetzen lässt, macht er es wie Ferreus und Posqueres. Aber das wird nicht geschehen. Sicher folgen ihm ein paar, die meisten werden jedoch bei dem Zug bleiben, den Nikolaus unter sich hat.«

Kapitel 5

Armands Annahme sollte sich bewahrheiten. Die Kreuzfahrer bekannten sich nur zögernd zu Hannes, und letztlich ging nur ein Teil derjenigen auf die Schiffe, die mit ihm über den Brenner gezogen waren. Dazu einige wenige Abenteurer.

Karl und die anderen Truppenführer von Armands Heer wandten sich Rat suchend an den jungen Ritter, aber Armand riet ihnen zu bleiben.

»Was soll ein Heer von fünfhundert Kindern ohne Führung in Akkon?«, fragte er. »Ihr wäret dort genauso der Gnade der Bevölkerung ausgesetzt wie hier, und da gibt es keine rivalisierenden Stadtrepubliken. Die Konsuln von Genua mögen einen Hannes empfangen, aber doch nicht der König von Outremer! Jean de Brienne hat wahrscheinlich nie etwas von diesem Kreuzzug gehört – zumindest nimmt er ihn ganz sicher nicht ernst. Mal ganz abgesehen davon, dass niemand weiß, wie weit man den Kapitänen der Schiffe wirklich trauen kann. Womöglich endet ihr wie die Gefolgsleute von Stephan!«

Karl sah das ein, wirkte nun aber gänzlich bedrückt.

»Es wird uns nichts anderes übrig bleiben, als nach Rom zu ziehen«, sagte er traurig.

Wolfram war hin- und hergerissen. Er glaubte nicht mehr an Nikolaus, aber er gab seinen Traum vom Kreuzritter auch nur ungern auf. Andererseits war er nicht der Mutigste. Mit Nikolaus' Heer hatte er sich halbwegs sicher gefühlt. Aber jetzt? Auf gut Glück ins Heilige Land, ohne die Führung des gottgeleiteten Knaben? Dazu hätte er sein Pferd und seine

Rüstung nicht mitnehmen können. Er wäre kein Ritter mehr gewesen, sondern ein Pilger unter vielen. Wolfram machte sich die Entscheidung nicht leicht und stand sogar noch unentschlossen am Kai, als die einmastigen Nefs ihre Segel hissten und Hannes' jubelnde und singende Anhänger aufs Meer hinausführten.

Auch Hannes selbst schwankte lange. Einerseits war er sich sicher, im Laufe einiger Wochen für alle anderen Kreuzfahrer ebenfalls eine Überfahrt arrangieren zu können. Andererseits machte ihm die Ablehnung Nikolaus' und der Streit mit den Mönchen in seiner Umgebung zu schaffen. Letztlich folgte er seinem Heer an Bord des zweiten Schiffes. Er hatte diesen Kindern versprochen, sie nach Palästina zu geleiten. Sie träumten jetzt seit so langer Zeit von Jerusalem – nun würden sie sich nicht aufhalten lassen! Hannes war entschlossen, seinen Eid zu erfüllen.

Wolfram dagegen entschied sich anders. Keinen Moment dachte er an seinen Eid als Kreuzfahrer. Er war das Nomadenleben leid, und er hatte es auch nicht nötig. Schließlich erwartete ihn sein Lehen im Rheinland. Er konnte dem Bärbacher und anderen Nachbarn einiges von seiner Zeit als Fahrender Ritter erzählen – keiner von ihnen war je über die Grenzen der deutschen Lande hinausgekommen. Vielleicht gab es etwas Klatsch, aber niemand würde in Zweifel stellen, dass ihn irgendeiner der Burgherren, bei denen er gastiert hatte, zum Ritter geschlagen hatte.

Noch besser wäre es natürlich, er kehrte als Held zurück. Am allerbesten, indem er die Mission vollendete, die zu erfüllen sein Vater ausgezogen war. Er würde ohnehin eine Frau brauchen!

Wolfram berauschte sich an der Vorstellung von Gisela in seinen Händen. Im Grunde hatte er ein Anrecht auf sie, der Bärbacher hatte zugestimmt, sie nach Guntheim zu verheiraten. Die Urkunden waren unterzeichnet. Er musste sich nur holen, was ihm gehörte, und damit heimkehren!

Natürlich würde er dazu an Armand de Landes vorbeimüssen, was ihn etwas beunruhigte. Aber Armand hielt sich stundenlang in der Komturei der Templer auf. Und er würde sicher kein Interesse mehr an dem Mädchen haben, wenn es erst mal keine Jungfrau mehr war. Es war nur eine Sache der Planung – er würde sie nehmen und zu seiner Frau machen!

Wolfram war in gehobener Stimmung, als er am Nachmittag durch die Straßen am Flussufer strich. Er hatte den Morgen am Hafen verbracht, dann in einer der Schänken etwas gegessen und ein paar Becher Wein getrunken. Sein Plan gefiel ihm immer besser, am liebsten hätte er ihn gleich wahrgemacht. Zum Teufel, er wollte mal wieder ein Mädchen! Die Vernunft hielt ihn allerdings davon ab, sofort etwas zu unternehmen. Diese Sache wollte besser durchdacht sein, er musste Gisela und Armand zumindest einige Stunden beobachten, bevor er zur Tat schritt. Schließlich wollte er auf keinen Fall ertappt werden – ein Zweikampf mit dem Ritter aus dem Heiligen Land war das Letzte, nach dem ihm der Sinn stand!

Aber was machte er nun mit dem Abend? Auf keinen Fall wollte er zurück ins Lager – nur nicht ins Grübeln geraten und darüber nachdenken, ob es nicht doch tapferer gewesen wäre, nach Palästina aufzubrechen! Am besten war es immer noch, die Nacht mit einer Frau zu verbringen. Verdammt, Magdalena war nur eine Hure gewesen, aber was für ein Genuss, in sie einzudringen! Was für ein Triumph, wenn sie immer noch Liebesschwüre auf den Lippen hatte, egal wie hart er mit ihr umgesprungen war! So, ganz genau so, wünschte er sich Gisela …

Und dann glaubte er fast an ein Trugbild. Vor ihm überquerte ein blondes Mädchen die Straße, züchtig in ein dunkles Dienstbotenkleid gehüllt, die brav geflochtenen Zöpfe unter einer Haube versteckt. Magdalena! Und sie wirkte gar nicht so verhuscht wie sonst, sondern geschäftig und eilig. In seiner Trunkenheit war Wolfram geneigt, an ein himmlisches Zeichen zu glauben. Ja, das musste es sein! Gott und seine Heiligen nahmen ihm den Bruch des Kreuzfahrer-Eides nicht übel – im Gegenteil, sie billigten sein Tun. Jetzt schickten sie ihm die kleine Hure, und morgen … morgen Gisela.

Wolfram setzte sich in Trab.

»Magdalena! Wo willst du so rasch hin, meine Schöne, dass du nicht mal deinen Ritter erkennst?«

Magdalena hatte es tatsächlich eilig. Sie war mit einem Auftrag Konstanzes unterwegs zu einer der örtlichen Apotheken. Eins von Dimmas Pflegekindern hatte einen Ausschlag, und Konstanze brauchte bestimmte Arzneien. Dennoch blieb das Mädchen gleich stehen, als Wolfram es rief. Mit einem Blick prüfte Magdalena die Lage. Kein anderer Anhänger Nikolaus' war in der Nähe! Niemand, der sie schmähen konnte! Sie hatte ihren Ritter ganz für sich.

»Wolfram!«, rief sie glücklich. »Und ich dachte, du wärest schon auf dem Weg ins Heilige Land …«

Konstanze hatte sich energisch dagegen ausgesprochen, dass Magdalena sich den Pilgern anschloss. Tatsächlich hatte das Mädchen eine ganze Nacht geweint und sich erst beruhigt, als es von Nikolaus' Bleiben erfuhr. Jetzt war Magdalena selig, dass auch Wolfram nicht mitgefahren war.

Der Ritter betrachtete das Mädchen wohlgefällig. Magdalena war offensichtlich willig. Alles sprach dafür, sich noch einmal mit ihr zu amüsieren, bevor er am nächsten Tag seinen Plan in Angriff nahm.

»Ich hab's mir anders überlegt«, meinte er. »Aber warum trinkst du nicht einen Schluck mit mir, und wir bereden das in Ruhe?«

Auf einer sich zum Fluss hin öffnenden Piazza gab es eine Schänke, die einladend aussah. Zudem roch es nach gewürztem Fleisch am Bratspieß.

»Komm, wir können auch zusammen essen …«

Magdalena war unentschlossen. Eigentlich sollte sie nur

die Arzneien besorgen und rasch zurück zum Palazzo Scacchi kommen. Aber Wolfram … er wollte mit ihr reden … er hatte Pläne … vielleicht wurde doch noch alles gut. Und Konstanzes Patient lag schließlich nicht im Sterben.

Magdalena folgte also ihrem Ritter, und eine verzauberte Stunde lang war alles wie in ihren Träumen. Wolfram bestellte Wein und Fleisch, sie aßen zusammen – und schließlich verriet er ihr, dass er den Kreuzzug abbrechen wollte.

»Meine Burg … eine hübsche Frau … Wozu in die Ferne schweifen?« Wolfram war längst nicht mehr nüchtern, und Magdalena errötete, als er in ihren Ausschnitt griff.

»Nun sei mal nicht so prüde … bist du sonst doch auch nicht. Aber … aber gut, wir müssen ja nicht hierbleiben!«

Magdalena vergaß ihren Auftrag völlig, als sie Wolfram ans Ufer des Arno folgte. Es wurde dunkel, die Sterne leuchteten über dem Fluss und dem Meer. Herr Malik würde jetzt irgendetwas Wunderschönes zu Konstanze sagen …

»Die Sterne …«, murmelte Magdalena, »leuchten wie die Diamanten, die ich dir schenken werde. Aber gegen das Geschenk deiner Liebe sind sie nur ein armseliger Hauch von Gunst …«

»Was sagst du?« Wolfram lachte. »Wirst wohl noch zur Dichterin, kleine Dame, ja?«

Magdalena strahlte und schmiegte sich im Gehen an ihn. Er hatte sie Dame genannt.

»Am Ende gründest du deinen eigenen Minnehof, wenn du erwachsen bist!« Wolfram kicherte.

Magdalena verstand nicht, was er daran so komisch fand.

»Die Mädchen singen Liebeslieder und die Burschen üben sich im Lanzenstechen!« Wolfram wollte sich vor Lachen schier ausschütten.

Magdalena fühlte sich unwohl. Aber hier war der Strand, der Fluss mündete ins Meer und die See leuchtete im Mondlicht wie flüssiges Silber.

»Geküsst vom Mond …«, sagte Magdalena. »Aber dei-

ne Küsse sind süßer, denn sie überschütten mich mit Gold. Und sie sind wärmer, denn sie spiegeln das Licht der Sonne wider ...«

»Du bist verrückt«, bemerkte Wolfram und nahm sie in den Arm. Er küsste sie wild, legte sie dann in den Sand.

»Sei vorsichtig, mein Kleid!« Magdalena wollte ihr Mieder öffnen, aber Wolfram riss es brutal auf.

»So langsam kriegst du Formen«, sagte er anerkennend. »Wirst noch ein ganz ansprechendes Weib, wenn du weiter gut gefüttert wirst!«

Magdalena nickte ernst. Sie wollte gern mehr essen. Aber Wolfram hatte ja wohl ein reiches Lehen. Sicher brauchte sie auf seiner Burg niemals Hunger zu leiden.

Wolfram riss ihren Rock herunter und warf sich auf sie. Er war schneller und härter als sonst, und böse.

»So zeig ich's euch! So zeig ich's dir, du blondes Flittchen!«

Magdalena mochte es nicht, wenn er so mit ihr sprach. Aber früher hatten ihre Freier sie auch oft beschimpft. Vielleicht ... vielleicht wussten die Männer einfach nicht, was über sie kam, wenn die Ekstase Macht über sie gewann. Während Wolfram immer wieder in das Mädchen eindrang, versuchte es zu entspannen. Dann tat es weniger weh. Aber in dieser Nacht schaffte Magdalena es nicht, sich wegzuträumen. Das hier war falsch. Wolfram sollte sie streicheln, liebevoll mit ihr reden wie Armand mit Gisela und Malik mit Konstanze. Und sie ... o Gott, sie beging ja schon wieder eine Sünde, indem sie sich ihm hingab. Es sei denn ... es sei denn, sie würden sich jetzt bald Eide schwören. Oder irgendeine Urkunde aufsetzen, oder wie auch immer man in Pisa heiratete. Sie musste mit ihm reden.

Wolfram ließ schwer atmend von ihr ab und rollte sich auf den Rücken. Magdalena ordnete ihre Röcke und zog ihr Mieder wieder notdürftig über ihre Brüste. Dann schmiegte sie sich an ihn und legte ihren Kopf an seine Schulter. Dies war immer das Schönste an ihrem Zusammensein.

»Wolfram, so können wir das aber nicht weitermachen«, begann sie vorsichtig.

Wolfram versuchte immer noch, zu Atem zu kommen.

»Was?«, grunzte er.

»Na … na … Liebe.«

Magdalena errötete, aber das konnte er natürlich nicht sehen. Eigentlich war das schade, bestimmt gefiel es ihm, dass sie über all diese Dinge nicht so offen sprechen konnte wie die Huren im Heer.

»Nein«, gab Wolfram zurück. »Wir können's vielleicht gleich noch mal machen. Aber dann … dann geht's ja zurück nach Haus …«

Er beugte sich über sie und begann, an ihren eben sprossenden Brüsten zu saugen. Es gefiel ihr nicht. Aber seine Worte waren umso schöner.

Magdalena streichelte über sein Haar. »Eben, dann geht's zurück …«, sagte sie sehnsuchtsvoll. »Aber du … du kannst mich nicht einfach so mitnehmen. Was würden die Leute sagen? Wenn wir so zusammen reisen …«

Wolfram lachte trunken. »Mädchen, wenn ich ein Weib mitnehmen will, dann schmeiß ich das einfach über meinen Sattel und frag nicht groß, was die Leute denken.«

Magdalena überlegte einen Augenblick, dann beschloss sie, dass er scherzte. Sie lachte beklommen.

»Aber Wolfram, ich kann doch nicht von hier bis nach Köln quer über deinem Sattel reiten.«

»W… wer spricht denn auch von dir, Süße?«, lallte Wolfram.

Magdalena war ratlos. »Aber … aber von wem sprichst du denn sonst? Ich meine, ich … wenn wir zusammen ins Rheinland gehen, musst du mich heiraten, Wolfram.«

Jetzt war es heraus. Wolfram hob verwirrt den Kopf von ihren Brüsten.

»Ich muss was?«, fragte er. Dann schien er wieder zu sich zu kommen. Lachend richtete er sich auf. »Du glaubst doch

nicht, dass ich dich mit ins Rheinland nehme? Auf meine Burg! Eine … eine …«

»Aber du hast gesagt, du willst eine Frau mitnehmen!«, beharrte Magdalena. »Und du hast mich deine Dame genannt.«

Wolfram lachte dröhnend. »Kätzchen, ich sprach von einer Frau! Nicht von einer Hure – wovon die Damen auf den Minnehöfen natürlich auch nicht weit entfernt sind. Aber bei mir gibt's das nicht. Mein Weib wird züchtig sein und tugendhaft und … und ganz klar kommt sie als Jungfrau in mein Bett! Ein Flittchen wie du! Ich glaub's nicht!« Er wollte Magdalena küssen, aber sie stieß ihn weg.

»Lass mich! Wenn du mich als Frau nicht willst …«

»Was dann?«, lachte Wolfram. »Dann muss ich bezahlen? Hab schon verstanden, Süße, aber ich hab dir doch schon Wein gekauft und Fleisch … Na gut, vielleicht findet sich ja noch eine Münze.«

Er schob Magdalenas Röcke wieder hoch. Sie wehrte sich.

»Nun zier dich nicht!«, herrschte er sie an.

Magdalena versuchte, Wolfram zu kratzen, aber er hatte sein Hemd anbehalten, sie erreichte seine Haut gar nicht. Sie biss in seine Schulter, als er sich wieder über sie warf. Wolfram schlug ihr heftig ins Gesicht.

»Hör jetzt auf! Halt still, hab ich gesagt!«

Er hielt ihre strampelnden Beine mit seinen Schenkeln ruhig und drang wieder in sie ein. Es tat jetzt noch mehr weh. Magdalena spürte das Blut in ihrem Gesicht und zwischen ihren Beinen. Wie bei einer Jungfrau, fuhr es ihr durch den Kopf.

Wolfram stieß immer wieder in sie, seine Zunge drang in ihren Mund, und zwischendurch beschimpfte er sie. »Euch kleinen Huren vom Minnehof … euch zeig ich's!«

Magdalena verstand nicht, was er meinte, aber irgendwann war es ihr egal. Sie löste sich auf in Scham und Schmerz. Niemand würde ihr diese Sünde je vergeben.

Schließlich ließ Wolfram sie liegen. Er sagte irgendetwas,

als er aufstand, aber Magdalena hörte nicht hin. Sie vernahm, dass seine Schritte sich entfernten, Erleichterung verspürte sie jedoch nicht. Eigentlich spürte sie gar nichts. Sie blickte hinauf zu den Sternen, aber sie konnte keine Diamanten mehr darin erkennen, nur die strafenden, kalten Augen von Engeln, die von Sünde sprachen. Und das Meer ... der Kuss des Mondes ... sündiges Meer ... sündiger Mond ...

Magdalena stand langsam auf. Natürlich hatte sich das Meer nicht geteilt. Nicht für Nikolaus, nicht für Wolfram ... *Nur wenn ihr ohne Sünde seid* ... Gisela hatte gesagt, sie habe keine Schuld ... der Priester hatte sie freigesprochen. Aber woher sollte er das wissen? Das konnte doch eigentlich nur Gott wissen, ob sie frei von Sünde war ... nur Gott konnte verzeihen ... nur Gott ...

Magdalena flüsterte ein Gebet. Dann sang sie.

»Jesus ist schöner, Jesus ist reiner ...«

Das Blut lief an ihren Beinen herunter, als sie zum Meer ging.

Abwaschen, sie musste es abwaschen.

»Die Sünden abwaschen ...«, murmelte Magdalena.

Dann ging sie ins Meer. Es war schön kühl ... das Wasser umspielte ihre Beine, ihre Scham ... es tat nicht weh.

»... wäscht alles ab ...«, flüsterte das Mädchen. »... wäscht alle Sünden ab.«

Es ging tiefer hinein, ließ sich von den Wellen wiegen.

»Jesus ist schöner, Jesus ist reiner ... bin ganz rein ... wäscht alle Sünden ab ...«

Magdalena fühlte sich befreit, als das Wasser des Mittelmeeres über ihr zusammenschlug.

Kapitel 6

Konstanze schickte schließlich ein anderes Mädchen nach dem Medikament, machte sich aber vorerst keine Sorgen um Magdalena. Das Mädchen war sprunghaft, es verlor sich oft im Vortrag eines Bänkelsängers oder konnte sich an den Darbietungen der Gaukler nicht sattsehen. Vielleicht hatte Magdalena ja auch jemanden getroffen. Erst als die Kleine auch am Abend nicht zurückkehrte und das Nachtessen verpasste, machte sie sich Gedanken.

»Kannst du nicht Rupert aussenden, nach ihr zu suchen?«, fragte sie Gisela. »Sofern er da ist …«

Rupert hatte Unterkunft im Stall der Scacchis gefunden, aber mitunter traf er sich mit anderen Jungen vom Heer, wenn er Gisela sicher im Palast wähnte. Auch Rupert begann langsam, an Nikolaus' Mission zu zweifeln. Deshalb würde er seine Pläne jedoch nicht aufgeben. Gut, es gab kein Lehen im Heiligen Land. Aber Armand hatte schließlich auch keins. Letztlich würde es darauf ankommen, wer Gisela ernähren konnte. Und Rupert taten sich da in Pisa hochinteressante Kontakte auf.

Die Lagerhäuser am Meer waren schlecht bewacht. Mitunter luden die Schiffseigner noch nachts Waren ein und aus. Es gab Banden, die sich hier höchst routiniert bedienten, teilweise trugen sie sogar die Farben der Kaufherren, für die sie angeblich tätig waren. Die Wächter der Lagerhäuser grüßten sie artig, zeigten mitunter gar gefälschte Frachtscheine vor – und sie brauchten immer kräftige verschwiegene Männer zum Einladen der Güter.

»Wenn du dich brav schlägst, kannst du da auch aufsteigen!«, verriet ihm ein Junge aus Pisa. »Zum Boten ... oder zum persönlichen Diener der Paten. Solange du nur keine Fragen stellst.«

Vor allem gab es Geld auf die Hand, und Rupert sparte es. Seine Vorstellungen waren unklar, aber irgendwann musste ihm Gisela gehören. Das war Gottes Plan. Ihre Tändelei mit Armand konnte er verzeihen. Auf die Dauer gehörte sie ihm, nur ihm!

Umso glücklicher war Rupert, als Gisela an diesem Abend in den Stall kam und ihn um einen Dienst bat.

»Gisela, ich leiste dir jeden Dienst, das weißt du doch!«, sagte er mit so sanfter und feiner Stimme, wie es die Ritter auch nicht besser hätten machen können. »Aber was eure kleine Hure angeht, die ist mit Ritter Wolfram zusammen. Ich hab sie vorhin gesehen, sie zogen zum Arno hinunter, und sie schaute ihn schon wieder an wie ein verliebtes Kalb. Soll ich jetzt wirklich hingehen und sie aus seinen Armen reißen?«

Gisela funkelte Rupert an. »Das hättest du besser gleich tun sollen. Jetzt ist es vielleicht zu spät. Wahrscheinlich steht sie hier bald wieder weinend vor der Tür. Aber du könntest ihr entgegengehen. Die Stadt ist nicht sicher bei Nacht, gerade das Viertel da unten am Arno. Schau einfach, ob du sie findest!«

»Für dich hole ich auch die Sterne vom Himmel, meine Dame!«, deklamierte Rupert mit einer Verbeugung.

Gisela lachte, aber ihr war unbehaglich zumute.

Gisela und Konstanze saßen im Palazzo der Familie Scacchi und warteten auf Nachricht von Rupert. Es war schon einige Zeit her, dass der Knecht sich weisungsgemäß auf die Suche nach Magdalena gemacht hatte. Sie erschraken jäh, als jemand Steinchen gegen die bunt bemalten Glasfenster warf, die den Palazzo schmückten. Die Mädchen waren entzückt von dieser Neuheit, die man in deutschen Landen noch nicht kannte.

Natürlich verbaute man Glas in Domen und großen Kirchen, aber in den Burgen galt es schon als modern, wenn man Pergament statt Holzplatten vor die Fensteröffnungen nagelte, um Wind und Kälte draußen zu halten. Die reichen Bürger der Stadtrepubliken gönnten sich da mehr Komfort.

»Rupert!«, vermutete Gisela, die sich an jene Nacht im Rheinland erinnerte, in der der Knecht sie zur Teilnahme am Kreuzzug überredete. »Vielleicht hat er sie gefunden.«

Tatsächlich war es allerdings Armand, der vor dem Palast auf der Straße stand und zu Gisela hinauflächelte. Er wirkte stattlich in seinem dunklen Gewand und dem hellen Mantel – kein Wappenrock mehr, der junge Ritter begann sich zu kleiden wie ein Kaufmann. Armand zwinkerte seiner Freundin verschwörerisch zu wie ein Gassenjunge.

Gisela winkte vergnügt zu ihm herab, aber Konstanze befürchtete schlechte Nachrichten. Sie sorgte sich inzwischen ernstlich um Magdalena – die Nachricht, sie sei mit Wolfram gesehen worden, beunruhigte sie noch mehr. Das Mädchen mochte von Nikolaus nicht mehr viel halten, aber in den Möchtegernritter aus dem Rheinland war es zweifellos verliebt. Was, wenn er Magdalena jetzt auch noch enttäuschte?

Armand wirkte jedoch nicht bedrückt, sondern im Gegenteil ausgelassen fröhlich. Sicher hatte er auch mehr als einen Becher Wein geleert, er kam eben von einem Bankett beim Dogen.

»Komm runter, Gisela, ich will dir was zeigen!«

»Jetzt?«, fragte sie verblüfft. »Mitten in der Nacht?«

Armand lachte. »Ja, jetzt! Komm, Gisela, ich will dich heute noch sehen und im Arm halten! Weil ich dich liebe. Wenn du magst, wirf mir die Laute herunter, dann spiele ich dir auf. Das wäre vielleicht ritterlicher … aber ich muss dich sehen!«

Er strahlte zu ihr hinauf, und Gisela lachte jetzt auch. »Ich glaube, ich möchte nicht mehr von dir umarmt werden, wenn die Nachbarn erst mal ihre Nachttöpfe über dir ausgeleert haben«, neckte sie ihn, »was unweigerlich die Folge deines Lautespiels wäre ... Also gut, sei jetzt ruhig und versteck dich irgendwo. Sonst geh ich meines guten Rufes verlustig, und wer weiß, ob du mich dann noch heiraten willst.«

Aufgeregt über ihre heimliche Verabredung warf Gisela rasch eine Surkotte über ihr Unterkleid und hüllte sich in einen Umhang. Die Kapuze verbarg ihr Gesicht, sie fühlte sich herrlich verrucht und trotzdem minniglich – wie die Mädchen, die sich in den Ritterromanen heimlich mit ihren Minneherren trafen. Dazu brauchte es eigentlich noch einen Rosengarten, den es an diesem Ort bedauerlicherweise nicht gab.

Armand zog Gisela rasch durch die Gassen der Stadt auf den Platz vor dem neu erbauten Dom. Im Gegensatz zu anderen großen Plätzen vor den Kathedralen im Rheinland und in Italien war er nicht mit Marmorplatten ausgestattet. Die Gebäude rund um die Piazza dei Miracoli standen auf einer weitläufigen Wiese. Sie leuchteten hell im Mondlicht, die Fassaden zierte carrarischer Marmor.

Armand brachte Gisela in die Mitte des um diese Zeit völlig verwaisten Platzes – auch dies war eine Besonderheit, denn gewöhnlich bildete die Piazza del Duomo den Mittelpunkt einer Stadt und war von etlichen Schänken gesäumt. Hier gab es nur Sakralbauten: den Dom, den dazugehörigen Glockenturm – den Campanile – und ein wunderschönes Baptisterium. Alle Gebäude befanden sich noch im Bau, und die Handwerker waren natürlich bei Anbruch der Dunkelheit nach Hause gegangen.

»Das wolltest du mir zeigen?«, fragte Gisela verwirrt. »Aber hier war ich schon mal.«

Armand nahm sie in die Arme. »Das wollte ich dir schenken! Gisela, wir werden erleben, wie man all diese Bauten vollendet. Wir werden hier zur Kirche gehen, unsere Kinder werden hier getauft werden. Ich lege dir Pisa zu Füßen, Gisela, wenn du es willst!« Er wirbelte sie herum.

»Dann pass aber auf, dass der Turm dabei nicht endgültig

umfällt«, bemerkte Gisela skeptisch. »So schief, wie er jetzt schon steht … Und nun hör endlich auf mit dem Geschwätz! Was willst du mir zeigen, was willst du mir schenken, oder was willst du mir sagen?«

Armand küsste sie. »Ich will dir sagen, dass wir hierbleiben können. Pisa würde sich freuen, uns als Bürger begrüßen zu können, sowohl der Doge als auch die Familien Scacchi und Obertenghi bieten mir Stellungen in ihren Handelshäusern an. Ich habe den Komtur zu diesem Bankett begleitet und erregte ihre Neugier dadurch, dass ich dem Tempel zwar nahestehe, dem Orden aber nicht angehöre … Ich wusste nicht, was ich erzählen sollte, und das hat die Herren beeindruckt, dass ich schweigen kann. Aber der Komtur verriet ihnen schließlich, dass ich im Auftrag der Templer den Kreuzzug beobachte … na ja, und so kam eins zum anderen … Die Damen fanden unsere Geschichte äußerst romantisch und können es kaum erwarten, dich kennenzulernen. Donna Scacchi findet dich ganz reizend.«

Gisela lächelte geschmeichelt.

»Aber ich habe nicht zugesagt. Ich wollte erst hören, was du dazu meinst. Wenn du willst, versuchen wir es auch in Genua. Oder kehren zurück ins Rheinland. Ganz wie es dir gefällt. Aber ich – ich mag Pisa. Es ist noch nicht so meisterhaft wie Genua, nicht gar so groß, nicht gar so mächtig. Es wird leichter sein, hier aufzusteigen … unsere Kinder könnten in die großen Familien einheiraten. Die Leute sind ganz erpicht auf Verbindungen mit dem alten Adel …«

Gisela wehrte lachend ab. »Erst mal müssen wir die Kinder ja haben! Aber ich hätte nichts dagegen, dass sie hier aufwachsen. Die Stadt ist schön, es ist warm … Oh, Armand, ist es nicht herrlich warm?« Sie warf ihren Umhang ab. »Dabei ist September. In Köln wird es jetzt herbstlich kalt. Aber hier …«

»Hier können wir unter dem Sternenhimmel liegen und uns lieben!«

Armand küsste sie noch einmal und nahm sie sanft in die Arme. Er begann, sie zu liebkosen, und Gisela wehrte sich nicht.

»Wird er uns nicht auf den Kopf fallen?«, fragte sie dann mit unsicherem Blick auf den Schiefen Turm. »Als Strafe der Heiligen für unsittliches Tun?«

Armand küsste ihren Hals und ihre Schultern. »Welcher Heilige würde uns nicht segnen? Aber gut, wenn du ganz sicher sein willst – ich werde morgen beim Magistrat von Pisa eine Urkunde unterzeichnen. Wir können nicht in den Kreis der Ritter treten, so lass uns die Eide doch einfach vor all den Heiligen, denen der Dom und die anderen Gebäude gewidmet sind, schwören …«

Der Ritter ließ von Gisela ab und nahm sie so geziert an die Hand wie ein Hochzeiter, der seine Braut in die Halle ihres Vaters führt. In der Mitte des Domplatzes, die Gesichter erleuchtet vom Mondlicht, wandten sie sich einander zu.

»Mit diesem Kuss …«, sagte Armand ernst, »… nehme ich dich zur Frau!« Er küsste sie sanft auf die Lippen.

Gisela sah die Sterne und rief sie zu Zeugen ihres Glückes an. »Mit diesem Kuss …«, wiederholte sie, »… nehme ich dich zum Mann!« Sie küsste Armand ebenfalls.

Und dann fanden sie kein Halten mehr. Seine Lippen öffneten ungestüm die ihren, sie warf die Arme um seinen Hals und blieb eng an ihn geschmiegt, als er sie hochhob, in den Schatten des Turmes trug und dort an einer geschützten Stelle ins Gras bettete.

»Vielleicht geschieht ein Wunder, und der Turm richtet sich auf, wenn wir einander hier lieben …«, flüsterte Gisela, während Armand vorsichtig die Bänder löste, die ihre Surkotte hielten, und sie dann abstreifte.

Er bewunderte ihren zierlichen Körper in dem seidenen Unterkleid, das sie trug, und führte geschickt ihre Hand, die ihm half, sich seiner eigenen Kleidung zu entledigen.

Gisela und Armand vollzogen ihre Ehe im Mondschatten

des Campanile, zärtlich und behutsam, unter tausend Küssen und Schmeicheleien. Das Mädchen empfand kaum Schmerz. Es folgte Armand leicht zu den Ufern der Seligkeit und lag dann beglückt in seinen Armen.

»Wir werden also gleich hierbleiben?«, fragte Gisela schließlich. »Wir ziehen nicht weiter mit Nikolaus?«

Es klang fast etwas enttäuscht, besonders zuletzt hatte ihr das Wanderleben Spaß gemacht.

Armand schüttelte den Kopf. Dann richtete er sich auf und zog seinen Mantel sorgsam über Giselas fast nackten Körper. Es wurde nun doch kühl auf dem Domplatz.

»Ich ziehe auf jeden Fall weiter mit dem Kreuzzug. Das bin ich den Templern schuldig – und all den Kindern, die wir haben sterben sehen. Ich will wissen, wer diese Sache lenkt und was dahintersteckt. Aber du ... wenn du willst, kannst du in Pisa bleiben. Die Obertenghi würden uns ein Haus zur Verfügung stellen. Du könntest es einrichten und das Personal schulen. Habe ich erzählt, dass Donna Scacchi ein Heim für all die Kinder finden will, die Dimma noch unter ihren Fittichen hält? Sicher willst du ein paar von ihnen als Hausmädchen und Knechte behalten.«

Gisela runzelte unwillig die Stirn. »Du ziehst mit dem Kreuzzug, und ich soll das Haus einrichten? Nach all den Meilen, die wir zusammen geritten sind? Du findest heraus, was dahintersteckt, und ich sitze in unserem neuen Heim und hoffe, dass du mir vielleicht mal erzählst, was geschehen ist?«

Armand sah sie verwundert an. »Das gefällt dir nicht?«, fragte er.

Er hatte gedacht, sie würde die Idee begeistert aufgreifen. Aber dann fiel ihm ein, dass er sich in ein Mädchen verliebt hatte, das die Streithengste seines Gatten am liebsten selbst ritt, das Falken zähmte und wusste, wie man eine Lanze einlegte. All das würde Gisela als Bürgersfrau in Pisa nicht mehr tun können. Aber sie würde niemals aufhören, das Abenteuer zu lieben.

Gisela schüttelte energisch ihre zerzausten blonden Locken. »Ohne mich gehst du nirgendwohin, Armand de Landes! Jedenfalls nicht mit dem Kreuzzug. Wenn wir dann Kinder haben und die Handelsherren schicken dich … was weiß ich … nach China? … bleibe ich vielleicht da. Aber hier will ich bis zum Ende dabei sein. Oder …«

»… oder?«, lachte Armand.

»Oder ich suche mir doch noch eine Passage ins Heilige Land!«, neckte ihn Gisela.

Armand küsste sie sanft.

»Deine Liebe wäre stark genug, das Meer zu teilen!«, sagte er zärtlich. »Also gut. Soll Dimma das Haus einrichten. Der wird es gefallen, endlich sesshaft zu werden. Von heute an braucht sie ja auch nicht mehr das Schwert zu spielen, das zwischen uns liegt.«

Rupert sah Magdalena an diesem Abend nicht mehr, aber am Fluss traf er auf Wolfram, der eben aus einer Schänke taumelte. Im Licht der Laterne fiel ihm auf, dass das Hemd des Ritters blutbefleckt war. Rupert baute sich vor ihm auf. Er hatte keine Scheu vor hohen Herrschaften und vor diesem Emporkömmling erst recht nicht.

»Wo ist das Mädchen?«, fragte er barsch.

Wolfram zuckte die Schultern.

»W… w… welches Mädchen?« Der Junge war deutlich volltrunken.

»Die Kleine, die mit meiner Dame herumgezogen ist. Konstanzes Schützling … Lenchen.«

»Deine … Dame?« Wolfram wollte sich ausschütten vor Lachen.

»Sprichst du von Gisela von Bärbach? Versprochen nach Guntheim?«

Rupert verdrehte die Augen. »Ich spreche von meiner Dame«, sagte er ruhig. »Und nun sag mir, wo das Mädchen ist!«

Wolfram winkte ab. »Am Fluss … geht ihren … Geschäften nach, die Hure. Ein Grosso, und du kannst sie haben.«

»Ich zahle nicht für Frauen«, erklärte Rupert würdevoll. »Das ist eines Ritters nicht würdig …«

»Eines … eines Ritters …« Wolfram lachte schon wieder. »Du willst ein Ritter sein? Ach ja, drüben im Heiligen Land … wo der Honigbrei durch die Straßen fließt und die Maultiere Pferde werden und die Strauchdiebe Ritter … Da warte mal drauf, Knecht …«

Wolfram torkelte lachend davon. Morgen würde er es dem Kerl zeigen. Ihm und diesem Ritter aus Outremer. Wer es nicht alles wagte, Gisela von Bärbach … Gisela von Guntheim! … seine Dame zu nennen …

Gisela war längst wieder im Palazzo Scacchi, als Rupert zurückkehrte. Der Junge begab sich sofort zurück in die Ställe, schließlich hatte er seinen Auftrag nicht erfüllen können. Er loderte vor Wut gegen Wolfram, aber um Magdalena machte er sich keine Sorgen. Er war auch nicht zum Fluss heruntergegangen, um sie zu suchen. Das Mädchen würde schon wieder auftauchen.

Die umso besorgtere Konstanze meldete Magdalenas Verschwinden am nächsten Morgen Donna Scacchi. Don Scacchi war es denn auch, der ihr letztlich die schlechte Nachricht brachte.

»Am Fluss ist ein totes Mädchen gefunden worden, und es ist recht wahrscheinlich, dass es sich um Euren Schützling handelt. Ich habe Monseigneur Armand gebeten, sich das Kind anzusehen, er wird Euch später berichten.«

Konstanze schüttelte den Kopf. »Ich werde selbst gehen!«, erklärte sie. »Ich will sehen, ob sie es ist und woran sie gestorben ist. Keine Sorge, Don Scacchi, ich habe schon mehr Tote gesehen, als Ihr Euch vorstellen mögt. Dieser Kreuzzug ist eine Straße des Todes!«

Man hatte das Mädchen in die nächstgelegene Kirche, San

Pierino, bringen lassen, und ein paar Nonnen waren eben dabei, es aufzubahren.

Konstanze registrierte, dass sie den Körper in ein sauberes weißes Hemd gehüllt hatten. Magdalenas Haar war gelöst und gekämmt, eine der Nonnen legte ihr gerade ein Gebende an. Sie sah aus wie eine Heilige, auch ihr Gesicht wirkte friedlich, fast durchgeistigt.

Aber Konstanze sah auch ihre aufgeplatzte Lippe und die bläulich verfärbten Stellen an ihrem Jochbein.

»Wo ist ihr Kleid?«, fragte sie die Schwestern. »War sie …«

»Nein, nein, sie war nicht nackt, Signorina!«, erklärte eine der Nonnen. »Aber ihr Kleid war zerrissen. Ihr könnt es noch ansehen, es liegt dort drüben, aber es ist ganz zerfetzt.«

»Und … hat sie … noch andere Wunden als die im Gesicht?«, erkundigte Konstanze sich vorsichtig.

Sie konnte die Schwestern kaum bitten, die Tote noch einmal zu entkleiden, nachdem sie sich bereits so viel Mühe mit ihr gemacht hatten. Die Nonnen hatten Blumen um den Leichnam aufgestellt, zwei von ihnen beteten laut die Totengebete.

Eine sehr junge Nonne, wohl ebenso an der Medizin interessiert wie Konstanze, nahm das Mädchen beiseite.

»Also … also erschlagen hat man sie nicht«, sagte sie, tief errötend. »Aber … aber man hat … man hat ihr in anderer Hinsicht Gewalt angetan. Sie war keine Jungfrau mehr, Signorina.«

Das war Konstanze nichts Neues. Aber warum betonte die Schwester es so? Magdalena hätte schließlich auch eine Ehefrau sein können.

»Ich meine …«, flüsterte die junge Nonne. »Sie war wohl seit … seit gestern Nacht keine Jungfrau mehr.«

»Aber das zählt nicht vor Gott!«, beeilte sie sich zu versichern, als Konstanze allzu entsetzt schaute. »Vor Gott ist sie unschuldig wie ein Kind, sie hat ja wohl alles getan, ihre Tugend zu verteidigen …« Sie wies auf Magdalenas Verletzun-

gen. »Wenn der Mann sie nicht gezwungen hätte, hätte er sie nicht schlagen müssen.«

»So werdet Ihr sie ... in geweihter Erde beisetzen?«, fragte Konstanze leise. Jemand hatte Magdalena Gewalt angetan – auf ungeheuer brutale Weise. Aber die Nonnen konnten kaum glauben, dass der Mann sie anschließend ertränkt hatte. Das Mädchen hatte zweifellos Selbstmord begangen.

Die Schwester nickte und streichelte sanft über Magdalenas zartes Gesicht. »O ja, sicher. Man hat das arme Ding doch wohl von einer Brücke gestoßen, oder es ist gefallen. Man fand es im Hafen, an einem Bootsanleger, der Leichnam hatte sich an einem Pfeiler verfangen. Macht Euch keine Sorgen, es wird gut für sie gesorgt werden. Und ihre Seele ist sicher schon im Himmelreich!«

Konstanze warf einen letzten, liebevollen Blick auf das Mädchen. Wie erwachsen es geworden war in diesen letzten Monaten! Und wie schön es hätte werden können, wenn Gott ihm nur noch ein wenig Zeit gelassen hätte ... Konstanze dachte an ihre erste Begegnung: Magdalena an ihrem Feuer, klein und mager wie ein Kätzchen, ängstlich und halb verhungert, verlaust und verdreckt unter Konstanzes Nonnenschleier.

»Wer war sie eigentlich?«, fragte die freundliche Schwester. »Wie hieß sie, und woher kam sie?«

Konstanze atmete tief ein.

»Sie ... sie hieß Magdalena«, sagte sie sanft. »Sie kam aus der Gegend um das heilige Köln. Sie war eine Novizin der Benediktinerinnen. Aber als sie von diesem Kreuzzug hörte, wollte sie nichts anderes, als Jerusalem befreien.«

Die Schwester lächelte. »Ich wusste es!«, sagte sie glücklich. »So unschuldig und schön wie sie aussieht! Wir werden für sie beten. Und wir werden sie auf unserem Friedhof bestatten! Sie wird niemals vergessen sein ...«

Konstanze ließ den Nonnen den Rest ihres »Reliquiengeldes« da, um Totenmessen für Magdalena lesen zu lassen.

Sie würde später mit Gisela, Dimma und den Kindern daran teilnehmen – sicher würden sich auch Armand und vielleicht sogar Donna Scacchi anschließen.

Letztere war untröstlich über Konstanzes Verlust. Sie hätte der jungen Frau die Gunst gewährt, ihren Schützling in einer der Grabstätten ihrer Familie beizusetzen.

»Wir lassen unser Hauspersonal nicht irgendwo verscharren«, erklärte sie würdevoll. »Und Magdalena wäre ja nun Magd bei uns geworden. Aber bei den Benediktinerinnen hat sie es natürlich noch schöner. Es tut mir sehr leid für Euch, Konstanze. Ich weiß, Ihr habt das Mädchen geliebt.«

Gisela trauerte mit ihrer Freundin um Magdalena, aber vor allem war sie voller Wut. Rupert hatte ihr von seiner Begegnung mit Wolfram erzählt, und natürlich hatte sie sich ihren Teil gedacht.

»Es war Wolfram, Konstanze! Wer sonst? Mit ihm ist sie gesehen worden, und er hatte Blut am Hemd. Sie hat doch immer herumgeschwatzt, er würde sie heiraten und mit auf seine Burg nehmen ... All das dumme Gerede, ich hab's nie ernst genommen, es war das Gleiche wie mit Rupert und seiner Ritterwürde im Goldenen Jerusalem. Aber jetzt erzählen die Kinder, Wolfram würde Nikolaus verlassen, um heimzureiten. Wenn er ihr das erzählt hat ...«

»Wir können es bloß nicht beweisen«, gab Konstanze müde zurück.

Der Weg nach San Pierino hatte sie angestrengt und ihr den Mut geraubt. So viele Tote ... all die Kinder, um die sie sich gekümmert hatte, und die dann gestorben waren. Und nun auch noch Magdalena. Konstanze war erschöpft. Sie wünschte sich etwas Ruhe. Ein bisschen Frieden nach all dem Grauen um den Tod.

»Auf den Kopf zusagen werd ich's ihm!«, wütete Gisela. »Er soll nicht glauben, dass keiner was weiß! Eigentlich müsste er dafür der Ritterehre verlustig gehen – wenn er sie denn überhaupt hätte!«

Konstanze hinderte das blonde Mädchen nicht, auf die Straße hinauszustürmen. Sollte Gisela Wolfram suchen, ausrichten würde sie sicher nichts. Konstanze hoffte, Malik sehen zu können, war aber nicht sehr zuversichtlich. Der Prinz besichtigte an diesem Tag die Hafenanlagen, Pisa hielt seinen hohen Gast beschäftigt. Und ganz sicher würde er sie nicht zu Magdalenas Totenfeier begleiten. Konstanze sah die Kluft zwischen sich und ihrem Prinzen an diesem Tag deutlicher denn je. Aber vielleicht gab es ja doch einen Weg, sie zu überwinden. Als Gisela gegangen war, las Konstanze erneut im Koran.

Allah will es euch leicht und nicht schwer machen.

Konstanze wünschte sich, das glauben zu können.

Gisela wandte sich zunächst zum Kloster von San Michele, wo die Pisaner Nikolaus und die Franziskanermönche untergebracht hatten. Sie hoffte, dort auch Wolfram zu finden, aber niemand wusste, wo der Ritter steckte.

»Ich fürchte, er denkt daran, uns zu verlassen«, sagte einer der Brüder bekümmert, »und damit seinen Eid zu brechen. Diese Kinder wissen nicht, was sie tun.«

Gisela zumindest wusste, wo man nach einem Ritter suchte. Wenn man den Aufenthaltsort der Herren nicht aufspüren konnte, so eben den ihrer Pferde. Allzu viele Mietställe hatte Pisa nicht aufzuweisen, und tatsächlich fand sie Wolframs Hengst in einem Stall gleich in der Nähe des Stadtzentrums am Eingang der Geschäftsstraße Borgo Stretto. Wolfram war eben dabei, sein Pferd zu satteln.

»Wolfram!« Gisela rief ihn an.

Wolfram wandte sich um. Über sein aufgedunsenes Gesicht zog ein Grinsen.

»Das Fräulein von Bärbach … Ihr kommt mir äußerst gelegen, Gisela! Wollte ich Euch doch ohnehin fragen, ob Ihr mich nicht begleiten mögt …«

»Begleiten? Wohin?« Gisela war irritiert.

»Auf meine Burg, mein Fräulein. Ich bin entschlossen, meine Wanderjahre …«

Gisela schnaubte.

»… zu beenden und die Burg meines Vaters in Besitz zu nehmen. Und wenn ich mich recht erinnere, gab es da doch ein Eheversprechen zwischen den Bärbachern und den Guntheimern, oder?«

Gisela runzelte die Stirn. »Du bist verrückt!«, stieß sie aus. »Gut, mein Vater wollte mich deinem Vater vermählen … aber das ist doch lange her. Und ich habe niemals zugestimmt. Erst recht nicht der Ehe mit dir, du … du Kinderschänder! Ich weiß genau, was du mit Konstanzes Lenchen gemacht hast, erzähl mir nichts! Sonst ein Weichling, aber kleine Mädchen verführen und schlagen … Bevor ich mit dir die Ehe einginge, Wolfram von Guntheim, nähme ich den Schleier!«

Sie wollte sich umwenden und hinausgehen, aber Wolfram war schneller. Er ergriff das Mädchen und schleuderte es gegen einen der Holzverschläge. Das Pferd dahinter tänzelte nervös. Wolfram umfasste Giselas Arme.

»Das würde ich aber nicht dulden, meine Schöne! Deinem Vater ist es egal, mit welchem Guntheimer du vermählt wirst. Und die Papiere sind unterzeichnet. Fehlt nur noch der Vollzug der Ehe. Und da werde ich dich einfach nicht fragen, meine Schöne!«

»Und in welchem Kreis welcher Ritter sollte ich dir Eide geschworen haben?« Gisela blitzte Wolfram an. Sie empfand nach wie vor mehr Wut als Angst. Es stimmte, was sie in Rivalta gesagt hatte: Mit Wolfram von Guntheim traute sie sich zu, jederzeit fertig zu werden. »Am gleichen Hof, an dem man dich zum Ritter schlug?«

Wolfram wollte ihr den Mund mit einem brutalen Kuss schließen, aber Gisela trat ihm ans Schienbein, riss dann ein Knie hoch und rammte es ihm zwischen die Beine.

»Alle Achtung!«, ertönte plötzlich eine Stimme vom Eingang. »Lernt man das am Minnehof?«

Aus dem Augenwinkel erkannte Gisela Ruperts kräftige Gestalt.

Sie wand sich unter Wolframs Griff. Das Gesicht des Guntheimers war schmerzverzerrt, aber er hielt Gisela immer noch fest.

»Nein, das lernt man auf dem Kreuzzug der Unschuldigen!«, konterte Gisela und spie ihrem Peiniger ins Gesicht.

Sie hatte mehr als einer Schlägerei unter den Gassenjungen, die sich Nikolaus angeschlossen hatten, beigewohnt. Wolfram ließ ihren Arm los und holte zum Schlag aus, aber das zierliche Mädchen tauchte geschickt unter dem Ellbogen durch – und dann hatte Rupert auch schon Wolframs Schultern gefasst. Er riss den Jungen von Gisela weg.

Gisela beobachtete fasziniert, wie die beiden auf der Stallgasse aufeinander einschlugen. Es war härter als die Rangeleien unter den Straßenkindern. Die Kombattanten steuerte lodernder Hass.

Rupert hatte sicher mehr Erfahrung bei Prügeleien als Wolfram, aber der Guntheimer war inzwischen deutlich schwerer als der Knecht. Und zweifellos trieb ihn der Wunsch, Rupert alle Demütigungen heimzuzahlen, die der Knecht ihn als Knappe hatte erdulden lassen. Gisela dachte an das Kampfübungsgerät, das Wolfram damals vom Pferd gestoßen hatte – und Ruperts Lachen, als er lässig darunter hindurchritt und den hölzernen Ritter dann auch noch mit der Schleuder »erlegte« …

Wolfram schlug ohne Unterlass auf Rupert ein, aber Rupert gab ebenso zurück. All die Privilegien, die Wolfram genossen hatte, während er, der bessere Reiter, der bessere Kämpfer – der weitaus bessere Ritter! –, im Stall die Mistgabel schwang. Giselas Tändelei mit dem Knappen … und jetzt seine unverschämte Annäherung an das Mädchen, das Rupert haben wollte! Der kräftige, muskulöse Junge prügelte gnadenlos auf den Möchtegernritter ein. Und dann gelang es ihm, Wolfram zu Fall zu bringen. Der Guntheimer strau-

chelte, Rupert fiel über ihn und griff nach seiner Kehle. Aus dem Schlagen war ein Ringen geworden – und dann machte Rupert ernst. Er drückte zu, schloss die Finger um den kräftigen Hals des sich verzweifelt wehrenden Ritters und presste sie zusammen.

Gisela beobachtete entsetzt, wie Wolframs Gesicht sich rötete und seine Abwehrbewegungen erlahmten.

»Rupert! Rupert, hör auf, du bringst ihn ja um!«

Aber Rupert dachte gar nicht daran, seinen Griff zu lösen. Nicht einmal, als Gisela seine Schultern fasste und ihn wegzuziehen versuchte. Nicht einmal, als sie schließlich zu einer Peitsche griff und auf ihn einschlug.

Als er endlich von Wolfram abließ, sank dessen Körper schlaff ins Stroh.

Rupert richtete sich auf. Er grinste triumphierend. »Nun? Wo war jetzt dein Ritter Armand, als du Schutz gebraucht hast, Gisela?«

»Als ich Schutz gebraucht habe?« Gisela hockte sich neben Wolfram ins Stroh und fühlte seinen Puls, wie Konstanze es ihr beigebracht hatte. Aber hier kam jede Hilfe zu spät. »Rupert, was sagst du? Herrgott, Rupert, du hast ihn umgebracht! Du hast ihn kaltblütig erwürgt! Einen Ritter! Darauf steht der Galgen.«

Rupert lachte. »Das hab ich schon mal gehört, meine Dame. Und es gefällt mir heute noch so wenig wie damals. Zumal es nicht mal zutrifft. Dieser Abschaum war kein Ritter!«

»Er war von Adel!«, beharrte Gisela. »Und er … Egal, was er getan hat, er durfte nicht so schändlich sterben.« Sie stand auf.

»Ach so, da hab ich wohl ein wenig an seiner Ehre gekratzt!«, höhnte Rupert. »Und was ist mit deiner Ehre, Gisela? Er hat dich angefasst, er wollte dich schänden, er … er hat den Tod verdient!«

Gisela wurde bewusst, dass sie ihm insgeheim zustimmte, sie dachte auch an Magdalena. Aber alles in ihr sträubte sich

gegen diese Schlägerei zur Ehrenrettung, die noch nicht einmal fair gewesen war. Wolfram war zweifellos wütend gewesen und vielleicht auch stärker als Rupert. Er war im ritterlichen Kampf geschult, Rupert jedoch prügelte sich, seit er denken konnte.

»Das hätte man anders regeln können«, sagte sie hochmütig. »Ein Wort zu Armand, und er hätte ihn gefordert. Dann wäre er … dann wäre er gestorben, wie es einem Ritter gebührt.«

Rupert lachte verächtlich. »Tot ist tot!«, spie er aus. »Was schert's einen, ob er verröchelt oder verblutet!«

»Wohl schert's einen!«, wies Gisela den Knecht zurecht. »Sie … sie werden jetzt nicht mal wissen, wie sie sein Grabmal gestalten sollen!«

Noch während sie sprach, wurde ihr klar, wie dumm das klang. Niemand würde Wolframs Abbild in Stein hauen. Nicht in der Haltung eines Ritters, der im Kampf auf Seiten des Siegers gefallen war, und nicht in der eines Mannes, der an seinen Wunden gestorben oder in Gefangenschaft einer Krankheit erlegen war. Niemand würde Messen für ihn lesen lassen und Kerzen in seinen Farben gießen, um sie an seiner Totenbahre aufzustellen. Das alles kostete ein Vermögen. Natürlich … wenn man sein Pferd und seine Waffen verkaufte …

Aber mit seinen Waffen gürtete sich bereits sein Mörder.

»Was machst du, Rupert?«, fragte Gisela ungläubig.

Rupert zerrte dem Toten das Kettenhemd vom Körper und legte es an.

»Wonach sieht es denn aus?«, fragte er, zwischen Lachen, Triumph und Angst. »Ich nehme mir, was mir gebührt. Wenn ein Ritter dem anderen unterliegt, stehen dem Sieger sein Pferd und seine Waffen zu. Das steht in jeder Turnierordnung …«

»Aber dies ist kein Turnier … und es war kein ritterlicher Kampf, und du …«

»Ich bin kein Ritter, willst du sagen?« Rupert lachte, als ob er dem Wahnsinn anheimgefallen wäre. »Nun, der hier war es auch nicht. Aber das hat niemanden gekümmert, dabei konnte er nicht mal kämpfen. Ich dagegen kann es, Gisela! Und ich hätte mir die Ehre der Ritterschaft im Heiligen Land erkämpft – wenn dieser kleine Hochstapler Nikolaus uns nur dahin geführt hätte. Aber gut, Gott ist gnädig! Er gewährt mir die Gunst, es zu versuchen. Der Knecht Rupert ist tot, Gisela! Vor dir steht Wolfram von Guntheim, Fahrender Ritter!«

Er zog den Waffenrock mit Odwin von Guntheims Farben über die Rüstung.

»Damit kommst du niemals durch!« Gisela starrte Rupert fassungslos an.

Aber wenn sie genauer nachdachte, erschien Ruperts Plan ihr gar nicht so widersinnig. Natürlich konnte er nicht ins Rheinland reiten und Wolframs Erbe einfordern. Aber wenn er in Italien blieb ... vielleicht nach Sizilien ging, an die Höfe in Frankreich ... Niemand dort kannte die Guntheimer. Auch die Söhne unbedeutender Geschlechter hatten das Recht, von Burg zu Burg zu ziehen und sich auf Turnieren zu schlagen. Sie konnten zu Ruhm und Ehren aufsteigen, Lehen erwerben ...

»Und ob ich damit durchkomme, meine Dame!« Rupert verbeugte sich ehrerbietig. Ein Zerrbild des höfisch erzogenen Ritters, aber Wolfram wäre auch nicht viel anmutiger gewesen. Wenn Rupert sich klug anstellte, konnte er lernen. »Warte einmal ab, wer sich eher ein Lehen erwirbt im Abend- oder Morgenland – dein edler Monseigneur Armand oder ich!«

Gisela schwindelte. Rupert hatte also auch diese Idee noch nicht aufgegeben. Er hoffte, ihre Hand zu erringen. Er wollte den Ritterstand, und er wollte sie.

Sie musste ihm jetzt sagen, dass Armand und sie den Bund vor Gott bereits geschlossen hatten ... aber etwas hielt sie da-

von ab. Zum ersten Mal empfand sie Angst vor Rupert. Sie wich zurück, und ihre Gedanken überschlugen sich. Wenn sie ihn meldete … wenn sie ihn des Mordes anklagte …

»Du wirst mich doch nicht verraten, meine Dame, oder?« Ruperts Stimme klang drohend.

Und endlich konnte Gisela wieder klar denken. Nein, sie würde ihn nicht verraten. Im Gegenteil, nüchtern betrachtet konnte ihr und Armand gar nichts Besseres passieren als Ruperts Auszug, um Ruhm und Ehre zu erwerben.

Zunächst würde sein Weg ihn weit fort führen. Auf keinen Fall konnte er dem Kreuzzug weiter folgen. Die Gefahr, dass ihn jemand erkannte, war viel zu groß. Und auch später würden Gisela und ihr Gatte nie mehr mit ihm zusammenstoßen. Armand verließ die Ritterschaft. Er bewarb sich um kein Lehen mehr. Schon bald würde er zur Kaufmannschaft von Pisa gehören, und Donna Gisela de Landes lebte geachtet, aber für die Ritterschaft unsichtbar in einem der schmucken Turmhäuser im Quartiere di Mezzo.

Gisela atmete tief durch. Sie konnte ebenso gut mitspielen.

»Natürlich nicht«, sagte sie heiser. »Ich fühle mich geehrt, Herr Rupert, dass Ihr mich als Minnedame erwählt habt. Wenn Ihr möchtet, gebe ich Euch ein Zeichen, unter dem Ihr in den Kampf reiten dürft.«

Ruperts Gesicht strahlte.

»Einen Kuss!«, verlangte er. »Das ist kindisch mit diesen Zeichen. Was hab ich von einem Zipfelchen deines Hemdes? Aber ein Kuss, das ist etwas Rechtes.«

Gisela empfand Widerwillen. Es war eine Sache, einen Turniersieger in aller Öffentlichkeit mit einem Kuss zu belohnen oder auch einen verdienten Minneherrn mit einem Hauch der Lippen auf seiner Wange zu verabschieden. Aber in einem dunklen Stall einen Mörder zu küssen, der sich für einen Ritter hielt …

Rupert trat nah an sie heran – langsam und gemessen, wie es einem Ritter anstand. Dann riss er das Mädchen ungestüm in seine Arme. Gisela wehrte sich, aber seine Zunge teilte gewaltsam ihre Lippen und drang in ihren Mund ein. Er küsste sie brutal und besitzergreifend.

»Damit du mich auch nicht vergisst ...«, grinste er, als er endlich von ihr abließ. »Adieu, meine Dame!«

Rupert verbeugte sich noch einmal, dann legte er Wolframs Pferd geschickt das Zaumzeug um und führte den Hengst hinaus.

»Bis wir uns wiedersehen ...«

Nie, dachte Gisela. Sie spuckte aus, stolperte zu einem Wassereimer und wusch sich den Mund aus. Wenn sie Glück hatte, würde Rupert gleich in seinem ersten Turnier unterliegen. Und auch sonst ... Das Mädchen warf einen letzten, bedauernden Blick auf Wolframs Leiche. Er würde namenlos bleiben, Gisela würde niemandem etwas von dem erzählen, was an diesem Tag geschehen war. Nicht einmal Armand ...

Armand und Dimma wunderten sich gleichermaßen darüber, dass Rupert, der Knecht, weder an diesem Abend noch am nächsten Tag in Giselas Gesellschaft auftauchte. Gisela behauptete, von nichts zu wissen; ein paar von Dimma befragte Jungen aus dem Heer erzählten vage davon, dass Rupert sich mit Gaunern und Dieben eingelassen habe.

»Vielleicht hat irgendein Kaufmann sie auf frischer Tat ertappt und gleich gerichtet ...«, vermutete Armand.

Aber er war nur wenig interessiert daran zu erfahren, wo Rupert steckte oder ob er überhaupt noch lebte. Er war vor allem erleichtert, den aufmüpfigen Jungen los zu sein, und Dimma schien es ähnlich zu gehen. Gisela fiel es schwer, ausreichend Besorgnis zu heucheln, aber Armand stellte nicht viele Fragen, und Konstanze lebte ohnehin nur ihrer Liebe und ihrer Trauer.

Magdalena erhielt eine Grabstätte im Kloster der Benediktinerinnen. Sie trug das Gewand einer Braut Christi und wur-

de in allen Ehren beigesetzt; die Frauen der größten Kaufmannsfamilien Pisas beteten an ihrem Grab.

Wolfram von Guntheim endete in einem Armengrab, rasch und lieblos verscharrt, das Opfer einer der unzähligen Schlägereien, die der Abschaum der Straße unter sich ausfocht.

Gisela fragte sich, ob Gott darüber lachte.

Kapitel 7

Konstanze war untröstlich über Magdalenas Tod. Sie fühlte sich krank und mutlos, wozu sicher auch das Wissen beitrug, dass Malik sie nun bald verlassen würde. Der Sarazenenprinz tat alles, um die junge Frau aufzuheitern. Er zitierte Gedichte für sie, kaufte ihr Schmuck und brachte ihr erlesenes Zuckerwerk von den besten Süßwarenherstellern Pisas. Begleitet von Dimma als Anstandsdame führte er sie aus zu einer Bootsfahrt auf den Arno und einem Ritt ans Meer.

Ihre Stimmung besserte sich erst ein wenig, als Armand endlich Neuigkeiten bezüglich des Kreuzzuges brachte.

»Wir ziehen nach Rom!«, erklärte der junge Ritter und setzte sich zu Gisela, die mit Malik und Konstanze im Innenhof des Palazzo Scacchi die Herbstsonne genoss. »Nikolaus will den Papst um Unterstützung für sein Vorhaben bitten – und wenn auch der ablehnt, uns auf direktem Weg ins Heilige Land zu schaffen, damit wir betend die Sarazenen bekehren.«

»Du sagst das, als wäre es gänzlich unmöglich!«, bemerkte Malik mit mokantem Lächeln.

Er hatte mit den Mädchen geplaudert und Laute gespielt. Erst am Abend stand wieder eines der nicht enden wollenden Bankette an, mit denen die Pisaner Kaufmannschaft ihren königlichen Gast ehrte. Malik hatte langsam genug davon. Alle Handelsabkommen waren unterzeichnet, und er wollte in den nächsten Tagen nach Florenz aufbrechen.

»Aber hat euer geschätzter Pontifex nicht noch in diesem Frühjahr zu einem weiteren Kreuzzug aufgerufen?«

Armand verdrehte die Augen.

»Papst Innozenz würde zwar nur zu gern Jerusalem erobern«, gab er zurück, »ihm liegt jedoch kaum etwas daran, den Sklavenmarkt in Alexandria mit frischer Ware zu versorgen. Der Mann ist nicht dumm. Spätestens als sich das Meer nicht geteilt hat, muss er begonnen haben, an Nikolaus' Mission zu zweifeln.«

»Er hatte sich ja schon vorher äußerst vorsichtig dazu geäußert«, fügte Konstanze hinzu. »Von Unterstützung war nie die Rede, bestenfalls von Duldung!«

»Aber der Zug nach Rom ist trotzdem das einzig Richtige!«, erklärte Armand. »Die Kinder müssen von ihrem Kreuzfahrer-Eid entbunden werden, und das kann nur der Papst ermöglichen. Wobei es diesmal übrigens nicht die geringsten Meinungsverschiedenheiten in der Heerführung gibt. Es zieht alle nach Rom. Alle, ob sie noch nach Jerusalem wollen oder nicht, erwarten Hilfe vom Papst, und niemand stellt sich quer. Also dürfte die Reise nach Rom auch im Interesse unseres geheimnisvollen Initiators der Kreuzzüge liegen. Lassen wir uns überraschen!«

Malik lächelte Konstanze aufmunternd zu. »Und das Beste daran ist, dass ich Euch nicht so bald allein lassen muss, meine Dame!«, sagte er glücklich. »Das Heer wird dem Arno folgen, Florenz liegt auf dem Weg nach Rom.«

Die Kreuzfahrer brachen also erneut auf – diesmal allerdings ohne Gesänge und Gebete. Nikolaus war zwischen den Mönchen an der Spitze des Zuges kaum auszumachen. Sein Heer war auf tausendzweihundert Personen zusammengeschrumpft, fast ausschließlich junge Männer, von Hoffnungslosigkeit gezeichnet.

»Meine Leute möchten lieber heute als morgen nach Hause«, vertraute Karl Armand an. »Dieser vermaledeite Eid! Es wäre besser, sie gleich zurückzuführen, jetzt wo sie ein bisschen ausgeruht sind nach den Tagen in Pisa. Und diesmal gingen wir über den Brenner! Aber stattdessen nun auch noch Rom – noch weiter nach Süden.«

Viele der jungen Menschen zeigten weder die Eidestreue noch das Durchhaltevermögen des Jungen aus Sachsen. Gerade jetzt, wo das Heer am Arno entlangzog und Weinberge, Weizenfelder und Wäldchen passierte, empfanden viele Heimweh, auch wenn sie es hier mit Zedern- statt Buchen- und Eichenwäldern zu tun hatten. Die Bauern- und Winzerkinder sehnten sich nach ihrem angestammten Handwerk – viele verdingten sich auf am Weg liegenden Bauernhöfen.

Gisela und Konstanze bemühten sich, den Ritt zu genießen, aber sie vermissten die Kinder, Magdalena und Dimma. Die alte Kammerfrau war in Pisa geblieben. Die Einrichtung eines Hauses machte ihr tatsächlich Freude, aber wenn Gisela und Armand zurückkehrten, wollte auch sie zurück in ihre Heimat. Der Haushalt einer Kaufmannsfamilie reizte sie nicht, sie sehnte sich nach dem Hof der Jutta von Meißen. Armand beabsichtigte, Karl mit ihrer Begleitung zu betrauen. Am Minnehof würde sich eine Beschäftigung finden, die dem treuen und klugen jungen Mann gerecht wurde und ihm Aufstiegschancen eröffnete.

Konstanze war obendrein von Wehmut erfüllt. In Florenz musste sie sich endgültig in ihr Schicksal fügen. Der Kreuzzug würde nur kurz rasten, wenn die Stadt Nikolaus überhaupt einließ. Malik aber hatte dort Aufgaben zu erfüllen, und sie würde ihn auf immer verlieren.

Vorerst verloren die Kreuzfahrer jedoch jemanden, mit dessen Rückzug nun wirklich niemand gerechnet hatte. Gleich nach dem Einzug in Florenz eröffnete Bruder Bernhard dem restlichen Heer, dass Nikolaus es nicht länger führen werde.

»Nikolaus ist bestürzt und verzweifelt über den Märtyrertod seines Vaters«, erklärte der Mönch. »Dazu müde und erschöpft von dem weiten Weg und den bislang vergeblichen Mühen, Gottes Auftrag zu erfüllen. Er hat sich vorerst in ein Kloster zurückgezogen, um dort zu trauern und zu beten und Gottes weitere Offenbarungen zu erwarten. Von euch

aber erwartet er, nicht nachzulassen in euren Bemühungen um die Eroberung des Heiligen Landes. Nach wie vor heißt unser Ziel Jerusalem.«

»Was ist denn mit seinem Vater geschehen?«, fragte Gisela.

Die Mädchen warteten unschlüssig auf dem Domplatz. Malik war sofort vom Senat der Stadt mit Beschlag belegt worden und bemühte sich jetzt, für sie Quartier zu machen. Sicher würden sie Aufnahme in einem der prächtigen Palazzi finden, die neben den Kirchen das Bild der toskanischen Handelsmetropole bestimmten. Armand besuchte zur raschen ersten Orientierung die Komturei der Templer.

»Nikolaus' Vater haben sie aufgehängt!«, erklärte er, als er kurz danach erneut zu ihnen stieß. In der Komturei hatte ihn ein Brief des Kölner Erzbischofs erwartet, der ihn über die näheren Umstände aufklärte.

»Die Kölner haben Ernst gemacht. Sie hatten den Mann ja gleich festgesetzt – all die Kinder, die Nikolaus fortgeführt hat … die Stadt ist regelrecht ausgeblutet. Irgendeinen Sündenbock brauchten sie, und Nikolaus' Vater war ja auch vorher schon … um es vorsichtig auszudrücken … nicht gerade unauffällig. Jedenfalls machten sie kurzen Prozess, nachdem das Meer sich jetzt nicht teilte. Und es wird sich wohl auch herumgesprochen haben, wie viele Opfer der Gotthard gefordert hat. Wenigstens haben sie ihn ordentlich vor Gericht gestellt, mit der Beschuldigung, das betrügerische Tun des Knaben, wenn schon nicht initiiert, so doch zumindest unterstützt zu haben. Der Richter sah das genauso. Womöglich war ihm auch ein Kind weggelaufen. Der Mann wurde jedenfalls zum Tod durch den Strang verurteilt und gehenkt.«

»Wieder jemand, der ganz sicher nicht über die Ursprünge des Ganzen reden wird«, bemerkte Konstanze verbittert.

Armand nickte. »Desgleichen Nikolaus. Die Templer haben sofort Erkundigungen eingezogen, keiner weiß, in welchem Kloster er ist. Nun gibt es viele Klöster, und die Tempelherren sind nicht die Einzigen, die schweigen können, aber seltsam ist das schon. Nichtsdestotrotz kommt jetzt, die Damen der reichen und schönen Stadt Florenz heißen uns willkommen. Malik hat uns als sein Gefolge ausgegeben und einen ganzen Palazzo belegt. Karl … Lorenz … für euch und eure Leute ist auch Platz, ihr könnt euch satt essen und richtig ausschlafen. Vielleicht geht es ja morgen nicht gleich weiter, Florenz scheint ganz willig, das Heer ein paar Tage zu verpflegen.«

Letzteres erwies sich als irrig – woran allerdings nicht die gutwilligen Stadtväter und Matronen schuld waren, die gern Almosen gaben. Aber Bruder Bernhard und die anderen Mönche machten sich schon in den ersten drei Stunden so unbeliebt, dass die Bevölkerung sie am liebsten noch am gleichen Abend aus den Mauern der Stadt verwiesen hätte.

»Sie predigen!«, berichtete der völlig verblüffte Armand den Mädchen, die sich eben in ihrer hochherrschaftlichen Residenz einrichteten. »Sie postieren sich vor San Lorenzo, San Miniato und Santa Raparata – womöglich noch vor ein paar anderen Kirchen, und rufen zum Kreuzzug der Unschuldigen auf!«

»Das ist nicht wahr!«, rief Gisela aus.

Armand schüttelte den Kopf. »Ich fürchte, doch. Allein dieser Bruder Bernhard hat vor Santa Raparata schon hundert Kindern den Kreuzfahrer-Eid abgenommen!«

»Aber Nikolaus sind die italienischen Kinder doch nicht zugelaufen«, bemerkte Konstanze bedrückt. Sie wusste, was Armands Auskünfte bedeuteten: Sie würden am kommenden Tag weiterziehen.

»Nikolaus sprach auch kein Italienisch«, erklärte Armand. »Aber die Franziskaner schon. Sie künden mit Engelszungen vom Goldenen Jerusalem – und die Florentiner können ihre Kinder gar nicht so schnell einsperren, wie die sich verpflichten. Es ist fast wie in Köln. Nur dass die Verantwortlichen das eindämmen werden. Morgen früh beim Öffnen der Stadttore werfen sie uns raus.«

Gisela war nicht sehr erfreut, sah aber dennoch der Nacht in Florenz mit Aufregung entgegen. Sie würde einen Raum mit Armand teilen und streute jetzt schon Rosenblätter auf das breite Bett.

Konstanze dagegen brach fast das Herz. Malik war zu einem Bankett geladen. Er würde erst spät in der Nacht zurückkehren. Nicht einmal Zeit für einen richtigen Abschied würde ihr vergönnt sein. Aber vielleicht war das Malik ja ganz recht. Vielleicht deutete sie in ihre Liebelei viel zu viel hinein – bislang hatte er sie schließlich nicht einmal geküsst. Und in seinem Harem warteten vielleicht Dutzende willfähriger Frauen. Armand hatte ihr bestätigt, dass die Frauengemächer der Fürsten mitunter Hunderte beherbergten.

Konstanze ging früh zu Bett, fand aber keinen Schlaf, bis Malik gegen Mitternacht an ihre Tür klopfte. Er kam direkt von seiner Einladung und trug die Kleidung eines abendländischen Ritters, ein oben enges, nach unten weit ausfallendes Gewand und einen langen, mit einer Brosche zusammengehaltenen Umhang. Malik bevorzugte die Farben Rot und Dunkelblau, sein Gewand war mit Edelsteinen besetzt, wie es sich für einen Königssohn ziemte, und in der Brosche erkannte Konstanze das Geschenk des Guillermo Landi. Maliks langes Haar fiel weich über seine Schultern, er trug es in der Mitte gescheitelt und gehalten von einem goldenen Reif.

»Wie schön Ihr ausschaut!«, entfuhr es Konstanze.

Malik verbeugte sich. »Nicht im Entferntesten so schön wie Ihr, auch in der schlichtesten Kleidung. Dieses schmucklose weiße Hemd kleidet Euch schöner als die teuerste Seide irgendeine andere Frau im Erdkreis.«

Konstanze senkte beschämt den Kopf. »Aber es kleidet mich nicht schicklich, mein Ritter. Ich sollte mich nicht darin vor Euch zeigen, ich …«

»So zieht Euch rasch etwas über, Konstanze!«, beeilte Malik sich zu sagen, als ob er der höfischen Reden langsam müde wurde. »Wir müssen miteinander sprechen – und so leid es mir tut, einen gänzlich ziemlichen Ort dafür werden wir heute Nacht nicht mehr finden. Aber dieser Palast hat einen Innenhof. Vielleicht mögt Ihr mich da treffen, meine Dame?«

Konstanze nickte, aber im gleichen Moment wurde ihr bewusst, dass es ihr gleichgültig war. Sie hätte Malik in dieser Nacht auch in ihren Räumen empfangen. Es war freundlich von ihm, doch zumindest den Anschein von Ziemlichkeit beizubehalten. Konstanze beschloss, Malik zum Abschied zu küssen. Ob es in seinem Lande Sitte war oder nicht, sie würde ihn anschließend ja doch nicht wiedersehen.

Das Mädchen zog das dunkelblaue Kleid über, das Donna Grimaldi ihm geschenkt hatte. Es gefiel Konstanze am besten von all ihren neuen Kleidern, obwohl sie sich oft scheute, es zu tragen, da es eng anlag und ihre Formen so sehr betonte, dass sie sich fast dafür schämte. Gisela pflegte darüber zu lachen. Die Mode an den großen Höfen schrieb viel größere Ausschnitte und weit engere Kleider vor. Aber in Konstanze lebte eben doch noch die Novizin vom Rupertsberg.

Ihr Haar hatte sie am Abend schon gebürstet, jetzt hielt sie es mit einem Reif zurück, den Malik ihr ein paar Tage zuvor geschenkt hatte. Das würde ihn freuen.

Konstanze schlüpfte in ihre Schuhe – oder nein, damit würde sie Lärm machen, wenn sie die Treppe hinunterlief. Sie konnte barfuß gehen, es war immer noch warm.

Malik hatte eine Öllampe entzündet, die den kleinen, üppig mit Blumen bepflanzten Innenhof dürftig erhellte. Die Bäume und Blüten, der kleine Springbrunnen in der Mitte – all das warf unwirkliche Schatten. Ein Märchenland – Konstanze fühlte sich der Welt von Tausendundeiner Nacht sehr nahe.

Als sie sich Malik näherte, stand er auf, nahm ihre Hand und führte sie zu einer Bank, die unter einem üppig blühenden Strauch stand.

»Konstanze, meine Dame, meine Liebe … ich … ich denke … ich hoffe, du ahnst, was ich dir heute sagen will.«

Konstanze senkte den Blick. »Du willst Adieu sagen«, flüsterte sie. »Wir müssen morgen weiterziehen. Und du ... du kommst nicht mit nach Rom, oder?«

Malik lachte. »Nein, Liebste. In euer Zentrum der Christenheit kannst du mich nicht locken, das wäre doch zu gewagt. Aber dennoch möchte ich nicht Adieu sagen.«

Der sarazenische Ritter stand auf und ließ sich langsam vor Konstanze auf die Knie sinken.

»Konstanze, ich glaube, du weißt, in welcher Liebe ich dir zugetan bin. Und ich hoffe, dass du sie erwidern kannst.«

Konstanze wusste vor Scham nicht, wo sie hinsehen sollte. Niemand hatte ihr je erklärt, wie sie auf solche Worte reagieren musste. Eigentlich sollte sie ja auch mit der Bitte verbunden sein, im Kreis der Ritter Eide zu schwören. Aber konnten sie das?

»Was ist, Konstanze?«, fragte Malik sanft. »Ich muss schon wissen, ob du tiefere Gefühle für mich hegst. Sonst sind all meine anderen Fragen sinnlos.«

»Ja ...«, flüsterte Konstanze. »Ich ... ich hege sehr ... sehr tiefe Gefühle für dich.« Aber das klang falsch. Konstanze schluckte. »Ich liebe dich, Malik al-Kamil!«, flüsterte sie.

Malik küsste ihre Hand. »Und ich liebe dich, Konstanze von Katzberg. Ich möchte mit dir zusammen sein.«

Konstanze runzelte die Stirn. »Was ... was bedeutet das?«, fragte sie dann. »Trägst du ... trägst du mir damit die Ehe an? Oder willst du mich nur ... für deinen Harem? Kannst du mich überhaupt heiraten? Hast du nicht schon eine Frau? Oder ... oder vielleicht mehr als eine?« Konstanze klang verzagt.

Malik lächelte, erhob sich von den Knien und setzte sich wieder neben sie. Aber diesmal wagte er es, den Arm um sie zu legen.

»Bislang habe ich noch gar keine Gattin«, verriet er ihr dann. »Nicht einmal einen eigenen Harem. Nur zwei oder drei Sklavinnen im Harem meines Vaters.«

»Zwei oder drei ...«, Konstanze wusste nicht, ob sie lachen oder weinen sollte.

Malik schüttelte den Kopf. »Nun komm, Konstanze. Du erwartest doch wohl auch von keinem christlichen Ritter, dass er lebt wie ein Mönch, bevor er eine Ehe eingeht!«

»Aber ...«

Malik wehrte ab. »Ja, ich weiß, dass darüber nicht gesprochen wird. Der christliche Ritter erwirbt seine Erfahrungen in den Armen einer Marketenderin – und ein paar Flöhe und Läuse schenkt sie ihm dabei gleich mit. Oder er tändelt mit seiner verheirateten Minnedame. Letzteres wäre für einen guten Moslem undenkbar – zumal die Damen viel zu gut geschützt sind. Bei uns erhält ein adliger Jüngling bei Erreichen des Mannesalters eine oder zwei erfahrene Sklavinnen zum Geschenk. Diese Frauen sind meist nicht mehr ganz jung, und sie verstehen ihre Kunst – es sind Preziosen, außerordentlich wertvoll und geschätzt, keiner käme auf den Gedanken, sie als Huren zu bezeichnen. Mit dem Einzug in den Harem gehören sie zum Haushalt – und sollte es dem Jüngling gelingen, eine davon zu schwängern, so wird sie in hohen Ehren gehalten.«

»Du ... du hast aber noch kein Kind?«, vergewisserte sich Konstanze.

Der Prinz lachte. »Nicht, dass ich wüsste, aber ich bin natürlich auch schon einige Wochen von zu Hause weg.«

Konstanze wirkte verletzt.

»Mach dir keine Sorgen, Liebste. Und es tut mir leid, wenn du denkst, ich machte mich über dich lustig. Aber wenn du mit mir gehst, wenn du mich heiratest – dann musst du wissen, was auf dich zukommt.« Malik küsste ihre Schläfe. Konstanze schmiegte sich wieder an ihn.

»Du ... du willst mich also heiraten?«

Malik nickte. »Ich biete dir die begehrte Stellung meiner ersten Gattin. Im Allgemeinen werden solche Ehen arrangiert, und meine Eltern stehen auch schon in Verhandlungen mit verschiedenen, sehr hochgestellten Familien. Aber all das kann ich abwenden. Ich kann heiraten, wen ich will. Nur ...«, Malik stockte, als müsse er sich überwinden, die Worte auszusprechen, »... nur keine Christin.«

Konstanze biss sich auf die Lippen. »Aber ich kann meinen Glauben nicht aufgeben ... ich ... ich wäre auf ewig verdammt.«

»Das sagen dir deine Priester«, schränkte Malik ein. »Der Prophet dagegen sagt, dass du nur dann ins Paradies eingehst, wenn du dich zum Islam bekennst.«

»Das glaubst du auch?«, fragte Konstanze zaghaft.

Malik zuckte die Schultern. »Ich bin gläubiger Muslim, Konstanze, natürlich glaube ich es. Und ich würde dir nie etwas Böses wünschen oder antun. Also würde ich dich nicht bitten, den Islam anzunehmen, wenn ich dir damit nicht das Paradies öffnete.«

Konstanze biss sich auf die Lippen. »Und ... wenn ich es nicht tue?«

Malik seufzte. »Wenn du mich genug liebst, kannst du auch als Christin mit mir zusammenleben. Aber dann nur als Konkubine in meinem Harem, ich müsste eine andere Frau heiraten, um legitime Kinder zu bekommen. Zwar würde ich selbstverständlich auch deine Kinder anerkennen, aber die Söhne der Ehefrau wären ihnen in der Thronfolge übergeordnet. Und deine Kinder würden muslimisch erzogen. Du kannst tun, was du willst, in meinem Land tolerieren wir Christen und Juden. Nur kann das Kind des Königs kein Christ sein.«

»Und wenn der König selbst Christ wäre?«, fragte Konstanze mutig. »Wenn du mich genug liebtest, um deinem Glauben abzuschwören?«

Malik atmete tief ein. »Konstanze, nach meiner Überzeugung riskierte ich damit das Höllenfeuer. Aber ich liebe dich über alles. Wenn es ewige Verdammnis bedeutete, dieses Leben mit dir zu teilen, dann würde ich sie vielleicht auf mich

nehmen. Die Hölle mit dir wäre mir tausendmal süßer als der Himmel ohne dich. Ich bin jedoch nicht irgendein Ritter, ich bin der Prinz. Und damit das Schwert des Islam. Ich bin geboren worden, um mein Volk zu regieren und zu verteidigen – gegen schwer gepanzerte Heere, die übers Meer kommen, um unsere Städte zu verwüsten, unsere Frauen zu schänden und unsere Kinder zu töten … Sag jetzt nichts, Konstanze, das alles ist geschehen, als die Kreuzritter Jerusalem einnahmen. Eure Streiter Christi wateten im Blut! Das ist sicher nicht die Schuld des Propheten Jesu, und es ist nicht deine Schuld oder die guter Männer wie Armand. Wir verdammen die Christen deshalb nicht. Aber mit ihnen gemeinmachen kann ich mich auch nicht! Das musst du verstehen, Konstanze … oder du musst mich vergessen!«

Konstanze biss sich auf die Lippen. »Muss ich es jetzt entscheiden?«, fragte sie leise.

Malik schüttelte den Kopf. »Nein, obwohl alles einfacher wäre, solange ich im Abendland weile. Ich würde dich gern mitnehmen in meine Heimat. Ich möchte die Reise mit dir erleben, dir all die Wunder des Morgenlandes zeigen! Und glaub mir, es hält Wunder für dich bereit. Wenn du glaubst, du genössest hier Prunk, erlesene Speisen und reiche Kleidung, so wirst du verstummen beim Anblick dessen, was meine Frauengemächer dir bieten.«

»Aber sie werden verschlossen sein …«, flüsterte Konstanze, »… ich müsste hinter Mauern leben …«

Malik legte einen Finger unter ihr Kinn, hob sanft ihr Gesicht und küsste sie.

»Konstanze, als meine Frau wärest du die Königin des Harems. Und selbstverständlich würde ich dich nicht darin einsperren. Natürlich gibt es Regeln, aber die gibt es auch, wenn du einen christlichen Ritter heiratest. Auch Burgen haben Mauern. Und nicht jeder Ritter erlaubt seiner Frau die Führung eines Minnehofes.«

Konstanze lächelte. »Ich will keinen Minnehof«, sagte sie.

»Ich will nur dich. Aber ich … ich weiß nicht, ob ich meinem Glauben abschwören kann. Ich weiß es nicht. Vielleicht … vielleicht wenn ich nach Rom gehe. Vielleicht finde ich die Antwort in Rom.«

Malik lachte zärtlich. »Du hoffst, den Propheten Mohammed in Rom zu finden? Du bist ein seltsames Mädchen. Aber gut, Inshallah. Wenn Allah dich ruft, so erreicht er dich auch im größten Tempel der Christenheit. Sag mir nur, dass ich hoffen darf!«

»Du darfst mich noch einmal küssen!«, erlaubte ihm Konstanze lächelnd. »Als Vorgeschmack auf das Paradies – meines oder deines.«

Maliks Zärtlichkeiten führten sie an die Schwelle eines Paradieses, das nur ihnen allein gehörte. Am Ende wünschte Konstanze sich nichts mehr, als diese Grenze mit ihm zu überschreiten. Aber dann graute der Morgen, und die Mönche riefen ihr erstarktes Heer zum Abzug.

»Jesus ist schöner, Jesus ist reiner …«

Wieder wurde gesungen.

»Ich erwarte dich am Hofe von Sizilien«, sagte Malik, als er Konstanze zum Abschied küsste. »Wenn das hier vorbei ist, kannst du mit Armand und Gisela nach Pisa zurückkehren. Von dort aus gehen ständig Schiffe, die Kaufmannschaft wird die Reise planen.«

Kapitel 8

Die Reise nach Rom wurde zu einer unvermuteten Strapaze, schlimmer als der gesamte bisherige Weg durch Italien. Dabei gab es große und reiche Städte auf dem Weg, aber nachdem die Mönche auch in Siena versucht hatten, neue Kinder für den Kreuzzug anzuwerben, verschlossen die Ortschaften ihre Tore, egal wie hungrig das junge Heer wirkte.

»Mit Nikolaus war es besser«, seufzte Gisela. Sie half Armand und den anderen, Zelte aufzustellen, der junge Ritter hatte in Siena erneut welche gekauft. Schließlich gab es keine Palazzi mehr, die sich den Reisenden öffneten, und im Spätherbst wurde es auch in Italien zu kalt, um unter freiem Himmel zu nächtigen. Vor allem aber machten die Stechmücken noch einmal letzte Anstrengungen, sich vor dem Winter zu vermehren. Sie labten sich zu Tausenden an den erschöpften Kreuzfahrern, was gefährlich wurde, als das Land flacher und sumpfiger wurde. Die Insekten übertrugen Malaria. Wieder erkrankten die schwächeren der Kinder an Fieber, wieder aßen die hungrigen, erschöpften Wanderer alles, was ihnen nur essbar erschien, und bezahlten dafür mit Bauchschmerzen und Durchfall.

»An Nikolaus haben die Leute noch geglaubt«, seufzte Konstanze und ordnete ihre Medikamente.

Sie musste ihr provisorisches Hospital wieder eröffnen und erneut tatenlos zusehen, wie ihr die Kinder unter den Händen starben. Bettelkinder, Straßenkinder, entflohene Leibeigene und Lehrjungen und -mädchen aus Florenz und Siena.

»Vergiss nicht, er versprach, das Meer zu teilen«, fuhr

Konstanze fort. »Seitdem das nicht gelang, ist die Sache verloren. Für jeden, der denken kann. Was ist das jetzt auch für ein neuer Plan? Erst mal nach Rom, damit der Heilige Vater uns segnet oder uns Schiffe stellt oder was weiß ich. Und dann nach Brindisi, weil das dem Heiligen Land am nächsten liegt. So wie die Brüder die Entfernung darstellen, können wir die paar Längen leicht schwimmen! Aber ob nun vier Wochen Überfahrt zwischen Pisa und Akkon oder drei zwischen Akkon und Brindisi – im Grunde macht das gar keinen Unterschied.«

»Aber die Kinder glauben es«, versuchte Armand zu trösten. »Schau, Konstanze, das Zelt ist groß genug für zehn oder zwanzig Strohsäcke. Du kannst Kranke darin aufnehmen, aber sieh zu, dass du Mädchen findest, die dir bei der Pflege helfen. Du reibst dich auf, wenn du alles allein machst.«

Armand hatte Seidenzelte erstanden, wie man sie auf Turnieren sah. Sie waren nicht vollständig wasserdicht, dafür erheblich leichter als die leinenen Behausungen, die sie in den Bergen vor den schlimmsten Unbilden des Wetters geschützt hatten.

Konstanze ging durch das Lager, um nach willigen Helferinnen zu suchen. Sie fühlte sich fast an die ersten Tage des Kreuzzuges im Rheinland erinnert. Überall Feuer, an denen sich Gruppen junger Menschen drängten, und überall glückliche Gesichter, die alten und neuen Märchenerzählern lauschten.

»Und Schinken werdet ihr haben! Besseren Schinken als den aus Parma, wenn die Engel ihn räuchern. Überall wird Mus gekocht im Goldenen Jerusalem, und es duftet nach würzigen Soßen! Oh, ihr braucht keine Messer, um die Würste zu schneiden, und ihr müsst auch kein Brot dazu essen. Natürlich gibt es Brot. Feinstes Weizenbrot, aber ihr könnt auch einfach von der Wurst abbeißen. Wie wir schmausen werden im Goldenen Jerusalem, und die Engel werden tanzen und singen!«

Von den einstmals mehr als zwanzigtausend Kreuzfahrern aus deutschen Landen waren nur noch wenige Hundert übrig, als sie Rom endlich erreichten.

Armand befürchtete, die Ewige Stadt würde sich ihnen ebenso verschließen wie die letzte größere Siedlung, Viterbo. In diesen Wochen hatten sie nirgendwo Aufnahme gefunden außer gelegentlich in einem Kloster. Es war sogar für ihn als Ritter schwierig geworden, am Wege Nahrung zu erwerben. Wer immer mit dem Kreuzzug zu tun hatte, wurde argwöhnisch betrachtet. Schließlich besannen sich die Mädchen auf alte Strategien und schickten Karl und Lorenz voraus, um für Giselas wiedereröffneten Hof Brot und Käse zu kaufen. Lorenz kam irgendwann nicht zurück.

»Er ist weggelaufen, mit dem Geld«, berichtete Karl empört in seinem charakteristischen sächsischen Dialekt. »Ihm reicht's, hat er gesagt, er will nach Hause.«

Immerhin hatte er darauf verzichtet, auch noch das Maultier zu stehlen. Floite trug brav vier geschwächte Kinder über die Tiberbrücke nach Rom, ebenso wie die edle Zelterin Smeralda, der kräftige Wallach Comes und das Saumtier, das Dimma in Göschenen eingetauscht hatte. Gisela hatte die Stute Briciola – Krümel – genannt.

»Das ist nun das heilige Rom?«, fragte Konstanze wenig beeindruckt und warf einen Blick auf das verdreckte, schlammige Wasser des Tibers und die halb verfallene Brücke.

Die Stadt machte einen ebenso heruntergekommenen Eindruck, es überwogen niedrige, ärmlich wirkende Häuser, die Relikte der Antike wurden offensichtlich genutzt, um neuere Bauten auszubessern. Einige alte Tempel hatte man in christliche Kirchen umgewandelt und dadurch erhalten, andere verfielen. Architektonisch war nichts auch nur annähernd mit den Prachtbauten in Florenz und Pisa, Genua und Siena vergleichbar.

»Dort sitzt eben das Geld«, erklärte Armand. »Die Kaufleute sind spendierfreudig und fühlen sich ihren Städten ver-

bunden – sie regieren sie ja auch selbst. Hier in Rom sitzt allenfalls die Macht. Und auch um die streitet man sich. Wenn der Papst Friedrich II. zum Kaiser krönt, bekommt er dafür wahrscheinlich weitere Zugeständnisse – aber bestimmt kein Geld, um seine Kirchen instand zu setzen.«

»Ich hätte es gern gesehen, als … als Cäsar hier regiert hat!«, meinte Konstanze.

Vor ihnen lagen die Trümmer des Forum Romanum. Handwerker schlugen auf eine Säule ein, um sie in Stücke zu zerteilen. Dabei war sie wunderschön … Konstanze tat es leid um die Wunder der Antike.

Gisela bekreuzigte sich. »Um Himmels willen, all die heidnischen Götter! Uns Christen hätten sie den Löwen zum Fraß vorgeworfen … Im … im … wie hieß das noch, Armand? Kolosseum?«

»Julius Cäsar lebte vor Jesus Christus«, belehrte Konstanze sie unwillig. »Er konnte dich also gar nicht verfüttern …«

»Aber auch das Kolosseum entstand erst mehrere Jahrzehnte nach seinem Tod«, lachte Armand. »Streitet euch nicht, ihr könnt die Zeit ohnehin nicht zurückdrehen. Wir sollten besser die Herberge aufsuchen, die mir die Kaufleute von Pisa empfohlen haben. Weniger Pilger, mehr Handelsherren, und sauber und ordentlich geführt, sodass man dort auch mit Damen absteigen kann. Allerdings nur, solange es dort nicht zu voll ist, wir sollten also vor dem Dunkelwerden ankommen.«

»Wir bleiben nicht beim Heer?«, fragte Gisela verwundert. »Aber bei der Papstaudienz will ich dabei sein!«

Armand nickte grimmig. »Glaub mir, ich auch! Aber vor morgen wird Innozenz die Kinder nicht empfangen. Und ob er ihnen erlaubt, auf dem Lateran zu lagern, wage ich auch zu bezweifeln.« Der Lateran beherbergte seit der Zeit Konstantins I. den Papstpalast und die Basilika San Giovanni. »Also werden sie das Lager am Tiber aufbauen oder hier zwischen all den Trümmern des alten Rom. Und ich möchte weder von den Mücken heimgesucht werden noch von den Geistern, die sich inmitten der Ruinen tummeln.«

Konstanze lachte. »Ach, das kommt darauf an, wer erscheint«, neckte sie ihn. »Also ich hätte nichts gegen Marc Aurel oder Seneca ... Und du? Ziehst du Cicero vor oder den heiligen Petrus?«

Gisela schlug erneut das Kreuz. »Du versündigst dich, Konstanze!«, rügte sie streng. »Der heilige Petrus sitzt zur Rechten Gottes im Himmel. Wie kannst du dir auch nur vorstellen, sein Geist spuke in Rom herum?«

Konstanze lächelte, schlug dann aber gutmütig ebenfalls das Kreuz. »Er möge mir verzeihen!«, sagte sie. »Wir können ja morgen zu seinem Grab gehen und beten. Und ansonsten fürchten wir höchstens die Geister der römischen Löwen.«

Die Herberge erwies sich als sauber, ordentlich – aber zu Giselas Entsetzen voller Juden. Sie lag am Rand des Stadtviertels Trastevere, in dem die meisten jüdischen Bürger Roms hausten, und sowohl christliche als auch jüdische Händler stiegen dort ab. Natürlich hielten sich die Juden eher im Hof auf und blieben schon freiwillig unter sich, aber Gisela war doch nicht erbaut davon, die Herberge mit ihnen zu teilen.

»Alles Gauner!«, schimpfte sie und erinnerte an all die Pfandleiher, die sie im Laufe ihrer Reise betrogen hatten.

Armand zuckte die Schultern. »Wir können uns gern eine andere Herberge suchen, wenn du Flöhe und Wanzen der Anwesenheit der Hebräer vorziehst. Aber du wirst ihnen auch in Pisa begegnen. Als Ritter kann man sich von ihnen fernhalten, man begegnet ihnen auch kaum, aber als Händler hat man mit ihnen zu tun, und die Kaufleute in Pisa haben mir versichert, dass es unter ihnen nicht mehr Wucherer und Gauner gibt als unter den Christen.«

»Aber sie haben mich übervorteilt!«, beharrte Gisela. »Sie haben mir nicht halb so viel für meinen Schmuck gegeben, wie er wert war.«

Konstanze zuckte die Schultern. »Und die gottesfürchtigen Christen Ferreus und Posqueres hätten dich kalt lächelnd in die Sklaverei verkauft. Ich denke, es gibt überall gute und schlechte Menschen, und sie scheiden sich wohl erst im Paradies.«

Wobei wir speziell mit den Juden irgendwelche Vororte des Paradieses teilen werden, sollte Malik recht haben, dachte Konstanze, sprach es jedoch nicht aus. Eigentlich dachte sie über kaum etwas anderes nach als über die Verteilung der Paradiese, seit Malik sie vor die Entscheidung gestellt hatte, sich zum Islam zu bekennen. Der Prophet Mohammed tolerierte Christen und Juden, er verwies sie zwar des Gartens Eden, aber nicht gleich in die Hölle. Für die Christen waren dagegen Juden und Muslime gleichermaßen verdammt, und Erstere vielleicht noch mehr als Letztere, weil sie Jesus getötet hatten. Obgleich das doch eigentlich die Römer gewesen waren!

Das Ganze wurde langsam zu viel für Konstanze, aber sie interessierte sich doch für die Hebräer, die im Hof der Herberge zusammensaßen und seltsame Gebete sprachen. Sie erwiesen sich als freundlich und zurückhaltend und schafften es schließlich sogar, Gisela zu besänftigen, indem sie Smeralda, Floite, Comes und Briciola von dem Hafer abgaben, den man außerhalb der Herberge auf einem jetzt schon geschlossenen Getreidemarkt kaufen musste. Die Tiere hätten sich sonst mit Heu begnügen müssen.

»Die Pferde vertragen sich alle«, sinnierte Konstanze, als die Maultiere der Juden und Giselas edle Smeralda einträchtig nebeneinander fraßen. »Gott hat sie friedfertiger geschaffen als uns.«

»Vielleicht sind sie einfach klüger«, lächelte Armand. »Der jüdische Philosoph Maimonides gesteht Tieren übrigens sogar eine Seele zu.«

»Ach ja?«, fragte Gisela. Ihre Ressentiments gegen die Hebräer schwanden zusehends.

»Und die Muslime sind überzeugt davon, dass die Vierbeiner Allah anbeten«, fügte Armand hinzu.

»Franz von Assisi hat auch den Vögeln gepredigt«, erinnerte sich Gisela zur Ehrenrettung des Christentums.

Konstanze schlug die Augen gen Himmel. »Das«, bemerkte sie spitz, »bestätigt Armands These von der Klugheit der Tierwelt: Die Vögel zumindest sind ihm nicht über den Gotthard gefolgt.«

Konstanze und Gisela teilten sich in dieser Nacht eine saubere Kammer, frisch mit Streu ausgelegt. Dem Strohsack auf dem Bett trauten sie dennoch nicht, sie breiteten ihre Decken auf dem Boden aus, wie so oft auf dieser Reise.

»Ich bin weiche Betten gar nicht mehr gewöhnt!«, behauptete Gisela. »Es ist wirklich wahr, als wir in den Palazzi in Pisa und Genua gewohnt haben, bin ich nachts manchmal aufgewacht und dachte, ich wäre im Himmel!«

Auch die anderen Kreuzfahrer fühlten sich in der ersten Nacht in Rom trotz harter Lagerstatt dem Himmel nah. Armand fand heraus, dass sie auf dem Lateran lagerten, obwohl der Papst sich nicht gerade erfreut darüber zeigte. Die Mönche beteten und sangen die halbe Nacht mit ihnen und predigten vor den Kirchen von Rom.

»Da lobe ich mir doch unsere Juden«, sagte Konstanze respektlos. »Die sind wenigstens ruhig. Vielleicht bin ich wirklich keine gute Christin, aber wenn ich noch einmal dieses Lied höre …«

»Jesus ist schöner, Jesus ist reiner«, trällerte Gisela. »Am Anfang hat es mir wirklich gefallen.«

»Und die Gebete, die man in Rom spricht, belehrte uns Bruder Bernhard, fliegen auf dem direkten Weg ins Himmelreich. Ich weiß nicht, wo er die Weisheit hernimmt, aber mich hat man nicht gelehrt, dass meine Gebete irgendwelche Umwege fliegen, nur weil ich sie in Outremer oder Köln spreche.« Armand griff nach seinem Weinglas.

Die zu ihrer Herberge gehörende Schänke servierte gutes Essen und ordentlichen Wein, und Gisela überlegte mit schlechtem Gewissen, dass es an den Lagerfeuern der Kreuzfahrer sicher weniger üppig zuging. Rom hatte sich den Kindern zwar geöffnet, aber die Bürger machten keine Anstalten, sie zu verpflegen. Lediglich ein paar Mönchs- und Nonnenorden gaben Almosen, die meisten Kinder würden sich wieder hungrig zur Ruhe legen müssen.

Vielleicht trug der Lärm zu Füßen des Papstpalastes dazu bei, vielleicht die Invasion all der schmutzigen, verwahrlosten Kinder ... tatsächlich aber fanden Armand und die Mädchen am nächsten Tag nicht einmal Zeit, sich die wichtigsten Sehenswürdigkeiten der Ewigen Stadt anzuschauen. Karl schickte gleich bei Sonnenaufgang einen Boten.

»Der Heilige Vater empfängt uns zur Mittagsstunde auf der Scala Santa!«, erklärte der Knabe aufgeregt. »Davor können wir uns versammeln, wir werden ihn alle sehen!«

»Wieder auf einer Treppe?«, fragte Gisela unwillig.

Sie erinnerte sich an die vielen Stufen zu Kirchen, Domen und Basiliken, von denen aus ihnen Nikolaus gepredigt hatte.

»Diesmal aber eine besondere«, erklärte Konstanze. Ihre Stimme hatte einen spöttischen Beiklang. »Die Scala Santa stammt aus dem Palast des Pilatus – Jesus soll sie bei seinem Prozess betreten haben, angeblich sind noch Blutspuren zu sehen.«

Der kleine Junge nickte eifrig. »Das hat uns Bruder Bernhard auch erzählt. Die heilige Helena hat sie aus Jerusalem mitgebracht ... vor fast tausend Jahren.«

Armand lächelte. »Damals war man noch großzügig mit den Reliquien. Heute hätte man den Marmor auf hundert verschiedene Kirchen verteilt.«

»Aber jedes Stück braucht einen Blutspritzer«, bemerkte Konstanze. Im Geiste formulierte sie schon die zugehörigen Zertifikate.

Gisela sah Armand und ihre Freundin böse an. »Manchmal

macht ihr mir fast Angst!«, sagte sie dann. »Glaubt ihr denn an gar nichts mehr?«

Armand nahm sie in die Arme. »Doch, Liebste. Ich glaube an Gott den Allmächtigen, an Christus, seinen eingeborenen Sohn, und den Heiligen Geist. An die heilige Muttergottes, an die heilige Kirche. Aber ich kann mir nicht vorstellen, dass jemand beim Tod des heiligen Petrus und des heiligen Paulus daran gedacht hat, ihnen die Köpfe abzuhacken und sie irgendwo zu verwahren, bis sie wertvoll wurden. Wenn Reliquien die Menschen im Glauben stärken, so ist nichts gegen sie einzuwenden, aber was die Echtheitsnachweise angeht …«

Konstanze sagte gar nichts. Sie wusste nicht mehr, was sie glaubte.

Schon früh am Vormittag formierten sich die Kreuzfahrer am Fuße der heiligen Treppe. Der Papst befand sich bereits im Sancta Sanctorum, der päpstlichen Kapelle, zu der hinauf die Stufen führten. Er pflegte dort zu beten oder sich mit hohen Würdenträgern zu beraten – auf jeden Fall konnte er die Kapelle nun sicher nicht mehr verlassen, ohne zu den Kindern zu sprechen. Die Treppe war so umlagert, dass Karl und ein paar andere Jungen sie absperren mussten und die Kreuzfahrer nur in kleinen Gruppen vorließen, um keine Verletzten zu riskieren. Schließlich wollte jeder die Stufen einmal auf den Knien erklimmen – Bruder Bernhard hatte gepredigt, dass dies nicht nur an die Leiden Jesu gemahne, sondern auch die Zeit im Fegefeuer um zehn Jahre verkürze.

Armand vermerkte beeindruckt, dass Karl und die anderen Jungen die Aufsicht nicht nur allein organisiert hatten, sondern die Kinder auch zügig durch die Aufgabe leiteten. Niemand wurde bevorzugt, niemand musste zahlen. Unter Roland und seinen Spießgesellen hätte das anders ausgesehen. Aber die Gruppe hatte sich schon vor Nikolaus' Verschwinden stillschweigend aufgelöst. Tatsächlich hatten sich die

meisten den Diebesbanden in Genua und Pisa angeschlossen. Von Jerusalem erhofften sie sich nichts mehr.

Gisela kämpfte sich brav auf Knien die Marmortreppe hinauf, während Konstanze sich lieber um ein paar kranke Kinder kümmerte, die sich nur mühsam auf den Lateran geschleppt hatten. Hier in Rom trat ein ähnlicher Effekt auf wie in Genua: Nun, da sich die Schwächsten am Ziel wähnten, verließ sie die letzte Kraft. Karl verriet Konstanze und Armand, dass in der Nacht acht weitere Kreuzfahrer gestorben waren. Kinder, die erst in Florenz und Siena zum Heer gestoßen waren.

»Ich hoffe, das hat nun endlich ein Ende!«, sagte Konstanze.

Karl nickte inbrünstig. Er formierte sich mit seinen Kindern auch gleich ganz vorn an der Treppe. Besorgt bemerkte Konstanze, dass sich hier anscheinend zwei Gruppen bildeten. Links standen Bruder Bernhard und Bruder Leopold mit den zuletzt angeworbenen, noch begeisterten Kindern, rechts Karl mit den schon erfahrenen.

Sie alle ließen sich ehrfürchtig auf die Knie nieder, als der Papst endlich erschien. Er stand groß und imponierend auf der Schwelle seiner Kapelle – des heiligsten Ortes im Erdkreis, wie eine Inschrift behauptete. Obwohl nicht mehr jung, hielt er sich aufrecht, und sein ovales, ernstes Gesicht wirkte majestätisch. Der Papst war kostbar, aber nicht prachtvoll gekleidet, er trug eine weiße Soutane über einem schneeweißen Untergewand, dazu einen roten Schulterüberwurf. Seinen Kopf zierte ein schlichtes Käppchen. Das Kreuz um seinen Hals war edelsteinbesetzt, und auch die Ringe, die seine behandschuhten Hände zierten, waren überaus kostbar.

»Seid gegrüßt, meine Kinder!« Innozenz III. nickte seinen Besuchern huldvoll zu. »Ihr seid von weit her gekommen, um uns zu sehen, und wir sind beschämt von eurem Opfermut für Jerusalem!«

Die neu angeworbenen Kinder rund um die Mönche jubelten. Aus den Reihen hinter Karl erhob sich kaum eine Stimme. Nur ein oder zwei Mädchen übersetzten die Worte des Papstes ins Deutsche.

»Aber man sagte mir, ihr hättet ein Anliegen an die heilige Kirche – und könntet euer löbliches Vorhaben zur Rettung des Heiligen Landes nicht fortführen, solange es nicht gewährt wurde. Also sprecht, meine Kinder! Wir werden euch mit offenem Herzen lauschen.«

Die neuen Kinder applaudierten wieder.

»Wahrscheinlich erwarten sie, dass morgen Schiffe im Hafen von Ostia für sie bereitstehen«, wisperte Konstanze.

Armand legte die Hand an die Lippen. »Und wenn es so wäre?«, überlegte er.

Im Heer schien man unschlüssig, wer den Sprecher stellen sollte. Die erfahrenen Kreuzzügler schoben Karl vor, aber der schien zu hoffen, dass Armand das Wort ergriff. Schließlich nutzte Bruder Bernhard Karls Zögern und trat vor.

»Heiliger Vater, zunächst einmal erbitten wir Euren Segen. Und wir bitten Euch um Euren Rat, Heiliger Vater. Wir alle haben den Eid der Kreuzfahrer geschworen, aber Gott in seiner unendlichen Weisheit hat uns nicht durch das versprochene Wunder belohnt. Was also erwartet Er von uns? Was erwartet die heilige Kirche?«

Armand lauschte angespannt. In den Reihen hinter Karl rumorte es. Und schließlich machte der Junge einen entschlossenen Schritt nach vorn.

»Heiliger Vater!«, sagte er, noch ehe der Papst Bruder Bernhard antworten konnte. Zu Konstanzes Verwunderung sprach er ein annehmbares Italienisch, ähnlich ihrem eigenen. Offensichtlich hatte der Junge einmal Latein gelernt. »Um eben diesen Eid geht es. Wir sind Nikolaus von Köln aus gefolgt. Wir haben geglaubt, wir könnten mit unseren Gebeten das Heilige Land befreien. Wir haben alles auf uns genommen, das Gebirge, die Kälte, das Fieber … Tausende von uns sind gestorben … Aber sie sind für einen Traum gestorben! Den Traum eines armen, dummen Jungen, der gut reden und singen konnte. Aber Gott … Gott ist Nikolaus bestimmt nicht erschienen!«

»Woher willst du das wissen?«, fuhr Bruder Leopold ihn an.

Karl musterte den Mönch ohne Furcht. »Weil Gott seine Versprechungen hält«, sagte er ruhig. »Gott ist gut. Gott narrt uns nicht. Und ich bin sicher, Gott verzeiht uns unsere Dummheit. Wir waren jung, wir waren fehlgeleitet – aber nun wollen wir nach Hause. Heiliger Vater, bitte, entbindet uns im Namen Gottes von unserem Eid!«

»Du nennst den Eid der Kreuzfahrer eine Dummheit?« Bruder Bernhards Stimme klang drohend.

Aber jetzt hob der Pontifex die Hand und gebot den Streitenden Schweigen.

»Ruhe, meine Kinder, Ruhe! An diesem heiligen Ort sollen keine bösen Worte fallen! Und unser junger Freund hier hat zweifellos recht: Gott ist gut. Gott narrt seine Kinder nicht. Aber Gott lässt auch nichts geschehen, was gegen seinen Plan verstößt.«

Konstanze holte tief Luft. Gisela grub ihre Finger in Armands Arm.

»Insofern, meine Kinder, kann ich euch nicht von eurem Eid entbinden.«

In den Reihen hinter Karl hörte man enttäuschte Aufschreie, in Karls Gesicht schien alle Hoffnung – und jeder Glaube – zu erlöschen.

Innozenz machte eine segnende Handbewegung, als könne er die Macht seiner Worte damit abschwächen. »Allenfalls die Kleinen könnte ich von ihrem Versprechen entbinden. Diejenigen unter euch, die noch nicht wussten, wofür sie ihr Leben als Pfand gaben.«

Davon gab es nur nicht mehr viele. Natürlich hatten die Mönche in Florenz und Siena ein paar Kinder gesammelt, die jetzt mit fröhlichen Gesichtern neben ihren älteren

Geschwistern standen. Aber unter den ursprünglichen Kreuzfahrern befanden sich nur noch drei oder vier Fünf- bis Achtjährige, sämtlich unter dem Schutz älterer Mädchen, die sich unterwegs einem der Jungen angeschlossen und mit ihm nach Rom gepilgert waren. Überhaupt waren die Anwesenden kaum noch Kinder zu nennen. Ein paar kräftige zwölf- oder dreizehnjährige Jungen und Mädchen hatten es bis hierher geschafft – aber die Mehrheit bestand aus älteren, nach dem Marsch zwar abgezehrten, aber nichtsdestotrotz starken Heranwachsenden.

»Und was euch andere angeht«, der Pontifex ließ seine Blicke über seine Zuhörerschaft schweifen, »so müsst ihr euren Eid ja nicht gleich erfüllen. Ihr habt wahrscheinlich recht: Euer junger Führer Nikolaus folgte einem unmöglichen Traum. Aber Gott gab ihm rechtzeitig zu verstehen, dass er irregeleitet war. Mit Liebe und Gebeten, meine armen Kinder, ist das Heilige Land nicht zu befreien! So schön dieser Gedanke war, und so löblich es ist, dass ihr alle ihm gefolgt seid. Ihr wäret ja in euer Verderben gelaufen, wenn der Herr diesen Kreuzzug nicht am Meer beendet hätte.«

»Tausende sind in ihr Verderben gelaufen!«, rief Konstanze, aber sie hatte niemals eine weittragende Stimme gehabt – auch diesmal fand sie kein Gehör.

Der Papst sprach umso lauter weiter. »Aber nun, meine lieben Kinder, ist es nicht mehr lange hin, bis ihr erwachsen seid und ein Schwert führen könnt! Dann werdet ihr unser wahres Heer, unser bewaffnetes, gewaltiges Kreuzfahrerheer, erstarken lassen. Ihr werdet Jerusalem entsetzen!«

Ein paar Kinder hinter den Mönchen jubelten, aber die anderen sahen einander nur an.

»So war das nicht gedacht!«, wandte Karl ein. »Wir wollten nicht kämpfen, wir ... wir sind getäuscht worden!«, brach es aus ihm heraus. »Wir sind belogen worden. Wir sind ...«

Der Papst schüttelte unwillig den Kopf. »Nun, nun, mein Sohn! Halte ein und bedenke deine Worte! Wir haben es be-

reits gesagt: Nichts auf dieser Welt geschieht gegen Gottes Willen! Gut, vielleicht lag es ursprünglich nicht in eurer Absicht, das Schwert zu ergreifen. Aber Gott will es! Und nun seid ihr hier – gestärkt und gestählt nach dem langen Weg. Gott hat die Besten zu mir geführt, auf dass sie ihr Gelübde erneuern!«

»Gott soll das gewollt haben?« Gisela konnte nicht an sich halten. Sie fiel dem Heiligen Vater ins Wort – und ihre Stimme trug weit. »Was ist mit den vielen Tausend Unschuldigen, die dafür gestorben sind?«

Innozenz III. sah sie strafend an. »Sie gaben ihr Leben für Jerusalem. Sie starben auf einem Kreuzzug – und damit wanderten ihre Seelen auf dem direkten Weg in den Himmel. All diese Kinder sind jetzt bei Gott. Und ihr, meine jungen Streiter für den Herrn, werdet Jerusalem in ihrem Namen befreien!«

Armand hatte den Worten des Pontifex schweigend gelauscht, aber seine Gedanken arbeiteten fieberhaft. Das also war es! Deshalb hatte Innozenz Franziskus' Idee vom Kreuzzug der Unschuldigen so begeistert aufgegriffen!

»Ihr habt das geplant!«

Der junge Ritter sprach nicht sehr laut, aber die letzten Worte des Pontifex hatten die jungen Menschen derart erschüttert, dass auf dem Platz ungewöhnliche Stille herrschte. Armands Einwurf war deutlich zu hören. Er richtete sich gegen den Papst – aber auch gegen die Franziskanerbrüder, die den Worten Innozenz' selbstzufrieden gelauscht hatten.

»Es ging gar nicht um eine gewaltlose Eroberung Jerusalems – Ihr wusstet genau, dass das Meer sich nicht teilen würde! Aber Ihr wolltet Nachschub für das Heer – unverbrauchte, glaubige Kämpfer, nicht den Mob, der sich in den letzten Jahren unter dem Kreuz sammelte! Und Ihr wolltet die Besten. Euer Franziskus hat dem … dem … Heiligen Vater die Besten versprochen! Dieser Gewaltmarsch über die Alpen, der Gotthard … es war eine Prüfung, es war Auslese, es war …«

»Schweig!«

Eine gebieterische Stimme, nicht die des Papstes, sondern das befehlsgewohnte Organ eines Heerführers, erhob sich aus dem Gefolge des Pontifex. Die Männer, die mit dem Papst in der Kapelle geweilt hatten, waren bisher im Hintergrund geblieben, aber jetzt erkannte Armand Guillaume de Chartres, den Großkomtur der Templer.

Der junge Ritter starrte seinen Meister verständnislos an. Noch jemand, der in die Verschwörung verwickelt war? Vielleicht, um die künftigen Elitesoldaten des Papstes auf ihre Aufgabe vorzubereiten? Aber warum hatte man ihn, Armand, dann ausgeschickt, um für die Templer zu spionieren?

»Der junge Mann weiß nicht, was er sagt«, wandte de Chartres sich jetzt an den Pontifex. »Verzeiht ihm, Eure Heiligkeit, er ist nicht bei sich.«

Innozenz hatte zwar die Stirn gerunzelt, behielt jedoch die salbungsvolle Herzlichkeit bei, als er abschließend auf Armands Einwurf antwortete. »Ist nicht unser ganzes Leben eine einzige Prüfung, die wir durch Gott und für Gott zu bestehen haben? Geht nun, meine Kinder, und erfüllt eure Aufgabe! Von allen Kanzeln Roms wird heute noch ein Ruf ergehen. Wir werden gute Christen auffordern, unsere jungen Kreuzfahrer in ihren Familien aufzunehmen und auf ihre Pflichten im Heiligen Land vorzubereiten. Vielleicht ...«

Der Papst warf einen fragenden Blick auf Guillaume de Chartres. Der Großmeister schüttelte jedoch entschieden den Kopf. Er bemühte sich um Gelassenheit, aber Armand sah ein Aufblitzen von Wut in seinen dunklen Augen. Armand musste mit ihm reden. Er musste herausfinden, was Guillaume de Chartres wusste.

»Geht jetzt mit unserem Segen!«

Ein paar der Heranwachsenden weinten, als sie den Lateran verließen, andere schienen sich mit ihrem Schicksal abzufinden. Der sonst so gelassene Karl war außer sich vor Wut. Er diskutierte lauthals mit ein paar anderen Jungen, als die

Kinder den weitläufigen Platz hinter sich ließen und sich in den Gassen der Ewigen Stadt zerstreuten. Armand ließ sich neben Gisela treiben, er nahm seine Umwelt kaum wahr – bis Guillaume de Chartres' Stimme ihn erneut aus seiner Starre riss.

»Warte, Armand! Ich muss mit dir reden!«

Armand konnte es kaum glauben. Der Großkomtur der Templer war ihm persönlich gefolgt und legte ihm jetzt die Hand auf die Schulter. Guillaume de Chartres musste die Audienz des Papstes verlassen haben. Wie selbstverständlich verbeugte sich Armand vor dem Meister. Aber dann brach sein Unwillen wieder durch.

»Ihr habt mir bei Gott einiges zu erklären!«, sagte er eisig. »Wenn Ihr all das wusstet …«

»Nicht hier, Armand!« Der Großkomtur schob sich neben ihn. Er hatte die Kapuze seines Umhangs über den Kopf gezogen und ging gebückt, um nicht erkannt zu werden. Die Kinder um Armand hielten trotzdem Abstand – auch ein gemeiner Tempelritter, an dem großen roten Kreuz auf seinem Mantel deutlich zu erkennen, flößte ihnen Respekt ein. Nur Gisela und Konstanze blieben unerschrocken neben Armand.

»Komm hier herein!« Guillaume de Chartres warf einen kurzen Blick auf das sich zerstreuende Kinderheer und zog Armand rasch in den Eingang der nächsten Schänke.

»Ich kann nicht lange bleiben«, erklärte er ruhig. Nachdem er sich vergewissert hatte, dass das Gasthaus fast leer war, steuerte er eine dunkle Nische hinter der Feuerstelle an. »Der Papst liest jetzt eine Messe, so lange wird er mich nicht vermissen. Aber dann muss ich wieder da sein. Wir haben Seine Heiligkeit heute schon genug erzürnt.«

»Seine Heiligkeit!«, schnaubte Armand. »Und Ihr habt das alles gewusst?« Sein Ton schwankte zwischen Frage und Anklage.

Guillaume de Chartres schüttelte den Kopf. Er war ein großer Mann mit dichtem schwarzem Haar und blitzenden braunen Augen. »Nein«, sagte er und hob die Hand. »Ich schwöre dir, Armand, bis vor einer Stunde wusste ich nicht mehr über die Sache als das, was wir deinen Berichten entnehmen konnten. Ich danke dir hiermit nochmals für deine Beobachtungen und scharfsinnigen Schlussfolgerungen.«

»Aber eben ...«

»Eben konnte ich mit Gottes Hilfe gerade noch verhindern, dass du dich um Kopf und Kragen redetest! Und du auch, kleine Dame!« Er wandte sich an Gisela. »Wie könnt ihr dem Pontifex Maximus ins Wort fallen? Obendrein mit wüsten Beschuldigungen? Gib es zu, Armand, du warst kurz davor, ausfallend zu werden!«

Über Armands Gesicht zog die Röte der Scham. »Ich muss lernen, mich besser zu beherrschen, Exzellenz ...«, sagte er bußfertig.

Der Großkomtur nickte ungeduldig. »Es würde dein Leben verlängern«, bemerkte er. »Zudem solltest du lernen, geniale Strategien zu würdigen. Auch, wenn du sie nicht gutheißt ...«

»Geniale Strategien!«, fuhr Gisela auf. »Ihr seid auf ... auf seiner Seite?«

Der Großkomtur rieb sich die Stirn. »Ich bin Diplomat, kleines Fräulein. Ich habe gelernt, die Dinge von verschiedenen Seiten zu sehen. Und aus der Sicht Seiner Heiligkeit war der Kreuzzug der Unschuldigen eine hervorragende Idee – unabhängig davon, ob sich das Meer nun geteilt hätte oder nicht.«

»Wie habt Ihr denn nun überhaupt von seinem Plan erfahren?«, fragte Armand, immer noch gekränkt in seiner Ehre. »Ihr wusstet es doch eher als ich.«

Der Großmeister nickte. »Ja. Aber erst, seit ich heute in den Lateran bestellt wurde. Der Pontifex rief mich zu sich und machte mir heftigste Vorwürfe.«

»Euch?«, fragte Armand. »Wegen ... wegen mir? Aber ich habe mich immer völlig unauffällig verhalten.«

De Chartres schüttelte den Kopf. »Doch nicht wegen dir, Armand! Aber du erinnerst dich vielleicht daran, dass der Tempel in Genua gebeten wurde, den Kreuzfahrern um Nikolaus Schiffe zu stellen, um sie ins Heilige Land überzusetzen.«

Armand nickte. »Die Templer haben es abgelehnt«, bemerkte er. »Genau wie die Kaufleute und Reeder.«

Der Großmeister stimmte zu. »Ja. Aber dem Pontifex war es anders berichtet worden. Er nahm an, die deutschen Kinder seien an Bord unserer Galeeren.«

Armand verstand. »Und das war ihm keineswegs recht!«, ergänzte er.

Guillaume lächelte. »Er redete natürlich ein bisschen darum herum, dass wir uns nicht in Gottes Plan einmischen sollten und dergleichen, aber vor dem Hintergrund deiner Berichte war die Wahrheit nicht schwer zu erraten. Diese Gauner aus Marseille hatten ihm gerade ein paar Tausend künftige Kreuzritter entführt, um sie auf Sklavenmärkten zu verscherbeln. Dabei war die Sache so gut geplant: Die Kinderkreuzzüge waren gescheitert, Franziskus von Assisi reumütig allein auf dem Weg ins Heilige Land.«

»Die Franziskaner stecken also wirklich dahinter?«, fragte Gisela.

Der Großkomtur nickte. »In gewisser Weise – Franziskus versprach dem Papst die unblutige Einnahme Jerusalems. Im Gegenzug erkannte Innozenz seinen Orden an. Wie weit da schon Einzelheiten besprochen wurden, werden wir wohl nie erfahren. Aber der Mönch glaubt sicher an seine Berufung – und Innozenz ist es bestimmt nur recht, dass er jetzt aus dem Weg ist. Egal, was die Sarazenen da drüben mit ihm anstellen. Das Heer neuer Glaubenskämpfer hat er schließlich geliefert, nun muss Seine Heiligkeit nur noch dafür sorgen, dass sie die Palmzweige gegen das Schwert eintauschen.«

»Das dürfte nicht schwierig sein«, bemerkte Armand und nahm einen tiefen Zug aus dem Becher Wein, den ein mürrischer Wirt eben vor ihn gestellt hatte. »Die Jungen haben gelernt, sich durchzukämpfen. Man muss sie etwas auffüttern, aber dann werden sie prächtige Soldaten sein.«

»Es sind doch nur ein paar Hundert!«, brach es aus Konstanze heraus. »Ein so aufwendiger Plan – für so wenige? Und dafür all die Toten?«

»Die Toten interessieren nicht.« De Chartres lächelte. »Aber sonst habt Ihr natürlich recht, Fräulein, so ganz ist der Plan nicht aufgegangen. Man hätte die Heeresleitung in die Hände von Rittern legen müssen und nicht in die von Mönchen. Armands Berichten war eindrucksvoll zu entnehmen, wie viele Leben dadurch gerettet werden konnten, dass man die Massen strukturierte und Führungspersönlichkeiten einsetzte. Dies wäre auch durchaus im Sinne des Papstes gewesen, er hätte gleich ein Heer übernehmen können, keinen zusammengewürfelten Haufen Überlebender.«

»Und obendrein ist die Rechnung mit den französischen Kindern nicht aufgegangen«, fügte Armand hinzu.

Der Großkomtur nickte. »Innozenz hat mich zwar gebeten, mit dem Geld des Ordens so viele wie möglich freizukaufen, falls sie wirklich in Alexandria auftauchen – aber was wir da mit ihnen machen sollen, weiß er auch nicht. Auf jeden Fall habe ich es abgelehnt, sie alle als Knappen in den Tempel aufzunehmen oder sie sonst wie zu sammeln und von unseren Waffenmeistern unterrichten zu lassen. Das ist nicht unsere Aufgabe – weder drüben noch hier.«

Der Großmeister nahm einen Schluck Wein, bevor er weitersprach. »Wie auch immer. Du, Armand, hast deine Aufgabe aufs Beste erfüllt. Ich ...«

»Ich habe mich entschieden«, platzte Armand heraus und warf Gisela einen halb verzweifelten, halb entschlossenen Blick zu. »Ich will ... ich kann dem Orden nicht beitreten. Ich habe ...«

Armand wollte von seiner Eheschließung berichten, aber dazu fehlte ihm dann doch der Mut. Eine Hochzeit unter den

Sternen im Kreis der Heiligen, eine unterzeichnete Urkunde, hinterlegt beim Magistrat von Pisa … dem Tempelritter musste das befremdlich erscheinen.

De Chartres winkte jedoch ab. Er versuchte sogar, wieder zu lächeln, in seinem Gesichtsausdruck lag jedoch keine Fröhlichkeit. »Du warst nie berufen, Armand. Die Frage stellt sich auch nicht mehr. Wir hätten deinen Antrag ohnehin abgelehnt, mein Sohn. Du … du hast familiäre Pflichten …«

Armand runzelte die Stirn. »Wieso familiäre Pflichten? Ich habe zwei ältere Brüder …« Er brach ab. Gisela nahm seine Hand.

Der Großkomtur atmete tief ein. »Es tut mir leid, es dir sagen zu müssen, Armand. Aber Beltran, der designierte Erbe, ist im letzten Monat verstorben.«

»Gefallen?«, fragte Armand tonlos.

Er wusste, dass sich die Franken und die Sarazenen im Krieg befanden, aber er konnte es nicht ertragen, seinen Bruder vielleicht durch die Hand von Maliks Bruder verloren zu haben.

Guillaume schüttelte den Kopf. »Nein, er starb an den Blattern. Es gab eine Epidemie im Süden Galiläas, wo er eben weilte. Euer Hof selbst ist nicht betroffen.«

»Und … Robert?« Armand konnte es nicht glauben. Nicht beide … Vor allem nicht Robert! Auch sein zweiter Bruder war älter als Armand, stand ihm aber näher als der zur Zeit seiner Geburt schon fast erwachsene Beltran.

»Robert befand sich zu dieser Zeit in Akkon. Die Boten deines Vaters suchten ihn, konnten ihn aber nicht finden. Als er endlich auftauchte, hatte er soeben die ersten Gelübde abgelegt. Er ist dem Orden der Minoriten beigetreten.«

»O Gott!« Armand stöhnte.

Er erinnerte sich an viele Gespräche mit dem Bruder. Sie hatten oft diskutiert, ob die Kirche zur Armut verpflichtet sei und wie die Nachfolge Christi wirklich auszusehen hätte. Wie es aussah, hatte Robert nun seine Bestimmung gefunden.

»Kann man das nicht rückgängig machen?«, fragte er voller Hoffnung.

»Man könnte, aber er will es nicht. Zurzeit ist er als Bettelmönch und Prediger auf dem Weg nach Damaskus.«

Armand seufzte. Also hatte er Robert auch verloren. Aber andererseits ...

»Das heißt ...?«

»Das heißt, dein Vater erwartet dich in Outremer, damit du dein Erbe antrittst ...«

Guillaume de Chartres füllte das Glas seines Schützlings noch einmal mit Wein. Armand trank langsam. Er dachte an die Burg vor Akkon.

Faktisch hatte Beltran die Hofhaltung schon seit Jahren unterstanden. Armands Vater war alt und zufrieden, mit anderen Kreuzzugsveteranen in seiner Halle zu sitzen. Er würde die Tagesangelegenheiten gern auch Armand übertragen. Auf ihn – und Gisela – warteten ein Hof, ein paar Dörfer ...

Armand schwieg überwältigt.

Aus Gisela sprudelte die Freude dagegen nur so heraus. »Aber dann können wir ja ... Dann brauchen wir nicht ... Es tut mir natürlich leid, Armand, um deine Brüder ... deinen Bruder, aber ...« Gisela verhaspelte sich, aber die Freude, die ihr Gesicht widerspiegelte, war nicht zu übersehen.

Guillaume de Chartres lächelte erneut, und dieses Mal kam es von Herzen. »Ich denke, Armand, du bleibst dem Orden auch als Laie weiter in Freundschaft verbunden. Und ich hoffe zutiefst, dass dieses Mädchen von Adel ist, sodass es nicht zu einem Eklat kommt, wenn du es zur Frau nimmst.« Er zwinkerte den beiden zu.

»Ich bin von hohem Adel!«, trumpfte Gisela auf. »Gisela von Bärbach zu Herl bei Köln.«

»Gisela de Landes ...«, verbesserte Armand, »... und unsere Ehe ist bereits geschlossen.«

Glaube, Liebe, Hoffnung

Herbst 1212

Kapitel 1

Konstanze hatte den Eröffnungen des Großkomturs schweigend zugehört. Sie freute sich für Armand und Gisela, deren Traum nun wirklich wahr wurde: eine Burg, eine große Hofhaltung. Gisela würde das tun, wozu sie erzogen worden war, und ihre Untergebenen würden sie zweifellos lieben. Aber sie selbst, Konstanze, konnte nur an die Worte des Papstes denken. An die Verschwörung der Mönche. An Magdalena, an die kleine Marie, all die toten Kinder, die man diesem eiskalten Plan geopfert hatte.

Konstanze schloss sich nicht an, als Armand und Gisela, so berauscht von ihrer neuen Würde, dass sie über den Kreuzzug kaum noch nachdachten, zum Pantheon zogen. Guillaume de Chartres, der zum Lateran zurückgekehrt war, hatte ihnen geraten, die Kirche zu besuchen. Konstanze hätte der ehemalige römische Tempel normalerweise auch interessiert, aber an diesem Tag wollte sie keine Kirchen mehr sehen.

Sie wandte sich ihrer Herberge zu, musste allein sein. Nachdenken … Aber dann sehnte sie sich doch zunächst nach einem Badehaus. Am Tag zuvor war es zu spät gewesen, noch eines aufzusuchen, und jetzt … Konstanze fühlte sich beschmutzt, beleidigt und missbraucht. Sie hatte den dringenden Wunsch, sich all das abzuspülen. Verwirrt und unsicher taumelte sie durch Trastevere und fragte schließlich ein kleines Mädchen nach dem nächsten Frauenbad.

»Die Mikwe?«, fragte die Kleine, ein hübsches Ding mit weichen braunen Locken, das Konstanze an Mariechen erinnerte. »Die ist gleich da drüben!«

Das Badehaus befand sich in einem unauffälligen Gebäude.

Konstanze trat ein und wurde von einem sehr jungen Mädchen in Empfang genommen. Genau genommen war es fast noch ein Kind.

»Willkommen … seid Ihr neu hier?« Die Kleine warf einen etwas verwirrten Blick auf Konstanzes offen herabhängende Haarflut. »Oh, aber Ihr seid ja … Ihr seid sicher, dass Ihr hier hereinwollt?«

Konstanze runzelte die Stirn. »Ich würde gern baden«, erklärte sie in ihrem etwas gestelzten Italienisch. Eigentlich konnte sie in Sachen Badehaus nichts falsch verstanden haben. In deutschen Landen wurden zwar mitunter auch Bordelle unter diesem Namen geführt, aber wie ein Freudenhaus wirkte dieses Etablissement gewiss nicht.

Das kleine Mädchen kaute auf seiner Lippe. »Also von mir aus spricht nichts dagegen … und sonst ist auch gerade niemand da.« Die Kleine wirkte immer noch unsicher. »Aber ich weiß nicht, was Euer Priester dazu sagt, wenn Ihr ein jüdisches Badehaus besucht!«

Konstanze sah sie müde an. »Ich habe keinen Priester«, sagte sie leise.

Die Kleine rieb sich die Nase. Sie war niedlich in ihrer Unentschlossenheit. »Na schön, also … Ihr seid verheiratet?«, fragte sie.

Konstanze schüttelte den Kopf.

»Dann braucht Ihr eigentlich nicht … oder …« Das Gesicht des Mädchens hellte sich auf. »Seid Ihr eine Braut?«

Konstanze lächelte. »Ja«, flüsterte sie. »Das ist es. Ich bin eine Braut.«

Während das kleine Mädchen Konstanze auf das rituelle Bad vorbereitete, verriet es ihr, dass die Mikwe stets reines, lebendiges Wasser enthalten müsse. Diese hier sei über einer Quelle gebaut. Verheiratete Frauen suchten sie allmonatlich auf, um sich nach der Menstruation zu reinigen. Außerdem ging ein Untertauchen in der Mikwe der Eheschließung voraus.

Die kleine Rachel selbst hatte die Mikwe noch nie besucht, sie hielt hier eigentlich nur die Stellung für ihre Mutter.

»So kurz nach Vollmond kommt fast nie jemand«, erzählte sie altklug. »Vollmond beeinflusst den Zyklus der Frau. Die meisten Frauen bluten bei Neumond.«

Konstanze hegte den Verdacht, dass die Mutter der Kleinen nicht allzu erbaut davon wäre, dass Rachel das Bad hier einer Christin öffnete. Aber was sie anging, so genoss sie das vollständige Untertauchen in dem klaren Wasser des Beckens. Sie fühlte sich anschließend geläutert und gereinigt – obwohl Rachel lachend verneinte, als sie fragte, ob es auch ein Dampfbad gäbe und vielleicht die Möglichkeit zur Haarwäsche.

»Nein, da müsst Ihr in ein anderes Bad. Aber die gibt es auch ... wir Juden sind sehr reinlich! Soll ich Euch den Weg weisen?«

Konstanze verneinte. Sie war zufrieden mit dem, was sie erhalten hatte, und belohnte ihre niedliche Badewärterin mit einer Münze.

Dann endlich suchte sie die Herberge auf, kleidete sich in ihr schönstes Kleid und bedeckte ihr Haar mit einem Seidenschleier, den Donna Grimaldi ihr für den Kirchgang geschenkt hatte.

Sie war bereit, als Armand und Gisela zurückkehrten.

»Kommt her, ich brauche euch!«, begrüßte sie die beiden.

»Bitte, setzt euch zu mir. Ich benötige zwei Zeugen.«

Armand, der eben begeistert vom Pantheon hatte berichten wollen, runzelte die Stirn. »Das klingt ja gewichtig!«, scherzte er.

Konstanze nickte. »Das ist sehr wichtig!«, sagte sie und kniete sich auf eine Decke, die sie vorher auf den Boden gelegt hatte.

»Also, hört zu: *Aschhadu an la ilaha illa 'llahu wa-aschhadu anna Muhammadan rasulu 'llahi ...*«

Konstanze sprach die Formel flüssig. Sie hatte den halben Nachmittag damit verbracht, sie auswendig zu lernen.

Armand unterbrach sie jedoch entsetzt, bevor sie noch die Hälfte gesprochen hatte. »Halt ein, Konstanze, um Himmels willen! Du bringst dich um deine unsterbliche Seele!«

Konstanze schüttelte trotzig den Kopf. »Das musst du schon mir überlassen!«, erklärte sie bestimmt. »Es ist ja meine Seele. *Aschhadu an la ilaha illa 'llahu …*«

»Konstanze!«, fuhr Armand sie an. »Wir können und wollen das nicht bezeugen!«

»Was denn eigentlich?«, fragte Gisela, die immer noch von innen heraus strahlte. »Was redest du da überhaupt?«

Konstanze seufzte. »Es ist das Glaubensbekenntnis des Islam«, sagte sie. »Ich muss es vor zwei Zeugen zweimal laut aussprechen. Dann kann ich Malik heiraten.«

»Oh, Konstanze! Du willst ihn heiraten? Er hat dich gefragt?« Gisela umarmte ihre Freundin. »Oh, Konstanze, er ist ein so schöner Ritter!«

Konstanze lächelte. Eigentlich hatte sie mit mehr Widerspruch bei ihrer Freundin gerechnet, aber wenn es um die Liebe ging, übertraf Giselas Begeisterung für Liebesdinge und Ritterromane alle religiösen Überlegungen. Dafür nahm Armand sie umso strenger ins Gebet.

»Bist du dir klar, worauf du dich einlässt?«, fragte er entsetzt. »Also ganz abgesehen von Gottes Strafe, wenn du Christus abschwörst. Du wirst in einem Harem leben müssen, abgeschlossen von der Welt. Die Mutter des Sultans wird über dich herrschen.«

Konstanze zuckte die Achseln. »Ich habe sechs Jahre in einem Kloster gelebt«, erinnerte sie ihn. »Es kann kaum schlimmer kommen. Malik schildert mir den Harem als einen freundlichen Ort. Es gibt Bücher, Musik … Und so abgeschieden ist es auch nicht. Malik sagt, seine Mutter beriete seinen Vater auch heute noch in vielen Fragen um das Land.«

»Eben«, bemerkte Armand. »Seine Mutter ist wahrscheinlich ein Drachen! Und sie hat die völlige Verfügungsgewalt über dich, wenn du in ihrem Harem lebst.«

Konstanze winkte ab. »Armand, wenn Maliks Mutter auch nur halb so bärbeißig wäre wie die Oberin auf dem Rupertsberg, hätte sein Vater sie längst verstoßen!«

Gisela kicherte ausgelassen. Offensichtlich erwuchs ihre außergewöhnliche Toleranz auch reichlichem Weingenuss. »Aber die Sarazenen betreiben Vielweiberei!«, gab sie zu bedenken. »Malik kann neben dir noch drei andere Frauen heiraten! Oder waren es fünf, Armand? Ganz abgesehen von all den Sklavinnen, die er von irgendwem geschenkt bekommt!«

Konstanze sah ihre Freundin gutmütig an. »Gisela, ich war eine Braut Christi. Allein auf dem Rupertsberg teilte ich ihn mit hundert anderen!«

»Du lästerst Gott!«, erschrak Armand.

Gisela schlug pflichtschuldig das Kreuz, aber sie konnte das alles nicht zu ernst nehmen. Der Minnehof triumphierte an diesem Tag entschieden über ihre christliche Erziehung.

Konstanze zog die Augenbrauen hoch. »Darauf kommt es nun auch nicht mehr an. Ich bekenne mich zum Islam, Armand, das heißt, wenn der Papst Recht hat, komme ich sowieso in die Hölle. Aber nach dem, was ich heute über den Papst erfahren habe und über diesen Franziskus, nach dem, was ich über Bruder Bernhard schon wusste ... Ich glaube nicht, dass ich deren Himmel noch will, Armand! Also darf ich jetzt meinen Eid weitersprechen?«

Armand schüttelte den Kopf. »Nein. Nicht vor mir. Und vor Gisela gilt es ohnehin nicht, es müssen zwei männliche Zeugen sein. Wahrscheinlich auch zwei Muslime. Also spar dir die Worte auf, Konstanze, Gott gibt dir noch Zeit, deine Entscheidung zu überdenken.«

Konstanze zuckte die Schultern. »Meine Entscheidung ist gefallen. Ich hoffe, Malik in Sizilien treffen zu können. Wenn ich nur wüsste, wie ich jetzt dort hinkomme.« Sie begann, ihre Sachen zu packen.

Armand schüttelte den Kopf. »Lass dir Zeit, Konstan-

ze, meinetwegen brauchst du nicht bei Nacht und Nebel zu flüchten. Vor Gott kannst du dich sowieso nicht verstecken. Und wir sind auch nicht deine Richter. Du kannst mit uns kommen. Wir reiten morgen nach Ostia und suchen uns ein Schiff. Mein Auftrag hier ist erledigt. Wir segeln von hier aus nach Pisa – die Herren dort waren freundlich zu uns, und ich denke, sie verdienen eine Erklärung. Dazu muss die Angelegenheit Dimma geklärt werden. Wir sind es ihr schuldig, für sicheres Geleit nach Meißen zu sorgen.«

»Wenn sie nicht überhaupt mit uns kommen mag!«, unterbrach ihn Gisela. »Oh, Konstanze, ist es nicht aufregend! Ich werde doch in einer Burg leben! Aber das ist natürlich nichts gegen das, was du haben wirst! Du heiratest einen Prinzen, Konstanze! Du wirst in einem Palast wohnen! Und wir können uns bestimmt besuchen, nicht, Armand?«

Armand seufzte. »Liebste, zwischen Akkon und Alexandria liegen viele Hundert Meilen.«

Gisela kümmerte das nicht. »Na ja, es muss ja nicht so oft sein«, fügte sie hinzu, »aber zu deiner Hochzeit komme ich! Doch, Armand, das ist unabdingbar! Ich will auch einmal einen Harem von innen sehen.«

»Von Pisa aus nehmen wir ein Schiff nach Akkon. Malik kann in Messina zusteigen«, vollendete Armand.

»Wenn er da überhaupt noch ist«, sorgte sich Konstanze. »Hoffentlich fährt er nicht ohne mich!«

Armand schien mit sich zu ringen, beschloss dann aber doch, dem Glück seines Freundes nicht im Weg zu stehen.

»Du kannst ihm ja schreiben. Die Templer werden den Brief befördern, das geht ziemlich schnell.«

»Und wenn er dich wirklich liebt«, strahlte Gisela, »dann wird er ohnehin auf dich warten. Dann weiß er doch, dass du kommst!«

Der Brief an Malik war schnell geschrieben, aber die Abreise aus Rom ließ sich nicht gar so eilig organisieren. Das begann damit, dass sich Karl und verschiedene andere junge Kreuzfahrer verzweifelt an Armand wandten.

»Was sollen wir denn jetzt machen?«, fragte der Junge. »Ihr habt uns gesagt, wir sollen uns an den Papst wenden. Aber er …«

Karl sprach nicht aus, was er dachte. Der Knabe war jedoch nicht dumm. Genau wie Armand hatte er seine Schlüsse gezogen. Und in seinem Gesicht standen die Worte geschrieben: *Er hat uns verraten und verkauft.*

»Was ist denn mit den römischen Familien, die euch aufnehmen sollten?«, fragte Armand. »Hat sich da wenigstens etwas gefunden?«

Karl nickte. »Sicher. Ein paar wenige wollen Lehrlinge, die meisten Knechte. Schließlich lohnt es sich nicht, uns ein Handwerk zu lehren. Wir müssen doch springen, wenn der Papst will. Und irgendeinen Kreuzzug gibt es immer.«

Innozenz' Aufrufe zu den verschiedenen Kreuzzügen hatten offensichtlich selbst Karls Dorf in Sachsen erreicht.

»Ihr habt nur geschworen, Jerusalem zu befreien«, erinnerte ihn Armand. »Gegen die Katharer oder sonst wen kann er euch nicht schicken.«

»Nicht?«, fragte Karl würdevoll. »Da wäre ich mir nicht sicher. Denen fällt da schon was ein. Und davon abgesehen: Die meisten von uns sprechen kein Italienisch. Und welcher Lehrherr möchte schon einen Jungen, mit dem er sich nicht verständigen kann? Knechte sind da leichter zu handhaben. Wir werden noch ein bisschen für die Römer arbeiten und dann mit einem Schwert und vielen Segenssprüchen gegen die Sarazenen geschickt werden. Die machen uns im ersten Kampf nieder. Ich war auf jenem Turnier bei Piacenza. Ich habe Herrn Malik kämpfen sehen!«

»Du warst auf dem Turnier?«, warf Gisela ein. »Interessiert dich der Kampf der Ritter?«

Karl nickte. »Mein vollständiger Name ist Karl von Frohne«, erklärte er. »Nein, nennt mich jetzt nicht Ritter, wir

waren mehr Wehrbauern. Ein etwas größerer Hof, dafür ein paar Waffen und ein Pferd … Meine Brüder und ich haben nicht viel gelernt, nur lesen und schreiben und etwas Latein. Wir mussten arbeiten, der Älteste diente als Knappe beim Lehnsherrn. Und ich hatte immer Rosinen im Kopf. Die anderen hätten mich schön verlacht, wenn ich jetzt von meinem Kreuzzug heimgekehrt wäre.« Der Junge schien mit den Tränen zu kämpfen. »Aber es würde mir gar nichts ausmachen! Ich würde gern wieder Ställe ausmisten und das Feld bebauen. Ich wäre sogar lieber der Dorftrottel als ein Knecht im fremden Land.«

Armands Miene hatte sich aufgehellt, als er von Karls Stand hörte. »Letzteres will ich jetzt nicht gehört haben!«, sagte er mit gespielter Strenge, aber um seine Augen bildeten sich Lachfältchen. »Ein Knappe muss bereit sein, in die Fremde zu ziehen, und ein Ritter will gar ausziehen, um Abenteuer zu erleben. Möchtest du mein Knappe werden, Karl von Frohne? Ich kann dir nicht versprechen, dass du niemals auf einen Kreuzzug musst, aber wenn ich dich ausbilde, wirst du zumindest gekonnt das Schwert schwingen. Und der Papst wird keine Einwände erheben, schließlich nehme ich dich mit ins Heilige Land.«

»Oh, können wir die anderen nicht auch mitnehmen?«, fragte Gisela begeistert. »Wir brauchen doch Leute auf der Burg, und …«

»Die Burg ist voll bemannt«, wollte Armand abwiegeln, doch dann sah er sowohl Giselas als auch Karls enttäuschtes Gesicht. »Aber gut … Such noch fünf Leute aus, die bereit sind, in Akkon als Knechte zu dienen. Und zwei Mädchen – je eine Zofe für Gisela und Konstanze … ja, ich weiß, was du sagen willst, Karl. Es dürfen der Jupp und die Marlein dabei sein und der Manz und die Gertrud. Und die Kinder nehmen wir auch mit. Aber dann ist Schluss, Gisela, das muss euch allen klar sein!«

Jupp und Marlein sowie Manz und Gertrud hatten sich auf

dem Kreuzzug gefunden. Marlein hatte eines, Gertrud zwei Kleinkinder über den Gotthard gerettet. Sie lebten nun zusammen wie Familien – die Bestimmung des Papstes würde sie auseinanderreißen.

»Was wird überhaupt aus den Mädchen?«, fragte Konstanze. »Den Kreuzfahrerinnen?«

Karl zuckte die Schultern. »Um die kümmert sich niemand, ihr Eid gilt ja nicht. Also, Nikolaus hat ihn den Mädchen zwar abgenommen, aber Bruder Bernhard hat den Heiligen Vater extra noch einmal gefragt. Mädchen brauchen sie nicht.«

Noch mehr Opfer, dachte Konstanze. Allein schafften es die Kreuzfahrerinnen sicher nicht zurück über die Alpen. Zumindest nicht unberührt, soweit sie das überhaupt noch waren. Der Kreuzzug der Unschuldigen ließ Dutzenden von Mädchen nur den Ausweg in die Hurerei.

Konstanze holte tief Luft. »Ich glaube, ich brauche zwei Zofen!«, sagte sie. »Mindestens. Eigentlich drei. Und mein versprochener Gatte wird nicht dulden, dass ich nach Ostia reite und aller Welt mein Gesicht zeige. Ich brauche eine Sänfte. Mit sechs Trägern. Bitte kümmere dich darum, Karl!«

Armand schaute die sonst so bescheidene ehemalige Klosterfrau an, wagte aber kein Wort zu sagen, als er ihr entschlossenes Gesicht sah.

»Dann hoffen wir mal«, bemerkte er, »dass die Komturei der Templer und die Kaufmannschaft von Pisa dem Sultan von Alexandria Kredit geben.«

Gisela konnte ihre Begeisterung kaum zurückhalten, als Karl gegangen war. »Deine Wahrsagerin hatte Recht!«, neckte sie Konstanze. »Du bist geboren für die Arme eines Königs!«

Kapitel 2

Es war nicht leicht, ein Schiff zu finden, das die Reisenden nach Pisa brachte – zumal Gisela nicht bereit war, sich auch nur von einem der Tiere zu trennen. Sie sah zwar ein, dass es wenig Sinn machte, Floite, Comes und Briciola mit ins Heilige Land zu nehmen, aber sie wollte sie weitaus lieber den Kaufleuten in Pisa anvertrauen, als sie in Rom an irgendjemanden zu verkaufen. Also verzögerte sich die Abreise um ein paar weitere Tage.

Auch als sie Pisa glücklich erreicht hatten, fand sich nicht direkt eine Anschlusspassage. Es wurde nun wirklich kälter, und der Schiffsverkehr auf dem Mittelmeer nahm ab. In der kalten Jahreszeit musste mit weitaus mehr Stürmen gerechnet werden. Wer eben konnte, reiste im Sommer. Aber immerhin brauchte Armand keine Reisebegleitung für Dimma zu organisieren. Giselas neue Zofen waren allein Grund genug für die alte Kammerfrau, ihre junge Herrin nach Outremer zu begleiten.

»Für eine Bürgersfrau in Pisa mag das ja reichen«, brummte sie und betrachtete ungläubig den Wirrwarr, den die eifrige, jedoch ungeschickte Marlein aus Giselas Haarpracht gemacht hatte, »aber doch nicht für eine Edelfrau! Jetzt kommt, Mädchen, steht nicht herum, ich zeige euch, wie man sich um die Kleider einer Prinzessin kümmert!«

Marlein und Gertrud tummelten sich pflichtschuldig, und Gisela lächelte triumphierend.

»Ich denke, die alte Signora sorgte sich auch ein bisschen um den Weg über die Alpen«, lächelte Donna Scacchi nachsichtig. Sie hatte ihr Haus selbstverständlich wieder für Gise-

la und Konstanze geöffnet. »Auch wenn es jetzt geführt über den Brenner ginge, es wäre doch beschwerlich. Eine Schiffsreise bekommt Eurer Dimma sicher besser. Ich finde es schade, dass Ihr geht, Gisela! Ihr wäret eine Bereicherung für die Bürgerschaft von Pisa gewesen. Hoffen wir für Euch, dass die Burgen in Outremer angemessene Badehäuser aufweisen!« Sie zwinkerte dem Mädchen zu. Giselas Begeisterung für den Komfort in ihrem Palazzo war der Patrizierin nicht entgangen.

Armand war die Verzögerung der Reise gleichgültig. Er vertrieb sich die Zeit, indem er einen umfangreichen Bericht über seine Reise verfasste – schon um Mutter Ubaldina daran teilhaben zu lassen. Außerdem half er der Kaufmannschaft mit ein paar Übersetzungen aus. Er hatte Don Scacchi gegenüber ein schlechtes Gewissen, obwohl jeder verstand, dass er den Antritt seines Erbes bei Akkon der Ansiedlung in Pisa vorzog.

Konstanze wusste inzwischen, dass Malik sie in Sizilien erwartete. Insofern hatte auch sie keine große Eile, sondern genoss die Gastfreundschaft der Patrizier in Pisa. Je näher sie ihrem Prinzen rückte, desto mehr wuchs auch ihre Angst vor der eigenen Courage. In Rom hatte sie sich noch so sicher gefühlt – und wie sehr sie Maliks Umarmung in Florenz genossen hatte! Aber jetzt, da sie die Scacchis ganz selbstverständlich zum Kirchgang begleitete, da der Papst und die Franziskanermönche fern waren, der Gedanke an den Kreuzzug langsam etwas verblasste und die alten Gebete und Lieder sie vertraut umgarnten, erschien es ihr erneut unwirklich und ketzerisch, die entscheidenden Worte des Übertritts zum Islam zu sprechen. Obendrein war Sizilien natürlich ein christlicher Hof. Würde sie dort als Maliks Gattin auftreten? Wie mochte man sie als abtrünnige Christin empfangen? In Pisa erzählte Konstanze vorerst nichts über ihre geplante Hochzeit. Gisela und Armand waren diplomatisch genug, es nicht zu erwähnen, und wenn Donna Scacchi fragte, blieben ihre Antworten vage.

»Man nimmt an, du würdest dich im Heiligen Land in ein Kloster begeben!«, verriet Gisela. »Auch weil du dich neuerdings immer verschleierst. Nur die Sänfte gibt den Pisanern noch Rätsel auf.«

Im Gegensatz zu Armand, der Konstanze gegenüber frostig blieb, verhielt sich Gisela herzlich. Sie verstand Konstanzes Liebe zu Malik und sah ihren Übertritt zum Islam als notwendiges Opfer. Als Mündel eines Minnehofes betrachtete sie die Liebe als Gottesgeschenk. Sie konnte sich nicht vorstellen, dass ihre Freundin deswegen verdammt würde. Zumindest nicht auf ewig.

»Du hättest doch diese Treppe auf Knien hochsteigen sollen!«, seufzte sie allerdings mit leichter Besorgnis, als sie Konstanze im Koran lesen sah. »Dann bräuchtest du wenigstens zehn Jahre weniger ins Fegefeuer.«

Konstanze lachte darüber, aber ganz wohl war ihr nicht. Zumindest war sie weit entfernt davon, die Abreise nach Messina sehnlichst herbeizuwünschen. Tatsächlich war es Gisela, die bald fortwollte – und das auch nur aus einem vagen, unsicheren Gefühl heraus. Sie hatte es schon in Rom verspürt, aber hier in Pisa verdichtete es sich, obwohl sie die Stadt eigentlich als sicher empfand. Gewiss war Pisa der letzte Ort, an den Rupert so schnell zurückkehren würde, aber die Stadt erinnerte sie doch an die letzte Begegnung mit ihm und die Bedrohung, die von ihm ausging. Sie hatte nicht dem Bürger Armand de Landes gegolten, wohl aber dem Ritter. Gisela wusste, dass die Gefahr mehr als gering war, aber sie hatte doch den Wunsch, möglichst bald ein Meer zwischen Armand und Rupert zu legen. Messina war zweifellos sicherer als die Toskana, aber wenn es nach Gisela gegangen wäre, hätten sie sich gleich am kommenden Tag nach Akkon eingeschifft.

So atmete sie denn auch auf, als endlich ein Schiff nach Sizilien segelte, und nahm tränenreichen Abschied von Floite. Die Maultierstute verblieb in den Ställen der Scacchis, und

der Konsul sicherte dem Mädchen zu, persönlich über sie zu wachen. Aber Gisela war doch während der ganzen Seefahrt bedrückt, nachdem sie das letzte Mal ihren charakteristischen Ruf vernommen hatte. Smeralda segelte mit ihrer Herrin in das neue Land. Armand hatte willig zugestimmt. Die edle Ibererin würde eine Zierde seiner Pferdezucht werden – Maultiere dagegen gab es auch in Outremer genug.

»Ohne Smeralda wäre ich auch nicht gegangen!«, behauptete Gisela und blickte fasziniert zurück auf die Arnomündung und die Stadt Pisa, die sich langsam im Abendnebel verlor, während ihr kleiner Segler Kurs aufs Meer hinaus nahm. »Oh, Konstanze, jetzt sind wir wirklich unterwegs! Wir werden nie wieder hierherkommen. Und du ... du wirst Malik wiedersehen! Sag, bist du aufgeregt, Konstanze? Du musst aufgeregt sein!«

»Du kannst es dir noch überlegen«, brummte Armand. »Das ist kein Spiel, Konstanze. Wir mögen mit der Politik seines Vertreters auf Erden unglücklich sein, aber deshalb sagen wir uns doch nicht los von Jesus Christus!«

Armand bekreuzigte sich, und Gisela tat es ihm flüchtig nach. Konstanze hatte bereits die Hand gehoben, hielt sich dann aber zurück. Sie war hin- und hergerissen – aber Gisela hatte recht. Es war bestimmt gut, Malik bald wiederzusehen. In seinen Armen würden die Zweifel schwinden.

Messina war eine recht kleine, fast schon arabisch anmutende Stadt, die nicht nur durch ihre Nähe zum italienischen Festland an Bedeutung gewann, sondern auch durch ihr natürliches Hafenbecken. Der Ort war seit Jahrhunderten von Seefahrern verschiedenster Nationen besiedelt: Griechen und Katharer, Araber und Normannen, erst seit gut einhundertfünfzig Jahren war die Stadt endgültig christlich. Immerhin hatten die christlichen Eroberer ihr mit dem Bau des prächtigen Domes bereits ihren Stempel aufgedrückt.

Konstanze betrachtete den Ort mit Herzklopfen, als ihr kleines Schiff in den Hafen einfuhr, Gisela hoffte auf einen

kurzen Aufenthalt. Im Hafen lagen mehrere seetüchtige Schiffe, meist die als Nef bekannten Handelssegler.

»Bestimmt hat sich Malik schon mit einem der Kapitäne über eine Überfahrt verständigt«, sagte Gisela zu Dimma. »Armand hofft zwar auf einen Frachter der Templer, aber er wird nicht darauf bestehen. Es gibt sicher noch andere vertrauenswürdige Kapitäne!«

»Gewiss«, gab Dimma gallig zurück. Sie litt seit der Abfahrt unter Seekrankheit und sah der langen Überfahrt ins Heilige Land höchst unwillig entgegen. »Wie etwa die Herren Ferreus und Posqueres. Wie gut, dass du endlich verheiratet bist! So vertrauensselig, wie du sein kannst, würdest du doch noch auf irgendeinem Sklavenmarkt landen.«

Tatsächlich erwartete sie aber nicht wie erhofft Malik am Hafen von Messina, sondern ein älterer, würdevoller Herr in der kostbaren Kleidung sehr reicher Kaufleute.

»Armand de Landes?«, fragte er verbindlich, als Armand an Land ging. Er verbeugte sich tief vor Gisela und noch tiefer und offenbar voller Respekt, aber auch Neugier vor der verschleierten Konstanze.

»Sayyida ...«

Konstanze hörte den Titel erstmalig aus dem Munde eines anderen als Malik, und es ließ sie aufhorchen.

»Erlaubt einem Unwürdigen, Euch im Namen Eures versprochenen Gatten willkommen zu heißen!«

Der Mann sprach arabisch und hielt die Augen vor Konstanze schamhaft gesenkt. Allerdings zwinkerte er unter den Lidern hervor. Er hätte wohl zu gern einen Blick in das Gesicht des Mädchens geworfen, aber wahrscheinlich hätte Malik ihn dafür gevierteilt. Konstanze musste bei dem Gedanken lächeln. Sie war sehr aufgeregt.

»Wer ... wer ...« Konstanze wusste nicht, ob es schicklich war, das Wort an ihr Gegenüber zu richten, aber andererseits konnten sich ja wohl auch arabische Frauen kaum stumm stellen.

Der Gesandte des Prinzen sprach aber schon weiter und wechselte wieder ins Italienische. »Mein Name ist Martin von Kent«, stellte er sich vor, »und ich bin hier im Auftrag des Prinzen Malik al-Kamil. Außergewöhnliche Umstände zwingen ihn, vorerst am Hof des Königs Friedrich in Palermo zu verweilen. Seine Majestät steht vor der Abreise in sein neues Reich in deutschen Landen, sein Sohn Heinrich soll vorher jedoch noch zum König von Sizilien gekrönt werden. König Friedrich begeht dieses feierliche Ereignis mit einem großen Fest, zu dem selbstverständlich auch Ihr geladen seid. Auf Wunsch des Prinzen wird noch eine persönliche Einladung an Euch ergehen. Vorerst bittet man mich, Euch nach Palermo zu geleiten. Für eine entsprechende Eskorte, so meint mein Herr, habe die Sayyida Konstanze ja schon selbst gesorgt.« Der Mann lächelte und verbeugte sich erneut.

Konstanze war froh über ihren Schleier, unter dem sie eben errötete. Sie hatte Malik ihre Rettungsaktion der Kinder aus Armands Heer in einem Brief gebeichtet. Zum Glück schien er es ihr nicht übel zu nehmen. Im Gegenteil. Martin von Kent fand es wohl umsichtig, dass sie Sänfte und Träger gleich mitbrachte.

»Wir ... wollten eigentlich sofort weiterreisen!« Armand war verwirrt. »Versteht Ihr, natürlich erweist uns der König eine große Ehre, und der Prinz nicht minder, aber ich ... ich habe ein Erbe anzutreten.«

Von Kent verbeugte sich wieder. Für einen reichen, unabhängigen Handelsherrn tat er das eigentlich zu oft.

»Monseigneur de Chartres, der Großkomtur der Templer, lässt Euch ausrichten, dass Euer Erbe in gutem Zustand ist und Euer Vater wohlauf. Auch er rät Euch, die Einladung anzunehmen, schon im Sinne weiterhin guter Beziehungen zwischen Akkon und dem Königreich Sizilien. Für die Weiterreise wird dann ein Schiff der Templer zur Verfügung stehen. Es ist derweil noch auf dem Weg von Genua nach Messina, Ihr müsstet also ohnehin warten.«

Armand zuckte die Achseln. »Also schön. Reiten wir nach Palermo und feiern wir mit dem König«, entschied er. »Allerdings habe ich kein Pferd. Eigentlich verfügt überhaupt nur meine … meine Gattin über ein Pferd.«

Gisela sah Armand verwirrt von der Seite an. In Pisa hatte er sie stets offen als seine Gattin bezeichnet. Aber da hatten sie ja auch Urkunden unterschrieben. Gisela schwante, dass dies im Kreise der Ritter vielleicht nicht allzu viel galt. Wahrscheinlich mussten sie ihre Schwüre wiederholen. Gisela schwankte kurz, ob sie sich darüber ärgern sollte. Aber dann überwog die Vorfreude auf die Art von Hochzeit, die sie sich immer erträumt hatte: Ihr Geliebter würde sie in den Kreis der Ritter führen – illustrer Ritter, wie es aussah. Schließlich sprach nichts dagegen, die Zeremonie im Rahmen der Festlichkeiten in Palermo zu vollziehen.

Martin von Kent schien sich erneut verbeugen zu wollen, hielt sich dann aber zurück und sah Armand an. Konstanze hatte das seltsame Gefühl, dass seine Unterwürfigkeit vor allem ihr galt. Konnte ein christlicher Kaufmann im Sold eines arabischen Herrschers stehen?

»Der Prinz hat daran gedacht und Euch persönlich ein Pferd aus dem Marstall des Königs erwählt. Aber es wäre zu umständlich, nach Palermo zu reiten. Ich selbst bin mit einem Schiff des Königs gekommen. Wenn Ihr also vorliebnehmen wollt.«

»Nicht noch ein Schiff«, seufzte Dimma, sah aber ein, dass eine kurze Seefahrt einem mehrtägigen Ritt vorzuziehen war. Sie nahm an, dass der seltsame Kaufmann darauf bestanden hätte, Konstanze in der Sänfte reisen zu lassen. Sie wären länger als eine Woche unterwegs gewesen.

Das Schiff des Königs erwies sich dann als schmucker Segler, der von einer nur kleinen Besatzung entlang der teilweise spektakulären Steilküste Siziliens geführt wurde. Es war sonnig, aber windig, und Gisela genoss den Ritt auf den Wellen, während Konstanze sich um die seekranke Dimma kümmerte. Erst am Abend, als der Wind sich gelegt und Armand und Gisela sich zurückgezogen hatten, begab sich auch Konstanze an Deck. Sie brauchte dringend frische Luft. Freundlich grüßte sie zu Karl und den anderen Kindern hinüber, die auf den Schiffsplanken lagerten.

Auch Martin von Kent registrierte die Knechte und Mägde an Deck, als er sich jetzt Konstanze näherte. Erneut verbeugte er sich vor ihr.

»Sayyida, ich hoffe, dass Ihr meine Annäherung nicht als Beleidigung empfindet. Wenn Ihr allein sein möchtet, so werde ich sofort gehen – ich denke jedoch, dass ich Euch auch nicht kompromittiere, da ja weitere Personen anwesend sind.« Wieder sprach der Mann arabisch.

Konstanze nickte ihm zu. Sie hoffte, endlich mehr über ihn zu erfahren. Er war zu seltsam für einen christlichen Kaufmann. Aber warum sollte sie ihm das nicht einfach sagen?

»Sofern Ihr ehrlich zu mir seid, Martin von Kent«, sagte sie auf Italienisch, »... was ich bislang nicht glaube ...«

Der Mann verbeugte sich wieder, diesmal fast beflissen.

»Sayyida, es lag nicht in meiner Absicht, Euch zu erzürnen. Der Prinz würde es mir nie verzeihen. Allein Euch beunruhigt zu haben, ist ein Sakrileg! Aber hier auf Sizilien muss ich meine Identität als christlicher Handelsherr wahren – möglichst auch gegenüber Euren Freunden. Es wäre also eine große Gnade, Sayyida, und ein Beweis politischer Einsicht, wenn Ihr mich nicht verraten würdet.«

Konstanze lächelte hinter ihrem Schleier. »Dann«, bemerkte sie, »solltet Ihr Euch etwas seltener verbeugen.«

»Muhammed al-Yafa ibn Peter of Kent«, beeilte der Mann sich vorzustellen, wobei er sich wieder verbeugte. Sie begannen beide zu lachen. »Ich bin sozusagen das Auge und das Ohr des Sultans al-Adil in den Handelsmetropolen der Christen. Die ... Eskorte einer Sayyida aus dem Harem des Fürsten obliegt mir eher selten. Also verzeiht mein Ungeschick!«

Konstanze lachte wieder. »Euch sei vergeben!«, sagte sie großmütig. »So ... Ihr seid also Muslim?«, erkundigte sie sich.

Al-Yafa nickte. »Selbstverständlich, Sayyida. Auch wenn ich meine Gebete mitunter heimlich spreche und gelegentlich sogar die Kirchen der Christen aufsuche. Allah möge es mir verzeihen, geschieht es doch in Seinem Namen und zur Erhaltung Seiner Gläubigen.«

Konstanze sah hinaus auf das Meer, über dem sich wieder der Mond zeigte. Ein wenig hinter Wolken verborgen – nicht in Silberschimmer, sondern in milchigem Glanz.

»Aber Ihr wart einmal Christ«, riet Konstanze. »Der Name Eures Vaters ...«

»Meine Eltern waren Christen, aber meine Mutter kam schon vor meiner Geburt in den Harem des Sultans. Ich wurde muslimisch erzogen«, erklärte Muhammed.

»Aber ... aber machte ihr das denn nichts aus?«, brach es aus Konstanze heraus, »Eurer Mutter, meine ich. Wurde sie auch ...?«

Al-Yafa schüttelte den Kopf. »Nein. Meine Mutter bekannte sich nie zum Islam. Aber sie war eine gute Frau. Ich bin sicher, Allah hat ihr das Paradies geöffnet.«

Konstanze seufzte. »Es ist ziemlich verwirrend mit all den Paradiesen«, gestand sie dann dem freundlichen älteren Herrn, »und mit dem Harem. Ich ... ich liebe Malik. Aber ich habe Angst ...«

Al-Yafa lächelte ihr zu. »Ich lebte sechs Jahre im Harem, Sayyida«, gab er gelassen zurück. »Und ich war durchaus glücklich. Ein von allen geliebtes und verwöhntes Kind, obwohl ich kein Sohn des Hauses war. An einem christlichen Hof wäre ich nicht so unbeschwert aufgewachsen. Und auch meine Mutter war zufrieden. Ich weiß nicht, ob sie meinen richtigen Vater geliebt hat. Vielleicht hatten ihre Familien die Ehe arrangiert – sie hat nie darüber gesprochen.«

»Aber ... aber man teilt den Ehemann mit so vielen anderen ... Allein vier Gattinnen!«

Al-Yafa lachte. »Das ist aber selten, Sayyida. Ich zum Beispiel habe nur eine. Der Sultan hat zwei. Mehr findet man in Adelsfamilien kaum – schon aus finanziellen Gründen. Ein gläubiger Muslim darf zwar vier Ehefrauen haben, aber er muss alle gleich behandeln. Und Ihr habt noch keine Vorstellung davon, mit welchem Prunk sich eine Königin im Harem des Sultans umgibt! Wenn dann eine zweite das Gleiche will, und die beiden obendrein rivalisieren, kann das ein Reich in den Ruin führen! Das wird noch schlimmer, wenn beide Söhne haben. Dann kämpfen sie um die Thronfolge – mit sehr unschönen Mitteln. Es gab schon so manchen Skandal rund um Giftmorde im Harem. Nein, ein weiser Herrscher lädt sich das nicht auf. Und wenn seine Mutter klug ist, so wählt sie schon die erste Frau nach seinem Geschmack aus – die meisten ersten Ehen im Morgenland sind arrangiert, ebenso wie die im abendländischen Adel. Wenn der Prinz sich in sie verliebt und die Ehe mit Kindern gesegnet wird, so nimmt er meist keine zweite Frau. Zumindest nicht gleich. Allenfalls erhöht er in der Sentimentalität fortgeschrittenen Alters noch mal eine Favoritin.«

»Aber … aber das ist doch dann schrecklich für die Frau!«, brach es aus Konstanze heraus. »Abgeschoben zugunsten einer Jüngeren!«

Muhammed zuckte die Achseln. »Haben fränkische Adelige keine Mätressen? Wird die Ehefrau ihrer nicht gewahr? Wenn dies im Harem passiert, Sayyida, so seid Ihr immer noch die geehrte erste Frau und erste Dame des Hauses. Auf Eurer Burg im Abendland seid Ihr die Betrogene, über die man hinter ihrem Rücken redet. Und die Mätresse Eures Gatten lacht Euch frech ins Gesicht. Was ist besser, Sayyida? Seht, Allah hat Männer zu Männern gemacht und Frauen zu Frauen. Im Morgen- wie im Abendland. Ihr werdet das nicht ändern und ich auch nicht, aber Euch hat Allah gesegnet. Ihr habt die Liebe eines Fürsten errungen. So Gott will, werdet Ihr seinen Erben zur Welt bringen, und vielleicht wird Euer

Sohn eine Brücke schlagen zwischen Christen und Muslimen. Kann das falsch sein?«

Konstanze atmete tief durch.

»Aschhadu an la ilaha illa 'llahu wa-aschhadu anna Muhammadan rasulu 'llahi«, sagte sie fest. »Aber ich weiß, ich brauche zwei Zeugen. Muhammed al-Yafa, wollt Ihr morgen gemeinsam mit Malik mein Zeuge sein?«

Konstanzes letzte Zweifel schwanden, als ihr Schiff im Hafen von Palermo einfuhr und sie Malik dort warten sah. Der junge Sarazene saß aufrecht und gelassen auf einem lebhaften Schecken, sein üppiges schwarzes Haar, das er in den letzten Monaten nach Art der fränkischen Ritter hatte wachsen lassen, flog im Herbstwind. In seinen braunen Augen schienen goldene Partikel aufzuleuchten, als er Konstanze an der Reling erblickte. Sie erwartete, dass er sie lachend in die Arme zog, wie Armand es zweifellos mit Gisela getan hätte, aber der Prinz ließ sich in der Öffentlichkeit nicht so weit gehen. Stattdessen stieg er würdevoll vom Pferd und begrüßte zunächst Muhammed al-Yafa. Dann umarmte er Armand.

»Ich hörte von deinem Erbe, mein Freund! Und auch, wenn ich den Tod deines Bruders bedaure, so freue ich mich doch, dass du der Kaufmannschaft von Pisa gerade noch entwischt bist!«

Armand lachte. »Wir hätten womöglich mehr miteinander zu tun gehabt – jetzt, wo ihr den Handelsvertrag mit den Pisanern geschlossen habt. Meine Gattin könnte es gar bedauern, sie brennt darauf, deinen Harem einmal von innen zu sehen.«

Malik verbeugte sich. »Sie ist mir und meiner Gattin immer willkommen.«

Gisela traf nur ein flüchtiger Blick. Malik hatte sich lange beherrscht, aber jetzt verlor er sich in der Betrachtung von Konstanzes aufrechter Gestalt und ihren klaren tiefblauen Augen.

»Sayyida …«, sagte er sanft.

Konstanze sehnte sich danach, in seine Arme zu sinken, aber auch sie wahrte die Form. Eigentlich wollte sie sich nur verbeugen, aber dann hielt sie ihm doch die Hand entgegen. Malik beugte sich darüber und küsste sie voller Ehrfurcht.

»Ich werde dich in deinen Räumen besuchen«, flüsterte er, als er sich aufrichtete.

Konstanze lächelte hinter ihrem Schleier.

»Du hast ein hübsches Pferd!«, rief Armand Malik zu, während Konstanze darauf wartete, dass ihre Sänfte ausgeladen wurde. Gisela überwachte derweil selbst, wie Karl Smeralda an Land führte.

»Freut mich, dass er dir gefällt«, bemerkte der Prinz und reichte ihm die Zügel. »Er heißt Cantor, und er gehört dir, solange wir hier sind. Ich habe ihn für dich ausgesucht.« Er grinste und streichelte über Cantors geschecktes Fell. »Er ist auf jeden Fall unverwechselbar!«

Armand lächelte grimmig. Er hatte sich immer noch nicht ganz verziehen, dass es Giselas bedurft hatte, den vertauschten Braunen zu erkennen. »Ein Streithengst, Malik?«

Der Sarazene nickte. »Ja. Es wird Ritterspiele geben, und du willst doch sicher teilnehmen. Wobei nicht die Gefahr besteht, dass wir wieder zusammenstoßen. Ich habe mich bereit erklärt, dem Turnier an der Seite des Königs vorzustehen. Damit es nicht womöglich zum nächsten Kreuzzug kommt, weil sich ein christlicher Ritter von einem Heiden beleidigt fühlt.«

»Der künftige Kaiser des Heiligen Römischen Reiches scheint ein besonnener Mann zu sein.« Armand war sichtlich beeindruckt.

Malik nickte. »Ein hervorragender Mann!«, bestätigte er. »Noch sehr jung, aber außerordentlich klug. Er spricht mehrere Sprachen, versteht sich auf Strategie und Philosophie, wurde vielseitig erzogen – gut, dass der Papst ihn jetzt unterstützt, das muss man einmal anerkennen.«

»Wenngleich Seine Heiligkeit nichts anderes im Sinn haben dürfte, als ihn auf einen neuen Kreuzzug zu schicken«, brummte Armand. »Aber ihr scheint euch ja gut zu verstehen, vielleicht übt ihr euch also beide schon mal im Schachspiel.«

Der Legende nach war der Kampf um Jerusalem einst in einem Schachspiel zwischen Richard Löwenherz und Maliks Onkel Saladin entschieden worden.

Während die Freunde plauderten, führte Malik ihren kleinen Zug durch die Stadt, deren Architektur sich deutlich von allen anderen italienischen Städten abhob, die sie bisher gesehen hatten.

»Ich fühle mich hier ein bisschen wie zu Hause«, erklärte Malik und wies auf die arabisch anmutenden Häuser und Gärten. »Selbst eure Kirchen sehen aus wie Moscheen.«

Tatsächlich prangten rot gestrichene Kuppeln auf den meisten älteren Kirchen, es gab zierlich geschwungene Arkaden und Spitzbögen, anmutige Säulen, die sich zu Bogengängen formierten, Springbrunnen und Mosaiken.

Der Königspalast wirkte nach außen streng, aber schon der Eingang führte in einen traumhaft verspielten Innenhof.

»Die Normannen haben den Palast gebaut, aber die Baumeister müssen arabische Sklaven gewesen sein«, lächelte Malik. »Hier sieht es aus wie in meinem eigenen Land.«

Vor allem aber herrschte in den Innenhöfen des Palastes ein reges Treiben. Besucher trafen ein und wurden von Truchsessen begrüßt, andere Bedienstete wiesen den Neuankömmlingen Wohnungen zu.

Um Malik al-Kamil strichen gleich drei dienstbare Geister, und Konstanze und Gisela verfügten im Nu über prachtvolle Räume mit Ausblick in die Gärten.

Dimma fand ihre Herrin endlich standesgemäß untergebracht, Marlein und Gertrud wussten vor Aufregung nicht wohin.

»Und schau mal, was hier ist!«, rief Marlein hingerissen

und zeigte auf eine geöffnete Truhe, die alle möglichen Schätze zu enthalten schien.

»Dies schickt Euch der Prinz von Alexandria«, erklärte der Diener, der die Mädchen zu ihren Gemächern geführt hatte. »Ihr möchtet Euch daran erfreuen und ihn freundlich im Gedächtnis behalten, bis er wieder bei Euch sein kann.«

Konstanze dankte dem Mann, während ihre kleinen Kammerfrauen bereits neugierig auspackten. Die Truhe enthielt Schmuck und edelste Seidenstoffe. Dazu einen kleinen, golddurchwirkten Gebetsteppich und als Besonderheit einen Spiegel.

»Das ist Zauberei!«, flüsterte Gertrud andächtig, während sie in den kleinen Handspiegel blickte. »Er zeigt mein Bild – so klar, als stecke eine zweite Gertrud darin!«

Konstanze lachte. »Nein, es gibt nur eine Gertrud. Aber dies ist wahrhaft ein Wunder! Ich las, dass es in der Antike so etwas gegeben haben soll, aber ich konnte es mir nicht vorstellen.«

Tatsächlich blickten die Mädchen hier erstmalig in einen Spiegel aus Glas. Er reflektierte ihr Bild deutlich klarer als die Kupfer- oder Silberspiegel, die auch schon Kostbarkeiten darstellten. Marlein und Gertrud hatten sich bislang überhaupt nur im Wasser der Bergseen gespiegelt, die sie auf der Reise nun wirklich reichlich passiert hatten.

Aber so schön es war, Maliks Geschenke zu bewundern – Konstanze bebte doch vor Erregung, wenn sie an den Abend dachte. Die Ritter würden mit dem König speisen, aber danach würde Malik zu ihr kommen …

Konstanze breitete den kleinen Gebetsteppich vor dem Fenster nach Osten aus. Sie hatte den Wink verstanden, und sie war bereit.

»Wo bleibst du denn, Konstanze?«

Gisela stürmte aufgeregt und wunderhübsch hergerichtet von Dimma in Konstanzes Räume. Die alte Kammerfrau

schien allerdings die Ansicht Armands zu teilen: Wer sich nicht im Kreise der Ritter Eide geschworen hatte, der brauchte sich auch nicht zu kleiden wie eine verheiratete Frau.

Gisela trug ihr Haar also wieder offen, ein prachtvoller, blumengeschmückter Reif hielt die flirrenden Locken zurück. Der herbstlichen Kühle wurde ein apfelgrünes Samtkleid mit weiten, langen Ärmeln in dunklerem Grün gerecht.

»Bist du noch nicht angezogen? Meine Güte, Konstanze, dies ist ein Minnehof! Wir Frauen sind zum Bankett gebeten, berühmte Sänger werden auftreten, und die Speisen sind zweifellos erlesen. Die Königin Konstanze selbst hat uns eingeladen. Wir werden nah an ihrem Tisch sitzen – selbstverständlich bei den Mädchen, wir müssen das bald in Angriff nehmen mit dieser zweiten Hochzeit.«

Konstanze saß nach einem Besuch in den Bädern entspannt am Fenster ihres Gemachs. Gertrud bürstete ihr Haar, und sie träumte von ihrem Prinzen.

Jetzt schüttelte sie unsicher den Kopf. »Ich weiß nicht, wie … mein versprochener Gatte das aufnehmen würde. Im Morgenland nehmen die Frauen nicht an solchen Festlichkeiten teil, und …«

»Aber er ist noch nicht dein Gatte und du bist noch nicht, im Morgenland!«, erklärte Gisela resolut. »Du wirst bei den unverheirateten Mädchen der Frau Konstanze sitzen, und die wacht schon über deine Tugend, nur keine Angst! Über meine wird sie viel zu streng wachen. Ich bin mitten in den Frauengemächern untergebracht, da kommt Armand heute Nacht nie hinein. Du hast da Glück!«

Konstanze schaute verwirrt auf. Es stimmte, Giselas Räume lagen weit von den ihren entfernt, ihre dagegen grenzten an die Privaträume des Königs – die in diesen Tagen unter anderen zweifellos auch der Prinz von Alexandria bewohnte. Über Konstanzes Gesicht zog flammende Röte. Das also war Diskretion sarazenischer Art!

»Ich komme mit«, sagte sie entschlossen. »Aber ich werde mich verschleiern.«

Gisela lächelte. »Wenn du es für nötig hältst! Aber beeil dich. Oder warte, ich schicke dir Dimma. Bis Gertrud herausgefunden hat, wie man ein modisches Kleid auch nur öffnet, ist das Bankett vorbei!«

Kapitel 3

Der Ritter »Wolfram von Guntheim« war nicht an die Tafel des Königs geladen. Wenngleich er, wie auch die anderen Fahrenden Ritter, nicht klagen konnte. Auf dem Turnierplatz vor der Stadt, wo die Ritter ihre Zelte aufbauten, wurden kaum weniger prächtige Speisen aufgetragen als im Saal des Palastes. Hunderte von Hühnern und Schwänen brieten an Spießen, und an gewaltigen offenen Feuern röstete man ganze Ochsen. Suppen wurden in riesigen Töpfen gekocht, Köche rührten in Saucen, und Mundschenke rollten Fässer mit dem edelsten Wein zu den Garküchen.

Rupert gesellte sich heißhungrig zu den schmausenden Rittern, nachdem er sein schlichtes Zelt am Rande des Platzes errichtet hatte. Es war nicht mit den teilweise prunkvollen Aufbauten der anderen Ritter vergleichbar, die in farbiger Seide kleine Burgen mit Türmen und Wimpeln nachbildeten. Obwohl dekorativer als die Unterstände an Giselas Hof, war es doch eine bescheidene Bleibe. Rupert hatte es von dem ersten Gewinn erstanden, den er sich als Ritter verdient hatte. Viel war das nicht gewesen.

»Wolfram« hatte sich zunächst zurückgehalten und sich nur im Buhurt, nicht im einträglicheren Tjost, mit anderen Rittern gemessen. Bei diesem Wettkampf traten zwei so genannte Heere gegeneinander an, die sich vorher formierten. Die Schlacht begann im Allgemeinen damit, dass man regelgerecht gegeneinander anritt, aber sie konnte anschließend in eine ziemliche Rauferei ausarten. Rupert fühlte sich hier sicherer als beim Zweikampf vor den Ehrenbaldachinen, wo den meist hochadeligen Richtern kein Formfehler entging.

Doch je weiter sich der selbst ernannte Ritter Wolfram von Pisa entfernte, je mehr Turniere er besuchte und je mehr Anerkennung unter den Rittern er sich erfocht, desto mutiger wurde er.

Schließlich wagte er sich tatsächlich an den Tjost heran und war überglücklich, als er gleich seine ersten drei Zweikämpfe gewann. Bei dem kleinen Turnier in der Maremma schied er erst aus, als nur noch zehn Teilnehmer übrig waren, und die Herrin des Hofes belohnte den schneidigen jungen Ritter mit einer Silberkette. Dazu kamen die Rüstungen und Pferde der Gegner, die traditionell in den Besitz des Siegers übergingen und die sie anschließend auslösen mussten – Rupert fühlte sich reich!

Überhaupt gefiel ihm das Leben als Fahrender Ritter – er fühlte sich wohl in der Gesellschaft der anderen, die oft ebensolche Haudegen waren wie er. Natürlich gab es auch die wohlerzogenen, im Schwertkampf wie im Lautenspiel und in der Dichtkunst versierten Troubadoure. Fahrende Ritter, die aber dennoch an der Hofetikette festhielten und mit ziemlichem Dünkel auf Kämpfer wie Rupert herabsahen. Sie gelangten viel eher an eine Einladung an die Tafel von Herzögen und Königen – aber an kleineren Höfen fanden auch Rupert und seine neuen Freunde Aufnahme in der Halle des Burgherrn.

Oft genug schlief er unter prachtvollen Kreuzgewölben und zwischen mit Wandteppichen und Schilden geschmückten Wänden seinen Rausch aus – wobei er bald merkte, dass man sich vor den Kämpfen besser mit dem Trinken zurückhielt! Auf kleineren Wettbewerben war Nüchternheit schon der halbe Sieg, und so gelang es dem »Ritter Wolfram« binnen weniger Wochen, sich einen ersten Namen als Turnierkämpfer zu machen.

Und nun also Palermo! Natürlich verspürte Rupert ein wenig Angst, aber im Grunde traf er hier auf die gleichen Zechkumpane wie auf anderen Treffen.

»Nein, nein, mein Freund, das scheint nur so!« Tankred von Bajou, ein wuchtiger Kämpe und starker Trinker, lachte, als Rupert diese Annahme äußerte. »Die feinen Herren zechen hier nicht mit uns unter freiem Himmel! Die sitzen im Palast an der Tafel des Königs, und glaub mir, da sind Ritter darunter, gegen die ich nicht in die Schranken reiten wollte! Du und ich, mein Freund, wir können uns hier satt essen, und mit sehr viel Glück schlagen wir uns so gut, dass das Auge eines der Fürsten auf uns fällt, sodass sie uns auf ihre Burg bitten. Aber siegen wirst du hier nicht, Wolfram!«

Die meisten Fahrenden meldeten sich denn auch nur zum Buhurt, nicht zum Tjost. Schließlich mochten sie ihres Pferdes und ihrer Rüstung nicht gleich beim ersten Zweikampf verlustig gehen – viele hatten kaum genügend Reserven, um diese lebenswichtige Ausrüstung dann wieder auszulösen. Und die Ritter, denen man imponieren wollte, würden auch nicht beim Zweikampf der Drittklassigen zusehen, sondern sich für ihren eigenen Auftritt wappnen. Beim Buhurt dagegen konnte man sich der vielversprechendsten Partei zugesellen. Meist fungierte ein verdienter Ritter als Heerführer, und wenn der sich über einen Sieg richtig freute, nahm er schon mal die Hälfte seiner Mitstreiter in sein Gefolge auf.

Rupert blieb vorerst unentschlossen. Er hatte genug gespart, um sich ein oder zwei Niederlagen leisten zu können, aber Tankreds Argumente waren natürlich auch nicht von der Hand zu weisen. Er kannte den französischen Ritter als rechten Rohling. Wenn Tankred einen Kampf scheute, dann hatte er seine Gründe.

Am besten sah man sich die Sache am nächsten Tag erst einmal an – und widmete sich vorerst dem exzellenten Essen! Rupert ließ sich noch eine Scheibe Ochsenfleisch auf die gewaltige Brotscheibe geben, die ihm als Teller diente. Er leckte sich die Sauce von den Fingern, vermischte den Wein aber mit Wasser. Wer wusste es schon? Vielleicht schlug ja schon am kommenden Tag seine große Stunde! Wenn er diesem König

Friedrich imponierte, nahm er ihn möglicherweise mit nach Rom oder wohin er sonst wollte. Oder er gab ihm gleich hier ein Lehen. Der kleine König Heinrich – das Kind, dessen Krönung man hier feierte, brauchte schließlich ergebene Ritter. Auf die Dauer würde der Ritter Wolfram es bestimmt zu einem Lehen bringen – und dann würde er auf die Einhaltung des Vertrages pochen, den er sorgsam in seiner Satteltasche verwahrte: des Ehevertrages des Bärbachers mit dem Guntheimer. Das Papier, das ihm Gisela versprach …

»Nanu, wer bist du denn?«

Gisela fing den kleinen Jungen auf, der eben von einer Säule zur anderen sauste und sich dahinter zu verbergen versuchte. Im Innenhof des Palastes war immer noch viel los, Gisela und Konstanze mussten sich ihren Weg durch Gepäck und aufgeregte Diener bahnen, um in den Saal des Königs zu kommen. Dabei waren sie ohnehin zu spät, schließlich konnte auch Dimma keine Wunder wirken. Sie brauchte ihre Zeit, um Konstanze in ein enges meerblaues Kleid zu helfen, und schimpfte, als das Mädchen dann darauf bestand, die ganze Pracht unter einem Schleier zu verstecken. Immerhin fand sich ein Umhang aus venezianischer Spitze, der Konstanzes Schönheit eher unterstrich als verbarg. Und nun, da sie endlich unterwegs waren, stolperte Gisela mal wieder über ein verlorenes Kind.

»Ich bin Enrico, und ich spiele Verstecken!«, erklärte der Kleine ernst.

Gisela musterte die zierliche Gestalt in dem kostbaren Brokatkleid. Zweifellos ein Kind von Adel, wahrscheinlich wurde es schon vermisst.

»Vor wem versteckst du dich denn?«, wollte sie wissen.

»Vor Don Guillermo! Und vor meiner Mutter. Sie wollen, dass ich so einen ekligen alten Mann küsse. Der ist aber ganz verknautscht und riecht schlecht, und sein Kleid ist voller Blut!«

Der Kleine schüttelte sich vor Widerwillen. Konstanze richtete den goldenen Reif, der seine langen braunen Locken krönte.

Gisela runzelte die Stirn und hockte sich neben den Jungen. »Ach, das kann nicht sein, Enrico. Da hast du irgendetwas falsch verstanden.« Enrico schüttelte trotzig den Kopf, und Gisela nahm ihn tröstend in den Arm. »Schau, heute Abend sind alle schön angezogen und gewaschen, da kommt bestimmt keiner in blutiger Kleidung.«

»Doch! Guck, da ist noch einer!« Enrico wies triumphierend auf einen kleinen, gedrungenen Mann in blutroter Soutane, der eben mit einem Gefolge schwarz gewandeter Priester den Innenhof betrat. Dann suchte er Schutz in Giselas Röcken.

Konstanze und Gisela unterdrückten ein Lachen.

»Du, den wollte ich auch nicht küssen!«, vertraute sie dem Kleinen an. »Aber wir werden da leider nicht immer gefragt. Weißt du was? Ich musste mal einen küssen, der wie ein fetter, schleimiger Frosch aussah!«

Enrico betrachtete sie mit neuem Respekt. »Wirklich? Bei mir ist es ja meistens so, dass sie mich küssen. Nur die Hand, aber manche sabbern dabei.«

Konstanze dachte inzwischen weiter und hielt es schließlich für sinnvoll, den Gedankenaustausch der beiden zu unterbrechen.

»Gisela, wir sollten den Kleinen schleunigst zurückbringen. Kardinäle lassen sich nicht von irgendeinem beliebigen Kind küssen und erst recht küssen sie es nicht wieder. Der hier …«

»Dich würde ich gern küssen!«, erklärte Enrico derweil und betrachtete wohlgefällig Giselas hübsches Gesicht und ihr lockiges Haar. »Bald muss ich womöglich heiraten. Würdest du mich vielleicht …«

Gisela setzte zu einem Vortrag darüber an, warum dies nicht möglich sei, aber Konstanze wurde jetzt dringlicher.

»Gisela, überleg dir gut, wessen Antrag du da gerade ausschlägst!«, zischte sie der Freundin zu. »›Enrico‹ heißt ›Heinrich‹ …«

»Oh!« Gisela wurde schlagartig ernst, bemühte sich jedoch, den Kleinen nicht zu verschrecken. »Pass auf, Enrico, wir reden später darüber. Aber ich glaube, du musst jetzt wirklich ein paar Frösche küssen. Hat dir schon mal jemand von dem Mädchen erzählt, das einen Frosch küsste und dann …«

»Gisela erzählt dir das Märchen heute Abend«, versprach Konstanze eilig. »Wenn deine Mutter es erlaubt. Aber das tut sie nur, wenn du jetzt ein braver Junge bist und zurück zu Don Guillermo gehst oder zu wem auch immer. Wo bist du ihm denn weggelaufen, Enrico?«

Der Kleine ließ sich schließlich dazu überreden, an Giselas Hand über den Innenhof zu gehen. Er lief zum Saal der Winde, einem Atrium, über das man zu den Privatgemächern des Königs gelangte. Eine schlanke, dunkelhaarige Frau in golddurchwirkten Gewändern begrüßte hier eben eine Abordnung des Papstes – zwei Kardinäle und diverse Prälaten. Die Dame küsste höflich die Ringe der Herren, wirkte dabei aber ziemlich nervös.

Gisela lächelte ihr zu, knickste geziert vor ihrem kleinen Freund und schob ihn auf seine Mutter zu. »Also los, Majestät, waltet Eures Amtes. Ein König drückt sich nicht vor seinen Pflichten!«

Der kleine Heinrich seufzte. Dann schritt er artig auf den ersten Kirchenfürsten zu.

Gisela und Konstanze verbeugten sich ehrfürchtig in Richtung der Königin. Konstanze erkannte den Franziskanerbruder Bernhard im Gefolge der Kardinäle.

»Hast du die Minoriten gesehen?«, fragte sie Gisela, nachdem sie aus dem Audienzsaal geflohen waren. »Für die ist der Kinderkreuzzug zweifellos beendet. Und Bruder Bernhard steigt auf in der Hierarchie des Lateran. Ob er wohl noch lange Frieden und Armut predigt?«

Die Mädchen hielten ihr kleines Abenteuer für beendet und eilten nun endlich dem großen Saal zu, in dem eine Hofdame sie in Empfang nahm und zu den Tischen führte, die den Mädchen der Königin vorbehalten blieben. Gisela fand sofort Anschluss. Zwischen den etwa gleichaltrigen kleinen Edelfräulein fiel sie kaum auf, und auch Konstanze wurde freundlich aufgenommen. Sie schaute sich allerdings nur nervös nach Malik um. Inzwischen fand sie es keine gute Idee mehr, an diesem Bankett teilzunehmen. Sicher hielt er sie für wankelmütig, wenn sie einerseits versprach, den Islam anzunehmen, und andererseits abendländischen Sitten frönte.

Malik nahm ihr allerdings nichts übel. Im Gegenteil, in seinen Augen gingen schon wieder die goldenen Lichter auf, als er endlich gemeinsam mit dem Königspaar eintrat und Konstanze zwischen den Mädchen sitzen sah. Konstanze schenkte ihm ein Lächeln unter ihrem Schleier. Sie durfte sich keine solchen Sorgen machen. Der Koran verbot nichts von dem, was sie hier tat – und der Harem war eine persische Erfindung, der dem Wohlergehen der Frauen diente, nicht ihrer Gefangennahme. Konstanze rief sich die lange Schiffsfahrt mit Muhammed al-Yafa wieder ins Gedächtnis. Es gab nichts, was sie fürchten musste.

Aufatmend ließ sie zu, dass man ihr den Teller mit Geflügelfleisch füllte. Zu den ersten aufgetragenen Gerichten gehörten prunkvoll geschmückte Pfauen und Fasanen, außerdem gekochte und gebratene Fische, mit einer feinen Gold- und Silberschicht überzogen, um die Speisen glänzen zu lassen.

Am erhöhten Tisch der gekrönten Häupter schien man das alles weniger zu schätzen zu wissen. Enrico, der kleine König, verhielt sich nicht gerade wie eine Majestät. Dabei musste er dem Bankett vorsitzen. Er war am Morgen gekrönt worden. Gisela und Konstanze hatten die Zeremonie knapp verpasst.

Schließlich rief die Königin einen Pagen heran, sprach kurz mit ihm und schickte ihn hinunter zum Tisch der Mädchen. Der Kleine verbeugte sich ehrfürchtig vor Gisela.

»Herrin … die allergnädigste Majestät König Heinrich weiß Euren Namen nicht, aber er bittet Euch doch, sich zu ihm zu gesellen und den Teller mit ihm zu teilen.«

Gisela sandte einen verwirrten Blick aufs Podium, wo die Königin sie fast entschuldigend ansah und diskret auf den schmollenden Kleinen neben sich deutete.

Gisela erhob sich errötend – und musste dann lächeln, als sie daran dachte, wie ihr Vater sie Monate zuvor auf den Hochsitz gebeten hatte, um den Teller mit Odwin von Guntheim zu teilen. Ob es ihr wohl irgendwann gelingen würde, mit einem altersmäßig passenden Ritter einem Bankett vorzusitzen?

Die Königin lächelte ihr zu, als sie erneut ernst vor dem kleinen König knickste und ihm für die Einladung dankte. Heinrich wies das mit einer majestätisch anmutenden Bewegung seiner winzigen Hände zurück und rutschte etwas zur Seite, um ihr Platz auf seiner mit Kissen gepolsterten Sitzbank zu machen.

»Du darfst von meinem Teller essen«, verkündete er würdevoll. »Aber dann musst du die Geschichte erzählen.«

»Ihr habt das Herz meines Sohnes im Sturm erobert!«, lächelte die Königin, als Heinrich schließlich zufrieden kaute, während ihr Gatte sich geistreich mit Malik unterhielt. »Ich bin Euch so dankbar, dass Ihr ihn zurückgebracht habt, sein Erzieher suchte bereits im ganzen Haus – aber er ist nicht so gut darin, Verstecken zu spielen. Und ich musste die Kardinäle begrüßen und noch eine ganze Reihe anderer Würdenträger. Ihr habt eine geschickte Hand fur Kinder. Wer seid Ihr? Ich bin sicher, ich habe Euch eingeladen, aber …«

»Morgen beim Turnier haben wir einen Platz unter dem Ehrenbaldachin!«, verkündete Gisela strahlend, als sie spater mit Konstanze zu den Frauengemächern ging. »Du natürlich sowieso. Aber ich werde ganz offiziell König Heinrich begleiten. Als seine Ehrendame! Er ist wirklich niedlich, Konstanze. Aber ganz schön ungehorsam. Einen der Franziskaner, diesen schrecklichen Bruder Bernhard, hat er vorhin gebissen!«

In Konstanze weckte allein die Erwähnung des Minoriten böse Erinnerungen, und erst recht der Gedanke, dass man den Mann ein Kind berühren ließ. Nun konnte der kleine Heinrich sich ja wehren. Aber was war, wenn der widerliche Mönch eines Tages für das Amt des Erziehers eines Edelknaben ausersehen wurde?

Die Gedanken an Magdalenas Peiniger überschatteten Konstanzes Wiedersehen mit Malik, der sie kurz darauf wie versprochen in ihren Räumen aufsuchte. Allerdings hatte der Besuch nichts von den Heimlichkeiten ihres letzten Treffens in Florenz. Malik kam in Begleitung Muhammed al-Yafas.

Der verbeugte sich zunächst wieder. »Verzeiht, Sayyida, ich möchte Euer Zusammensein mit Eurem Herrn nicht stören. Aber Ihr selbst habt mich gebeten, Euer Zeuge zu sein, und ich habe mir erlaubt, meinem Herrn zu bedenken zu geben, dass … dass … also …«

Zu Maliks Erheiterung wurde der alte Kaufmann rot. »… dass es dich möglicherweise entehrt, falls wir heute Nacht noch unsere Ehe vollziehen, bevor sie richtig geschlossen ist. Schließen lässt sie sich natürlich leicht, aber vorher ist noch diese Zeremonie zu vollziehen. Du musst dich zum Islam bekennen, Konstanze. Willst du immer noch?«

Konstanze nickte. Wenn sie Malik vor sich sah, so schön und freundlich, sein edles Gesicht beseelt von der Liebe zu ihr, wollte sie ohnehin nur noch ihn. Aber sie durfte auch nicht alles vergessen, was hinter ihr lag. Und vielleicht konnte sie doch noch etwas tun für all die verlorenen Kinder.

»Malik, ich habe hier wieder einen dieser Minoriten gesehen«, wechselte sie das Thema, »was mir die Kinder im Heiligen Land erneut ins Gedächtnis rief. Muhammed al-Yafa – wisst Ihr etwas über zwei Schiffe mit Heranwachsenden aus Pisa, die nach Akkon segeln wollten?«

Der Vertraute des Sultans nickte, aber seine Miene verriet nichts Gutes. »Ja, Sayyida, leider. Eines der Schiffe ist vor Zypern gekentert. Die meisten Kinder sind ertrunken. Das andere erreichte Akkon. Was dort geschah, müsst Ihr die Christen fragen, ich persönlich verstehe nicht, warum man die Kinder nicht zurückgehalten hat. Aber sie marschierten geradewegs in Richtung Jerusalem – und stießen gleich hinter der Grenze auf Truppen al-Adils. Es tut mir leid, Sayyida, aber das Kinderheer wurde aufgerieben. Mein Herr lässt die Sache untersuchen, aber man darf davon ausgehen, dass die Männer provoziert wurden. Wahrscheinlich ein paar Hitzköpfe auf beiden Seiten. Die Überlebenden werden als Sklaven verkauft.«

Konstanze verbarg das Gesicht hinter ihren Händen. Aber dann schien sie zu einem Entschluss zu kommen.

»Du musst sie kaufen, Malik! Du nennst Allah den Erbarmer, aber du lässt zu, dass seine Diener unschuldige Kinder versklaven!«

Malik zog eine Augenbraue hoch. »Habe ich etwas verpasst?«, erkundigte er sich. »Hat der Papst den Sklavenhandel verboten?«

Konstanze schüttelte wild den Kopf. »Nein, hat er nicht, und gleich kommst du mir auch noch mit den christlichen Gaunern, die Stephan auf ihre Galeeren gelockt haben. Aber du willst mir doch gerade einreden, bei euch sei alles besser! Also zeig deinen guten Willen, werde zum Werkzeug Allahs und rette diese Kinder!«

Malik wandte sich hilflos an Muhammed al-Yafa. »Wie viele sind es denn?«, erkundigte er sich.

Der Kaufmann zuckte die Schultern. »An die zweihundert«, vermutete er.

Malik nickte kurz entschlossen. »Gut. Zweihundert oder dreihundert – dein Wunsch ist Befehl in meinem Land, Konstanze. Mir und allen anderen. Wenn du bitte den Auftrag der Sayyida annehmen würdest, Muhammed. Begib dich mit dem nächsten Schiff nach Alexandria und erwirb die nach dieser Schlacht gefangen genommenen Sklaven. Wenn sie bereits verkauft sind, treib sie auf und handle sie den Besitzern wieder ab.«

Konstanze atmete auf.

Muhammed al-Yafa verbeugte sich, diesmal aber etwas widerstrebend.

»Und was … machen wir dann mit ihnen, mein Prinz? Wir können sie nicht einfach freilassen. Dann verhungern sie entweder, oder sie stürzen dem nächsten Heer in die Schwerter.«

Malik warf Konstanze einen fragenden Blick zu.

Das Mädchen biss sich auf die Lippen. »Vielleicht … geben wir sie diesem Franziskus! Der sollte doch nun auch irgendwann eintreffen. Soll er sehen, wie er sie zurück nach Pisa bringt oder was er sonst mit ihnen macht. Und bis dahin … bis dahin müssen wir sie eben durchbringen. Oder gibt das die Staatskasse nicht her?«

Muhammed al-Yafa stöhnte kaum hörbar. »Ich glaube, ich muss meine Aussage von neulich revidieren«, brummte er. »Manchmal kommt eine Gemahlin teurer als drei … Aber gut, Sayyida. Bevor Ihr noch weitere Bedingungen daran knüpft: Möchtet Ihr, dass wir Euer Glaubensbekenntnis jetzt bezeugen?«

Malik hatte einen kostbaren Gebetsteppich in Konstanzes Räume bringen lassen, und sie ließ sich jetzt darauf nieder, um die rituellen Worte zu sprechen. Sie rezitierte fest und ohne sich zu verhaspeln. Der Gedanke an die geretteten Kinder gab ihr zusätzlich Sicherheit. Gott würde sie nicht verdammen!

»Wenn Ihr möchtet, könnt Ihr Euch jetzt einen islamischen Namen wählen«, bemerkte Muhammed al-Yafa, nachdem die kurze Zeremonie beendet war. »Viele Konvertiten tun das zum Zeichen ihres Neuanfangs. Wie wäre es zum Beispiel mit Aisha – das war die Lieblingsfrau des Propheten?«

Konstanze schüttelte den Kopf. »Eigentlich gefällt mir

mein Name. Aber wenn überhaupt, so wähle ich Chadidscha.«

»Die erste Frau des Propheten«, sagte Malik wohlgefällig.

Konstanze sah ihn ernst an. »Bis zu ihrem Tod war sie die einzige Frau des Propheten.«

Der Prinz lachte und schloss sie in die Arme.

»Konstanze – Chadidscha –, du sollst meine einzige Gattin sein, solange wir beide leben!«

Kapitel 4

Konstanze verließ ihr Paradies nur ungern, um am Morgen den Ritterspielen beizuwohnen. Gemeinsam mit Malik verbeugte sie sich bei Sonnenaufgang auf ihrem neuen Gebetsteppich gen Mekka und verrichtete ihr erstes Morgengebet.

»Hoffentlich wird sich die Königin nicht ärgern, wenn ich nicht zur Morgenmesse erscheine«, sorgte sich Konstanze, als sie aufstand.

Malik schüttelte den Kopf. »Die Königin weiß, dass du zu mir gehörst.«

Konstanze fuhr auf. Ihre Befürchtungen vom Vortag bestätigten sich. Man hatte ihr die Zimmer neben dem Prinzen ganz gezielt zugewiesen. »Sie weiß … was? Und wofür hält sie mich? Für deine Kurtisane? Schließlich haben wir nicht … also wir haben uns keine Eide geschworen …« Sie hielt inne.

»Haben wir nicht?«, lächelte Malik. »Ich meine mich da an einige Schwüre zu erinnern.«

»Aber nicht … nicht offiziell. Nicht im Kreis der Ritter!«

Malik streichelte über ihr Haar und stupste dann sanft an ihre Nase.

»So misstraust du also deinem Gatten?«, fragte er gespielt vorwurfsvoll. »Brauchst du Zeugen für meine Schwüre?«

»Nein … natürlich nicht.« Konstanze wand sich. »Aber … aber gibt es denn sonst gar nichts? Feiert man keine Hochzeit im Morgenland? Gibt man sich kein Jawort oder einen Kuss oder …?«

»Küsse hast du doch wohl schon genug bekommen!« Malik lächelte und gab ihr gleich noch einen. »Und natürlich feiert man Hochzeiten. Aber die Feier ist nicht entscheidend. Entscheidend ist ein Vertrag, den die Eheleute akzeptieren.«

Konstanze runzelte die Stirn. »Und warum habe ich dann noch keinen unterschrieben?«

»Weil du es ja nicht abwarten konntest, Muhammed al-Yafa in die Wüste zu schicken, um ein paar versklavte Kinder einzusammeln! Ich hatte ihn gebeten, den Ehevertrag heute Nacht aufzusetzen. Aber stattdessen sitzt er jetzt wohl schon an Bord einer Barkasse nach Messina.« Malik hob Verständnis heischend die Arme.

Konstanze schmiegte sich an ihn. »Die Kinder sind wichtiger. Der Vertrag kann warten. Aber die Königin … es ist mir unangenehm.«

Malik schüttelte den Kopf. »Der König kennt unsere Bräuche, er wird seine Gattin darüber aufgeklärt haben. Von heute an, da kannst du sicher sein, meine Chadidscha, wird man dich an diesem Hofe behandeln wie das, was du bist. Meine Königin.«

Schon beim Blick auf den Abreiteplatz wurde Rupert klar, dass sein Freund Tankred nicht übertrieben hatte. Das Aufgebot am Königshof von Palermo war nicht mit den Provinzturnieren zu vergleichen, in denen »Wolfram« sich bislang so tapfer schlug. Die Ritter trugen wertvollste Rüstungen, geschmückt mit Ornamenten, die Tiere und Kampfszenen zeigten. Sie wurden in den Stahl eingeätzt und oft mit Gold ausgelegt, was die Arbeit des Harnischfegers natürlich verteuerte. Kampfestauglicher machte der Schmuck die Rüstungen allerdings nicht. Im Gegenteil, an glatten Rüstungen glitt die Lanze eher ab.

Die Stutzer in ihrem goldenen Staat waren auch sicher nicht die gefährlichsten Gegner bei diesem Treffen. Die stellten wohl eher die ernsthaften, streng in den ritterlichen Tugenden verhafteten Kämpfer dar, die Maße demonstrierten, indem sie schlichte Rüstungen, dafür aber schön verzierte

Schwertscheiden trugen. Auch die Schwerter selbst waren oft erlesene Kostbarkeiten. Rupert bewunderte einen Ritter, in dessen Schwertgriff ein glitzernder Rubin eingelegt war. Wenn es ihm nur einmal gelang, solch ein Schwert zu erbeuten! Sicher würde er dem Verlierer nicht erlauben, es auszulösen. Er würde es an seine Kinder und Kindeskinder weitervererben – oder die Wand seiner Halle damit schmücken, wenn er seine Schlachten geschlagen und sein Lehen erworben hatte.

Rupert erlaubte sich einen kurzen Traum, in dem Gisela einer Schar kleiner Söhne von den Heldentaten ihres Vaters erzählte. Man gab solchen Schwertern auch gern einen Namen. An den Lagerfeuern während des Kreuzzugs hatte Gisela den Kindern von Excalibur, dem Schwert des König Artus, erzählt. Rupert schlenderte über den Turnierplatz und dachte über einen Namen für sein Schwert nach.

Prachtvoll zeigten sich auch die Pferde der reichen Turnierteilnehmer. Ihre Rüstungen waren fast ebenso aufwendig gestaltet wie die ihrer Herren, obwohl die Tiere selbst meist so schön waren, dass sie keines zusätzlichen Schmuckes bedurften. Rupert fiel ein Schecke auf, den ein Junge auf dem Platz herumführte. Das Pferd trug nur eine schlichte Schabracke, als habe man rasch etwas in den Farben des Ritters zusammengeschneidert, aber es war ein erlesenes Tier. Und sein Pfleger kam Rupert bekannt vor.

Zu schade, dass er noch keine Rüstung trug und das Visier schließen konnte, so musste Rupert sich unauffällig nähern. Aber der Knappe hatte ohnehin genug mit dem lebhaften Pferd zu tun, um besonders auf seine Umgebung zu achten. Er arbeitete sicher noch nicht lange mit Streitrossen, und so war sein Versagen kein Wunder. Rupert selbst hätte den Hengst ganz anders in die Schranken gewiesen.

Zu seiner Verblüffung erkannte Rupert den Sachsen Karl, einen der Kohortenführer aus Armands Heer. Armand hatte in den letzten Wochen des Kreuzzugs ständig mit ihm zusammengesteckt. Und nun betreute der Junge hier einen Streithengst?

Ruperts erster Impuls war, sich zu verstecken. Wenn Karl hier war, war womöglich auch Armand de Landes nicht weit. Es war sicher sinnvoll, zunächst Erkundigungen einzuziehen – und den Turnierplatz im Zweifelsfall so rasch wie möglich zu verlassen.

Vorerst durften er und Armand auf keinen Fall zusammentreffen. Er musste dem Ritter aus dem Weg gehen. Rupert seufzte, wenn er bedachte, wie viel schwieriger sein Leben dadurch werden würde. Aber er hatte natürlich damit gerechnet: Jetzt, nachdem der Kreuzzug sich aufgelöst hatte, war Armand ein Fahrender Ritter, genau wie er selbst. Auch er brauchte ein Lehen, um Gisela heiraten zu können. Die Frage war jetzt, wer es zuerst erstritt!

Rupert beobachtete Karl und den Hengst noch eine Weile, aber als kein Ritter erschien, gab er es auf und wandte sich an einen der anderen Ritter, der sich eben am Stand eines Harnischfegers über die defekten Scharniere an seinen Beinschienen ausließ. Rund um den Turnierplatz hielten viele Handwerker und fliegende Händler ihre Waren feil und boten ihre Dienste an.

»Verzeiht, Herr!«, sprach er den Ritter an, freundlich, aber selbstbewusst, obwohl der blonde junge Mann in seinem wertvollen Wappenrock sicher zu den reicheren Turnierteilnehmern zählte. »Ich bewundere diesen Scheckhengst dort drüben. Wen muss ich wohl im Tjost besiegen, um den zu erbeuten?« Rupert lachte verschwörerisch.

Der Ritter erwiderte das Lachen. »Ihr versteht Euch zumindest auf Pferde!«, lobte er Rupert wie zu einem Gleichrangigen sprechend. »Aber um den Ritter zu besiegen, solltet Ihr große Erfahrung im Tjost mitbringen. Der Hengst ist aus den Ställen des Königs, er stellt ihn nur einem geehrten Gast zur Verfügung. Dem Armand de Landes, ich glaube ein Ritter aus dem Heiligen Land. Er hat große Besitzungen in Outremer.«

Rupert runzelte gespielt verwundert die Stirn. »De Landes? Aber ist das nicht ein Fahrender Ritter? Ein jüngerer Sohn?«

Der Blonde nickte. »Ja, schon, deshalb kennt man ihn ja. Er hat früher auf ein paar Turnieren gekämpft. Aber nun ist wohl sein Bruder gestorben. Auf jeden Fall ist er der Erbe, und der König hofiert ihn. Der will schließlich eine gute Beziehung zu Jean de Brienne, und die de Landes gehören zu dessen Beraterstab. Falls Ihr es Euch also zutraut: Fordert ihn, und erbeutet ein Pferd des Königs. Aber einfach wird das nicht!«

Es gab zudem kaum etwas Dümmeres, was »Wolfram von Guntheim« tun könnte! Dennoch überschlugen sich Ruperts Gedanken. Er dankte dem Blonden kurz und überließ ihn wieder seinen Verhandlungen mit dem Waffenschmied.

Bebend vor unterdrücktem Zorn auf Armand und das Schicksal, das den jungen Ritter schon wieder begünstigte, zog er sich in sein Zelt zurück. Er würde all seine Pläne ändern müssen! Bislang hatte er Zeit gehabt, bislang war es ein halbwegs fairer Wettstreit gewesen zwischen ihm und Armand – auch und gerade weil Letzterer nichts davon wusste! Aber jetzt war der Ritter auf dem Weg ins Heilige Land. Er konnte Gisela jederzeit zur Frau nehmen, wenn er es nicht schon getan hatte. Rupert würde das als Erstes herausfinden müssen. Und dann … es half nichts, er musste das Risiko eingehen! Wenn Rupert das Mädchen gewinnen wollte, musste Armand sterben, und ein Unfall würde sich nicht noch einmal arrangieren lassen. Zumindest kein Unfall in der Stadt oder auf dem Abreiteplatz. Höchstens im Kampf! Rupert wappnete sich für den Buhurt.

Gisela hatte Spaß am Wettkampf der Ritter. Sie steckte nicht nur den kleinen König damit an, sondern auch dessen Mutter und ihre Hofdamen. Sie erklärte Heinrich anschaulich, worauf sowohl die Reiter als auch der richtende Herold und

die Turnierleitung beim Tjost zu achten hatten, und ließ den Kleinen spielerisch den Start freigeben, wie sein Vater weiter unten auf der Tribüne es tat.

»Schaut, beide Ritter sehen auf den König. Er erlaubt ihnen, anzugaloppieren, indem er die Hand hebt. Aber erst dann, wenn beide Pferde mit allen vier Hufen auf der Erde stehen. Das ist nicht leicht, seht Ihr, Majestät, diese Pferde sind aufgeregt, sie wollen davonstürmen. Und wie schwierig es für den König ist, richtig zu entscheiden! Aber schaut hin, die Herolde helfen ihm dabei.«

»Ich habe das ehrlich gesagt heute zum ersten Mal ganz verstanden«, gestand die Königin. Sie war als Prinzessin von Aragon sehr behütet aufgewachsen und hatte wohl auch in erster Ehe mit dem früh verstorbenen König von Ungarn nur wenigen Ritterspielen beigewohnt. »Von jetzt an werde ich es mit viel größerem Interesse verfolgen. Vielen Dank, Fräulein Gisela!«

Gisela unternahm daraufhin noch größere Anstrengungen, ihr Wissen weiterzugeben, aber auf die Dauer begann der kleine König, sich zu langweilen. Gisela versuchte, ihn mit Hilfe von Konstanzes neuem Spiegel aus Glas abzulenken. Konstanze hatte das kleine Wunderding mit auf die Tribüne gebracht, damit auch Gisela sich darin bewundern konnte. Enrico zeigte sich begeistert, gebrauchte das Spielzeug aber nicht, um sich darin anzusehen, sondern fing das Sonnenlicht darin ein und freute sich an den so erzeugten Lichtreflexen.

»Guck mal, ich mache Zauberlichter!«, erklärte er seiner Mutter beigeistert.

Konstanze überlegte, wie viele Wunder sich mit solchen Tricks vielleicht erklären ließen. Allerdings langweilte sie sich bei den Ritterspielen wie schon in Rivalta. Die Techniken, einander gegenseitig vom Pferd zu werfen, waren ihr völlig gleichgültig, und sie versuchte stattdessen, ein paar Worte der Unterhaltung zwischen Malik und dem König aufzuschnappen. Die beiden sprachen arabisch, aber die Mühe lohnte sich kaum: Auch hier ging es nur um Pferde.

Immerhin wurde es gegen Mittag interessanter, als Armand das erste Mal in die Schranken ritt. Er kämpfte gegen einen noch sehr jungen französischen Ritter, dem er klar überlegen war.

Gisela erklärte, der Junge habe Potenzial, und auch Armand dankte ihm herzlich für den guten Kampf und lud ihn ein, sich neben ihm vor dem König zu verbeugen. Der junge Mann tat dies mit hochrotem Kopf. Er verließ das Turnier zwar geschlagen, aber voller Stolz. Armands zweiter Gegner, ein kräftiger Ritter aus Norditalien, machte es ihm nicht ganz so einfach. Er brachte ihn erst beim dritten Tjost aus dem Sattel, und auch beim anschließenden Schwertkampf brauchte Armand all seine Kampfeskunst, um den anderen schließlich zu entwaffnen.

Weitere Ritter in schier endloser Reihe schlugen sich, und dann trat Giselas Ritter ein drittes Mal an. Sie bemerkte befriedigt, dass er nicht nur ihr Zeichen immer noch an der Lanze trug – »Es bringt bestimmt Unglück, wenn er es verliert!« –, sondern auch noch nicht ermüdet wirkte.

Armands dritter Gegner erwies sich als ebenbürtig. Aragis de Montspan war noch jung, aber bereits weit gereist und genoss einen Ruf als untadeliger Ritter und begabter Troubadour. Er hatte am Vortag an der Tafel des Königs gesungen, und die jungen Hofdamen wetteiferten darum, ihm ihr Zeichen zuzustecken. Aragis hatte seine Minnedame allerdings längst gewählt und hielt ihr Zeichen geradezu heilig. Er entsprach in jeder Beziehung dem Ideal eines Ritters: schön, lauter und in allen ritterlichen Künsten beschlagen.

Das bewies er auch jetzt. Obwohl Aragis' Pferd leichter war als der Schecke aus dem Stall des Königs, brachte er Armand beim zweiten Tjost aus dem Sattel – ungeheuer geschickt, mit einer Finte, die er wohl den Sarazenen abgeschaut hatte. Malik applaudierte jedenfalls anerkennend, erhob sich dann aber besorgt, als Armand nur schwerfällig auf die Beine kam.

Aragis war selbstverständlich sofort abgestiegen und wartete darauf, dass sein Gegner sich ihm zum Schwertkampf stellte. Die aufgeregte und besorgte Gisela registrierte, dass er Armand freundlich ansprach. Der schüttelte allerdings den Kopf, und der Kampf ging gleich darauf weiter.

»Er ist unglücklich auf die Schulter gefallen«, beruhigte Konstanze ihre nervöse Freundin. »Genau auf die Stelle, die er sich damals am Gotthard schon geprellt hatte. Aber es sieht nicht so aus, als habe er sich ernstlich verletzt. Er kämpft zumindest tapfer.«

»Er ist ja auch ein Ritter!«, gab Gisela stolz zurück. »Solange er eben kann, zeigt er keinen Schmerz! Wie es ihm wirklich geht, erfahren wir erst, wenn der Kampf zu Ende ist.«

Armand brachte ihn wider Erwarten siegreich zum Schluss. Aragis hatte wohl vorher schon mehrere Kämpfe bestanden. Der Troubadour war zwar äußerst geschickt, aber von eher schmaler Statur. Beim Schwertkampf ermüdete er schnell und versuchte das durch Finten auszugleichen. In Armand traf er jetzt auf jemanden, der sie durchweg kannte. Schon gleich beim dritten oder vierten Angriff wurde Aragis das Schwert aus der Hand geschlagen.

»Das war ein sehr guter Kampf!«, erklärte die Königin mit neu erworbener Sachkenntnis. »Was meint Ihr, Gisela, sollten wir Aragis de Montspan mit einem kleinen Geschenk ehren?«

Gisela nickte eifrig. Das Prinzip zumindest hatte die Königin verstanden. Fahrende Ritter waren auf ihre Zuwendungen angewiesen, auch wenn sie nicht gewannen.

Die Königin überreichte also eine Brosche, während es Gisela kaum auf ihrem Platz hielt. Als sich die nächsten Reiter zum Tjost aufstellten, stand sie auf.

»Verzeiht, Majestät!«, wandte sie sich ehrfürchtig an den kleinen König, zwinkerte aber nebenbei seiner Mutter zu.

»Erlaubt Ihr, dass ich mich eine kurze Zeit entferne, um nach meinem Gatten zu sehen? Er schien mir unglücklich gefallen zu sein, und …«

»Eurem Gatten?«, fragte die Königin erstaunt. »Seit wann seid Ihr vermählt?«

Gisela gab einen kurzen, leicht verwirrten Bericht, den die Königin schließlich mit einem Lächeln quittierte. »Dann wird es aber Zeit, dass hier klare Verhältnisse geschaffen werden! Noch an diesem Abend solltet Ihr Euch in der Halle des Königs Eide schwören. Ich denke, die Krönung meines Sohnes ist ein schöner Anlass, Eure Verbindung auch im Kreise der Ritter festzuschreiben. Und Kardinäle, um sie zu segnen, haben wir ausreichend.«

Sie wies auf die rot gekleideten Herren, die man zur Rechten des Königs auf der Ehrentribüne untergebracht hatte. Wahrscheinlich kommentierten sie das Turnier dort nicht minder kundig als die Ritter. Sie mochten selbst ihre Schwertleite gefeiert haben, bevor ihr Vater sich entschloss, dass ein Geistlicher der Familie nützlicher war als ein Kämpfer. Zweifellos hatte sich keiner von ihnen über eine Dorfpfarre hochgedient. Mit hohen Kirchenämtern wurde gehandelt wie mit Lehen.

Gisela dankte errötend und entfernte sich mit dem Segen der Herrin. Lediglich bei dem kleinen König stieß die Entscheidung auf Protest.

»Aber *ich* wollte sie doch heiraten!«

Gisela lachte, als sie die Stufen hinunterlief, um Armand zu sehen.

Karl behandelte die Schulter des Ritters eben mit Kampfersalbe – Donna Maria hatte sie ihm in Rivalta gemischt.

»Es ist nichts, Liebste!«, beruhigte Armand das besorgte Mädchen. »Es zieht ein wenig, wenn ich das Schwert führe, aber es hindert mich nicht daran zu kämpfen, und es ist sicher nichts verletzt. Mach dir keine Sorgen, ich werde dein Zeichen weiterhin in Ehren führen!«

»Mach nur keinen Fehler!«, gab Gisela zärtlich besorgt zurück und erzählte ihm schnell von der Einladung der Königin, am Abend die Eide zu schwören. »Ich möchte nicht, dass du den Arm in der Schlinge trägst, wenn du mich heute Nacht in den Kreis der Ritter führst! Am besten soll sich das auch Konstanze noch einmal anschauen – sofern ihr eifersüchtiger Gatte ihr erlaubt, sich anderen Männern zu nähern. Dieser Prophet Mohammed muss geglaubt haben, die Welt sei voller Lüstlinge!«

Konstanze besah sich Armands Schulter im Beisein ihres Prinzen, der dem Verlauf des Kampfes ebenfalls besorgt gefolgt war. Auch sie konnte jedoch nichts Schlimmeres feststellen und erlaubte dem Ritter, sich dem nächsten Kampf zu stellen. Inzwischen gehörte er zu den letzten vier Rittern, die noch um den Preis des Turniers konkurrierten, und sein Gegner war entsprechend stark. Wieder ein Troubadour – ein Freund des Aragis de Montspan und die Zierde des berühmten Minnehofes von Toulouse.

Beauregard de Lyon grüßte überaus höflich und wurde vor allem von den Damen auf der Tribüne mit Vorschusslorbeeren bedacht. Tatsächlich war er schwer aus dem Sattel zu bringen, aber diesmal war Armand auf der Hut vor exotischen Kampftechniken. Der junge Ritter verband seine ganze Kraft mit der des Hengstes aus dem Stall des Königs und tjostete seinen Gegner beim dritten Versuch in den Sand. Der König applaudierte begeistert, was sicher ebenso dem Pferd galt wie seinem Reiter.

Monsieur Beauregard war schnell wieder auf den Beinen und erwies sich als hervorragender Schwertkämpfer. Armand bemühte sich nach Kräften, aber obwohl der Schmerz nur leicht war, behinderte seine Schulter ihn doch. Dazu verfolgte ihn diesmal das Pech: Als er einen Stoß seines Gegners parieren wollte, brach das Holzschwert, das auf Turnieren schärfere Waffen ersetzte.

»Sieger dieses Kampfes ist Monsieur Beauregard de Lyon!«,

erklärte der Herold, woraufhin Beauregard aufs Heftigste protestierte.

»Der Kampf sollte wiederholt werden! Gebt Armand de Landes ein neues Schwert, und wir setzen ihn fort. So kann ich mich nicht ehrenhaft als Sieger betrachten. Hier entschied das Glück, nicht die Kampfkraft!«

Armand schüttelte den Kopf. »Das ist nicht wahr, Monsieur Beauregard, Ihr wisst so gut wie ich, dass meist eine Ungeschicklichkeit des Ritters das Holzschwert brechen lässt. Ich war Euch in diesem Kampf klar unterlegen, der Sieg ist Euer!«

»Aber das kann ich nicht mit meiner Ehre als Ritter vereinbaren! Ihr …«

Der edle Wettstreit zwischen den Rittern ging noch etwas hin und her, und der König ließ sie gewähren, da sie den Knappen und jungen Rittern das schönste Beispiel für ritterliche Tugend gaben.

Schließlich erklärte aber auch er Beauregard de Lyon zum Sieger und belohnte beide Ritter mit einem Geschenk. Beauregard bestand allerdings darauf, zumindest ein Privileg des Siegers an Armand abzugeben.

»Zum Zeichen meiner Wertschätzung möchte ich Euch das Vorrecht einräumen, die Ritter später in den Buhurt zu führen!«

Traditionell befehligten die Ritter, die den Endkampf des Turniers bestritten, die Heere im Buhurt. »Egal, ob ich den letzten Kampf siegreich bestreite oder nicht, ich werde mich Euch unterordnen und auf Eurer Seite kämpfen!«

Armand konnte diese Ehre unmöglich ablehnen, obwohl er eigentlich schon entschieden hatte, nicht am Buhurt teilzunehmen. Seine Schulter schmerzte jetzt doch etwas mehr, und er hatte sich ruhmreich geschlagen.

»Es wird mir eine Ehre sein, unsere Gruppe zum Sieg zu führen, Monsieur Beauregard! Mit Euch an meiner Seite wird es kaum möglich sein, den Kampf zu verlieren!«

Beide Ritter verließen schließlich ehrenvoll den Platz, gefeiert von den Zuschauern.

Nur einer, »Wolfram von Guntheim«, blickte missmutig auf die Kämpfer. Sein Plan wäre viel einfacher durchzuführen gewesen, hätte Armand in zweiter Reihe gekämpft. Die erste Angriffswelle erfolgte schließlich stets sehr geordnet, erst etwas später wurde der Kampf wüst und erlaubte Übergriffe. Kein Herold konnte im Durcheinander des Schlagabtausches sehen, ob ein Holzschwert versehentlich oder absichtlich den Weg in ein Auge oder die Kehle eines der Kämpfer fand, und ob man den Ritter durch eine Finte mit dem Schwert oder schlicht einen Fußtritt zu Boden gebracht hatte. Gerade an einem Tag wie diesem – zum Buhurt hatten sich um die hundert Ritter gemeldet – wurde der Tod eines der Kombattanten oft erst nach Ende der Kämpfe entdeckt. Dann wusste niemand mehr, wer ihn geschlagen hatte. Wenn Rupert sich rasch entfernte – im Falle dass Armand de Landes dem Scheingefecht zum Opfer fiel –, würde kein Verdacht auf ihn fallen.

Aber gut, auch so musste es gehen. Rupert beschloss, sich Armands Gegenpartei anzuschließen und sich an der Flanke des Heeres zu halten. Er konnte Armand nachsetzen, wenn der erste Angriff geritten war – und ihn vielleicht sogar von hinten schlagen. Am besten griff er ihn erst an, nachdem er vom Pferd herunter war – im Nahkampf traute sich Rupert deutlich mehr zu denn im Tjost.

Armand ließ sich während der Pause zwischen Tjost und Buhurt massieren und fühlte sich anschließend wieder besser.

Die alte Kammerfrau Dimma durfte dem Fest zusammen mit den Hofdamen der Königin beiwohnen, was eine große Ehre war, und die Damen hatten bereits den einen oder anderen Becher geleert. Nun machten sie sich über die Speisen her, die während einer Unterbrechung des Turniers zum Zwecke der Stärkung in einem dafür aufgebauten Zelt serviert wurden. Dimma fand Zeit, einen Blick auf Giselas Frisur und den Zustand ihrer Kleidung zu werfen. Gisela berichtete ihr von der geplanten Eheschließung im Saal des Königs, was Dimma zutiefst befriedigte. Nichts anderes gebührte ihrer Schutzbefohlenen – sie würde es Jutta von Meißen in einem ausführlichen Brief berichten. Aber jetzt wollte sie ihrem Zögling von ihrer Entdeckung auf dem Turnierplatz berichten.

»Willst du vielleicht eine alte Liebe auffrischen?«, fragte Dimma schelmisch. »Dein erster Ritter, Guido de Valverde, ist unter den Teilnehmern am Buhurt. Ein stattlicher junger Mann – er hat durch die Monate als Fahrender Ritter deutlich gewonnen. Du könntest dich bei der Königin für ihn einsetzen, wenn er sich gut schlägt.«

Gisela lächelte erfreut und fast etwas wehmütig. »Oh, Dimma! Guido de Valverde! Was für ein Kind ich damals war! Ich habe wirklich gemeint, ihn zu lieben! Denkst du denn, es ist schicklich, ihn zu treffen? Nicht, dass ich ihn kompromittiere – oder er mich.«

Dimma schüttelte den Kopf. »Ach was, Kind, mitten auf dem Turnierplatz unter Hunderten von Rittern! Du darfst ihn natürlich nicht küssen oder umarmen oder was dir sonst womöglich einfällt. Aber einen Jugendfreund zu begrüßen ist durchaus ziemlich. Nimm Konstanze mit oder jemand anderen, dann weiß auch jeder, dass du keine Zärtlichkeiten mit ihm austauschst.«

Guido de Valverde war ein so schöner Ritter, dass sich gleich drei der Mädchen anschlossen, die am Hof der Königin erzogen wurden. Und natürlich erwies Herr Guido sich der Ehre durchaus würdig. Er grüßte die Mädchen ehrerbietig und äußerte aufs Artigste seine Freude, Gisela wiederzusehen. Fasziniert lauschte er ihrem Bericht von der nicht geschlossenen Ehe und war hingerissen, als sie ihn zu ihrer Hochzeit an die Tafel des Königs lud.

»Es wäre mir eine besondere Freude, wenn Ihr unseren Bund bezeugt, Herr Guido! Ihr könntet dann auch Frau Jutta davon berichten, wenn Ihr einmal nach Meißen zurückkehrt!«

Vor allem erlaubte es dem jungen Fahrenden, dem künftigen Kaiser des Heiligen Römischen Reiches und dem eben gekrönten König Siziliens nahezukommen! Herr Guido konnte sein Glück kaum fassen.

»Gestattet, meine Herrin«, erklärte er schließlich, »dass ich im kommenden Buhurt unter Eurem Zeichen kämpfe! Natürlich tut dies auch schon Euer versprochener Gatte, aber mir wäre es eine besondere Ehre.«

Gisela nickte – würdevoll, aber doch mit dem verschmitzten Blick eines Kindes, das Minnedame spielt. »Sofern Ihr im Heer meines Gatten mitkämpft!«, schränkte sie ein und nestelte ein Band von ihrem Kleid. »Ich kann ja nicht beide Seiten anspornen!«

Als Gisela über den Platz tänzelte, während sich die Ritter zum Buhurt formierten, war sie äußerst gut gelaunt. Das Gespräch mit Guido de Valverde hatte sie beflügelt – genau das war es, was sie sich immer gewünscht hatte. Einen Hof führen, einer Burg vorstehen, junge Ritter lancieren und junge Mädchen mit dem möglichst passenden Gatten glücklich zu verheiraten! Sie würde Jutta von Meißen nacheifern und eine große Minneherrin werden! Gisela sah schon jetzt Hunderte edler Ritter unter dem Zeichen ihrer glühend verehrten Dame Gisela de Landes kämpfen. Und ihnen allen würde sie die ritterlichen Tugenden nahebringen ... keiner von ihren Rittern würde sich benehmen wie Wolfram von Guntheim!

Gisela ließ den Blick über die Pferde schweifen, die auf ihre Reiter warteten. Sie wäre gern noch zu Armand hinübergegangen und hätte ihn mit einem Kuss in den Kampf geschickt, aber hier formierten sich eben die gegnerischen Truppen. Der Sieger des Treffens, ein vierschrötiger, dänischer Ritter, versuchte, eine Art Kampfordnung aufzustellen, obwohl er kaum französisch oder italienisch sprach und folglich von so gut wie keinem der Kämpfer verstanden wurde.

Und da ... angebunden im Schatten einer Palme, stand ein schwarzer Hengst. Gisela biss sich auf die Lippen. Sie kannte dieses Tier nur zu gut. Ein bisschen mager für einen Streithengst, aber gut bemuskelt nach all den Meilen, die er hinter sich gebracht hatte, als er Wolfram von Guntheim über die Alpen trug. Wolframs Pferd – Ruperts Pferd!

Gisela bemühte sich, ihr heftig klopfendes Herz zu beruhigen. Die Anwesenheit des Rappen hatte nichts zu bedeuten. Gerade junge Ritter wechselten ihre Pferde häufig. Rupert konnte den Schwarzen in seinem ersten Turnierkampf verloren haben – und hatte zweifellos nicht das Geld aufgebracht, ihn auszulösen. Oder er hatte ihn später gegen ein besseres Pferd eingetauscht. Gründe gab es genug – der Hengst hatte einige Schwachpunkte, die vor allem darin wurzelten, dass Wolfram ihn nie konsequent geritten und ausgebildet hatte. Rupert hatte bestimmt keine Zeit gehabt, das nachzuholen.

Gisela schaute wie gebannt auf den schwarzen Hengst. Sie konnte nicht weggehen, bevor sie seinen Reiter gesehen hatte. Und wenn es ... wenn es wider Erwarten Rupert war? Was um Himmels willen tat sie dann? Und warum hatte er

sich nicht längst davongemacht, spätestens, als er Armand im Tjost kämpfen sah?

Giselas ärgste Befürchtungen bewahrheiteten sich, als sie den Ritter in den Farben derer von Guntheim aus den Ställen kommen sah. Ein Knappe des Königs hatte ihm beim Anlegen der Rüstung geholfen und begleitete ihn jetzt zu seinem Pferd. Rupert war einer der Letzten, die sich der Hebevorrichtung anvertrauten, mit deren Hilfe die Ritter in den Sattel kamen. Die Heere standen bereit, sie formierten sich bereits für den Buhurt.

Gisela warf einen raschen Blick zum Ehrenbaldachin. Auch der König stand erwartungsvoll in seiner Loge. Der Kampf würde in kürzester Zeit beginnen.

Und Rupert gesellte sich der Partei zu, die gegen Armand kämpfte!

Als Gisela ihn zur Flanke der Streitmacht reiten sah, wurde ihr schlagartig klar, was er plante. Dies hier war kaltes Kalkül! Rupert gegen Armand – ein weiterer Versuch, den Ritter zu töten, den Gisela liebte. Rupert konnte nicht wissen, dass ihre Ehe schon vollzogen war – oder es war ihm gleichgültig, er nähme auch Armands Witwe!

Gisela sah verzweifelt um sich. Sie musste diesen Kampf verhindern – auch wenn das bedeutete, ihr Versprechen zu brechen und Rupert bloßzustellen. Aber wie schaffte sie das? Gisela stand am Rande des Abreiteplatzes. Die Ehrentribüne zu erreichen, bevor der König das Zeichen zum Beginn der Kämpfe gab, war völlig unmöglich. Und sie konnte Friedrich auch kaum in den Arm fallen!

Vielleicht, wenn sie sich selbst zwischen die Kämpfer warf? Das Risiko war gewaltig, der König konnte von der Tribüne aus nicht sehen, dass sie sich näherte. Wenn er das Zeichen gab, während sie sich auf den Kampfplatz stürzte, würden die Pferde sie überrennen.

Gisela überlegte fieberhaft, als sie Malik an einem der Stände am Rande des Turnierplatzes gewahrte. Dort war eine Ziel-

scheibe aufgestellt, auf die man mit Pfeil und Bogen schießen konnte. Drei Schuss kosteten einen Grosso, und wer ins Schwarze traf, konnte seinen Einsatz verdoppeln. Das gelang jedoch kaum jemandem. Die Stadtjungen, die dem Turnier nur zusahen, hatten vorher meist noch nie einen Bogen in der Hand gehabt, und die Ritter, die sich hier lachend miteinander maßen, konnten es kaum besser. Bogenschießen gehörte nicht zu den Künsten, die ein abendländischer Ritter lernte. Malik amüsierte sich offensichtlich köstlich über die Unfähigkeit selbst gestandener Schwertkämpfer, den Bogen auch nur richtig zu spannen.

Gisela rannte auf ihn zu.

»Malik! Malik ... Armand ... wir müssen den Buhurt stoppen! Er wird ihn umbringen! Wolfram ... Wolfram von Guntheim ist unter den Kämpfern ...«

Malik lauschte ihrem hilflosen Gestammel mit hochgezogenen Augenbrauen.

»Herr Wolfram ist dieser traurige Ritter, der mit Nikolaus herumzog, oder?«, fragte er. »Ich glaube nicht, dass Armand von ihm viel zu befürchten hat. Und warum sollte er ihn umbringen wollen? Besteht eine Fehde?«

Gisela schüttelte wild den Kopf. »So hör doch, Malik! Wolfram ... es ist nicht Wolfram ... es ist Rupert! Rupert hat Wolfram umgebracht, und ...« In ihrer Aufregung merkte sie gar nicht, dass sie so ungezwungen mit ihm sprach, wie sie es mit Armand tat. Dies war nicht der Moment für Höflichkeitsbezeugungen.

Maliks Miene veränderte sich. Er blickte jetzt angespannt und unschlüssig. Er konnte sich offensichtlich keinen Reim auf Giselas Worte machen, aber der Name Rupert ließ ihn aufhorchen. Das plötzliche Verschwinden des Knechtes hatte ihn stets beunruhigt. Nach zwei Mordversuchen gab ein Mann wie Rupert nicht einfach auf!

»Tu etwas, Malik, wir können den König nicht mehr erreichen, und wenn ...«

Wenn die Ritter erst gegeneinander anritten, war es zu spät. Eine tobende Schlacht – auch wenn es nur ein Spiel war – konnte niemand aufhalten.

Malik warf einen Blick auf den Kampfplatz und kam zu dem gleichen Schluss wie Gisela. Ein Versuch, hier dazwischenzugehen, war Selbstmord. Aber dann …

Malik griff nach dem größten der Bögen, den er ausmachen konnte, prüfte mit einer Bewegung die Sehne und wählte genauso entschlossen einen Pfeil.

»Rasch, gib mir ein Zeichen!«, rief er Gisela zu und wand das Band, das sie ihm reichte, geschickt um den Schaft des Pfeiles.

»Mein Herr, das geht aber nicht …«

Der Standbesitzer protestierte entsetzt, aber Malik hatte schon gezielt, und der Pfeil schnellte von der Sehne. Er flog über die erste der beiden Heeresgruppen hinweg und landete genau zu Füßen des Herolds, der jetzt noch zwischen ihnen stand, um die Heeresführer auf die Regeln einzuschwören. Der Mann fuhr erschrocken zurück, die Kämpfer erstarrten.

Während der Herold sich zitternd zu dem Pfeil begab, ihn aus dem Boden zog und das Band daran betrachtete, zog Malik Gisela vor den König.

Friedrich empfing sie aufgebracht und ungehalten. »Was soll das, mein Prinz? Eine Demonstration der überlegenen Kampfeskunst der Sarazenen? Das ist nun wirklich nicht angebracht. Oder warum im Namen des Herrn wolltet Ihr meinen Herold erschießen?«

Malik machte eine abwehrende Handbewegung, verbeugte sich aber ehrerbietig.

»Majestät, hätte ich Euren Herold töten wollen, so steckte der Pfeil jetzt in dessen Brust und nicht im Boden«, bemerkte er, und es klang fast belustigt. »Aber wenn Ihr genau hinseht, so erkennt Ihr, dass der Pfeil das Zeichen einer Dame trägt. Ich lieh meinen Bogen der Frau Gisela von Bärbach. Sie hat

ein wichtiges Anliegen, das diesen Kampf betrifft, und wir sahen keine andere Möglichkeit, ihn aufzuschieben.«

Der König runzelte die Stirn. »Eine Dame, die den Buhurt aufschieben möchte?« Sein Ausdruck wurde etwas weicher, als Gisela vortrat. »Wohl mehr ein Fräulein … Also sprecht, Edle von Bärbach. Warum sollen diese Ritter nicht gegeneinander antreten?«

Gisela holte tief Luft. »Weil ich unritterliches Vorgehen befürchte!«, erklärte sie. »Einer der Ritter – Wolfram von Guntheim – ist gar kein Ritter. Er heißt auch nicht Wolfram, er gibt sich nur als der Guntheimer aus. Und er hegt einen Groll gegen Armand de Landes …«

»Ein Ritter, der kein Ritter ist? Ihr sprecht in Rätseln, mein Fräulein. Aber gut, wenn die Herren Ritter Wolfram von Guntheim und Armand de Landes bitte vortreten möchten!«

Armand, der seinem Heer vorgestanden hatte, folgte der Aufforderung sofort. »Wolfram« musste erst durch den Herold ausfindig gemacht werden. Dann standen der Scheckhengst und der Rappe aber beide vor dem König. Armand schob sein Visier hoch.

»Armand de Landes«, fragte Friedrich, »kennt Ihr diesen Ritter?«

Armand begutachtete kurz die Farben des Wappenrocks und mochte wohl auch den Hengst erkennen.

»Wolfram von Guntheim?«, sagte er mit fragendem Unterton.

»Ach was, ›Wolfram‹!«, mischte sich Gisela ein. »Zeig dein Gesicht, Rupert, dein Spiel ist aus!«

Rupert musste wissen, dass er verloren hatte. Aber er mochte nicht aufgeben. Entschlossen zog er sein Schwert und merkte wohl etwas zu spät, dass er nur eine Holzwaffe führte. Trotzdem wandte er sich mit fester Stimme an den König. »Ich führe die Waffen derer von Guntheim. Ich führe sie wie ein Ritter, und ich trage die Farben meiner Familie. Wenn mich jemand beschuldigt, nicht der zu sein, für den ich mich ausgebe, so muss er mich fordern! Aber zunächst fordere ich Armand de Landes! Das Fräulein Gisela von Bärbach ist mir von ihrem Vater versprochen. Den Ehevertrag kann ich Euch vorlegen. Aber Armand de Landes entführte und verführte das Mädchen. Ich fordere es hiermit zurück!«

Rupert warf Armand den Fehdehandschuh hin.

Armand schaute verblüfft auf sein immer noch geschlossenes Visier.

»Das ist doch nicht wahr, Rupert, ein Dutzend Leute hier können bezeugen, wer du bist!«, rief Gisela. »Willst du sie alle nacheinander fordern?«

Armand ließ sein Pferd vortreten.

»Gestattet, Majestät, und gestattet auch Ihr, meine Dame, dass ich die Forderung annehme. Ob ich mich mit einem Knecht oder Ritter schlage, ist mir gleichgültig.«

»Du schlägst dich mit einem Mörder!«, warf Gisela ein.

Armand zuckte die Schultern. »In diesem Fall trete ich nicht nur für meine Ehre und die Ehre der Gisela von Bärbach in die Schranken, sondern auch für das Recht der Ermordeten. Ich werde mich Euch stellen, ›Wolfram von Guntheim‹, und Gott wird meine Klinge führen!«

Rupert sah seine Chance gekommen. »Mit blanken Waffen?«

Gisela stöhnte auf. Armand hätte sich nicht auf Gott berufen dürfen. Gottesurteile – von der Kirche verdammt und auch an den meisten Höfen nur ungern geduldet – wurden mit echten Schwertern und scharfen Lanzen ausgefochten.

Armand blitzte ihn an. »Mit blanken Waffen, wenn es Euch gefällt, ›Herr Wolfram‹!«

Der König schien unschlüssig. Aber dann sah er wohl ein, dass diese Männer sich so oder so schlagen würden – in ritterlichem Zweikampf oder zu nächtlicher Stunde.

»Also gut, meine Herren. Nach dem Buhurt. Von dem ich Herrn Wolfram, oder wie Ihr auch heißt, allerdings ausschließe. Ein möglicher Meuchelmörder in den Kreisen meiner Ritter ist mir eine doch gar zu unheimliche Vorstellung. Ich stelle auch Euch frei, sofern Ihr das wollt, Armand de Landes. Falls Ihr Euch sammeln möchtet vor dem Kampf.«

Gisela hoffte, dass Armand annehmen würde, aber der Ritter schüttelte stolz den Kopf. »Es ist mein Vorrecht als Ritter, zu kämpfen. ›Herrn Wolframs‹ Ehre ist in Frage gestellt, nicht die meine!«

»Ein ritterlicher Ausspruch, aber kein sehr kluger«, bemerkte Malik, als Armand sein Pferd wendete und sich auf den Kampfplatz begab. Der Prinz führte Gisela zurück auf die Tribünen, wo alle gespannt der Auseinandersetzung gefolgt waren. »Wenn Armand gänzlich unverletzt wäre, hätte ich die Entscheidung ja gutgeheißen, aber er hat schon seinen letzten Tjost verloren, weil sein Schwertarm geschwächt ist. Und jetzt schlägt er sich da unten mit ein paar Raubeinen herum, die ritterliche Tugenden nur vom Hörensagen kennen.«

Was dies anging, so hatte Armand allerdings starke Arme an seiner Seite. Beauregard de Lyon, Aragis de Montspan und Guido de Valverde reihten sich sofort an seiner Seite ein und hielten ihm allzu aggressive Angreifer vom Leib. Aber auch die gegnerischen Ritter schonten ihn. Jeder wusste, was ein Kampf mit blanker Waffe am Ende eines langen Turniertages bedeutete – zumal wenn der Gegner ausgeruht war. Armand würde all seine Kraft brauchen.

Er hielt sich denn auch seinerseits zurück, aber vollständig passiv bleiben konnte er natürlich nicht. Selbst halbherzige Schläge wollten pariert sein. Am Ende des Buhurts – Beauregard und Aragis hatten ihre Partei zum Sieg geführt und erhielten dafür beide Auszeichnungen – schmerzte seine Schulter erneut, und er fühlte, wie ihn Müdigkeit überkam. Der König schien das zu bemerken und befahl eine Unterbrechung, in der Kämpfern und Zuschauern Erfrischungen gereicht wurden. Allzu lange durfte sie jedoch nicht dauern,

schließlich sollte der letzte Kampf nicht im Dunkeln stattfinden.

»Glaubst du wirklich, Rupert kann ihn schlagen?«, fragte Konstanze Gisela, die nervös mit dem Spiegel spielte, den sie immer noch in der Hand hielt. »Komm, nimm einen Becher Wein, du bist ganz blass! Armand ist doch ein Ritter und Rupert nur ein Pferdeknecht.«

Gisela hatte ihren Freunden die Geschichte von Wolfram und Rupert erzählt.

Dimma konnte darüber nur den Kopf schütteln. »Man kann dich wirklich nicht allein lassen!«, schimpfte sie. »Was hast du dir gedacht, diesen Wolfram in einem Stall aufzusuchen? Und dann Rupert zu decken? Egal, wie sehr du dich ihm verpflichtet fühltest, aber das ging zu weit.«

Malik drückte sich vorsichtiger aus, sah es aber letztlich genauso. Lediglich Konstanze konnte Giselas Haltung nachvollziehen. Sie wusste, was Freiheit bedeutete, und verstand die Dankbarkeit der Freundin.

»Armand ist ein ermüdeter Ritter«, beantwortete Malik Konstanzes Frage. »Und dieser Rupert kennt keine Skrupel.«

»Außerdem hat er sich immer an den Übungsgeräten der Ritter vergnügt, als er noch ein Kind war«, fügte Gisela hinzu. »Er versorgte ja die Streithengste, und mein Vater ließ den Übungsplatz nicht bewachen. Rupert und ich haben uns da oft hinausgeschlichen und sind geritten.«

»Du?«, fragte Malik verblüfft. »Du hast einen Streithengst geritten?«

»Meinst du, Mädchen können das nicht?«, fragte Gisela herausfordernd. Konstanze wurde in diesem Moment klar, woher das Edelfräulein seine profunden Kenntnisse in ritterlicher Kampftechnik hatte. »Man braucht dazu nur Mut und ein bisschen Übung. Und Rupert hatte beides. Wenn ich richtig vermute, kämpft er jetzt seit Pisa auf jedem Turnier unter Wolframs Namen. Er lebt noch, hat sein Pferd behalten und sich auch scheinbar ersten Ruhm erworben. Natürlich reicht das gewöhnlich nicht, um einen erfahrenen Ritter zu schlagen. Aber heute … Armand ist verrückt! Er hätte Rupert nur zwingen müssen, das Visier zu heben und sich zu erkennen zu geben!«

Malik zuckte die Schultern. »Armand ist ein Mann von Ehre.«

»Aber man kann es auch übertreiben mit den ritterlichen Tugenden«, bemerkte Konstanze. »Da, seht ihr, der König kehrt zurück auf die Tribüne. Es ist so weit. Hoffen wir, dass Gott auf Armands Seite steht.«

»Allah ist meistens auf der Seite der besseren Kämpfer«, lächelte Malik, aber auch er machte sich Sorgen.

Armand hatte es abgelehnt, den Schecken gegen ein anderes Pferd aus dem Stall des Königs zu tauschen. Dabei war auch der Streithengst nicht mehr frisch, wie man gleich merkte, als die Ritter ihre Pferde in die Schranken lenkten. Ruperts Rappe tänzelte dabei lebhaft, während der Schecke völlig gelassen blieb.

»Wäre ein anderes Pferd nicht besser gewesen?«, fragte Konstanze nervös.

Malik zuckte die Schultern. »Einerseits ja, andererseits sind Armand und der Schecke jetzt schon aufeinander eingespielt. Das hat Vor- und Nachteile. Warten wir ab, wie es weitergeht.«

In diesem Fall jedoch überwogen die Nachteile. Armand legte die Lanze zwar geschickt ein, um die angeschlagene Schulter so wenig wie möglich zu belasten, aber der Hengst galoppierte mit wenig Kraft. Hinzu kam, dass Rupert die Schwachpunkte seines Gegners spätestens beim Buhurt, wahrscheinlich aber auch schon in den ersten Kämpfen des Tages aufs Genaueste studiert hatte. Er zielte folglich auf Armands ohnehin schon angeschlagene Schulter – und traf. Armand schwankte im Sattel, fiel aber nicht.

»Warum macht er das?« Gisela hatte sich in ihrer Aufre-

gung hinter den König und Malik geschoben. Die beiden kommentierten das Geschehen im Ring kundiger als die Frauen, und Gisela vergaß jetzt jegliche Etikette. »Damit kriegt er ihn doch nie aus dem Sattel!«

»Es sei denn, er fügt ihm Schmerzen zu und bringt ihn damit aus dem Gleichgewicht«, vermutete Friedrich.

Malik schüttelte den Kopf. »Nein, er zermürbt ihn. Er schwächt gezielt seine Schwerthand. Aus dem Sattel heben will er ihn gar nicht, das versucht er wahrscheinlich erst beim dritten Tjost. Vorerst zielen alle Manöver darauf, ihn müde zu machen.«

Es sah aus, als sollte Malik recht behalten. Nachdem beim ersten Versuch kein Ritter den Sattel geräumt hatte, ritten die beiden nun zum zweiten Mal gegeneinander an, und obwohl Armand versuchte, unter Ruperts Lanze wegzutauchen, erwischte ihn der Junge erneut. Armand wirkte unsicher. Er selbst hatte nicht die geringste Chance, Rupert aus dem Sattel zu werfen.

Aber dann, als die Gegner sich zum dritten Mal postierten, tat sich etwas auf dem Abreiteplatz. Ein blonder Junge ritt dort ein leichtes braunes Pferd spazieren … einen Zelter …

»Karl!« Gisela erkannte sowohl Pferd als auch Reiter. »Was erdreistet er sich? Meine Smeralda!« Aber dann ging ein Strahlen in ihrem Gesicht auf. »Das ist … das ist … so etwas hätte ich ihm gar nicht zugetraut!«

Tatsächlich tänzelte die Stute jetzt näher an die Kampfbahn heran. Karl hatte den Abreiteplatz für sich allein, sämtliche anderen Pferde waren längst in den Ställen, und die Ritter folgten gebannt dem Zweikampf in der Bahn.

Armand und Rupert nahmen keinerlei Notiz von dem einsamen Reiter – wohl aber Wolframs Hengst! Rupert hatte ihn gerade zum letzten Tjost in Galopp gesetzt, als der Rappe Smeralda erblickte. Er hob den Kopf und wieherte. Und genau in dem Moment, in dem Rupert auf Armand zuritt und sich weit nach links beugte, um zuzustoßen, brach

der Hengst nach rechts aus und rannte auf die Stute zu. Der plötzliche Richtungswechsel brachte Rupert ganz ohne Armands Zutun aus dem Sattel. Ein Ritter in seiner Rüstung ist nicht sehr beweglich, die unerwartete Wendung des Hengstes hätte selbst einen ungerüsteten Reiter aus dem Sattel bringen können.

Gisela applaudierte begeistert. Der König und Malik lachten.

»Nun bleib aber oben!«, raunte Gisela, obwohl ihr Ritter sie natürlich nicht hören konnte. Der Sieger im Tjost konnte absteigen und sich mit dem Unterlegenen im Schwertkampf messen oder vom Pferd aus weiterkämpfen. Letzteres galt im Turnier als unritterlich, obwohl es im Ernstfall natürlich gang und gäbe war. Und dies war zweifellos ein Ernstfall. Dennoch stieg Armand ab.

»Ein Fehler«, bemerkte der König.

Rupert begann sofort, mit aller Kraft auf seinen Gegner einzuschlagen. Er wusste genau, dass ihm der ältere Ritter überlegen war, wenn er ihm erst die Chance gab, anzugreifen. So aber blieb Armand in der Verteidigung gefangen. Immer wieder hob er Schwert und Schild – immer wieder zwang er die geschwächte Schulter zu der gleichen Bewegung.

Gisela biss sich auf die Lippen. Das würde nicht mehr lange gut gehen. Wenn sie nur irgendetwas tun könnte! Rupert irgendwie ablenken, wie Karl es eben mit dem Hengst getan hatte. Aber Rupert hatte keinen Blick für irgendetwas, das sich außerhalb des Kampfplatzes tat. Und es bestand auch nicht die Möglichkeit, dass ihn die Sonne blendete. Sie beschien zwar noch die Frauen auf der Tribüne, nicht aber den Kampfplatz.

Guck mal, ich mache Zauberlichter …

Der Gedanke an das Spiel des kleinen Königs schoss Gisela durch den Kopf. Sie hielt den Spiegel immer noch in der Hand, die Finger verkrampft, als könne sie sich daran festhalten. Aber jetzt löste sie ihren Griff, und der Spiegel aus phönizischem Glas fing das letzte Sonnenlicht ein ... Gisela lenkte es auf den Kampfplatz.

Armand bemerkte den Lichtblitz nicht, der Rupert einen Herzschlag lang blendete. Aber er war noch so weit bei sich, dass er die Chance nutzte. Während Rupert kurz irritiert blinzelte und einen Augenblick damit innehielt, auf Armands Schild einzuschlagen, schwang er sein Schwert herum und stieß von unten zu. Routiniert traf er eine der Schwachstellen der Rüstungen, den Übergang zwischen Brustpanzer und Helm, Kettenhemd und -haube. Armands Schwert durchschlug das Kettenhemd und durchbohrte Ruperts Kehle.

Der junge Ritter taumelte zurück, als sein Gegner wie vom Blitz getroffen fiel. Rupert starb schnell – sehr viel schneller, als er es Wolfram zugestanden hatte.

Gisela verbarg den Spiegel hastig in den Falten ihres Kleides.

»Warum hat er nur plötzlich gezögert?«, fragte der König, als Armand langsam, das Schwert gesenkt, auf den Ehrenbaldachin zuging.

Malik lächelte. »Vielleicht geruhte Allah, ihn zu blenden«, bemerkte er.

Gisela errötete, die Königin jedoch lächelte ihr zu. »Ich denke, unser Fräulein Gisela möchte den Ritter jetzt küssen!« Dabei drückte sie ihr eine schwere Goldkette in die Hand. »Hier, gebt dies Eurem versprochenen Gatten zum Zeichen unserer Wertschätzung.«

Armand hatte das Visier hochgeschoben. Sein Gesicht darunter war schmutzig und schweißüberströmt. Gisela schmiegte dennoch ihre Wange an die seine.

»Es ist vorbei ...«, sagte Armand leise. »Wenn Ihr die Güte habt, Majestät, so lasst ihn als ›Wolfram von Guntheim‹ bestatten.«

Den Kämpfern stand noch das Badehaus offen, danach wurde im Saal des Königs getafelt.

Malik gesellte sich zu Gisela, als die Gesellschaft endlich den Turnierplatz verließ. »Ein sehr ehrenvolles Treffen war das ja nicht«, bemerkte er und sah das Mädchen strafend an. »Das mit der Stute mag noch angehen – wenn ein Ritter sein Pferd nicht beherrscht, kann ihm niemand helfen. Aber die Sache mit dem Spiegel …«

Gisela errötete erneut. »Bitte sag Armand nichts davon! Es würde ihn bis an sein Lebensende beschäftigen, seinen Gegner übervorteilt zu haben. Oder hat es noch jemand außer dir gesehen?«

Malik schüttelte den Kopf. »Ich denke nicht. Und ich werde Armand gegenüber schweigen. Aber ich danke Allah, dass dein Gatte und ich keine Feinde sind, und ich hoffe, wir werden es niemals sein müssen. Mit dir auf der Seite der Christen, Gisela de Landes, würde Jerusalem fallen!«

Gisela und Dimma standen an Ruperts Totenbahre. Sie hatten eben einer der vielen Messen beigewohnt, die der König, aber auch Armand für »Wolfram« lesen ließen. Dem gefallenen Ritter wurden alle Ehren zuteil. Man hatte ihn in der Kathedrale aufgebahrt und seine Waffen neben ihm platziert.

»Was für ein Ritter hätte er sein können, wäre er nur auf der anderen Seite der Burgmauer geboren worden!« Gisela hatte das Ihre dazugetan, Rupert zu schlagen, aber sie konnte nicht umhin, ihn zu betrauern.

Dimma schüttelte missbilligend den Kopf. »Er hat es doch letztlich zum Ritter gebracht, Kind«, sagte sie dann. »Aber ihm fehlte die Demut, die Selbstbescheidung, die den wahren Adel auszeichnet. Er hätte weiter Turniere bestreiten können, als Wolfram von Guntheim zu einem Lehen kommen, ein Mädchen von Stand freien können. Aber nein, er griff nach den Sternen. Er konnte sich nicht damit abfinden, dass ein einziger Wunsch nicht in Erfüllung ging.«

Gisela zuckte die Schultern. »Man nennt das wohl Liebe«, sagte sie leise.

Kapitel 6

»Ach, damit habe ich schon meinen Bruder immer geärgert«, erklärte Karl verlegen. Gisela hatte den Knappen noch vor dem Bankett in den Ställen aufgesucht, um ihm für seinen Einsatz mit Smeralda zu danken. »Nur der Älteste durfte den Streithengst meines Vaters reiten, er sollte ja irgendwann zum Ritter geschlagen werden. Aber Ludwig war nicht der geschickteste Reiter, und ein großer Kämpfer war er auch nicht. Wenn er auf diesen Holzkerl zuritt – Ihr wisst schon, diese Figur, die zurückschlägt, wenn man nicht richtig trifft –, hatte er lediglich das Ziel im Kopf und ließ die Zügel schleifen. Dann brauchte nur eine Stute über den Zaun zu gucken. Und natürlich mussten meine anderen Geschwister und ich die Stuten immer dann zur Tränke reiten, wenn Ludwig übte.«

»Und jetzt hast du Armand damit geholfen!«, freute sich Gisela. »Schade, dass du noch kein Ritter bist, dich hätte ich auch gern im Kreis, wenn Armand und ich uns nachher Eide schwören. Aber wir werden für dich zeugen, wenn du einst eine Frau erwählst!«

Sie ließ einen selig strahlenden Karl zurück, als sie endlich in die Frauengemächer zurückkehrte, wo Dimma bereits wartete.

Gisela schaute glücklich in Konstanzes Spiegel, als die alte Kammerfrau sie angekleidet und ihr Haar gerichtet hatte. Die Königin selbst hatte ihr ein Kleid schicken lassen, es bestand aus meergrüner Seide und war mit Edelsteinen besetzt, dazu trug sie ihren Lieblingshaarreif.

»Willst du keinen neuen Haarschmuck?«, fragte Konstanze. »Da ist ein sehr schönes türkisfarbenes Stirnband unter Maliks Geschenken für mich.«

Gisela umarmte sie lachend. »Das trag nur selbst, wenn du ihm Eide schwörst!«, gab sie zurück. »Ich nehme meinen alten Kopfschmuck. Irgendwie habe ich das Gefühl, er brächte mir Glück!«

Gisela war wirklich die schönste Braut, die man sich denken konnte, und auch Armand wirkte sehr edel in seinem roten Gewand über den blauen Hosen und Handschuhen. Dazu trug er die goldene Kette, die ihm die Königin geschenkt hatte. Sein braunes Haar leuchtete fast golden im Kerzenlicht, und er wirkte selig wie ein reich beschenktes Kind, als Guillaume de Chartres ihm seine Braut zuführte. Der Großkomtur der Templer und der König hatten fast um diese Ehre gerangelt, aber de Chartres hatte sich schließlich durchgesetzt.

Konstanze beneidete ihre gefeierte Freundin. Die Ritter brachten Armand und Gisela mit großem Zuruf in die eigens für die Hochzeiter bereitgestellten Räume.

»Warum konnten *wir* uns denn nicht im Kreis der Ritter Eide schwören?«, fragte sie Malik, als er sie bald darauf besuchte. »Zusätzlich zu dem Vertrag, meine ich. Du bist doch auch ein Ritter!«

Malik lachte. »Wenn du darauf bestehst, Liebste. Von Seiten Allahs und seines Propheten spricht nichts dagegen. Aber ich fürchte, du könntest dich hinterher nicht retten vor lauter Mönchen und Kardinälen, die dir den Verlust deiner unsterblichen Seele vorhalten. Wenn dir danach gelüstet ...«

Konstanze gelüstete es nicht danach, aber sie begann, die Abreise nach Alexandria herbeizusehnen.

Allah geruhte, ihre diesbezüglichen Gebete gleich am nächsten Morgen zu erhören. Guillaume de Chartres gesellte sich schon zu früher Stunde zu den Frauen, die im Garten einem Troubadour lauschten.

»Sayyida …« Der Templer verneigte sich tief vor Konstanze, die wieder einmal hinter ihrem Schleier errötete. »Frau Gisela … Die *Lys du Temple* ist in Messina eingetroffen. Und der Kapitän würde gern so bald wie möglich nach Akkon weiterreisen. Wenn Ihr also bereit wäret. Der König stellt Euch einen Segler nach Messina.«

Konstanze war mehr als bereit. Gisela verabschiedete sich aber fast etwas wehmütig von ihrem kleinen König Enrico und ihren neuen Freunden am Hof. Dem Komtur der Templer, der den König über die Alpen begleiten wollte, gab sie zwei Briefe mit.

»Wenn Ihr die für mich befördern würdet?«, fragte sie ehrerbietig. »Der eine geht an meinen Vater, der andere an meine Ziehmutter Jutta von Meißen. Ich denke, ihnen beiden ist daran gelegen zu erfahren, wohin mein Weg mich geführt hat.«

Konstanze kaute auf ihrer Lippe. »Exzellenz«, sagte sie dann zaghaft, »könntet … könntet Ihr auch für mich einen Brief befördern? Und … und könnte ich sicher sein, dass er ankommt und … dass niemand ihn liest?«

De Chartres sah sie fast beleidigt an. »Sayyida, wenn der Orden der Tempelritter einen Brief befördert, so kommt er selbstverständlich an. Und es wäre ein herber Verstoß gegen unsere Ehre, eines der uns anvertrauten Schreiben zu öffnen!«

»So meinte ich das nicht.« Konstanze begann, den vom Propheten verordneten Schleier sehr annehmbar zu finden. Der Komtur hätte sonst gesehen, dass sie erneut errötete. »Ich hätte Euch niemals verdächtigt, meine Briefe zu lesen. Aber … aber … mein Brief sollte einer ganz speziellen Person ausgehändigt werden. Nicht … nicht ihrem Beichtvater und nicht ihrer Oberin.«

Konstanze und Malik, Armand und Gisela sowie ihre Reisegesellschaft brachen noch an diesem Tag auf nach Messina. Vorher schrieb Konstanze jedoch noch ihren Brief an Schwester Maria, Mariam al-Sidon, wie ihr richtiger Name war. Ihre geliebte Lehrerin im Kloster Rupertsberg sollte wissen, dass für sie die Liebe über die Angst gesiegt hatte. Konstanze sah dem Harem ohne Furcht entgegen.

Dimma fürchtete sich vor der erneuten Seereise. Die alte Kammerfrau dachte ernstlich daran, um eine Stelle am Hof der Königin zu bitten, als sie die Wellen sah, die gegen die Klippen vor Palermo schlugen.

»Und da sollen wir noch weiter weg von der Küste? Übers ganze weite Meer? Was ist, wenn das Schiff untergeht?«

»Zunächst segeln wir ja nur nach Messina«, beruhigte sie Gisela. »Und da steigen wir um auf ein großes, sicheres Schiff. Das geht nicht unter. Und sonst … na ja, streng genommen sind wir ja immer noch auf einem Kreuzzug. Deine Seele fliegt dann direkt in den Himmel, Dimma!«

Armand lachte, zumal die alte Zofe keineswegs getröstet wirkte. »Die Templer besitzen die besten Schiffe der Welt«, wandte er sich seinerseits an die Kammerfrau, »mit den modernsten Navigationsgeräten. Damit können sie sich auch orientieren, wenn es regnet und stürmt. Wir werden also nicht gegen irgendeinen Felsen prallen. Letzteres ist gewöhnlich die größte Gefahr. Allerdings werden wir mit Stürmen rechnen müssen. Es ist schon recht spät im Jahr, das Wetter kann schnell umschlagen.«

Gisela sorgte sich mehr um ihr Pferd als um sich selbst. Argwöhnisch besichtigte sie die Frachträume.

»Und hier haben diese Widerlinge Ferreus und Posqueres ein paar Hundert Kinder eingepfercht?«, fragte sie entsetzt. »Die konnten sich doch kaum hinsetzen!«

Der Kapitän nickte. »Beim letzten Kreuzzug brachte man je siebenhundert Soldaten pro Schiff ins Heilige Land. Die hatten noch weniger Platz. Man schläft dann abwechselnd, Herrin, es geht schon, wenn man will.«

Gisela achtete darauf, dass ihrer Smeralda ein geräumiger Verschlag zur Verfügung gestellt wurde.

»Keine Sorge, wir haben schon die Pferde von Königen herübergebracht!«, beruhigte sie der Kapitän. »Die Rösser reisten von jeher komfortabler als das gemeine Volk. Eure Hübsche wird etwas durchgeschüttelt werden, aber sonst passiert ihr nichts.«

»Sie ist auch wichtig!«, gab Gisela zurück und schmiegte sich an Armand. »Du bist doch auch froh, dass wir sie mitgenommen haben?«

Karl hatte Armand natürlich gestanden, was er mit der Stute angestellt hatte.

»Falls wir Jerusalem jemals zurückerobern«, bemerkte Armand jetzt mit gespieltem Ernst, »dann sicher nur mit ihrer Hilfe!«

Die Überfahrt von Messina nach Akkon dauerte je nach Seegang etwa zwei Wochen. In diesem Fall waren die Seefahrer zunächst vom Glück begünstigt. In den ersten Tagen war es zwar kühl, aber klar, und die Sonne schien. Erst dann wurde es wolkig und regnerisch, die Nacht war tiefschwarz, und ohne den Kompass wäre es dem Kapitän sicher kaum möglich gewesen, den Kurs zu halten.

Gisela betrachtete hingerissen das Wunderding: eine Nadel, die im Wasser schwamm und stetig nach Süden wies.

»Und das ist bestimmt keine Zauberei?«, fragte sie argwöhnisch, woraufhin der Navigator zu langwierigen Erklärungen ansetzte, die Gisela zwar nicht verstand, die sie aber immerhin beruhigten.

Konstanze konnte den Erläuterungen des Kapitäns besser folgen. Am liebsten hätte sie gleich selbst mit Berechnungen begonnen. »Wo, meint Ihr denn, sind wir zurzeit?«, wollte sie wissen.

»Zurzeit? Gerade nähern wir uns Kreta. Wir halten uns in südwestlicher Richtung und werden die Insel südlich umfahren. Vielleicht seht Ihr sie morgen am Horizont, aber nur, wenn das Wetter aufklart. Was ich nicht glaube – im Gegenteil!«

Der Kapitän schaute besorgt nach Osten, wo sich blaugraue Wolkenberge auftürmten.

Konstanze folgte seinem Blick. »Scheint es mir nur so, oder wird es heute wirklich früher dunkel als sonst?«, erkundigte sie sich.

Der Navigator nickte. »Ja. Und das ist kein gutes Zeichen. Genau wie dieses violette Licht am Himmel und das Nachlassen des Windes. Es kann sein, dass das die Ruhe vor dem Sturm ist, Herrin. Das Beste wäre, Ihr bliebet unter Deck.«

Dimma verzog sich daraufhin sofort, um unten zu jammern und zu beten, aber Gisela und Konstanze räumten das Deck erst, als sich bestätigte, was der Kapitän vorausgesagt hatte, und die Männer darauf bestanden. Der Wind war inzwischen so stark und die Wellen so hoch, dass die Mädchen leicht hätten über Bord gespült werden können. Gisela war vollständig durchnässt, als sie herunterkam, hatte aber nichtsdestotrotz Spaß an der Sache. Sie wurde auch nicht seekrank, obwohl das Schiff nun wirklich zum Spielball der Wellen wurde. Die Seeleute hatten das Segel eingezogen und drehten bei.

Der Wind heulte, Regen prasselte in Sturzbächen herab. Dimma und die kleinen Zofen schrien auf, als schließlich auch Wasser in die Frachträume drang.

»Das Schiff wird volllaufen, und wir werden alle ertrinken!«, jammerte Marlein.

»Bisher stehen wir gerade knöcheltief im Wasser«, beruhigte sie Karl, der wieder einmal gelassen blieb. »Bis das Schiff vollläuft, muss noch einiges kommen.«

»Und die größte Gefahr besteht darin, gegen die Wände geschleudert zu werden«, bemerkte Armand. »Also haltet euch gut fest, setzt euch irgendwo hin, lauft nicht herum. Wenn ihr beten wollt, betet, das hilft bestimmt, aber wenn's geht, nicht alle durcheinander!«

»Gott straft uns!«, weinte einer der jungen Sänftenträger. »Weil wir im Sold des Mohrenkönigs stehen.«

Konstanze hatte ihnen das bisher zwar nicht verraten, aber ihr Verhältnis zu Malik war natürlich nicht zu leugnen. Nun fielen auch andere Kinder in das Gejammer ein; sie flehten zu Gott und gelobten, Buße zu tun. Der besonnene Karl tröstete sie mit den zehn Jahren Fegefeuererlass, den sie sich immerhin mit dem Erklimmen der Scala Santa erkauft hatten, aber einer der Jungen war nicht hinaufgeklettert und heulte nun umso lauter.

»Ich geh mal nach dem Pferd sehen«, bemerkte Gisela.

Konstanze kauerte sich in eine Ecke. Sie selbst war unschlüssig, ob und zu wem sie Gebete sprechen sollte. Sie fürchtete sich, aber fast noch mehr faszinierten sie die tobende See und das Schauspiel der Elemente. Auch Konstanze wäre gern an Deck geblieben. Zumal dort oben Ruhe und Disziplin herrschten. Der Kapitän befehligte seine Mannschaft mit kurzen, knappen Worten, jeder wusste, was er zu tun hatte, und wenn sich jemand fürchtete, so zeigte er es zumindest nicht.

Die Reisegesellschaft bildete dagegen einen einzigen Hexenkessel aus Lärm und Gestank. Die Kinder beteten, sangen, weinten und schrien. Einige übergaben sich, und die Kleinsten, die Marlein und Gertrud hysterisch an sich pressten, machten sich in die Hosen. Der Gestank war kaum auszuhalten. Dazu herrschte fast völlige Dunkelheit, nur gelegentlich erhellte ein Blitz gespenstisch die Szene, dessen Licht durch die Risse im Holz und die nicht vollständig geschlossenen Luken drang. Die darauf folgenden Donnerschläge ließen die Reisenden noch verzweifelter schreien und weinen.

Armand versuchte, beruhigend auf die Kinder einzureden, und Dimma bemühte sich, zumindest alle auf das gleiche Gebet festzulegen. Konstanze hatte das Gefühl, ihr platze der Schädel. Dann aber fasste Malik in der Dunkelheit nach ihrer Hand und zog sie durch das inzwischen kniehoch stehende Wasser in Richtung der Frachträume.

»Ist es hier nicht gefährlich?«, fragte Konstanze.

Bis auf den heulenden Wind, das Prasseln des Regens aufs Deck und die schlagenden Wellen herrschte im Frachtraum geradezu paradiesische Ruhe. Allerdings war das Schiff nur zur Hälfte beladen, und die aus Fässern bestehende Ladung konnte bei dem starken Wellengang leicht ins Rutschen geraten und sie erschlagen.

»Islam, meine geliebte Chadidscha, ist Ergebung in den Willen Allahs«, flüsterte Malik Konstanze zu, und sie meinte ein Lächeln in seiner Stimme zu hören. »Und Allah will sicher nicht, dass wir dort drüben vor lauter Geschrei ertauben oder am Gestank von Erbrochenem ersticken. Außerdem ist hier …«

Noch bevor er erwähnen konnte, dass in diesem Bereich der Frachträume nicht mit herumrollenden Fässern zu rechnen war, wurde das Heulen des Sturms von ungeduldigem Hufschlag übertönt. Zudem erklang Giselas weit reichende, klare Stimme.

»Hell scheint die Sonne, blass scheint das Mondlicht auf alle Pferde im Erdenrund. Smeralda ist schöner, Smeralda leucht' goldener …«

Ein weiterer Blitzschlag erlaubte einen kurzen Blick auf die junge Frau, die neben ihrer Stute stand, dem Pferd tröstend die Stirn streichelte und ihm dabei ein Schlaflied sang.

Konstanze konnte nicht anders. Sie lachte laut auf. All ihre Spannung entlud sich in einem einzigen Heiterkeitsausbruch. Malik verstand zwar nicht genau, was sie so belustigte, aber er hielt sie im Arm und lachte mit.

Gisela war erst erschrocken, als sie die beiden hörte. Dann errötete sie, auch wenn das im Dunkeln natürlich keiner sehen konnte.

»Na ja, eigentlich … eigentlich ist es ja ein schönes Lied«, verteidigte sie sich. »Und Smeralda kennt es … es beruhigt sie … Ich hab's natürlich ein bisschen umgedichtet.«

»Sag du noch mal, ich lästere Gott!«, brachte Konstanze lachend hervor. »Hast du eigentlich vor gar nichts Angst?«

Gisela behielt zum Glück recht mit ihrer Furchtlosigkeit. Der Sturm war zwar heftig gewesen, konnte einem Schiff wie der *Lys du Temple* aber wirklich nur dann gefährlich werden, wenn es dilettantisch gesegelt oder vom Wind oder einer tückischen Strömung gegen einen Felsen oder eine Küste geschmettert wurde.

Tatsächlich trieb der Sturm die Nef der Templer zwar näher an Kreta heran als eigentlich vorgesehen, aber die Gefahr des Kenterns bestand nicht, und gegen Morgen flaute der Wind ab. Der Regen ließ ebenfalls nach. Das Meer beruhigte sich, obwohl der Seegang immer noch heftig war. Gisela schlief dennoch süß neben ihrer Smeralda ein. Konstanze und Malik kuschelten sich in einem anderen Verschlag ins Stroh, und auch im Raum nebenan wurde es langsam ruhiger.

Armand suchte seine Gattin, als auch das letzte Kind vor Erschöpfung schlief und selbst Dimma ihre heftigen Übelkeitsanfälle überstanden hatte.

»Ich wusste, wo ich sie finde«, sagte er versonnen zu Malik und betrachtete zärtlich Giselas junges Gesicht im ersten Dämmerlicht des Tages. »Sie ist eine so schöne Frau … und manchmal doch noch ein Kind. Nach all dem, was sie erlebt hat, ist dies fast ein Wunder. Lassen wir sie schlafen … Aber ihr zwei solltet mit an Deck kommen. Der Kapitän hat dich, Malik, und mich gebeten, ihn aufzusuchen. Es scheint eine Unstimmigkeit zu geben.«

Kapitel 7

Konstanze richtete rasch ihren verrutschten Schleier und registrierte mit Genugtuung, dass keiner der Männer versuchte, sie zurückzuhalten. Tatsächlich atmete sie tief auf, als sie ins Freie traten. Der Wind hatte nachgelassen, wehte aber noch kräftig, und die Luft schmeckte belebend nach Salz. Der Himmel war dunstig grau, am Horizont war schemenhaft eine Küste zu erkennen.

»Kreta?«, fragte Konstanze.

Armand zuckte die Schultern.

Die drei tasteten sich über das feuchte Deck. Manche Gerätschaften wie Eimer oder Leitern hatte der Sturm mitgerissen. Schwere Schäden waren allerdings nicht zu beklagen. Die ersten Matrosen waren auch schon damit beschäftigt, Bilanz zu ziehen und kleinere Reparaturen vorzunehmen. Eine Gruppe Männer entfaltete eben das Segel, beaufsichtigt vom Kapitän.

»Ich höre, auch Ihr habt alles gut überstanden!«, begrüßte er seine Passagiere. »Hat jemand nach dem Pferd gesehen?«

Der Templer verstand nicht, was Konstanze und Malik daran so komisch fanden, ging aber über ihr Gelächter hinweg.

»Ich habe Euch rufen lassen, um Eure Meinung einzuholen – auch Eure Erlaubnis gewissermaßen, denn wenn ich dem Wunsch meiner Mannschaft nachgebe, wird sich die Reise verzögern. Wir haben Trümmer eines oder mehrerer Schiffe gefunden, und meine Leute würden gern ein paar Stunden vor dieser Küste kreuzen, um eventuelle Überlebende zu finden. Ich mache mir zwar wenig Hoffnung, aber wenn da tatsächlich noch einer im Wasser ist – ein schöner Tod ist Er-

trinken nicht. Und meine Ladung ist nicht verderblich. Ob wir einen Tag früher oder später in Akkon ankommen, ist gleichgültig. Wie sieht es mit Euch aus? Seid Ihr in Eile?«

Armand schüttelte den Kopf. »Es wäre unverzeihlich, dort draußen jemanden umkommen zu lassen, nur um etwas früher in Akkon zu sein!«, erklärte er. »Wenn es uns getroffen hätte, würden wir uns auch mitfühlende Seelen wünschen.«

Konstanze pflichtete ihm eifrig bei und Malik ebenfalls. »Auf die paar Stunden kommt es nicht an, zumal meine Gattin es wünscht«, sagte er. »Aber glaubt Ihr wirklich, da sei noch jemand am Leben?«

»Das Schiff wird nicht hier gesunken sein, mein Prinz, sondern näher an Land, es ist zweifellos an vor der Küste liegenden Klippen zerschellt. Da kann sich jemand gerettet haben. Nicht wahrscheinlich, aber möglich. Also, Männer, ihr habt es gehört! Segel setzen und dann Kurs auf Kreta. Langsame Fahrt, Achtung auf Felsen, auch unter der Wasseroberfläche!«

In den nächsten Stunden beobachtete Konstanze fasziniert, wie die Küste von Kreta näher rückte. Die Matrosen halfen Dimma und den anderen Passagieren, die Räume unter Deck zu lüften und zu reinigen. Die Seekranken übergaben sich weiter, aber jetzt immerhin über die Reling.

Gisela schüttelte verständnislos den Kopf. »So viel können die doch eigentlich gar nicht gegessen haben«, bemerkte sie. »Schau mal, was ist das?«

Konstanze spähte nach Westen. Je näher sie dem Land kamen, desto häufiger fanden sie Trümmer des gesunkenen Schiffes.

Plötzlich schrie Gisela auf. »Schaut! Da an der Planke, da hält sich ein junger Mann fest!«, rief sie. »Schnell, holt den Kapitän! Wir müssen ihn retten!«

Völlig erschöpft und mehr tot als lebendig, zogen sie den Jungen aus dem Wasser. Der Knabe erholte sich schnell. Er erzählte, dass er ein Schiffsjunge sei, und zeigte dann, dass er

Augen besaß wie ein Luchs. Noch während er an Deck hockte und an dem heißen Rotwein nippte, mit dem die Seeleute versuchten, seine Lebensgeister wieder zu wecken, entdeckte er weitere drei Schiffbrüchige. Alle klammerten sich an einen Teil des Deckaufbaus ihres gesunkenen Schiffes. Später wurde ein weiterer Matrose gefunden, und dann trieb etwas weiter schwarzer Stoff in den Wellen.

»Ist das ein Teil der Ladung?«, fragte Konstanze, die aufgeregt danach ausspähte.

»Nein! Der Mönch!« Der Schiffsjunge sprach mit seltsamer Gemütsruhe. »War doch klar, dass wir den noch finden. Er ist fast ein Heiliger, Herrin, den lässt Gott nicht ertrinken. Er hat auch bis zuletzt mit uns gebetet … bestimmt haben wir nur deshalb überlebt!«

Konstanze überlegte, ob es vielleicht sinnvoller gewesen wäre, das Segel rechtzeitig einzuziehen und beizudrehen, hielt sich aber zurück. Stattdessen wies sie den Kapitän auf die im Wasser treibende Kutte hin. Für sie sah der Mönch aus, als sei er tot, aber dann stellte sich heraus, dass er nur reglos auf einer Art Kreuz lag. Zwei Planken, T-förmig aneinandergenagelt. Der Mönch klammerte sich daran fest.

»Ein Wunder!«, stammelte er, als die Templer ihn aus dem Wasser zogen. »Jesus Christus hat mir sein Kreuz geschickt, um mich zu retten. Lasst uns alle niederfallen und zu ihm beten.«

»Trinkt erst mal … damit ihr wieder zu Euch kommt«, brummte der Kapitän und drückte dem Bruder einen Becher Rotwein in die Hand.

Der lehnte jedoch ab. »Nicht so ein berauschendes Getränk, Herr, das würde mir die Sinne benebeln! Und ich bin ganz bei mir … etwas nass vielleicht, aber Bruder Wind wird mich trocknen. Und etwas kalt, aber Schwester Sonne wird mich wärmen …« Der Mönch lächelte, und es wirkte tatsächlich, als ginge die Sonne in seinem freundlichen Gesicht auf.

Dimma reichte ihm trotzdem eine Decke, die er dankend entgegennahm. Der Mann war klein und dünn, er sah aus wie ein Asket. Er hatte kurze Arme und Beine, Konstanze fielen seine sehr kleinen Füße auf. Zweifellos war er Südländer, was man an seinem dunklen Haar und den schwarzen, leuchtenden Augen erkannte. Er sprach italienisch.

»Darf ich fragen, wohin Ihr segelt?«, wandte er sich an den Kapitän. »Das unglückliche Schiff, das heute Nacht versank, war auf dem Weg ins Heilige Land … sicher sind all die Seelen der Ertrunkenen uns dorthin schon vorausgereist, um an den heiligen Stätten zu beten, bevor sie aufsteigen in den Himmel!« Der Mönch bekreuzigte sich. »Und wie leicht es ihnen fallen wird, nach Jerusalem durchzudringen! Kein Heide wird ihnen spotten, kein Schwert wird sie aufhalten.«

»Dafür brauchten sie nicht erst zu ertrinken«, bemerkte Malik, der eben an Deck trat. »Mein Onkel Saladin gewährte allen christlichen Pilgern freies Geleit, und daran hält sich auch mein Vater. Die Pilger sollen nur ihre Schwerter und Schilde, ihre Streitrosse und Äxte zu Hause lassen.«

»Euer Vater, mein Sohn?« Der Blick des Mönches saugte sich geradezu an dem jungen Sarazenen fest. »Ihr seid der Sohn des Sultans? Oh, nun weiß ich, dass der Herr mich leitet! Nun weiß ich, warum wir dies durchleiden mussten! Der Herr führt mich geradewegs zum Oberhaupt der armen, fehlgeleiteten Menschen, die sich weigern, ihn anzubeten! Jesus Christus sei gelobt!«

Malik schaute irritiert von einem zum anderen. Konstanze, Gisela und der Kapitän schienen allerdings ähnlich sprachlos zu sein wie er. Der Prinz beschloss, sich erst einmal vorzustellen.

»Mein Name ist Malik al-Kamil, und mein Vater ist Abu-Bakr Malik al-Adil, Sultan von Alexandria. Aber die Vorstellung, Allah habe dieses Schiff versenkt, nur um ein Treffen zwischen Euch und mir herbeizuführen, möchte ich doch weit von mir weisen! Mein Vater gewährt jedem eine

Audienz, der höflich darum nachsucht. Niemand braucht sich dafür in Lebensgefahr zu bringen.«

Der Mönch ging auf Letzteres nicht ein. »Oh, ich danke Euch für die Einladung, mein Prinz!«, sagte er stattdessen, und Konstanze registrierte seine eindringliche, klare und wohlklingende Stimme. »Aber Ihr müsst die Zeichen erkennen! Seht nur das Kreuz, das mich gerettet hat!« Der Mönch wies auf die Schiffstrümmer, die auf sein eindringliches Begehren hin mit an Bord genommen worden waren.

»Aber das ist doch …«, platzte Gisela heraus, »das ist doch das gleiche Zeichen, das Nikolaus trug. Aber er … er ist kein Franziskaner.«

Tatsächlich trug der Mönch keine braune Kutte, sondern ein raues Gewand aus ungefärbter kratziger Wolle.

Nun lächelte er Gisela an. »Ja und nein, mein Kind! Tatsächlich lehne ich das Ordensgewand ab – viel zu weich, viel zu komfortabel … eigentlich sollten wir nackt und bloß über die Erde gehen und alles den Armen schenken. Nur das wäre gottwohlgefällig. Aber der Papst hat darauf bestanden, dass … nun ja, jeder Orden braucht sein Gewand, und ich habe immerhin auf das schlichte Braun bestanden, auch als Zeichen der Trauer, dass Jerusalem immer noch in den Händen der Heiden ist.«

Er sah Malik mild, aber doch etwas vorwurfsvoll an.

»Ihr habt …«, flüsterte Konstanze, die langsam verstand. »Gisela, hol Armand! Und … und hol Dimma! Und die Kinder! Der Mann soll sich vor allen verantworten.« Sie wandte sich wieder dem Mönch zu. »Gebt zu!«, fuhr sie ihn an. »Ihr seid Franziskus von Assisi!«

»Warum sollte ich das nicht zugeben, mein Kind?«, fragte der Mönch freundlich. »Dies ist tatsächlich mein Name, und ich bin auf dem Weg ins Heilige Land, um Jerusalem Frieden zu bringen. Denn seht …«, er ließ seinen offenen Blick über Malik, den Schiffsjungen und den eher griesgrämigen Kapitän schweifen, »… viele Fehler sind gemacht worden in

den letzten Jahrzehnten! Ihr habt so recht, mein Prinz, es war falsch, mit dem Schwert und der Kriegsaxt in der Hand ins Heilige Land zu reisen, um Jerusalem zu befreien! Der Herr hat uns das gezeigt, indem er die Heiden später wieder triumphieren ließ.«

»Dein Herr hat eine ziemlich blutrünstige Art, Euch etwas zu zeigen!«, bemerkte Malik. »Erst werden ein paar Tausend Bürger von Jerusalem abgeschlachtet, dann müssen wir fast genauso viele Franken töten, um sie wieder aus der Stadt herauszubefördern ... hätte sich das nicht einfacher ausdrücken lassen?«

Der Mönch nickte, die Ironie, die Maliks Worte begleitete, hatte er offensichtlich nicht verstanden. »Ihr habt ja so recht, Prinz! Jesus weint um jeden Blutstropfen, der vergossen worden ist. Auf beiden Seiten. Denn der Herr hat Euch ja nicht aufgegeben, weil Ihr Heiden seid! Er liebt Euch nicht minder als seine christlichen Kinder! Vielleicht liebt er Euch gar mehr, wie das Gleichnis vom verlorenen Sohn zeigt! Unsere Aufgabe ist es, Euch davon zu überzeugen. Ich sehe dies als meine vornehmste Pflicht an. Mein ganzer Orden ist nur der Predigt und der Bekehrung der Heiden verpflichtet.«

»Gestattet, dass ich mich entferne«, bemerkte der Kapitän.

Während er sich abwandte, betrat Armand das Deck. Hinter ihm erschienen Dimma und die Kinder.

»Und wir tun es in Frieden! Wir tun es in Armut und Demut! Unser vornehmstes Ziel ist die Rückführung Jerusalems in die Hände der wahrhaft Gläubigen!« Franziskus berauschte sich an seinen eigenen Worten.

»Auch um den Preis der Lüge?«, fragte Armand mit schneidender Stimme. Er trat neben Konstanze und Malik, auch Gisela, Dimma und die Kinder kamen näher. Es wirkte wie ein Tribunal. »Auch um den Preis der Verführung Tausender Kinder?«

»Verführte Kinder?« Franziskus schaute Armand aus verständnislosen, ehrlichen Augen an. »Was redet Ihr?«

»Wir reden von Nikolaus und Stephan!«, sagte Gisela. »Von Eurem Pakt mit dem Papst. Vom Kreuzzug der Unschuldigen!«

Franziskus strahlte.

»Ja, war es nicht ein Wunder? Dreißigtausend, vierzigtausend Kinder, wurde mir gesagt. Alle reinsten Herzens, willig, das Heilige Land zu befreien! Ihr müsst einsehen, dass es Wunder gibt, mein Prinz!« Das lange Gesicht des Mönches schien von innen heraus zu leuchten, als er sich jetzt wieder an Malik wandte. »Wunder, mittels derer sich unser Herr Jesus offenbart!«

Konstanze zog die Augenbrauen hoch. »Aber das Wunder blieb doch gerade aus!«, erklärte sie dann. »Weder vor Nikolaus noch vor Stephan hat sich das Meer geteilt. Wie erklärt Ihr Euch das, Bruder Franziskus?«

Der Mönch hob wie betend die Arme gen Himmel. »Vielleicht war der Glaube der Knaben nicht stark genug!«, bemerkte er.

Konstanze verspürte den Wunsch, zu schreien und diesen sanftmütigen kleinen Mann zu schlagen. Es gelang ihr kaum, sich zurückzuhalten.

Malik sprach aus, was sie dachte. »Ich hatte das zweifelhafte Vergnügen, dem Ereignis beizuwohnen. Hinter diesem Jungen standen siebentausend Gläubige! Und weitere zehntausend waren bereits für ihn gestorben! Wie viel Glaube braucht Euer Gott denn noch?«

»Lasst es mich doch einfach beweisen, Herr!«, flehte Franziskus, ohne weiter auf Stephan und Nikolaus einzugehen. »Mein Glaube ist stark genug. Seht, ich bin bereit, über glühende Kohlen zu gehen, auch durch loderndes Feuer, wenn Ihr das wollt – es wird mich nicht anfechten, da Jesus mich schützt. Dann werdet Ihr glauben!«

Konstanze bebte vor Wut. Sie hatte jetzt ein für alle Mal genug von Predigten und Bekehrungsversuchen. »Zu Jesus habt Ihr ja ein gutes Verhältnis«, unterbrach sie den Mönch in

schneidendem Ton. »Da er schon auf Eure Anweisung vom Himmel herabsteigt …«

Franziskus bekreuzigte sich. »Ich verstehe nicht, Herrin …«

»Ach kommt, Ihr wollt doch nicht leugnen, dass es Eure Leute waren, die sich als Engel und gar Jesus Christus selbst ausgaben, um Führer für die Kinderkreuzzüge anzuwerben!«, fuhr Konstanze ihn an. »Wie viele habt Ihr angesprochen? Zehn, zwanzig kleine Hirten auf dem Felde? Bis endlich zwei anbissen wie Stephan und Nikolaus? Selbstgefällige Nichtsnutze, die ihre Herden gern verließen, um andere ›Schafe‹ ins Verderben zu führen?«

Malik legte Konstanze beschwichtigend die Hand auf die Schulter.

Der kleine Mönch richtete sich auf. »Herrin, ich verstehe nicht … wie könnte ich jemanden zu ketzerischen Handlungen angeregt haben!« Franziskus war offensichtlich gekränkt. »Natürlich predigten meine Anhänger … und ja, wir hatten … wir dachten … Nur die Unschuldigen können Jerusalem befreien! Das war und ist meine tiefste Überzeugung, und nur einem Unschuldigen konnten die Kinder folgen. So suchten wir denn nach einem oder zwei Knaben … mit Gottes Hilfe … die über die nötige Kraft und Redegewandtheit verfügten … Aber die Pilger hätten sich doch nie als … als … das ist ungeheuerlich! Die Kinder müssen etwas missverstanden haben.«

»Ziemlich viel, wenn Ihr mich fragt«, sagte Armand mit bösem Lächeln. »Den Engel, den Himmelsbrief, den Stephan mit sich herumtrug – wollt Ihr davon auch nichts gewusst haben? Wer hat ihn verfasst, Herr Franziskus? Wart Ihr es? Oder ist da einer Eurer Leute übers Ziel hinausgeschossen?«

Franziskus bekreuzigte sich erneut. »Herr … Herr, wie könnte ich? Ein Schreiben der Engel …«

»Ach?«, spottete Gisela. »Glaubt Ihr vielleicht nicht, dass die Engel uns Briefe schreiben? Meine Pflegemutter hat mal einen bekommen. Darin drohte Gott ihr schrecklichste Strafen an, wenn sie weiterhin unzüchtigen Liedern lauschte und Frau Venus über den Herrn Jesus Christus stellte. Komisch, dass die Engel die gleichen Schreibfehler machten wie der Hofkaplan – dem der Minnehof von jeher ein Dorn im Auge war!«

»Dann die Sache mit dem Meer, das sich teilen sollte!« Armand konnte über Giselas spöttischen Einwurf nicht lachen; er war zu wütend und aufgebracht. »Alles Missverständnisse. Ich verstehe. Seltsam nur, dass Eure Mönche immer um die Knaben herum waren. Die hätten es doch richtigstellen müssen, oder?«

Franziskus wand sich unter den Blicken seiner Ankläger. Aber dann huschte ein Lächeln über seine Züge.

»Vielleicht ... vielleicht waren es ja gar nicht meine Sendboten, die diese Jungen ansprachen! Ihr sagt selbst, sie wandten sich an viele Kinder, aber keines war bereit, den Stab des Hirten aufzunehmen. Vielleicht griff der Himmel dann ja ein und fand die Knaben! Doch, so muss es gewesen sein! Wir können nur berufen, der Herr wählt aus! Und unergründlich sind seine Wege.« Franziskus faltete die Hände. »Lasst uns also für alle beten ... für die Seelen dieser Kinder. Wie nanntet Ihr sie? Dominik und Bertran?«

»Nikolaus und Stephan!«, schnaubte Armand.

Konstanze trat vor. »Magdalena!«, sagte sie. »Und wagt es nicht zu sagen, Mönch, dass ihr Glaube schwächer war als Eurer!«

»Marie!«, fügte Dimma hinzu. »Sie war acht Jahre alt!«

»Rupert«, flüsterte Gisela.

»Trude!«, nannte Marlein den Namen ihrer am Gotthard erfrorenen Base.

»Kaspar!« Eines von Karls Kindern, gestorben am Fieber in Rom.

»Berthold!« Gertrud hob die Stimme für ihren in den Bergen verunglückten Bruder.

Zuletzt standen auch die schüchternsten der jungen Kreuzfahrer auf und nannten die Namen derer, die sie verloren hatten. Einige weinten dabei. Die Augen anderer, wie Karls, blitzten vor Zorn.

»Sie sind alle bei Gott!«, versuchte Franziskus zu trösten, aber er schien in einer anderen Welt. »Ihr könnt sicher sein, sie sitzen zu Füßen Jesu und freuen sich an den Schönheiten des Himmels. Wir können nur noch für sie beten – und versuchen, ihr Werk fortzuführen!« Der Mönch hob die Stimme. »Ihr, ihr alle, die ihr den Eid der Kreuzfahrer geschworen habt: Kommt mit mir! Folgt mir, betet mit mir! Erlebt mit mir, wie die Heiden lernen, Christus anzubeten! Singend werden wir ihnen entgegengehen und …«

Konstanze, Gisela und Armand sahen einander an. Karls Hände waren zu Fäusten geballt.

Malik schüttelte jedoch den Kopf. »Wenn der Kapitän nichts dagegen hat, legen wir irgendwo auf Kreta an und setzen den Mann an Land«, sagte er ruhig. »Bevor hier jemand etwas Unüberlegtes tut.«

Franziskus unterbrach seine Predigt. »Was? Was, Herr? Ihr nehmt mich nicht mit ins Heilige Land? Ihr gestattet mir nicht, Euren Vater zu sprechen?« Aus den Zügen des Mönchs sprach tiefe Enttäuschung.

»Wenn Ihr zum Hof des Sultans vordringt, wird mein Vater Euch sicher empfangen«, antwortete Malik. »Aber mit diesem Schiff kommt Ihr nicht nach Akkon – wenn ich es verhindern kann. Und wenn ich es nicht verhindern kann, so werdet Ihr Eure Bekehrungskünste an einem ganzen Heer von Sarazenen erproben können, das ich zwischen Akkon und Alexandria auffahren lasse. Zweihundertfünfzig Meilen durch ein Meer von Ungläubigen. Mal sehen, ob es sich für Euch teilt!«

»Ich rede mit dem Kapitän«, sagte Armand. »Und ich hoffe, dass er sich nicht querstellt. Da ist etwas in Karls Augen, das mir nicht gefällt«, fügte er leiser in Maliks Sprache hinzu. »Der Junge sollte nicht zuletzt zum Mörder werden.«

Erstaunlicherweise hatte der Kapitän keinerlei Einwände – obwohl man ihn als Templermönch durchaus auf Franziskus' Seite hätte wähnen können, und obwohl er mit dem Anlegen auf Kreta weitere Zeit verlor.

Gisela stand mit Konstanze an der Reling und schaute zum Hafen von Chania hinüber, als der alte Templer sich näherte, um ein wenig mit ihnen zu plaudern. Armand und Malik waren unter Deck und bewachten den Mönch – und Karl. Und, wie Armand scherzhaft behauptete, Dimma. Die alte Kammerfrau wirkte fast noch aufgebrachter als die Jugendlichen.

»Ach, wisst Ihr … ich wollt's nicht rausposaunen«, erklärte der Kapitän Gisela, als sie es wagte zu fragen. »Aber der Mann ist mir kein Unbekannter. Und man spricht ja zu Recht von der mangelnden Ehrfurcht vor dem Propheten aus dem eigenen Lande.«

»Franziskus?«, fragte Gisela überrascht. »Aber …«

»Ich komme aus Perugia«, verriet der Seemann. »Ja, wundert Euch nicht, manchen packt die Liebe zur Seefahrt eben erst in späteren Jahren!« Er zwinkerte Konstanze zu, die hochinteressiert die Vorbereitungen zum Anlegen beobachtete. »Jedenfalls wurde ich nah bei Assisi geboren. Als Adelsspross, sodass ich nicht gerade mit Giovanni Bernardone aufwuchs. Ich bin auch älter. Aber wir kannten doch die Familie. Sie war reich und berühmt – Kaufleute seit Generationen. Giovanni – oder Franziskus, wie sein Vater ihn später nannte – schlug auch erst gut ein. Er machte eine militärische Ausbildung, hoffte, dass ihn mal jemand zum Ritter schlüge, und kämpfte im Städtekrieg zwischen Assisi und Perugia.«

Konstanze biss sich auf die Lippen. Daher also die Idee für einen Kreuzzug – die Vorstellung, ein Heer für den Papst auszuheben und eine nennenswerte Anzahl von Kindern über die Alpen bringen zu können! Giovanni Bernardone hätte das zweifellos geschafft!

»Dabei geriet er in Gefangenschaft«, erzählte der Templer weiter, »und dort hat ihn dann angeblich Gott berührt. Wo-

ran ich nicht zweifeln will, aber in Assisi stieß er zunächst auf wenig Verständnis. Er lief nackt durch die Stadt, predigte den Vögeln auf dem Felde … alles ein wenig …«

»… verrückt«, brachte es Konstanze auf den Punkt.

»Das habt Ihr gesagt, Sayyida!« Der Kapitän schmunzelte. »Irgendwann fing er sich dann aber wieder und gründete seinen Orden. Gemeinsam mit anderen Träumern.«

»Aber die Idee ist doch eigentlich nicht schlecht«, überlegte Gisela. »Friede mit Mensch und Tier, Armut und einfaches Leben, eine Gemeinschaft von Brüdern.«

»Aber die Welt ist nicht so!«, erklärte Konstanze. »Glaub's mir, ich habe in einer Gemeinschaft von Schwestern gelebt! Es gibt überall Kampf und Rivalitäten. Du überlebst nicht lange als Schaf unter Wölfen.«

Der Kapitän lachte. »Es sei denn, das Schaf verbündet sich mit dem Tiger. Und unser Lämmchen Franziskus hat ja wohl den obersten Schäfer für sich gewonnen.«

»Nur, dass einflussreiche Freunde nicht umsonst zu haben sind.«

Das war Armand. Er eskortierte eben, gemeinsam mit Malik, den kleinen Mönch an Deck. Franziskus hatte, tief gekränkt, die gesamte Reise mit Beten verbracht. Jede Erfrischung hatte er abgelehnt, auch das Angebot, sich auf einen Strohsack zu legen oder in eine Decke zu wickeln, während seine Kleider trockneten, höflich, aber bestimmt von sich gewiesen. Dabei war seine Kutte immer noch nass, er musste frieren. Seine Haut wirkte blass, fast bläulich, er schien noch kleiner und magerer zu sein als zuvor. Der gutherzigen Gisela tat er beinahe leid.

»Ich habe nie jemanden bezahlt!«, erklärte Franziskus jetzt würdevoll. »Jede Gunst, die ich erhalten habe, verdanke ich Gott, der meine Wohltäter erleuchtet hat … Wir sind der Armut verpflichtet, wir …«

»Schon gut, Mönch!«, unterbrach Malik ihn scharf. »Spar dir die Predigten. Deine Zeche haben andere bezahlt.«

Kapitel 8

Noch in der Nacht verließ die *Lys du Temple* Kreta und steuerte nun endgültig Akkon, das stärkste christliche Bollwerk im Heiligen Land, an. Das Wetter war nicht sehr gut, aber es gab keine Stürme mehr. Als das Schiff sich Palästina schließlich näherte, klarte es sogar auf. Armand sah seine Heimatstadt im Sonnenlicht liegen, wie so viele Monate zuvor, als er sie verlassen hatte. Gisela staunte über die gewaltigen Befestigungsanlagen, aber Malik bemerkte nicht ohne Häme, dass sein Onkel Saladin sie mühelos gestürmt hatte.

»Während den fränkischen Rittern die Wiedereroberung dann wieder schwerfiel«, lächelte er. »Beinahe wären sie an ihren eigenen Mauern gescheitert.«

»Aber nur beinahe«, fügte Armand spöttisch hinzu. »Wie kommt ihr denn jetzt nach Alexandria, Malik? Braucht ihr vielleicht eine Nacht Asyl im Viertel der Templer?«

»Du bist wahrhaft großherzig!« Malik lachte. »Aber wenn alles so verläuft, wie ich es geplant habe, können wir gleich weiterreisen. Martin von Kent wird uns mit einer Schaluppe erwarten.«

»Martin von Kent ist sehr umtriebig …«, bemerkte Armand, »… für einen christlichen Kaufmann jedenfalls!«

Konstanze und Gisela nahmen tränenreich Abschied voneinander. Es war unwahrscheinlich, dass sie sich je wiedersehen würden – der Weg zwischen Akkon und Alexandria war einfach zu weit, um einander zu besuchen.

»Aber wir schreiben uns, ja?«, fragte Gisela. »Ich denke … Martin von Kent wird die Briefe gern befördern.«

»Desgleichen die Templer«, tröstete der Kapitän. »Und wer weiß, vielleicht kommt es ja doch noch mal zu einem Kreuzzug und wir erobern das Land der Ungläubigen.«

»Was Gott verhüten möge!«, entfuhr es Gisela.

»Was Allah verhüten möge!«, sagte Konstanze im gleichen Augenblick. Es geschah zum ersten Mal, dass sie von Allah sprach, ohne darüber nachzudenken, und sie vergaß nicht, es Malik später stolz zu berichten.

»Dabei ist es eigentlich gleichgültig«, hatte der Prinz gemeint. »Letztlich glauben wir alle an einen Gott, wie auch immer wir ihn nennen.«

Muhammed al-Yafa begrüßte Malik und Konstanze mit der üblichen Verbeugung, zudem Erfrischungen und neuer Kleidung an Bord eines kleinen, schnittigen Seglers. Malik hüllte sich aufatmend wieder in die weitaus bequemere, orientalische Tracht. Er trug weite, lange Hosen und einen bequemen Überwurf aus Seide, als er Konstanze an Deck erwartete. Konstanze tat sich zunächst schwer mit den weiten Hosen, dem langen Gewand und dem Schleier, aber es stand eine Sklavin bereit, ihr zu helfen. Ihre Zofen, Marlein und Gertrud, hatten es beide vorgezogen, an Giselas christlichem Hof zu bleiben. Kalim, ein zierliches, schwarzhaariges Mädchen mit rundem Gesicht und sanften braunen Augen, kam direkt aus dem Harem des Sultans und wusste genau, wie man eine Sayyida verschönte.

Konstanze war der Kleinen gegenüber zunächst befangen, schließlich hatte sie nie mit Sklaven zu tun gehabt. Kalim wirkte allerdings nicht demütig und eingeschüchtert, sondern aufgeregt über die Reise und begeistert von der Schönheit ihrer neuen Herrin. Dem Mädchen bereitete es offensichtlich Freude, Konstanze in die leichten Gewänder aus blauer und dunkelroter Seide zu helfen.

»Man sagte uns, Ihr habet blaue Augen, dunkles Haar und einen hellen Teint!«, zwitscherte sie. »Danach hat der erste

Eunuch die Kleider ausgewählt. Er hat einen erlesenen Geschmack, und ich bin sehr stolz, dass er mich als Zofe für Euch ausgesucht hat. Wartet, langsam, der Schleier ist ein solch zartes Gespinst … und wir befestigen ihn mit Perlenschnüren … Den Schmuck schenkt Euch die Mutter des Prinzen.«

Fast die gesamte winzige Kajüte, die Kalim als Ankleidezimmer diente, war mit schön geschmückten Truhen gefüllt, und Konstanze war sprachlos ob der Kostbarkeiten, die das Mädchen den Behältnissen entnahm. Kalim legte ihr Ketten und Ringe an, flocht Perlen in ihr Haar – und bestand darauf, sie mit speziellen Duftölen zu salben und ihr Gesicht zu schminken.

»Aber ich kann doch nicht …« Konstanze wehrte errötend ab. »Im … im Abendland bemalen sich nur die … die …«

Kalim schaute ungläubig, als sie verstand. Dann lachte sie ihr perlendes Lachen. »Aber nein, Herrin, hier schminken wir uns alle. Seht nur!«

Konstanze bemerkte erst jetzt, dass auch die Augen der kleinen Sklavin mit Kajal umrahmt waren. Auf ihre Hände hatte das Mädchen kunstvoll Blumenranken aus Henna gemalt. Damit begann es jetzt auch bei Konstanze, der das anfangs unangenehm war. Als sie dann aber in ihren neuen Spiegel blickte, erkannte sie sich kaum wieder.

»Das … das soll ich …«

»Es ist selbstverständlich nicht vollkommen!«, entschuldigte sich Kalim. »Wir arbeiten gewöhnlich zu zweit. Und natürlich hätten wir Euch baden und Euer Haar waschen müssen. Aber bitte nehmt vorlieb mit dem, was uns zur Verfügung steht. Der Sayyid Muhammed hat mich gebeten, mich zu beeilen. Und hier ist es ja auch so eng.«

»Ich kann mir nicht vorstellen, dass irgendjemand mich noch schöner herrichten kann, als du es getan hast!«, sagte Konstanze andächtig.

Kalim lachte. »O doch, Sayyida, das geht. Aber nun verhüllt Euch, die Herren erwarten Euch an Deck.«

Verblüfft vermerkte Konstanze, wie das Mädchen geschickt einen dunkelblauen, aus edlem Tuch gefertigten Schleier über ihren neuen Staat drapierte, der Körper und Haar völlig bedeckte.

»Erst die ganze Arbeit, und dann das?«, fragte sie enttäuscht. Der Schleier verhüllte mehr, als die Nonnenkluft es getan hatte.

Kalim lachte schon wieder. »Ihr wisst wirklich noch nichts, Herrin! Die Mutter des Prinzen hat schon gejammert, dass sie Euch alles wird beibringen müssen. Aber das meint sie nicht ernst, sie macht das gern! In Eurer leichten Kleidung sieht Euch jedenfalls nur Euer Herr – und die anderen Frauen im Harem natürlich. Vor den Blicken anderer Männer müsst Ihr Euch verhüllen.«

Der Schal half jedenfalls gegen die Abendkühle, als Konstanze dann an Deck trat. Malik und al-Yafa erwarteten sie bereits.

»Ist alles zu Eurer Zufriedenheit, Sayyida?«, fragte al-Yafa.

Konstanze nickte. »Es könnte nicht besser sein. Ich danke Euch von Herzen, Muhammed. Aber …«

Der Kaufmann und Spion lachte. »Ihr möchtet wissen, ob ich Euren Auftrag erledigt habe? Nun, ich habe mein Bestes getan, Sayyida …« Al-Yafa verbeugte sich schon wieder. »Von den etwa sechshundert jungen Menschen, die von Pisa aus abgereist sind, haben die Reise nach meinen Nachforschungen etwa vierhundertfünfzig überlebt.«

»Nicht mehr?«, fragte Konstanze leise.

Al-Yafa schüttelte bedauernd den Kopf. »Diese Kinder haben sich, wie Ihr ja schon wisst, einer Gruppe von Grenzwächtern in den Weg gestellt. Erst singend und betend, aber dann wurden Messer gezückt, als die Soldaten das Ganze nicht ernst nahmen. Man darf das glauben, Sayyida, ich habe mit dem Hauptmann gesprochen und er ist ein besonnener

Mann. Weshalb diese kleinen Dummköpfe auch nicht alle niedergemacht wurden, sondern nur ein relativ kleiner Teil. Nach dem Bericht des Hauptmanns wurden dreihundertachtunddreißig lebend gefangen genommen und auf dem Markt in Alexandria verkauft. Von ihnen habe ich nun zweihundertachtundvierzig zurückgekauft. Die anderen waren zum Teil nicht mehr zu finden, zum Teil bereits von christlichen Orden freigekauft. Um Letztere habe ich mich, mit Verlaub, nicht mehr gekümmert. Der Rest wollte einfach lieber bei ihren neuen Herren bleiben. Das betraf vor allem Mädchen. Einige waren in einen Harem verkauft worden und fühlten sich da – nach eigenen Angaben – wie geradewegs ins Paradies versetzt. Sie wollen durchweg den Islam annehmen und möglichst schnell zur zweiten oder dritten Ehefrau aufsteigen.«

Malik lachte.

Konstanze biss sich auf die Lippen. »Es … es waren ja oft Straßenkinder, die nie auch nur genug zu essen hatten«, erklärte sie die rasche »Bekehrung« der jungen Kreuzfahrerinnen.

Al-Yafa zuckte die Schultern. »Straßenkinder, Bettelkinder … sie konnten den Reichtum jedenfalls kaum fassen und vergaßen darüber umgehend ihre unsterbliche Seele. Ein paar andere waren von einfachen Männern gekauft worden, hatten die aber bereits liebgewonnen. Sogar zwei Küchenmägde wollten bleiben. Ich habe alles dokumentiert, Ihr dürft mir glauben.«

»Ich würde Euer Wort nie in Zweifel ziehen, Muhammed al-Yafa«, erklärte Konstanze und verbeugte sich ihrerseits. Sie lernte. »Und wo sind sie jetzt?«, fragte sie dann. »Ich … ich hab mich seitdem immer wieder gefragt, was wir mit ihnen machen, aber … mir fällt nichts Rechtes ein.«

»Ich habe hier, mit Verlaub, auch schon eine Entscheidung getroffen«, erwiderte al-Yafa. »Oder besser gesagt, der Sultan hat eine Entscheidung getroffen, wobei ich nur immer wieder betonen kann, dass ihm an Weisheit keiner gleichkommt!

Eure zweihundertachtundvierzig Sklaven, Sayyida, sind zurzeit auf dem Weg nach Genua. Eine Nef der Templer hat sie an Bord, der Orden verbürgt sich dafür, dass sie keinem Gauner oder Sklavenhändler in die Hände fallen. In Genua wird man sie freilassen und jedem einen kleinen Geldbetrag aushändigen. Und dann können wir nur hoffen und beten, dass wir nie wieder von ihnen hören!«

Konstanze graute vor dem, was den Kindern bei der Rückkehr ins Abendland bevorstand, aber sie verbot sich, auch nur daran zu denken. Mehr als der Sultan hätte niemand tun können. Das Schicksal von Hannes und seinen letzten Gefolgsleuten lag jetzt in Gottes Hand.

Auch in den nächsten Tagen blieb das Wetter schön, und der kleine Segler hielt sich nah der Küste. Konstanze und Malik passierten Jaffa und Haifa – beides ebenfalls mit Burgen besetzte Stützpunkte der Kreuzfahrer.

»Auch die letzten christlichen Bastionen werden irgendwann fallen«, meinte Malik gelassen. »Ich hoffe nicht, dass ich es bin, dessen Schwert sie treffen muss. Aber bei der nächsten Provokation werfen wir die Franken endgültig aus dem Land. Wir werden nicht unsererseits die Waffen erheben. Doch wenn dieser Papst tatsächlich noch einmal Kreuzfahrer sammelt, so ist das ihr letzter Auftritt auf unserem Boden.«

»Und wo ist Jerusalem?«, fragte Konstanze und spähte zur Küste aus. »Werden … werden wir es sehen?«

»Jerusalem liegt da!« Malik zeigte an Land. »Etwas südöstlich von Jaffa. Wir dürften zurzeit etwa auf Höhe der Stadt sein, aber man kann sie nicht sehen, sie liegt einige Meilen im Inland. Um sie zu besuchen, hätten wir in Jaffa an Land gehen müssen. Möchtest du, dass ich wenden lasse?«

Konstanze überlegte kurz. Aber sie spürte kein Verlangen, Jerusalem zu sehen. Sie war müde. Konstanze hatte es satt, unterwegs zu sein. Sie sehnte sich nach einem Zuhause.

»Fahren wir weiter«, entschied sie mit einem Lächeln. »Es ist nur eine Stadt.«

Gisela nahm ihre Burg in Besitz. Sie sonnte sich in den Komplimenten von Armands Vater und seinen Rittern, freute sich an den komfortablen, zum Teil im orientalischen Stil eingerichteten Kemenaten und begrüßte die Ministerialen und Diener. Armand staunte mal wieder über seine junge Frau. Das Kind, das seinem Pferd im Sturm ein Wiegenlied sang, wandelte sich in die gut geschulte Herrin, die für jeden ein paar freundliche Worte, ein kleines Geschenk oder einfach ein Lächeln bereithielt.

Schließlich standen die beiden auf dem höchsten Turm der Burg, und Gisela sah ihren ersten Sonnenuntergang in der neuen Heimat. Die versinkende Sonne tauchte die Wüste in glühendes Rot, und die weißen Häuser der Stadt Akkon, ihre Kirchen und goldgedeckten Paläste schienen das Licht widerzuspiegeln. Vom Söller der Burg aus wirkte Akkon wie eine Spielzeugstadt. Keiner hätte vermutet, wie viele Männer um ihres Glaubens willen an ihren Mauern verblutet waren.

»Es ist schön!«, sagte Gisela ehrfurchtsvoll, als sie die Blicke über die trutzigen Wehranlagen schweifen ließ, hinter denen sich filigrane Minarette und die geheimnisvollen Labyrinthe der Templer- und Hospitaliterbezirke verbargen. »Ein schönes Land, eine wunderschöne Stadt. Ist es ... ist es ein bisschen so wie Jerusalem?«

Armand schüttelte den Kopf. »Nichts ist wie Jerusalem. Nicht so schön – und nicht so gefährlich. Manchmal glaube ich, es wäre am besten, die Stadt niederzubrennen.«

»Wie kannst du das sagen?« Gisela erschrak. »Jerusalem ist uns doch allen heilig!«

»Zu heilig vielleicht«, gab Armand zurück. »Zu viele Pilger, die zu viele verschiedene Dinge glauben. Deshalb wird man es auch nie zerstören – aber immer und immer wieder darum kämpfen.«

»Können wir nicht einmal hin?«, fragte Gisela begierig. »Ich würde es zu gern sehen. Nachdem wir so weit gelaufen sind ... Magdalena hat nach jeder Wegbiegung danach gefragt ...«

Armand seufzte. Er war des Reisens mehr als müde.

»Liebste, es ist weit«, sagte er schließlich. »Nicht unbedingt in Meilen, aber der Weg führt durch feindliches Gebiet. Natürlich bietet der Sultan Pilgern freies Geleit. Aber wir sind nicht irgendwelche Pilger, und es gibt ausreichend Nomadenstämme, die gern den Erben der de Landes in ihre Hand bekämen. Natürlich, wenn es dir sehr wichtig ist.«

Gisela schüttelte den Kopf und lehnte sich an seine Schulter.

»Du bist mir wichtig«, sagte sie zärtlich.

Keines der Kinder, die sich am Rhein und an der Loire, in Köln, Basel und Vendôme aufmachten, das Heilige Land zu befreien, hat Jerusalem je gesehen.

Nachwort

Die Kinderkreuzzüge des Jahres 1212 gehören zu den am wenigsten erforschten Geschehnissen im Mittelalter. Das liegt hauptsächlich an der sehr schlechten Quellenlage. Tatsächlich wird von einigen Historikern – verständlicherweise vor allem von solchen, die der katholischen Kirche nahestehen – sogar geleugnet, dass sie wirklich stattgefunden haben. Dafür sind die Berichte der Chronisten allerdings zu detailliert, die Übereinstimmungen zu genau.

Wenn sich trotzdem nur wenige Historiker für das Phänomen und seine Hintergründe interessierten, so wahrscheinlich deshalb, weil die Menschen, deren Unterfangen schon ihre Zeitgenossen als töricht bezeichneten, nichts in ihrer Welt verändert haben. Weil hier nicht Ritter und Könige scheiterten, sondern nur Arme, Junge, Verzweifelte und Verführte.

Die Kinderkreuzzüge waren und sind eher Themen für Geschichtenerzähler als für Wissenschaftler – es gibt Indizien dafür, dass sie dem Märchen vom *Rattenfänger von Hameln* als Vorlage dienten.

Die meiner Geschichte zugrunde liegende Theorie, die Kreuzzüge seien – mit oder ohne Wissen des Franz von Assisi – von Mitgliedern des Minoritenordens initiiert worden, stammt von dem umstrittenen Historiker Thomas Ritter. Der Autor belegt sie recht stimmig nach ausgiebigem Quellenstudium, als gesichert gelten kann sie jedoch nicht. Reine Fiktion ist auch die These, Franz von Assisi hätte sich mit der Organisation der Kinderkreuzzüge die Anerkennung seines Ordens erkauft. Zwar bin ich bei der Schilderung der Ereignisse so nah wie möglich an den Fakten geblieben – auch bezüglich des berühmten Papstzitates »Diese Kinder beschämen uns …« –, aber die Schlussfolgerungen, die meine Protagonisten daraus ziehen, sind geschichtlich nicht belegt.

Eine Begegnung zwischen Franz von Assisi und dem ägyptischen Fürsten Malik al-Kamil hat allerdings tatsächlich stattgefunden. Der Ordensgründer zog nachweislich 1212 (oder 1213, da widersprechen sich die Angaben) ins Heilige Land, musste die Reise aber nach einem Schiffbruch abbrechen. Sechs Jahre später holte er die Fahrt nach und erreichte Alexandria, wo ihn Malik al-Kamil – inzwischen Sultan – in allen Ehren empfing. Der Sarazene ließ sich allerdings nicht bekehren und lehnte auch die angebotene Feuerprobe zum Beweis der Überlegenheit des Christentums dankend ab. Er schickte den Mönch unverrichteter Dinge, aber reich beschenkt, nach Hause.

Mit den Kinderkreuzzügen hatte der ägyptische Thronfolger nichts zu tun. Auch Armand, Konstanze und Gisela sind fiktive Persönlichkeiten.

Was die Route der Kinderkreuzzüge, ihre Ursprünge und die Reaktionen der jeweiligen Stadträte und Kleriker angeht, so habe ich mich weitgehend an die Angaben der Chronisten gehalten. Umstritten ist hier allerdings, ob das Hauptheer der deutschen Kreuzfahrer die Alpen über den Gotthard oder den Mont Cenis überquerte. Beide Pässe galten im Mittelalter als sehr gefahrvoll.

Über den Mont Cenis zogen so bekannte Persönlichkeiten wie Hannibal mit seinen Elefanten und Heinrich IV. beim Gang nach Canossa. Ich habe mich aus erzähltechnischen Gründen trotzdem dafür entschieden, meinen Nikolaus über den Gotthardpass zu schicken. Für den Handlungsverlauf hat es ohnehin keine Bedeutung, ob die schlecht ausgerüsteten Kreuzfahrer auf der einen oder anderen Route abstürzten, verhungerten und erfroren.

Der Name des couragierten Jungen, der einen Teil des Hee-

res über den Brenner führte und damit sicher einige Leben rettete, ist leider nicht bekannt, und man weiß auch nicht, ob es der gleiche war, der in Pisa die Überfahrt für einige Hundert Kreuzfahrer organisierte. Mein Hannes ist also ebenfalls eine fiktive Person, obwohl er historische Vorbilder hat.

Einen möglichen Anachronismus stellt allerdings das Lied dar, das Nikolaus und seine Anhänger beim Wandern intonieren. *Schönster Herr Jesu* war für mich stets die akustische Assoziation zum Kinderkreuzzug. Wo immer ich – in nicht wissenschaftlichen Veröffentlichungen – davon las oder wo immer die Kreuzzüge in Filmen auftauchten, ertönte dieses Lied. Tatsächlich gibt es aber keinerlei Belege dafür, dass es 1212 überhaupt schon in deutschsprachigen Ländern bekannt war. Es kommt aus dem angelsächsischen Raum, die erste, schriftlich niedergelegte Übersetzung stammt aus dem Jahr 1677.

Nun darf man allerdings sicher davon ausgehen, dass der Kinderkreuzzug – wie praktisch jede Massenbewegung in historischen Zeiten – über irgendeine Hymne verfügte. Meist handelte es sich dabei um Werke mit eingängiger Melodie, die zum Mitsingen animierten, und dieser Anforderung entspricht *Schönster Herr Jesu* in jeder Beziehung. Es war also naheliegend, auch meinen Protagonisten ein solches Lied mit auf den Weg zu geben. *Schönster Herr Jesu* ist hier so gut wie jedes andere.

Etwas dichterische Freiheit habe ich mir weiterhin mit dem kleinen Heinrich genommen. Ich habe ihn etwas älter gemacht – tatsächlich war er bei seiner Krönung nicht mal zwei Jahre alt und hätte folglich noch nicht über einen solchen Wortschatz verfügt. Seine Krönung findet in meiner Geschichte im Herbst 1212 statt, während Historiker eher davon ausgehen, dass das Fest im Frühjahr gefeiert wurde.

König Friedrich und seine Gattin reisten im Sommer bereits nach Deutschland – und sorgten dort natürlich für Aufregung. Vielleicht auch dies ein Grund dafür, dass die

Chronisten den Kinderkreuzzügen wenig Aufmerksamkeit schenkten. Der Nachrichtenwert der Königskrönung war einfach höher.

Ein scheinbarer Fehler im Text ist allerdings weder eine Geschichtsfälschung noch ein Irrtum meinerseits: Die Pfeile der ersten auf See verwendeten Kompasse (nasser Kompass oder schwimmender Kompass genannt) waren tatsächlich nach Süden und nicht, wie es sich später durchsetzte, nach Norden ausgerichtet!

Danksagung

Zur Fehlervermeidung in meinem mittelalterlichen »Road-Movie« hat wie immer meine eifrige Testleserin Klara Decker beigetragen, außerdem meine Lektorin Melanie Blank-Schröder sowie meine Textredakteurin Margit von Cossart. Bei Letzterer möchte ich mich hier ausdrücklich für ihre »Pingeligkeit« bedanken. Das Argument gegen historische Korrektheit in Mittelalterromanen – »Das Lesen ersetzt keine Geschichtsstunde« – hat mir nie eingeleuchtet. Natürlich bilden Romane wie dieser keine Historiker aus, aber das ist kein Grund, Geschichtliches falsch darzustellen oder der Moderne anzugleichen. Niemand von uns kann heute noch erfassen, wie genau ein mittelalterlicher Mensch dachte, glaubte und fühlte. Als Autoren und Leser von historischen Romanen sollten wir es jedoch wenigstens versuchen.

Den ganz mittelaltergemäßen Glauben an Wunder schürt bei mir nach wie vor mein fantastischer Agent Bastian Schlück, dem ich nie genug danken kann. Wo wären Rickie, Sarah und Chris jetzt wohl ohne ihn?

Weiterhin Dank an alle, die mir während der aufwendigen Arbeit an diesem Buch den Rücken freigehalten haben. Und an all die Hunde, Pferde – und das Maultier –, die mich davon abgehalten haben, zu tief ins Mittelalter abzutauchen.

Ricarda Jordan